Lothar Assmann

CHACHAPOYA
Die Wolkenmenschen

Das Vermächtnis von Aidan, Pau und Sakarbal

Shaker Media

Bibliografische Information der Deutschen Nationalbibliothek
Die Deutsche Nationalbibliothek verzeichnet diese Publikation in der Deutschen Nationalbibliografie; detaillierte bibliografische Daten sind im Internet über http://dnb.d-nb.de abrufbar.

Umschlaggestaltung: Tanja Steinmeyer, Shaker Media GmbH

Umschlagfotos: Lothar Assmann

Printed in Germany.

ISBN 978-3-95631-773-6

Shaker Media GmbH • Am Langen Graben 15 a • 52353 Düren
Telefon: 02421 / 99 0 11 - 40 • Telefax: 02421 / 99 0 11 - 49
Internet: www.shaker-media.de • E-Mail: info@shaker-media.de

„Zögern Sie niemals, weit wegzugehen, jenseits aller Meere, aller Grenzen, aller Länder, aller Glaubensgewissheiten."

„N'hésitez jamais à partir loin, au-delà de toutes les mers, toutes les frontières, tous les pays, toutes les croyances."

Amin Maalouf

1. Kapitel

Die Archäologen

Chachapoyas, Peru - April 2018

Es war später Vormittag. Peter lag noch im Bett. Langsam öffnete er die Augen. Die durch das Fenster einfallenden hellen Sonnenstrahlen blendeten ihn. In seinem Kopf hämmerte ein Schmied auf einem Amboss und ihm war übel. Der kräftige Kater war die Folge des Rundgangs durch die Freiburger Altstadt am Vorabend. Er hatte einige Kollegen und Mitarbeiter vom Vorderasiatischen Institut der Archäologischen Fakultät eingeladen. Sie hatten mehrere Szenekneipen aufgesucht und definitiv zu viel Alkohol konsumiert. Peter quälte sich aus dem Bett, nahm eine kalte Dusche und machte sich ein paar Rühreier mit Toast und einen starken Kaffee. Jetzt fühlte er sich schon etwas besser.

Seine Gedanken kehrten zu dem Anlass der gestrigen Kneipentour zurück. Zum wiederholten Male hatte ihn eine Frau verlassen. Es waren immer nur kurze Affären gewesen, obgleich er schon gerne eine feste und dauerhafte Beziehung eingegangen wäre. An Gelegenheiten hatte es nicht gemangelt. Frauen fanden ihn attraktiv. Er war groß gewachsen, hatte ein sportliches Aussehen und wusste sich zuvorkommend zu verhalten. Gerade dieses Mal hätte es funktionieren können. Aber wieder hatte ihm seine Leidenschaft für die Archäologie einen Strich durch die Rechnung gemacht. Teilnahme an Kongressen, Studienreisen oder Grabungsprojekten, Aufgaben, die aus seiner Sicht dringend und nicht zu verschieben waren, hatten in der Vergangenheit bereits mehr als einmal für Missstimmung in der Partnerschaft gesorgt. Die Partnerinnen hatten ihm jeweils vorgeworfen, ihren berechtigten Wünschen und Bedürfnissen nicht gerecht zu werden und aus diesem Grund die Reißleine gezogen. So war es auch jetzt wieder gewesen. Er hatte seiner Freundin einen gemeinsamen Erholungsurlaub in der Toskana im Juni zugesagt. Und dann war der Anruf gekommen! Er war für die Monate April bis Juli für eine Expedition in das Gebiet der Chachapoya-Kultur in den Nordanden von Peru eingeladen worden. Diese Kultur hatte zwar nicht unmittelbar etwas mit seinem archäologischen Spezialgebiet zu tun, aber es handelte sich um eine noch nahezu unbekannte Kultur mit vielen Geheimnissen.

CHACHAPOYA – schon der Klang des Namens hatte Peter fasziniert. Ihn reizten die vielen offenen Fragen, die sich der Forschung stellten. Woher kamen die Nebelkrieger? Warum ließen sie sich in den Nebelwäldern der Anden nieder? Wie lebten sie? Peter erhoffte sich mit der Teilnahme an diesem Projekt eine spannende Zeitreise in die Chachapoya-Kultur, die hoffentlich einige seiner Fragen beantworten würde. Er hatte nicht anders gekonnt, als zuzusagen.

Was zugleich aber auch bedeutete, dass er die Reise in die Toskana absagen musste. Das hatte das Fass zum Überlaufen gebracht. Seine Freundin hatte sich von ihm getrennt. Nagender Kummer auf der einen Seite und freudige Erwartung der Expedition auf der anderen waren ihm dann als ausreichende Anlässe für die Einladung zu einer Kneipentour erschienen.

Tage später, beim Packen seiner Sachen für die Reise nach Peru, zog er nochmal Bilanz seiner aktuellen Situation. Er war 39 Jahre alt, Doktor der Archäologie, in der Fachwelt anerkannt und mit seinem Leben zufrieden. War er das wirklich? Er fragte sich, ob der Beruf das einzige war, was zählte. Er war in einer großen Familie aufgewachsen und hatte es genossen. Er würde älter werden. Wollte er dann allein sein? Ein Leben mit Büchern statt mit Frau und Kindern führen? Nein, das wollte er nicht! Er musste etwas in seinem Leben verändern, und zwar bald. Jetzt stand aber erst einmal das Abenteuer Peru an.

Bisher war die Reise gut verlaufen, aber jetzt musste er sich beeilen. Das Flugzeug von Lima nach Chachapoyas hatte Verspätung gehabt. Es war Mittag und er hatte nur noch eine Stunde bis zum ersten Meeting des Projektteams. Die Schlange am Taxistand war lang.

Er entschied sich eine motorisierte Rikscha zu nehmen. Diese standen dichtgedrängt gleich nebenan. Die Fahrer hielten in der Mittagshitze eine kleine Siesta und warteten auf Kunden. Peter ging auf die ihm am nächsten stehende Moped-Rikscha zu, verhandelte mit dem Fahrer den Preis und versprach ein paar Soles mehr, wenn er ihn auf dem schnellsten Weg zum Gästehaus der Universität bringen würde. Eilig verstaute der Fahrer Koffer und Rucksack, startete den Motor und mit dem typischen *Tuk-Tuk* Geräusch fädelte er sich in den dicht fließenden Verkehr ein. Auf der zweispurigen Hauptstraße zwängte sich der Fahrer zwischen den im Stau stehenden Autos hindurch. Peter trat der Angstschweiß auf die Stirn. Überholen links und rechts war in Peru offenbar üblich. Rot, gelb oder grün geschaltete Ampeln schienen keine unterschiedliche Bedeutung zu haben. Auch Schilder, die signalisierten: ‚Durchfahrt verboten!', beachtete sein Fahrer nicht. Bei Gegenverkehr schloss Peter die Augen und betete. Nach 30 Minuten erreichten sie das Universitätsgelände.

Er stieg aus, bezahlte den Fahrer, nahm sein Gepäck und folgte dem Wegweiser zum Gästehaus. An der Rezeption checkte er ein und bezog sein Zimmer. Geduscht und mit frischen Kleidern betrat er zehn Minuten verspätet den Konferenzraum. Er grüßte, entschuldigte sich und nahm auf einem der freien Stühle Platz. Die Frau am Rednerpult, vermutlich Isabel Mujen, fuhr mit ihrer Rede fort. Peter bemerkte wie ihn die anderen Teilnehmer beobachteten. Seine Verspätung war ihm peinlich. Er ärgerte sich darüber. Eigentlich war er ein zuverlässiger und gut organisierter Wissenschaftler. Aber dieses Mal hatte seine eingeplante Zeitreserve nicht ausgereicht. Er konzentrierte sich jetzt auf die Vortragende.

„Unser Archäologen-Team besteht aus sechs Wissenschaftlern, die alle ausgewiesene Experten in ihren jeweiligen Fachbereichen sind. Am besten, denke ich, machen wir eine kurze Vorstellungsrunde. Ich bin Isabel Mujen aus Peru, Professorin an der Universität in Lima und leite das Projekt. Nennen Sie mich Isabel. Mein archäologisches Spezialgebiet sind Bestattungsformen und Begräbnisanlagen der präkolumbianischen Kulturen Südamerikas. Wer möchte fortfahren?“

„Doktor Jean-Pierre Mendoza aus Arequipa, Peru. Sie können gern Jean-Pierre zu mir sagen. Mein Arbeitsgebiet sind der Siedlungsbau und die Sozialstrukturen präkolumbianischer Kulturen. Wenn ich mich so in der Runde umschaue, scheine ich der älteste Teilnehmer zu sein.“

„Dann bin ich wohl das Küken“, entgegnete eine junge Frau selbstbewusst.

„Carmen Quistan, Peruanerin hier aus dem Distrikt Chachapoyas und Doktorandin bei Isabel. Bitte nur Carmen. Ich versuche eine Kapazität auf dem Gebiet des Schamanismus sowie der Zeremonien und Riten präkolumbianischer Völker Perus zu werden.“ Ihre helle Haut, die Sommersprossen und das rotblonde Haar wiesen sie auf den ersten Blick eigentlich nicht als Peruanerin aus. Sie lächelte und musterte die anderen mit wachen neugierigen Augen.

„Ich bin anerkannter Experte für Keramik, Textilien und Kunst südamerikanischer Kulturen“, stellte sich stolz José Pizarro vor, ein gebürtiger Spanier, der aber schon lange in Peru lebte. Er wirkte auf die meisten anderen leicht arrogant, aber auch zugleich unsicher. Es ging weiter in der Runde.

„Jorge Brent aus Lugo in Spanien. Ich bin Experte für vorchristliche Kulturen Iberiens und der Balearen und habe hierzu schon etliche Aufsätze und Bücher publiziert.“

„Da kann ich wohl nicht mithalten“, erwiderte Peter mit einem fröhlichen Lächeln.

„Doktor Peter Brunner aus Deutschland. Ich kann als Hobbyautor nur vier Kriminalromane um den Kommissar Bergtaler vorweisen.“ Das Gelächter, das daraufhin den Raum erfüllte, zeigte, dass es ihm gelungen war, die Runde etwas aufzulockern.

„Übrigens ‚Peter‘ reicht, wenn es euch recht ist.“

„Geht auch ‚Herr Kommissar‘“, fragte Jorge grinsend. Damit hatte er die Lacher jetzt auf seiner Seite.

„Touché!“, erwiderte Peter.

„Spaß beiseite, mein archäologisches Interesse gilt globalen Reiserouten und Fernhandelswegen in der Antike und dem phönizischen, karthagischen beziehungsweise punischen Seehandel."

„Dann bin ich wohl der Letzte in der Runde. Willi! Willi Waldbauer, gebürtiger Münchner, aber schon viele Jahre in Peru lebend. Als euer Scout und Organisator werde ich bei unseren Unternehmungen wohl immer der Erste und der Letzte sein und ansonsten immer mittendrin, um irgendwelche Fragen von euch zu beantworten oder um zu helfen."

Isabel bedankte sich bei allen für die Vorstellungsrunde und erläuterte dann die Aufgaben und Ziele des anstehenden Forschungsprojektes.

Sie führte aus: „Unsere Projektaufgabe besteht im ersten Teil darin, einige wesentliche Siedlungs- und Grabungsstätten der Chachapoya zu besuchen und die eigenen Beobachtungen und Erkenntnisse mit der bisher vorhandenen Literatur zu den Chachapoya zu vergleichen und zusammenzuführen. Im zweiten Teil ist eine Expedition ins Ruinengebiet Gran Vilaya vorgesehen, um nach *Artefakten* und Besonderheiten zu suchen. Am Ende steht als Projektziel die Erstellung einer wissenschaftlichen Publikation, die den aktuellen Forschungsstand zur Chachapoya-Kultur dokumentieren und Denkanstöße sowie Empfehlungen für weitere Projekte zur Erforschung dieser Kultur geben soll."

„Isabel, ich hätte noch eine Frage", meldete sich Peter zu Wort.

„Das klingt alles sehr spannend. Aber mir ist noch gar nicht so recht klar, warum ich mitkommen darf. Und auch bei Jorge wundere ich mich. Unsere Fachgebiete haben doch mit südamerikanischer Kultur gar nichts zu tun."

Isabel lächelte: „Ja, ich muss mich bei euch entschuldigen, dass ich euch vorher noch nicht vollständig eingeweiht habe. Umso mehr hat es mich gefreut, dass ihr auch ohne klare Zielvorgabe sofort meiner Bitte nachgekommen seid, an diesem Projekt teilzunehmen. Aber bitte versteht, dass wir uns um äußerste Geheimhaltung bemühen müssen."

Peter und Jorge blickten Isabel verständnislos an.

„Wieso müssen wir uns um Geheimhaltung bemühen?", sagte Peter. „Was sollen wir überhaupt Geheimhalten? Bitte, Isabel, klär uns auf!", ergänzte Jorge.

„Meine Hypothese ist, dass möglicherweise lange vor Columbus Menschen aus Europa und Afrika den amerikanischen Kontinent betreten haben."

Erstaunte Ausrufe füllten den Raum. Alle redeten durcheinander.

„Was?"

„Unmöglich!"

„Das kann doch gar nicht sein!"

„Bitte beruhigt euch!" Isabel hob die Hände. „Vorläufig ist es - wie gesagt - nur eine Hypothese. Ich zähle auf euch. Ihr müsst mir bei der Überprüfung dieser Annahme helfen! Jeder mit seinem speziellen Wissen."

„Das ist eine gewagte Theorie, aber ...", Peter sah sich lächelnd im Kreis um, „... aber ich bin dabei!"

Lachend und aufgekratzt stimmten die anderen zu. Alle fühlten sich wie elektrisiert. Denn wenn Isabels Vermutung stimmen sollte, wären sie tatsächlich einer wissenschaftlichen Sensation auf der Spur.

An diesem Abend fiel es Peter trotz seiner Müdigkeit nach der langen Reise schwer, in den Schlaf zu finden.

Zwei Wochen saß die Gruppe aufgrund einer noch fehlenden behördlichen Genehmigung jetzt schon in Chachapoyas fest.

Isabel hatte ein Einführungsreferat über die Chachapoya-Kultur gehalten.

„Die Chachapoya gelten bisher als ein präkolumbianisches Andenvolk beziehungsweise ein Konglomerat von kleineren Völkern und Stämmen", hatte sie begonnen. „Der Name wurde ihnen von den Inka gegeben und bedeutet auf *Quechua* ‚Wolkenmenschen' oder auch ‚Nebelkrieger'. Die vorliegenden archäologischen Funde, sowie die vielen für indigene südamerikanische Stämme untypischen Beobachtungen geben viele Rätsel auf. Von spanischen Chronisten gibt es nur spärliche Hinweise auf ihre Kultur. Merkwürdig ist auch, dass die Chachapoya ganz plötzlich - sozusagen aus dem Nichts - aufgetaucht sind. Leider fehlen schriftliche Zeugnisse der Kultur selbst. Dadurch entsteht auch ein großer Freiraum für Spekulationen und kontroverse Hypothesen.“ Mit dem Hinweis: „Die Chachapoya gelten bis heute als eine der am wenigsten verstandenen alten Kulturen Südamerikas“, hatte sie ihren Vortrag beendet.

Die übrige Zeit hatten die Archäologen für Internet-Recherchen über die Chachapoya-Kultur genutzt und die daraus resultierenden Fragen aufgelistet.

Es war früher Morgen und es regnete in Strömen. Einige Schneeflocken mischten sich mit dem Regen und signalisierten, dass es draußen recht kalt sein musste. Die Stadt Chachapoyas lag auf einer Höhe von 2335 Metern. Peter schaute griesgrämig aus dem Fenster. Zumindest die Wetterprognose versprach eine kurzfristige Verbesserung. Für die nächste Woche war trockenes und klares Wetter vorhergesagt. Mit niedrigen Temperaturen mussten sie allerdings zum Winteranfang im April und Mai rechnen. Für den heutigen Tag war eine Teambesprechung angesetzt, in der das Arbeitsprogramm für die Dauer des Projektes im Detail festgelegt werden sollte. Jetzt stand aber erst einmal das Frühstück an. Peter traf frierend in der Kantine ein und ging auf den Tisch zu, an dem er die Kollegen sitzen sah.

„Guten Morgen allerseits,“ grüßte Peter und schüttelte dabei die Regentropfen von seiner Jacke ab. Er setzte sich neben Carmen, da sie einen fröhlichen Eindruck auf ihn machte. „Ein guter Ersatz für die fehlende Sonne“, dachte Peter. Als er an den Tisch trat, stand sie auf und gab ihm zur Begrüßung drei Küsschen, zart links, rechts, links auf die Backe gehaucht, wobei sie ihn in ihre Arme nahm. Er erwiderte die Begrüßung und setzte sich gut gelaunt. Zu dem Licht war jetzt auch noch Wärme hinzugekommen. Er fühlte sich gleich viel besser.

2. Kapitel

Der Traum von Eldorado lebt

Trujillo, Spanien - Januar 2018

Unruhig ging Alfredo de Hinojosa im Herrenzimmer seiner Villa auf und ab. Seine wirtschaftliche Lage spitzte sich immer mehr zu. Alle Projekte hatten sich zerschlagen. Zuletzt war auch noch das vielversprechende Geschäft mit den Sojaplantagen in Brasilien gescheitert. Nur weil seine Kompagnons nicht genug Mumm hatten. Ach, viele Geschäftspartner von heute waren entweder Versager oder jämmerliche Memmen, die jedes Risiko scheuten. Da war er doch aus anderem Holz geschnitzt. Kein Wunder, schließlich waren seine Vorfahren Konquistadoren gewesen, worauf die Familie immer sehr stolz gewesen war.

Sein Urahn Francisco de Hinojosa war im 16. Jahrhundert zusammen mit Francisco, Juan und Hernando Pizarro von Spanien aus in die Neue Welt aufgebrochen. Aus dieser Zeit verfügte die hauseigene Bibliothek über alte Chroniken, die Alfredo bereits als kleiner Junge andächtig bestaunt hatte. In seiner momentan misslichen Lage hatte er sich auf die alte Familientradition besonnen und Zuflucht gesucht in der Erinnerung an vergangene Größe. Beim Studium dieser Chroniken war ihm eine geniale Idee gekommen, wie er sein Schicksal würde zum Guten wenden können, wenn er es nur beherzt in die eigenen Hände nahm. Doch nun drohte auch seine letzte Hoffnung in einer Sackgasse zu enden.

Missmutig trat er an den Schreibtisch, blätterte lustlos in dem darauf liegenden alten *Folianten*, schlug ihn seufzend wieder zu und betrachtete den kunstvoll gestalteten Einband. ‚Francisco Xerez: *Verdadera relación de la conquista del Perú*‘.

Wie begierig hatte er diese alten Aufzeichnungen über die Eroberung Perus verschlungen! Von unglaublichen Reichtümern der Inkas war darin die Rede. Die Äußerungen des Inka-Herrschers Manku Qhapaq II, die von Pedro Pizarro überliefert worden waren, kannte er mittlerweile auswendig: „So viel wie dieses Korn habt ihr Christen bisher an Gold und Silber gefunden. Im Vergleich dazu ist das, was ihr nicht gefunden habt, so viel wie dieser Scheffel Mais."

Ja, es musste noch riesige Mengen Gold geben, die bisher nicht entdeckt waren. Er brauchte dieses Gold unbedingt. Aber wie sollte er es finden? Er hatte zwar eine ungefähre Vorstellung, wo es liegen könnte, aber ihm fehlten einfach noch die entscheidenden Detailinformationen. Und sein Mittelsmann am Historischen Nationalarchiv in Madrid ließ ihn nun schon wochenlang hängen. Dabei hatte es sich Alfredo wahrlich einiges kosten lassen, die Skrupel dieses Weichlings wegen der bestehenden Zutrittsbeschränkungen und Kopierverbote zu überwinden. Wahrscheinlich würde auch dieser letzte Versuch zu Geld zu kommen wieder ein Schlag ins Wasser werden.

Er stand am Fenster. In den grauen Winterhimmel starrend rief sich Alfredo die Schilderungen der abenteuerlichen Suche nach dem Goldland Eldorado ins Gedächtnis, wie er sie in dem Expeditions-Bericht von Francisco de Orellana gelesen hatte. Dieser war bei der Suche nach Eldorado den Amazonas von den Anden bis hinab zur Mündung gereist. Alfredo stellte sich die vielen Grüntöne des Dschungels vor, die schwere feuchtwarme Luft, die exotischen Vogelstimmen. Dort sollte man jetzt sein und nicht im kalten unwirtlichen Trujillo!

Die alten Konquistadoren hatten es wahrlich leichter gehabt. Sie waren einfach losgezogen und hatten sich genommen, was ihnen gefiel. Über Gonzalo Pizarro, einen Halbbruder von Francisco Pizarro, hatte Alfredo gelesen, dass er als Statthalter von Cusco nicht zimperlich gewesen war. Er hatte Cuxirimay Ocllo, die Schwester und Hauptfrau des Inka-Herrscher Manku Qhapaq II, der von den Spaniern eingesetzt worden war, begehrt. Später hatte er sie dann für seinen Halbbruder Francisco Pizarro geraubt, der ebenfalls ein Auge auf sie geworfen hatte. Diese Taten waren allerdings nicht ohne Folgen geblieben. Denn Manku hatte sich daraufhin gegen die Spanier erhoben. Aber Gonzalo hatte auch noch anderen Frauen nachgestellt, egal, ob sie aus dem heiligen Jungfrauenkloster der Inkas stammten oder zu adeligen Inka-Familien gehörten. Mit einer schönen Inka-Prinzessin hatte er zwei Kinder, einen Sohn und eine Tochter. Nachdem Gonzalo schließlich wegen einer Rebellion, die er gegen den Vizekönig Núnez Vela angeführt hatte, enthauptet worden war, hatte man seine beiden Kinder nach Spanien gebracht. Die Tochter Inés hatte dort ihren Cousin Francisco geehelicht, den Sohn ihres Onkels Francisco aus dessen Verbindung mit Cuxirimay Ocllo. Als Francisco bald darauf gestorben war, hatte sie Alfredos Urahn Francisco de Hinojosa geheiratet.

Alfredo schüttelte lächelnd den Kopf. Unglaublich, auf welche Ahnenreihe er zurückblicken konnte! Nun musste er sich aber wirklich als ihrer würdig erweisen. Das ganze Familienvermögen war schon dahin. Ihm war nur noch die Villa geblieben. Er musste jetzt einfach schnell zu Geld kommen. Warum nur hatte er kein Glück?

Im selben Moment fiel ihm das alte Amulett ein. Das musste ihm doch helfen! Dafür war es schließlich da. In Alfredos Familienbesitz befand sich nämlich die Hälfte eines Schmuckstückes aus Gold, das genau in der Mitte zerbrochen war. Man hätte meinen können, es sei absichtlich zweigeteilt worden. Der Glücksbringer war seit der Hochzeit von Inés mit seinem Urahn von Generation zu Generation weitergegeben worden unter der Maßgabe, es sorgsam zu hüten und niemals zu veräußern. Einem Nachkommen würde es sich offenbaren und ihm unermesslichen Reichtum bringen. Der Überlieferung nach war es Inés von ihrer Mutter, der Inka-Prinzessin, geschenkt worden. Konnte es nicht sein, dass er eben derjenige sein würde, dem es Glück bringen würde?

Es klopfte. Die Hausangestellte überreichte Alfredo einen Express-Brief. Als Alfredo den Absender entziffert hatte, setzte sein Herzschlag kurz aus. Doch er sammelte sich schnell und fuhr seine Angestellte an: „Hinaus! Und keine Störung in den nächsten Stunden. Durch niemanden."

Er setzte sich. Das lang ersehnte Schreiben aus Madrid! Mit zitternden Händen öffnete er den Brief. Ein verschlossener Umschlag befand sich darin. Vorsichtig öffnete er diesen und entnahm ihm zwei Papiere. Endlich hatte er die Kopie zweier uralter Dokumente in Händen. Es waren handgezeichnete Karten, schwer leserlich, offensichtlich teilweise durch Brand zerstört. Auf einer Karte war der Verlauf des Amazonas von seinem Quellgebiet im Andenhochland Perus bis zur Mündung in den Atlantik eingezeichnet. Auch die größeren Nebenflüsse waren vermerkt. Auf der zweiten Karte war ein Ausschnitt aus der ersten Karte vergrößert dargestellt. Unter Zuhilfenahme eines modernen Atlas konnte er das Gebiet identifizieren. Es lag zwischen dem Rio Marañón im Westen, dem Rio Utcubamba im Osten, den Orten Leymebamba im Süden und Bagua Grande im Norden. Jetzt musste er mit größter Sorgfalt vorgehen. Er nahm ein Vergrößerungsglas aus der Schreibtischschublade und versuchte, die wenigen Eintragungen zu entziffern. Aber es war nahezu unmöglich. Er wollte schon aufgeben, da sah er ein winziges Zeichen.

3. Kapitel
Els Foners Balears
Ebusim, Balearen - Frühjahr 149 v. Chr.

Pau, der Meister des Hütens von Herdentieren, der Jagd und des Kampfes mit der Steinschleuder, saß am Meeresufer und ruhte sich von den morgendlichen Steinschleuderübungen aus. Es hatten sich wieder über zwanzig Kämpfer für die Ausbildung angemeldet. Karthager und Balearen waren am stärksten vertreten. Hinzu kamen Krieger aus den Castros an der iberischen Westküste und von den Inseln *Kriti* und *Kypros*. Es waren kriegerische Zeiten. Die Kriegskunst der Balearen mit der Steinschleuder war hoch geachtet. Alle mit Rom verfeindeten Mächte um das I*nnere Meer* herum kauften sich hervorragend ausgebildete ‚Foners Balears' als Söldner ein oder schickten ausgewählte Krieger zum Erlernen dieses Kriegshandwerks auf die Balearen. Pau hatte viel zu tun und er verdiente gut.

Pau hatte die Zeit vergessen. Er sprang auf und lief zum Haus der Familie von Alunio, einem erst 14-jährigen Jungen. Bei einem Schauwettkampf im letzten Sommer hatte er sich durch die Unachtsamkeit eines Teilnehmers eine schwere Kopfverletzung zugezogen, die er aber durch die herausragenden Kenntnisse des Heilers Xavi überlebt hatte. Pau gab sich eine Mitverantwortung an dem Unglück. Sein guter Ruf basierte auch darauf, dass er als sehr vorsichtig, gewissenhaft und umsichtig galt. Trotzdem war es ihm nicht gelungen, das Unglück zu verhindern. Ein Stein hatte Alunio dreifingerbreit oberhalb des linken Ohres getroffen. Der Schädelknochen war an dieser Stelle leicht nach innen gedrückt worden. Die entstandene Schwellung drohte auf das Gehirn zu drücken. Xavi hatte in aller Eile, aber unter größter Sorgfalt, eine Schädeleröffnung vorgenommen, indem er drei kleine konische Löcher mit einem feinen Bohrer aus *Métallon* gesetzt hatte, damit das Blut nach außen ablaufen konnte. Xavi hatte nach der *Cheirurgia* Pau erzählt, dass die Schädeleröffnung schon lange Zeit auf den Balearen praktiziert wurde. In den allermeisten Fällen bei religiösen Riten, wie der Mumifizierung von Verstorbenen. In Ausnahmefällen wurde sie aber auch angewandt, um im Krankheitsfall oder bei schweren Verletzungen, wie im Fall von Alunio, Leben zu retten. Die Überlebensrate war jedoch gering. Bei Alunio war alles gut verlaufen. Er konnte gerettet werden. Die kleinen Löcher in der Schädeldecke waren wieder zugeheilt. Damit war das Ansehen Xavis weiter gestiegen.

Keuchend kam Pau am Haus von Alunio an. Nach einigen tiefen Atemzügen ging er in den Garten hinter dem Haus, da er von dort Stimmen hörte.

„Seht, da kommt Pau ja doch noch. Ich wusste, dass er sein Versprechen hält!“, rief Alunio freudig und stürmte auf Pau zu.

„Bitte nimm Platz. Ich richte dir gleich einen Teller“, forderte Alunios Mutter Pau auf.

„Da sage ich nicht nein!“, antwortete er, setzte sich und goss sich einen Becher Wasser aus dem großen Krug ein. Er leerte ihn in einem Zug.

Während sie Mittag aßen, befragte Pau Alunios Vater, wie denn der Wollhandel derzeit laufe. Alunios Vater hatte mehrere große Schafherden und war ein angesehener Händler.

„Nicht gut. Die Preise verfallen. Die Kunden meiden längerfristige Kaufabschlüsse. Billige Wolle für einfache Bekleidung, wie zum Beispiel für Soldaten, ist jetzt mehr gefragt als teure Wolle für feines Tuch für die Herrschaften.“

„Ja, die Zeiten sind unruhig geworden. Keiner weiß, was die Zukunft bringt. Da wartet man lieber erst mal ab“, kommentierte Pau und dachte: „Kennzeichnend für ihn, er ist nie zufrieden. Dabei geht es ihm sehr gut.“

Jetzt wandte er sich an Alunio.

„Ich habe dir ein Geschenk mitgebracht.“

„Ja? Wo ist es? Bitte zeig es mir.“

Pau griff in seine Tasche und gab dem Jungen eine besonders schön geflochtene Steinschleuder. „Pass aber gut auf, dass nicht wieder etwas passiert.“

„Danke Pau. Vielen Dank! Mama, Papa, schaut, was ich bekommen habe!"

Als die Eltern die Schleuder erblickten, sahen sie Pau missbilligend an. Ihm wurde plötzlich klar, dass die Eltern lieber ein anderes Geschenk gesehen hätten als die Steinschleuder. In Anbetracht der schweren Verletzung, die der Junge erlitten hatte, war das ja auch zu verstehen. „Jetzt ist es ohnehin zu spät", dachte er und zuckte entschuldigend mit den Schultern. Steinschleudern waren nun einmal sein Leben. Auf jeden Fall war Alunio glücklich. Er freute sich riesig und wollte gleich los, um sie auszuprobieren. Er war eben ein kleiner Heißsporn und zudem sehr neugierig.

„Nicht jetzt", hielt Pau ihn zurück. „Dafür hast du noch Zeit genug. Denk daran was Xavi gesagt hat. Du darfst dich noch nicht anstrengen und musst erst wieder voll zu Kräften kommen, also bitte gedulde dich."

„Na gut", brummte Alunio, wohl doch etwas enttäuscht. Seine Mutter aber nickte Pau lächelnd zu. Er trank noch einen Becher Wasser, bedankte sich für das Essen und verabschiedete sich.

„Bis bald!", rief er Alunio zu.

Er ging direkt zum Ausbildungsgelände.

Am heutigen Nachmittag stand die letzte Wiederholung einer eher theoretischen Lektion auf dem Programm. Material, Herstellung, Pflege, Beschaffenheit der zu verwendenden Steingeschosse und vieles mehr. Am nächsten Morgen sollten dann das Tragen, die Handhabung und die Einsatzmöglichkeiten der Steinschleuder wiederholt werden. Nachmittags würde die Ausbildung mit einer letzten praktischen Übung zu Ende gehen. Die Teilnehmer sollten von einem schwankenden Boot bewegliche Ziele am Ufer treffen.

Als Pau nun den Unterricht besuchte, fiel sein Blick auf einen jungen Teilnehmer mit dem Namen Philosir. Dieser hatte eine Reihe von unterschiedlich großen und ganz verschieden geformten Steinen vor sich liegen.

Er hörte, wie Philosir einem Mitschüler erläuterte: „Diesen Stein nimmst du, wenn du ein Ziel, zum Beispiel ein Schaf, nur leicht treffen willst, damit es am Weitergehen gehindert wird und die Richtung ändert. Diesen Stein hier dagegen, wenn du ein Ziel zerstören willst. Zum Beispiel, wenn du einen Wolf, der ein Schaf reißen will, töten musst."

„Was machst du, wenn der Wolf getroffen liegen bleibt?", mischte sich Pau in den Dialog ein.

„Ich versuche das Schaf von ihm wegzutreiben, bis es in Sicherheit ist. Dann nähere ich mich mit der wurfbereiten Steinschleuder dem Wolf. Bleibt er liegen, nehme ich mein Messer und steche ihm zur Sicherheit ins Herz."

„Gut", sagte Pau und klopfte ihm auf die Schulter.

„Macht weiter", forderte er die beiden auf, bedachte den Ausbilder mit einem Kopfnicken und ging weiter.

Philosir war mit seinen erst 20 Jahren bereits ein voll ausgebildeter und auch schon kampferprobter Krieger aus Karthago. Er war begeistert von der Wirksamkeit der Steinschleuder als Waffe und wollte die Handhabung der Steinschleuder und alles was damit verbunden war unbedingt selbst erlernen. Die Karthager setzten auf Ihren Kriegsschiffen schon immer Steinschleuderer von den Balearen ein. Gerade die davon ausgehende Kampfkraft war der Schrecken ihrer Gegner. Aber auch zum Schutz von Handelsschiffen wurden immer Gruppen von Steinschleuderern mitgenommen, die zudem als Helfer beim Be- und Entladen der Schiffe gern gesehen waren.

Pau hatte sich während der Ausbildung, die einen vollen *Mondzyklus* dauerte, mit Philosir angefreundet. Sein Freund und Ratgeber Sakarbal in Karthago hatte Philosir zu ihm geschickt. Philosir war ein aufmerksamer, wissbegieriger und schnell lernender Schüler, der schon bald mit Abstand die Klasse in der Kunst des Steinschleuderns anführte. Er blieb trotz des Erfolgs bescheiden und half den anderen Teilnehmern sich zu verbessern. Er war geachtet und beliebt.

Nach dem abendlichen Essen saßen die beiden oft zusammen und tauschten sich über die sich abzeichnenden Veränderungen des

Machtgefüges der Reiche um das Innere Meer herum aus. So auch an diesem Abend.

„Das ungezügelte Vorgehen Roms macht mir und vielen anderen in Karthago große Sorgen. Wie seht ihr das hier?“ fragte Philosir.

„Wir mögen die Römer nicht. Sie sind uns fremd. Sie haben keine Jahrtausende zurückreichende Kultur wie wir. Die Menschen der Balearen fühlen sich dagegen eng mit Karthago verbunden. Ebusim wurde vor gut fünfhundert Jahren von den Karthagern als Handelsniederlassung gegründet“, antwortete Pau.

„Aber gerade durch diese Verbindung mit Karthago werdet ihr nun auch in die Kriege mit Rom hineingezogen, oder?“, erkundigte sich Philosir.

„Nicht nur deshalb. Wir sind ein freies und selbstbewusstes Volk. Viele Bewohner der Inseln nutzen die unruhigen Zeiten für Piratenüberfälle, teilweise auch auf römische Schiffe. Die Antwort Roms sind Strafaktionen gegen die Bevölkerung, egal, ob Pirat oder nicht“, ergänzte Pau.

„Wenn Rom Karthago vernichten sollte, wird es dann auch nach den Niederlassungen Karthagos rund ums Innere Meer und in den angrenzenden Gebieten greifen, um sein Machtimperium auszuweiten?“, fragte Philosir.

„So wird es wohl kommen“, antwortete Pau.

Mit diesen düsteren Gedanken war auch die Dunkelheit der Nacht hereingebrochen. Es war Zeit, zu Bett zu gehen. Pau in seinem Haus und Philosir im Schlafraum der Schule. Am übernächsten Tag stand die Abschlussfeier der Ausbildung sowie die Rückreise Philosirs nach Karthago an.

4. Kapitel
Castro de Baroña
Galicien - Frühjahr 149 v. Chr.

Aidan, der Sohn des Kriegerfürsten, stand auf dem nordwestlichen Wachtturm an der Wehrmauer der Siedlung und genoss den Anblick der Sonne, wie sie langsam am Horizont im Meer versank. Von unten hörte er leise Schritte. Jemand kam die Treppe hinauf.

„Hat dich wieder das Fernweh ergriffen? Träumst du von unbekannten Ufern?“, hörte er jetzt die Stimme seiner Schwester Aliya.

Er drehte sich zu ihr um, half ihr hinauf und zeigte aufs Meer.

„Was ist da draußen, hinter dem Horizont, Aliya?“

„Wasser!“, antwortete sie.

„Und dahinter, noch weiter draußen?“

„Noch mehr Wasser!“, entgegnete sie.

„Aber glaubst du nicht auch, dass dahinter irgendwann eine Küste kommt?“, fragte er.

„Vielleicht, vielleicht nicht. Ich weiß es nicht“, sagte sie und nahm ihren Bruder in den Arm. Bald war das mit dem Sonnenuntergang verbundene Farbenspiel am Himmel verschwunden und die Nacht hereingebrochen. Der Vollmond leuchtete hell. Das Meer glitzerte, als seien unzählige Glühwürmchen beim Baden. Obwohl er seiner Schwester schon längere Zeit seinen Umhang umgelegt hatte, fröstelte sie.

„Lass uns zurückgehen, mir ist kalt“, sagte sie dann auch.

Doch als Aidan sich zur Nachtruhe hingelegt hatte, grübelte er weiter über die eine Frage, die er sich wieder und wieder gestellt hatte: „Was ist hinter dem Horizont?“ Auch wenn man auf dem Inneren Meer segelte, sah man oft kein Land am Horizont, aber jeder wusste, dass um das Meer herum viele Länder lagen. Konnte es sich beim *Äußeren Meer* nicht auch so verhalten?

Bei seinen Gängen entlang des Meeresufers hatte er oft seltsame Dinge gefunden. Einmal ein vierkantiges, drei *Fuß* langes Holz, in das ein Adler, ein Bär und eine Schlange sowie unbekannte Muster geschnitzt waren. In Perioden mit lang andauerndem Westwind fand er immer wieder Hölzer und Pflanzen, die es in der Welt, die er kannte, nicht gab. Und er war schon weit herumgekommen bei den Seereisen mit seinem karthagischen Freund Sakarbal. Alexandria, *Kyrene*, Karthago, *Gadir*, *Tingis* und *Porthynys* waren einige der Orte, die er kennengelernt hatte.

Die Karthager nutzten neben den Häfen, wo sie selbst Niederlassungen hatten, auch viele der kleineren, oft versteckten Häfen der Castro-Siedlungen entlang der nordwestlichen Küste der iberischen Halbinsel, wenn sie auf der Suche nach Kupfer, Zinn, Stoffen und anderen Handelswaren auf dem Nordmeer unterwegs waren. Aber auch die Menschen in den Küstensiedlungen selbst unterhielten regelmäßige Verbindungen zu den Nordländern und waren vertraut mit dem Segeln auf dem rauen und stürmischen Meer.

Die Fahrt nach Porthynys war ihm ganz besonders in Erinnerung geblieben. Sakarbal hatte den Auftrag gehabt, dort Zinn an Bord zu nehmen im Austausch gegen Glaswaren, Elfenbein und *purpur*farbenes Tuch. Auf der Fahrt durch das Keltische Meer waren sie in ein schreckliches Unwetter geraten. Der Himmel hatte sich pechschwarz verdunkelt und Unmengen von Wasser auf ihr Schiff herabgeschüttet. Die Wellenkämme des aufgewühlten Meeres hatten gleichzeitig eiskaltes Wasser über das Deck geschüttet. Das Schiff war ein Spielball der Wogen und des Windes geworden. Noch heute kehrte die damalige Todesangst in Form von Alpträumen zu ihm zurück. Zwei Tage später war Dank *Manannan* alles vorüber gewesen. Das Meer lag spiegelglatt da, darüber der blaue Himmel. Aber sie waren weit von ihrem Kurs abgetrieben worden. Schließlich hatten sie an der äußersten südwestlichen Spitze der großen Insel des Nordmeeres den Landstrich, wo die Zinnlagerstätten waren, erreicht. Sie waren mit der Flut in den Hafen von Porthynys gefahren, der in einer geschützten Bucht an der Ostküste der Landspitze lag. Wie hatte er sich gewundert, als bei Ebbe das Schiff komplett trockengefallen war. Die Ausfahrt war nur wieder bei Flut möglich gewesen.

Neugier und Begeisterung waren Eigenschaften von Aidan, die ihm wohl schon als Kind mit auf den Weg gegeben worden waren. Mit Spannung hatte er stets den Erzählungen seines Vaters über ihre Ahnen gelauscht und geduldig hatte dieser seine vielen Fragen beantwortet.

Ihre keltischen Vorfahren waren vor vielen Jahren in die wärmeren und fruchtbareren Gebiete Iberiens eingewandert. Sie waren auf der Flucht gewesen vor Hunger und Not und vor den damit verbundenen Kämpfen gegen andere Stämme aus dem Norden. Nach den anfänglichen kriegerischen Auseinandersetzungen hatten sie bald mit der einheimischen Bevölkerung zu einem friedlichen Nebeneinander gefunden. Überall an der Westküste Iberiens bis zum Fluss Douro im Süden und bis zum Fluss Cares im Osten hatten die Einwanderer nach und nach auf Hügeln Siedlungen errichtet und mit Wällen und Gräben befestigt. Die Menschen in den Castros nannten sich noch immer Kelten und verehrten mit *Danu, Cernunnos, Neto,* und *Lugh,* um nur einige Beispiele zu nennen, die gleichen Götter wie die keltischen Völker weiter im Norden.

Die Castro-Siedlungen ähnelten sich in ihrer Grundstruktur stark. Die Größe und Form der strohgedeckten steinernen Rundhäuser, die Form der behauenen Steine, ihre Zusammenfügung, die umlaufenden Bänke auf den Fundamenten der Häuser, die Anbauten und Vorhöfe, Wege, Plätze, Treppen und angelegten Geländestufen waren nahezu identisch. Lediglich die jeweilige Geländeform bestimmte notwendige Umgestaltungen. Als Baumaterial diente immer das Gestein, aus dem auch der Fels der Anhöhe beschaffen war. Nach den Erzählungen seines Vaters hatten ihre Vorfahren vor mehr als fünfhundert Jahren begonnen derartige Siedlungen anzulegen. Einige Häuser waren mit Ornamenten geschmückt. Rauten, Zickzack-Bänder, Spiralen, *Triskelen,* verflochtene Linien und andere Formen wechselten sich ab. Diese Muster fanden sich auch auf ihren Stoffen und ihren Tellern, Bechern und Gefäßen wieder.

Wenn Aidan von einer seiner weiten Reisen zurück nach Hause kam, genoss er diese vertraute Umgebung. All die Pracht der großen Städte in fremden Ländern konnte seiner Meinung nach nicht mithalten mit der schlichten Schönheit der heimatlichen Castros.

Mit Stolz erfüllten ihn auch die steinernen Kopfskulpturen. Sie fanden sich in Kultanlagen und an Wänden oder Nischen von Häusern besonders erfolgreicher Krieger. Einfach gestaltet, meist nur mit Nase, hervorgehobenen Augen und vollen Lippen. Sie ersetzten mehr und mehr die einstmals am Haus gezeigten abgeschlagenen Köpfe der Feinde. Diese archaische Kopfjagdsitte starb langsam aus.

Aidan selbst hatte schon viele der anderen Castros besucht, so zum Beispiel Viladonga und Santa Trega. Zum Castro de Sabroso war Aidan in einer Pilgergruppe gereist. Dort verehrten sie uralte in Stein gearbeitete Bilder. Der Glaube an die Macht des geheimen Wissens aus längst vergangener Zeit war ein Grundpfeiler im Leben der Siedlungsgemeinschaften, die durch den Anführer aus einer Kriegerfamilie und die Zusammenarbeit aller Menschen der Gemeinschaft auf gemeinsamen Überlieferungen und Grundsätzen geprägt war.

Aidan fühlte sich mit seinen 27 Jahren fest in diesen verankert. Doch er hatte den Blick für Neues nicht verloren. Er dachte nicht nur über neue Ufer nach, die es jenseits des Meeres vielleicht geben mochte. Er träumte auch von einem selbstbestimmten Leben in Freiheit. Natürlich wollte er eingebunden sein in eine Gemeinschaft. Diese Gemeinschaft sollte aber ihren Mitgliedern gegenüber verpflichtet sein. Und seiner Meinung nach sollte es keinen Stammesführer geben, der alles allein bestimmte. Er träumte vielmehr davon, dass die unbedingt notwendigen Führungsaufgaben durch einen von allen gewählten mehrköpfigen Rat ausgeübt würden.

Sein Vater hatte ihm auch von anderen keltischen Einwanderern erzählt, die sich viel weiter im Inneren des Landes niedergelassen hatten. Die Siedlungen dort lagen zumeist auf Bergen und waren aufgrund der größeren Bedrohung mit höheren und stärkeren Wällen und Mauern geschützt. Einige Siedlungen waren bekannt für ihre gewaltigen steinernen Festungsanlagen. Rundhäuser fand man hier eher selten. Die meisten Häuser waren rechteckig gebaut. Die Menschen im Landesinneren wurden Keltiberer genannt. Hier hatten sich die Stämme der Kelten und einheimischen Iberer von Anfang an viel stärker durchmischt.

Eine dieser Siedlungen, Contrebia Lenkade, hatte Aidan mit seinem Vater schon mehrmals besuchen können. Die Familie des Kriegerfürsten dort hatte einen Sohn im gleichen Alter wie Aidan. Er hieß Moran, was für Meer, Rauch, oder Nebel stand. Beide jungen Männer verband inzwischen eine feste Freundschaft. Während Aidan die bemerkenswerten bautechnischen Kenntnisse von Moran bewunderte, war Moran begeistert von Aidans Vorstellungskraft, seiner *Utopía,* und von seinen spannenden Erzählungen über fremde Völker und abenteuerliche Reisen.

Moran liebte es, sich selbst als Held in mythische Geschichten zu versetzen, in denen Menschen, Naturgeister und Götter in Abenteuer miteinander verwoben waren. Diese Geschichten spielten sich vor der Kulisse des Meeres, der Flüsse, Seen und Berge ab. Und immer wieder waberte in diesen Geschichten undurchdringlicher Nebel.

In Aidan dagegen brannte innerlich ein Feuer, seine Überzeugungen und Vorstellungen Realität werden zu lassen. Oft strahlte dieses Feuer nach außen, vor allem dann, wenn es ihm gelang, anderen in kritischen Umständen Mut zu geben oder sie für ein Vorhaben zu begeistern. Der Eifer hatte aber seine Besonnenheit bisher noch nie besiegt. Seine Mutter nannte ihn daher je nach Lage ihren ‚Lichtbringer' oder ihr ‚kleines Feuer' und strich ihm dabei über sein orangerotes Haar. Sie war stolz auf ihn. Er war groß gewachsen, gut sechs Fuß hoch, und kräftig gebaut mit stark hervortretenden Muskeln.

„Er wird bestimmt mal ein guter Führer", dachte sie bei sich.

Am nächsten Morgen machte sich Aidan auf den Weg zu einem Rundgang durch die Siedlung.

Er war vom Ältestenrat als Verantwortlicher für die Stadtbefestigung benannt worden. Da die Stammesführung vererbt wurde, gehörte es im Rahmen der Vorbereitung auf diese dazu, sich durch die Übernahme bestimmter Aufgaben der Siedlungsgemeinschaft gegenüber zu zeigen und seine Qualifikation unter Beweis zu stellen. In diesem Amt konnte Aidan die bautechnischen Kenntnisse seines Freundes Moran gut gebrauchen.
Auf seinem Weg entlang der Nordmauer wäre er fast gestürzt. Teile des Fundamentes waren vom Wasser unterspült worden. Einige der unteren Mauersteine fehlten. Die Randsteine auf dem Weg waren unter seinem Gewicht ebenfalls abgerutscht. An einigen Stellen musste die Mauer dringend repariert und die Befestigungsanlagen insgesamt deutlich ausgebaut werden.

Die Lage auf einer kleinen Halbinsel direkt am Meer, die nur über eine tiefer liegende Landenge zu erreichen war brachte einen natürlichen Vorteil im Verteidigungsfall mit sich. Um aber einen wirklich sicheren Schutz für die 20 Wohnhäuser, einige Lagerhäuser, das Kult- und Versammlungshaus zu haben, müssten zusätzliche Gräben, Wälle, Mauern und leicht zu verteidigende Zugänge gebaut und permanent verbessert werden.

Aidan wollte das gleich morgen früh im Ältestenrat vorbringen. Der Ältestenrat unterstützte - wie in allen Castros - den Kriegerfürst der Siedlung. Der Rat wurde zwar von allen gewählt, musste aber für seine Amtszeit vom Kriegerfürsten bestätigt werden.

Obwohl Aidan der Sohn des Kriegerfürsten war, konnte er sich keinesfalls sicher sein, dass sein Anliegen Vorrang bekommen würde. Anders als in den östlich gelegenen Siedlungen, die wie Contrebia Lenkade etwa fünf bis sechs Tagesmärsche entfernt lagen, wollte man hier von aufziehenden Gefahren durch das Vordringen der Römer nichts wissen. Dort, so hatte er von Moran erfahren, wurden hastig enorme Ausbauten der Befestigungsanlagen vorgenommen. Stattdessen sollten in seiner Siedlung weitere Kriegerstatuen zu Ehren der Götter in Auftrag gegeben werden. Sein Vater zählte zu den Hauptbefürwortern dieses Antrags.

5. Kapitel
Alltag in *Qart-Hadast* (Karthago)
Nordafrika - Frühjahr 149 v. Chr.

Sakarbal schaute von seiner Lagerstätte auf dem flachen Dach seines Wohnhauses in den klaren Nachthimmel. Keine Raumdecke konnte schöner gestaltet sein als der Sternenhimmel, fand er. Seine ein Jahr jüngere Frau Sira lag schlafend an ihn gekuschelt. Sie hatten sich intensiv in den Schlaf geliebt. Sira verstand es immer wieder, ihn aus seinen Sorgen und Ängsten zu erlösen und ihm tiefste Zuneigung und höchste Befriedigung zu geben. Sie waren jetzt sieben Jahre glücklich miteinander verbunden und hatten zwei Kinder. Himilko war mit seinen sechs Jahren in der Segelschule bereits der Eifrigste und Gelehrigste. Ihre Tochter Hayet, drei Jahre alt, nutzte jede Gelegenheit ihrer Mutter zu entwischen, um ihren Horizont von Tag zu Tag zu erweitern.

Sakarbal wachte früh auf. Viele Gedanken beschäftigten ihn. Seit dem Friedensvertrag zwischen Karthago und Rom vor 52 Jahren war es nach der Niederlage für Karthago schnell wieder aufwärts gegangen. Karthago erfüllte seine Pflichten aus dem Friedensvertrag. Der Seehandel florierte. Sakarbal war jetzt 27 und hatte bisher nur Friedenszeiten erlebt. Er hatte eine umfassende Ausbildung in der angesehensten *Scholeio* von Karthago erhalten und war im Handelshaus seines Vaters als Händler ausgebildet worden. Seit einigen Jahren war er verantwortlich für einen Teilbereich des Warenhandels. Schon von klein auf hatte ihm sein Vater die Geschichte der Auseinandersetzungen mit Rom in aller Ausführlichkeit wieder und wieder erzählt. Daraus hatte er für sich abgeleitet, dass die derzeitige friedliche Lage mehr als trügerisch war. Der Verzicht auf eine eigene Kriegsführung war für ihn der kritischste Punkt des Friedensvertrages. Denn Numidien unter der Führung von Massinissa provozierte Karthago am laufenden Band. Nach Jahren der Zurückhaltung war es jetzt passiert! Karthago hatte, ohne sich von Rom die Strafaktion genehmigen zu lassen, zurückgeschlagen. Jedermann war besorgt, wie die Römer hierauf antworten würden. So auch Sakarbal.

Inzwischen graute der Morgen und Sakarbal erhob sich von Sorgen gequält. Was würde mit ihm, seiner Familie, dem Handelshaus und Karthago passieren, wenn es zu einem dritten Krieg mit Rom kommen sollte?

Sira war der unruhige Schlaf ihres Mannes nicht verborgen geblieben. Immer wieder hatte er sich im Bett von einer Seite auf die andere gedreht.

„Komm wieder ins Bett und liebe mich!“, lockte sie.

„Von Herzen gern, Sira, aber mir gehen zu viele Sorgen um unsere Familie und Karthago durch den Kopf. Ich möchte zum Senat. Dort findet heute Morgen eine Sitzung über die gegenwärtige Bedrohungslage statt. Vielleicht kann ich etwas erfahren.“

„Dann stehe ich auch auf und bereite uns das Frühstück. Ich muss ohnehin die Kinder früh zu deiner Mutter bringen, da ich heute eine Freundin im *Nosokomeion* vertrete“, sagte Sira verständnisvoll.

„Du Papa, stell dir vor, gestern bin ich vom Lehrer im Unterricht gelobt worden!“, erzählte Himilko mit vollem Mund. Er kaute noch an einem Stück warmen Fladenbrotes mit Honig und war gerade dabei, sich eine Feige als Nachschub aus der großen Obstschale in der Mitte des Tisches zu angeln.

„Nein, das ist meine!“, schrie die kleine Hayet und versuchte auf den Tisch zu klettern, um ihre Feige zu retten. Dabei waren genug in der Schale. Sira setzte Hayet wieder auf den Hocker und gab ihr eine Feige in die Hand.

„Himilko, wofür bist du denn gelobt worden?“, fragte sein Vater.

„Zuerst sollten wir alle Knotenarten nennen, die wir kennen, und auch angeben, wofür man sie benutzt. Ich konnte die meisten aufzählen. Dann sollte jeder in der Klasse je einen Knoten zum Fest- und zum Verbinden machen. Dabei war ich der Schnellste und der Lehrer meinte, dass die Knoten fehlerlos seien.“

„Prima, ich bin stolz auf dich!", lobte auch Sakarbal seinen Sohn. „Aber hilf auch den anderen, bei denen es noch nicht so gut geht, damit sie es lernen!", ermahnte er ihn.

Dann stand er auf, streichelte die Köpfe der Kinder, gab Sira einen Kuss und verließ mit einem „Bis später" das Haus in Richtung Senatsgebäude.

Als Sakarbal ankam, sah er einen Aushang am Eingangsportal. Die heutige Sitzung sei nicht öffentlich, stand dort geschrieben. Das hatte nichts Gutes zu bedeuten. Der Zutritt war auch ihm verboten. Es gab wenige Regeln in Karthago. Wenn es aber welche gab, wurden sie strikt eingehalten. Er brauchte also gar nicht erst zu versuchen, doch irgendwie hinein zu gelangen. Stattdessen musterte er die Gesichter der Senatsmitglieder, die zur Versammlung kamen und durch das Portal schritten. Alle waren ernst und mit Sorge erfüllt. Er musste erfahren, was sie dort besprechen würden. Dann sah er einen Mann hineingehen, den er kannte. Er war einer der *Sufeten*, den ranghöchsten Bediensteten der Leitung Karthagos. Der Sufet und Sakarbals Vater kannten sich gut. Sie waren beide hochrangige Würdenträger. Der eine in der Administration, der andere im Handelssektor. Sakarbal war dem Sufeten im Hause seines Vaters schon öfter begegnet. Ihn würde er beim Verlassen des Senatsgebäudes über die derzeitige Lage befragen.

6. Kapitel
Der Arbeitsplan
Chachapoyas, Peru - April 2018

Carmen wachte früh auf. Ihr Schlaf war unruhig gewesen. Sie konnte sich nicht erklären, was die Ursache hierfür gewesen war. Aber etwas war anders mit ihr. Seit sie den deutschen Kollegen, Peter, kennengelernt hatte, ging ihr dieser Mann nicht mehr aus dem Kopf. Sein freundliches Auftreten, die aufmerksame Beachtung, die er ihr schenkte, waren etwas Neues für sie.

Bisher kannte sie in ihrem Leben eigentlich nur Einsamkeit und Ablehnung. Schon als kleines Mädchen hatten die anderen Kinder im Dorf auf sie gezeigt und spöttisch ‚*Mucha,* Mucha' gerufen. Auch als junge Frau und Studentin war sie ständig in der Rolle der Außenseiterin geblieben. Nur ihre Eltern standen stets hinter ihr. Ihre Liebe, ihr Vertrauen und ihre nachhaltigen Ermutigungen gaben ihr das Selbstbewusstsein, ihren Weg zu gehen. Sie hatte sich entschlossen Archäologie und Anthropologie zu studieren. Jetzt war sie 29 Jahre alt, hatte ihr Studium erfolgreich beendet und war als wissenschaftliche Hilfskraft und Doktorandin bei Isabel Mujen tätig. In ihrer Arbeitswelt fand sie die Anerkennung, die sie so lange vermisst hatte. Aber außerhalb veränderte sich nicht viel. Sie war nach wie vor so etwas wie eine Exotin. Ein Mann hatte sich bisher noch nie für sie interessiert.

Und jetzt dieser Deutsche. Er schien ihre Nähe geradezu zu suchen. Sie war verwirrt. Sie stand auf, duschte, zog sich an und ging zum Frühstück, in der Hoffnung, wieder neben Peter sitzen zu können.

Pünktlich um neun Uhr hatten sie sich alle im Seminarraum des Gästehauses versammelt. Isabel stand an ihrem PC und schaute zur Projektionswand, wo die ersten Signale des Beamers ankamen.

„So, liebes Team, hier seht ihr in Schlagworten, was wir in den nächsten Wochen vorhaben."

Jeder im Raum las die drei Folien. Anschließend diskutierten sie das Programm ausführlich. Es waren meistens Detailfragen, die mehr der Klarstellung, der Aufgabenverteilung und der notwendigen Vorbereitung dienten. Ansonsten bestand bei allen, bis auf José, ein Konsens über das Programm.

José bestand hartnäckig auf seinem Vorschlag, eine Erkundungsexpedition zu Ruinenstätten und Felsengräbern durchzuführen, die bisher noch kaum oder gar nicht erforscht worden waren, wie zum Beispiel die Begräbnisstätte von Wanglic und das engere Gebiet um den Gocta-Wasserfall.

„Ein interessanter Vorschlag, aber leider fehlt uns dazu die Zeit", meinte Isabel höflich.

„Wir könnten diese Feldforschung ja an Stelle des Museumsbesuches machen. Die Dinge dort kennen wir grundsätzlich schon", erwiderte José.

„Wir treffen dort die führende Mumienexpertin Perus und ich denke, sie wird Informationen haben, die wir noch nicht kennen und die uns überraschen werden", entgegnete Isabel, die langsam etwas ärgerlich wurde, doch José ließ nicht locker.

„Ich bin bei Auswertungen von Berichten der spanischen Chronisten auf die Möglichkeit eines Wasserheiligtums in dem von mir genannten Gebiet gestoßen. Würden wir hier neue Steinstrukturen mit noch unzerstörten und nicht geraubten Artefakten finden, wäre der Erkenntnisgewinn vielleicht höher."

Jetzt beteiligten sich auch die anderen Archäologen an dem Disput.

Peter fasste schließlich zusammen: „Da außer dir niemand sonst über deine Informationen verfügt und sie auf Hinweisen von spanischen Chronisten beruhen, ist zu vermuten, dass sie sich eher auf eine Inka-Stätte beziehen. Die Inka-Kultur steht aber nicht im Fokus unseres Auftrages."

Isabel blickte dankbar zu Peter und erklärte dann: „Damit ist Josés Vorschlag abgelehnt. Wir führen das Programm wie vorgestellt durch."

Um ihn aber nicht als Verlierer dastehen zu lassen, denn sie brauchte ihn ja noch als motiviertes Teammitglied, ergänzte sie: „Wir werden deinen Vorschlag in der zusammenfassenden Auswertung Ende Juni gegebenenfalls nochmals aufgreifen. Vielleicht sehen wir dann einen konkreten Ansatzpunkt."

Während des gemeinsamen Mittagessens in der Mensa erschien ihnen José verärgert. Er blickte finster und sprach mit niemandem.

Es war der letzte Tag vor drei arbeitsreichen Monaten in abgeschiedenen Regionen. Daher wollten sie alle, nach den Vorbereitungen für die Abreise am Nachmittag, den Abend nochmals so richtig genießen. Willi empfahl ihnen das Café Fusiones an der Plaza de Armas. Die zweieinhalb Kilometer von der Universität bis zum Café schafften sie in gut einer halben Stunde zu Fuß. José war nicht mitgekommen, was alle bedauerten.

Das Café machte einen gemütlichen Eindruck. Der einzige größere Tisch war von einer Gruppe junger Studenten belegt. An einem kleineren Tisch in der Ecke saß ein älteres Touristenehepaar, dass sich auf Deutsch unterhielt.

„Guten Abend", schaltete sich Peter in ihr Gespräch. Das Ehepaar schaute überrascht auf und grüßte freundlich zurück.

Carmen bat Peter, sich neben sie zu setzen. Sie hatte einen kleinen Tisch für zwei Personen in der Ecke eines Nebenraumes erspäht. Die beiden anderen Tische im Nebenraum belegten Willi mit Jorge und Jean-Pierre mit Isabel. Carmen und Peter bestellten Ceviche von Andenforellen und Weißwein aus Pisco. Das Essen war vorzüglich.

Je weiter der Abend voranschritt, umso näher kamen sich Carmen und Peter. Das lag nicht nur an der Flasche Rotwein, die sie nach dem Essen noch bestellt hatten. Viele kleine und ganz und gar nicht zufälligen Berührungen und tiefe Blicke sprachen eine deutliche Sprache.

Nachdem Carmen Peter sehr detailliert über sein Privatleben ausgefragt hatte, fühlte sie sich ermutigt ihm viele persönliche Dinge zu erzählen: „Ich bin eine sogenannte *Gringuita* aus dem abgelegenen Dorf Huancas."

Als Carmen dies sagte, fiel Peter wieder ein, dass er von dem Phänomen der Gringuitos schon einmal gelesen hatte. Dieses Phänomen war eine bisher ungeklärte Besonderheit im Chachapoya-Gebiet.

„In vielen Dörfern werden immer wieder Kinder geboren, die aussehen wie ich", fuhr Carmen fort, als hätte sie die Gedanken Peters gelesen. „Je weiter abgelegen das Dorf in den unzugänglichen Bergregionen liegt, umso eher tritt dieses Phänomen auf. Die einheimischen Chachapoya-Familien nennen Menschen wie mich in Quechua Muchas. Von den übrigen Peruanern werden wir Gringuitos genannt."

„Ein interessantes Phänomen. Können wir das ein anderes Mal weiter vertiefen? Für heute bin ich nicht mehr aufnahmefähig, zu viel Wein, mein Kopf brummt", bat Peter. „Ob Peruanerin oder Mucha, für mich bist du eine sehr schöne und äußerst sympathische Frau. Ich bin froh, dass ich dich kennengelernt habe."

Carmen schubste ihn mit ihrer Schulter an und gab ihm einen Kuss auf die Wange. „Ich freue mich auch!"

Es war kurz nach Mitternacht geworden. Mit Taxis fuhren sie alle zurück ins Gästehaus.

Die Nacht war sternenklar und Carmen bat Peter noch mit ihr gemeinsam das Kreuz des Südens am Himmel zu suchen. Nachdem alle anderen auf ihre Zimmer gegangen waren, umarmte Carmen Peter und gab ihm einen Kuss. Peter erwiderte ihn. Aber er fühlte sich hin- und hergerissen zwischen Verliebtheit und Vernunft. Er war in ihrem gemeinsamen archäologischen Projekt immerhin der stellvertretende Leiter und musste an die Verantwortung für die Gruppe denken. Ein Liebesabenteuer mit einer Kollegin passte da eher nicht ins Bild.

„Nein Carmen, entschuldige bitte, ich hätte dich nicht küssen dürfen", stammelte er, entwand sich ihrer Umarmung und drückte sie von sich weg. Vielleicht etwas zu heftig. Sie schaute ihn verwundert und verletzt an, drehte sich brüsk um und rannte ins Gästehaus.

7. Kapitel
Reisevorbereitungen
Trujillo, Spanien – April 2018

Alfredos Hand zitterte, als er das starke Vergrößerungsglas über den winzigen Eintrag auf der alten Karte hielt. Zwei kurze senkrechte Striche, die in einem kleinen Kreis endeten. Von dort zwei etwas längere senkrechte Striche, die in einem größeren Kreis endeten. Daneben stand geschrieben ‚ora Inca'. Er zeichnete seine Entdeckung auf ein größeres Blatt.

„Was soll diese Darstellung bedeuten? Jetzt streng dich gefälligst an! Du bist so nah dran an deiner goldenen Zukunft. Vermassle es nicht auch noch selbst!", murmelte er.

Er schenkte sich ein Glas Wasser aus einem Krug ein und plötzlich kam ihm eine Idee.

„Klar, das ist ein Wasserfall!", rief er laut.

Und tatsächlich, als er in dem noch aufgeschlagenen Atlas nachsah, war dort ein Wasserfall, der Gocta Catarata, verzeichnet. Sofort gab er auf seinem Laptop den Suchbegriff ‚Gocta Catarata' ein. ‚Drittgrößter Wasserfall der Erde' war dort zu lesen. Dieser Superlativ wurde allerdings gleich wieder etwas eingeschränkt: ‚… sofern man seine zwei Fallstufen zusammenrechnet'. Der Wasserfall lag tatsächlich in dem Gebiet, in dem er das Versteck des Goldes vermutet hatte.

Er schlug wieder die alte Chronik von Franzisco Xerez auf und suchte einen bestimmten Abschnitt heraus, an den er sich gerade erinnert hatte. Dieser handelte von den letzten Inka-Königen nach Atahualpa. Er las, dass die Inkas versucht hatten, andere von ihnen besiegte Völker, so auch die Chachapoya, für einen Aufstand gegen die Konquistadoren zu gewinnen. Ebenso hatten die Inkas Truppenteile ins Chachapoya-Gebiet verlegt und dort vor dem Zugriff durch die Spanier verborgen.

„Ich bin auf der richtigen Spur!", sagte er zu sich und blätterte hastig um. „Dann haben die Inkas möglicherweise auch ihre geheimen Goldschätze bei den Chachapoya versteckt." Einen Hinweis darauf fand er bis zum Ende des Textes nicht.

„Es kann gar nicht anders sein. Im Gebiet des Gocta-Wasserfalls wartet ein Goldschatz auf seine Entdeckung!" Alfredo war euphorisch. „Sollte das Glück jetzt auf meiner Seite sein?"

In diesen Glücksmoment hinein klingelte sein Smartphone. ‚José Pizarro', stand auf dem Display. Er nahm den Anruf seines entfernten Verwandten an.

„Hallo José, was gibt es Neues aus Chachapoyas?", sagte er.

„Unser Plan ist nicht aufgegangen. Die Archäologen werden zunächst nicht in das engere Gebiet um den Gocta-Wasserfall gehen. Möglicherweise kann ich aber erreichen, dass sie es zu einem späteren Zeitpunkt nachholen."

„Keine gute Nachricht, José", antwortete Alfredo, „Streng dich gefälligst an! Wir liegen richtig mit unserer Vermutung, dass der Schatz irgendwo in diesem Gebiet versteckt ist. Ich weiß es! Du musst sie überzeugen, mit allen Mitteln!"

„Ja, ich werde es weiter versuchen. Ich halte dich auf dem Laufenden. Bis bald", beendete José das Telefonat.

Die Nachricht hatte Alfredo die gute Laune schlagartig vermiest. Jetzt hatte er schon einen Maulwurf in das Expeditionsteam der Archäologen einschleusen können, was ihn eine Unsumme gekostet hatte, weil er zu diesem Zweck ‚nützliche' Abgaben an das für Archäologie zuständige Ministerium in Peru hatte entrichten müssen. Und nun versagte der Mensch schon gleich zu Beginn. Nicht zu fassen!

Es war sein Ziel gewesen, die Archäologen, von deren Expedition er über eine Pressenotiz erfahren hatte, für seine Zwecke einzuspannen. Sechs Paar Augen und Ohren mehr, ohne zusätzliche Kosten, konnten nicht schaden, hatte er sich überlegt. Womöglich würden sie auf Hinweise stoßen, die ihn noch näher an das Versteck des Goldes heranführen würden. Vielleicht würden sie einfach zufällig darüber stolpern. So wie es jetzt aber aussah, musste er sich wohl auch um dieses Problem selbst kümmern.

Alfredo pokerte hoch. Er hatte sich bei seiner Hausbank eine nicht unbeträchtliche Geldsumme zur Finanzierung seiner Goldsuche geliehen. Dafür musste er mit seiner Villa bürgen. Alles oder nichts! Fand er den Goldschatz, war er ein gemachter Mann und würde einmal als herausragendes Beispiel in seiner langen Ahnenreihe hervorstechen. Scheiterte sein Projekt, wäre nicht nur er ruiniert, sondern auch die glanzvolle Geschichte seiner Familie.

Seine Vorbereitungen für die Reise nach Cajamarca im Norden Perus waren abgeschlossen. Er hatte ein sechsköpfiges Team zusammengestellt. Es bestand aus ihm selbst, einer Übersetzerin von Quechua ins Spanische, einem Scout vom Volk der Chachapoya zur Organisation der Aktivitäten vor Ort, sowie drei ehemaligen spanischen Söldnern, die für die verschiedensten Gruppierungen in Südamerika gekämpft hatten und jetzt als sein Sicherheitspersonal vorgesehen waren. Mit Ausnahme von ihm selbst waren die fünf anderen Gruppenmitglieder bereits in Peru. Er würde von Madrid über Lima nach Cajamarca reisen. Der Treffpunkt war am dortigen Flughafen für den 15. Mai vereinbart.

Alfredos finsteres Gesicht war durch die Aufregung über den bevorstehenden Start der Goldsuche noch mehr gerötet als sonst. Mit seinen wulstigen Lippen und der dicken fleischigen Nase sah er den Darstellungen seines Ahnherren Francisco de Hinojosa verblüffend ähnlich. Seine furchteinflößende Erscheinung wurde durch seine Größe und Stärke noch unterstrichen. Alfredo hatte gerade die 50 überschritten. Dennoch ging er jeden Tag zwei Stunden in ein Fitnessstudio und arbeitete mit den Hanteln, obwohl es ihm keinen richtigen Spaß machte. Aber er musste sich fit halten. Lieber hätte er die Zeit mit den attraktiven Frauen verbracht, die in seiner Kanzlei angestellt waren. Er freute sich jetzt schon auf das Zusammentreffen mit der Übersetzerin. Aus den Bewerbungen hatte er nicht die Kandidatin mit den besten Zeugnissen, sondern die ausgesucht, die ihm am besten gefiel. Etwas Vergnügen neben der anstrengenden Goldsuche wollte er sich schließlich gönnen.

8. Kapitel

Die Festung im Nebelwald

Kuelap, Peru - April 2018

Carmen hatte sich diesen Morgen nicht neben Peter gesetzt. Sie vermied jeden Blickkontakt. Traurig trank Peter einen heißen Kaffee, aß ein Omelett und frisches Obst. Zu gerne hätte er mit Carmen den Tag freudig begonnen. Die Frage, ob er schon wieder die falsche Entscheidung getroffen hatte, verunsicherte ihn.

Er stand auf, schnappte sich seinen Rucksack und ging hinaus zu Willi, der zusammen mit dem Fahrer Ausrüstung, Proviant und Gepäck in den Kleinbus lud. Peter half ihnen.

„Ein chinesisches Fabrikat, aber mit japanischen Motoren!", verkündete Willi stolz. Peter sagte das nicht viel.

„Scheint aber nicht mehr der neueste zu ein", entgegnete er mürrisch.

„Ja, er hat schon über 90.000 Kilometer auf dem Buckel und so manche Beule, wie du siehst. Auf den Straßen hier in den Anden ist eben immer mit Steinschlag zu rechnen. Aber dafür sieht er doch wirklich noch gut aus, oder? Außerdem ist er innen und außen picobello sauber."

Peter nickte.

Er atmete die klare Luft in tiefen Zügen ein. Es war noch kühl, aber die Sonne schien und es versprach ein angenehmer Tag zu werden.

Um zehn Uhr fuhren sie los. Nachdem sie Chachapoyas verlassen hatten, ging es auf der frisch geteerten Straße über viele Serpentinen hinab ins Utcubambatal. Mit ‚Ah', ‚Oh' und ‚Fantastisch' wurden die Ausblicke auf den Fluss und die gegenüberliegenden Berghänge kommentiert. Sie fuhren die Straße parallel zum Utcubamba flussaufwärts Richtung Süden. Am Scheitelpunkt einer 180° Schleife des Flusses bogen sie nach rechts ab und fuhren auf der nicht geteerten, aber gut befestigten Straße, den Berg auf der anderen Talseite hinauf.

Nach wenigen Hundert Metern stoppte der Bus an einem Aussichtspunkt.

Sie stiegen aus. Von hier konnten die Archäologen gut den Verlauf des Utcubamba erkennen. Erst die halbkreisförmige Windung um einen steil abfallenden Bergrücken herum, gleich darauf die erneute Richtungsänderung nach Osten und einige hundert Meter weiter die Wendung nach Süden. Die Ruinen der kleinen Chachapoya-Siedlung Macro auf der gegenüberliegenden Bergseite über dem Fluss erkannte zunächst niemand. Erst als Willi darauf deutete, entdeckte Jean-Pierre die Steinstrukturen als erster.

„Seht doch nur, wie die Ruinen der kleinen Häuser an der Felswand kleben! Wie Vogelnester! Und genauso rund. Sie fallen einem nicht gleich auf, weil sie von Bäumen und Pflanzen fast vollständig verdeckten werden. Seht ihr? Faszinierend, findet ihr nicht?“

„Ja, schon, aber was hat nur die Menschen bewegt, sich hier anzusiedeln?“, fragte Carmen in die Runde. Niemand konnte ihr die Frage beantworten.

Stattdessen gab Willi einige Informationen zum Utcubamba-Flusstal: „Hier wurde bis vor einigen Jahren nahezu ausschließlich Baumwolle angebaut. Der Name Utcubamba kommt aus dem lokalen Quechua. ‚Utcu‘ bedeute Baumwolle und ‚Pampa‘ ist eine Ebene. Heute wird das Tal durch die neuen Möglichkeiten der Bewässerung landwirtschaftlich genutzt, hauptsächlich zur Produktion von Yucca, Mais, Reis, Zuckerrohr und Bananen. Im subtropischen Klima gedeihen diese Pflanzen gut. Der Fluss entspringt oberhalb Leymebambas und mündet hinter Bagua Grande in den Marañón, der dann später gemeinsam mit dem Río Ucayali den Amazonas bildet.“

Sie stiegen wieder in ihren Bus und fuhren die steilen Serpentinen hinauf bis zur Seilbahn oberhalb des Dorfes Nuevo Tingo. An der Talstation stiegen sie aus und blickten auf die Tragpfeiler der Seilbahn, die an den gegenüberliegenden Felswänden montiert waren und bis hinauf zur Chachapoya-Festungsanlage Kuelap führten. Isabel fuhr nicht gerne mit Seilbahnen. Sie hatte kein gutes Gefühl bei dem Anblick. Die Tragpfeiler zeigten in verschiedene Richtungen und wirkten vor der riesigen Gebirgswand wie Zahnstocher. Das sah mehr als abenteuerlich aus, fand sie.

„Die Teleférico de Kuelap wurde im Januar 2017 eröffnet. Auf der vier Kilometer langen Strecke überwindet sie 600 Höhenmeter. Grandiose Ausblicke auf den Utcubamba-Fluss und die grünen Andenberghänge sind während der 20-minütigen Fahrt garantiert, wenn nicht gerade Nebel im Tal hängt. Etwa 1000 Personen können pro Stunde zur Festung gebracht werden. Bisher sind die erwarteten Touristenströme jedoch ausgeblieben. Während sich in Machu Picchu täglich 2500 und mehr Besucher drängen, sind es in Kuelap etwa ein Dutzend", referierte Willi.

„Der ist eine wandelnde Werbebroschüre", dachte Peter bei sich und musste lächeln. Er wusste ja, dass Willi ein Reisebüro gehörte, dass auf Reisen zu den alten Kulturen Nordperus spezialisiert war.

Dann ging Willi zum Kassenhaus, von dem er nach wenigen Minuten wieder zurückkam. „Überraschung!", rief er der Gruppe zu. „Heute findet eine außerplanmäßige Inspektion statt. Ich habe versucht, die verantwortlichen Mitarbeiter der Station dazu zu bewegen, uns trotzdem hinaufzufahren. Schließlich sind wir eine Archäologen-Gruppe, die von einem Ministerium beauftragt ist und nicht nur irgendwelche Touristen! Aber leider hatte ich keinen Erfolg. Tut mir leid!"

So blieb ihnen nichts anderes übrig, als mit ihrem Kleinbus die alte Straße nach Kuelap in Angriff zu nehmen, etwa 30 Kilometer bergauf. Isabel freute sich insgeheim, denn sie war sich nicht sicher, ob sie wirklich in die Kabine der Seilbahn eingestiegen wäre.

‚Straße' war, wie sie schon bald merken sollten, eine starke Übertreibung für die mit Schlaglöchern übersäte Piste. Bevor sie wieder einstiegen, meinte Willi: „Weil es ja nun die neue Seilbahn gibt, haben die Behörden entschieden, die Straße nicht mehr zu pflegen. Damit unterbleiben sorgfältige Aufräumarbeiten nach Felsabbrüchen ebenso wie Ausbesserungen der Wasserrinnen nach starken

Regenfällen. Und kein Mensch füllt mehr die Schlaglöcher auf. Dass die Bewohner einiger winziger Dörfer die Straße auch weiterhin benutzen, genauso wie der kleine Linienbus spielt dabei wohl keine Rolle."

Sehr langsam und holprig ging es den Berg hinauf. Sie wurden in den Sitzen hin und her geworfen und immer wieder mit den Köpfen an das Wagendach geschleudert. Peter hatte sich auf der mittleren Bank an das linke Fenster gesetzt. Wie sich jetzt herausstellte, war das keine gute Wahl gewesen. Denn immer wieder kam der Wagen gefährlich nahe an den nicht befestigten Rand der Straße. Dann konnte Peter viele Hundert Meter steil bergab in die Tiefe schauen. Nur das Fensterglas trennte ihn vom Abgrund. Er hielt sich am Haltegriff über dem Fenster fest und rückte merklich nach rechts, wo Carmen saß, die missbilligte dies zuerst, doch dann nahm sie es grinsend hin. Die Fahrt schien ihr überhaupt nichts auszumachen. Sie umfuhren eine Schlucht, so dass sie sich scheinbar von Kuelap entfernten. Dann aber ging es auf der anderen Seite wieder zurück, wobei sie sich immer höherschraubten. Nach einer Stunde Fahrt kamen sie bei dem Dorf La Malca an der Bergstation der Seilbahn an.

Sie stiegen aus und machten zunächst einige Streck- und Dehnübungen, um ihre eingerosteten und verdrehten Gliedmaßen wieder gelenkig zu bekommen.

Auf dem Parkplatz des Verwaltungsgebäudes war für die Zeit ihres Aufenthaltes bereits ein Camp errichtet worden. Es gab drei geräumige Zelte mit einem großen Vordach für je zwei Personen. Sie einigten sich schnell. Isabel und Carmen bezogen ein Zelt, Jean-Pierre und Peter das zweite, Jorge und José das dritte. Willi würde mit dem Fahrer und ihrem Fahrzeug wieder zurück nach Chachapoyas fahren. Beim Ausladen des Busses packten alle mit an. Ausrüstung und Verpflegung brachten sie in einen Lagerraum und die privaten Sachen in die Zelte.

Sie nutzten die Zeit vor dem Mittagessen, um sich in ihren Zelten einzurichten und im Lagerraum eine gewisse Ordnung und

Übersichtlichkeit herzustellen. Dann gingen sie in einen ihnen zugewiesenen Raum im Gebäude, der als Arbeits-, Besprechungs- und Speiseraum für die nächsten Tage dienen sollte.

Eine Peruanerin, die, wie sie später herausfanden, gegenüber dem Haupteingang zur Festung einen einfachen Verkaufstand betrieb, würde während ihres Aufenthaltes hier oben für sie kochen. Sie hatte an den zwei kleinen Tischen in ihrem Verkaufstand schon so manchem erschöpften Touristen mit warmem Coca-Tee, gekochtem Mais und einem Stück Käse wieder Leben eingehaucht.

Heute hatte sie eine warme Gemüsesuppe, gebratenes Hühnerfleisch mit Quinoa-Bällchen und einen Tomaten-Gurken Salat gerichtet. Zum Nachtisch gab es Bananen, Mangos und Kaffee oder Tee. Alles schmeckte ausgezeichnet.

Nach dem Essen verabschiedeten sich Willi und der Fahrer.

“Bis in einer Woche, dann kommen wir mit dem Proviant für die zweite Hälfte des Arbeitsprogramms zurück“, erklärte Willi.

Zu Carmen und Peter gewandt zwinkerte er und flüsterte: „Bleibt brav!“

Die beiden schauten sich fragend an. „Ob er wohl etwas von ihrer Romanze mitbekommen hatte. Aber die war ja wohl schon beendet, bevor sie so richtig begonnen hatte“, dachte Peter.

Jetzt blieben ihnen noch zwei Stunden Freizeit. Die meisten von ihnen gingen spazieren, um die nähere Umgebung des Camps zu erkunden. Auf dem Spaziergang gelang es Peter wie zufällig auf Carmen zu treffen. Beide hatten sich als Ziel das Orchidearium mit dem angeschlossenen kleinen didaktischen Museum ausgesucht, die man beide für die Touristen zur Verkürzung der Wartezeit auf die Seilbahngondel eingerichtet hatte. Sie unterhielten sich über die schönen Pflanzen.

Dann sagte Peter: „Entschuldige bitte, dass ich dich gestern Abend so brüsk zurückgewiesen habe. Ich wollte dich nicht verletzen.“ Dann erklärte Peter seine Beweggründe und auch den Zwiespalt, in dem er sich befand. „Ich mag dich sehr. Bitte nimm meine

Entschuldigung an und lass uns zumindest wieder zu einer freundschaftlichen Beziehung zurückkehren."

Nach einigen Sekunden der Stille zeigte sich ein leichtes Lächeln auf Carmens Gesicht. Sie schaute sich um, keiner aus dem Team war zu sehen, gab Peter einen flüchtigen Kuss auf die Lippen und eilte zu ihrem Zelt.

Peter war verdutzt und erleichtert. Im selben Moment sah er José. Er kam von der Bergstation der Seilbahn, trug sein Smartphone in der Hand und lächelte verschmitzt. Hatte er sie beobachtet, fragte sich Peter. Und wenn schon!

Für 16 Uhr hatte Isabel eine kurze Besprechung angesetzt, in der sie die Vorgehensweise für die nächsten Tage besprechen wollte.

Sie begann: „Kuelap liegt auf einem 3000 Meter hohen Bergrücken, 1300 Meter über dem Utcubamba-Fluss. Ihr werdet sehen, dass die sieben Hektar große Anlage sehr harmonisch in die Struktur des Felsplateaus eingepasst worden ist. Die Gesamtlänge der äußeren Schutzmauer beträgt 1200 Meter. Im Innern der Mauern befanden sich über 450 Steinhäuser mit ehemals gedeckten Dächern. Zur Blütezeit der Kultur lebten über 3000 Menschen in der Anlage."

Sie machte eine Pause und fuhr dann fort: „Ich schlage für den ersten Tag zunächst eine gemeinsame Begehung der Anlage vor. Anschließend werden wir uns dann in Zweierteams mit der Bauform der Rundhäuser beschäftigen, den Dekors, den Sondergebäude wie ‚El Tintero', ‚El Castillo' und ‚El Torreón', der Begräbniskultur und der Infrastruktur und Versorgung der Bewohner mit Wasser und Nahrung. Dafür habe ich zwölf Tage vorgesehen, im Anschluss einen Tag für die gemeinsame Diskussion der Ergebnisse und eine erste Bewertung. Danach haben wir noch zwei Tage für die vorläufige schriftliche Dokumentation."

Alle stimmten dem Vorschlag zu. Da keine weiteren Fragen mehr gestellt wurden, beendete Isabel den Arbeitstag.

Am nächsten Morgen standen Peter und Jean-Pierre frierend vor ihrem Zelt. Die Temperaturanzeige auf Peters Smartphone zeigte nur 5°C an. Er lief einige Runden um die Zelte, während Jean-Pierre mit gymnastischen Übungen versuchte, seinen Kreislauf in Schwung zu bringen. Langsam krochen auch die anderen Expeditionsteilnehmer aus ihren Zelten. Nach dem Frühstück brachen sie zur Festungsanlage auf. Zunächst gingen sie auf dem für die Touristen gut ausgebauten Weg durch ein kleines Wäldchen bergauf. Nach einer Viertelstunde öffnete sich dieses und sie betraten eine Freifläche.

„Was für ein Anblick!", rief Jorge begeistert aus.

Vor ihnen ragte eine an die 20 Meter hohe runde Mauer auf, die das südliche Ende der Festungsanlage bildete. Aus dem Inneren erhob sich ein eigenartiges rundes Gebäude, das nochmals gut zehn Meter über die Mauerkrone hinausragte. Isabel sagte: „Das ist das sogenannte ‚El Tintero'-Gebäude."

Sie gingen nun dicht an die Festungsmauer heran und erkannten, dass sie aus zugehauenen rechteckigen Steinen aufgebaut war. Die Größe der Steine variierte stark. Jean-Pierre vermaß einen durchschnittlichen Stein, der herausgebrochen auf dem Boden lag.

„60 mal 30 mal 30 Zentimeter", rief er den anderen zu. „Wie ihr seht gibt es aber auch viel größere Steine. In der Vorbereitung haben wir schon gelesen, das einzelne Steine bis zu drei Tonnen schwer sind. Die gesamte verbaute Steinmasse soll dem Dreifachen der Cheopspyramide in Gizeh entsprechen. Die verwendeten Steine sind überwiegend aus Kalkstein, wie auch der Fels, auf dem Kuelap steht. Besondere Verblendsteine stammen aus dem Flusstal des Utcubamba."

Sie folgten der Mauer nach Osten. Doch bald versperrte ihnen ein mehrere Hundert Meter tiefer Abgrund den Weg. Die Mauer verlief den Grat entlang weiter nach Norden.

Die Gruppe entschied, zurück bis zu der großen Freifläche vor der Festung zu gehen.

„Wahnsinn!", rief Peter beim Anblick der Westmauer in ihrer Gesamtheit.

„Die ist bestimmt 600 Meter lang“, sagte er.

Auf der Mauerkrone standen viele Bäume.

„Da vorne, seht ihr den Durchbruch?“, rief Jean-Pierre. Als sie die Toranlage erreichten, war die Enttäuschung groß. Der Durchgang war mit einem Holztor verschlossen. Über dem Tor waren Baugerüste aufgebaut, über die blaue Plastikfolien gespannt waren. Direkt vor ihnen warnten rot-weiße Absperrbänder vor dem Weitergehen. Carmen las den Text von einem aufgestellten Holzschild vor: „Wegen dringend notwendiger Sicherungs- und Erhaltungsmaßnahmen bleibt der Hauptzugang bis auf Weiteres geschlossen.“

Sie setzten ihren Weg entlang der Mauer fort und kamen kurz vor dem nördlichen Ende zu einem zweiten Durchlass.

Die Mauer lief in einer Rundung weiter nach innen. Das Holztor stand offen. Sie gingen hinein. Drei von ihnen passten nebeneinander durch das Tor. Sie stiegen einen steilen mit Steinen ausgelegten Weg hinauf. In unregelmäßigen Abständen waren auch einzelne Treppenstufen eingebaut. Der Weg verjüngte sich stetig. Am oberen Ende war der Durchlass so schmal, dass sie nur noch einzeln hintereinander durchgehen konnten. Schließlich gelangten sie auf ein Plateau.

Die Archäologen hatten erwartet, Ruinen runder Steinhäuser zu sehen, die mit Wegen verbunden waren.

„Hier ist es ja wie in einem botanischen Garten!“, entfuhr es José.

Überall standen Bäume und Büsche. Bromelien, wohin sie auch blickten. Erst allmählich erkannten sie die über das ganze Plateau verteilten, von den Pflanzen des Bergnebelwaldes überwucherten, Ruinen der Rundhäuser. Vor ihnen sahen sie eine weitere etwa zehn Meter hohe Mauer. Davor grasten zwei Lamas. Jetzt entdeckten sie auch einige Arbeiter, die damit beschäftigt waren, Sträucher und Pflanzen zurückzuschneiden.

Isabel bemerkte: „Das Wachstum der Natur ist so stark, dass die Vegetation des Nebelwaldes die gesamte Anlage in wenigen Jahren wieder völlig überwuchert, wenn nicht permanent ein Rückschnitt der Pflanzen erfolgt.“

Sie wendeten sich auf dem Plateau zunächst zur Krone der Westmauer zurück. Peter streckte nur kurz seinen Kopf vor und spähte hinunter. „20 Meter sind doch schon eine gewaltige Höhe“, dachte er.

„Peter, pass auf!“, rief Carmen und die anderen sahen sich bedeutsam an.

Jean-Pierre vermaß die Breite der Mauerkrone.

„Hier sind es fünf Meter. Stellenweise soll sie bis zu acht Metern breit sein.“

Jetzt folgte die Gruppe dem für die Touristen angelegten Holzplankenweg einmal rund um die ganze Anlage. Überall sahen sie Reste der Steinhäuser. Einige sauber von ihrem grünen Panzer befreit und noch gut erhalten. An der Ostseite erkannten sie einen dritten, stark zerfallenen Durchlass. Am nördlichen Ende der Festung stand ein Wachtturm.

„Er wird ‚El Torreón‘ genannt“, sagte Isabel.

Schließlich kamen sie zum Ausgangspunkt zurück. Jean-Pierre informierte: „Ich habe einmal die maximale Breite der Anlage abgeschätzt. Sie liegt bei etwa 110 Metern.“

Isabel betrat jetzt den Durchlass der inneren Mauer. „Bitte folgt mir!“

Der Weg führte über einige Stufen steil nach oben auf ein weiteres Tableau. Wieder folgten sie dem markierten Touristen-Rundweg, vorbei an vielen weiteren Ruinen.

„Einige der Häuser scheinen größer zu sein als die auf der unteren Ebene“, sagte Jean-Pierre.

„Seht, dort sind auch rechteckige Häuser!“, rief Carmen.

„Das zweite dort hat den Namen ‚El Castillo‘ erhalten“, erklärte Isabel und deutete auf die stark zerfallenen Ruine eines der Häuser.

Auf dem höchsten Punkt des Plateaus angekommen bat Peter plötzlich alle stehen zu bleiben.

„Fällt euch etwas auf?“

Alle blickten sich ratlos um.

„Dort der Haufen von Bruchsteinen, der erscheint mir nicht zufällig so dazuliegen."

Wieder zuckten alle nur mit der Schulter.

„Nun mach es nicht so spannend, Peter, was sagt dir der Steinhaufen?", fragte Jean-Pierre.

„Die Steine scheinen mir irgendwie geordnet. Wie zwei Quadrate, die um 45 Grad versetzt aufeinandergelegt worden sind. Mal sehen, ich habe da eine Idee!"

Er nahm für alle überraschend sein Smartphone heraus, schaltete die Kompassfunktion ein und legte es auf den mittleren Stein.

"Unglaublich! Seht selbst, ihr werdet es nicht glauben!"

Er trat zurück, damit die anderen einen Blick auf den Kompass werfen konnten. Die vier Ecksteine des oberen Quadrates zeigten genau in die vier Himmelsrichtungen wie der Kompass.

„Das kann kein Zufall sein!", meinte José.

„Gut beobachtet, Peter!", lobte Isabel und Carmen lächelte ihm zu.

„Lasst uns umkehren, für den ersten Tag haben wir genug gesehen", beendete Isabel den Rundgang.

An einem der darauf folgenden Tage waren Jean-Pierre und Jorge früh in der Festung unterwegs. Der Bergrücken lag in der Sonne während in den Tälern dichter Nebel hing. Sie beobachteten, dass mit steigender Temperatur der Nebel nach oben zog. Nach kurzer Zeit hatte er sie völlig eingehüllt. Sie konnten kaum noch etwas erkennen. Sie gingen am Ostrand der Festung entlang in Richtung des Wachtturms.

„Sollen wir nicht lieber umkehren?", fragte Jorge.

„Ach was!", entgegnete Jean-Pierre. „Den Weg sind wir ja gestern schon gegangen. Da passiert doch nichts."

Jorge konnte seinen Vordermann im dichten Nebel kaum noch ausmachen. Plötzlich war er ganz verschwunden.

„Ich rutsche ab. Schnell, hilf mir!"

Jean-Pierres von Panik erfüllte Stimme wies Jorge die Richtung. Er griff mit beiden Händen nach dem dunklen Etwas, das sich im Nebel vor ihm abzeichnete. Er hatte Glück, erwischte den Arm von Jean-Pierre und zog. Dann hakte er beide Hände unter Jean-Pierres Schultern und zog ihn weiter über den Boden zurück.

„Puh! Ich bin über einen Ast gestolpert und ausgerutscht! Das war knapp ... “ keuchte Jean-Pierre.

Sie saßen noch eine ganze Weile schweigend da, bis das Herzklopfen sich wieder etwas gelegt hatte. Der Nebel begann sich zu lichten. Zunächst sahen sie, dass die Mauer hier nur wenige Steinblöcke hoch war und viele Lücken aufwies. Dann erkannten sie, wie viel Glück sie gehabt hatten. Direkt vor ihnen fiel das Gelände etwas ab - genau auf eine Mauerlücke zu. Durch die Lücke blickten sie direkt in den Abgrund.

„Danke“, stammelte Jean-Pierre, „das hätte tragisch enden können.“

„Schon okay“, versetzte Jorge. „Jetzt kann man ja wieder einigermaßen erkennen, wo es lang geht. Lass uns weiter gehen. Aber vorsichtig!“

Sie rappelten sich auf und marschierten Richtung Wachtturm.

Inzwischen war der Nebel weiter aufgestiegen, riss aber immer wieder auf und gab fantastische Fensterblicke über die Landschaft frei. Mit der Zeit löste er sich dann ganz auf.

Als sie am Wachtturm angekommen waren fielen ihnen zunächst zwei größere Haufen von runden Steinen rechts und links des Turmes auf, die offensichtlich zu dieser Form behauen und poliert worden waren. Jorge nahm einen, wog ihn in der Hand und warf ihn über die Mauer.

„Ich denke, das waren möglicherweise Geschosse für Steinschleudern“, sagte er. Dann sahen sie Reste von Treppenstufen an der Turmaußenwand.

„Das war sicher der Aufgang auf den Turm“, meinte Jean-Pierre.

Sie gingen weiter, hinauf zum ‚El Castillo‘-Gebäude. Das rechteckige und vom Grundriss her große Haus war nur noch eine Ruine.

Eine halbeingefallene Wand grenzte an eine andere, von der nur noch die Sockelsteine standen, die anderen Steine lagen im oder vor dem Haus. An einer noch gute erhaltenen Wand sahen sie oben Löcher in die vermutlich Holzbalken eingelegt waren.

„Vielleicht gab es ein zweites Stockwerk", überlegte Jorge. Sonst konnten sie keine Besonderheiten erkennen.

„Bei der Entdeckung wurden hier Schädel mit *Trepanationslöchern* gefunden und verschiedene Werkzeuge wie Messer, Bohrer und feinste Nadeln aus Knochen, Stein und Metall", sagte Jean-Pierre.

„Was war der Zweck dieses Gebäudes? Was wurde hier gemacht?", fragte Jorge.

„Wir wissen es nicht", antwortete Jean-Pierre.

Sie stiegen wieder hinunter auf die untere Terrasse und gingen zum ‚El Tintero'-Gebäude. Schon von Weitem fiel ihnen die besondere Form dieses runden Gebäudes auf. Es verjüngte sich von oben nach unten.

„Im Inneren hat man Knochen von Tieren und Menschen gefunden. Es gibt zahlreiche Theorien, wofür es gedient haben könnte. Sie reichen vom Gefängnis über Heiligtum bis zur Nutzung als Observatorium", sagte Jean-Pierre. Sie gingen um das Gebäude herum.

„Hier, schau!", sagte Jorge und deutete zu einem Halbrelief auf einem Stein an der Außenmauer. „Sehr einfach gearbeitet. Zwei runde Augen, Nase und Mund. Die Darstellung entspricht überhaupt nicht dem Gesicht eines indigenen Menschen wie man es hier erwarten würde. Was soll es bedeuten? Möglicherweise ein *Cabeza Cortada*, eine Trophäenkopfdarstellung?"

„Wir können es nur vermuten", antwortete Jean-Pierre.

Peter und José befanden sich auf der kleinen Freifläche der unteren Terrasse. Um sie herum standen einige Wohnhäuser. Die meisten waren rund und hatten einen breiten Sockel, auf den ein Umlauf aus Steinplatten gelegt war. Daran schloss sich dann die eigentliche Außenwand des Hauses an. Peter ging zu einem Haus, bei dem Sockel und Umlauf noch vollständig erhalten waren und kletterte auf den Umlauf. Die teilweise mit Moos überzogenen Steinplatten waren sehr rutschig, da es schon den ganzen Morgen genieselt hatte. Langsam und vorsichtig ging er um das Haus herum. Beim Hauseingang kletterte er wieder herunter.

Der Eingang war rechts und links mit einer Steinplatte eingefasst. Eine Steinplatte diente auch als Türschwelle. Gerade wollte Peter José noch warnen, da passierte es auch schon. José trat mit Schwung auf die Schwelle und rutschte aus. Er stolperte ins Haus und landete der Länge nach auf dem Boden.

„Herzlich willkommen in meinem Haus", sagte Peter.

José schaute ihn grimmig an. Er fand das überhaupt nicht komisch. Peter half ihm auf. Dann nahmen sie den Innenraum genauer in Augenschein und erkannten im Boden kleinere Steine, die darauf hindeuteten, dass der gesamte Innenraum unterteilt gewesen sein könnte. In diesem Fall in einen größeren und drei kleinere Räume.

Einer musste als Küche gedient haben. Sie fanden dort Spuren einer Feuerstelle, eine Reibschale mit Reibstein, Bodengruben und Wandnischen für Vorräte und Utensilien, sowie gefasste Zu- und Abwasserrinnen im Boden, die zu kleinen Mauerdurchbrüchen führten.

An den oberen Enden der noch stehenden Innenmauer erkannten sie auch hier rundum in gleichen Abständen Löcher, in die vermutlich die Balken eingesteckt worden waren. Möglicherweise war das Gebälk nach oben verlaufen, um sich in der Mitte zu treffen und somit ein Spitzdach bildete.

„Ich stelle mir die Dächer vor wie Zipfelmützen. Oder was meinst du?", wollte Peter von José wissen.

„Nein, eher flacher, so wie Chinesenhüte, vielleicht etwas steiler", meinte José.

Sie gingen wieder nach draußen.

An der Außenwand waren die für die Chachapoya-Kultur typischen Dekors zu erkennen. Geometrische Formen wie ein- bis dreilinige Rauten, Zickzack-Bänder, Flechtmuster und Spiralen, die mit flachen Steinen wie Friese in die Hauswände eingefügt waren, dominierten.

„Schau, da drüben an dem Haus sind Rauten in deren Mitte ein kreisrunder Stein gesetzt ist“, sagte José.

„Vielleicht ein Auge?“, antwortete Peter, „Was diese Muster wohl für eine Funktion haben? Vielleicht reine Zierde?“

„Auf jeden Fall haben sie nichts gemein mit den Mustern, wie wir sie aus anderen präkolumbianischen Kulturen Südamerikas kennen!“, sagte José.

Nachdem sie sich fast alle Häuser auf den beiden Terrassen angesehen hatten, kamen sie gemeinsam zu dem Urteil, dass die Grundstruktur überall gleich war.

„Das ‚Standardhaus‘ hatte wohl einen Durchmesser von acht und eine Höhe von fünf Metern. Wir sind aber auch durch einige doppelt so große Häuser gelaufen, die vermutlich auch ein Obergeschoss hatten, in das man über eine Außentreppe vom Umlauf aus gelangte. Bei größeren Häusern lassen sich auch Anbauten und Vorhöfe erkennen“, fasste Peter zusammen.

„Neben den Türöffnungen gab es auch Fensteröffnungen“, ergänze José und fuhr fort: „Steinerne Halbreliefs mit Darstellungen von Köpfen, Schlangen und Vögeln scheinen beliebt gewesen zu sein. Die vielen Nischen an den Außen- und Innenwänden lassen vermuten, dass darin möglicherweise Stauen aufgestellt waren.“

Es war die letzten Tage kühl, aber nicht zu kalt gewesen und auch trocken, abgesehen von den kurzen halb- bis einstündigen Schauern, die meistens am Vormittag oder am späteren Nachmittag auftraten. Isabel und Carmen standen auf dem höchsten Punkt der Siedlung. Sie waren fasziniert von der 360° Panoramasicht. Auch an diesem Tag wurden dunkle Wolken von einem Bergkamm aufgehalten und regneten sich dort ab, während der Bergrücken auf der anderen Talseite in der Sonne lag. Stunden später war es dann genau umgekehrt.

Isabel und Carmen gingen hinunter auf die unterste Terrasse und folgten der inneren Mauer nach Süden, um sich dort einige Häuser anzuschauen.

Die Mauer bildete hier einen Halbkreis, der genau unter dem großen zweiten rechteckigen Haus auf der oberen Terrasse lag. Leider war von dem Haus so gut wie nichts mehr erhalten. Sie vermuteten, dass es das Versammlungshaus oder ein Tempel gewesen sein musste. Für Letzteres sprach auch der Verlauf der Mauer.

„Runde Formen finden sich oft in heiligen Bezirken“, erklärte Isabel.

In der ansonsten sehr sorgfältig gesetzten Steinmauer fielen ihr kleinere Lücken auf. Sie ging dichter heran und untersuchte diese genauer, entdeckte hinter einem fehlenden Stein einen Hohlraum und leuchteten mit ihrer Taschenlampe hinein. Dort lagen menschliche Gebeine und Faserreste. Jetzt kam auch Carmen näher und half ihr die Mauer zu untersuchen.

„Hier! Und da auch! Und dort!“, rief sie immer wieder. Sie fanden noch eine Vielzahl solcher Grablegungen in der Mauer.

Schließlich kamen die beiden Frauen bei den Häusern an, die heute ihr eigentliches Ziel waren. Sie untersuchten eines nach dem anderen. Ihr Augenmerk galt den Fußböden. Nachdem sie die Vegetation und die Erde beseitigt hatten, fanden sie in fast allen Häusern ein bis drei steinerne Bodenplatten. Darunter waren Gruben, 50 Zentimeter im Durchmesser und ungefähr einen Meter tief. Sie waren leer.

„Bei der Entdeckung wurden hier menschliche Gebeine und vollständig erhaltene Mumien gefunden“, sagte Isabel. Carmen entdeckte auf dem Boden einer der Gruben eine weitere Steinplatte. Sie legte sich auf den Boden, streckte ihren Arm in die Grube und schob die Steinplatte zur Seite.

„Da ist eine weitere Grube, aber leider auch leer“, rief sie überrascht.

In den Vorhöfen einiger Häuser fielen ihnen in den Boden gegrabene Gänge auf, die mit Steinplatten abgedeckt waren, deren Funktion sie sich aber nicht erklären konnten.

Die angesetzten zwölf Erkundungstage waren wie im Flug vergangen und die Gruppe hatte sich im Besprechungsraum versammelt. Nachdem die Zweierteams ihre Beobachtungen berichtet hatten, wurden die Ergebnisse diskutiert.

Jetzt begann Isabel mit der Zusammenfassung: „Kuelap ist einzigartig im präkolumbianischen Amerika. Der Bau der Anlage hat sich offenbar nach einer frühen und schnellen Aufbauphase über mehrere Jahrhunderte hingezogen. Die Anlage muss immer wieder erneuert und erweitert worden sein. Menschliche Knochenfunde in der Anlage sowie Holzkohlereste an Feuerstellen weisen auf einen Baubeginn schon im ersten Jahrhundert v. Chr. hin. Im fünften Jahrhundert scheint sie weitgehend im heute sichtbaren Ruinenumfang fertiggestellt worden zu sein."

Jean-Pierre übernahm: „Der Ausbau erfolgte in einer Art Lebensschichtensystem. Die Mauern wurden erweitert und erhöht, immer mehr Häuser im Inneren angelegt, bestehende überbaut, die Infrastruktur verbessert. Die Mauern, die Anordnung der Häuser, die Wach- und Toranlagen, die Wege, Treppen und Terrassen und das Kanalsystem für Frisch- und Abwasser waren aber von Anfang an im Strukturkonzept vorgegeben. Was für eine großartige vorausschauende Planung! Es ist kein Bruch in der Vorgehensweise während der langen Bauphase und vor allem der langen Nutzungszeit bis zur Eroberung durch die Inkas im fünfzehnten Jahrhundert zu erkennen."

„Auch alle anderen bisher freigelegten Anlagen der Chachapoya sind im Prinzip wie Kuelap aufgebaut und dann weiter ausgebaut worden", ergänzte Isabel.

Jorge schaltete sich ein: „Das zeigt aber auch, dass die Kultur der Chachapoya im Laufe der Zeit eher statisch und konservativ gewesen sein muss. Die Kultur hat 1700 Jahre sehr abgegrenzt existiert. Entwicklungsimpulse von außen sind nicht zu erkennen. Es gibt keine Anzeichen für eine Aufwärtsentwicklung. Eine Konsequenz der abgeschiedenen Lage oder ein bewusstes Lebensmodell?"

„Die Architekten von Kuelap", übernahm Jean-Pierre, „vor allem die der Gründungszeit, müssen Hunderte von spezialisierten Arbeitern, darunter Steinmetze, Maurer, Träger von Wasser, Steinen und Sand, Zimmerleute für die Abstützungen und Dächer und viele andere Handwerker zur Verfügung gehabt und organisiert haben."

Wieder ergänzte Jorge: „Außerdem muss es unzählige Bauern, Fischer und Jäger gegeben haben, die für die Ernährung der Arbeiter, der Krieger und der restlichen Bevölkerung zuständig waren. Alle Bewohner müssen mit Hand angelegt haben, um etwas Großes für sich, für die Familie und für die Gemeinschaft zu schaffen."

Carmen fragte in die Runde: „Waren die hier siedelnden indigenen Menschen, die in kleinen Familienverbänden und Stämmen lebten, sowohl quantitativ wie qualitativ in der Lage, derartig befestigte Wohnanlagen zu bauen? Konnten das benachbarte Kulturen aus dem Andenraum, der Pazifikküste oder dem Amazonastiefland?"

Alle zuckten stumm mit den Schultern.

„Bisher hat die Wissenschaft keine eindeutigen Antworten auf diese Fragen", sagte Isabel.

„Aber du hast doch eine Vermutung. Raus damit!" forderte sie Peter auf.

„Jetzt noch nicht. Ich will nicht, dass ich euch damit beeinflusse und in eine bestimmte Denkrichtung dränge. Lasst uns unser Programm wie geplant durchführen. Ich bin sicher, ihr werdet ebenfalls neue Erklärungsansätze entwickeln", antwortete Isabel und fuhr an José gewandt fort: „ Gibt es Hinweise, die eine Nutzung oder Verarbeitung von Gold und Silber in Kuelap nahelegen?"

„Nein", antwortete er.

„Ich denke daraus können wir zwei Überlegungen ableiten. Gold und Silber hatten für die hier ansässigen Chachapoya keine Bedeutung oder aber die Inkas beziehungsweise Spanier haben alles Gold und Silber erbeutet. Schriftliche Aufzeichnungen der spanischen

Chronisten über Edelmetallfunde in Kuelap gibt es nicht", sagte Isabel.

„Oder Grabräuber späterer Jahrhunderte waren vor den Archäologen hier", ergänzte Peter bitter.

„Gibt es weitere Fragen oder Anmerkungen?", sagte Isabel und wartete einen Moment.

„Nein, dann beenden wir unsere Diskussion für heute mit dem Fazit, dass wir die Fragen derzeit nicht beantworten können. Wir müssen die Ergebnisse unserer weiteren Arbeit abwarten."

Nach dem Abendessen ging Carmen auf Peter zu.

„Möchtest du mich auf meinem Spaziergang zur Festungssiedlung begleiten? Ich würde mich freuen."

„Ja, sehr gerne!", antwortete Peter.

Sie zogen sich warme Kleidung an, steckten ihre Taschenlampen ein und jeder nahm noch eine Wolldecke mit.

Die Nacht war sternenklar. Nur einige schmale Wolkenschleier zogen über den Himmel. Der zunehmende Mond zeigte sich in seiner ersten schmalen Sichel, dem ‚Neulicht'. Mit den Taschenlampen leuchteten sie den Weg vor sich aus. Vor dem nordwestlichen Eingang blieben sie stehen.

„Ach herrje, nachts wird das Holztor ja verschlossen und den Schlüssel haben wir uns nicht geben lassen", sagte Peter.

Lächelnd zog Carmen die um ihren Hals hängende Schnur unter ihrem Pullover hervor und hielt den daran befestigten Schlüssel in die Höhe.

„Schauen wir mal, ob der passt", meinte sie lächelnd.

Sie öffnete das Tor und sie gingen hinein. Carmen verschloss es wieder.

Dann stiegen sie den Durchgang zur ersten Terrasse hinauf. Die tiefe Dunkelheit und die tanzenden Lichtkegel ihrer Taschenlampen gaukelten ihnen gespenstische Bilder vor. Hier ein Kopf, der aus der Mauer herauszuspringen schien, dort eine Schlange, die sich die

Mauer herunterwand und vor ihnen auf den steinernen Trittplatten Hufabdrücke.

„Halt“, sagte Peter, „die sind echt.“

Sie leuchteten beide auf die Abdrücke. Es waren Hufspuren von Lamas, die ihnen am Tage bisher nicht aufgefallen waren.

„Wie viele tausend Lamas müssen über die Jahrhunderte darüber gelaufen sein“, meinte Carmen nachdenklich.

Oben angekommen, breitete Carmen ihre Decke auf dem Umlauf eines Steinhauses aus. Sie setzten sich darauf und schalteten ihre Taschenlampen aus. Ihr Blick ging über das Tal hinweg zu den gegenüberliegenden Berghängen, deren blaugrüne Silhouetten sich vor dem Nachthimmel deutlich abzeichneten.

„Ist das nicht eine wunderbare Stille?“, flüsterte Peter. Selbst die Vogelstimmen waren verstummt.

„Und was für ein wunderbarer Sternenhimmel!“, bemerkte Carmen, „Keine künstlichen Lichtquellen oder Kondensstreifen von Flugzeugen stören dieses Gemälde.“

„Naturerfahrungen, die moderne Stadtmenschen gar nicht mehr kennen“, ergänzte Peter. Carmen kuschelte sich eng an Peter. Sie fröstelte. Peter wickelte seine Decke um sie beide herum. Ein unbeschreibliches Gefühl der Naturverbundenheit, der Freiheit, und des Friedens stellte sich ein. Der Platz hier hatte für sie eine zauberhafte, fast mystische Atmosphäre.

„Was mögen die Menschen, die hier vor vielen Hunderten von Jahren lebten, empfunden haben?“, flüsterte Carmen.

„Vielleicht war es gerade diese Abgeschiedenheit, das auf sich und die Natur fokussierte Leben, die Freiheit, sich nicht nach anderen ausrichten zu müssen. Vielleicht hat all das, die Menschen dazu bewogen, die Strapazen, die mit der Errichtung dieser Wohnstätte verbunden gewesen sind, und die mühselige Sicherung des täglichen Lebens auf sich zu nehmen. Wir wissen es nicht!“, antwortete Peter.

So saßen sie beide noch über eine Stunde schweigend zusammen, bevor sie sich wieder auf den Rückweg machten.

Kurz bevor sie das Camp erreichten, umarmte Carmen Peter und küsste ihn lange. Zärtlich erwiderte er ihren Kuss. Dann löste sie die Umarmung und ging mit einem Lächeln zu ihrem Zelt.

Auch Peter schlich leise in sein Zelt, schlüpfte in den Schlafsack, sorgsam darauf achtend, Jean-Pierre nicht zu wecken. Er konnte aber nicht sofort einschlafen. Noch lange dachte er an Carmen und daran, wie es mit ihnen beiden weitergehen sollte. „War ihre Beziehung ein Flirt oder mehr?, dachte er, „Kann eine tiefere Beziehung eine Zukunft haben oder steht am Ende eine schmerzhafte Enttäuschung?“

„Vielleicht sollte ich mir nicht so viele Gedanken machen, und es einfach geschehen lassen“, sagte er zu sich selbst. Dann schlief er ein.

9. Kapitel

Freiheit

Castro de Baroña, Galizien - Frühjahr 149 v. Chr.

Nach unruhiger Nacht erschien Aidan pünktlich zur festgesetzten Zeit im Ältestenrat.

Zunächst wurde über die gegenwärtige Versorgungslage gesprochen. Der Bericht des für die Versorgung der Bürger zuständigen Ratsmitgliedes zog sich hin. Er war bekannt dafür, dass er sich selbst gerne reden hörte. Ausschweifend berichtete er von den gefüllten Regenwasserzisternen und Lagerhäusern, über die Landwirtschaft, die Jagd und den Fischfang bis hin zum Tauschhandel, dem Handwerk und der Eisengewinnung und -verarbeitung. Die meist älteren Ratsmitglieder ließen ihn gewähren. Es gab keine Einsprüche, keine unangenehme Fragen. Nichts musste entschieden werden. Dies waren gute Voraussetzungen für einen glatten Verlauf der Ratsversammlung. Somit könnte man am Nachmittag wieder seinen Lieblingsbeschäftigungen nachgehen.

Schließlich wurde Aidan aufgerufen, vor den Ältestenrat zu treten und seinen Bericht über den Zustand der baulichen Schutzvorkehrungen abzugeben. Er hätte den Aufruf beinahe verpasst, soweit waren seine Gedanken schon wieder in die Ferne abgewichen. Konzentriert ging er zum Rednerpult.

„Hoher Rat“, begann er, „am Westende ist der Teil der Mauer, den das Meer in der großen Sturmflut im letzten Winter weggerissen hat, noch immer nicht repariert worden. Es besteht die Gefahr, dass im nächsten Winter das Wasser bis zu den angrenzenden Häusern vordringen kann.“

Seine Liste an Missständen war lang. Schon bald merkte er, dass die Aufmerksamkeit des Rats nachließ.

Er unterbrach seine Rede für einen kurzen Moment, bevor er mit erhobener Stimme mahnend fortfuhr: „Die römische Machtausdehnung wird auch unser Siedlungsgebiet nicht verschonen! Erinnert ihr euch an Manius Manilius, den Statthalter der Provinz *Hispania*

Ulterior? Der bereits vor sechs Jahren Feldzüge gegen die benachbarten *Lusitaner* geführt hat? Damals war er erfolglos – Neto sei Dank! Aber von meinem Freund Moran habe ich erfahren, dass gegenwärtig weiter östlich im Landesinneren römische Erkundungstrupps gesichtet wurden. Schließlich gibt es Gerüchte aus dem römischen Senat, dass man den nordwestlichen Küstenlandstrich besetzen und diesen in einer separaten Provinz, man hört den Namen Gallaecia, nach römischem Recht verwalten will - mit den damit verbundenen Tributzahlungen."

Es entstand lautes Gemurmel.

„Jetzt habe ich sie für mein Anliegen gewonnen", dachte Aidan.

Aber da hatte er sich getäuscht. Zwischenrufe ertönten:

„Von derartigen Plänen wissen wir nichts."

„Rom hat derzeit mit Karthago genügend zu tun!"

„Überhaupt ist man hier viel zu weit von Rom entfernt. Und außer Fisch und Meeresfrüchten haben wir für Rom doch gar nichts zu bieten."

Diese Reaktionen waren genau das Gegenteil dessen, was Aidan sich erhofft hatte. Schließlich stellte der Ratsvorsitzende, sein Vater, wieder Ruhe und Ordnung her.

Aidan traute seinen Ohren nicht, als er ihn sagen hörte: „Selbst, wenn die Lage so ist, wie sie mein Sohn eben dargestellt hat: einen Krieg gegen Rom können wir ohnehin nicht gewinnen. Es ist viel besser ein gewaltfreies Zusammenleben anzustreben. Wenn wir die römische Herrschaft anerkennen, können wir sicher auch unseren Nutzen daraus ziehen. Denkt zum Beispiel an Bäder, Straßen und Bürgerrechte."

Zustimmende Rufe erfüllten den Raum. Aidan wurde gebeten, wieder Platz zu nehmen.

Aidan konnte sich nicht mehr zurückhalten.

„Besinnt euch doch! Was ist aus den stolzen Kriegern geworden, die einst aufbrachen, ein neues Land in Freiheit zu besiedeln? Ist ein Leben in Wohlstand unter einer Fremdherrschaft höher einzuschätzen als die Freiheit? Nicht mehr Neto, sondern die römische Götterwelt verehren? Und ...", rief er.

„Jetzt ist aber Schluss damit, nimm sofort wieder Platz!", ermahnte ihn sein Vater.

Sein Protestversuch war strikt abgewürgt worden. Ihm blieb nichts Anderes übrig, als sich wieder hinzusetzen. Er hatte versagt. Es fiel ihm schwer, sich auf die weiteren Punkte der Versammlung zu konzentrieren.

Doch als das Wort ‚Götter' an sein Ohr drang, war er wieder hellwach und er bekam mit, dass nach intensiver Debatte beschlossen wurde, drei neue Arbeiten bei den Steinmetzen in Auftrag zu geben, die auch die Statuen im Castro de Sanfins, etwa einen Tagesmarsch südlich der Mündung des Douro gelegen, gefertigt hatten. Zwei Statuen in Menschengröße für ihre Schutzgottheiten. Eine für Lugh, den Gott aller Künste und des Friedens, zur Aufstellung auf dem zentralen Platz. Die zweite für *Llyr,* den Gott des Meeres, zur Aufstellung am Hafen. Die dritte Arbeit sollten zwei sich anschauende Köpfe für den Versammlungsraum sein, als Sinnbild der guten Beratungen und weisen Beschlüsse im Ältestenrat.

Aidan wurde übel, als er das hörte.

Bei der Ausgestaltung sollten die Köpfe keine Einzigartigkeiten erkennen lassen. Persönlichkeitskult war verpönt. Nicht fehlen sollten bei den Statuen aber Dolch oder Schwert und Schild sowie der offene Halsreif, *Torques* genannt, den die Männer der Führungsschicht in Gold gearbeitet trugen.

Aidan verließ niedergeschlagen die Versammlung. Vor allem das Verhalten seines Vaters hatte ihn enttäuscht. Er ging zum Hafen, setzte sich auf sein achtzehn Fuß langes Boot mit einem klappbaren Mast, einem kleinen Segel und Rudern, mit dem man küstennah auf dem Meer fahren konnte. Er blickte mit leeren Augen nach Westen und dachte nach.

„So kann es nicht weitergehen. Ein Weiterleben mit meinem Vater unter einem Dach, nein das geht nicht. Und wenn unsere

Siedlung unter römische Herrschaft fällt, ein Leben als Amtsträger in der römischen Reichsordnung, nein, das geht ganz und gar nicht!", murmelte er vor sich hin. Dann sprang er entschlossen auf.

„Ich muss in meinem Leben etwas ändern! Bald!"

10. Kapitel
Ankunft in Peru
Cajamarca, Peru – Mai 2018

Das Flugzeug der LAN Peru aus Lima landete nur fünf Minuten verspätet um 18:35 Uhr auf dem Flughafen in Cajamarca. Es war der 15. Mai.

Alfredo und die Übersetzerin Letitia, die in Lima zugestiegen war, verließen das Flugzeug und gingen zur Abfertigungshalle. Trotz der Höhe von 2750 Metern war es schwül. Ein Gewitter lag in der Luft. Alfredo ran der Schweiß über das Gesicht, sein Hemd war verschwitzt und er war wieder einmal mürrisch. Schuld war der viel zu enge Platz im Flugzeug, der schlechte Service und überhaupt Peru.

Allerdings hatte der Flug auch etwas Positives für ihn gebracht. Er hatte neben Letitia gesessen. Sie sah in Natur noch viel besser aus als auf dem Bewerbungsfoto. Pechschwarze Haare, kräftige rote Lippen und hellbrauner Teint. Die körperbetonte Kleidung unterstrich ihre erotische Ausstrahlung. Der Ausschnitt der Bluse geizte nicht mit verheißungsvollen Einblicken und der Minirock betonte die langen schlanken Beine. Ihr Rock war im Flugzeug des Öfteren hochgerutscht. Aus dem Fenster hatte Alfredo wenig geschaut.

Nachdem sie ihr persönliches Gepäck in Empfang genommen hatten, passierten sie ohne Probleme die Pass- und Zollkontrolle und folgten dem Zeichen ‚Salida' zum Ausgang des Flughafengebäudes. Draußen wartete schon ihr Scout Aitor und die drei Sicherheitskräfte Diego, Carlos, und Fernandez. Während der Fahrer begann das Gepäck in den angemieteten Kleinbus zu laden, begrüßten sie sich und stellten sich gegenseitig vor. Dann stiegen sie in das Fahrzeug und fuhren zum Hotel Hostal Los Pinos ganz in der Nähe der Plaza de Armas im Zentrum Cajamarcas.

Aitor checkte sie ein. Nach dem gemeinsamen Abendessen trafen sich Alfredo, Letitia und der Chef des Sicherheitspersonals, Diego, an der Hotelbar zu einem Absacker. Es blieb bei dem einen

Drink, da Alfredo noch zu erschöpft war von dem langen Flug von Trujillo über Madrid und Lima nach Cajamarca. Er war rund fünfzehn Stunden unterwegs gewesen. Jetzt merkte er den einsetzenden Jetlag. Alfredo ging in sein Zimmer, ließ sich aufs Bett fallen und schlief kurze Zeit später ein.

Am nächsten Morgen trafen sie sich um neun Uhr zum Frühstück. Wurst, Käse, Eier, viel frisches Obst, Fruchtsäfte und Kaffee standen bereit. Nach dem Frühstück besprachen sie kurz das Programm und die Aufgaben für die nächsten vier Tage, die Alfredo in Cajamarca eingeplant hatte.

„Während unserer gemeinsamen Zeit hier in Peru werden wir uns untereinander duzen. In der Öffentlichkeit bleibt es beim Sie. Aitor, du besorgst fünf komplette Kletterausrüstungen. Achte darauf, dass sie besonders für das Klettern an nassen und glitschigen Felswänden geeignet sind. Wasserdichte Hosen und Jacken bringst du ebenfalls mit“, wies Alfredo den Scout an.

Im selben Befehlston sprach er weiter: „Diego, du lässt den Fahrer gründlichst den Kleinbus überprüfen und wenn es notwendig ist, veranlasst ihr die erforderlichen Reparaturen. Ihr kauft auch eine Ersatzausrüstung, bestehend aus Reifen, Abschleppseilen, einem Generator, Lampen und anderen wichtigen Dingen für den Notfall.“

Dann übergab er ihm ein Papier.

„Du und deine Männer überprüft den Bestand an Werkzeuge, Waffen und Munition anhand dieser Liste. Sollte etwas fehlen dann beschafft es!“

Er händigte Diego ein größeres Bündel an Geldscheinen aus.

„Wenn ihr anderen etwas braucht, wendet euch an Diego. Und jetzt an die Arbeit!“

Alfredo hatte für Letitia und sich ein besonderes ‚Highlight‘ vorgesehen. Er bezeichnete es ihr gegenüber als ‚Inka-Wellness‘. Zusammen mit Letitia bestieg er ein Taxi, das sie über die Avenue Atahualpa zu den ‚*Baños* del Inka‘ brachte. Ein Komplex mit mehreren

Thermalbädern, die sich rund sieben Kilometer östlich von Cajamarca befanden.

„In dieser Anlage können wir das berühmte Thermalbad Atahualpas anschauen“, sagte Alfredo während der Fahrt.

„Interessant“, meinte Letitia gelangweilt, während sie den Lack auf ihren Nägeln einer kritischen Musterung unterzog.

Nach der Anmeldung an der Rezeption führte Alfredo Letitia zunächst in ein kleines Museum mit Keramiken von verschiedenen Präkolumbianischen Kulturen, um die Wartezeit abzukürzen. Zudem wollte Alfredo die Reaktion Letitias auf bestimmte Ausstellungsstücke beobachten. Er führte sie in einem speziell abgeteilten Raum, in dem Kopien von Keramiken der *Moche*-Kultur gezeigt wurden.

„Das Besondere daran ist die deutliche, ja schon drastische Darstellung erotischer Szenen“, sagte Alfredo und zeigte auf ein rundes Trinkgefäß, auf dem ein kopulierendes Paar dargestellt war. Alfredo beobachtete wie interessiert Letitia die Darstellungen von allen Seiten betrachtete. Immer, wenn sie zu ihm schaute, zwinkerte er ihr auf eine Weise zu, die er für verführerisch hielt.

Im Anschluss daran suchten sie einen der zahlreichen Verkaufsstände in dem kleinen Park rund um die äußeren Thermalbecken auf. Während Alfredo eine Auswahl an frischen Früchten bestellte, entschied sich Letitia für einen Becher der in Peru sehr beliebten ‚*Manjar Blanco*‘.

„Meine selbstgemachte Manjar schmeckt aber um einiges besser“, sagte Letitia und warf den noch halb gefüllten Becher in eine Mülltonne am Weg.

Es war jetzt kurz vor drei Uhr. Sie liefen zum Haupthaus, in dem sich die Innenbecken befanden. Alfredo hatte für diese Zeit ein privates Bad für zwei Personen inklusive Massagen bestellt. Diese genossen sie jetzt. Gegen sechs Uhr verließen sie die Anlage.

Das Taxi brachte sie in das für die Region authentische und ausgezeichnete Restaurant Achorado, in dem Alfredo über das Hotel einen Tisch hatte reservieren lassen. Das Achorado lag nur wenige Meter vom ‚*Cuarto de Rescate*' entfernt.

„Dieses ‚Lösegeldzimmer' hat Atahualpa für die Spanier einmal mit Gold und zweimal mit Silber füllen lassen. Vor der Ermordung durch die Spanier hatte es ihn trotzdem nicht bewahrt", erklärte Alfredo seiner Begleiterin.

Im Restaurant gab es als Tagesempfehlung eine Vorspeise mit lila Krabben frisch vom Markt und als Hauptgang ein traditionelles *Quwi* Gericht mit Süßkartoffeln und Spargel. Letitia entschied sich dafür. Alfredo ebenfalls, bestellte anstelle des gegrillten Meerschweinchens jedoch Schweinefleisch. Er konnte die Vorliebe der Peruaner für Meerschweinchen nicht teilen. Er wählte Intipalka Rotwein zum Essen aus, der beiden ausgesprochen gut schmeckte. Als Dessert gab es überbackene Bananen gefolgt von einem Bio Kaffee Pacha Mama und einem Pisco Sour.

Auf dem kurzen Rückweg zum Hotel passierten sie die eindrucksvoll beleuchteten Kirche San Francisco, schlenderten über die nun nicht mehr sehr belebte Plaza de Armas am Dom vorbei. Am Hotel angekommen gingen sie in den zweiten Stock bis vor ihre Zimmer, die nebeneinanderlagen. Als Letitia ihr Zimmer aufschloss und die Tür öffnete, zwängte sich Alfredo schon an ihr vorbei. Er zog sie am Arm zu sich heran und versuchte sie zu küssen.

„Stopp!", rief Letitia und befreite sich von Alfredo.

„Nun zier dich nicht so. Ich nehme mir nur was mir zusteht und bezahl ja auch dafür", sagte Alfredo und zog sie wieder zu sich.

„Nein, so einfach geht das nicht. Und jetzt hinaus mit dir!", sagte sie in einem Tonfall, der keinen weiteren Widerspruch duldete. Sie schubste Alfredo aus dem Zimmer und verschloss schnell die Tür.

„Na, die ist ja knallhart", dachte Alfredo, „Umso besser. Aber es wird mich noch einige Mühen kosten, sie ins Bett zu bekommen."

Er war enttäuscht. Er hatte sich von dem Abend mehr erwartet. Jetzt blieben ihm nur Träume von den erotischen Szenen der Moche-Keramiken. Mürrisch ging er zu Bett.

Am nächsten Morgen hatte Alfredo einige Besuche zu machen, bei denen er keine Begleitung gebrauchen konnte. Es waren alles Behördengänge. Von Aitor hatte er eine Namensliste von Verwaltungsmitarbeitern bekommen, die bekannt dafür waren, dass sie gegen entsprechende Honorierung Sondererlaubnisse, Genehmigungen oder andere nützliche Dienstleistungen erbrachten, die auf normalem Weg für Unbefugte überhaupt nicht oder nur sehr schwer zu erhalten waren. Am Ende des Tages hatte er eine offiziell gestempelte und unterschriebene Expeditions- und Grabungslizenz für ein Gebiet 100 Kilometer um den Gocta-Wasserfall herum und den Namen eines Kommandanten im kleinen Polizeiposten von Cocachimba, einem Dorf nahe des Wasserfalls. Dieser Polizeikommandant sei ‚verständnisvoll', so hatte sich der Verwaltungsangestellte ausgedrückt.

Den nächsten Tag widmete Alfredo sich wieder ganz Letitia. Er hatte ihr einen Stadtrundgang vorgeschlagen. Mit Hilfe des Stadtplanes, den er an der Hotelrezeption erhalten hatte, ging es zuerst auf den Apolonia-Hügel. Sie stiegen 300 Treppenstufen, die Dos de Mayo, hinauf. Sie schwitzten und schnauften. Aufgrund der Höhe mussten sie immer wieder Pausen einlegen und kräftig durchatmen. Aber dann hatten sie es geschafft. Unter ihnen lag die Stadt. Aufgrund der am Morgen noch klaren Luft konnten sie weit in die Landschaft sehen. Auf dem Hügel befand sich außerdem der ‚Silla del Inka', ein Sitz aus Stein, auf dem einst Atahualpa gesessen haben soll.

Nach dem Abstieg machten sie für einen kleinen Mittagssnack in der hervorragenden und immer vollen Tortenbäckerei El Cascanuez, die Alfredo von der Hotelbesitzerin empfohlen worden war, eine Pause. Nicht nur die Torten sollten hier köstlich sein, auch die Sandwiches und kleinen Gerichte.

Nach dieser Stärkung setzten sie ihren Bummel durch die Einkaufsstraßen der Stadt fort. Schon bald war Alfredo wegen der offensichtlichen ‚Schaufensterkrankheit' Letitias der Verzweiflung nahe. Nahezu vor jedem Schmuckgeschäft blieb sie stehen, schaute sich die Auslage an und ging auch in das eine oder andere Geschäft hinein. Nach drei Stunden hatten sie gerade mal knapp zwei Kilometer zurückgelegt.

Sie waren jetzt am ‚Cuarto de Rescate' angekommen. Während der Besichtigung sprachen sie weniger über das tödliche Schicksal, das Atahualpa und seinem Heer hier in Cajamarca widerfahren war, sondern nur über die unermesslichen Reichtümer der Inkas. Als sie die Markierung sahen, bis zu der der ausgestreckte Arm Atahualpas gereicht hatte und bis wohin er Gold und Silber hatte auffüllen lassen, sprachen beide nahezu zeitgleich aus: „Wie viele Schätze werden wohl noch auf ihre Entdeckung warten?" Ob dieser offenkundigen Seelenverwandtschaft mussten sie beide lachen.

Nach dem Abendessen in einem japanischen Sushi Restaurant nahe der Plazuela Belén gingen sie zurück zum Hotel. An der Bar tranken sie noch einen Cocktail.

Letitia wusste, wie mit Männern wie Alfredo umzugehen war, um alles von ihnen zu erhalten, was sie wollte. Sie hatte sich vorgestern und auch am heutigen Tag immer in seiner Nähe aufgehalten, ohne ihm aber die Möglichkeit zu geben, ihr zu nahe zu kommen. Ob das in den Cafés, den Thermalbädern oder an der Bar war. Aufreizen, sein Verlangen schüren, sich scheu zeigen aber dadurch nur noch mehr Begehren wecken, das konnte sie perfekt. Beim heutigen Stadtbummel hatte sie ihn dezent, aber stetig auf die wunderschönen Schmuckarbeiten der Gold- und Silberschmiede hingewiesen. Im vierten Juweliergeschäft hatte Alfredo ihr dann eine nach Inka Art gearbeitete goldene Halskette zu einem sündhaft teuren Preis gekauft.

An diesem Abend begleitete Letitia ihn auf sein Zimmer. Alfredo hatte sich an der Bar noch eine Flasche Champagner geben lassen. Genüsslich füllte er zwei Gläser. Er drehte sich zu Letitia, um ihr ein Glas zu reichen. Sie nahm es, prostete ihm zu, leerte es in einem Zug und stellte es auf dem Tisch ab. Dann dimmte sie das Licht und stellte das Radio an. Leise peruanische Panflötenmusik erfüllte den Raum. Sie begann aufreizend vor Alfredo zu tanzen. Jetzt leerte auch Alfredo zittrig sein Glas. Er hatte sich gerade auf das Sofa gesetzt, als der Rock über seinem Kopf landete. Er zerrte ihn hastig herunter, um nichts zu verpassen. Letitia legte einen aufreizenden Striptease hin. Sie beobachtete wie er immer unruhiger auf seinem Sessel hin und her rutsche. Schließlich war sie bis auf die neue Halskette nackt. Sie ging langsam auf Alfredo zu, kniete sich vor ihm hin und öffnete seine Hose. Alfredo stöhnte. Sie stand auf, nahm ihn an der Hand und führte ihn ins Schlafzimmer. Dort zog sie ihn komplett aus, stieß ihn auf das Bett, so dass er auf dem Rücken zu liegen kam. Sie setzte sich auf ihn. Er kam schnell zum Höhepunkt. Viel zu schnell aus seiner Sicht, aber sie war froh, dass sie es hinter sich hatte.

Alfredo lag auf dem Rücken und schaute sie an. Jetzt hatte er bekommen was er wollte. Sie hatte also doch noch mit ihm geschlafen. Aber er musste dafür zahlen, das hatte ihm Letitia schon auf dem Weg von der Bar zum Zimmer klar gemacht. Und es war keine kleine Summe. Aber Alfredo tat es nicht leid um das Geld. Er sah das ganz Geschäfts männisch: gutes Geld für gute Ware.

Als Letitia gegangen war, lag er noch einig Zeit wach und überlegte, wie er sich deren Geldgier vielleicht noch bei der Suche nach Eldorado zu Nutze würde machen können. Dann schlief er ein.

In ihrem Zimmer lag nun auch Letitia zufrieden in ihrem Bett. In dem Bewusstsein, für die nächste Zeit eine leicht ausschöpfbare Goldader erschlossen zu haben, dämmerte sie in eine verheißungsvoll glänzende Traumwelt hinüber.

11. Kapitel

Fernweh

Ebusim, Balearen – Frühjahr 149 v. Chr.

Pau hatte die Ausbildung beendet und saß an einem Steg im Hafen. Wehmütig schaute er dem Schiff nach, auf dem Philosir seiner Heimat Karthago entgegen segelte.

Er war noch nie woanders gewesen als auf den Inseln der Balearen. Er hatte in seinem bisherigen Leben nichts Anderes gemacht als sich mit Schleudern, Steinen und deren Handhabung auf den Weiden oder im Kampf zu beschäftigen. Das hatte ihm als geborenem Hirten zwar hohes Ansehen und auch ein bescheidenes Vermögen eingebracht, aber es fehlte ihm etwas.

Er seufzte: „Ich würde zu gerne einmal zu Philosir nach Karthago reisen und von dort Sakarbal auf einer seiner Handelsreisen nach Alexandria begleiten oder mit meinem Freund Aidan von Castro de Baroña aus im Nordmeer segeln!“

Pau war als Sohn eines Ziegen- und Schafhirten im nördlichen Bergland der Insel aufgewachsen. Schon früh hatte der Vater ihm den Umgang mit der Schleuder beigebracht. Bald konnte Pau seinen Vater tatkräftig unterstützen. Die Schleuder wurde beim Hüten eingesetzt, um die Herde zu lenken und Raubtiere und Viehdiebe fernzuhalten. Beim Hüten hatte Paul viel Zeit gehabt, um immer wieder mit der Schleuder zu üben.

Eine Steinschleuder war leicht herzustellen, sehr lange haltbar und leicht zu ersetzen. Wegen der geringen Kosten und des geringen Gewichtes konnte ein Schleuderer leicht eine Ersatzschleuder bei sich tragen, zum Beispiel als Stirnband, am Gürtel oder einfach in der Tasche. An Geschossen herrschte kein Mangel, denn Steine gab es überall reichlich. Je nach Zweck wurden verschiedenste Steinformen und Größen benutzt. Natursteine und auch durch geschicktes Abschlagen bearbeitete Steine. Somit variierten Form, Größe und Gewicht. Bei seinen Übungen benutzte Pau meist ein Gewicht von einer *Mina*.

Die Vorteile der Steinschleuder wurden auch im Kriegshandwerk erkannt. Sie war nahezu lautlos und bot damit eine überraschende Wirkung. Ein Schleuderer, gerade bei kurzen Schleudern, brauchte nur eine Hand und die Wurffrequenz der Werfer war wesentlich höher als bei Bogenschützen. Auf 300 Fuß eine treffsichere und durchschlagende Waffe. Selbst Reichweiten über 600 Fuß wurden erreicht. Schleuderer bildeten somit sehr wirksamen Kampfverbände mit und auch in der Fremde jederzeit herstellbaren Waffen.

Als seinem Vater das große Talent von Pau bewusst geworden war, hatte er ihn in eine Schule der entsprechenden Kampftruppe unterbringen können. Dort mussten die Schüler nicht nur ausdauernd üben, vielmehr wurden sie auch in vielfältigen Arten von Kampftaktiken unterwiesen, je nach Art des Geländes, der Art und Anzahl der Gegner und des zu erreichenden Zieles. So zum Beispiel, dass man durch eine geschickte Anordnung von zwei Werfer-Gruppen einen Abwehrriegel bilden kann, der einem Vorhang gleicht, sodass der Gegner wenig Chancen hat, diesen unverletzt zu durchbrechen. Pau hatte in den vielen Gesprächen mit den Kämpfern erfahren, dass auch Geschosse aus Eisen und Kupfer eingesetzt wurden. Angeblich ritzten einige Krieger Sprüche ein, die ihre Feinde verhöhnen sollten.

Aber auch die Steinschleuderer selbst waren in den Kampftruppen geachtet und wurden nach der Rückkehr aus siegreichen Schlachten als Helden verehrt. Auf den Balearen war es Sitte geworden, verstorbenen Steinschleuderern vor der Beisetzung ihre Schleuder um die Stirn zu binden. Die Toten erhielten als Grabbeigaben Taschen voller Ersatzschleudern.

Pau ging es gut. Er war hoch angesehen und musste sich nicht um seine wirtschaftlichen Verhältnisse sorgen. Sein Lebensweg lag klar vor ihm: als begnadeter Steinschleuderer und als Lehrer von zukünftigen Steinschleuderern würde er seinen Ruhm und die Ehre seines Landes mehren und sichern. Auf ewig würde er so als Held einen Platz im Gedächtnis seines Volkes erhalten. Dennoch plagten ihn Zweifel. War das eigentlich alles, was er vom Leben erwarten konnte? Und war es auch alles, was das Leben von ihm erwartete? War er nicht vielleicht für viel größere Aufgaben auserwählt? Wie immer in solchen Momenten erschien ihm die Ferne und das Abenteuer, das Unvorhergesehene, die verheißungsvolle Antwort auf all seine Fragen. Aber worin genau diese Antwort bestehen konnte, darüber vermochte er einfach keine Klarheit zu gewinnen.

Seufzend erhob er sich und ging zum Haus der Schleuderflechterinnen. Dort hoffte er Aisha zu begegnen. Vielleicht konnte ihr Anblick ihm helfen, auf andere Gedanken zu kommen. Er musste für seine nächste Ausbildungsklasse ohnehin noch neue Schleudern holen.

Obwohl er Aisha noch nie außerhalb der Werkstatt gesehen oder getroffen hatte, glaubte er bei jedem Besuch, dass sie schon lange etwas miteinander verband. Er konnte ihr Interesse an ihm förmlich fühlen. Verborgen vor den Augen der anderen Frauen aber doch eindeutig. Dann geriet seine Gefühlswelt jedes Mal in ein angenehmes Durcheinander.

„Heute nehme ich all meinen Mut zusammen und lade sie zu einem Spaziergang am Abend ein", munterte sich Pau auf.

Er ging durch die Werkstatt. Zuerst kam er im Lagerraum an großen Körben mit Gras und Agaven, dem Grundmaterial des Flechtwerks, vorbei. Dann trat er in die Halle, wo gerade mehrere Frauen ihre Arbeit verrichteten. Er prüfte an einigen Plätzen die Qualität der Schleudern: das verwendete Material, das Flechten der Fingerschlaufe beziehungsweise der Schlinge, die Haltbarkeit und Flexibilität.

Dabei blieb er wie zufällig am Platz von Aisha stehen, nahm ihr Flechtwerk, begutachtete es, gab es ihr zurück und lobte sie mit einem Lächeln.

„Ausgezeichnete Arbeit!"

„Vielen Dank, Meister Pau", entgegnete sie verlegen.

Schon halb im Weggehen beugte er sich etwas zu ihr herab und flüsterte ihr zu: „Sei bitte heute Abend bei Sonnenuntergang am Hafen, ich möchte mich gerne mit dir treffen."

Er bemerkte die Freude in ihren Augen als sie ihm zunickte und ging rasch weiter.

Beim Meister nahm er neue Steinschleudern mit und lobte auch ihn für die gute Arbeit seiner Werkstatt. Dann ging er nach Hause, wusch sich und zog ein sauberes Gewand an.

Rechtzeitig machte er sich auf den Weg durch die belebten Gassen der Altstadt zum Hafen. Händler priesen lautstark ihre besonders günstigen Preise an. Sie wollten ihre restlichen Waren noch vor Marktende loswerden. Er kaufte ein paar stark duftende Rosen und einige süße Feigen. Voller Vorfreude erreichte er den Hafen. Wenige Augenblicke später sah er Aisha kommen. Er winkte ihr zu. Sie trug eine sandfarbene *Stola* und eine rote *Palla* bedeckte ihren Kopf und ihre Schultern. Das satte Braun ihres Gesichts kam damit noch stärker zur Geltung. Im Licht der untergehenden Sonne erschien sie Pau wie eine Liebesgöttin, die sein Herz erstrahlen ließ.

„Aisha, schön, dass du gekommen bist", begrüßte er sie und schenkte ihr die Rosen.

„Danke. Pau! Sind die schön!"

Ihr tiefer Blick machte ihn verlegen. Schnell trat er neben sie, nahm ihren Arm und führte sie zu einer Bank am Rande eines kleinen Hains nahe am Wasser. Der Platz lag etwas abseits vom sehr belebten Hafen. Hier konnten sie sich ungestört unterhalten, aber keiner sagte zunächst etwas. Begeistert betrachteten sie die Lichtspiegelungen der Sonne auf dem Meer. Pau legte seine Linke neben ihre rechte Hand. Ihre Hautfarbe war deutlich dunkler als seine. Er deutete mit seiner anderen Hand darauf und fragte sie: „Ich weiß noch so wenig von dir. Woher kommst du eigentlich? Hast du Familie? Wo wohnst du?"

Sie legte ihre Hand auf die seine und schaute weiter zum Horizont. Dann begann sie zu erzählen.

„Ich stamme aus Mauretanien und bin in Tingis geboren. Mein Vater hatte mir immer, wenn er denn mal zu Hause war, Geschichten aus den Mythologien anderer Völker erzählt. So auch die griechische

Legende, dass der Riese *Antaios*, Sohn von *Poseidon* und *Gaia*, die Stadt Tingis gegründet habe und *Herakles* an dieser Stelle die Erde spaltete. So schuf er die Meerenge, in der das Innere und das Äußere Meer ihre Gewässer vermischen."

„Ja, diese Erzählung kenne ich auch", warf Pau ein.

Aisha fuhr fort: „Mein Vater ist viel auf den Meeren unterwegs gewesen. Er hat sich immer wieder auf karthagischen Handelsschiffen verdingt, die auf dem Äußeren Meer die Küste Mauretaniens entlangsegelten und noch an der Küste anderer Länder weiter südwestlich davon. Die Kommandeure dieser Schiffe nahmen Menschen als Gefangene wie Ware an Bord, um sie auf den Sklavenmärkten rund um das Innere Meer gewinnbringend zu verkaufen.

Meine Mutter ist bei meiner Geburt gestorben ..."

Hier unterbrach sie Pau.

„Wie? Dein Vater war auf den Meeren unterwegs? Und du so winzig und ganz allein?"

„Nein, keine Sorge! Meine zehn Jahre ältere Schwester Aqueda hat sich von klein auf um mich gekümmert. Auch noch als sie sich mit einen Seefahrer von den Balearen verbunden hat, den mein Vater immer mit in unser Haus gebracht hatte. Als dann mein Vater starb, da war ich gerade 14 Jahre alt geworden, bin ich Aqueda und ihrem Mann Coll in dessen Heimat gefolgt."

„Ach so, auf diesem Weg bist du also hergekommen. Jetzt verstehe ich", Pau nickte.

„Ja, genau. Jetzt bin ich 20 und lebe immer noch mit den beiden in einem kleinen Haus in der Altstadt."

Neugierig blickte Aisha Pau an.

„Nun bist aber du an der Reihe! Ich möchte etwas über dich und dein Leben erfahren!"

Während sie die köstlichen Feigen aßen, erzählte Pau von seiner Jugend in einer Hirtenfamilie, von der Ausbildung zum Steinschleuderer und schließlich von dem Aufbau seiner eigenen Schule.

Inzwischen war die Sonne untergegangen und es wurde dunkel. Der aufkommende Wind ließ Aisha frösteln. Sie kauerte sich eng an

Pau. Er nahm sie in den Arm und legte seine Wange an die ihre. Der kühle Wind vermochte nichts gegen die Wärme, die sich nun in ihnen ausbreitete. Beide wünschten, dieser Moment möge ewig dauern. Doch dann richtete Aisha sich auf.

„Bitte bring mich nach Hause, es ist schon spät und meine Schwester sorgt sich vielleicht schon."

Arm in Arm gingen sie durch die ruhigen Gassen. Die Marktstände wurden gerade geschlossen. Es waren kaum noch Menschen unterwegs. Vor ihrem Haus blieb Aisha stehen und schaute sich um. Niemand war zu sehen. Sie drückte nochmals fest seine Hände und gab ihm einen flüchtigen Kuss, bevor sie leichtfüßig die Treppen zu ihrem Zimmer emporeilte.

Pau sah ihr entzückt nach. Sein Gefühl hatte ihn nicht getrogen. Sie erwiderte seine Zuneigung! Er musste sie bald wiedersehen. Wie auf Wolken ging er nach Hause.

12. Kapitel

Totenstadt in Felsnischen

Revash, Peru - Mai 2018

Die Archäologen fuhren schon zwanzig Minuten im Schneckentempo hinter einem Lastwagen durch das Utcubambatal flussaufwärts. Es gab keine Möglichkeit zu überholen. Sie fuhren an der Abzweigung nach Kuelap, die sie erst vor zwei Tagen heruntergekommen waren, vorbei und erreichten schließlich die Puente Thomas. Hier bog der Kleinbus von der geteerten Straße nach rechts ab und schraubten sich die Berge hinauf. Auf 2800 Meter Höhe parkte der Fahrer in dem kleinen Dorf San Bartolo, das der Ausgangspunkt für Wanderungen nach Revash war.

Zunächst ging die Gruppe über steile Treppen innerhalb des Dorfes bergab. Die Dorfbewohner hatten in den letzten Jahren für die Touristen einen schönen Plattenweg angelegt, der immer wieder durch Stufen unterbrochen wurde. Dieser brachte die Archäologen zum Chachapoya-*Nekropole*. Das letzte Stück stiegen sie dann über einen engen unbefestigten Weg hinauf bis zur Felswand. Hier folgte die Gruppe einem schmalen Pfad etwa 30 Meter steil bergab. Willi ging voran und rief nach hinten: „Achtet auf eure Tritte! Rechts hinter den Büschen geht es 200 Meter senkrecht hinunter."

Jeder war so konzentriert auf den Abstieg, dass keiner hinauf in die Felswand schaute.

Als der Weg wieder eben verlief, hob Willi die Hand.

„Kurzer Stopp! Schaut bitte mal nach linksoben vor uns", dabei zeigte er mit dem Arm in die angegebene Richtung.

„Wow!", entfuhr es Jorge.

„Was für ein Anblick!", rief auch Peter.

In einer nicht sehr hohen, aber lang gestreckten Felsnische sahen sie rot und weiß bemalte Grabhäuschen.

„Warum wurden die Toten gerade hier bestattet? An diesem so schwer zugänglichen Ort und kilometerweit entfernt von ihrer ehemaligen Siedlung?" fragte Jean-Pierre, der sich eng an die Felswand presste und sich an einem hervorspringenden Felsstück festhielt.

„Es gibt keine Antwort darauf, nur Vermutungen", antwortete Isabel und versuchte wieder zu Atem zu kommen. Der Marsch hierher hatte sie doch mehr angestrengt als vorher angenommen.

„Meiner Meinung wurde der Platz ausgesucht, um den Verstorbenen ihre ewige Ruhe zu ermöglichen", sagte Jorge.

„Für Grabräuber war es schwierig, diese Stellen zu erreichen. Die Nischen bieten Schutz vor den heftigen Regenfällen. Und von hier oben hatten die Toten die Lebenden im Blick und konnten sie beschützen. Das Felsengrab wurde erst vor 30 Jahren entdeckt. Mumien wurden keine mehr gefunden, nur noch einzelne Knochen. Wir wissen nicht, ob es sich bei der Nekropole um Individualgräber oder um Gruppenbestattungen handelt", erklärte Isabel.

„Gehen wir weiter", forderte Willi das Team auf.

Der steinige Pfad verlief jetzt immer auf derselben Höhe unterhalb der Nischen an der Felswand entlang. Isabel schaute kurz über die Büsche in den Abgrund. Sie erschauderte und wich schnell zurück.

„In den Berichten zu Revash steht", sagte Peter, „dass die kleinen Bestattungshäuschen aus Stein gebaut und mit einem hellen Lehmputz versehen wurden. Anschließend wurden sie mit roter Farbe bemalt. Die Häuschen sind, wie ihr seht, rechteckig, haben meist zwei Stockwerke und ein Giebeldach. Es gab keine Rückwand. Diese wird von der Felswand gebildet."

Carmen zeigte nach oben.

„Seht ihr die ebenfalls in Rot gemalten Piktogramme an den Felswänden?"

Sie erkannten einen Jaguar sowie mehrere Lamas, Menschen, Kreise, Kreuze und Rechtecke.

Über kleinste Trampelpfade, deren Begehung für Touristen verboten war, kletterten Willi, Jorge und Peter bis dicht an die Felsnischen heran, um einen detaillierteren Eindruck zu bekommen. Sie ließen sich Zeit. Weit und breit waren keine Touristen zu sehen. Die übrigen Mitglieder des Teams suchten sich eine kleine Ausbuchtung des Wegs, um dort zu warten. Carmen fertigte eine Zeichnung an. Jean-Pierre vermaß mit einem kleinen Lasergerät die Häuser.

Nach zwei Stunden nahmen die Archäologen für den Rückweg nicht die Route, die sie gekommen waren, sondern stiegen einen ausgebauten und mit Seilen gesicherten Pfad nach unten ab, der sie zu einem kleinen Aussichtsturm führte. Er war für die Touristen gebaut worden, um einen guten und gefahrlosen Ausblick auf die Begräbnisanlage als Ganzes zu geben. Letzte Fotos wurden gemacht.

Dann ging es durch niederen Wald und buschiges Grasland erst bergab und dann wieder in einem langen Anstieg bergauf zurück ins Dorf. Im Café stärkte sich die Gruppe mit Mate de Coca und gekochtem Mais. Ein benachbarter *Campesino* sprach sie an und bat sie mit in seine Scheune zu kommen, dabei tat er sehr geheimnisvoll. Die Archäologen gingen mit ihm. In der Scheune zeigte er stolz einige Artefakte, die er in der Nähe gefunden haben wollte. Reibsteine und Malschalen. Behauene Steine, eine verputzte Steinplatte mit einem Lama und ein bemaltes Mumientuch.

„Realmente antiguo, Chachapoya", beteuerte der Campesino.

„Echte Fundstücke? Wohl eher nicht", urteilte Isabel.

Sie fragten nicht weiter nach. Am Ausgang standen auf einem Tisch aus Lehm getöpferte und mit weißer und roter Farbe bemalte Grabhäuschen.

Draußen stiegen alle in den Kleinbus und fuhren die 140 Kilometer nach Chachapoyas zurück. Für die Strecke benötigten sie gut drei Stunden. Kurz vor Chachapoyas ließ Willi den Fahrer an der Hacienda El Molino anhalten. Sie kehrten in das Gasthaus ein. Will bestellte getrocknetes Rind- oder Schweinefleisch, das wieder aufgekocht wird. „Eine Spezialität der Region", sagte er. Dazu gab es Grillbanane und gekochten Mais. Die Männer, bis auf den Fahrer, genehmigten sich eine Cerveza Cusqueña de Trigo, ein peruanisches Weizenbier. Die Damen bevorzugten frischen Papaya-Saft.

Am Abend in Chachapoyas spazierten Carmen und Peter noch etwas die belebte Jirón Amazonas entlang und über die Plaza de Armas ins Café Fusiones, wo sie einen Kaffee mit Rum nahmen. Dann kehrten sie in ihre Unterkunft zurück.

13. Kapitel

Bedrohung durch Rom

Karthago - Sommer 149 v. Chr

Sakarbal stieg durch die verwinkelten Gassen und steilen Treppen den *Byrsa*-Hügel hinauf. Schon sah er das Haus, in dem sein Freund Philosir mit seinen Eltern und Verwandten lebte. Er ging durch den von vier Säulen gestützten Vorbau und klopfte an die Tür.

Philosir öffnete und begrüßte ihn.

„Sei gegrüßt Sakarbal! Komm herein. Was führt dich zu mir?"

„Ich komme gerade vom Senatsgebäude. Es gibt unerfreuliche Neuigkeiten, die ich mit dir besprechen möchte", antwortete Sakarbal und trat ein.

Philosir führte ihn auf die Plattform des Vorbaus. Sakarbal war, wie immer, wenn er hier war, begeistert von dem herrlichen Blick über die gesamte Hafenanlage. Sie bestand aus dem runden und stark gesicherten Kriegshafen und dem rechteckigen Handelshafen davor.

„Wie lange wird es diese Häfen noch geben?", fragte Sakarbal.

„Ist es so schlimm? Nimm Platz und erzähle", entgegnete Philosir beunruhigt.

„Von einem der Sufeten habe ich erfahren, dass Rom den Vergeltungsschlag unseres Heerführers Hastrubal gegen den numidischen Herrscher Massinissa, Roms Verbündeten, als Vertragsverletzung betrachtet und daher Karthago den Krieg erklärt hat."

„Gibt es schon erkennbare Maßnahmen seitens der Römer?", fragte Philosir.

„Auf Sizilien wurden 80.000 Mann Fußvolk und 4000 Reiter unter Manius Manilius zusammengezogen. Diese Truppen werden derzeit nach *Utica* übergesetzt. Du weißt, von dort oben im Nordwesten ist man in einem Tagesmarsch in Karthago. Das Ziel ist die totale Zerstörung Karthagos, so wie es Cato bei jeder seiner Reden vor dem römischen Senat immer wieder zum Ausdruck bringt: *„Ceterum censeo Carthaginem esse delendam."*

„Wir werden es den Römern zeigen. Karthago ist von See her uneinnehmbar. Auch auf der Landseite wird kein Durchkommen sein. Wir verteidigen unsere Heimat mit allen Mitteln. Wir sind die besseren Kämpfer", entgegnete Philosir kampfeslustig.

Sakarbal war klar, dass die Unbekümmertheit und der Mut der Jugend aus Philosir sprachen und so mahnte er den 20-jährigen: „Bedenke die große Zahl der zusammengezogenen, gut ausgebildeten Soldaten und die Überlegenheit des verfügbaren Kriegsgeräts der römischen Streitmacht. Bedenke die Möglichkeit einer Umklammerung der Stadt durch eine Land- und eine Seeblockade oder sogar den Angriff von Land und See. In jedem Fall wird es ein verlustreicher Kampf über viele Jahre hinweg werden, den wir nicht gewinnen können. Und am Ende erwartet uns der Tod oder die Sklaverei."

Letzteres war für Philosir unvorstellbar. Er war Krieger und Seefahrer und liebte die Freiheit, das war es was einen Karthager ausmachte. Sie berieten noch eine Weile, bis sich bei beiden Männern die Erkenntnis herausbildete, dass nur eine Wahlmöglichkeit blieb, die Flucht!

Ganz sicher auch kein ungefährliches Abenteuer, aber allemal besser als Tod oder Sklaverei. Wozu hatte Karthago so viele Niederlassungen in weit entfernten Ländern errichtet? Die genaue Lage einiger dieser Neugründungen unterlag sogar der Geheimhaltung. Ja, an einem anderen Ort eine neue Zukunft zu beginnen, das war ihre Handlungsmöglichkeit!

Sakarbal und Philosir beschlossen, dass jeder die Wahlmöglichkeiten, Tod und Sklaverei auf der einen oder Auswanderung auf der anderen Seite, in ihren Familien und mit den treuesten und verlässlichsten Freunden unter dem Siegel der Verschwiegenheit besprechen sollte.

„Wir treffen uns also nach drei Mondphasen mit all denen, die sich vorstellen können, sich uns anzuschließen, in der großen Lagerhalle unseres Handelshauses am Hafen." Mit diesen Worten verabschiedete sich Sakarbal und machte sich auf den Heimweg.

Das Wohnhaus seiner Familie lag in der Unterstadt nicht weit vom Handelshafen entfernt. Er nahm einen kleinen Umweg über die Nekropole der Stadt. An der Weggabelung bei der für die Fruchtbarkeitsgöttin *Tanit* geweihten Stele, die den eigens für rituelle Kindesbeisetzungen reservierten Bereich *Tofet* markierte, nahm er den linken Weg, der ihn zum Grab seiner Ahnen führte. Dort verweilte er im Gedenken an sie und bat die Götter um Unterstützung für sein Vorhaben.

Die Zeit verrann. Die römischen Truppen lagen inzwischen in Utica und es hieß, eine Liste mit Forderungen der Römer sei unterwegs an den Senat in Karthago. Diese müssten bedingungslos erfüllt werden, dann sei ein Krieg noch zu vermeiden. Überall war Unruhe und Angst in der Stadt zu spüren.

Am Abend der vereinbarten Zusammenkunft begrüßten Sakarbal und Philosir jeden Einzelnen der Männer, die gekommen waren, mit Handschlag. Sakarbal hatte Hiram, dem Meister der Lagerhalle, einem guten Freund in etwa gleichem Alter, von seinen Sorgen und Plänen erzählt und ihn als Vertrauten gewinnen können. Hiram hatte dann alles Notwendige für die Zusammenkunft vorbereitet. Sakarbal zählte 88 Männer in der Lagerhalle. Wie erwartet sah er viele bekannte Gesichter. Schiffsführer, Navigatoren, Händler, Krieger und Handwerker waren darunter. Aber auch viele ihm unbekannte Menschen waren gekommen.

Nachdem Hiram das Zugangstor der Halle verschlossen hatte, ergriff Sakarbal das Wort. Das erwartungsvolle Gemurmel verstummte augenblicklich. Er begann seine Ansprache mit den Neuigkeiten in Bezug auf den dritten karthagisch-römischen Krieg. Dann beschrieb er einen mehrjährigen fürchterlichen Belagerungskrieg.

„Karthago wird völlig zerstört werden. Ich rechne mit 250.000 Toten und mehr als 50.000 in die Sklaverei verschleppten Männern, Frauen und Kindern."

Es entstand große Unruhe. Alle waren betroffen und erschrocken, manche ängstlich. Einige äußerten sich jedoch auch skeptisch und zweifelten den Wahrheitsgehalt dieses Untergangsszenarios an. Schließlich aber setzte sich die Befürchtung durch, dass man wohl vom Schlimmsten ausgehen musste: dem Untergang Karthagos, verbunden mit unzähligen Todesopfern und der Verschleppung vieler Menschen in die Sklaverei.

Nachdem Sakarbal wieder für Ruhe in der Halle gesorgt hatte, fuhr er fort: „Hört! Es bleibt uns eine Möglichkeit offen. Wir können auswandern. So wie es schon viele andere vor uns gemacht haben. Wir können in der Fremde eine neue Niederlassung gründen."

Dann entwarf Sakarbal eine Utopía, die ein Leben in Freiheit versprach für alle die mitmachen würden. Er zog mit seinen Schilderungen paradiesischer Inseln und Länder alle in seinen Bann. Insel und Länder weit im Westen des Äußeren Meeres, mit üppiger Vegetation und einer vielfältigen Tierwelt.

Die Schiffe müssten sich nur von Wind und Strömung treiben lassen, so wie es schon der Grieche Diodor beschrieben habe. Dort an neuen Ufern könnte man eine neue Heimat aufbauen und fern von Rom in einer freien Gemeinschaft weiterleben.

Ja, Auswanderung, das war ein Weg. Zuversicht war zu den Menschen in der Halle zurückgekehrt. Viele meldeten sich zu Wort. Zunächst noch skeptisch:

„Aber wie sollen wir über das Äußere Meer kommen?"

„Denkt an die Schilderungen über schreckliche Stürme, Seeungeheuer und die umherirrenden Seelen ertrunkener Seefahrer."

Dann aber zuversichtlicher:

„Wir bauen ein neues Karthago!"

„Wir können es schaffen!"

„Wie genau packen wir es an?"

„Wann starten wir?"

Erneut entbrannte ein hitziger Meinungsaustausch unter den Anwesenden. Sakarbal ließ sie einige Zeit gewähren, dann stellte er die Ruhe wieder her und sagte: „Ich werde alle eure Fragen beantworten. Ich brauche noch etwas Zeit, um einen sorgfältigen und umfassenden Plan zu erstellen. Zum nächsten Treffen stelle ich ihn euch vor."

Damit waren alle zufrieden. Jetzt ließ Sakarbal abstimmen. Jeder, der es sich vorstellen konnte, sich dem Auswanderungsvorhaben anzuschließen, sollte die Hand heben. Es sei aber keine Verpflichtung, lediglich ein Hinweis für seine weitere Planung. Die vielen gestreckten Hände zeigten ihm, dass es die überwältigende Mehrheit war. Sakarbal bat alle, insbesondere die wenigen, die nicht den Arm gestreckt hatten, um absolutes Stillschweigen über ihr Vorhaben.

Nach einer kurzen Pause zählte Sakarbal die Schritte auf, die als Nächstes zu tun seien. Er übertrug einigen bestimmte Aufgaben und bat alle, weitere Gefährten zu gewinnen. Familienangehörige, Bekannte, Freunde. Vor allem Menschen mit den unterschiedlichsten Fähigkeiten, um in der Lage zu sein, sich in der unbekannten Fremde wieder von Grund auf eine neue Heimat aus dem Nichts heraus aufbauen zu können. Dies müsse aber in absoluter Vertraulichkeit erfolgen, um ihr Vorhaben nicht zu gefährden. Am besten sei es, den gewohnten Tagesablauf und das eigene Verhalten in keinerlei Hinsicht zu ändern.

„Ihr habt heute mit mir den Bund der Verschworenen gegründet! Das ist der Grundstein für eine hoffnungsvolle Zukunft. Nach drei Neumonden treffen wir uns hier wieder."

Mit diesen Worten entließ er sie.

Nun war der Moment gekommen. Sakarbal wusste, dass er die Aussprache mit seiner Frau Sira nicht mehr länger würde vor sich herschieben können. Bisher nämlich hatte er, entgegen seiner Abmachung mit Philosir, seine Familie keineswegs in den Fluchtplan eingeweiht. Was sollte er tun, wenn Sira nicht einverstanden wäre? Doch nun half alles nichts, der Moment der Wahrheit war gekommen.

Nachdem die Kinder zu Bett gebracht worden waren, berichtete Sakarbal Sira sein waghalsiges Vorhaben. Ängstlich wartete er auf ihre Reaktion.

„Was ist deine Meinung dazu?“, fragte er drängend.

Sie zögerte keinen Augenblick mit ihrer Antwort.

„Ich will weder meinen Mann im Krieg verlieren noch mit den Kindern zusammen nach Rom verschleppt und dort als Sklaven verkauft werden!“

Sie reckte das Kinn und fuhr fort: „Ich bin deine Frau, ich folge dir überall hin! Wie wollt ihr Männer denn überhaupt erfolgreich auswandern, wenn keine Frauen mitkommen, die euch stärken und Mut machen?!“

Erleichtert nahm Sakarbal seine Frau in die Arme. Wie hatte er nur an ihr zweifeln können? Zärtlich und stolz blickte er ihr in die Augen. Immer noch eng umschlungen gingen die beiden zu ihrem Nachtlager.

Am nächsten Morgen ließ er nach Balhanno rufen. Er war einer der Schiffsführer, die bei der Zusammenkunft in der Lagerhalle dabei gewesen waren und seinem Vorhaben zugestimmt hatten. Sakarbal hatte ihn einmal auf einer Seereise auf dem Äußeren Meer nach *Migdol Karikon* begleitet, zu den Zuchtbänken der Murex-Muscheln, aus denen der Purpur Farbstoff gewonnen wurde. Er war von Balhannos nautischen Kenntnissen und seinem besonnenen Handeln sehr angetan gewesen.

Nachdem der Schiffsführer eingetroffen war, machten sie sich gemeinsam an die Planung des Vorhabens.

„Ich rechne mit insgesamt etwa 2600 Menschen, die sich dem Vorhaben anschließen werden“, begann Sakarbal. Wir werden von den *Säulen des Melkart* hinaus auf das Äußere Meer nach Westen segeln und hoffentlich das paradiesische Land finden, von dem immer wieder erzählt wurde. Ich werde meinen ersten Navigator Hallalcar bitten, den Fahrtkurs auszuarbeiten. Was denkst du, Balhanno, welche Schiffe eignen sich am besten für die lange Reise?“

„Ich schlage Handelsschiffe, speziell die Gaulos vor. Wie du weißt, sind das die hochseetüchtigen, wannenförmig aussehenden

Rundschiffe. Sie haben keinen großen Tiefgang, einen Mast und ein großes Rahsegel, zwei hohe *Steven* und auf jeder Seite eine Ruderreihe sowie ein Steuerruder. Sie sind üblicherweise 50 Fuß lang und 16 Fuß breit. Es gibt aber auch deutlich größere. Bei guten Bedingungen können sie an die neun römische Meilen in einer *Óra* schnell sein. Die Tragfähigkeit beträgt mindestens 160.000 Minas. Das wird für 200 Menschen, die Vorräte und die gesamte Ausrüstung reichen“, antwortete Balhanno, „Aber ich weiß natürlich nicht genau, was alles zu dieser Ausrüstung gehören wird. Hast du dir überlegt, welche Werkzeuge sowie Materialien wir mitnehmen müssen? Und über welche Kenntnisse und Fertigkeiten wir verfügen sollten?“

„Für den Siedlungsbau brauchen wir Baumeister, Steinmetze, Arbeiter und Töpfer, Weber, Flechter, Seiler – ja Handwerker jeglicher Art. Außerdem Bauern, Jäger, Fischer und Krieger“, antwortete Sakarbal.

„Ja und komplette Schiffsbesatzungen. Und doch sicher auch Priester, Heiler und Gelehrte“, ergänzte Balhanno und fuhr fort: „Werkzeuge, Kultgegenstände und Waffen. Nahrung, Wasser und Saatgut. Einen großen Vorrat an Feuersteinen. Und …“
„Und vieles mehr. Eigentlich müssen wir eine kennzeichnende Auswahl unserer gesamten Lebensgestaltung hier in Karthago mit auf die Reise nehmen“, fiel ihm Sakarbal ins Wort. „Wir werden Hiram bitten, dies im Einzelnen zu planen und die Durchführung zu überwachen“, beschloss er diesen Punkt.

„Viele Männer werden nur bereit sein, sich zusammen mit ihren Frauen, Kindern und anderen Familienangehörigen auf ein derartiges Wagnis ohne Wiederkehr einzulassen“, warf jetzt Balhanno ein.

So ging es den ganzen Tag über weiter und als sie sich am Abend verabschiedeten, hatten sie einen ersten groben Plan vor Augen.

Über das verkleinerte Abbild ihrer gegenwärtigen Lebenswelt dachte Sakarbal noch lange nach. Es galt alles, was für einen Neuaufbau unbedingt notwendig war, in ausreichender Menge mitzunehmen, aber auch keinesfalls mehr. Keine Dinge des persönlichen

Reichtums und der Prachtentfaltung. Keinen Schmuck. Doch halt – Schmuck brauchte man. Jedenfalls den, den man entsprechend seines Ranges trug. Und auch den für rituellen Handlungen. Außerdem konnte Schmuck nützlich sein, um ihn gegebenenfalls gegen lebensnotwendige Güter oder allgemeines Wohlwollen bei Fremden einzutauschen.

Die Herausforderung in seinen Überlegungen war, dass er nicht wusste wohin es sie verschlagen würde, was man dort vorfinden und wirklich brauchen würde. Natur, Lebensbedingungen, die möglicherweise vorhandene einheimische Bevölkerung und ihr Verhalten gegenüber Fremden – all das waren unbekannte Größen in seinen Überlegungen.

Ein weiterer Gedanke trieb ihn um. Er hatte Freunde auf der iberischen Halbinsel und auf den Balearen, die wie er von einem selbstbestimmten Leben in Freiheit beseelt waren, die das Abenteuer und die Fremde liebten und denen die Bedrohung durch Rom ebenfalls große Sorgen bereitete. Vermutlich würden sie sich ihm anschließen, wenn er sie darum bitten würde. Und mit ihnen deren Gefährten. Damit würde er gleichzeitig den Grundstock der Kenntnisse und Fertigkeiten, auf den sie bei ihrer Auswanderung zurückgreifen konnten, erheblich vergrößern. Denn die Menschen von den Balearen und aus Iberien verfügten ja wieder über ganz andere Erfahrungen als er selbst und seine Karthager.

„Ich werde sie mitnehmen", sagte er zu sich selbst, „wenn sie es wollen." Aber davon war er überzeugt.

Am nächsten Tag sandte Sakarbal seinen Freund Philosir mit einem der kleineren Handelsschiffe seiner Familie zu Pau nach Ebusim und zu Aidan zum Castro de Baroña. Er gab Philosir genaue Instruktionen über sein Angebot, die Vorgabe der Vertraulichkeit, die durchzuführenden Aufgaben und den Zeitplan. Zum vierten Neumond des nächsten Jahres sollten sich alle Auswanderer mit ihren Schiffen im Hafen von Gadir treffen.

Noch am Abend schickte er einen Haussklaven zum Haus von Hallalcar, mit der Botschaft, er möge sich gleich morgen früh bei ihm einfinden, er habe einen wichtigen Auftrag für ihn.
Hallalcar klopfte kurz nach Sonnenaufgang an die Tür von Sakarbals Haus. Dieser öffnete, begrüßte ihn und führte ihn in das Arbeitszimmer, wo er ihm Wein, Fladenbrot und Obst anbot. Dann erzählte er ihm von seinem Plan.

Hallalcar war sofort Feuer und Flamme. Er war 40 Jahre alt und ungebunden. Nicht, dass er kein Interesse an Frauen gehabt hätte, aber nie hatte es eine länger als ein Jahr bei ihm ausgehalten. Er war sogar mit einer *Byzantinerin* verbunden gewesen. Sie war aber schon bald an der Schwindsucht gestorben. Kinder hatten sie keine bekommen.

„Warum also im Alter nicht nochmal zu neuen Ufern aufbrechen?“, sagte er zu Sakarbal.

„Danke Hallalcar! Ich habe auch gleich eine Aufgabe für dich. Bitte gehe in das *Archeíon* für Seefahrt und Handel und finde so viele Hinweise wie möglich über Handelswege, Niederlassungen und Erkundungsreisen im Äußeren Meer.“ Er wusste, dass Hallalcar über gute Beziehungen zum Archeíon verfügte.

Sakarbal selbst ging an den folgenden Tagen zu seinen vertrautesten Schiffsführern. Von 20, die er aufsuchte, verweigerten nur fünf ihre Teilnahme. Mit den anderen 15 vereinbarte er, ganze Schiffsmannschaften für das Vorhaben zu gewinnen und zusammen zu stellen. Eine solche Mannschaft sollte aus Navigatoren, Steuermännern, Ruderern, Lastenträgern und Arbeitssklaven bestehen. Darüber hinaus brauchten sie auch Segelmacher, Schiffsbaumeister und was immer an Handwerkern für Reparaturen, Um- oder Neubauten notwendig war. Für kritische Bereiche sollte auch an ausreichendes Ersatzpersonal gedacht werden. Ebenso an Ersatzmaterialien wie Segeltuch, Holz für Ruder, Mast oder andere Schiffsteile, Fässer und was immer sie selbst für notwendig erachteten.

Zu den Schiffsführern, von denen er wusste, dass sie für die regelmäßigen Fahrten zu den Häfen der Balearen und der Castros verantwortlich waren, sagte Sakarbal: „Lasst die beiden Schiffe unseres Handelshauses, die derzeit in Ebusim vor Anker liegen, gründlich überholen. Ein weiteres Schiff bringt ihr von Karthago nach Ebusim. Es soll dort verbleiben. Euer Ansprechpartner ist Pau, der Steinschleudermeister. Ist soweit alles klar?"

Er machte eine kurze Pause und als alle eifrig nickten, fuhr er fort: „Nach Castro de Baroña überführt ihr fünf Schiffe. Dies so bald wie möglich, auf jeden Fall noch vor den einsetzenden Winterstürmen im äußeren Meer. Die Schiffe sollen einzeln und in einem sieben Tage Abstand fahren, um Aufsehen zu vermeiden. Ansprechpartner im Castro ist Aidan, Sohn des dortigen Stammesfürsten. Aidan wird festlegen, an welchen Castros wie viele Auswanderer aufzunehmen sind. Alle sechs Schiffe sollen mit kompletter Schiffsbesatzung und den notwendigen Umbauten überführt werden. Welche Umbauten nötig sind, wird euch Lademeister Hiram erklären, den ich als nächstes über meinen Plan in Kenntnis setzen werde. In Karthago nehmt ihr keine Ladung auf. Die Verantwortlichen vor Ort führen die Beladung ihrer Schiffe selbst durch."

Schließlich suchte Sakarbal das Haus von Hiram auf. Nachdem er auch ihn für den Bund der Verschworenen gewonnen hatte, gab er ihm auf, einen Plan zu entwerfen, wie die von ihrer Größe her passend ausgesuchten Gaulos baulich angepasst werden konnten. Ziel musste es sein, dass an Bord 200 Menschen, überwiegend alleinstehende Männer, aber auch Familien mit Frauen und Kindern, und auch alleinstehende Frauen, über die Dauer ihrer Reise möglichst friedlich miteinander auskommen konnten. Zudem sollte ihnen das Schiff Schutz bieten vor den Unbilden des Wetters auf dem Meer.

Außerdem war die Unterbringung der Ladung zu bedenken, wie etwa Materialien, Werkzeuge, Waffen, Frischwasser, Schiffszwieback und Nahrungsvorräten einschließlich lebender Tiere wie Ziegen, Schafe und Hühner. Auch Halterungen für Kisten, Fässer und

Amphoren waren nötig. Umbauten auf und in den Schiffen, zum Beispiel abgegrenzte Wohnbereiche sowie Ställe, konnten allerdings nur in der Form vorgenommen werden, dass sie die Seetüchtigkeit nicht beeinträchtigten.

„Für das Frischwasser nimmst du am besten Fässer, mit denen dann später das Regenwasser aufgefangen werden kann. Im Rumpf eingebaute keramische Becken und Amphoren auf Holztragegestellen scheinen mir sinnvoll."

Sakarbal redete und redete.

Ihm fiel nicht auf, dass der Lademeister verzweifelt versuchte, zu Wort zu kommen.

Doch dann platzte Hiram der Kragen.

„Halt ein! Ich bin kein Anfänger", brüllte er Sakarbal verärgert an. „Es sind schon viele Schiffe im Handelshafen unter meiner Verantwortung umgebaut und beladen worden, die den Auftrag hatten, neue Siedlungen an bisher nicht bekannten Küsten zu gründen!"

Sofort entschuldigte sich Sakarbal und betonte, dass es ja gerade das Wissen um Hirams Erfahrung war, das ihn zu ihm geführt hatte.

„Erledige alles so, wie du denkst, dann wird es richtig sein. Insgesamt sind dreizehn Schiffe herzurichten, elf hier in Karthago und zwei in Ebusim. In Karthago werden aber nur fünf beladen."

Er erklärte ihm, warum. Und zum Schluss nannte er ihm noch die Namen der Schiffsführer mit der Bitte, sich mit diesen direkt abzustimmen. Dann verabschiedete er sich.

Auf dem Heimweg ermahnte er sich selbst: „Ich kann ein so großes Vorhaben nicht in jeder Einzelheit selbst planen und durchführen. Ich weiß doch, dass ich mich auf meine Vertrauten und ihre Erfahrung verlassen kann. Meine Aufgabe ist die Utopía. Von ihr muss ich alle Auswanderer überzeugen. Nur so werden sie trotz aller zu erwartenden Schwierigkeiten ihre Hoffnung nie verlieren und ihr Ziel erreichen."

Erschöpft von den vielen Gesprächen und der Überzeugungsarbeit in der letzten Zeit verbrachte Sakarbal einige Tage mit seiner Frau und seinen Kindern. Sie reisten aufs Land zu einer befreundeten Bauernfamilie, wo die Kinder mit den Tieren spielten und Sira ihren Heil- und Würzkräuterbestand auffrischen konnte. Sakarbal und Sira machten Spaziergänge und sprachen viel miteinander. Die Zeit der Gemeinsamkeit mit Sira und ihre Zärtlichkeiten gaben ihm neue Kraft.

Als sie nach Karthago zurückgekehrt waren, kümmerte sich Sakarbal um seine Aufgaben im Handelshaus der Familie und um seine sonstigen Verpflichtungen. Für die große Reise blieb noch die wichtige Aufgabe, sich Gedanken über die Führungsmannschaft zu machen. Ohne eine Führung mit klarer Verteilung von Verantwortungen, Fähigkeiten und Weisungsrechten würde der Bund der Verschworenen bei den ersten Schwierigkeiten in Streit und Chaos geraten. Dabei sollte aber jeder das Gefühl haben, gehört und beteiligt zu werden. Es sollte eine Gemeinschaft werden, die mit- und füreinander lebte. Aber er hatte ja noch Zeit, sich hierüber weitere Gedanken zu machen.

14. Kapitel
Nachricht aus Karthago I
Ebusim, Balearen - Sommer 149 v. Chr.

Pau saß im Garten seines Wohnhauses. Es war später Nachmittag und immer noch sehr heiß. Er war erst vor zwei Tagen von der Begräbnisstätte *de Son Morell Nou* auf der nordöstlichsten Insel der Balearen zurückgekommen. Die Insel wurde von den Phöniziern *Nura* und von den Römern *Minor* genannt.

Er hatte dort am Bestattungskult für seinen verstorbenen Lehrmeister teilgenommen. Zunächst hatte ein Heiler die Schädeleröffnung vorgenommen, während der Schamane die magischen Riten durchführte. Damit wurde sichergestellt, dass der Geist des Verstorbenen zu den Göttern gelangen konnte aber auch immer wieder den Weg zurückfinden würde, um die Hinterbliebenen beobachten und leiten zu können. Nach den Maßnahmen zur möglichst dauerhaften Erhaltung des toten Körpers, wurde dem Toten eine Steinschleuder um die Stirn gewickelt, als Zeichen seines besonderen Kriegerstandes und der Leichnam in eine embryonale Stellung gebracht und gebunden. So wurde er in ein Tuch eingenäht, das mit einem stilisierten Gesicht bemalt war. Schließlich wurde das ganze Bündel in einer Grabhöhle im felsigen Untergrund beigesetzt.

Nun weilte sein Lehrer bei den Göttern um *Baal* und *El* und wachte von dort über die Lebenden. Spontan fielen ihm die Grabhöhlen an den hohen unzugänglichen Felswänden anderer Baleareninseln ein. Für ihn waren diese Bestattungsorte nicht nur ein noch stärkeres Sinnbild für den Aufstieg der Toten in die Götterwelt, sondern auch ein besserer Schutz gegen die Grabräuber, die immer wieder versuchten an die oft wertvollen Grabbeigaben zu gelangen. In Son Morell Nou gab es keine hohen Felsen. Dafür aber ein weit verzweigtes Netz von Höhlen im felsigen Boden, das als Grabstätte benutzt wurde. Zudem wurden Grabwächter abgestellt.

Pau hatte große Achtung vor den Heilern und Schamanen, die zu den mächtigsten Menschen seines Volkes zählten. Sie galten als die

Wahrer und Mahner. Sie achteten darauf, dass die Kulthandlungen und Riten im Glauben der Menschen auf den Inseln tief in den magischen Überlieferungen einer längst vergangenen archaischen Lebenswelt verwurzelt blieben.

„Pau!“

Er stand auf und versuchte blinzelnd gegen die Sonne zu erkennen, wer ihn da gerufen hatte. Es war Philosir, der vom Hafen her auf ihn zukam. Sie umarmten sich herzlich.

„Komm herein, mein Freund, und erhole dich von den Anstrengungen der Reise“, begrüßte Pau seinen Gast.

Philosir erfrischte sich kurz am Brunnen im Garten und setzte sich an den Tisch. Nachdem er etwas von dem noch warmen Fladenbrot, dem Käse und den Oliven zu sich genommen hatte, sprudelte es auch schon aus ihm heraus.

„Ich komme aus Karthago. Sakarbal schickt mich. Bin sehr in Eile, da ich noch weiterreisen muss. Ungeheures geht vor. Botschaften sind zu überbringen. Vorbereitungen zu treffen.“

„Halt, mein lieber Freund! Langsam und der Reihe nach“, versuchte Pau ihn zu beruhigen, „Trinken wir erst einmal auf unser Wiedersehen. Zum Wohl!“

Jetzt begann Philosir von der Gründung des Bundes der Verschworenen zu erzählen.

„Rom steht zum dritten Mal gegen Karthago im Krieg. Viele fürchten die totale Zerstörung Karthagos. Um Tod oder Sklaverei zu entgehen, sieht Sakarbal als einzigen Ausweg die Auswanderung über das große Meer nach Westen und einen Neubeginn an unbekannten Ufern weit weg von Rom. Er ist im Besitz von Seekarten, hat seetüchtige Schiffe und darauf Mannschaften mit guten nautischen Kenntnissen. Jetzt geht es darum, die Mannschaft für den Aufbau einer neuen Heimat mit den benötigten Fähigkeiten und Fertigkeiten zusammenzustellen. Und ihr seid eingeladen, an dem Vorhaben teilzunehmen.“

„Warum will er denn ‚Fremde' von außerhalb Karthagos mit auf die Reise nehmen?", fragte Pau.

„Weil er sich den alten Freunden verbunden fühlt. Außerdem wird die Ausweitung der römischen Macht auch die Menschen der Balearen und des iberischen Festlandes schon bald erfassen. Und schließlich glaubt Sakarbal, dass auch euch die gemeinsame Utopía eines selbstbestimmten Lebens in einer gerechten Gemeinschaft reizt", erwiderte Philosir.

„Ja, da hat er Recht. Für dieses Wunschbild trete ich ein", antwortete Pau.

„Sakarbal hofft, dass sich etwa 600 Menschen, vorwiegend Männer, von den Balearen den 1000 Auswanderern aus Karthago anschließen. Er wird euch drei Schiffe zur Verfügung stellen", fuhr Philosir fort.

„Was erwartet Sakarbal von uns?", fragte Pau.

„Die richtige Zusammensetzung der Mannschaft! Krieger, vor allem Steinschleuderer sollten dabei sein. Ebenso Flechterinnen zur Herstellung von Steinschleudern. Daneben Töpfer, Weber, Bauern, Hirten, Fischer und Jäger. Auch Heiler, Schamanen und Priester dürfen nicht fehlen. Schließlich noch Baumeister und Steinmetze für Befestigungsanlagen mit Wach- und Beobachtungstürmen sowie für Begräbnisstätten. Vor allem Menschen, die unseren Traum teilen und bereit sind, für eine bessere Zukunft in Freiheit Wagnisse auf sich zu nehmen und bei Schwierigkeiten nicht gleich verzagen. Er erwartet weiterhin, dass die mitreisenden Menschen ihre persönlichen Waffen, Materialien, Werkzeuge und Geräte mitnehmen. Ebenso Nahrungsvorräte und Frischwasser für mindestens zwei Mondzyklen."

Pau war zunächst überrascht über die genauen Vorgaben, bald wurde ihm aber bewusst, dass hinter allem ja Sakarbal stand. Und wenn der etwas plante, dann hatte es Hand und Fuß.

Für sich selbst, gestand er sich ein, kam das alles sehr überraschend. Er fühlte sich überfordert, so mir nichts, dir nichts sein bisheriges Leben gegen die Gefahren einer Seereise mit unbekannten Ausgang einzutauschen.

Aber eigentlich wollte auch er hinaus aus seiner bisherigen Lebenswelt und zu neuen Horizonten aufbrechen. Jetzt bot sich ihm die Gelegenheit dazu. Die Idee fing an ihm zu gefallen.

Nachdem sie sich noch bis weit in den Abend besprochen hatten, war Pau überzeugt. Er willigte ein und versprach auf den Balearen ebenfalls einen Bund der Verschworenen zusammen zu schmieden und dabei alle Anliegen von Sakarbal zu berücksichtigen.

„Sende innerhalb der nächsten drei Mondzyklen eine Botschaft mit einem der regelmäßig verkehrenden Handelsschiffe zu ihm nach Karthago und lass ihn darin wissen, wer sich unserem Bund anschließt“, bat ihn Philosir und fuhr fort: „Dann hast du noch über das Winterhalbjahr Zeit für die Umsetzung der Pläne. Mit Beginn des Frühjahrs zum vierten Neumond sollen alle Auswanderer im Hafen von Gadir zusammenkommen. Von dort werden wir zur Fahrt über das große Meer starten. Außerdem ... “

„Schon im Frühjahr nächsten Jahres?“, fiel ihm Pau ins Wort.

„Ja, die Zeit drängt. Wenn Rom eine Seeblockade errichtet ist es zu spät. Außerdem musst du wissen, dass zwei Schiffe aus der Handelsflotte von Sakarbals Familie derzeit zur Überholung im Hafen von Ebusim liegen. Diese werden nach der Reparatur dort verbleiben. Ein drittes Schiff wird aus Karthago geschickt.“

Jetzt war alles Wichtige besprochen und Pau richtete Philosir eine Schlafstätte. Am nächsten Morgen frühstückten sie noch gemeinsam. Bei der Verabschiedung erzählte Philosir, dass er jetzt zum Castro de Baroña zu Aidan weiterreisen werde, da Sakarbal ihm aufgetragen habe, auch ihm die Teilnahme an dem Auswanderungsvorhaben anzubieten. Sie hätten Platz für etwa1000 Kelten und Keltiberer.

Diese Nachricht bestärkte Pau in seinem Vorhaben mitzumachen, da er Aidan für einen überaus fähigen, weitsichtigen und besonnenen Menschen hielt.

Aber was würde Aisha von dem Plan halten? Würde sie sich von ihm abwenden? Diese Fragen würden ihn in den nächsten Tagen nicht schlafen lassen. Er musste bald mit ihr reden, sie in den Plan einweihen und zur Teilnahme gewinnen.

Zunächst aber sandte er Boten zu vertrauten Männern auf alle Inseln der Balearen, um mit dem Aufbau des Bundes der Verschworenen zu beginnen.

15. Kapitel
Andenfahrt Cajamarca - Cocachimba
Peru - Mai 2018

Alfredo kam gut gelaunt in den Frühstücksraum. Letitia saß an einem Kopfende des langen Holztisches. Er setzte sich ihr gegenüber. An Gerüchten über eine Affäre zwischen ihnen war ihm nicht gelegen. Die Mannschaft war vollzählig versammelt. Alfredo ließ sich berichten, wie es um die Vorbereitungen für die Fahrt ins Chachapoya Gebiet stand. Er war zufrieden mit dem was er hörte, ohne dafür ein Wort des Lobes zu vergeuden. Der heutige Tag war für letzte Einkäufe und Erledigungen, das Packen der Rucksäcke und das Beladen des Fahrzeuges vorgesehen. Am nächsten Morgen sollte es früh losgehen, denn die Fahrt quer durch die Anden mit dem ständigen Auf und Ab auf teilweise abenteuerlichen Pisten über 350 Kilometer würde mit Pausen einen dreiviertel Tag dauern.

Sie fuhren jetzt schon knapp drei Stunden. Es war kalt und regnerisch. Die Straße gefährlich rutschig. Ein großer Lastwagen, deutlich überladen und mit flatternder Plane, quälte sich vor ihnen die kurvenreiche Strecke hinauf. Das Spritzwasser seiner Hinterreifen nahm ihrem Fahrer die Sicht. Er musste Abstand halten. An ein Überholen war nicht zu denken, so oft Alfredo dies auch forderte. Sie passierten die Orte Encanada und Celendin. Auf der Passhöhe kurz hinter Celedin auf 2050 Metern Höhe machten sie eine Pause. Es hatte aufgehört zu regnen. Sie stiegen aus und bedienten sich aus den Lunchpaketen, die Alfredo geordert hatte.

Vom Rastplatz neben der Straße blickten sie hinunter zum Tal des Rio Marañón und hinüber zur gegenüberliegenden Bergwelt der Cerros de Calla-Calla, die sie heute noch zu überwinden hatten.

Neben ihnen machte ein älteres Paar auf Liegerädern ebenfalls Rast. Aitor sprach sie auf Englisch an und erfuhr, dass es ein Ehepaar aus Canada war.

Die Frau erzählte ihm stolz: „Morgen werden es genau zwei Jahre, seit wir beide mit unseren Rädern in British Columbia aufgebrochen sind. Wir sind von West nach Ost durch Canada gefahren, dann die Ostküste Nordamerikas hinunter, durch Mittelamerika, und schließlich an der Westküste Südamerikas entlang bis hier. 26.000 Kilometer Fahrstrecke liegen hinter uns."

„Eine unglaubliche Leistung. Respekt!", sagte Aitor.

„Eigentlich will ich morgen aufhören, aber mein Mann versucht mich zu überreden, dass wir, wo wir jetzt schon so weit gekommen sind, noch weiter fahren bis Feuerland."

„Na, dann noch viel Glück!", verabschiedete sich Aitor und stieg, wie die anderen, wieder in den Bus ein.

Die Abenteurer fuhren nun auf der Westseite des Bergrückens in langgestreckten Serpentinen hinunter. Die Sonne hatte sich durch die abziehenden Wolken gekämpft. Rechts und links der Straße standen unterschiedlichste Arten von Kakteen auf steinig-sandigem Untergrund. Verdorrte Grasbüschel fegte der Wind zwischen ihnen hindurch. Je tiefer sie kamen, desto grüner wurde die Landschaft. Durch Papaya-Plantagen hindurch näherten sie sich nun der Talsohle und die Vegetation wurde immer üppiger und dichter. Dieser grüne Tunnel wurde bald durch immer mehr Mango-Plantagen unterbrochen. Kurz nachdem sie die Puente de Chacanto über den Rio Marañón passiert hatten, standen sie unvermittelt auf dem kleinen zentralen Platz von Balsas.

Sie hielten an und stiegen aus. Balsas lag auf einer Höhe von 850 Metern. Der Höhenunterschied von 1200 Meter gegenüber der Passhöhe machte sich bemerkbar. Hatte die Temperatur dort bei knapp 10°C gelegen, zeigte das Thermometer jetzt über 30°C an.

„Welch ein Unterschied auf nur 25 Kilometern Fahrstrecke", sagte Letitia und wischte sich mit einem Tüchlein den Schweiß von der Stirn. Es war feuchtheiß. Aitor ging zu einem kleinen Kiosk und kaufte Erdnüsse, Bananen, Mangos und für jeden eine Kokosnuss. Er ließ die Kokosnüsse aufschlagen, steckte jeweils einen Strohhalm hinein und verteilte sie.

„Erfrischt euch, die Kokosmilch schmeckt gut!“

Nach wenigen Minuten fuhren sie weiter.

Zunächst ging es wieder durch dschungelartige Vegetation, die auch auf dieser Uferseite durch Mango-Plantagen unterbrochen wurde. Dann stieg die Straße erneut in vielen Kehren steil an. Die Verschiedenartigkeit der Natur auf so kurzer Distanz war überraschend. Am Osthang des Berges, den sie jetzt hinauffuhren, gab es keine Kakteen, Agaven oder niedrigeres Gestrüpp. Dafür nahmen die Bäume zu und es wurde schnell wieder kälter. Nieselregen setzte ein. Sie schraubten sich Meter für Meter, Kurve um Kurve den Bergrücken nach oben. Um in den kaum einsehbaren Kurven nicht Gefahr zu laufen, auf ein anderes Auto zu stoßen und womöglich über den unbefestigten Randstreifen auf der Talseite abzustürzen, hupte ihr Fahrer vor jeder Kurve. Neben dem Hin- und Hergeschaukel und dem Auf und Nieder durch die Schlaglöcher und Wasserrinnen waren sie somit auch einem stundenlangen Hupkonzert in ihrem Bus ausgesetzt.

Besonders gemein waren die plötzlich auftauchenden Schwellen zur Verlangsamung der Geschwindigkeit, die oft zu spät oder gar nicht angekündigt wurden.

„In Ortschaften ist das ja noch einzusehen, zum Beispiel vor Schulen oder Kindergärten oder an Kreuzungen und uneinsichtigen Kurven. Aber auf freier Strecke? Das ist doch völlig sinnlos. Reine Schikane!“, ärgerte sich Aitor.

„Eher eine Folge der Korruption!“, meinte der Fahrer. „Über Bestechungsgelder geht der Auftrag zu überhöhten Preisen an ein bestimmtes Bauunternehmen und dieses baut dann so viele Schwellen irgendwohin, dass man mit der Anzahl einen plausiblen Nachweis der Kosten führen kann.“

Nach einer scharfen Kurve musste er plötzlich heftig bremsen. Sie hatten den Lastwagen eingeholt, der während ihrer Rast weitergefahren war. Mit 20 km/h zuckelten sie erneut hinter diesem her.

„Es ist zum Haare ausraufen!“, schimpfte Alfredo.

Nebelschwaden waberten um die Bäume. Das milchige Licht der Sonne drang nur spärlich durch den Nebel. Sie erreichten den höchsten Punkt der Reise und stoppten auf 3550 Metern Höhe am Abra del Negro, dessen Gipfel noch 130 Meter über ihnen lag. Fasziniert schauten sie hinunter auf das silberbraun schimmernde, von hier oben sehr schmal wirkende Band des Rio Marañón, 2700 Meter unter ihnen.

Auf der kleinen Parkbucht stand ein großgewachsener Campesino mit einem kleinen Radio und drei Säcken Kartoffeln. Den steilen überwucherten Pfad hinunter zu seinem Feld irgendwo in dem steilen Berghang konnte man kaum erahnen. Aitor sprach ihn auf Quechua an.

„Ich warte hier auf den Linienbus, der irgendwann am frühen Nachmittag vorbeikommt. Der bringt mich zum Ort Leymebamba, wo ich meine Kartoffeln verkaufen werde“, erklärte der Bauer.

Sie fuhren weiter und hingen schon bald wieder hinter dem Lastwagen. Die Straße war jetzt breiter und auch gut einzusehen. Ihr Fahrer hupte mit Horn und Licht und fuhr an dem Lastwagen vorbei, der am äußersten Straßenrand fahrend in bedrohliche Schieflage geriet. Während ihm Alfredo aus dem Fenster den Stinkefinger hinhielt, sah der Fahrer im Rückspiegel, dass der Lastwagen wieder ohne Probleme auf der Straße weiterfuhr und bekreuzigte sich.

Zehn Minuten später passierten sie den Ort Leymebamba, ohne anzuhalten. Noch waren es weitere 120 Kilometer entlang des Utcubamba-Flusses bis zu ihrem Ziel.

Etwa fünf Kilometer vor dem Ort Cocachimba ging es von der Straße rechts ab über den Camino a Cocachimba Gocta zu ihrer Unterkunft für die nächste Zeit. Nach zehn Stunden Fahrt hatten sie es endlich geschafft.

Es war ein langer Tag gewesen und sie waren sehr müde. Aitor checkte sie im Mirador Gocta en La Coca ein. Er und der Fahrer sowie Carlos und Fernandez bezogen zwei Doppelzimmer. Für Diego, Letitia und Alfredo stand jeweils ein Doppelzimmer bereit. Sie übernahmen ihr inzwischen ausgeladenes Gepäck und gingen aufs Zimmer.

Das Haus hatte insgesamt zehn Betten und war von Aitor auf Alfredos Anweisung hin komplett für sie gebucht worden. Ein rundes Haus mit den Zimmern im ersten Stock, alle mit einem schönen Ausblick auf die Bergwelt. Speiseraum, Lounge, Bar und Rezeption befanden sich im Erdgeschoss. Im Garten stand ein Grill. Vom Haus ging es noch einen Kilometer über den mit dem Auto befahrbaren Camino weiter. Dann schloss sich ein gut eineinhalbstündiger Fußweg über fünf Kilometer zum Gocta-Wasserfall an.

16. Kapitel

Nachricht aus Karthago II

Castro de Baroña, Galizien - Sommer 149 v. Chr.

„Wollen wir einen Spaziergang machen?“, fragte Aliya ihren Bruder, der im Vorhof zu ihrem Haus saß.

„Nein heute nicht, mir ist nicht danach“, antwortete Aidan.

„Aber vielleicht finden wir am Uferstreifen etwas Außergewöhnliches?“, versuchte sie es erneut.

„Nein, ich will nicht! Lass mich in Ruhe!“

„Es hat keinen Zweck“, dachte sie. „Heute Nachmittag kann ich ihn nicht mehr aufmuntern.“ Aliya ging zurück ins Haus.

Aidan war noch immer deprimiert von dem enttäuschenden Ausgang der letzten Ratsversammlung.

Auch das Ergebnis der Besprechung mit Freunden und Bekannten in den letzten Tage war niederschmetternd gewesen. Die Aussage, dass ein Widerstand gegen Rom und somit auch die Ausgaben in eine Verbesserung der Verteidigungsanlage sinnlos ist, hatte er sich mehrmals anhören müssen.

Während sich die Älteren wohl dem Schicksal, von Rom unterworfen zu werden, ergeben würde, zeigten die Jüngeren zumindest Verständnis für die Sicht von ihm. Von einigen hatte er die Aussage gehört: „Im Falle einer drohenden Besetzung durch Rom können wir ja immer noch die Siedlung verlassen. Aber wohin? Rom ist doch praktisch überall!“

Schließlich hatte auch der Begräbnisritus für den jüngeren Bruder seines Vaters, der gegen Mittag geendet hatte, mit dem melancholischen Spiel der *Gaitas* seine Stimmung weiter getrübt. Es war eine Totenfeier gewesen, die dem alten nordischen Brauchtum entsprach. Wie alle Toten hier im Castro wurde auch Aidans Onkel verbrannt. Mit dem Aufstieg des Rauchs begab sich der Tote zu den Göttern. Einige wichtige Dinge seines Besitzes waren neben ihm aufgebahrt worden, so dass er diese bei sich hatte, wenn er vor die

Götter trat. Seine Asche wurde in einer Graburne eingesammelt und darin verschlossen. Die Urne wurde in einer mit einer Steinplatte abgedeckten Bodengrube im Hause der Familie aufbewahrt.

Sein Onkel war an einer Krankheit gestorben, die in unregelmäßigen Abständen immer wieder Opfer forderte. In manchen Jahren, so hatte es ihm sein Vater erzählt, gleich mehrere Menschen auf einmal. Da er seinen Onkel immer wieder besucht hatte, war ihm der Krankheitsverlauf leidvoll in Erinnerung geblieben. Zuerst waren kleine Entzündungen aufgetreten, dann bildeten sich Knoten. Müdigkeit, Schwäche und Gewichtsabnahme stellten sich ein. Im fortgeschrittenen Stadium der Krankheit war die Körpertemperatur gestiegen und Nachtschweiß hatte sich gebildet. Dann folgten Husten, Blutauswurf, Atemnot und immer weiterer Gewichtsverlust. Dann war der Tot eingetreten. Der Heiler ihrer Siedlung hatten ihm gesagt, dass einige Erkrankte sich wieder erholen. Warum? Das konnte er nicht sagen. Für ihn war es ein Zeichen der Götter. Ebenso, wenn der Kranke verstarb, was der Regelfall war.

Laute Schritte rissen Aidan aus seinen Gedanken. Er schaute auf und sah zwei Männer aus Richtung des Stadttores zum Hafen auf sich zukommen.

Drei Tage nachdem Philosir sich von Pau verabschiedet hatte, passierte er die Säulen des Melkart. Auf dem Äußeren Meer war sein Schiff zunächst um die südwestlichste Landspitze bei *Sagres* und dann immer der Küste entlang mit Kurs Nord gesegelt. Die See war in diesen Sommertagen ruhig und der Wind blies vorteilhaft aus Südwest. Nach weiteren vier Tagen war das Schiff in dem kleinen Hafen von Castro de Baroña gegen Mittag vor Anker gegangen.

Vom Landungssteg war er über einen kurzen steilen Weg hinauf zur Siedlung gestiegen. Am Eingangstor angekommen bat er die Wachen um Einlass.

„Ich möchte den Fürstensohn Aidan besuchen. Ich komme im Auftrag des angesehenen Händlers Sakarbal aus Karthago, um Aidan

Vorschläge zum Ausbau der Handelsbeziehungen zu überbringen“, erklärte er.

Nachdem Philosir sein Schwert abgelegt hatte, durfte er passieren.

Eine Wache führte ihn auf die am höchsten gelegene Geländestufe der Siedlung zum Haus von Aidan. Philosir kannte Aidan noch nicht und war überrascht von dessen Erscheinung, als er ihn vor dem Haus stehen sah. Groß gewachsen und athletisch gebaut. Rote Haare, roter Bart, gut gekleidet und mit einem Halsreif geschmückt. Am meisten beeindruckte ihn der helle, wache und Vertrauen erweckende Blick. Sie begrüßten sich und stellten sich vor. Nachdem Aidan die Wache zurückgeschickt hatte, führte er Philosir in sein Haus.

Beim Eintreten fielen ihm zwei als Halbreliefs gearbeitete Steinköpfe auf, die in Mauernischen auf Augenhöhe rechts und links der Tür aufgestellt waren. Im Haus gingen sie zunächst durch einen kleinen Vorraum, von dem zwei offene Holztüren nach rechts und links in weitere Räume führten. Sie nahmen die rechte Tür und betraten einen etwa 20 mal 20 Fuß großen Raum. Es gab eine Fensteröffnung. An den steinernen Mauerwänden hingen gewebte Stoffe mit Darstellungen von Fischen und Hirschen. Die Decke war aus Holz und mit geschnitzten Mustern wie Spiralen, Bändern und Rauten verziert. In der Mitte stand ein langer Holztisch mit zwei Sitzbänken an den Seiten und zwei Holzschemeln an den Kopfenden.

Aidan bat seinen Gast Platz zu nehmen und ließ Speisen und Getränke bringen. Philosir trank einen Becher Wasser und aß graues Brot mit eingelegtem Fisch.

„Ich überbringe dir Grußbotschaften von deinen Freunden Sakarbal und Pau“, begann Philosir. „Von letzterem komme ich gerade. Sakarbal hat mich beauftragt, euch eine wichtige Botschaft zu überbringen.“

„Was für eine wichtige Botschaft ist das? Lass sie mich hören!“, forderte Aidan ihn auf.

Philosir erläuterte zunächst die gegenwärtige Kriegslage zwischen Karthago und Rom und was das für die Menschen in Karthago bedeutete. Dann kam er auf den Bund der Verschworenen und das Auswanderungsvorhaben von Sakarbal zu sprechen, so wie er es auch schon Pau berichtet hatte. Aidan hörte gespannt und aufmerksam zu, fragte bei einigen Sachverhalten nach und bestätigte die auch für ihn beunruhigenden Nachrichten über das aggressive Vorgehen Roms auf der iberischen Halbinsel. Ebenso hakte er bei dem einen oder anderen Punkt des Auswanderungsvorhabens nach.

Dann kam Philosir zum Kernpunkt der Botschaft Sakarbals und unterbreitete das Angebot. „Etwa eintausend Kelten und Keltiberer, überwiegend Männer, aus den Castros entlang der Küste und den Hügelfestungen weiter im Inland können sich dem Bund der Verschworenen anschließen, um gemeinsam mit eintausend Karthagern und sechshundert Balearen in eine neue Welt auszuwandern. Sakarbal wird euch fünf Handelsschiffe und die besten Navigatoren zur Verfügung stellen."

„Und was erwartet Sakarbal im Gegenzug von uns?" fragte Aidan.

„Er möchte, dass ihr die Mannschaft aus Menschen mit vielfältigem Wissen und Können zusammensetzt. Krieger, Handwerker für das Verhütten von Erzen, das Herstellen von Waffen, Werkzeugen und Gegenständen aller Art aus Bronze und Eisen. Zimmerleute für das Anfertigen von Schilden, Palisaden, kleinen flachen Boote, Brettern und Latten für Türen und Fensterrahmen, Decken. Meister, Steinmetze und Arbeiter für den Bau von Häusern, Mauern, Wegen, Zisternen und Wasserkanälen sowie Häfen. Heilkundige, Schamanen und Priester. Schließlich Bauern, Hirten, Fischer und Jäger. Zusätzlich ist auch ein ausreichender Bestand an Waffen, Materialien, Werkzeugen, Geräten und Kultgegenständen, wie Götterstatuen, Weihschalen und Urnen, mitzunehmen. Schließlich Nahrungsvorräte und Frischwasser für mindestens zwei Mondzyklen."

Aidan war überrascht und zugleich angetan von den sehr bestimmten Anforderungen und dem offensichtlich weit fortgeschrittenen Vorhaben. Es war klar, dass Sakarbal alles Wissen und Können zur Verfügung haben wollte, um in einem neuen, unbekannten Land ihre heutige Lebensart neu aufzubauen. Zugleich gab ihm der überaus durchdachte Plan große Zuversicht, dass ein solches Vorhaben erfolgreich ausgehen könne.

Aidan merkte, wie seine Zuversicht wieder zurückkehrte und die trüben Gedanken vertrieb. Hier eröffnete sich eine neue Handlungsmöglichkeit! Hatte er nicht für sich entschieden, sein Leben zu ändern und an einen anderen Ort zu ziehen? Gerade hatte er ein Angebot erhalten, er musste nur zugreifen. Freiheit. Aufbruch, Abenteuer und Aufbau einer verschworenen Gemeinschaft. Ganz das Gegenteil von einem Leben im Müßiggang unter der Knute Roms mit einer zentralen Gesetzgebung und einem aufgeblähten Administrationssystem.

„Aber wohin soll die Reise gehen?", fragte er Philosir.

„Das kann ich dir heute noch nicht beantworten und vermutlich auch Sakarbal selbst nicht. Es wird wohl auf dem großen Meer weit nach Westen gehen, in der Hoffnung neue Küsten zu finden."

„Das passt", dachte sich Aidan, „dann werde ich hoffentlich auch endlich eine Antwort auf meine Frage bekommen, was hinter dem Meer ist."

Zum Abschluss seiner Botschaft stellte Philosir dann noch den weiteren zeitlichen Ablauf vor.

Sie redeten, besser träumten noch bis spät in den Abend hinein von Abenteuern und neuen Welten und beschlossen die Unterhaltung mit der Zusage Aidans, alles zu versuchen, um eine Mannschaft von willigen Auswanderern, so wie gewünscht, zusammenzustellen.

Am nächsten Morgen begleitete Aidan Philosir hinab zum Hafen. Am Stadttor nahm Philosir wieder sein Schwert an sich. Als sie am Schiff angekommen waren, verabschiedeten sie sich.

„Grüße mir Sakarbal und seine Familie ganz herzlich!", rief Aidan noch zu Philosir, der bereits auf dem Deck stand und ihm zuwinkte. Wenig später kreuzte das Schiff gegen den Wind mit Kurs auf

Karthago. Aidan blickte hinterher bis es nur noch ein winziger Punkt auf dem großen Meer war.

„Ich bin bereit!“, rief er so laut er konnte über das Meer.

Dann rannte er in die Siedlung zurück und begann damit, Gefährten zu gewinnen. Noch am gleichen Tag schickte er Boten zu seinem Freund Moran und in andere ihm bekannte Siedlungen weiter im Hinterland und den Castros an der Küste.

17. Kapitel

Fürstengräber in der Felswand

Karajia, Peru - Mai 2018

Noch lag Nebel über dem Utcubamba-Tal, aber Lücken rissen schon auf und die ersten Flecken blauen Himmels ließen sich erkennen.

Dieses Mal fuhr der Kleinbus mit den Archäologen flussab nach Norden. An einem Elektrizitätswerk bogen sie ab und holperten über unzählige Schlaglöcher und Serpentinen hinauf zu dem kleinen Dorf Cruzpata. Für die 45 Kilometer von Chachapoyas bis Cruzpata benötigten sie fast zwei Stunden. Am kleinen zentralen Platz des Dorfes ließ Willi den Kleinbus parken.

„Bitte alle aussteigen und mir folgen", rief er frohgelaunt wie immer. Er ging zu einem kleinen Haus mit offenstehender Tür. In dem winzigen Raum dahinter war die Touristeninformation untergebracht. Er lieh sich ein paar Wanderstöcke aus. Das Sortiment reichte von einfachen Holzstöcken bis zu modernen Teleskop-Walking-Wanderstöcken aus Aluminium. Außer Carmen und Jorge schnappte sich jeder einen Stock.

Vom Dorf wanderten die Archäologen zuerst über mehrere Treppen bergab. Dann folgten sie einem steilen, schlammigen und rutschigen Pfad. Die herumliegenden losen Steine, das viele Geröll und die tiefen ausgewaschenen Trittstellen von Menschen und Tieren verlangten ihnen alles ab.

„Bin ich froh, dass ich einen Stock genommen habe", sagte Jean-Pierre.

„Ich auch", rief Peter von hinten. Im selben Moment rutschte die Metallspitze seines modernen Wanderstocks auf einer Steinplatte ab und Peter verlor das Gleichgewicht. Er konnte sich gerade noch rechtzeitig mit den Händen vor einem Schlammloch abstützen. Schnell raffte er sich wieder auf, wischte sich den Dreck ab und versuchte den Anschluss an die Gruppe wiederherzustellen.

Es herrschte emsiges Treiben auf dem Weg. Bauern mit unbepackten Pferden, Mulis und Lamas zogen hinab auf die Felder, andere mit schwer bepackten Tieren kamen ihnen von den Feldern entgegen. Jorge wollte zwei Pferden, die nebeneinander den Pfad heraufkamen, ausweichen, da rutschte er ebenfalls aus und fiel seitlich ins Gebüsch. Das Pferd scheute, sprang nach vorne und versuchte den Hang hinauf zu galoppieren. Der Bauer hatte alle Mühe es wieder zu beruhigen und rief ihnen einige Worte zu, die nicht gerade freundlich klangen.

Schließlich erreichte die Gruppe das blau-weiße Hinweisschild des Archäologieparks. Für den einen Kilometer vom Dorf bis hierher hatten sie eine dreiviertel Stunde gebraucht.

Vor ihnen schlängelte sich ein schmaler Pfad hinab zur Felswand, der nur durch ein einfaches Holzgeländer auf der steilen Talseite über der engen Allpachaca Schlucht gesichert war. Das GPS-Gerät von Peter zeigte eine Höhe von 2600 Metern an. Auf den ersten Blick konnten die Archäologen an der Felswand nichts Auffälliges entdecken.

„Seht mal, da oben!", rief Peter und zeigte auf einen Punkt in etwa 50 Metern Entfernung. Jetzt sahen alle die Begräbnisstätte.

Menschliche Darstellungen auf sechs Totenschreinen blickten aus einer großen Nische wie Wächter auf sie herab. Sie blieben eine ganze Weile in stummer Bewunderung der Stätte vertieft, ehe sie weiter gingen. Vor ihnen führte der Pfad wie auf einem Sims an der Felswand entlang. Beim Einstieg in die Wand schreckten sie einen Schwarm von 20 bis 30 grünen Papageien auf, die mit lautem Geschrei davonflogen. Dann war wieder Totenstille, die nur von dem leisen Rauschen eines kleinen Wasserfalls in der Mitte der Felswand überlagert wurde.

Insgesamt konnten sie nun drei in die Felswand geschlagene Felsnischen unterschiedlicher Größe mit verschiedenartigen Sarkophagen erkennen.

„Diese Grabstätte ist wohl über viele Jahrhunderte genutzt worden. Die Mumien stammen aus unterschiedlichen Zeiten“, meinte Isabel.

„Wie war es nur möglich, in dieser unzugänglichen Wand Nischen in den Fels zu schlagen und dann noch solch große Sarkophage mit Mumien darin aufzustellen?“, fragte Carmen.

„Das konnte bisher nicht eindeutig nachgewiesen werden. Am wahrscheinlichsten ist die Theorie, dass ein Band von hervorstehenden Trittsteinen an der Felswand zu den entsprechenden Stellen geführt hat. Um die Begräbnisstätte vor der Zerstörung durch Grabräuber zu bewahren, könnten diese Steighilfen nach Fertigstellung der Grabstätte absichtlich abgeschlagen worden sein. Dass ist aber alles nur Spekulation“, antwortete Isabel.

„Seht, die Sarkophage sind aus Lehm und Stroh modelliert, weiß gekalkt und mit rotem Ocker und Holzkohle bemalt“, sagte Jean-Pierre, „Mein Lasergerät zeigt an, dass sie etwa zweieinhalb Meter hoch sind, einige etwas kleiner.“

„Die Lücken und zerstörten Reste sagen mir, dass mehr Sarkophage in den Nischen gestanden haben müssen, als wir jetzt erkennen können“, überlegte Peter. „Einige sind vermutlich während verschiedener Erdbeben in die Tiefe gestürzt oder wurden geraubt.“

„Bis auf die eine etwas graziler gestaltete Form des Sarkophags dort, haben alle anderen einen großen Kopf und ein dominierendes Kinn. Von der einheimischen Bevölkerung werden sie ‚Puchunmachos‘, was ‚alte Männer‘ bedeutet, genannt“, ergänzte Carmen.

Oberhalb von zwei Sarkophagen entdeckten sie je einen Schädel.

„Aufgrund des Trophäenkopfkultes deute ich das so, dass es sich um Sarkophage erfolgreicher Krieger handeln könnte. Schaut euch die Bemalung der Sarkophage an! Am Hals ist ein Muster, das an eine Halskette erinnert. Entlang der Gürtellinie sind die für die Chachapoya charakteristischen geometrischen Ornamente. Und darunter ist ein Phallus. Dann war das Geschlecht der in diesen Sarkophagen beigesetzten Person wohl männlich“, erklärte Jorge.

José bemerkte: „Ich denke, dass es sich bei den beiden anderen Sarkophagen ohne Totenschädel um Individualbestattungen von Menschen der Elite handelt. Bei diesem Sarkophag dort drüben denke ich eher, dass er die menschlichen Überreste einer anderen hochgestellten oder verehrten Persönlichkeit enthält. Vielleicht ein Schamane? Bei der graziler gestalteten Form am anderen Ende der Gruppe ist anstelle des Phallussymbols ein rechteckiges Zeichen mit einem Punkt in der Mitte gemalt. Es könnte sich also hier um den Sarkophag einer Frau handeln."

„Eine Frau, die unter den ranghöchsten Persönlichkeiten der Chachapoya Gemeinschaft beigesetzt wurde? Das könnte ein Hinweis darauf sein, dass die Rolle der Frau in der Chachapoya Kultur eine ganz andere gewesen sein muss, als die in der Inka-Kultur, wo Frauen dazu bestimmt waren, den Göttern zu dienen, den Inka Fürsten zum Vergnügen zur Verfügung zu stehen oder sich im einfachen Volk um Haushalt und Familie zu kümmern", ergänzte Peter.

Carmen nickte beifällig und ergänzte: „Die in Hockstellung befindlichen und durch die gleichbleibenden Temperaturen gut erhaltenen Mumien innerhalb der Sarkophage blicken in Richtung Osten."

„Die aufgehende Sonne war für die Chachapoya Symbol für das Leben", erklärte Isabel.

„In den anderen Nischen der Felswand, die wir von hier nur zum Teil einsehen können, befinden sich weitere, viel kleinere und weniger aufwendig verarbeitete Sarkophage. Wieder andere wurden einfach in natürlichen Felseinkerbungen beigesetzt, die dann mit Ton verschlossen und mit Gesichtern bemalt wurden", ergänzte Peter. „So sagen es jedenfalls die Berichte von der Entdeckung dieser Grabanlage."

Vier Stunden später, nachdem alles fotografiert, abgezeichnet und dokumentiert worden war, machten sich die Archäologen auf den Rückweg ins Dorf.

Als Peter in das Fahrzeug einsteigen wollte, sah er einen Jungen und ein Mädchen etwa im Alter von zehn Jahren. Rotblonde Haare, helle Haut, Sommersprossen und sprach Carmen darauf an.

Sie antwortete nur: "Ja, schau, wie ich – Gringuitos."

Es war dunkel, als sie wieder in Chachapoyas ankamen. Sie gingen gleich auf ihre Zimmer, müde und erschlagen von den Anstrengungen und Eindrücken des Tages.

18. Kapitel

Der Auswanderungsplan

Karthago - Herbst 149 v. Chr.

Philosir wartete ungeduldig bis das Schiff, das ihn vom Castro de Baroña nach Karthago zurückgebracht hatte, sicher am Ufer vertäut war und er von Bord konnte. Er rannte zum Haus von Sakarbal und klopfte an die Tür. Sakarbal öffnete und ließ ihn ein.

Kaum war Philosir im Haus sprudelte es aus ihm heraus: „Pau und Aidan lassen dich und deine Familie ganz herzlich grüßen!“ Er hustete und musste tief Luft holen, da er noch ganz außer Atem war.

„Ich bringe gute Nachrichten! Beide haben dein Angebot angenommen und bedanken sich für dein Vertrauen.“

„Ich hatte nichts anderes erwartet“, antwortete Sakarbal. „Komm setz dich und verschnaufe erst einmal. Ich hole uns etwas zu trinken und dann erzähle ich dir, wie die Vorbereitungen hier vorangeschritten sind.“

Philosir war ungeduldig. Er wollte die Neuigkeiten am liebsten sofort erfahren. Hastig trank er einen Becher Wasser und griff sich ein Fladenbrot. Noch kauend fragte er Sakarbal: „Und, was hast du erreicht?“

„Ich habe zunächst Hallalcar, den besten Navigator unserer Handelsflotte, in das Archeíon für Seefahrt und Handel geschickt, um alle Aufzeichnungen und Karten zu Segelkursen und Niederlassungen auf dem Äußeren Meer und zu allen durchgeführten Erkundungsfahrten denen er habhaft werde könnte, zu sichten. Hallalcar hat als registrierter Navigator Zugang zum Archeíon. Die als geheim gekennzeichneten Räume darf er jedoch nicht betreten“, antwortete Sakarbal.

„Das habt ihr doch bestimmt regeln können“, warf Philosir ein.

„Ja. Um auch Zugang zu den geheimen Dokumenten zu bekommen, benötigte Hallalcar eine von zwei hochrangigen Amtsträgern unterzeichnete Zugangsberechtigung. Eine Unterschrift musste von einem der drei obersten Händler, die dem gesamten Handelsrat vorstehen, geleistet werden. Die andere Unterschrift musste die eines der beiden Sufeten sein."

„Wie hat er die bekommen?", fragte Philosir.

„Hallalcar heuerte einst als Navigator auf einer Erkundungsfahrt vom Inneren Meer in das *Dunkle Meer* an. Dabei lernte er den Schiffsführer kennen und schätzen. Bei der Durchfahrt durch die Meerenge bei Byzantion, mit den sehr schwierigen Strömungsverhältnissen und der gefährlichen Fahrt vorbei an den *Symplegaden* bewies Hallalcar sein navigatorisches Geschick und trug somit entscheidend zum Erfolg des von dem Schiffsführer verantworteten Vorhabens bei. Damit hat der Aufstieg dieses Mannes bis zur Position des höchsten Amtsträgers von Karthago begonnen. Auch als Sufet dankt er dies Hallalcar immer noch mit einer tiefen Freundschaft und Verbundenheit. Somit hat Hallalcar sich die erste Unterschrift schnell besorgen können. Die zweite hat er von meinem Vater bekommen, der, wie du weißt, einer der drei obersten Handelsmeister ist", berichtete Sakarbal.

„Warum ist dieses Wissen denn überhaupt so wichtig, dass man es geheim hält?", fragte Philosir.

„Die Sorge Karthagos ist groß, dass die Kenntnis über Handelswege und -niederlassungen der Stadt in fremde Hände fällt. Unser Alleinanspruch für bestimmte Seewege und Waren ist Grundlage für den Wohlstand Karthagos und damit überlebenswichtig. Dies gilt insbesondere für den westlichen Teil des Inneren Meeres und die Handelsverbindungen außerhalb der Säulen des Melkart auf dem Äußeren Meer, seit die Griechen uns den Großteil des Handels im angestammten östlichen Raum des Inneren Meeres abgenommen haben.

Die Seeverbindung zwischen Innerem und Äußerem Meer ist durch unsere Kontrollen für Dritte faktisch nicht passierbar. Diese Maßnahmen reichen weit zurück, bis in Zeiten vor der Gründung Karthagos. Unsere Ahnen, die Phönizier an der Küste der *Levante,* hatten Gesetze erlassen, dass es anderen als phönizischen Schiffen untersagt war, jenseits der Säulen des Melkart zu operieren. Sie taten alles, um dies auch durchzusetzen. Auf ihren Schiffen durften keine Fremden mitreisen. Wenn ein phönizisches Schiff gekapert wurde, durften die überlebenden Besatzungsmitglieder selbst unter Androhung von Folter und Tod keine Geheimnisse preisgeben."

„Sind die vielen furchterregenden Geschichten über tosende Stürme und riesengroße Wellen, schreckliche Seeungeheuer und Geisterschiffe dann etwa auch frei erfunden?", unterbrach Philosir.

„Ja, das kann man so sagen. Sie wurden von den Phöniziern selbst in Umlauf gebracht, um andere von Reisen auf das Äußere Meer abzuhalten", erklärte Sakarbal.

„Doch zurück zu Hallalcar. Vier Tage hat er im Archeíon verbracht. Die Ergebnisse, die er mitgebracht hat, werden uns ganz gewiss sehr nützlich sein. So hat er zum Beispiel den Bericht eines Schiffsführers mit Namen Hanno studiert, der im Jahr 344 *a.u.c.* von Karthago aus durch die Säulen des Melkart entlang der Westküste Mauretaniens bis weit in den Süden vorgedrungen war. Weiterhin hat er Karten gefunden, in denen die Segelkurse zu eigenen Niederlassungen und fremden, aber wohlgesonnenen Handelshäfen eingetragen sind, mit Angabe von vorherrschenden Windrichtungen und Meeresströmungen."

„Das werden wir brauchen können", sagte Philosir anerkennend.

„Ein Bericht hat die Aufmerksamkeit von Hallalcar besonderes geweckt. Er ist unterzeichnet von einem Schiffsführer mit Namen Methuastart. Auf einer Handelsreise etwa 130 Jahre vor der Gründung Karthagos segelte er auf dem äußeren Meer erst westlich und dann lange südlich. Nach vielen Tagen geriet er weit im Süden in ein mehrtägiges Unwetter und wurde stark abgetrieben. Nachdem das Wetter sich beruhigt hatte, mussten sie feststellen, dass sich Windrichtung und Strömung deutlich geändert hatten. Sein einzig noch verbliebenes Schiff wurde wie von selbst nach Westen geführt. Nach einigen Tagen waren sie auf eine große Landmasse weit im Westen gestoßen. Er berichtet von paradiesischen Ufern mit üppiger Vegetation, aber auch von feindlich gesinnten, zumeist nackten

Menschen, geschmückt mit Federkronen, und von fremdartigen und gefährlichen Tieren. Da sie wieder zurück in die Heimat wollten, segelten sie zunächst küstennah nach Norden. Dann wurden sie von günstigen Winden und der Strömung nach Osten getrieben. Schließlich gelangten sie wieder zu den Säulen des Melkart. Nur sehr wenige Menschen seiner Mannschaft überlebten die Reise

Hallalcar konnte alle diese Aufzeichnungen lesen und sich einprägen. Aber nicht nur das. Es ist ihm tatsächlich gelungen, einige, der für uns wichtigen Karten beziehungsweise Kartenausschnitte abzuzeichnen", schloss Sakarbal seinen Bericht.

Philosir war begeistert.

„Anscheinend haben Menschen schon vor uns erfolgreich versucht nach Westen zu segeln. Das gibt mir weitere Zuversicht, dass unser Vorhaben gelingen wird."

Sie gingen in den Garten, wo Sira ihnen entgegenkam. Sie umarmte Philosir.

„Schön, dass du wieder gesund zurück bist", sagte sie erfreut. An euren Gesichtern kann ich ablesen, dass du gute Kunde mitgebracht hast. Nehmt euch von den Weintrauben und Pistazien da vorne auf dem Tisch."

Sie ging weiter und im Vorbeigehen küsste sie Sakarbal auf die Wange.

„Danke mein Schatz", sagte Sakarbal, dann verschwand Sira im Haus.

„Setzen wir uns in den Schatten, dann berichte ich dir weiter", wandte sich Sakarbal wieder Philosir zu.

„Als ich mit Hallalcar wegen der Unterschrift bei meinem Vater war, habe ich die Gelegenheit genutzt, um ihn über unseren Plan zu unterrichten. Er hat mir in Bezug auf meine Einschätzung der Ziele Roms und damit unserem möglichen leidvollen Schicksal voll zugestimmt.

Meiner These, dass eine Auswanderung über das unbekannte Äußere Meer eine Möglichkeit sei, die unser Überleben sichern würde, konnte er jedoch nicht zustimmen. Ganz im Gegenteil. Er sieht es als ein sehr gewagtes Vorgehen an. Schiffsverluste durch Unwetter oder durch das Auflaufen auf Felsen vor unbekannten Küsten, keine ausreichenden Vorräte, Krankheiten, Meutereien, feindlich gesinnte Einheimische waren einige der Gefahren, die er aufzählte."

„Das war zu erwarten. Dein Vater ist Händler, der es gewohnt ist, immer die möglichen Verluste von verlorenen Schiffen und Ladungen zu bewerten", fiel ihm Philosir ins Wort.

„Aber er berücksichtigt eben auch die Erträge von erfolgreichen Tätigkeiten. Der Unterschiedsbetrag über alle Vorhaben zum Beispiel eines Jahres sollte bestmöglich sein, das ist seine Überzeugung. Aber bei unserer Auswanderung gibt es keine Ausgleichsmöglichkeiten, war seine Meinung. Ein Wurf, ein Versuch, der entweder erfolgreich ist oder in der Katastrophe endet", entgegnete ihm Sakarbal.

„Ich denke wir müssen auch sehen, dass mein Vater alt geworden ist. Er gab zu verstehen, dass er sich an ein Leben unter Roms Vorherrschaft gewöhnen könne, solange er weiter Händler sein dürfte. Wahrscheinlich erwarte ihn aber doch eher der Tod durch einen römischen Soldaten. Daher hat er aber auch meinen Standpunkt verstanden und anerkannt."

„Eure Familie ist das größte Handelshaus in Karthago. Ihr nennt eine Flotte von 40 Handelsschiffen euer Eigen. Wird dein Vater dir die 13 Schiffe geben?", fragte Philosir.

„Ja, in diesen unruhigen Zeiten kann er auch mit 27 Schiffen noch für das Wohl der restlichen Familie sorgen. Mein Bruder hat sich entschieden, bei unserem Vater zu bleiben und meine Aufgaben im Handelshaus zu übernehmen. Auch meine Schwester will bleiben, um die Eltern zu pflegen, wenn die Zeit dafür gekommen sein wird. Alle in der Familie haben mir versprochen, bei den Vorbereitungen zu helfen wo immer es möglich ist und alles zu tun, um unser Vorhaben vor Nichteingeweihten geheim zu halten."

„Und deine Frau und ihre Familie, bleiben sie auch in Karthago?“, fragte Philosir.

„Nein, sie kommen mit. Sira, unsere Kinder Himilko und Hayet, Siras Eltern und ihr Bruder Gisco und ihre zwei Schwestern Juba und Raja.“

Zum Schluss berichtete Sakarbal noch von den Gesprächen mit seinen Schiffsführern und seinem Lademeister sowie Freunden und Verwandten in Karthago. Auch unter diesen hatte er weitere Auswanderwillige für seinen Bund der Verschworenen gewinnen können.

Inzwischen hatte der Mond seit dem letzten Treffen in der Lagerhalle fast drei Zyklen durchlaufen. Die Tage im Herbst wurden schon spürbar kühler. Die Botschaften von Pau und Aidan waren eingetroffen. Aus den mitgeschickten Listen konnte Sakarbal die gesamte Teilnehmerzahl ersehen, welche Arbeit sie ausführten und welche besonderen Kenntnisse ein jeder hatte, wer allein und wer mit Frau und Kinder mitreisen würde. Er war höchst zufrieden. Alle Anforderungen, die er gestellt hatte, waren erfüllt. Es war an der Zeit, die Bruderschaft in Karthago zu einem weiteren Treffen zusammenzurufen. Er wählte den Tag des nächsten Neumonds.

Dieses Mal erwarteten sie mehr als 800 Menschen, die sich der Auswanderung anschließen wollten. Ein Treffen so vieler ließ sich nicht ganz ohne Aufsehen durchführen. Sein Vater hatte in der Öffentlichkeit verlautbaren lassen, dass man Mitarbeiter und Freunde des Handelshauses eingeladen hatte, um die Erfolge der letzten Jahre zu feiern und um sich für den geleisteten hohen Einsatz bei allen zu bedanken.

Nachdem die Lagerhalle geschlossen worden war und Wachen vor den Toren Stellung bezogen hatten, beschrieb Sakarbal zunächst die derzeitige Lage des Krieges zwischen Karthago und Rom.

„Von den Forderungen der Römer sind bis auf einen Punkt alle erfüllt worden. Aber selbst die Übergabe einer hohen Anzahl von Kriegsgütern an die Römer hat wenig gebracht. Rom besteht darauf, dass die Stadt Karthago von allen Bürgern verlassen werden muss. Dass das von Karthago nicht angenommen werden kann, ist sicher auch den Römern klar. Aber ihr Ziel ist ja auch nicht die Vertragserfüllung seitens der Stadt Karthago, sondern deren komplette Vernichtung!"

Er hielt in seiner Rede inne, um seine Worte wirken zu lassen. Dann fuhr er fort:

„Ihr habt zum größten Teil daran mitgearbeitet, Verteidigungslinien an den Zugängen der Stadt und in der Stadt selbst einzurichten. Die Römer ihrerseits sind auf dem Landweg vorgerückt und beginnen, eine Belagerung der Stadt von der Landseite her. Zum Glück für uns wurde dies bisher eher schlecht ausgeführt. Es gelingen immer wieder erfolgreiche Ausbrüche, weshalb die Versorgung der Stadt mit Nahrung noch nicht spürbar unterbrochen ist. Viele Bürger unterstützen die Soldaten in der Stadt, beteiligen sich bei der Herstellung von Kriegswerkzeug oder stellen die bisher noch erfolgreiche Versorgung über den Seeweg sicher. Hieran habt auch ihr alle vorbildlich mitgearbeitet. Das hat uns geholfen. Bisher ist niemand auch nur auf den Gedanken gekommen, dass von einer größeren Gruppe Fluchtvorbereitungen unternommen werden."

Sakarbal ließ seine Blicke über die lauschende Menge schweifen.

„Dennoch hat unser Freiheitsgefühl schon stark gelitten und die Tätigkeiten rund um den Seehandel werden durch die wachsende Verstrickung in Verteidigungsmaßnahmen zunehmend eingeschränkt. Die Zeit drängt! Lange können wir nicht mehr warten. Sobald Rom eine Seeblockade vor dem Hafen eingerichtet hat, gibt es keine Fluchtmöglichkeit mehr. Allerdings ist eine Seeblockade oder gar ein Angriff in der anstehenden Winterzeit eher unwahrscheinlich."

Sakarbal machte eine weitere Pause.

Als keine Fragen gestellt oder Kommentare abgegeben wurden, fuhr er fort: „Unser Bund wird verstärkt durch gleichgesinnte Gefährten von den Balearen, durch Kelten aus den Castro-Siedlungen an der Westküste Iberiens und durch die Keltiberer aus den mehr im

Inneren gelegenen Gebieten der iberischen Halbinsel. Zwei Freunde von mir, Pau, der Meister der Steinschleuderer auf den Balearen, und Aidan, der Fürstensohn aus dem Castro de Baroña, leiten die Vorbereitungen dort. Damit haben wir eine große Vielfalt an Wissen und Fertigkeiten, an Werkzeugen und Ausrüstungen zur Verfügung und wir werden gut für alle erdenklichen Herausforderungen beim Aufbau einer neuen Heimat gewappnet sein."

Ein Raunen ging durch die Menge und begeisterte Rufe waren zu hören.

„Mit 13 Schiffen, 2600 Gefährten, Waffen, Werkzeugen und Ausrüstungen sowie ausreichend Vorräte für eine längere Seereise werden wir uns am vierten Neumond im neuen Jahr im Hafen von Gadir treffen und von dort aus nach Westen zu neuen Ufern segeln.

Die Schiffe werden von ihren Ausgangsorten einzeln und in Abständen von mehreren Tagen nach Gadir fahren, um unauffällig zu bleiben. Erst ab Gadir werden wir in einem Verband segeln. Eine Verfolgung durch römische Schiffe muss vermieden werden. Befehlshaber über alle Auswanderer aus Karthago werde ich sein. Die Kelten und Keltiberer werden von Aidan, die Balearen von Pau angeführt.

Während der Seefahrt hat der jeweilige noch zu ernennende Kommandant für sein Schiff absolute Befehlsgewalt. Die nautische Verantwortung liegt bei den Schiffsführern. Aidan, Pau, die Kommandeure und ich werden uns untereinander abstimmen, wenn Entscheidungen zu treffen sind. Gegebenenfalls werden je nach Fragestellung und zu lösender Herausforderung noch besonders erfahrene Gefährten als Berater hinzugezogen. Im Krisenfall liegt die Führungsverantwortung und Befehlsgewalt bei mir.

„Und wer wird über uns bestimmen, wenn wir in der neuen Heimat angekommen sind?", ließ sich eine kritische Stimme vernehmen.

Ruhig erklärte Sakarbal: „In der neuen Heimat werden die Aufgaben und Verantwortungen neu festgelegt, die von allen Gefährten zu bestätigen sind."

In der anschließenden Aussprache gab es weder Fragen noch Einwände. Sakarbals Botschaften und Ansagen waren klar und eindeutig gewesen.

Zum Abschluss schwor Sakarbal nochmals alle auf Verschwiegenheit ein. Die weiteren Vorbereitungen, wie das Beladen der Schiffe und die Reise nach Gadir, sollten sorgsam und unauffällig ausgeführt werden. Etwa 200 Gefährten seien noch zu finden. Irgendwelche auftretenden Änderungen oder Schwierigkeiten sollten ihm umgehend mitgeteilt werden.

Dann schloss Sakarbal die Versammlung mit den Worten: „Läuft alles wie geplant, sehen wir uns im vierten Neumond des neuen Jahres in Gadir wieder!“

19. Kapitel

Die Mumien vom Kondorsee

Leymebamba, Peru - Mai 2018

Die Archäologen bummelten gemeinsam durch Chachapoyas. Peter erfreute sich an dem lebhaften Treiben auf dem Bauernmarkt. Früchte, Gemüse und Gewürze, aber auch Stoffe, Decken und Taschen schienen sich mit ihren leuchtenden Farben gegenseitig zu überbieten, um mögliche Kunden anzulocken.

„Seht doch, wie bunt und schön die Kleider der Marktfrauen sind“, rief Jorge ganz begeistert. „Wie stolz sie ihre Hüte tragen und die vielen übereinander angezogenen Röcke! Ist es nicht eine Pracht?“

Peter nickte ihm zu und schoss mit seiner Kamera ein Bild nach dem anderen.

Sie kamen an der Casona del Rosario an der östlichen Seite der Plaza de Armas vorbei. Carmen stolperte beinahe über einen aufgestelltes Werbeplakat.

„Hier findet heute die Ausstellung eines berühmten Fotografen statt. Lasst uns hineingehen und die Bilder anschauen“, schlug Carmen vor.

Die Gruppe ging durch das geöffnete Tor hinein. Im schönen Ambiente des Innenhofs wurden Farb- und Schwarzweiß-Fotografien präsentiert. Es handelte sich zum einen um Landschafts- und Naturaufnahmen, zum anderen um Porträts einheimischer Menschen. Eine Band spielte lokale Musik. Kleine Snacks und Getränke wurden gegen eine Spende gereicht. Carmen fasste Peter um die Hüfte und wiegte sich mit ihm im Rhythmus der Musik. Dann mischten sie sich unter die tanzenden Paare im Hof.

Den Zuruf von Willi: „Wir gehen dann schon mal ohne euch zurück“, bekamen sie gar nicht mit.

Am nächsten Morgen erreichten sie nach 100 Kilometern Fahrt kurz vor elf Uhr das Centro Mallqui - Museo Leymebamba, etwa fünf Kilometer oberhalb des Ortes Leymebamba.

„Was werden wir wohl heute im Museum Neues erfahren?“, fragte sich Peter.

Sie wurden am Eingangstor von der peruanischen Kollegin und Expertin für die Chachapoya-Kultur, Doktor Maria Gomez, begrüßt. Nach wenigen Schritten durch den kleinen, liebevoll angelegten Museumspark gelangten sie in die Eingangshalle. Von dort aus ging es in einen Besprechungsraum. Nach kurzer Vorstellungsrunde gab Dr. Gomez einen Überblick über das Museum.

„Unser Haus hier mit fünf Sälen ist der Chachapoya-Kultur gewidmet. Es wurde im Jahr 2000 eröffnet und beherbergt mehr als 260 Mumien und über 200 Grabbeigaben. Hinzu kommen Modelle der verschiedenen bisher entdeckten Bestattungsarten, sowie Informations- und Schautafeln.

Die Mumien stammen zum überwiegenden Teil von einer Nekropole, die in Felsnischen in einer Steilwand hoch über einem etwa ein Quadratkilometer großen Gebirgssee auf 2900 Meter Höhe gebaut wurden. Diese Grabstätte ist unter dem Namen Laguna de los Cóndores bekannt geworden. 1987 entdeckten Mitglieder einer Hirtenfamilie in einer steilen Felswand einige Grabhäuser, in denen sie, nach Gold und Schmuck suchend, Mumien fanden. Viele wurden zerstört. Beim Verkauf von geraubten Grabbeigaben gab es Streit, die Behörden erfuhren dadurch von der Fundstätte und es wurde eine Notgrabung veranlasst. Die noch zu rettenden Mumien und die gefundenen Artefakte wurden nach Leymebamba gebracht, wo später das Museum Mallqui zu ihrer Verwahrung gebaut wurde. Sicher wollen Sie den Original-Fundort besuchen?“

Dr. Gomez schaute die Gruppenmitglieder fragend an, fuhr aber ohne die Antwort abzuwarten warnend fort: „Das können Sie tun. Aber die anstrengende Wanderung zu der Fundstätte dauert etwa einen Tag.“

Nun kam Sie zum Schluss ihres Vortrages.

„An den Mumien und Grabbeigaben haben wir eine Vielzahl von Untersuchungen vorgenommen. Und wir sind immer noch damit beschäftigt. Darüber später mehr."

Nach einem kurzen Imbiss gab ihnen Dr. Gomez eine detaillierte Führung durch das Museum. Schließlich kamen sie zu den Mumien. Sie standen vor einer großen Glasscheibe und sahen… nichts. Dr. Gomez betätigte einen Schalter. Gedimmtes Licht erhellte jetzt spärlich einen einfachen Raum. Entlang der grau gestrichenen Wände standen Regale. Darin waren die Mumien einsortiert.

„Ich hatte eine besonders hervorgehobene Präsentation der Mumien erwartet, aber das hier gleicht ja eher dem Charakter einer Lagerhalle. Sorry", bemerkte Jorge enttäuscht.

„Da haben Sie nicht ganz unrecht", antwortete Dr. Gomez. „Wir machen uns schon einige Zeit Gedanken darüber, wie wir die Mumien würdevoller präsentieren können und sie dabei aber auch vor dem Verfall schützen. Ideen sind willkommen!"

Nachdem sich ihre Augen an das dämmrige Licht gewöhnt hatten, erblickten sie viele Stoffbündel mit aufgemalten Gesichtern. Daneben Gebeine, in Embryonalstellung gebunden. Die Totenschädel vieler Mumien blickten die Archäologen mit offenen Mündern und Augen an. Carmen erschauderte beim Anblick einiger Mumien, die die Hände vor ein entsetzt blickendes Gesicht hielten und zu schreien schienen.

„Dieser Ausdruck erinnert mich an Munchs ‚Der Schrei'", kommentierte Peter.

„Was mag ihr Schicksal gewesen sein?", fragte Carmen.

In einem separaten Raum, der den Touristen nicht zugänglich war, bekam die Gruppe mehrere besonders ausgewählte Mumien im Detail gezeigt. Dr. Gomez versuchte, die Art der Mumifizierung und die Begräbniskultur zu erklären, wobei sie allerdings kaum zu Wort kam, denn nun wurde sie von allen Seiten der Archäologen mit Fragen überhäuft. Dr. Gomez bat, die Fragen zunächst zurückzustellen und sie lieber zu notieren. Bei der Besprechung am nächsten Tag sei genug Zeit vorgesehen, um auf alle Fragen ausführlich eingehen zu können.

Der weitere Museumsrundgang und die Erläuterungen zogen sich bis 17 Uhr hin.

Wer wollte, konnte mit dem Kleinbus zurück zur Unterkunft nach Leymebamba fahren.

„Ich empfehle Ihnen, einen kleinen Spaziergang vom Museum zur Herberge zu machen. Der Weg führt über viele Treppen hinunter in den Ort“, sagte Dr. Gomez zum Abschied.

Sie brauchten alle etwas Bewegung und nahmen den Fußweg. Schöne Ausblicke über den Ort und in das Tal waren der Lohn für ihre Entscheidung. Auch vom Dorfleben bekamen sie einen guten Eindruck. Bauern, die von ihren Feldern zurückkamen. Kinder, die sich auf einem Platz laut rufend mit Ballspielen vergnügten und immer wieder überfüllte Moped-Rikschas.

Nach einer guten Stunde kamen sie im Hostal Joya an. Es lag direkt an der Straße und hatte drei Etagen. Die unterste war außen sauber verputzt. In der zweiten sah man noch die Ziegelsteine. Die dritte war im Bau. Rostige Armierungsstangen ragten in den Himmel. Ein Bild, das die Archäologen schon oft in Peru gesehen hatten.

„Solange das Haus sich noch im Bau befindet, müssen keine Steuern gezahlt werden. Alles klar?“, klärte sie Willi auf.

Die Archäologen betraten das Hostal. Die Besitzerin begrüßte sie ausgesprochen freundlich. Nachdem Willi die Gruppe eingecheckt hatte, sagte er: „Wir treffen uns pünktlich um 19 Uhr vor der Herberge und gehen dann gemeinsam zum Abendessen in ein Lokal hier im Ort.“ Dann übergab er die Zimmerschlüssel. Die Archäologen bezogen ihre Zimmer, die einfach, aber sauber waren.

Peter kam schon zehn Minuten früher die Treppe herunter und sah wie Carmen und Willi mit der Besitzerin des Hostals im Gespräch waren. Als er auf die drei zusteuerte, brachen sie das Gespräch ab. Willi klopfte Peter auf die Schulter und drängte ihn elegant, aber bestimmt nach draußen. Carmen setzte das Gespräch mit der Besitzerin fort.

Peter war die Nähe zwischen Carmen und Willi schon während des gesamten Fußweges vom Museum zum Hostal aufgefallen. Dauernd hatten sie etwas zu tuscheln und mieden seine Nähe. Er kam sich selbst ein bisschen albern vor, aber es regte sich tatsächlich so etwas wie Eifersucht in ihm.

Nachdem die Gruppe vollzählig versammelt war, führte Willi sie durch ein paar enge Gassen des kleinen Ortes zum Parque Principal. Dort besichtigten sie die Kirche Templo de Leymebamba, aufgebaut aus Steinquadern im Stil der Chachapoya Steinbauten. Danach gingen sie zur Westseite der Plaza zum Abendessen ins Sabor del Mishqui. Ein nettes kleines Restaurant mit den für die Region typischen Gerichten. Es gab Bohnen, Mais, Tomaten und Zwiebeln, Süßkartoffel und Quinoa, Huhn und Alpaka. Die Speisen wurden auf großen Platten serviert, von denen sich jeder bediente. Dazu tranken sie Inka-Cola und Mais-Bier. Gegen 22 Uhr gingen sie gemeinsam zurück.

Auf dem Heimweg bemerkte Peter, dass Carmen und Willi erneut um Abstand zu ihm bemüht waren und sich angeregt unterhielten. Sie achteten kaum auf sein ‚Gute Nacht'. In seinem Zimmer angekommen, wälzte er sich auf seinem Bett hin und her. Musste er sich Gedanken über das Verhalten von Carmen machen, lief da etwas zwischen den beiden? Er brauchte einige Zeit, bis er eingeschlafen war.

Als Peter zum Frühstück die Treppe herunterkam, warteten Carmen und Willi schon auf ihn. Sie nahmen ihn in die Mitte und gingen in den Frühstücksraum. Alle anderen saßen schon an den Tischen und schauten ihn verstohlen und grinsend an. Sonderbar, dachte er.

Dann kam mit strahlend lächelndem Gesicht die Gastgeberin in den Frühstücksraum. Sie trug einen selbstgemachten Schokoladenkuchen mit vier brennenden Kerze herein. Alle sangen mit als

Carmen und Willi ein Geburtstagslied anstimmten. Herrje, seinen Geburtstag hatte Peter völlig vergessen. Jetzt war ihm klar, was da gestern vorgegangen war.

„Was bin ich doch für ein Esel“, dachte er. Er war gerührt und konnte nicht verhindern, dass er errötete und eine kleine Träne seine Wange hinablief. Nachdem er die Kerzen ausgepustet hatte, stürmten alle auf ihn ein und gratulierten. Carmen drückte ihm sogar einen Kuss auf die Lippen. Jetzt war er knallrot. Er bedankte sich herzlich und lud alle für den Abend an der Bar zu einem Pisco Sour ein.

Nach dem Frühstück brachen sie mit dem Kleinbus zum Museum auf.

Dort angekommen, wurden sie vom Museumswärter in den Besprechungsraum geführt. Isabel übernahm den Vorsitz und eröffnete die Fragerunde zum Thema Bestattungstraditionen. „Wie wir es bereits in Kuelap gesehen haben, beerdigten die Chachapoya ihre Toten im Regelfall im Haus oder in Mauernischen, insbesondere in heiligen Bezirken der Siedlungen.“

„Aber wurden denn alle Menschen damals auf diese Weise beigesetzt?“, wollte Peter wissen.

„Nein, diese Bestattungsarten waren wohl vor allem für die einfachen Menschen der Siedlungen üblich, also für Handwerker, Bauern, Arbeiter oder Krieger“, erklärte Isabel.

„Und was passierte mit den Toten der Oberschicht?“, fragte José.

„Die Führungselite und besonders hervorgehobene Personen, wie vermutlich Stammesfürsten, angesehene Krieger, Priester, Schamanen und Heiler wurden an besonders geschützten Plätzen außerhalb der Siedlungen bestattet“, führte Isabell aus.

„Aber wie? In Erdgräbern?“, hakte José nach.

„Nun, hier haben wir unterschiedliche Formen festgestellt“, übernahm nun Dr. Gomez. „Es gab Bestattungen in Sarkophagen aus Holz und Lehm, bemalt mit menschlichen Zügen, Geschlechtsmerkmalen, Kleidung und Schmuck, wie Sie es zum Beispiel in

Karaja gesehen haben. Andere Bestattungen erfolgten in Häuschen, wie am Kondorsee oder in Revash."

„Kondorsee! Was für ein Name!", rief Jorge aus.

„Der See heißt so, weil man dort bei den Grabbeigaben einer Mumie ein Tongefäß mit der Abbildung eines Kondors gefunden hat", erklärte die Expertin.

„Meinen Sie denn nicht, dass es noch mehr zu entdecken gibt?", fragte José und zeigte sich bei diesem Thema auffällig interessiert.

„Oh doch, natürlich", bestätigte Dr. Gomez, „17 weitere Grabstätten sind derzeit noch bekannt, können aber aufgrund fehlender Forschungskapazitäten und vor allem wegen fehlender Finanzierungsgelder nicht freigelegt, befundet und gesichert werden."

„Und wo befinden sich diese Gräber?", bohrte José nach.

„Diese Grabstätten haben gemeinsam, dass sie sich hoch oben an unzugänglichen senkrecht abfallenden Felswänden und in der Nähe von Wasser befinden und im erweiterten Umfeld von Siedlungen der Chachapoya liegen." José machte sich eifrig Notizen.

„Sie wollten uns doch noch ein wenig über die Technik der Mumifizierung erzählen", sagte Jean-Pierre.

„Ja, richtig. Also: Bei der Mumifizierung entnahm man den Verstorbenen zunächst ihre inneren Organe und legte diese in Urnen aus gebranntem Ton. Die Urnen bildeten dann einen Teil der Grabbeigaben. Dann wurden die Körperhöhlen mit aromatischen Substanzen gefüllt und die Leichen einige Zeit in besondere Lösungen gelegt. Danach wurde die Haut der Verstorbenen getrocknet, so dass sie fast zu Leder und damit haltbarer wurde. Schließlich wurde der Körper in fötaler Position festgebunden und in eine mit einem Gesicht bemalten Hülle aus gewebtem Stoff eingewickelt oder auch eingenäht. Diese Mumien-Bündel wurden anschließend in den Sarkophagen oder Grabhäusern beigesetzt. Im Laufe der Jahre überwucherte eine dicke Schicht aus Pflanzen die Gräber, was eine zusätzliche Konservierung bedeutete und was ihren heutigen guten Erhaltungszustand erklärt."

„Und die Toten haben nur ihre eigenen Organe als Grabbeigaben erhalten?“, fragte José.

„Nein, natürlich nicht. Stoffe, geflochtene Bänder, Armreife und auf Ketten aufgezogene Goldkugeln sind einige Beispiele für Grabbeigaben, die gefunden wurden. Aus den Vernehmungsprotokollen der Grabräuber ist zu entnehmen, dass sich noch weitere Gegenstände aus Gold und Silber und außerdem Waffen und Werkzeuge in den Gräbern befunden hatten. Sie sind leider für die Allgemeinheit verloren.“

Nach einer kurzen Pause, in der die Archäologen betroffen schwiegen, fuhr Dr. Gomez fort: „Jetzt komme ich auf einige Besonderheiten, auf die wir bei den Untersuchungen der Mumien gestoßen sind, zu sprechen.

Es wurden Mumien gefunden, die über 1,80 Meter groß waren, also auffällig größer als der Durchschnitt der Menschen in der hiesigen Amazonas-Andenregion.

Einige Mumien haben rotbraunes lockiges oder dünnes helles Haar und bei manchen ist ein Band um die Stirn gewickelt.“

„Hat es denn schon Untersuchungen zu möglichen Krankheiten und Todesursachen gegeben?“, wollte Peter wissen.

„Ja. Parodontose muss weit verbreitet gewesen sein. Fast alle der bisher geröntgten Kiefer weisen einen starken Zahnfleischschwund auf, was vermutlich auf den hohen Coca-Konsum zurückzuführen ist. Coca Blätter wurden und werden in Peru gekaut, um die Höhenlage von über 2000 Meter für den Menschen auszugleichen. Damit wird der Höhenkrankheit vorgebeugt und die Leistungsfähigkeit verbessert. Dieser Befund bei den Mumien ist also wenig überraschend.

Aber etwas anderes können wir uns noch gar nicht erklären. Röntgenuntersuchungen haben ergeben, dass ein Großteil der Mumien vom Kondorsee zu Lebzeiten unter Tuberkulose gelitten haben. Die Untersuchung einer Lunge wies eine starke Überblähung mit zahlreichen Verkalkungen auf, was für Tuberkulose spricht. Die

Bakterien von Infizierten können lebenslang im Körper schlummern, bevor die Krankheit irgendwann ausbricht. Das Alter der Mumien ist präkolumbianisch. Doch die Tuberkulose ist nach bisher gültiger Lehrmeinung vor Kolumbus in Amerika nicht bekannt."

Dr. Gomez schaute in die Runde und sah nur fragende Mienen und Schulterzucken.

Jorge murmelte: „Merkwürdig. Tuberkulose hier? Zu der Zeit? Und dann noch das Aussehen mancher Mumien! Rote und helle Haare! Ich verstehe das nicht."

Nun ergriff Carmen das Wort: „Seht mich an. Sehe ich wie eine typische Peruanerin dieser Region aus?"

Alle schauten sie verdutzt an.

„Ja, von meiner Geburt und meinem Pass her bin ich Peruanerin. Aber sprechen meine kastanienbraunen Augen, meine helle Hautfarbe, die Sommersprossen und die rötlich blonden Haare nicht dagegen? Auch mein Familienname ‚Quistan' ist ja nicht gerade typisch peruanisch."

Zustimmendes Gemurmel entstand. Peter war wie elektrisiert. Carmen sprach jetzt offen an, was er schon lange gerne gewusst hätte und was sie ihm ja auch zu erzählen versprochen hatte. Ja, ihre äußere Erscheinung war schon sehr fremdartig für Peru, aber er fand sie äußerst attraktiv.

Carmen fuhr fort: „Ich bin eine der Gringuitos oder, wie es auf Quechua heißt, eine der Muchas. Warum wir so aussehen ist noch nicht geklärt. Die betroffenen Familien wohnen schon soweit sie zurückdenken können, im Chachapoya Gebiet. Sie leben in kleinen abgelegenen Orten hoch in den Bergen, in Dörfern wie Lugo, Huancas und vielen mehr. Die Familiennamen sind alle sehr ausgefallen, zum Beispiel Quistan, Yoptac, Hitnai, Gisco, Puscan, Yoplac, Quisquis oder Aitor. In einer Familie werden Kinder geboren, die ganz genauso aussehen wie die Mehrheit der peruanischen Kinder in diesem Gebiet. Dann tritt in der nächsten, übernächsten oder überübernächsten Generation das Phänomen auf, dass ein Kind geboren wird mit heller Haut, blonden bis orange-roten Haaren, kastanienbraunen Augen und Sommersprossen. Die Kinder dieser Muchas können dann wieder ganz normal aussehen. Und dies wiederholt sich immer wieder, seit vielen Generationen. Ein Zufall, eine Laune der Natur? Oder gab es im Laufe der Zeit eine Vermischung der Genpools verschiedener Völker?"

Carmen machte eine Pause.

Dr. Gomez wollte schon weitermachen, da fuhr Carmen fort: „Ich bin gleich fertig, einen kleinen Moment noch. Ich weiß, dass ich jetzt von unserem eigentlichen Thema abschweife, aber ich möchte euch in diesem Zusammenhang von der Überlieferung der Amazonas Reise von Francisco de Orellana erzählen, einem spanischen Konquistador, der den Amazonas von den Anden bis zur Mündung auf der Suche nach Eldorado befuhr. Der Dominikanermönch Gaspar de Carvajal hat die Reise begleitet und ausführlich dokumentiert. Er berichtet von einer ungewöhnlichen kriegerischen Begegnung am 24. Juni 1542 im Mündungsgebiet des Rio Napo in den Amazonas. In vorderster Reihe hätten sehr hellhäutige, große Frauen mit langen hellen Haaren, die sie geflochten um ihren Kopf gewickelt hatten, gekämpft. Sie seien kräftig, stark und sehr mutig und tapfer gewesen."

Ohne weiteren Kommentar nahm Carmen wieder Platz und schaute Peter dabei lächelnd in die Augen. Er strahlte glücklich zurück.

Dr. Gomez ergriff jetzt das Wort: „Zurück zu den Fakten. Es haben erste Gen-Analysen von einigen Personen der Chachapoya und Gringuitos stattgefunden, die sich freiwillig zur Verfügung gestellt haben. Leider waren nur sehr wenige zu dieser Untersuchung bereit. Die Analysen zeigen, dass die Chachapoya von ihren Genen her weder zu den Indianerstämmen des Amazonasgebietes gezählt werden können noch zu denen der Anden oder denen des Pazifik-Raumes. Es kam eine Vielfalt von Genen unterschiedlichster Gebiete und Völker zum Vorschein. Damit hatte niemand gerechnet. Es lässt sich eine übergreifende genetische Diversität in der mütterlichen Linie feststellen, die auf viele Vermischungen hindeutet, was heißen könnte, dass sich Männer immer wieder mit Frauen unterschiedlicher indigener Volksgruppen verbunden haben.“ Damit war sie am Ende ihrer Ausführungen.

Isabel übernahm und dankte allen für die rege Mitarbeit. Es sei eine fruchtbare Diskussion gewesen. Jetzt müssten sich die vielen Informationen erst einmal setzen, bevor ein Fazit gezogen werden könnte. Dies würden sie in ihrem Basislager in Chachapoyas machen.

„Können Sie es sich einrichten, daran teilzunehmen? Ihre Expertise ist uns hoch willkommen. Heute in fünf Tagen, ein Freitag. Wäre das okay?“, fragte sie Dr. Gomez.

„Ja, das geht“, antwortete sie.

Isabel bedankte sich bei Dr. Gomez und ihren Mitarbeitern für die Gastfreundschaft, die Führung und die sehr interessanten Informationen, die sie erhalten hatten.

„Ich bin guter Hoffnung, dass uns die Zusammenfassung in drei Tagen ein Stück weiterbringen wird. Bis dahin aber habe ich eine Überraschung für euch“, sagte Isabel geheimnisvoll und musterte die Mitglieder ihres Teams der Reihe nach.

Alle schauten sie gespannt an.

„Wir machen einen kleinen Ausflug zum Gocta-Wasserfall und erholen uns dort gemeinsam zwei Tage lang in einer wunderschönen Lodge.“

Alle sprangen begeistert auf, klatschten und bedankten sich für diese nette Überraschung.

Carmen kuschelte sich auf der Rückfahrt eng an Peter und hielt seine Hand.

Zurückgekehrt im Hotel in Leymebamba rief Peter allen zu: „Bevor ihr in euren Zimmern verschwindet, kommt mit an die Bar. Der versprochene Pisco Sour wartet!“

20. Kapitel
Enttäuschung am Wasserfall
Catarata De Gocta, Peru - Mai 2018

Alfredo hatte unruhig geschlafen. Berichte der Chronisten waren ihm ebenso durch den Kopf gegangen wie die Sagen und Legenden der hiesigen Bevölkerung. Eine hatte es ihm besonders angetan. Demnach würde im Becken des Gocta-Wasserfalls eine Schale aus Gold liegen, die eifersüchtig von einer Riesenschlange bewacht würde. Diese würde jeden in einen Felsen verwandeln, der versuchen würde, das Gold zu stehlen. War der Goldschatz tatsächlich dort versteckt? Würden sie ihn finden?

Er stand mit den ersten Sonnenstrahlen auf und ging noch etwas im Garten spazieren. Für 6.30 Uhr hatte er Frühstück bestellt, sowie zwei Lunchpakete für jedes Mitglied der Crew zum Mitnehmen. Alfredo rechnete mit einem langen Tag. Nachdem sie den Kaffee, ein vegetarisches Omelett mit Süßkartoffeln und frische Früchte zu sich genommen hatten, bestiegen sie den Kleinbus und fuhren hinauf zum Startpunkt des Wanderpfades, der zum Becken der unteren Stufe des Wasserfalls führte.

Am Parkplatz angekommen erwartete sie ein lokaler Führer mit einem weiteren Mann und zwei Pferden, die Aitor auf Anweisung von Alfredo angemietet hatte. Alfredo und Letitia bestiegen die Pferde. Die gesamte Ausrüstung schleppten die drei Männer vom Sicherheitsdienst und Aitor sowie die beiden Einheimischen.

Der Tross setze sich in Bewegung.

Zunächst führte der Pfad entlang einer Bergflanke mit niedrigem offenem Bewuchs. Zwischen dem Buschwerk und den vereinzelten Bäumen sahen sie kleine gerodete Felder, auf denen die Bauern Kartoffeln, Kaffee und Bananen anbauten. Allmählich wurde die Vegetation dichter. Große Bäume, mit Moos und Ranken überwachsen, bestimmten das Bild. Farne, Bromelien und Orchideen säumten den Pfad. Schmetterlinge, Kolibris und auch der eine oder andere Affe ließ sich sehen. Als einer der Affen den Lunchpaketen oben auf Diegos Riesenrucksack zu nahekam, warf Alfredo einen Stein nach ihm. Mit zornigem Gekreische brachte das Tier sich in Sicherheit. Die Luft wurde immer feuchter und mit steigendem Sonnenstand auch heißer. Von den Bäumen hingen Lianen herunter. Es tropfte permanent. Da es vor drei Tagen heftig geregnet hatte, war der Weg teilweise noch aufgeweicht und an einzelnen Stellen schlammig. Es ging steil hinauf und hinunter. Mühsam kam die Gruppe voran. Auch die Pferde taten sich schwer. Das Rauschen des Wasserfalls war jetzt lauter zu hören. Fernandez und Carlos hackten ein paar Farne, Lianen und Bromelien ab, dann hatten sie freie Sicht auf den sehr beeindruckenden Sturz des Wassers.

Schließlich erreichten sie die kleine Schutzhütte kurz vor dem unteren Wasserbecken. Von hier aus sahen sie nur noch eine senkrecht abfallende Felswand vor sich, die untere etwa 560 Meter hohe Fallstufe des Wasserfalls. Das Wasser schien direkt aus dem Himmel zu fallen und in mehr oder weniger breiten Bändern über die mit Vegetation bewachsenen Kanten und Vorsprünge der Felswand herabzustürzen. Am Boden sammelte es sich in einem natürlichen Becken und floss dann als Bach weiter ins Tal.

„Diego, Carlos, ihr kommt mit!“, rief Alfredo. „Ihr anderen wartet bei der Schutzhütte.“ Letitia beobachtete wie die drei Männer vorsichtig über die glitschigen Steine kletterten, um zu dem Becken zu gelangen. Größere Felsabbrüche und tiefe Wasserlöcher erschwerten das Vorankommen zusätzlich.

„Vorsicht!“, rief Aitor noch, als er sah, wie Carlos zu einem Sprung auf den nächsten Stein ansetzte.

Carlos glitt aus und fiel. Dabei schlitterte er mit einem Bein an einer Steinkante entlang. Dann landete er im Wasser. Sein Schmerzensschrei ging im Tosen des Wasserfalls unter. Diego half ihm auf.

„Du blutest am Bein, geh zurück und lass dich versorgen“, sagte er und stütze Carlos.

„Lass ihn, er schafft das schon allein. Komm zu mir, ich brauche dich“, schrie Alfredo gegen das Tosen des Wasserfalls an.

Zum Glück hatte Aitor die beiden gerade erreicht. Er übernahm Carlos und half ihm zurück. An der Schutzhütte besah er sich die Wunde. Es war zum Glück nur ein langer Kratzer, nicht tief. Er reinigte die Wunde, träufelte Jod aus dem Notfallpäckchen darauf und verband sie. Letitia half ihm dabei. In der Hütte war es trocken. Es ging kein Wind und nur ab und zu erreichte sie etwas Sprühnebel vom Wasserfall.

Ganz anders war die Situation bei den Männern am Becken. Innerhalb von wenigen Minuten waren sie durchnässt. Sie suchten dennoch das gesamte Becken nach möglichen Verstecken ab. Aber weder eine Riesenschlange noch Gold ließ sich finden. Sie kletterten über die Bruchsteine wieder zurück zu den anderen, wo sie mit Decken und Handtüchern empfangen wurden.

Wieder trocken und in neuen Kleidern suchten sie mit Ferngläsern die gesamte Felswand nach möglichen Höhlen oder Nischen ab. Ohne Erfolg. Die Stimmung von Alfredo war mehr als gereizt.

Letitia sprach ihn an: „Vielleicht befindet sich das Gold gar nicht beim unteren Becken, sondern bei der oberen Lagune."

Er schaute sie verdutzt an und griff ihre Idee sofort auf.

„Gibt es einen Weg von hier nach oben?", fragte er Aitor.

„Keinen der offiziell ausgewiesen, markiert und für Wanderer begehbar ist. Aus Erzählungen weiß ich aber, dass es schon seit Jahrhunderten einen Klettersteig, den ‚amaru nän', geben soll. Das ist Quechua und bedeutet ‚Schlangenweg'. Er sei von den Chachapoya vor Urzeiten in die Felswand geschlagen worden. Der Pfad beginnt am dichtbewachsenen Abhang auf der rechten Seite des Wasserfalls und führt dann leicht ansteigend weg vom großen Wasserfall, bis man einen weiteren kleinen Wasserfall sieht. Von dort gehe es dann in Serpentinen an der Felswand nach oben", antwortete Aitor.

Trotz ihrer Ferngläser konnten sie in der Felswand keinen Steig erkennen. Alfredo schnappte sich eine Machete und ging den Hang hinauf, wo sich rechts vom Wasserfall dichte Vegetation an die Felswand schmiegte. Mit gezielten und kräftigen Hieben zerschnitt er die Pflanzenranken, Farne und Schachtelhalme. Nach wenigen

Metern öffnete sich das Dickicht etwas und gab einen schmalen und fast vollständig überwucherten Pfad frei. Alfredo war zufrieden.

Er ging zur Gruppe zurück und befahl: „Diego, Fernandez und Aitor mitkommen und die notwendige Ausrüstung für den Aufstieg aus dem, was wir heraufgeschleppt haben, zusammenzustellen. Jeder von uns trägt einen Rucksack.“

Neben ihren Macheten, zwei leichten Zweimannzelten, Schlafsäcken und einer guten Bergsteigerausrüstung mit Karabiner- und Felshaken, Bergsteigerhämmern sowie Seilen für jeden, nahmen sie noch Proviant und Wasser für zwei Tage mit. Ein GPS-Gerät, zwei Handys und zwei Taschenlampen vervollständigten die Ausrüstung.

Dann wandte sich Alfredo an den angemieteten Führer: „Bringe alle anderen Mitglieder der Gruppe zum Ausgangspunkt der Wanderung zurück. Von dort könnt ihr, du und dein Kollege, mit den Pferden nach Hause gehen. Hier, nehmt den vereinbarten Lohn.“

Dann wies er Letitia und Carlos an: „Ihr lasst euch mit dem Kleinbus zur Unterkunft zurückfahren und wartet auf weitere Nachrichten.“

Nachdem sich die beiden Gruppen voneinander verabschiedeten hatten, stiegen die vier Männer in den überwucherten Pfad ein, der sie zunächst durch dichtes Unterholz entlang der Felswand weiter nach oben führte.

Die Sonne hatte gerade ihren höchsten Stand überschritten. Es war heiß und feucht. Immer wieder mussten Diego, Aitor und Fernandez abwechselnd mit ihren Macheten den Weg frei schlagen. Manchmal war nur zu erahnen, wie der Pfad weiter verlief. Jedes Mal hofften sie, die richtige Entscheidung getroffen zu haben. Der Schweiß lief in Strömen und sie kamen nur langsam voran. Nur gut, dass ihnen Alfredo für diese zusätzliche Plackerei den Tageslohn verdoppelt hatte. Ohne diese Zusage wären sie auch mit den anderen zurückgegangen. Alfredo hatte das wohl gespürt und war ihnen mit seinem Angebot zuvorgekommen.

„Überhaupt Alfredo“, dachte Diego, „erstaunlich, wie dieser korpulent und feist wirkende Mann die Mühen bewältigt.“ Er war zwar auch völlig verschwitzt, hatte meist einen hochroten Kopf und musste immer mal wieder stehenbleiben, um durchzuatmen, aber er ging unbeirrt und stetig weiter. Er musste ein lohnendes Ziel vor Augen haben. Sie hatten zwar etwas von möglichen Goldfunden mitbekommen, waren aber über keinerlei Details informiert worden.

Nach einer Stunde sahen sie einen kleineren Wasserfall und gleichzeitig schwenkte der Pfad aus dem Wald hinaus in Richtung auf die Felswand zu. Es ging steil bergauf. Mit Hilfe des Buschwerks fanden sie immer einen guten Halt. Nach wenigen Metern standen sie vor der riesigen Wand. Das GPS-Gerät zeigte ihnen an, dass sie 360 Höhenmeter seit ihrem Start am unteren Becken geschafft hatten. Etwa 200 Höhenmeter lagen noch vor ihnen.

Sie richteten ihre Blicke nach oben, konnten ihr Ziel, das Ende der Felswand, aber nicht erkennen.

„Wie sollen wir da hinaufkommen?“, fragte Fernandez voller Sorge. Alle suchten die Felswand nach einem Einstieg ab. Aitor fiel unmittelbar vor ihnen einige aus der Wand herausragende Vorsprünge auf, die in kurzem Schrittabstand schräg nach links oben führten. Ein schmaler Felssims schloss sich daran an. Er war gerade mal 40 bis 60 Zentimeter breit und schlängelte sich, die natürlichen Felsvorsprünge, Kanten und Nischen ausnutzend, die Wand entlang nach oben. Am ersten noch einsehbaren Wendepunkt schienen kleine Stufen in den Fels gehauen zu sein. Die Männer blickten sehr skeptisch weiter nach oben, ohne erkennen zu können, wie es dort weiterging.

Alfredo sagte: „Bevor wir gleich in die Wand einsteigen, machen wir eine Rast.“

Eine halbe Stunde später begannen sie, eine Seilschaft zu bilden.

Fernandez zuerst. Er nahm ein Seil aus seiner Ausrüstung und band es sich um die Hüften. Dann gab er es an Aitor weiter, der es ebenfalls umband und an Alfredo weitergab. Der tat es ihm gleich und gab es an Diego weiter, der sich schließlich als letzter das

Seilende umband. Wie sie sich so anblickten, hatte wohl keiner ein gutes Gefühl. Carlos brachte es mit viel Ironie auf den Punkt: „Perfekt, diese Absicherung! Jeder hält jeden!“ Dann hängte sich jeder ein weiteres Seil um und befestigte einige Karabiner an seinem Gürtel. Fernandez nahm die restlichen Haken mit.

Sie begannen den Aufstieg. Fernandez schlug den ersten Haken in eine Ritze der Felswand. Er klinkte einen Karabiner in die Öse des Hakens, hängte daran einen weiteren Karabiner, in den das Seil eingeklinkt und befestigt war. Vorsichtig setzte er einen Fuß vor den anderen. Seine Finger suchten nach Halt in der schroffen Oberfläche der Felswand. Er schlug in einigem Abstand den nächsten Haken ein. Dies wiederholte er, bis die ganze Länge des Seils verbraucht war und er es am Karabiner befestigt hatte. Die anderen waren ihm gefolgt. Dabei klinkten sie sich zwischen den Haken immer wieder mit ihrem Karabiner am Gürtel am Seil ein und aus. Der letzte löste die Karabiner jeweils von den Haken. Diese blieben in den Felsritzen zurück. Als alle vier zusammenstanden übergab Diego das Seil an Fernandez und das Spiel begann von Neuem.

Dies war jedes Mal der gefährlichste Moment, da keine zusätzliche Seilsicherung vorhanden war. So ging es langsam, aber relativ gut gesichert, die Felswand hinauf. Nachdem sie sich alle an den schmalen Steig und die steil abfallende Felswand gewöhnt hatten, war der Sims besser zu meistern als gedacht. Fernandez hatte bei der ersten Pause gesagt: „Nur nicht nach unten schauen und auch nicht hoch. Am besten ist es, einfach immer genau vor sich auf den Vordermann zu blicken und den Sims im Auge zu behalten. Setzt konzentriert sichere Tritte und befestigt und löst die Karabiner aufmerksam.“

An den Wendepunkten des Schlangenpfades, wo sie näher an den Wasserfall herankamen, mussten sie besonders aufpassen, da die Steine hier durch Sprühwasser und den Pflanzenbewuchs nass und glitschig waren. Alfredo schaute regelmäßig auf den Höhenmesser. Zwischendurch machten sie kurze Pausen, aßen einen Energieriegel, tranken Wasser und verschnauften. Kurz vor dem Einsetzen der Dämmerung erreichten sie endlich die obere Felskante.

Überhängende Zweige, Wurzelgeflecht und Pflanzenstränge gaben ihnen zusätzliche Unterstützung, um sich über die Felskante auf das Plateau zu hieven. Mit letzter Kraft zogen sie sich darüber und blieben keuchend auf dem Gras liegen.

Finger und Handflächen waren aufgerissen. Auch an Armen und Beinen zeigte getrocknetes Blut die vielen Schrammen und Abschürfungen an, die das teilweise scharfe Gestein ihnen zugefügt hatte. Es blieb keine Zeit für eine Pause. Sie mussten sich beeilen, denn die Dunkelheit würde schnell hereinbrechen. Glücklicherweise fanden sie gut 50 Meter hinter dem Felsabsturz einen ebenen Platz. Die kleineren Büsche holzten sie mit ihren Macheten ab. Jetzt hatten sie Platz für die zwei Zelte und eine Feuerstelle. Sie fanden ein paar Steine und Holz zur Genüge. Mit lauten Rufen, Stockschlägen und dem Geklapper von ihren Metallgegenständen machten sie einigen Lärm, um eventuelles Getier, wie Skorpione oder Schlangen, zu vertreiben. Außer Eidechsen bekamen sie aber nichts zu sehen. Als die Nacht hereinbrach, waren die Zelte aufgebaut und das Lagerfeuer entzündet. Sie aßen, was die erste Ration der Vorräte hergab und tranken ausreichend. Sie legten nochmals Holz für die Nacht nach und gingen dann schlafen. Erschöpft wie sie waren, dauerte es nur wenige Minuten, bis sie der Tiefschlaf übermannt hatte.

Die Nacht verlief ruhig und sie wachten am Morgen mit dem ersten Sonnenlicht auf. Der Himmel war leicht bewölkt. Es war kalt. Einige Nebelschwaden zogen von unten den Wasserfall herauf. Das Wasser rauschte. Tausendfaches Vogelgezwitscher war zu hören. Sie aßen getrocknete Rinderfleischstreifen mit Maisbrot und tranken heißen Coca-Tee. Dann löschten sie die letzten Glutstellen des Lagerfeuers, dehnten sich ein wenig und gingen zur Lagune, die einige hunderte Meter links von ihnen entfernt sein musste, wie ihnen die obere, 210 Meter hohe Fallstufe des Wasserfalls anzeigte, auf die sie blickten. Als sie näherkamen, sahen sie, dass von der oberen Lagune bis zur Kante der zweiten Fallstufe ein Wasserlauf abwärts führte.

„Das Wasser nimmt Anlauf für den zweiten Sprung“, kommentierte Aitor.

Sie gingen über vermoostes, glitschiges Felsgestein am Wasserlauf entlang und erreichten bald die Lagune, die, wie zu erwarten, kleiner als die untere war und auch nicht die Form eines Beckens hatte. Sand, Bruchsteine und Vegetation bildeten das Ufer. Das Wasser war sehr klar und gab den Blick bis auf den Grund frei. Gold war aber auch hier nicht zu sehen. Höhlen oder Nischen an den Felswänden rechts und links vom Wasserfall waren ebenfalls nicht zu erkennen. Während Alfredo und Diego weiter alles absuchten, war Aitor am rechten Rand des Beckens bis an den Wasserfall gegangen und hatte hinter den Wasserfall geblickt. Er winkte und rief den anderen zu: „Kommt hierher. Ich glaube, ich habe etwas gefunden.“

Als sie bei ihm standen, konnten sie erkennen, dass sie hinter dem Wasserfall hergehen konnten. Aitor zeigte schräg nach oben.

„Seht, dort!“, sagte er, „ziemlich genau in der Mitte des Wasserfalls, etwa 25 Meter über uns, ist eine Felsnische zu erkennen. Sie sieht aus wie von Menschenhand heraus gehauen.“

Über der Nische war ein vorspringender natürlicher Sims wie ein Giebeldach, der das Tropf- und Sprühwasser seitlich an der Nische vorbei lenkte. Der Wasservorhang rauschte etwa fünf Meter vor der Nische herunter. In der Nische waren drei kleine weiße und mit roter Farbe bemalte Häuschen zu erkennen.

Aitor sagte: „Ich denke, das ist wohl eine alte Grabstätte der Chachapoya, wie es in dieser Gegend hier viele gibt.“

Alfredo war sehr aufgeregt. Sollten sie es geschafft haben? Verbarg sich hinter der Grabstätte der Eingang zu der Höhle mit dem Gold der Inkas? Er ließ Diego die Bergsteigerausrüstungen aus den Zelten holen. Sorgfältig bereiteten sie alles vor. Alfredo und Diego kletterten vorsichtig die Felswand hoch. Glücklicherweise war sie nicht glatt und bot daher Füßen und Händen gute Griff- und Abstützmöglichkeiten. Nach einer knappen Stunde hatten sie es geschafft bis über die Felsnische zu klettern. Sie sicherten sich so ab, dass sie praktisch vor der Nische hängen konnten.

Sie begannen die kleinen Grabhäuser mit ihren Felshämmern einzuschlagen. Die Trümmerteile fielen herunter. Zum Vorschein kamen drei mit Gesichtern bemalte Stoffbündel unterschiedlicher Größe. Sie warfen sie in Richtung Wasserfall und Alfredo schrie so laut er konnte nach unten, dass sie die Bündel herausfischen und zum Trocknen in die Sonne legen sollten. Vermutlich würde aber kein Wort bei Fernandez und Aitor ankommen. Das Rauschen des Wasserfalls war zu laut. Alfredo konnte nur hoffen, dass sie beobachtet wurden und die Männer wussten, was zu tun war.

Grabbeigaben fanden sie nicht. Die Nische war nicht tief, sodass sie mit ihren Hämmern leicht an die begrenzenden Wände kamen. Offene oder verborgene Durchgänge gab es nicht, so gründlich sie auch Decke, Boden und Wände abklopften. Die Enttäuschung bei Alfredo war groß. Sie seilten sich vorsichtig nach unten ab. Als sie hinter dem Vorhang des Wasserfalls herauskamen, sahen sie Fernandez und Aitor bei den abgelegten Stoffbündeln stehen.

Gegen den Protest von Aitor gab Alfredo Befehl, die Stoffhüllen aufzuschneiden und den Inhalt freizulegen. Gebeine kamen zum Vorschein, die in Embryonalstellung zusammengebunden waren. Durch den Sturz über den Wasserfall und den Aufprall im Wasser der Lagune waren die Mumien stark beschädigt. Knochen hatten sich gelöst und lagen jetzt einzeln neben den Skeletten. Die Schädel waren gebrochen. Um die Halswirbel und die oberen Rippen der drei Toten lag jeweils eine goldene Kette. Eine große dicke Kette, rund und wie geflochten aussehend, mit Kugeln an den Enden. Eine weitere große Kette, aber feiner gearbeitet, die zwei Schlangen darstellte, deren Köpfe jeweils die Enden der Kette bildeten. Die dritte Kette war geschlossen und deutlich kleiner. An ihr waren kleine Goldkügelchen aufgefädelt und ein Anhänger, der offenbar einen Jaguar darstellte.

Alfredo nahm die drei Ketten an sich und schimpfte: „Verdammter Mist! Und dafür haben wir uns so angestrengt! Das ist höchstens ein Trostpreis. Jetzt bleibe ich auf den hohen Kosten der Expedition sitzen."

Vor lauter Frust gab er der kleinsten Mumie einen Tritt und wollte zu einem weiteren Tritt gegen die nächste Mumie ausholen, da sprang Aitor dazwischen und schrie ihn an: „Hör auf! Du versündigst dich. Das ist ein schlimmer Frevel gegenüber den Ahnen meines Volkes. Wer die Toten nicht ehrt, wird vom Unglück verfolgt werden."

Alfredo schaute ihn böse an, sah aber von weiteren Tritten ab.

„Baut das Lager ab und bereitet alles für den Rückweg vor!", wies er die Männer an.

Nachdem Alfredo in Richtung der Zelte fortgegangen war, brachte Aitor die Überreste der drei Mumien zur Felswand rechts am Wasserfall und legte sie weit außerhalb des Spritzwasserbereichs auf einem kleinen Steinsockel ab. Er machte mit seinem Handy eine Fotoaufnahme. Dann baute er mit den umherliegenden Steinen einen Ringwall um die Mumien, legte Stöcke, Zweige und Blattwerk darauf und deckte ein paar flache Steinplatten darüber. Er machte ein weiteres Foto. Er wollte gerade zu den Zelten zurückgehen, als er weiter rechts im Buschwerk einen Durchgang und einen kleinen Pfad sah. Daneben an der Felswand sah er eine mit roter Farbe gemalte Raute mit einem weißen Kreis in der Mitte.

Er lief zu den anderen zurück und berichtete von seiner Entdeckung. Mit Grauen hatten sie alle schon an die Felswand gedacht, die sie nun hinuntersteigen mussten.

Diego sagte: „Vielleicht ist der Pfad, den Aitor entdeckt hat, ein Weg, der uns auf einer weniger gefährlichen Route zurück führt. Wir wissen es nicht, aber das GPS-Gerät wird uns helfen die richtige Richtung zu finden."

Sie beschlossen es zu riskieren. Sie gingen zur Lagune zurück und füllten ihre Wasserflaschen auf. Es war etwa eine Stunde nach Mittag.

Der Pfad verlief zunächst eben und auf Steinen durch einen flachen Bach, der den kleinen Wasserfall speiste. Im Anschluss schlängelte er sich steil bergab durch dichten dschungelartigen Wald. Das eine oder andere Mal bangten sie, dass der kaum sichtbare Pfad im Nichts endete. Nach einigen Hieben mit den Macheten fanden sie aber immer wieder Spuren des Pfades und folgten diesem weiter.

Sie kamen an eine Brücke über eine gut 100 Meter tiefe enge Schlucht führte. Das Bauwerk bestand aus vier nebeneinander liegenden Baumstämmen, die miteinander durch Seile zusammengebunden waren. An den Enden lagen sie auf dem Boden auf, etwas eingegraben und mit Steinplatten beschwert. In Armhöhe darüber war links und rechts je ein Tau aus geflochtenen Seilen gespannt, dass alle zwei Meter mit einem weiteren Tau unter den Baumstämmen hindurch verbunden war. Die Längsseile waren hüben wie drüben um mächtige Bäume gewickelt und mehrfach verknotet. An einem der Bäume sahen sie wieder das Zeichen der roten Raute mit dem weißen Kreis. Die ungefähr 20 Meter lange Brücke sah nicht besonders vertrauenswürdig aus. Aber hatten sie eine andere Wahl? Nacheinander gingen sie einzeln hinüber. Erst Aitor, dann Diego, gefolgt von Alfredo, und Fernandez zum Schluss. Alles lief glatt.

Auf einem nicht enden wollenden Trampelpfad ging es weiter. Schließlich öffnete sich der Wald und sie sahen rechter Hand den Gocta-Wasserfall und links das Tal, das hinunter zum Utcubamba-Fluss führte. Unter sich entdeckten sie die Gocta-Lodge.

Die Richtung stimmte. Sie rasteten, aßen ihre letzten Vorräte und tranken ihre Wasserflaschen bis auf einen kleinen Rest leer. Alfredo nahm sein Handy aus der Hosentasche und schaute auf das Display.

„Tatsächlich Empfang! Das hätte ich nicht erwartet."

Er wählte die Nummer von Letitia.

„Hallo Alfredo, alles okay?", meldete sie sich.

„Nichts ist okay", blaffte er sie an. „Schick bitte den Fahrer mit dem Bus sofort zum Parkplatz der Gocta-Lodge. Wir werden dort in etwa einer Stunde ankommen. Alles andere später."

Alfredo hörte noch „Okay, mach ich", dann beendete er das Gespräch.

„Auf geht's! Wir marschieren weiter", rief er seinen Männern zu. Obwohl sie die Lodge unter sich sahen, mussten sie zunächst erneut bergauf. An einer Weggabelung wies ein Pfeil zur Gocta-Lodge. Sie folgten dem Pfad in der angegebenen Richtung. Es ging steil und rutschig bergab. Schließlich hörte der Wald auf und sie gingen über eine Wiese.

Ihr Fahrer stand vor dem Wagen und hatte sie offensichtlich bereits erkannt. Er winkte ihnen zu. Sie stiegen ein und fuhren los.

Gerade als sie den Parkplatz verließen, kam ihnen ein Kleinbus entgegen. Beim Vorbeifahren hatte Alfredo den Eindruck, als hätte er José in dem Bus erkannt. Er wählte Josés Handynummer. Keine Reaktion. Dann sandte er eine SMS, mit der Aufforderung ihn sofort zurückzurufen.

21. Kapitel

Zwischenfall in Cocachimba

Cocachimba, Peru - Mai 2018

Isabel und ihr Team fuhren den kurvigen Camino a Cocachimba Gocta hinauf, begleitet vom letzten Tageslicht. Sie waren zu spät in ihrem Quartier in Chachapoyas aufgebrochen, da noch ein Reifenschaden repariert werden musste. Als sie auf den Parkplatz der Gocta-Lodge einbogen, begegnete ihnen ein anderer Minibus besetzt mit vier Männern mit dreckverschmierten Gesichtern und einem wie aus dem Ei gepellten Fahrer.

Plötzlich kam Bewegung in den vor Jorge sitzenden José. Er drehte seinen Kopf, richtete sich auf und schaute intensiv zu einem der Männer im vorbeifahrenden Wagen.

„Kennst du jemanden in dem Bus?“, fragte Jorge.

José zuckte zusammen und antwortete: „Nein, es kam mir nur so vor. Ich habe mich wohl getäuscht.“

Einige Sekunden später hörte Jorge das Handy von José klingeln. Dieser nahm den Anruf aber nicht an. Dann, wieder einige Sekunden später, registrierte Jorge das akustische Signal für den Eingang einer SMS auf Josés Handy. Auch jetzt beachtete José es nicht.

„Merkwürdig“, dachte Jorge.

Inzwischen hatte der Wagen eingeparkt und sie stiegen aus. Willi übernahm wie immer die Förmlichkeiten des Eincheckens. Nur wenig später konnten sie die Zimmer beziehen. Sie hatten zwei Doppel- und ein Einzelzimmer im Haupthaus und zwei Einzelzimmer im Nebenhaus bekommen, alle mit Balkon und Aussicht auf den Gocta-Wasserfall. Peter nahm an, dass er es Willis Geschick zu verdanken hatte, ohne eigenes Zutun ein Zimmer im Nebenhaus bekommen zu haben, das direkt neben dem von Carmen lag. Er stand auf dem Balkon. Es war inzwischen bereits dunkel. Den Wasserfall konnte er nicht mehr sehen, aber das Rauschen des Wassers war deutlich zu hören. Er atmete tief durch und ging dann nach drinnen, um sich vor dem Abendessen etwas frisch zu machen.

Das Restaurant war nach außen durch große verglaste Schiebetüren von einer Terrasse getrennt. Draußen sah man eine kleine Wiese mit Liegestühlen und beleuchtetem Pool. Nach dem wunderbaren Abendessen strebten alle, müde wie sie waren, zügig ihren Zimmern zu.

Carmen und Peter gingen über den kleinen Wiesenweg direkt am Pool vorbei zu ihren Zimmern. Kein anderer Gast der Lodge war mehr am Pool. Peter wollte die gute Stimmung nutzen, um die Beziehung zu Carmen weiter voranzubringen.

„Komm, wir springen noch schnell ins Wasser!", schlug Peter spontan vor.

„Tu, was du nicht lassen kannst. Aber ohne mich! Ich würde jetzt gerne noch mit dir am Pool sitzen, einen guten Wein und diesen wunderbaren Abend genießen."

Peter dachte: „Das klingt doch schon mal vielversprechend."

Dann sagte er: „Okay, holst du den Wein?"

Während Carmen zurück zum Restaurant ging, um Wein und Gläser zu holen, rannte Peter in sein Zimmer und zog seine Badehose an. Er schnappte sich auch den vom Hotel zur Verfügung gestellten Bademantel, zwei Handtücher und ein Paar warme Socken. Damit lief er zurück zum Pool, legte die Sachen an den Beckenrand und sprang hinein.

Fast hätte es ihm den Atem verschlagen. Er hatte vermutet, dass das Wasser geheizt würde. Jedenfalls schön erfrischend, dachte er. Mit kräftigen Armzügen schwamm er ein paar Bahnen. Jetzt war die Temperatur schon deutlich besser zu ertragen. Auf jeden Fall war es ein besonderes Erlebnis. Tiefe Dunkelheit um ihn herum. Wasser, das durch die in der Beckenwand eingebauten Leuchten hellblau schimmerte. Fernes Rauschen des Wasserfalls. Im Übrigen nur absolute Stille.

Als er über die Leiter aus dem Becken stieg, kam Carmen vom Haupthaus zum Pool herunter. Sie hatte neben dem Wein und den Gläsern auch noch zwei Wolldecken organisiert. Schnell trocknete Peter sich ab, zog die Badehose aus und den Bademantel sowie die warmen Socken an. Da stand Carmen auch schon neben ihm, wickelte ihn in eine warme Alpaka-Wolldecke ein und schloss ihre Arme um ihn. Peters vor Kälte zitternde Lippen trafen auf Carmens warmen Mund.

Nach einigen Sekunden des Schweigens nahm Peter die Weinflasche, öffnete sie und füllte die beiden Gläser. Sie stießen auf sich und die magische Stimmung dieses zauberhaften Ortes an. Am sternenklaren Himmel stand das Kreuz des Südens.

Peter fragte Carmen, ob sie wisse, wie man den Südpol mit Hilfe des Kreuzes bestimmen könne. Sie sah ihn ein wenig verwundert an, antwortete dann aber: „Ja, man verlängert die große Achse des Kreuzes in die Richtung, an der sie länger ist, etwa viereinhalb Mal, bis zu einem Stern, der den Himmelssüdpol anzeigt. Von dort zum Horizont gelotet befindet sich der geografische Südpol."

„Wusstest du, dass die Sterne des Kreuzes als Orientierungshilfe bereits 1501 Amerigo Vespucci bekannt waren?", setzte Peter seine Befragung fort.

Carmen wirkte zunehmend befremdet. Als Peter dies bewusst wurde, stieg Panik in ihm auf. Würde er es schon wieder vermasseln?

Schnell sagte er: „Oh Gott, entschuldige, Carmen. Im Moment gibt es Wichtigeres. Hier und jetzt geht es nicht um Amerigo Vespucci oder sonst wen, sondern nur um uns beide!"

Er nahm all seinen Mut zusammen, drückte Carmen ganz fest und fragte: „Ich glaube ich liebe dich. Kannst du dir eine engere Beziehung zwischen uns beiden vorstellen?"

Carmen schaute ihn erleichtert und glücklich an, umarmte und küsste ihn. So verharrten sie einige Minuten.

Dann lösten sie sich und rückten zwei Liegen zusammen. Sie packten sich in die wärmenden Decken ein und kuschelten sich ganz eng aneinander. Gerade wollte Peter Carmen um ihre Antwort auf seine Frage bitten, als er vom Haupthaus her Schritte hörte.

Er sah wie José auf die Terrasse trat und leise mit jemandem telefonierte. Er schien aufgeregt, gestikulierte wild mit den Armen. Ab und zu war ein ‚Nein, das geht nicht' oder ‚Nein, das kann ich nicht tun‘ zu hören. Das Gespräch dauerte einige Minuten Peter glaubte etwas wie ‚Gut okay - mach ich - dann bis morgen‘ verstanden zu haben. José schaute in ihre Richtung. Er hatte sie wohl erst jetzt erkannt. Er schüttelte den Kopf und ging ins Haus zurück.

In seinem Zimmer grübelte José noch lange über das Gespräch mit Alfredo. Er hatte ihm berichtet, dass er die Archäologen nicht hatte davon überzeugen können, hier zu bleiben. Auch sein Hinweis darauf, wie vorteilhaft es doch sein könnte, nun, da sie sowieso schon hier waren, nach noch nicht entdeckten Siedlungen oder Grabstätten zu suchen, hatte nicht gefruchtet. Alfredo war außer sich gewesen darüber, dass es José nicht gelungen war, Isabel umzustimmen. Er hatte ihn aufs Übelste als Versager beschimpft. Jetzt hatte Alfredo auch noch entschieden, die Sache selbst in die Hand zu nehmen. Er wollte morgen hierherkommen und mit den Archäologen selbst reden. Zumindest dieses Treffen sollte er doch in der Lage sein zu arrangieren, hatte Alfredo ins Telefon gebrüllt. Wie aber sollte er Isabel zu diesem Treffen bewegen? Mit sehr gemischten Gefühlen schlief er ein.

Peter war noch ganz abgelenkt durch die Beobachtungen, die er eben gemacht hatte, und durch das merkwürdige Verhalten von José, als Carmens Stimme in sein Bewusstsein drang.

„Hey, was ist, möchtest du nicht meine Antwort hören?“

„Entschuldige, doch, natürlich! Aber ich habe etwas Angst davor, dass du ‚nein‘ sagen könntest.“

„Liebster Peter, ich mag dich sehr gerne. Ich …“

Peter wollte schon losjubeln, aber als er Carmens ernsten Gesichtsausdruck sah, hielt er inne.

„Kommt jetzt ein ‚aber‘?“

Carmen nickte.

„G l a u b s t du nur, dass du mich liebst? Bin ich mir s i c h e r, dass ich dich liebe?

„Carmen, ich verstehe dich gut, ich bin ja selbst überrascht von mir, dass ich zu solchen Gefühlen fähig bin. Bisher gab es nur Affären und eine große Liebe, die Archäologie. Aber ich glaube, du hast mich verändert."

„Peter, wir haben uns erst vor wenigen Wochen kennengelernt. Können wir uns unserer Gefühle sicher sein? Für mich ist das etwas Neues. Noch nie bin ich von einem Mann umworben oder begehrt worden. Ist das Liebe? Oder bin ich eine weitere Affäre für dich? Ich brauche Zeit. Vor allem muss ich mit mir selbst zuerst ins Reine kommen."

„Carmen, ich weiß nicht wie ich dir die Fragen beantworten kann. Aber ich mag dich sehr und ich denke, es ist Liebe!"

Dann nahm er Carmen in seine Arme.

„Komm, lass uns jetzt nicht weiter grübeln, genießen wir diesen Abend noch, bevor wir uns gleich ins Haus zurückziehen müssen, denn es wird jetzt doch empfindlich kalt."

Carmen setzte sich auf, verteilte den letzten Rest Wein und sank wieder zurück in seine Arme. Eine knappe halbe Stunde verbrachten sie noch in Stille, dann gingen sie hinein. Als Carmen ihre Zimmertür aufschloss, schaute Peter ihr tief und flehentlich in die Augen.

„Bitte heute noch nicht!", Carmen drückte ihn und gab ihm einen Kuss. „Gute Nacht!", dann verschwand sie im Zimmer.

Peter stand noch einen Moment auf dem Balkon, schaute zum Sternenhimmel und wünschte sich nichts sehnlicher, als dass sie ein Paar würden. Dann legte er sich schlafen.

Am nächsten Morgen frühstückten sie bei herrlichem Sonnenschein und blauem Himmel auf der Terrasse der Lodge mit einem traumhaften Blick auf den Gocta-Wasserfall. Alle waren begeistert.

Das dämliche Grinsen, das Willi zeigte, sobald er Carmen oder Peter ansah, ging Peter langsam auf den Wecker. „Hatte er sie gestern Abend von seinem Balkon beobachtet", dachte er.

Willi fragte in die Runde: „Wer kommt auf die Wanderung zum Wasserfall mit?"

Alle streckten den Arm bis auf Isabel, Jean-Pierre und José.

„Isabel und ich müssen noch einiges vorbereiten für die kommende Evaluierung. Wenn noch Zeit bleibt, nutzen wir den Pool", sagte Jean-Pierre.

„Ich erwarte Besuch von Bekannten, die zufällig in der Gegend sind und im Laufe des Tages zur Lodge kommen", sagte José und wirkte wieder sehr nervös.

Das Wanderteam beschloss, in einer halben Stunde aufzubrechen.

Als sie das Gelände der Lodge verließen, sahen sie neben dem Weg eine kleine Holztafel mit dem Hinweis ‚Gocta-Fall fünf Kilometer'.

Zunächst führte der Weg über Wiesen an Feldern vorbei und durch niedriges Buschwerk. Sie sahen einige Kolibris und schreckten eine kleine Gruppe von Papageien auf. Dann verlief der Pfad nur noch durch Wald, der immer dichter und feuchter wurde. Carmen war begeistert von den verschiedene Orchideenarten, den mächtigen Bromelien, den Farnen und Schachtelhalmgewächsen, die hier die Ausmaße von Bäumen hatten. Immer wieder öffnete sich kurz der Wald und sie hatten spektakuläre Ausblicke auf den Wasserfall und ins Utcubamba-Tal. Von einer kleinen Lichtung flog ein Tucan auf, aber nur Jorge bekam ihn zu sehen. Dann hörten sie von Ferne die typischen „goj-goj-goj" Rufe des gelbschwanzigen Wollaffen. Leider bekamen sie keine Affen, Brillenbären oder Andenklippenvögel zu sehen, die es hier geben sollte. Dafür waren sie wahrscheinlich zu spät aufgebrochen.

Das Begehen des Pfades wurde schwieriger. Ständig ging es im Wechsel steil bergauf und steil bergab. Zwar war der Pfad überwiegend trocken, aber an manchen Stellen verlief er über glatte und rutschige Rampen, wo der letzte Regen die Trittstufen einfach weggewaschen hatte. Tiefe Spuren von Pferdehufen erschwerten das Vorankommen weiter. Das feucht-warme, drückende Klima machte ihnen zu schaffen. Schließlich gelangten sie aber an ihr Ziel.

„Fantastisch!", rief Carmen.

Mit lautem Tosen rauschte der Wasserfall an der Felswand herunter. Wohin sie auch schauten, überall gab es wunderschöne Dinge zu sehen. Einige Felsvorsprünge waren dicht bewachsen und das Wasser rann zwischen den Moosen hindurch, tropfte eine Etage weiter nach unten, um sich dort einen neuen Weg die Felswand hinunter zu suchen. Fast wie in einem Hochmoor, nur eben senkrecht. Hier paarte sich wahrhaftig die Schönheit mit der Gewalt der Natur.

Sie setzten sich auf die Stufen vor der kleinen Schutzhütte, genossen das Schauspiel, picknickten und beobachteten Jorges Versuch zum Fallbecken zu gehen. Es war wegen der Bruchsteine nicht einfach, dorthin zu gelangen. Noch außerhalb des Sprühwassers setzte er sich auf einen Stein und spähte in das Wasserbecken.

Plötzlich schien er etwas entdeckt zu haben. Er stand auf, ging einige Schritte auf die Stelle zu, wo das Wasser aus dem Becken ablief. Er fischte etwas aus dem Wasser, nicht sehr groß, und musterte es erstaunt. Er nahm es an sich und kam zu den anderen zurück. Jorge zeigte ihnen den Fund. Es war ein etwa handgroßes Fragment einer flachen grau-weißen Steinplatte, auf der man rote Linien mehr erahnen als erkennen konnte. Die geometrischen Formen mussten zu einer Ornamentik gehören, die die Steinplatte vor ihrer Zerstörung geschmückt hatte. Er wickelte den Fund in ein Handtuch und nahm ihn mit.

Auf dem Rückweg hielt Willi plötzlich Carmen und Peter zurück und zeigte zu einer quer über den Weg gegrabenen Vertiefung zum Ablauf des Wassers bei starkem Regen etwa zwei Meter vor ihnen. Trotz des derzeit trockenen Wetters sah die Rinne recht feucht aus und war mit vermoderten und frischen Blättern gefüllt.

Carmen und Peter sahen Willi erstaunt an. Er bedeutete ihnen still zu sein und zeigte an den linken Rand der Rinne. Dort sahen sie zwischen den Blättern eine knapp zwei Meter lange Lanzenotter. Sie gingen ganz rechts auf dem Weg an ihr vorbei. Die anderen waren an der hochgiftigen Schlange vorbeigegangen, ohne sie überhaupt zu bemerken.

Nach einer knappen Stunde waren sie zurück an der Lodge. Sie säuberten ihre Schuhe an einer extra dafür vorgesehenen Stelle an der Rückwand des Haupthauses und gingen dann hinein. Drinnen wurden sie von Isabel empfangen, die sie bat, gleich nachdem sie sich etwas frischgemacht hätten, in den Gastraum zu kommen.

„Es ist Besuch gekommen!", sagte sie schulterzuckend und ohne weitere Erklärung.

15 Minuten später saß das Archäologen-Team vollzählig versammelt mit den Besuchern an einer aus den normalen Tischen zusammengestellten großen Tafel. Der Raum war für andere Gäste geschlossen worden. Es gab Kaffee, Tee, Orangensaft, Wasser, Knabberzeug und kleine Snacks.

Es saßen vier Fremde am Tisch. Ein sehr korpulenter Herr stellte sich als Alfredo de Hinojosa aus Spanien vor. Es war sofort zu spüren, dass er der Chef der Gruppe war. Neben Alfredo saß eine Frau, die nicht so recht in die rustikale Umgebung der Lodge passte. Eher hätte man erwartet, einen Vamp wie sie in einem Nachtclub zu treffen. Peter bemerkte, dass sie ihn fixierte und ganz offensichtlich seinen Blickkontakt suchte. Aber auch Carmen blieb nicht verborgen, wie Peter die Frau musterte. „Gefiel sie ihm? Regte sich da Eifersucht in ihr?", dachte sie.

„Ich bin Letitia, Peruanerin und Übersetzerin, aber eigentlich die rechte Hand von Alfredo", sagte sie kess. Dafür handelte sie sich einen strafenden Blick von Alfredo ein. Auf der anderen Seite neben Alfredo saß Diego, der aussah wie der Türsteher eines fragwürdigen Clubs, ebenfalls Spanier. Daneben saß Aitor, unverkennbar ein Peruaner und, wie sie später erfahren sollten, ein Chachapoya. Er blickte offen und freundlich in die Runde.

Nachdem sich alle vorgestellt hatten, ergriff Jose das Wort: „Alfredo ist ein weitläufiger Bekannter von mir. Er ist mit seinem Team hier im Chachapoya-Gebiet, um historische Nachforschungen zu betreiben. Keine Ausgrabung, aber Spurensuche. Ihn interessiert dabei insbesondere die Zeitspanne, in der die Chachapoya-Kultur von den Inkas unterworfen wurde und in der die spanischen Eroberer in

Peru ankamen. Es geht ihm in gewisser Weise auch um Ahnenforschung, da sich die Ahnenlinie Alfredos bis zurück zu Francisco de Hinojosa, einem Konquistador unter Francisco Pizarro, nachweisen lässt. Jetzt komme ich auf das eigentliche Anliegen von Alfredo zu sprechen. Er schlägt vor, dass beide Gruppen in gewisser Weise kooperieren."

Hier unterbrach Isabel barsch.

„Das können Sie gleich vergessen! Wir haben weder Zeit für Ahnenforschung noch Interesse daran. Hobby-Spurensuche oder Indiana-Jones-Archäologie sind nicht unser Ding. Wir arbeiten auf der Basis von Regierungs- und Sponsorengeldern und nach klaren wissenschaftlichen Regeln der Archäologie."

Peter hatte Isabel bisher noch nie so echauffiert gesehen.

José versuchte zu beruhigen: „Es geht nur um den Informationsaustausch über mögliche Siedlungsorte, Grabstätten, besondere Funde und historische Aufzeichnungen, insbesondere für die Zeit der Überlappung von Chachapoya, Inkas und Spanier."

„Und genau das ist nicht unser Fokus!", erwiderte Isabel. „José, du weißt doch, dass wir mehr nach Nachweisen zum Ursprung der Chachapoya-Kultur suchen. Nein, kein Interesse und keine Zeit!", wiederholte sie klar und deutlich.

Jetzt mischte sich Alfredo ein.

„Lassen Sie uns eine kurze Unterbrechung machen und die Pause für Einzelgespräche nutzen. Vielleicht gibt es doch für den einen oder anderen einen Ansatzpunkt für eine Zusammenarbeit, der Ihre zweifelsohne wertvolle Zeit nicht negativ tangiert. Vielleicht haben wir weiterführende Informationen zu Ihren Fragen. Dazu müssen wir sie aber von Ihnen erfahren."

Isabel war kurz davor zu explodieren. Sie wollte sich schon lautstark über seine Unverschämtheit beschweren, die Gruppe durch Einzelgespräche zu sprengen und damit ihre Autorität zu untergraben, als Alfredo beiläufig ein unvollständiges Schmuckstück auf den Tisch legte.

Sofort konzentrierte sich die Aufmerksamkeit des Teams auf das interessante Objekt. Während José nur das Glitzern des Goldes sah, sprang Jorge erregt auf.

„Schaut nur, das ist wohl ein Amulett und zeigt die Darstellung einer Triskele!“, rief er. „Das ist ein sehr altes keltisches Motiv. Drei radialsymmetrisch angeordnete Kreisbögen, die für die Sonne und damit den Weg des Lebens stehen. Dreifaltigkeit der Schöpfung, Vergangenheit-Gegenwart-Zukunft oder Geburt-Leben-Tod oder Erde-Wasser-Luft. Woher haben Sie dieses Artefakt?“

Alfredo entgegnete, dass er ihnen gleich nach der Pause alles erzählen werde, was er dazu wüsste. Dabei blickte er Isabel kühl lächelnd an.

Isabel erkannte, dass sie im Moment keine andere Wahl hatte. Widerwillig stimmte sie einer halbstündigen Pause zu und begrenzte die anschließende Fortführung der Besprechung auf maximal eine Stunde.

Alfredo zog Letitia zu sich, flüsterte ihr etwas ins Ohr und deutete dabei auf Peter.

Kaum war Peter zum Luftholen auf die Terrasse gegangen, kam Letitia zielgerichtet auf ihn zu, schnappte ihn am Arm und zog ihn mit sich auf die Wiese nahe dem Pool. Verführerisch lächelnd flüsterte sie ihm ins Ohr: „Eben ist es ja recht hitzig zugegangen, eine Abkühlung im Pool wäre nicht schlecht. Aber wenn wir beiden jetzt hier nackt baden, gibt es wohl erst recht ein Problem. Vielleicht können wir das heute Abend nachholen.“

Peter fühlte sich völlig überfahren. Hilflos versuchte er zumindest einen Zwei-Schritte-Abstand zwischen sich und Letitia zu bringen, was ihm jedoch nicht gelang. Er schaute sich verzweifelt nach Carmen um, konnte sie aber nicht entdecken.

Letitia kam noch näher und flüsterte: „Es gibt ja noch so viele Geheimnisse zu lösen und zu erkunden! Nicht nur was die Chachapoya und das Gold betrifft!“

Dabei führte sie ihre Hände aufreizend zwischen den sich eng gegenüberstehenden Körpern hindurch.

„Ich muss jetzt sofort zurück zu Isabel, da sie mich unbedingt in der Pause sprechen wollte“, stammelte Peter und wollte sich von ihr abwenden.

Letitia aber schlang ihre Arme um ihn und drückte ihm auf jede Wange einen Kuss. Dann ließ sie ihn los. Peter drehte sich um und eilte zurück zum Haus. Jetzt sah er auch Carmen. Sie stand auf der Terrasse und schaute wie gebannt genau in seine Richtung. Peter fragte sich sorgenvoll, ob sie wohl alles beobachtet hatte.

Er wollte sofort alles mit ihr klären, doch kurz bevor er sie erreichte, wandte sie sich brüsk ab, ging zu Willi, nahm ihn demonstrativ an der Hand und ging mit ihm ins Haus. Der letzte Blick, den sie Peter zugeworfen hatte, sprach Bände. Er fragte sich, wie er das wieder ins Reine bringen konnte.

Dann ging er zu Isabel. Sie bat ihn, sie bei ihrem Bemühen die Abenteurer los zu werden, kräftig zu unterstützen.

Nachdem wieder alle versammelt waren, erklärte Alfredo: „Mein Urahn Francisco de Hinojosa war verheiratet mit Inés Pizarro, der Tochter einer Inka-Prinzessin, vermutlich einer Chachapoya. Das halbe Amulett hier hat sie ihrer Tochter geschenkt. Seither wurde es in unserer Familie von Generation zu Generation weitergegeben.“

Isabel rief betont gelangweilt: „Schön für Ihre Familie, aber das ändert nichts an meiner Entscheidung.“

Jetzt wurde Alfredo ungehalten, warf drei goldene Halsreifen auf den Tisch und rief laut: „Na, dann interessiert Sie das ja wohl auch nicht.“

„Wo haben Sie das her?“, entgegnete Jorge ebenso laut.

„Die haben wir gestern in einem Felsengrab hinter dem oberen Teil des Gocta-Wasserfalls gefunden.“

Isabel blieb ruhig und antwortete: „Das Gold interessiert meine Gruppe tatsächlich nicht, sehr wohl aber die Grabstätte, ihre Lage und was Sie dort noch alles gesehen und gefunden haben.“

„Ah, jetzt werden Sie also doch kooperativ!", triumphierte Alfredo.

„Nein, ganz und gar nicht. Ich möchte nur wissen, was Sie mit dem Grab gemacht haben. Offensichtlich haben Sie die goldenen Halsreifen dort mitgehen lassen."

Alfredo erkannte wohl, dass er die Archäologen nicht für sich gewinnen konnte. Der Druck, das Inka-Gold zu finden, um seinen finanziellen Ruin abzuwenden, lastete so stark auf ihm, dass er völlig die Kontrolle über sich verlor. Seine Augen glühten, der Kopf war hoch rot. Jetzt war jedem im Team von Isabel klar, mit was für einem Kerl sie es hier zu tun hatten.

Seine Stimme überschlug sich, als er lachend brüllte: „Wir haben die Grabstätte und die drei Mumien zerstört und dem Wasserfall anvertraut!"

„Wir werden dafür sorgen, dass Sie alle dafür zur Verantwortung gezogen werden!", rief Isabel.

Peter beobachtete Alfredo genau. Er sah, wie sich dessen Haltung verkrampfte. Ihn beschlich das ungute Gefühl, dass die Situation außer Kontrolle geraten könnte.

„Sie drohen mir!", schrie Alfredo. „Ich glaube, wir sollten mal klarstellen, wer hier den Ton angibt. Zuerst übergeben Sie mir alle Aufzeichnungen. Dann sehen wir weiter."

Er ging auf Isabel zu und wollte sie am Arm packen.

Im selben Moment sprang Peter über den Tisch und warf mit seinem Gewicht und dem Schwung Alfredo zu Boden, bevor dieser Isabel erreichen konnte. Jetzt sprangen alle von ihren Stühlen auf. Die Lage eskalierte.

Diego kam Alfredo zu Hilfe, riss Peter hoch und versetzte ihm einen Faustschlag mitten ins Gesicht. Ein Krachen war zu hören, gefolgt von einem Schmerzensschrei. Peters Nase war gebrochen. Willi kam zu Hilfe. Ein Handgemenge entstand.

Diego zog plötzlich eine Waffe, hielt sie hoch und schrie: „Jeder bleibt, wo er ist! Und Hände hoch!"

Carmen, Isabel und Jean-Pierre hatten sich in der Zwischenzeit unbemerkt Letitias bemächtigt und waren aus dem Raum geflohen.

Willi schrie Diego zu: „Du kannst uns nicht alle gleichzeitig erschießen. Außerdem haben wir Letitia festgesetzt und die Polizei wurde verständigt."

Das hoffte er zumindest.

Diego und Alfredo schauten sich verwirrt um, aber sie konnten Letitia tatsächlich nicht entdecken. Ihre Blicke trafen sich.

Nun wurde Alfredo klar, dass er hier nicht so einfach weiterkam. Immer noch leicht benommen, ordnete er den Rückzug an.

Diego zielte auf Willi und rief: „Wir ziehen nur mit Letitia ab. Wenn sie nicht sofort übergeben wird, kommt es zu einem Blutbad, und mit dem hier fang' ich an."

Isabel hatte die Worte gehört und brachte Letitia herein. Sie wurde von dem Wachmann des Hotels begleitet, der ebenfalls eine Waffe gezogen hatte.

„Bitte bleibt alle ruhig und lasst die Verbrecher ziehen. Die Polizei wird sie früher oder später schon stellen. Ihrer gerechten Strafe werden sie nicht entgehen", sagte der Wachmann mit fester Stimme und übergab Letitia.

Mit höhnischem Gelächter entgegneten Alfredo: „Oh, die peruanische Polizei, da bekommen wir ja richtig Angst."

Er nahm die goldenen Halsketten, die er auf den Tisch gelegt hatte, wieder an sich und folgte seinen Gefährten durch den Ausgang. Bevor er durch die Tür ging, ballte er eine Faust und drohte: „Wir sehen uns wieder!"

Dann stiegen sie in ihren Bus. Am Parkplatz riefen sie noch mehrmals nach Aitor. Als dieser nicht erschien fuhren sie ab.

Aitor kam ängstlich unter dem Tisch hervor, hob seine Hände und wimmerte: „Ich ergebe mich. Ich will nichts mehr mit diesen Grabschändern zu tun haben. Auf ihnen lastet jetzt ein Fluch."

„Keine Sorge, du bist in Sicherheit. Setz dich und erzähle uns, was am Wasserfall vorgefallen ist", versuchte Carmen ihn zu beruhigen.

Dann erzählte Aitor den Archäologen, was sich am Gocta-Wasserfall abgespielt hatte und dass er die Mumien hatte retten können, wenn auch leider nicht unversehrt.

Während Aitor erzählte, hatten Jean-Pierre und Willi begonnen, Peters Blutung zu stillen und seine Nase zu richten.

„Das wird schon wieder. Du wirst dann noch männlicher aussehen!“, versuchten sie ihn aufzumuntern.

Sie waren alle noch geschockt von diesem Ereignis.

„Was für eine goldgierige Bande! Haben die denn gar nichts aus der Geschichte gelernt? Verhalten sich wie die Konquistadoren. Zerstören sinnlos unwiederbringlich Kulturwerte.“ Isabel sprach aus, was alle dachten.

Jorge räusperte sich, streckte seinen rechten Arm aus und öffnete die Hand. Da lag das Amulett. Er hatte es unbemerkt während des Tumultes an sich genommen und Alfredo hatte es beim eiligen Abzug wohl vergessen.

„Das passt doch gut zu unseren offenen Fragen.“

Er blickte grinsend in die Runde.

„Eine andere Frage müssen wir aber sofort klären!“, fuhr er fort und schnappte sich José, der in sich zusammengesunken auf seinem Stuhl saß.

„Was hast du uns da eingebrockt! Auf welcher Seite stehst du?“

José antwortete leise: „Es tut mir so leid. Entschuldigt bitte. Aber ich bin mit ziemlichem Druck von meinem Verwandten Alfredo angesprochen worden, eine Zusammenkunft zu organisieren. Hätte ich gewusst, was passiert, hätte ich Isabel nicht darum gebeten.“

Was sollten sie dazu sagen? Wie sollten sie mit der Situation umgehen? Jorge kamen die merkwürdigen Telefonate und das Verhalten von José beim Vorbeifahren des Kleinbusses bei ihrer Ankunft hier in der Lodge wieder in den Sinn. Er hatte kein gutes Gefühl.

Er durchbrach das eingetretene Schweigen und sagte: „José, wir behalten dich von jetzt an ganz genau im Auge. Versuchst du falsch zu spielen, werden wir dich ausschließen und dafür sorgen, dass du als Mittäter mit deinem Verwandten zur Verantwortung gezogen wirst."

Dann brachten sie den Raum mit Hilfe des Personals, das sich während des Tumults verängstigt versteckt hatte, wieder in Ordnung. Isabel bat sie, auf die Zimmer zu gehen, sich frisch zu machen und etwas zu erholen.

„In zwei Stunden treffen wir uns dann wieder zum gemeinsamen Abendessen."

In der Zwischenzeit wollte sie die Polizei anrufen und Anzeige erstatten, sowie mit ihrer vorgesetzten Behörde im Ministerium für Archäologie telefonieren und Dr. Gomez anrufen.

Beim Abendessen war die Stimmung schon wieder deutlich besser. Jeder war froh, dass nicht noch viel Schlimmeres passiert war.

Isabel informierte sie über die Telefonate, die sie inzwischen geführt hatte.

„Die Polizei wird erst morgen im Laufe des Vormittags vorbeikommen, um den Vorfall und unsere Anzeige aufzunehmen. Ich habe am Telefon den Eindruck gewonnen, dass sie nicht wirklich an der Verfolgung der Gruppe interessiert ist.

Mit dem Ministerium für Archäologie habe ich besprochen, dass ein Beamter mit dem entsprechenden Personal und der nötigen Ausrüstung zur Lodge kommen wird, um die Mumien zu bergen. Sie sollen dann im Museum in Leymebamba untergebracht werden."

Sie gab Aitor den Telefonkontakt des Beamten und bat ihn, das Team zu der Stelle zu führen, wo er die Mumien provisorisch abgelegt hatte.

„Ich wäre dir auch sehr dankbar Aitor, wenn du dann im Museum Dr. Maria Gomez helfen könntest, ein Rekonstruktionsmodell der Grabstätte anzufertigen. Für deine Mitarbeit wirst du auch bezahlt werden."

Aitor stimmte freudig zu und bedankte sich vielmals.

„Ich habe auch mit Dr. Gomez gesprochen. Ich habe sie über den Zwischenfall hier und über Aitor und die Mumien informiert. Ich habe ihr gesagt, dass sich durch den Vorfall nichts an dem Termin für unser nächstes Treffen ändert."

Es lag sicher auch am Wein, dass die Stimmung immer gelöster wurde und sie wieder lachen konnten. Kurz nach 22 Uhr gingen alle auf ihre Zimmer. Draußen hatte es zu regnen begonnen. Peter hielt Carmen seine Jacke über den Kopf, während sie zum Nebenhaus rannten.

Er wollte sich gerade von ihr verabschieden, da bat sie ihn, mit in ihr Zimmer zu kommen. Sie wollte noch mal nach seiner Nase sehen.

„Liebste, bitte verzeih mir die Geschichte mit Letitia, ich kann nichts dafür... . ", stotterte Peter beim Betreten ihres Zimmers.

Carmen legte ihre Hand auf seinen Arm.

„Nein, nein, schon klar. Es hat zwar wehgetan im Moment als ich euch sah, aber jetzt weiß ich ja, was Letitia da vorhatte. Sie wollte dich auf die Seite der Verbrecher ziehen", antwortete sie, „Und du bist standhaft geblieben und hast mit deinem mutigen Einsatz Isabel vor möglichem Schaden bewahrt. Komm, mein Held!", flüsterte sie ihm ins Ohr. Dann nahm sie ihn in ihre Arme.

„Vorsicht, meine Nase!", konnte Peter noch sagen, dann küsste sie ihn zärtlich.

„Carmen, i s t es Liebe?", fragte Peter.

„Ich glaube ja." Peter wollte sie gerade auf ihr Bett stupsen, da wand sie sich von ihm ab.

„Jetzt gerade habe ich aber eher das Gefühl, die große Liebe würde dich und mich in unserem Lebensweg nur bremsen," sagte Carmen, „Wir beide haben uns doch ganz der Archäologie verschrieben."

Peter entgegnete: „Archäologie ist nicht alles. Ich jedenfalls habe für mich entschieden, eine Familie zu haben."

„Ich brauche noch Zeit. Bitte Peter, sei nicht enttäuscht. Gute Nacht!"

„Gute Nacht Carmen!"

Peter war irritiert und dachte: „Hat sie nicht kapiert, dass ich sie wirklich liebe? Oder will sie gar keine feste Beziehung eingehen? Was soll ich tun?“

Im ersten Licht des Morgens ging er auf den Balkon.

Dicke Nebelschwaden hingen im Tal und an den Berghängen. Es nieselte noch leicht. Links von der Lodge war ein wunderschöner Regenbogen zu sehen. Rechts fiel mit lautem Getöse unglaublich viel mehr Wasser den Gocta-Fall hinunter als gestern. Der Regen in der Nacht musste heftig gewesen sein. Neben dem großen Fall waren jetzt noch viele kleinere zu erkennen.

Dann ging er wieder in sein Zimmer zurück. Er duschte, zog sich an und ging zum Frühstück. Er wollte Carmen alle Zeit geben, die sie brauchte, um zu einer Entscheidung zu kommen.

Sie waren gerade mit dem Frühstück fertig, als die Polizei eintraf. Einer der zwei Männer stellte sich als Chef des Polizeipostens Cocachimba vor. Sie befragten die Gruppe was vorgefallen war und sahen sich Peters Nase an.

Ist das alles? Wollen Sie deshalb eine Anzeige machen? Denken sie an den hohen bürokratischen Aufwand.“

„Das ist nicht alles“, sagte Isabel, „Bitte, Aitor, erzähle den Beamten von der Grabschändung und dem Golddiebstahl.“

Nun blieb dem Polizeichef nichts anderes übrig, als doch ein Protokoll aufzunehmen.

„Wir werden die Sache verfolgen. Aber mit einer kurzfristigen Festnahme ist vermutlich nicht zu rechnen. Meine Vorabprüfung der Akten hat ergeben, dass ein gewisser Alfredo de Hinojosa für das Gebiet um den Gocta-Wasserfall eine offizielle Erlaubnis für archäologische Untersuchungen bei der zuständigen Behörde beantragt und auch genehmigt bekommen hat. Insofern ist aus Sicht der Verwaltung alles in Ordnung.“

Weiter hatten sie keine Fragen und fuhren wieder davon.

Sarkastisch sagte Jean-Pierre: „Da waren bestimmt wieder nützliche Abgaben im Spiel.“ Er machte dazu mit Daumen und Zeigefinger das entsprechende Zeichen.

Isabel ergänzte: „Wir müssen es nehmen, wie es ist. Lasst uns aber die nächsten Wochen sehr wachsam sein. Packt eure Sachen zusammen und checkt aus. In zwei Stunden werden wir zur Rückfahrt nach Chachapoyas starten.“

22. Kapitel
Unerklärbare Rätsel
Chachapoyas, Peru - Juni 2018

Nach den grässlichen Vorfällen am Gocta-Wasserfall waren die Archäologen froh, sich wieder voll auf ihre Arbeit konzentrieren zu können. Sie saßen im Seminarraum der Universität in Chachapoyas zusammen. Alle hielten in Stichworten ihre bisherigen Beobachtungen und Erkenntnisse auf Kärtchen fest. Jean-Pierre und José gingen herum, sammelten die Karten ein, sortierten sie und klebten sie nach Themengruppen geordnet auf das Papier der Moderationstafeln.

José nahm eine Karte stellvertretend für viele andere, die um diese herum angeordnet waren, und las vor: „Die Siedlungen der Chachapoya folgen einem einheitlichen Schema."

„Wer möchte dazu etwas sagen?", fragte er in die Runde.

Isabel begann: „Das Siedlungsgebiet der Chachapoya umfasst eine Länge von Nord nach Süd entlang des Rio Utcubamba von etwa 300 Kilometern und von West nach Ost zwischen Rio Marañón und Rio Huallaga eine Breite von etwa 170 Kilometern. Bis heute sind um die 30 Siedlungsreste lokalisiert. Es kommen immer neue Entdeckungen hinzu. Die Ruinenstätten liegen alle auf 2000 bis 3000 Metern Höhe. Zu den bisher bekannten größeren Anlagen zählen neben Kuelap noch die Gebiete von Gran Vilaya, Gran Saposoa und Gran Pajaten. Gran Vilaya setzt sich aus mehreren Siedlungen unterschiedlicher Größe zusammen. Dort werden wir noch unsere Feldforschung durchführen. Die größeren Anlagen dienten vermutlich als regionale Zentren mit eigener Wohnbevölkerung, als Rückzugsfestung für die umliegenden kleineren Siedlungen und als gemeinschaftsstiftende Versammlungsorte im Hinblick auf Kulte und Riten."

Jean-Pierre ergänzte: „Die Anlage und Struktur der Siedlungen, die mächtigen Schutzmauern und die runden Häuser mit ihren Dekors entsprechen dem, was wir in Kuelap gesehen haben. Dies gilt auch für die kleineren Siedlungen, wie Yalape, Macro, Olan, La Congona und viele andere mehr. Es ist ein Rätsel, woher das Wissen kam, solche Siedlungen zu konzipieren. Ebenso rätselhaft ist es, wie und mit welchen Werkzeugen die Menschen den Bau dieser Siedlungen realisiert haben.“

Jorge meldete sich zu Wort: „Es gibt weltweit nur eine Region, die einen vergleichbaren Siedlungsbau aufweist.“ Er machte eine dramaturgische Pause, schob einen Stick in den PC, lud eine Datei hoch und projizierte Bilder einer Ruine der Castrokultur in Galizien an die Leinwand. Dann zeigte er abwechselnd Totalen und Details und fragte in die Runde: „Chachapoya oder Castro, Castro oder Chachapoya?“ Es war frappierend. Auf den ersten Blick mehr oder weniger identisch. Dann zeigte er Bilder von den auf hohen Hügeln gelegenen Festungsanlagen der Keltiberer. Mauern, Wachttürme und Toranlagen wie Kuelap.

Peter notierte hinter dem ersten Fragezeichen auf dem Flipchart: „Die steinernen Rundhäuser mit Spitzdächern, die Schutzmauern und die gesamte Siedlungsstruktur sind einzigartig in Amerika. Vergleichbares gibt es nur bei der keltischen Castro-Kultur und den Keltiberern. Wie ist das zu erklären?“

José nahm zwei andere Karten und las vor: „Zickzack- und rautenförmige Friese – einfache Kopfdarstellungen.“

Jetzt begann Jorge: „Wir alle haben an den Wohnhäusern die geometrischen Dekors gesehen. An was habt ihr euch spontan erinnert gefühlt?“

Peter antwortete: „An keltische Muster.“

Jean-Pierre fuhr fort: „Die gefundenen Schädel, sowohl an den Häusern und Kultstätten in den Siedlungen als auch bei den Grabstätten, lassen auf einen Zusammenhang mit einem Trophäenkopfkult vermuten.“

Jorge ergänzte: „Die als Halbreliefs gearbeiteten Steinköpfe an Mauern unterstützen diese Vermutung und verweisen erneut auf die iberische Halbinsel. Die im Castro de Viladonga gefundenen

Steinköpfe oder die Kriegerstatuen und Steinköpfe der Lusitaner zeigen eine verblüffende Ähnlichkeit. Warum diese Ähnlichkeiten und warum gerade hier?"

Peter notierte auch diesen Punkt auf dem Flipchart: „Ornamentik, Trophäenkopfkult und Statuen sowie Halbreliefs aus Stein erinnern an den Keltiberischen Raum."

Nach einer kurzen Kaffeepause löste José eine vierte Karte von der Pinwand ab und las vor:

„Einzigartige Lage der Begräbnisstätten."

Jetzt übernahm Dr. Gomez, die wie versprochen zum heutigen Treffen dazugestoßen war. Sie rief zunächst nochmals die Begräbnisstätten in Erinnerung, wie Karajia, Revash und die vom Kondorsee. Dann stellte sie, ebenfalls anhand von Bildern, weitere Grabstätten vor: Pueblo de los Muertos, El Tigre, Sholon und Diablo Huasi.

Sie betonte: „Viele weitere sind uns bekannt und ich bin überzeugt, dass es nur eine Frage der Zeit ist, bis weitere Felsengräber gefunden werden. Denkt nur an das jüngste Beispiel, den Fund der Grabstätte am Gocta-Wasserfall durch die Goldsuchertruppe von Alfredo de Hinojosa. Isabel hat mich über den Vorfall informiert. Seid unbesorgt, meine Kollegen im Museum werden sich mit Aitor um die drei Mumien kümmern."

Jorge meldete sich zu Wort und zeigte Bilder von den Balearischen Insel.

„Vergleichbares findet man eigentlich nur hier, in den hoch über dem Meer an steilen Felshängen gelegenen Grabstätten, wie den Cales Coves."

Dr. Gomez übernahm wieder: „Über den Bestattungskult haben wir schon in Leymebamba ausführlich gesprochen. Er ist in Amerika ebenfalls einzigartig."

„Dazu möchte ich ergänzen", sagte Jorge, „dass an einigen der gefundenen Schädel Trepanationen vorgenommen wurden. Dieses Phänomen wird zwar weltweit bei vielen Kulturen beobachtet, doch hier gibt es eine Besonderheit. Die Löcher wurden immer in einer bestimmten Anordnung und konisch gebohrt. Dies ist weltweit nur bekannt von den Balearen. Woher kannten die Chachapoya diese spezielle Form der Bohrtechnik, welche Werkzeuge hatten sie dafür zur Verfügung?“

Peter schrieb ein drittes Fragezeichen auf das Flipchart: „Die Lage der Begräbnisstätten, der Totenkult, die Art der Schädeleröffnung erinnern an die Balearen.“

José las drei weitere Karten vor: „Aussehen und Gestalt der Chachapoya - Mumien mit Tuberkulose - Steinschleudern als Stirnbänder.“

„Wie müssen wir uns die Chachapoya vorstellen? Die gemalten Gesichtszüge auf den Sarkophagen sind nicht, wie man erwarten würde, indigen, eher südwesteuropäisch anmutend, vor allem die Darstellung von Bärten“, fragt Carmen.

Jorge ergänzte: „Auch Halsreifen kann man auf den bemalten Sarkophagen erkennen. Sie gleichen dem *Torques*, einem offenen Halsreif, der aussieht wie ein gedrehter Strick und dessen Endstücke als Tierkopf oder Kugel gestaltet sein können. Ein solcher Halsreif war bei den Kelten ein Herrschaftszeichen. Diese Halsreifen wurden vereinzelt bei den Grabbeigaben der Mumien gefunden oder sind an den Steinskulpturen zu erkennen.“

Carmen fuhr fort: „Es gibt Mumien, die auffällig groß sind. Manche haben helle Haare. In diesem Zusammenhang ist auch das heute noch unerklärte Phänomen der Gringuitos zu beachten, das ja im Museum ebenfalls im Detail erörtert wurde. Dort hatten wir von den Untersuchungen weiblicher Gene gehört.“

Isabel ergriff jetzt das Wort: „Gab es lange vor Kolumbus einen Kontakt mit Europäern? Europäer deshalb, weil Analysen der Y-Chromosomen von Chachapoya Männern einen Anteil von 10-15% westeuropäischer Abstammung zeigen. Genauer Y Hablogruppe R1b, das ist der Westteil Europas insbesondere die britischen Inseln und die Westküste Spaniens.“

Jorge warf ein: „Carmen, viele der Menschen in meiner Heimatstadt Lugo sehen dir vom Grundtypus her sehr ähnlich. Auch sie haben rote Haare, helle Haut und dunkle Augen."

Isabel fuhr unbeirrt fort: „Nehmt einmal an, dass die keltischen Männer sich als besondere Kriegerkaste verstanden und sich überwiegend mit den aus der alten Heimat mitgereisten Frauen fortgepflanzt haben, was sich dann Generation für Generation über einen langen Zeitraum wiederholt hat. Könnte es dann sein, dass diese Gene noch heute bei den Gringuitos durchschlagen?"

Jetzt griff Dr. Gomez ein: „Das sind aber bisher nur spekulative Hypothesen. Wünschenswert wären Gen-Analysen bei den gefundenen Mumien und ein Vergleich von Chachapoya und Gringuitos mit Westeuropäern auf Basis einer großen Testreihe. Dies wäre ein interessantes Thema für eine Doktorarbeit." Sie suchte Carmens Blick und sagte: „Nicht wahr, Carmen?"

Dann fuhr Dr. Gomez fort: „Ich kann mir nicht vorstellen, dass es Europäer Jahrhunderte vor Kolumbus hätten schaffen können, über den Atlantik und quer durch Südamerika bis in die hohen Zonen der Nordanden zu kommen. Ich will es aber auch nicht ausschließen. Schauen wir mal, was die zukünftige Forschung herausbekommt."

Carmen übernahm wieder: „Was haben wir noch? Mumien, bei denen festgestellt wurde, dass diese Menschen, die schon vor Kolumbus hier gelebt haben, an Tuberkulose erkrankt waren."

„Und Mumien mit um die Stirn gebundenen Kopfbändern", warf Jorge ein.

„Ich habe mich mit diesen Kopfbändern näher beschäftigt. Ich bin überzeugt, dass es Steinschleudern sind. Das Binden einer Steinschleuder um die Stirn war bei den Steinschleuderern von den Balearen üblich. Auch bei der Bestattung dieser Kämpfer wurde das so gemacht. Die Detailanalyse einer als Grabbeilage gefundenen Schleuder hat gezeigt, dass die Form der Schleuder, ihre Machart und das Flechtwerk genau dem entspricht, was wir von Balearischen Schleudern kennen. Ich möchte noch auf eine wissenschaftliche

Untersuchung verweisen. Diese begrenzt das Verbreitungsgebiet von Steinschleudern in Amerika in präkolumbianischer Zeit auf eine bestimmte Region Südamerikas. Die Studie sagt aus, dass der Norden Perus als der Ausgangspunkt für die weitere Verbreitung von Steinschleudern in Amerika über die damaligen Handelswege angesehen werden kann."

Peter ergänzte ein weiteres Fragezeichen auf dem Flipchart: „Steinschleudern und Trepanationen erinnern an die Balearen. Torques an die Kelten. Gringuito-Phänomen. Westeuropäischer Gen-Anteil und Tuberkulose. Waren schon vor Kolumbus Europäer in Peru?"

Es war immer unruhiger im Raum geworden. In Zweiergruppen wurde der eine oder andere Punkt diskutiert. Jean-Pierre stand auf und bat um Ruhe.

„Ich habe noch eine Ergänzung zum Thema Trepanation. Diese und andere chirurgische Eingriffe könnten zum Beispiel im El Castillo-Gebäude in Kuelap durchgeführt worden sein, so wie es ein Kollege in seiner wissenschaftlichen Veröffentlichung vermutet." Damit befeuerte Jean-Pierre die Diskussion weiter.

„Halt, halt, halt! Lasst uns die Spekulationen nicht ins Uferlose treiben!", versuchte Isabel die inzwischen heiß gelaufene Diskussionsrunde abzukühlen.

„Aber es sind doch alles Beobachtungen, die wir belegen können, wenn auch nicht erklären", sagte Peter.

„Ja, da hast du recht, Peter", sagte Isabel. Aber jetzt machen wir erst mal eine Pause. Danach übernimmst du bitte die Zusammenfassung. Danke!"

Eine halbe Stunde später rückte Peter das Flipchart mit den notierten Ergebnissen in die Mitte und las die Punkte vor. Dann fasste er zusammen: „Die Chachapoya bleiben vorerst weiter ein Rätsel! Woher kamen sie? Es heißt, sie tauchten auf wie aus dem Nichts."

Er schaute in die Runde und fuhr fort: Kann es sein, dass eine größere Gruppe von Menschen sich möglicherweise in Südwesteuropa aufmachte, bis in die Nebelwälder der Anden vordrang, anfangs mit den damals sicher wenigen Stämmen im Andenhochland des Nordens kooperierte, sich dann durchmischte und schließlich ein Herrschaftsreich über ein großes Gebiet über viele hundert Jahre errichtete, das bis zur Unterwerfung durch die Inkas und dann durch die Spanier bestand?"

Isabel stand auf, trat vor ihre Teammitglieder und schaute der Reihe nach jeden an und sagte dabei: „Seht ihr, jetzt habt ihr selbst erarbeitet, was ich zum Beginn unseres Projektes angedeutet hatte! Es gibt keine gesicherten Fakten, die solch eine gewagte Hypothese beweisen. Aber eine große Anzahl von plausiblen Indizien, die so eine Überlegung zumindest zulassen."

Sie machte eine Pause und fuhr dann fort: „Es müssen weitere Funde und vor allem die Ergebnisse von umfassenden Gen-Studien abgewartet werden. Wenn es aber zutreffen sollte, stellen sich weitere Fragen:

Warum sind Menschen aus Europa aufgebrochen und haben so große unüberschaubare Risiken in Kauf genommen?

Wie konnten sie den Atlantik überqueren?

Wie erreichten sie das Andenhochland Nordperus?"

Wie haben sie ihre Siedlungen errichtet?

Wie war ihre Gesellschaftsstruktur und das Zusammenleben Organisiert?

Während Isabel noch redete, ging Peter zum PC, lud eine Datei von seinem Stick hoch und ergänzte im Anschluss an Isabel: „Es gibt weitere bisher nicht erklärbare Phänomene in Südamerika, die vielleicht im Zusammenhang mit unserer Hypothese neu betrachtet werden müssen."

Ein Bild vom Pedro do Ingá am Rio Paraíba in Brasilien erschien und Peter zeigte auf die *Petroglyphen*, die keltiberischen Schriftzeichen und Formen ähnelten. Ein zweites Foto erschien und zeigte vergleichbare Felsgravuren am Pedro do Letreiro 30 Kilometer weiter westlich.

Dann folgten Bilder über Funde an Keramiken und Textilien auf der Ilha de Marajó im Amazonasdelta.

„Hier hat die Wissenschaft um das Ende des zweiten Jahrhunderts vor Christus einen Sprung in der Formenvielfalt und Ornamentik von keramischen Gebrauchsgütern festgestellt. Einfache Linien und Tierdarstellung werden um komplexe geometrische Muster ergänzt“, erläuterte Peter.

Er fuhr fort: „Die Archäologie im Amazonasbecken findet zunehmend dunkle Böden, sogenannte ‚Terra Preta‘. Bis zu zwei Meter mächtige Ablagerungen von Biomasse, Küchenabfällen, Verkohlungsrückständen, Asche, pyrogenem Kohlenstoff, Knochen und menschlichen Fäkalien. Ein Teil der organischen Substanz wird durch Mikroorganismen und Bodentiere abgebaut, stabilisiert und in die Tiefe verlagert. Diese Funde gelten als ein wichtiger Indikator für menschliche Siedlungstätigkeit. Oft in unmittelbarer Flussnähe gelegen. Manche datieren vor Beginn unserer Zeitrechnung.“

Jorge ergänzte: „Es wird auch von einer im Sumpfgebiet des Amazonas ausgegrabenen Axt aus Messing mit der Darstellung eines Tieres, einem Stier oder einem Hirsch, berichtet, die dort mehr als 1000 Jahren gelegen haben soll.“

„Und vergesst nicht“, warf José ein: „Schon Aristoteles und Diodor berichten, dass die Phönizier jenseits der Säulen des Herakles auf eine große Landmasse gestoßen seien.“

Fragen über Fragen und keine verlässlichen Antworten.

„Isabel hat Recht. Spekulationen bringen uns nicht weiter. Wir brauchen Fakten!“, unterstützte Peter Isabel und erinnerte alle an ihr Projektziel und die daran geknüpfte Erwartung auf konkrete Ergebnisse.

Isabel griff den Hinweis auf: „Alle Energie muss jetzt in die Feldarbeit im Chachapoya-Komplex Gran Vilaya gesteckt werden, die in zwei Tagen beginnt. Vielleicht stoßen wir auf etwas, das unsere These untermauert oder auch aber auch zum Einsturz bringt."

Sie waren einerseits enttäuscht über die vielen Fragezeichen der bisherigen Arbeit, andererseits aber elektrisiert durch die zumindest vage Hypothese, dass es schon Kontakte zwischen Europa und Südamerika lange vor Kolumbus gegeben haben könnte.

23. Kapitel

Aufbruch der Bruderschaft

Gadir, Iberien - April 148 v. Chr.

Moran stand am hinteren Steven seiner Gaulos. Gerade ging die Sonne auf. Vor sich sah er die drei Führungsschiffe segeln. Seinem Boot folgten noch neun weitere, wie an einer Perlenschnur aufgezogen, Kurs Südwest. Sie waren in Gadir zu einer Fahrt aufgebrochen, deren Ziel niemand der 2600 Reisenden kannte.

Sakarbal hatte ihnen berichtet, dass 1850 Männer, 520 Frauen und 260 Kinder an Bord der Schiffe waren. Von den Männern waren etwa 500 Handwerker der verschiedensten Bereiche, 420 Krieger, 420 Männer der Schiffsbesatzungen, 500 Bauern, Hirten, Jäger, Fischer, Schamanen, Heiler, Priester, Gelehrte und Sklaven, denen man in der neuen Heimat die Freiheit versprochen hatte.

Wo würden sie an Land gehen? Was würde die Gruppe erwarten? Ein Leben in Freiheit, im Paradies? Oder der Tod auf dem Meer oder durch feindselige Fremde an unbekannten Ufern? Hoffnung und Bangen hielten sich bei vielen wohl die Waage.

Sakarbal, Aidan und Pau hatten tags zuvor am späteren Nachmittag für alle Gefährten eine begeisternde Aufbruchsfeier gehalten, und zwar auf einer kleinen Insel, die weithin bekannt war für ihr *Melkart* Heiligtum, etwa zwölf *römische Meilen* südlich des Hafens. Sakarbal hatte bewusst den Ort ausgewählt, den Hannibal, siebzig Jahre früher, vor seinem Zug über die hohen Gebirgszüge weit im Norden Roms, ebenfalls besucht hat. Es hatte ihm wohl Glück gebracht, denn sein Plan war lange erfolgreich verlaufen. Hätte der karthagische Senat ihm vertraut und nicht die Mittel gestrichen, hätte er den Punischen Krieg für Karthago entscheiden können.

Sakarbal war es in seiner flammenden Rede um die Werte gegangen, die für ihre Lebensvorstellungen seit Menschengedenken prägend gewesen waren und die nun durch die Aggression Roms unterzugehen drohten.

„Gerechtigkeit und Freiheit! Wenn wir diese unsere Werte in der Heimat nicht mehr erhalten können, dann werden wir sie eben in der Fremde weiterleben lassen, für uns und für alle Nachfahren in der neuen Heimat. Dafür haben wir die Bruderschaft gegründet. Das ist unser oberstes Ziel", hatte er unter dem Beifall der Gefährten gesagt.

Im Anschluss an seine Ansprache war eine Kulthandlung durchgeführt worden. Um die Götterwelt für ihr Vorhaben günstig zu stimmen, hatten sich die höchsten Priester auf die Anrufung von drei Göttern geeinigt. Dies waren der Schutzgott der Seefahrer und der Kolonisation Melkart, die Fruchtbarkeitsgöttin Tanit und der Heilkunstgott *Eschmun*. Dazu hatten sie die drei Fuß hohen Statuen von Tanit und Eschmun, die sie in ihren Schiffsladungen mitgeführt hatten, neben die Statue von Melkart gestellt. Zahlreiche Opfergaben standen bereit. Das Ritual, angelehnt an die Form eines Brandopfers, von den karthagischen Gefährten *molk* genannt, fand zum Zeitpunkt des Sonnenuntergangs statt.

Philosir war ergriffen gewesen. Mit allen Sinnen hatte er das Geschehen aufgenommen. Von den vielen Räucheraltären, die überall rund um das Melkart-Heiligtum aufgebaut worden waren, stiegen dichte Rauchschwaden auf, die nach allen möglichen Kräutern dufteten, und waberten durch die vielköpfige Menge der versammelten Menschen. Die Gesänge der Priester, unterstützt von den *Sistren*, Flöten und Gaitas, und das antwortende Gebetsgemurmel der Teilnehmer verstärkten den feierlichen Gesamteindruck. Zum Abschluss wurden die Opfergaben auf Barken gelegt, in Brand gesteckt und dem Meer übergeben. Nachdem die letzten Opfergaben verbrannt und im Wasser versunken waren gingen die Teilnehmer ergriffen und in aller Stille zurück zu ihren Schiffen.

So auch Pau und seine große Liebe Aisha. Ohne zu zögern hatte sie zugestimmt, als Pau sie gefragt hatte, ob sie mit ihm zusammen auswandern und seine Frau werden wollte. Gleich nachdem sie das erhoffte Land im Westen erreicht hätten, würden sie ein Paar werden.

Ein Kind hatten sie schon. Alunios Eltern hatten sich den Auswanderern nicht angeschlossen. Alunio aber konnten sie nicht zurückhalten. Pau hatte ihnen versprochen, ihn als Pflegekind bei sich aufzunehmen. Aisha war damit einverstanden gewesen. Aishas Schwester und ihr Mann hatten sich ebenfalls der Gemeinschaft angeschlossen.

In Gadir waren die drei Gaulos von den Balearischen Inseln vor fünf Tagen eingetroffen. In der Heimat waren zuletzt die Piratenangriffe auf römische Schiffe immer zahlreicher geworden und es stand zu befürchten, dass die wichtigsten Hafenstädte kurz vor der Besetzung durch römische Truppen standen.

Die fünf Boote mit den keltischen Galiziern und den Keltiberern hatten erst vor drei Tagen im Hafen festgemacht. Im Castro de Viladonga hatte man in höchster Eile die Festungsmauern erhöht und verstärkt. Es hielten sich Gerüchte, dass die Römer die Stadt als Brückenkopf in den Norden und Osten des iberischen Festlandes besetzten wollten.

Die Schiffe aus Karthago waren einzeln immer im Abstand von sieben Tagen im Hafen von Gadir eingetroffen. Das letzte vor drei Tagen. Die Neuigkeiten vom karthagisch-römischen Krieg waren alarmierend. Die Belagerung der Stadt war für die Römer noch immer nicht erfolgreich. Aus Rom hörte man Gerüchte, dass Manius Manilius abgelöst werden sollte. Im Senat von Rom war eine Gesetzesvorlage eingebracht worden, um die Grenze für das Mindestalter von Konsuln herabzusetzen. Dies nur, wie es in Rom hinter vorgehaltener Hand gemunkelt wurde, um den bei den Truppen beliebten Scipio Aemilianus zum neuen Befehlshaber im Kampf gegen Karthago zu ernennen. Römische Schiffe waren zum Glück in und um Gadir nicht gesichtet worden. Es war bisher praktisch nie vorgekommen, dass sich die Römer auf das Äußere Meer wagten. Anders sah es im Inneren Meer aus. Von dort berichteten die Schiffsführer der Karthager, dass immer mehr römische Flottenverbände vor Nordafrika aufgestellt würden. Es gebe derzeit zwar noch keine Seeblockade vor Karthago, aber es sei höchste Zeit gewesen, aufzubrechen

Sakarbal stand am Vordersteven seiner Gaulos und schaute nach Westen. Es war das Führungsschiff des gesamten Verbandes und für alle leicht zu erkennen. In das Holz der beiden Steven war je ein *Patäke* eingeschnitzt worden, eine Gestalt die Gefahren abweisen sollte. Das Führungsboot der Keltiberer hatte grün gestrichene Steven mit einer senkrechten Anordnung von roten Spiralen. Aidan befehligte es. Das Führungsschiff der Balearen unter dem Kommando von Pau war zu erkennen an den schwarzen Steven, die mit einem gelben Flechtmuster verziert waren, die den geflochtenen Bändern der Steinschleudern ähnelten. Diese beiden Gaulos segelten etwas nach hinten versetzt rechts und links hinter dem Schiff von Sakarbal. Danach folgten alle anderen Boote. Neben Sakarbal waren Philosir, Theophanes, Gelon und Balhanno die Befehlshaber auf den Gaulos der Karthager. Das zweite Boot der Balearen wurde von einem guten Freund Paus, dem geachteten Krieger Pacho befehligt. Auf den Schiffen der Kelten waren neben Aidan noch Bothan, Moran, Feandom und Rorey die Kommandeure.

Sakarbal und Aidan hatten es selbst übernommen, unabhängig voneinander ein Tagebuch in punisch und keltiberisch zu führen. Sollte ihr Vorhaben glücklich ausgehen, woran sie nicht zweifelten, sollten ihre Nachkommen eine Erinnerung an ihre Ahnen haben: Wer sie gewesen waren, warum sie aufgebrochen waren, wohin sie die Reise geführt hatte, was sie unterwegs erlebt und wie sie die neue Heimat aufgebaut hatten. Pau wollte die eine oder andere Zeichnung beisteuern. Er hatte es schon immer geliebt, kleine Zeichnungen über das Alltagsleben der Hirten anzufertigen. Hallalcar wollte den Kurs ihrer Fahrt in Karten festhalten und darin Küstenlinien, Flüsse, Seen, Berge, Wetterbedingungen, Windrichtungen, Strömungen und vieles mehr festhalten.

Die Seefahrt auf dem Äußeren Meer ging zunächst westlich an den Säulen des Melkart vorbei, folgte dann der Küste Libyens, wie die westlich des Niltals gelegenen Gebiete genannt wurden, vorbei an

Tingis und *Lixus*. Sie segelten Tag und Nacht. Der Segelkurs, der Küstenverlauf und die Handelsorte waren den Schiffsführern und Navigatoren bekannt. Hallalcar hatte sein Wissen mit ihnen allen in Karthago und Gadir geteilt und Karten, soweit sie ihm vorlagen, verteilt. Die Vervielfältigungen hatte er noch in Karthago selbst angefertigt.

Vor Sonnenuntergang des zweiten Tages ankerten sie im Schutz des Hafens von *Sala*. Alle blieben während dieser und der nächsten Nacht auf den Schiffen. Tagsüber wurden die Trinkwasservorräte aufgefüllt und frische Nahrung eingekauft. Dann ging es weiter, immer entlang der Küste.

Der Wind war günstig und sie kamen gut voran. Die Messung der wiederkehrenden Periode von Sonnenhöchststand am Mittag zwischen zwei aufeinanderfolgenden Tagen ergab eine zurückgelegte Wegstrecke von 150 römischen Meilen. Hallalcar benutzte ein schweres flaches Holzstück, dass an einem Seil angebunden war, dessen Länge dem fünften Teil einer Römische Meile entsprach. Es wurde am Hintersteven der Gaulos ins Wasser geworfen und blieb praktisch an der Stelle auf dem Wasser liegen, während das Boot weiterfuhr. Nachdem die Seillänge aufgebraucht war, warf man ein zweites Holzbrett aus und holte das erste wieder ein. So ginge es weiter bis eine Óra vergangen war. Für die Messung der Zeit nutzte Hallalcar eine *Klepsýdra*. Aus einem Gefäß rann durch eine kleine Öffnung langsam Wasser in ein anderes Gefäß. War das obere Gefäß leer und das unter voll, war genau eine Óra vergangen. Somit konnte er die zurückgelegte Strecke grob abschätzen und auch ob sie schneller oder langsamer vorankamen.

Sakarbal hatte entschieden, anfangs keine zu langen Strecken zu segeln, um allen Gefährten die Möglichkeit zu geben, sich an eine Seereise zu gewöhnen. Die karthagischen Handelsschiffe stampften und rollten in der Dünung kräftig. Die runde Bauform der Gaulos dämpfte die Rollbewegungen wenig. Erste Fälle von Seekrankheit traten auf. Pau war einer der Betroffenen. Seit der Vorbeifahrt an den

Säulen des Melkart hatte ihm der Seegang ordentlich zugesetzt. Es kam ihm vor, als habe er seinen Gleichgewichtssinn verloren, und ihm war unfassbar übel. Der Schiffsführer hatte ihm empfohlen, sich viel an der frische Luft aufzuhalten, starr auf den Horizont zu blicken und alle anderen beweglichen Teile im Blickfeld nach Möglichkeit auszublenden.

„Trinke viel Wasser und schlafe viel!", hatte er zu ihm gesagt. „Und noch ein Rat. Leg' dich an Stellen hin, wo du die Bewegungen nicht so stark fühlst!"

Jetzt lag er schon fast einen halben Tag eingeklemmt in einer Nische unter Deck, den Kopf fest an der Wand und die Füße Richtung Vordersteven an ein Brett gedrückt, einen Holzkübel in Reichweite, und versuchte zu schlafen. Er hätte schon längst mit seinem Leben abgeschlossen, wäre da nicht seine Aisha gewesen. Sie half ihm an Bord herumzugehen, um frische Luft zu atmen. Sie versorgte ihn mit Wasser, Bananen, Apfelsinen, Zitronen und rieb ihm abwechselnd nach Pfefferminz oder Eukalyptus riechende Pasten unter die Nase. Am dritten Tag ging es ihm merklich besser. Er nahm Aisha in den Arm und beide schauten voraus bis an den Horizont, als versuchten sie ihre Zukunft zu sehen.

Die Schiffe fuhren jetzt näher an der Küste links von ihnen entlang. Zeichen wurden von Gaulos zu Gaulos weitergeben. Sakarbal ließ allen mitteilen, dass man in Kürze in dem Hafenort Migdol Karikon, eine phönizische Gründung, vor Anker gehen würde. Rechter Hand sahen sie jetzt die vorgelagerten Purpurinseln. Schon die Phönizier hatten hier im großen Stil Purpurschnecken gezüchtet, was die Karthager fortführten. Aus etwa 300.000 Schnecken konnte man ein Zehntel Mina Purpur Farbstoff gewinnen und teuer, sehr teuer verkaufen. Also ein einträglicher Handel. Purpur war neben dem Handel mit dem Farbstoff Karmesin, Zinn, Kupfer, Gold und Silber, Elfenbein, Glas, Edelsteinen und Sklaven eine tragende Säule des karthagischen Handelsimperiums und Wohlstandes. Das phönizische Reich war noch nie ein klar umgrenztes Gebiet mit Grund und

Boden gewesen, ihr Reich bestand aus dem Meer und den Hafenstädten mit ihrem Umland. Die Berufung der Phönizier war der Handel.

Hier in Migdol Karikon waren die Seefahrer willkommen und entsprechend wurden sie vom Rat der Stadt aufgenommen. Auf zahlreichen großen Tellern und Schalen aus sandfarbener Keramik, bemalt mit dunkel- und hellbraunen Streifen, wurden den Kommandanten und Schiffsführern viele Köstlichkeiten angeboten. Zwei der Schiffsführer waren aufgrund ihrer regelmäßigen Handelsfahrten zwischen Karthago und Migdol Karikon bereits bei einigen Ratsherren bekannt.

„Wie steht es um Karthago? Haben die Römer schon mit dem Angriff begonnen?“, wollten sie wissen. Sie waren bestürzt über die Lage, die ihnen Sakarbal schilderte.

„Wir werden ab sofort unsere Erkundungsboote in kürzeren Abständen aussenden müssen, um ein Vordringen römischer Schiffe rechtzeitig zu erkennen und wenn möglich abzuwehren“, sagten sie.

„Erzählt bitte niemandem von unserem Aufenthalt hier und von unserem Vorhaben“, bat Sakarbal die Ratsmitglieder.

Sakarbal entschied, insgesamt zwei Tage zu bleiben und erlaubte den Gefährten an Land zu gehen. Gemeinsam mit seiner Familie, den Eltern von Sira und ihren drei Geschwistern, der Familie von Aidan und seinem Freund Moran mit dessen Bruder Chulain nutzten sie den Landgang zu einem Spaziergang durch die Gassen des *Suq*.

Sira und Aliya standen längere Zeit vor dem Stand eines Händlers von Naturfarben.

Chulain sagte zu Aliya gewandt: „Die breitgefächerte Vielfalt der hier ausgelegten Farben übertrifft die Schönheit eines Regenbogens um ein Vielfaches, nicht aber den Glanz deiner schönen Augen.“

Sie errötete und bedankte sich für seine Schmeichelei. Tatsächlich war an dem Verkaufsstand jede Farbe in den feinsten Schattierungen von dunkel bis hell zu bekommen. Sakarbal sah das Leuchten und Verlangen der beiden Frauen in ihren Augen. Er wollte ihnen eine Freude machen.

„Bitte sucht Euch ein paar Farben aus."

Freudig umarmten ihn beide Frauen.

„Danke für deine Großzügigkeit", sagte Sira.

Purpur, Indigo, Ocker, Umbra, Safran und Moosgrün waren die Farben, die sie auswählten. Damit könnten sie in der neuen Heimat schöne Stoffe für hübsche Gewänder anfertigen. Sakarbal bezahlte und der Händler lud sie noch zu einem Tee ein, was sie gerne annahmen.

Am nächsten Tag wurden die Wasservorräte aufgefüllt und für jedes Schiff wurden körbeweise frisches Obst und Gemüse mitgenommen. Eine willkommene Abwechslung zu dem täglich verteilten Schiffszwieback aus zweimal gebackenem Brot. Das war zwar nicht so leicht verderblich, aber sehr bescheiden im Geschmack. Sakarbal bezahlte den obersten Ratsherrn mit einem angemessenen Betrag an punischen *Schekeln* für die erhaltenen Nahrungsmittel, für das Wasser und die gastfreundliche Aufnahme. Dann nahmen sie Abschied und segelten weiter Kurs Südwest vorbei an *Gytta*.

Der Wind hatte etwas abgeflaut, sodass sie langsamer vorankamen. Nach drei Tagen sahen sie an der Landseite keine Gebirge mehr, sondern nur endlose Dünen.

„Wir kommen jetzt an einen Punkt, wo die Küstenlinie nach den Kartenangaben stärker nach Süden verlaufen sollte", sagte Hallalcar zu Sakarbal. Und genauso beobachteten beide es auch. Auf einer der mitgeführten Karten waren auf dieser Höhe weiter westlich Inseln mit hohen Bergen, Wäldern und Flüssen eingezeichnet. Neben den Inseln war vermerkt ‚ein bis drei Tage Kurs West - *Hesperiden*?' Sie behielten aber weiter Kurs Süd entlang der Küste bei, da Meeresströmungen und Winde noch nicht nach Westen wiesen. Und jeden Abend saß Sakarbal vor dem Schlafengehen an seinem Tisch und hielt alle Erlebnisse und Beobachtungen mit dem *Kálamos* in schwarzer Farbe aus gebundenem Ruß auf seinen *Papyri*-Blättern fest.

Nach drei Tagen hörten die Sandberge an Land auf. Ein großer Fluss bahnte sich hinter einer sehr langgezogenen Sandbank sein Bett, begleitete sie etwa zehn römische Meilen, bevor er ins Meer mündete. An seinem Ufer konnten sie zahlreiche Krokodile erkennen und viele Vogelschwärme. Auch ein paar auf Stelzen gebaute Hütten säumten die Bucht, davor einfache Fischerboote mit Auslegern, Ruder und Segel. Auf seinem abendlichen Kontrollgang kam Sakarbal bei Hallalcar vorbei, der mit seinen Karteneintragungen beschäftigt war. Sakarbal schaute ihm über die Schulter und war sehr beeindruckt, wie genau er den Küstenverlauf übertragen hatte und wie vollständig seine kommentierenden Angaben über die Windverhältnisse und die Meeresströmung waren.

„Ausgezeichnet!", lobte er seinen Navigator.

Nach weiteren drei Tagen, am Ende einer langgestreckten Landspitze, segelten die Gaulos in eine geschützte Bucht. Sie steuerten den vor ihnen liegenden Hafen an. Dieses Gebiet war in der Seekarte als ‚westlichster Punkt' vermerkt.

Auf der Karte war in der Bucht ein ankerndes Schiff und eine Reihe von schwarzen Menschen an Land gezeichnet, die alle an ein langes Seil angebunden und dadurch miteinander verbunden waren.

Auf gleicher Höhe waren weiter im Westen auf dem Meer wieder Inseln unterschiedlicher Größe eingezeichnet, aber ohne jede Anmerkung.

Sakarbal gab Befehl, die Gaulos in der Bucht ankern zu lassen. Er fuhr etwas weiter und ließ sein Schiff an einem langen Anlegesteg festmachen.

Als Sakarbal mit einer Gruppe von zwölf bewaffneten Kriegern an Land ging, stürmten einige schwarze Menschen auf sie zu. Sie hatten nur einen Lendenschurz an und trugen lange Messer oder Pfeil und Bogen in der Hand. Sie wirkten wenig gastfreundlich und gestikulierten wild, was wohl so viel wie ‚macht euch fort, verschwindet' bedeuten sollte.

Sakarbal befahl, zurück an Bord zu gehen und einige Geschenke zu holen. Einige Männer legten diese auf dem Steg ab und zogen sich wieder auf das Schiff zurück.

Die Äthiopier, wie die schwarzen Menschen südlich des Niltals von den Völkern rund um das Innere Meer genannt wurden, um sie von den Libyern abzugrenzen, musterten die Geschenke, liefen in ihr Dorf zurück, holten Brote und Früchte, legten sie ebenfalls auf den Landungssteg und zogen sich zurück.

Sakarbal ging jetzt mit vier unbewaffneten Männern auf den Steg, die anderen blieben kampfbereit an Bord, auch die Steinschleuderer. Sie nahmen die Nahrungsmittel an sich. Die Äthiopier kamen ebenfalls zurück und griffen nach den Geschenken.

Sakarbal ließ sich einen Krug mit Wasser vom Schiff bringen und trank daraus. Dann gestikulierte er: Wasser? Wo? Mitnehmen?

Alle waren überrascht, als ein Äthiopier, der sich der Gruppe angeschlossen hatte, Sakarbal auf karthagisch ansprach: „Wollt ihr Wasser haben?“

„Ja, wir bezahlen auch dafür.“

„Gut, das wird möglich sein. Ich bin der Hafenmeister und werde euch helfen.“

Später erfuhr Sakarbal, dass der Fremde die Sprache von karthagischen Sklavenhändlern gelernt hatte. Aus dem Inneren des Landes brachte man ganze Karawanen von Sklaven in den Hafen, wo sie in Schiffe aus Karthago verladen wurden. In den Städten rund um das Innere Meer wurden dann die Sklaven gewinnbringend verkauft.

Der Hafenmeister fuhr fort: „Die Leute hier haben eine geteilte Meinung über die Karthager. Einerseits sehen sie, dass schwarze Menschen wie sie selbst gefangen genommen und als Sklaven in ferne Länder verschleppt werden. Andererseits aber sitzen sie am Drehkreuz des Handels und wollen teilhaben, um zu etwas Wohlstand zu gelangen. Ihr solltet also vorsichtig sein und bald weiterziehen.“

Dann rief er einem der umstehenden Äthiopier in ihrer Sprache etwas zu. Der Mann trat vor Sakarbal und bedeutete ihm mitzukommen.

„Der Mann wird euch eine Stelle mit frischem Wasser in der Nähe zeigen. Dort dürft ihr Wasser holen. Es besteht keine Gefahr, ihr seid sicher“, sagte der Hafenmeister zu Sakarbal.

Er folgte dem Mann in den Wald hinter den Lehmhäusern und Strohhütten. Bald erreichten sie eine Quelle mit klarem Wasser.

Sakarbal ging zum Schiff zurück und befahl: „Wir bleiben alle an Bord. Über Nacht sind auf Deck bewaffnete Wachen einzurichten. Morgen nach der Aufnahme von frischem Wasser, holen wir die Anker ein und segeln weiter.“

Die Nacht verlief ruhig. Am nächsten Morgen schickte Aidan fünf kleinen Boote mit je zwölf Mann Besatzung an den Landungssteg. Er hatte die Boote aus den Häfen der Castros mitgenommen. Für irgendetwas würden sie bestimmt gut zu gebrauchen sein, hatte er sich gedacht. Die Männer stiegen aus den Booten und hievten leere Amphoren an Land. Dann gingen 30 Paare los mit je zwei Stangen über den Schultern, an denen jeweils drei Amphoren hingen. An der Quelle füllten sie die Amphoren mit frischem Wasser und trugen sie zurück zum Steg. Die Männer nahmen wieder leere Amphoren auf und zogen erneut los. Nachdem sie dreimal Wasser geholt hatten, wurden die gefüllten Amphoren auf die Gaulos verteilt, zusammen mit Bananen, Kokosnüssen und anderen Früchten, die sie in dem kleinen Markt des Dorfes gekauft hatten. Sakarbal bedankte sich beim Hafenmeister und übergab ihm noch einige Schekel. Zurück an Deck gab er das Zeichen zum Aufbruch.

Die Küstenlinie verlief nach Süden. An Land sahen sie jetzt statt der Eintönigkeit der Wüste wieder Berge und dichte grüne Wälder. Als sie diese hinter sich gelassen hatten segelten die Auswanderer an einer sehr breiten Flussmündung mit vielen Inseln vorbei. Sie mussten äußerst vorsichtig navigieren, damit kein Schiff auf eine der zahlreichen Sandbänke aufsetzte. Gleich mehrere Flüsse schienen hier in das Meer zu münden. Die Menschen an Bord konnten Flusspferde, Krokodile, Affen und viele andere Tiere erkennen, die die meisten unter ihnen noch nie gesehen hatten. Viele staunten, einige bekamen Angst, andere lachten, vor allem die Kinder, wenn die Affen gar zu wild in den Bäumen herumsprangen.

Der Küstenverlauf schwenkte jetzt von Süd nach Südost. Nach fünf Tagen seit dem Aufbruch vom Dorf der Sklavenhändler verlief die Küste immer mehr nach Osten. Die Strömung, die sie bisher mitgenommen hatte, war kaum noch zu spüren. Der Rückenwind schlief ein. Auf der Karte war hier die deutlich eingezeichnete Küstenlinie zu Ende. Dafür war ein Pfeil von Nord nach Süd eingetragen, der sich aufspaltete. Eine Spitze zeigte nach Ost, gefolgt von einer feinen, kaum zu erkennenden, unterbrochenen Linie. Diese machte dann einen rechten Winkel nach Süden und endete. Die andere Pfeilspitze zeigte nach Westen. Sie ging ebenfalls über in eine gestrichelte Linie, an deren Ende ‚Land?' geschrieben war. Darunter war eine Wolke wie ein Mund aus dem Windlinien traten, so neben die Linie gesetzt, dass der Wind von Südost nach West wehte.

Jetzt mussten sie sich entscheiden. Sakarbal zögerte nicht eine Sekunde.

„Kurs West!", ließ er an alle Schiffe signalisieren. Weg von der Küste und hinaus auf das offene Meer.

Wind und Strömung änderten beständig die Richtung. Die Gaulos verloren ihre Formation. Jede trieb in eine andere Richtung. Sakarbal befahl, die Ruderer einzusetzen und den Kurs West beizubehalten. Die anderen Kommandeure handelten ebenso. Die Formation war bald wiederhergestellt und sie kamen wieder vorwärts, wenn auch nur sehr langsam. So vergingen zwei Tage, ohne dass sich etwas an den Bedingungen änderte. Sakarbal ließ mit einer mittleren Schlagzahl rudern und tauschte die Männer in regelmäßigem Abständen aus. Jeder musste ran, ob Ruderer, Handwerker oder Krieger. Zwei weitere Tag vergingen. Die Navigatoren ermittelten zwar ein Vorwärtskommen nach Westen, aber auch ein Abtreiben nach Süden.

Die Menschen auf den Gaulos, die mit der Seefahrt noch nie etwas zu tun gehabt hatten, begannen unruhig zu werden. Das sehr enge Zusammenleben, die eingeschränkte Bewegungsfreiheit, die eintönige Ernährung sowie auch die geistige Untätigkeit zerrten an den Nerven. Aber den Erfahreneren unter ihnen gelang es, die anderen zu beruhigen. Am Nachmittag des fünften Tages blähten sich endlich die Segel. Die Ruder wurden wieder eingeholt.

Der Wind aus Südost nahm stetig zu. In der Nacht änderten sich auch die Strömungsverhältnisse. Die Meeresströmung verlief jetzt kräftig von Ost nach West. Wo sich die bisherige lange Dünung mit kurzen Wellen kreuzte, die der auffrischende Wind geformt hatte, entstanden plötzlich hohe Wellenberge und Wellentäler. Die Seekrankheit machte sich wieder bemerkbar. Diesmal schlimmer als das erste Mal. Es kam neben Übelkeit und Erbrechen auch zu Angstzuständen. Über zwei Tage und Nächte verstummten die verzweifelten Schreie der betroffenen Gefährten nicht. Auf der Gaulos von Bothan sprangen zwei Bauern aus dem Iberischen Zentralland von Bord, im Glauben sich so zu retten. Beide ertranken.

Dann beruhigten sich die Wellen wieder und mit ihnen auch die Menschen. Unterstützt von Wind und Strömung kamen die Schiffe schnell über das ruhige Meer voran. Offenbar waren sie dadurch, dass sie nach Süden abgetrieben worden waren, in deutlich bessere Fahrwasser gelangt. Auf allen Booten wurde ein Dankesritual an die Götter durchgeführt. Der Wind trug die Gebete und Gesänge bis zu Sakarbal, der ganz vorne am Steven seiner Gaulos stand und nach Westen blickte.

Die nächsten Tage brannte die Sonne unerbittlich vom Himmel herunter. Es schien so, als liefe sie vom Aufgang im Osten bis zum Untergang im Westen immer direkt über ihre Köpfe hinweg. Ihr Weg über den Himmel war höher als in der alten Heimat. Auch der Nachthimmel schien sich verändert zu haben. Sie konnten sich nicht mehr nach den gewohnten Sternbildern ausrichten. Hallalcar hatte von diesem Phänomen schon gehört. So sollte der Stern am Nordhimmel, der unveränderlich über dem nördlichsten Punkt der Erde steht, am Südhimmel durch einen Stern ersetzt sein, der fest über dem südlichsten Punkt der Erde steht. Wo der Nordstern am nächtlichen Himmel zu finden war, hatten sie alle gelernt. Aber wo war der Südstern zu finden? Hallalcar saß jetzt jede Nacht an Deck, betrachtete den Sternenhimmel und hielt seine Beobachtungen in Zeichnungen fest.

Auf dem Schiff von Pau tat der Heiler und Gelehrte Xavi das Gleiche, ohne dass sie das voneinander wussten.

Tag für Tag verging. Es war kein Land zu sehen. Der Wind hatte wieder abgeflaut und es ging langsamer voran. Die Zuversicht, Land zu finden, begann zu schwinden. Seit Gadir waren sie jetzt über 30 Tage auf See. Sakarbal hatte eine weitere schlechte Nachricht zu verdauen. Sein Priester Yutpan hatte ihn wissen lassen, dass sie neben den zwei Männern, die aus Angst und in Verwirrtheit über Bord gesprungen waren, weitere 26 Gefährten verloren hatten. Dies hatten ihm die Heiler auf den anderen Schiffen übermittelt. Alle Toten waren dem Meer übergeben worden. Es waren meist die alten Menschen und Kinder, die gestorben waren. Yutpan hatte ihm aber auch berichtet, dass zwei Kinder geboren worden waren. Ein Junge und ein Mädchen. Beide auf den Schiffen der Kelten. Darüber freute sich Sakarbal sehr und erzählte es gleich Sira.

„Geburt und Tod, so ist es jedem von uns vorbestimmt. Aber das Leben geht immer weiter vom Anbeginn bis zum Ende der Schöpfung“, antwortete sie ihm.

Die erbarmungslose Strahlung der Sonne und die einseitige Mangelernährung aus Schiffszwieback und Trockenfisch ließen aber auch bei den Frauen und Männern in mittlerem Alter die Zahl der Erkrankten von Tag zu Tag ansteigen. Hinzu kam, dass sich die Vorräte langsam ihrem Ende zuneigten. Weintrauben, Feigen und Oliven waren vor einer Mondphasen bereits ausgegangen. Ebenso die in Karthago so beliebte ‚*Maza*‘, die aus grob gestoßenen

Gerstenkörnern mit Wasser zu einem Teig geknetet und dann getrocknet wurde. Auch Weizengraupen gab es nicht mehr, um daraus ein Brot zu bereiten, dass sie *,Puls'* nannten. Die letzten Brote waren verschimmelt. Die Tiere, die sie mitgenommen hatten, waren alle geschlachtet und verzehrt. Trockenfleisch, Trockenfisch und Trockenobst gab es noch. Bisher hatten sie nur an zwei Tagen Regen gehabt. Deshalb waren die auf den Schiffen aufgestellten Fässer zum Auffangen des Regenwassers leer. Die Kommandanten waren gezwungen, die Tagesrationen aus den Keramikbecken und den Amphoren strikt einzuteilen. Die Priester und Schamanen hatten viel zu tun. Die Menschen beteten zu den Göttern für ein gutes Ende.

24. Kapitel
Eine Landkarte taucht auf
Trujillo, Spanien - Juni 2018

Nach dem Fehlschlag am Gocta-Wasserfall war Alfredo mit seiner Gruppe zurück nach Cajamarca gefahren. Dort hatte er entschieden, die Suche nach dem Gold erst einmal zu unterbrechen. Er sagte zu seinem Team: „Ich fliege zurück nach Spanien und werde weitere Nachforschungen anstellen. Danach melde ich mich wieder bei euch."

„Denk dran, du hast uns nur bis Ende des Monats entlohnt. Danach musst du uns weiteres Geld zukommen lassen, wenn wir uns für dich bereithalten sollen. Ansonsten sind wir gezwungen, uns einen neuen Job zu suchen", entgegnete Diego.

„Keine Sorge, ich werde rechtzeitig von mir hören lassen!"

Jetzt saß er in der Bibliothek seiner Villa in Trujillo und starrte auf den Kalender. Der 31. August war dick rot markiert. Bis dahin musste er die Summe für die erste Zahlung von Zins und Tilgung auf seinem Konto haben, um den Kredit bedienen zu können, den er zur Finanzierung der Schatzsuche aufgenommen hatte.

Die Halsreifen aus Gold hatte er zwar ohne Probleme durch den Zoll bringen können, aber der Verkauf hatte ihm viel weniger eingebracht, als er gehofft hatte. Die Händler hatten von ‚heißer Ware' gesprochen, die schwer zu verkaufen sei. Alfredo fand diese Ausreden fadenscheinig, aber er hatte keine andere Wahl gehabt.

„Alles Halsabschneider und Ganoven", sagte er zu sich.

Er brauchte Geld, und zwar schnell, sonst würde es bald aus sein mit dem schönen Leben in der Villa.

Seine Idee, die Archäologen für seine Suche mit einzuspannen, war gescheitert. Er hatte zwar immer noch José dort als Informanten, aber sein Eindruck war, dass ihm dies nur noch dann helfen würde, wenn die Archäologen sprichwörtlich über den Goldschatz stolpern würden. Darauf konnte er sich nicht verlassen.

Er brauchte eine neue, eine bessere Idee! Oder einfach nur Glück! Aber wie sollte er das jetzt noch haben. Er war nicht mehr im Besitz des Glücksbringers der Familie. Der Verlust ging ihm gründlich an die Nieren. Das schlimmste daran war, dass er keinen anderen dafür verantwortlich machen konnte. Er selbst hatte es durch seine Unachtsamkeit verbockt. Er hatte das Schmuckstück beim Handgemenge mit den Archäologen in der Gocta-Lounge einfach vergessen.

Jetzt, wo er an den Glücksbringer gedacht hatte, brachte er ihn nicht mehr aus dem Kopf. Da war aber noch etwas anderes, dass versuchte an die Oberfläche seiner Erinnerungen zu kommen. Es musste etwas mit dem Schmuckstück zu tun haben. Was hatte er übersehen?

Wo hatte er das Amulett geholt? Er ging in die *‚sala de recordatorio‘*, den Raum, in dem von seiner Familie über Generationen hinweg alles zusammengetragen worden war, was ihre Ahnen betraf. Jetzt erinnerte er sich. Der Glücksbringer hatte in einer Schmuckschatulle gelegen. Er begann zu suchen und fand sie in einer Schublade des Sekretärs seiner Mutter. Er trug die fein gearbeitete Schatulle in die Bibliothek stellte sie auf den Tisch und betrachtete sie. Da fiel ihm wieder ein, dass seine Mutter nicht nur von dem Amulett erzählt hatte, sondern auch von anderen Schätzen der Inkaprinzessin. Alle diese Sachen mussten sich in der Schatulle befinden. Das hatte er völlig vergessen. Eigentlich hatte er die Schatulle noch nie richtig durchsucht.

Das holte er jetzt nach. Er fand eine wunderschöne *Quipu,* als Halskette gefertigt, kleinere Schmucksteine und ganz auf dem Boden ein zusammengefaltetes Stück Leder. Alfredo nahm es heraus und breitete es vor sich auf dem Tisch aus.. Die Innenseite war beschriftet. Es war offensichtlich eine Karte.

Alfredo betrachtete die Karte lange. Das Wort ‚Quri' übte eine

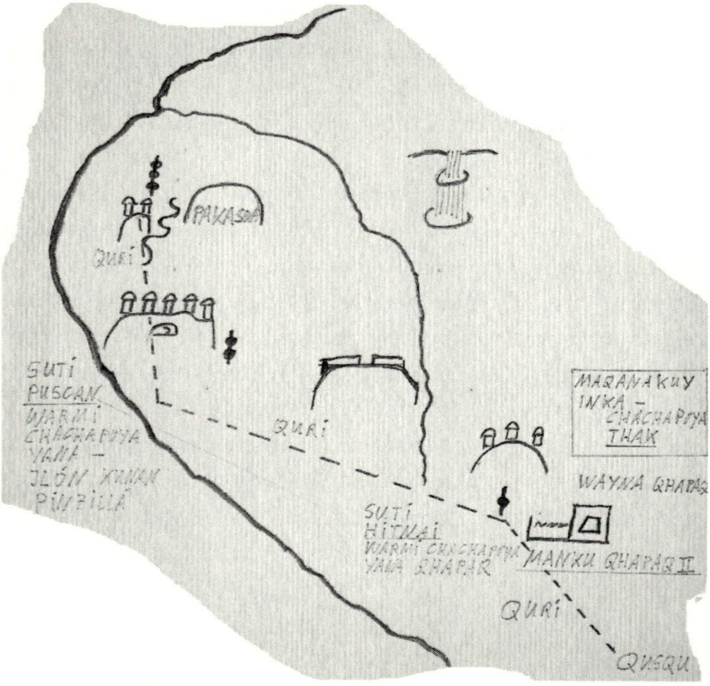

magische Anziehungskraft auf ihn aus. Die Buchstaben erschienen ihm wie rote Flammen auf einem goldenen Untergrund. Er hatte das Gefühl, als griffen sie nach ihm und wollten ihn in die Karte hineinziehen. Quri, das wusste er, war quechua und bedeutete Gold. Ebenfalls glaubte er auch die Region zu kennen, die auf der Karte dargestellt war.

Er stand auf, holte sich eine Landkarte und ein Quechua–Spanisch Wörterbuch. Auf dem Weg zurück an den Arbeitstisch nahm er sich aus der Küche noch eine Karaffe frischen Wassers mit. Am Schreibtisch legte er sich ein großes Blatt Papier zurecht und begann die Karte zu übertragen.

Er erkannte sofort, dass der große Fluss der Marañón und der kleinere Fluss der Utcubamba war. Den Wasserfall kannte er nur zu gut. Die Mauer mit dem Tor stand für die Festung Kuelap. Die Siedlung links daneben mit dem Amulett konnte dann nur Gran Vilaya sein. Das darüber gezeichnete Tal musste das Valle Huaylla sein, dass den Chachapoya heilig war.

Er stand auf und holte sich aus dem Regal ein Buch, in dem alle bisher gefundenen Siedlungs- und Begräbnisstätten der Chachapoya aufgelistet waren. Er fand keinen Eintrag für den Bereich um das Valle Huaylla.

Bei der Zeichnung der kreisrunden Häuser und des Fenstertrapezes im Quellgebiet des Utcubamba sprach alles für eine präkolumbianische Stätte in typischer Chachapoya-Bauweise am Eingang des Chilchos Tales, die von den Ausgräbern Cascarilla Wasi genannt wurde. In der Nähe dieser Siedlung befand sich ein Inka-Bad. In diesem Gebiet hatte eine entscheidende Schlacht der Inkas unter Wayna Qhapaq gegen die Chachapoya stattfinden sollen, so hatte er in den Chroniken gelesen. Es kam aber nicht dazu. Dem Inka-Heer war eine Abordnung von Frauen unter Führung der geachteten Matrone von Cajamarca entgegengekommen Sie klagten bitterlich über die Vielzahl der Toten und die vielen in die Sklaverei verschleppten Chachapoya während der Kriegszüge, die unter Yupanci Thupa stattgefunden hatten. Wayna Qhapaq hatten die Wehklagen sehr berührt. Die Anführerin der Frauen überzeugte den Inkakönig schließlich mit ihrer Begründung, dass man sich als einheimische Völker dieses Landes nicht gegenseitig töten, sondern sich vereinen sollte, um gegen fremde Eindringlinge siegreich zu bleiben und diese zu verjagen. Wayna Qhapaq entschuldigte sich für das Leid und versprach in Zukunft mit allen Volksstämmen im Inka-Reich zusammenzuarbeiten zum Nutzen aller. Er sandte aus seinem Familienkreis vier Botschafter in alle vier Teile des Inka-Reiches, um diese neue Vorgehensweise zu verkünden. Vor dem Hintergrund dieser Erzählung verstand Alfredo jetzt auch den Sinn der Quechua-Worte im Rechteck der Zeichnung: ‚Maqanakuy' und ‚Thak'. Sie standen für ‚Krieg' und ‚Frieden'.

Aus den spanischen Überlieferungen war Alfredo auch bekannt, dass Manku Qhapag II kurz vor dem Beginn seines Aufstandes seinen spanischen Bewachern in Cusco entflohen war und sich in Chilchos versteckt hatte.

Jetzt ging Alfredo an die Übersetzung der anderen Quechua Worte an dieser Stelle der Zeichnung: ‚Suti Hitnai Warmi Chachapoya Yana Qhapaq'. ‚Name Hitnai Frau Chachapoya Sklavin Qhapag' schrieb er auf. Die Worte bei Gran Vilaya: ‚Suti Puscan Warmi Chachapoya Yana – Ilón Kunan Pinzillá' übersetzte er mit ‚Name Puscan Frau Chachapoya Sklavin – Ich bin jetzt Prinzessin'. Alfredo stockte der Atem. Waren diese Chachapoya-Frauen als Sklavinnen zu den Inkas nach Cusco gekommen und eine davon die Frau eines Adligen geworden? Aus den Aufzeichnungen der Chronisten ging hervor, dass dies wohl öfter vorgekommen sein musste.

Er stand auf. Wie fügte sich das alles zusammen? Was hatte es mit der gestrichelten Linie und dem dreimal auftauchenden Wort ‚Gold' auf sich? Er merkte, dass er im Moment nicht weiterkam. Es war schon spät geworden und er war zu müde. Er löschte das Licht in der Bibliothek und ging zu Bett. Sein Schlaf allerdings war unruhig in dieser Nacht.

Vor Sonnenaufgang sprang er aus dem Bett, machte sich einen starken Kaffee und beugte sich wieder über die Landkarte. Was hatte sie zu bedeuten? In einer seiner nächtlichen Wachphasen war ihm wieder das überlieferte Gespräch zwischen Manku Qhapaq II und Rui Diaz eingefallen, in dem der Inka-König ein Reiskorn mit einem Scheffel Reis vergleicht. Sollte die Karte einen Hinweis auf das Versteck des Goldes geben?

Er versuchte die Botschaft der Karte zu entschlüsseln.

Puscan und Hitnai, zwei Chachapoya-Frauen waren von den Inkas geraubt und nach Cusco als Sklavinnen gebracht worden. Zumindest eine der Frauen war wohl durch Ehebund in den Inka-Adel aufgestiegen. Ursprünglich stammten sie vermutlich aus der Chachapoya-Region Gran Vilaya. Auf der Flucht in den Norden mochte sich Manku Qhapac II an die Schlacht und die Aussöhnung seines Vaters Wayna Qhapaq mit den Chachapoya erinnert haben. Alfredo war bekannt, dass es unter der Regentschaft von Manku Qhapaq II Chachapoya gab, die auf Seiten der Konquistadoren gegen die Inkas kämpften, aus Hass gegen ihre ehemaligen Herren. Es gab aber auch Chachapoya, die die Inkas unterstützten, da sie ahnten, dass die neuen, fremden Herren sie wohl alle vernichten würden.

Alfredo spekulierte nun ein bisschen. Vielleicht hatte Manku Qhapac II in Cusco – in der Karte *Qusqu* - die beiden ehemaligen Chachapoya-Frauen getroffen und sie um Hilfe gebeten. Da es den Frauen bei den Inkas gut ergangen war, stimmten sie seinem Plan zu, Gold im nördlichsten Teil des Reiches bei den Chachapoya zu verstecken. Die Prinzessin sandte Boten nach Chilchos und Gran Vilaya, um die dortigen Stammesführer zu von dem Vorhaben in Kenntnis zu setzen. Die Übergabe des Goldes sollte in der Chachapoya Siedlung bei Chilchos stattfinden.

Ja, das ergab doch alles Sinn! Bestimmt hatte es sich so und nicht anders abgespielt. Dann markiert nämlich die gestrichelte Linie den Fluchtweg von Manku Qhapaq II mit dem Gold bis Chilchos, wo das Gold übergeben wurde, sowie die Wegstrecke des Weitertransportes über Gran Vilaya zum Versteck. Dieses musste irgendwo im Valle Huaylla sein, oder zumindest in der näheren Umgebung. In der Karte war dort bei einem Berg ‚Pakasqa' vermerkt, was er mit ‚Kammer verborgen' übersetzte.

Die Bedeutung des geteilten Amuletts war Alfredo zwar weiterhin unklar. Doch das spielte keine Rolle. Schließlich ging es ihm um das Gold und um nichts Anderes.

„Auf ein Neues!“, sagte er zu sich selbst, sprang auf, räumte die Schatulle weg und ging zum Telefon. Zunächst buchte er ein Flugticket nach Chachapoyas, dann Zimmer für sich und sein Team im Hotel La Xalca. Schließlich rief er Diego an.

„Komm zusammen mit Carlos, Fernandez und Letitia am Samstag in zwei Wochen ins Hotel Xalca in Chachapoyas. Unsere Suche geht weiter. Ihr werdet wieder gut bezahlt. Besorg einen Bus mit Fahrer und vervollständige die Ausrüstung. Einen Scout brauchen wir nicht.“

„Bezahlung – na, schauen wir mal“, dachte er sich.

Nachdem alle im Hotel Xalca in Chachapoyas eingetroffen waren, unterrichtete Alfredo sie über die neuen Spuren.

„Der Goldschatz muss irgendwo im Gebiet von Gran Vilaya und dem Valle Huaylla verborgen sein.“

Er erklärte die Landkarte und verwies auf das Ende der gestrichelten Linie, was seiner Darstellung nach das Ende des Transportweges markierte, also das Versteck.

Er informierte sie auch über seine letzten Telefonate mit José.

„Die Archäologen sind jetzt im Ausgrabungsgebiet von Gran Vilaya unterwegs, um bekannte Ruinenstätten genauer unter die Lupe zu nehmen und eventuell auch neue Ruinen zu finden.“

Am nächsten Morgen brachen sie in das Gebiet von Gran Vilaya auf. Dort hatte Alfredo in der einzigen Herberge eines kleinen Dorfes drei Übernachtungen reservieren lassen.

Dort angekommen, versuchte er zunächst vergeblich, José am Telefon zu erreichen. Erst am Mittag bekam er Verbindung.

„Hallo José! Was machen unsere Altertumsforscher?“, begann er.

„Wir sind gerade in La Pirquilla, einem Teilkomplex der Gran Vilaya Ruinen. Morgen gehen wir für drei Tage nach Cacahuasha, einer anderen Stätte des Gran Vilaya Gebiets. Auf die Spur eines Goldschatzes sind wir bisher nicht gestoßen“, antwortete José.

„Okay, ruf mich an, sobald du etwas Interessantes für uns in Erfahrung bringst. Am liebsten wären mir die GPS-Koordinaten des Goldverstecks, … , nur ein Scherz, José.“

Damit beendete Alfredo das Telefonat, ging zu seinem Team und verkündete: „Übermorgen geht es los. Ziel sind die Ruinen von Cacahuasha. Wir finden das Gold!“

25. Kapitel
Land im Westen
Rio Paraiba, Brasilien – Mai / Juni 148 v. Chr.

Viele der Seefahrer standen auf den Decks der Schiffe und beobachteten die Vögel, die seit gestern immer wieder neugierig über den Gaulos kreisten, um dann nach Westen zurückzufliegen, woher sie gekommen waren. Andere Gefährten blickten auf das Meer, wo Treibgut aufgetaucht war, Baumstämme, Pflanzen und ähnliches. Langsam keimte wieder die Zuversicht.

Kurz nach Sonnenaufgang am 36. Tag der Reise hörte Sakarbal plötzlich den Ruf: „Land in Sicht!" Erst rief einer, dann immer mehr und zuletzt brüllte die Besatzung des ganzen Führungsschiffes. Dann brandeten die begeisterten Rufe wie eine Welle von Boot zu Boot, bis sie am Ende des Verbandes ankamen und sich im Meer hinter den Gaulos verloren.

Wer konnte, stürmte an Deck. Die wachhabenden Männer hatten alle Hände voll zu tun, ein Chaos zu verhindern. Die Menschen blickten auf eine niedrige Felsküste, über der sich ein dichter Wald erhob. Einzelne Bäume ragten 200 Fuß hoch. Die Menschen spürten wie sich eine feuchte Wärme, die wie ein Nebel aus dem Wald über die Meeresoberfläche zu ihren Schiffen zog, auf ihren Kleidern niederschlug.

„Wir sind an der Spitze einer größeren Landmasse angekommen. Nach links verläuft die Küstenlinie in süd-südwestlicher Richtung weiter, nach rechts in nördlicher Richtung, soweit man blicken kann", sagte Hallalcar zu Sakarbal.

„Wir segeln mit dem leichten Wind und mit der Strömung entlang des Küstenverlaufs nach Norden", entschied Sakarbal.

Das felsige, direkt ins Meer abfallende Ufer, die starke Brandung und die aus dem Wasser ragenden Riffe machten eine Anlandung unmöglich. Bis weit in den Nachmittag fuhren sie entlang der Küste. Dann veränderte sich das Bild. Eine langgestreckte Landzunge aus Sand löste die felsige Küste ab. Dahinter glaubten sie eine Bucht erkennen zu können. Als sie das Ende der Landzunge umsegelt hatten, fanden sie sich in der Mündung eines Flusses wieder.

Eine schmale Insel, die wie eine Pfeilspitze geformt war, teilte den Fluss. Sie segelten noch ein gutes Stück den breiteren Flussarm an der Insel entlang. Dann gab Sakarbal den Befehl zu ankern.

Die Ufer waren so dicht bewachsen, dass sie nirgendwo in den Wald hineinschauen konnte. Auf der Insel standen kleinere Bäume und Büsche, dazwischen gab es kahle sandige Bereiche. Auch kleinere Dünen waren zu erkennen. Die Dämmerung setzte langsam ein. Ein Gewirr von unterschiedlichen Vogelrufen und anderen Tierstimmen schwoll mehr und mehr an. Menschen gab es offenbar nicht, jedenfalls waren keine zu sehen. Sakarbal befahl, dass alle über Nacht auf den Schiffen bleiben mussten. Er ließ auf jedem Schiff Wachen aufstellen. Es wurde schnell dunkel, die Tierstimmen verstummten, dann herrschte tiefe Stille.

Am nächsten Morgen setzten sie ihre Fahrt weiter den Fluss hinauf fort. Er war breit und glücklicherweise auch tief genug für ihre Schiffe, die wieder eins hinter dem anderen fuhren. Die Segel waren eingeholt worden. Sakarbal ließ rudern. Während der langsamen und vorsichtigen Fahrt bestaunten die Gefährten die üppige Vegetation und die Vielfalt der Tierwelt im Fluss, in der Luft und an Land. Vieles war ihnen unbekannt. Menschen waren noch immer nicht zu sehen. Dennoch blieben die bewaffneten Männer auf beiden Seiten der Schiffe wachsam und beobachteten aufmerksam die Umgebung. Plötzlich öffnete sich vor ihnen am linken Uferrand der Wald und sie erkannten eine gerodete Fläche. Sie war etwa 150 Fuß breit und zog sich auf einer Strecke von 1500 Fuß am Flusslauf entlang. Hütten und Feuerstellen tauchten auf. Das ganze Ufer war mit Holzstegen versehen, die etwa neun Fuß in den Fluss hineingebaut waren. Einige Flöße und Boote, die wie halb ausgehöhlte Bäume aussahen, waren an Pfosten bei den Stegen angebunden.

„Wo sind die Bewohner? Ich kann niemanden sehen“, fragte Philosir.

„Ich auch nicht“, antwortete Sakarbal, „aber ich habe das Gefühl, dass wir von vielen Augenpaaren aus den Hütten und dem Wald hinter dem Dorf genau beobachtet werden.“

Auf Höhe mehrerer großer Hütten neben einem großen kreisrunden Sandplatz, der mit Steinen abgegrenzt war, ließ Sakarbal sein Schiff ganz dicht am Steg anlegen. Die anderen Boote ankerten in der Flussmitte. Sakarbal stellte zusätzlich zu den bereits eingeteilten Wachen noch einige Steinschleuderer auf der dem Dorf zugewandten Seite seiner Gaulos auf.

Dann sprang er mit einigen Männern auf den Steg. Auf halbem Weg zu den Hütten hielten sie an und legten gewebte Decken aus, auf denen sie Teller und Becher aus Messing und einfachen Schmuck ausbreiteten. Dann zogen sie sich wieder bis an den Steg zurück und warteten.

Es dauerte nicht lange und aus der größten Hütte näherten sich fünf kleinwüchsige fast nackte Männer. Ihre Haut war braun, die kurzen Haare schwarz. Einer der Männer trug eine bunte Federkrone und einen geschnitzten Holzstab, ein anderer war mit einem Tierfell und einem Tierschädel geschmückt. Sie vermieden es die Fremden anzuschauen. Nachdem sie die Geschenke begutachtet hatten, sanken sie auf ihre Knie nieder, streckten die Arme gegen den Himmel und beugten sich dann zur Erde. Dies wiederholten sie mehrmals unter einem Gemurmel, das eher einem rituellen Gesang glich. Sie standen wieder auf und winkten den Frauen zu, die jetzt im Eingang der Hütte standen, aus der sie gekommen waren. Einen Augenblick später kamen die Frauen mit Früchten und anderen Speisen und legten diese neben die Geschenke der Gefährten. Dann winkte der Mann mit der Federkrone, der vermutlich der Anführer war, Sakarbal mit seinen Männern zu sich heran.

Sie gingen langsam auf die Einheimischen zu. Diese senkten die Köpfe und verbeugten sich erneut. Sakarbal wusste ihre demütige Haltung nicht anders zu deuten, als dass sie Angst oder Ehrfurcht vor ihnen hatten. Die für diese Menschen sicher unfassbar großen Boote mit den vielen Fremden an Bord mussten sehr beeindruckend auf sie wirken. Zumal das Aussehen dieser Fremden sich sehr von ihrem eigenen unterschied. Hellhäutig, zwei bis drei Köpfe größer, viel stärker und kräftiger gebaut, rote Haare, Bärte – das alles wirkte sicher sehr fremdartig auf die Einheimischen. Während die beiden Gruppen sich jetzt eine Armlänge voneinander entfernt gegenüberstanden, sah Sakarbal, dass aus allen Hütten Menschen heraustraten, die nun ebenfalls auf sie zukamen. Gerade als er überlegte, ob sie sich nicht besser zurückziehen sollten, blieben die Einheimischen, auf ein Zeichen ihres Anführers hin, in einigem Abstand von ihnen stehen.

Sakarbal zählte an die 200 Einheimische, alle unbewaffnet. Die Wachen auf dem Schiff schienen in Sorge um ihre Gefährten an Land immer nervöser zu werden, aber sie hatten Befehl sich ruhig und friedlich zu verhalten, solange Sakarbal nicht das verabredete Angriffszeichen gab. Neben den vielen Kindern, Frauen und Alten waren etwa 80 wehrfähige Männer zu sehen. Keine wirkliche Gefahr, dachte Sakarbal. Aber den Kampf suchten sie ja ohnehin nicht. Sie wollten als willkommene Besucher, vielleicht auch als Siedler und künftige Nachbarn angenommen werden. Um die Lage zu entspannen, legten Sakarbal und die ihn begleitenden Männer die rechte Hand auf ihre Herzen und streckten dann beide Hände zu den Männern vor ihnen aus. Die Einheimischen machten es ihnen nach. Nachdem sich die Handflächen berührt hatten, setzten sich beide Gruppen in einem Kreis gegenüber auf den Boden. Mit Gebärden, Gesten und in den Sandboden gezeichneten Bildern versuchte Sakarbal sich zu verständigen.

„Frauen, Männer und Kinder – aus einem fernen Land, viele Monde weit weg – über Wasser gesegelt – suchen neue Heimat – in Frieden."

Der Anführer und seine Männer schauten sich verwundert an.

„Eure Ahnen schon hier gewesen – vor sehr langer Zeit - auch von weit her – mit ähnlichen Schiffen – Freunde – nach wenigen Monden wieder gegangen – wir auf Wiederkehr gewartet."

Sakarbal und seine Männer waren sprachlos. Der Schamane glättete den Sand und begann zu zeichnen. Sakarbal konnte drei Schiffe erkennen, die so aussahen wie ihre. Dann zählte Sakarbal zwölf Menschen auf dem Bild im Sand, neun Männer und drei Frauen. Große Männer mit Bärten und Schwertern. Die Frauen ebenfalls groß, mit langem Haar und Kleidern. Während sie sich weiter staunend und ratlos ansahen, standen der Anführer und sein Gefolge auf und baten Sakarbals Gruppe mitzukommen.

Gemeinsam gingen sie in die Mitte des Platzes. Dort stand ein großer Stein, einer Stele ähnlich, etwa drei Fuß hoch und zwei Fuß breit. Der Anführer deutete auf die eingeritzten Schriftzeichen. Zu ihrer großen Verwunderung erkannten sie die Schrift.

Sakarbal rief überrascht aus: „Das ist ja phönizisch, zwar nicht in der Form wie es gegenwärtig in Karthago benutzt wird, aber so wie es seit hunderten von Jahren in den Städten an der Levanteküste fast unverändert gesprochen und geschrieben wird.

„Nhn' bn kn'n msdnm hqrt hmlk shr hslk“, begann der Priester Yutpan, der Sakarbal begleitete, die erste von acht Zeilen laut zu lesen. „Wir sind Söhne Kanaans aus der Stadt *Sidon*... im Jahre 19 unseres Königs Hiram... mit zehn Schiffen aufgebrochen... zwei Jahre auf See... verschlagen und getrennt... hier her gekommen auf eine Insel des Waldes... nur noch zwölf Männer und drei Frauen... ich, der Anführer Methuastart weihte die Insel als Eigentum der Götter und Göttinnen... sie seien uns gnädig.“ Am Ende der Schrift waren dann noch phönizische Zeichen eingeritzt. Sie standen für PHR. Damit hatte König Salomon die Schiffe gekennzeichnet, die für ihn aufbrachen, um die Schätze aus dem Goldland *Ophir* zu holen.

Sakarbal konnte es nicht glauben.

„Yutpan kann das sein? Jetzt sind wir soweit nach Westen gereist und landen an einer Küste, die Vorfahren von uns schon 400 Jahre früher erreicht haben?“

Yutpan entgegnete: „Auch ich habe Mühe, mir das vorzustellen. Aber die Inschrift ist der Beweis. Was ist wohl aus Methuastart und den Seinen geworden? Warum sind sie von hier wieder aufgebrochen und wohin? Zurück in die Heimat? Oder an andere unbekannte Küsten? Oder sind sie auf dem Meer gestorben? Die Götter müssen sie mit denselben Strömungen und Winden in dieses Land im Westen verschlagen haben, die auch uns selbst hierher gebracht haben."

„Sie sind weiter an der Küste nach Norden gesegelt und dann, von günstigen Winden und Strömungen unterstützt, nach Hause zurückgekehrt", mischte sich jetzt Hallalcar ein. „Sakarbal, als ich dir von meinem Besuch im Archeíon erzählt habe, habe ich dir auch über den Hinweis auf den Seefahrer Methuastart und seine unglaubliche Reise über das große Meer berichtet, erinnerst du dich?"

„Ja , du ..."

Laute Rufen der Einheimischen lenkten Sakarbal ab. Eine große Unruhe war entstanden. Die Nachricht, dass die Fremden imstande gewesen waren, die Inschrift zu entziffern, hatte sich wie ein Lauffeuer im Dorf verbreitet.

„Die Götter sind zurück! Beugt euch in Demut!", hörte er die Stimme ihres Anführers.

Wohin man im Dorf auch schaute: alle lagen auf dem Boden und huldigten Sakarbal und seinen Gefährten.

Sakarbal bedeutete ihnen aufzustehen und winkte alle heran. Er rief auch seine gesamte Mannschaft auf dem Schiff zu ihnen zu kommen, unbewaffnet. Nur die Wachen sollten dort bleiben.

Einheimische und Fremde gingen aufeinander zu. Die Eingeborenen in Ehrfurcht aber doch mit großer Neugier. Sie zupften die Fremden an den Bärten, betasteten die Kleidungsstoffe und berührten Haut und Haare. In ihren Gesichtern und an ihren Gesten konnten die Gefährten erkennen, dass sich Angst und Ehrfurcht vor dem Unbekannten und unbekümmerte Neugier die Waage hielten. Mehr und mehr überwogen aber bald die kindliche Unbekümmertheit und das Lachen über das Andersartige. Während sich alle bunt gemischt auf den Boden setzten, wurden Speisen und Getränke gebracht. Die Gefährten wussten zwar nicht was sie aßen, aber sie aßen reichlich. Nach dem rationierten und eintönigen Essen auf See genossen sie die ungewohnten Köstlichkeiten.

Sakarbal vergaß nicht je einen Einbaum besetzt mit Einheimischen und eigenen Männern und beladen mit Körben voll Früchten und Speisen, zu den anderen Schiffen zu schicken. Die Männer sollten berichten, was hier vorgegangen war. Zudem gab er die Anweisung mit, dass alle die nächste Nacht an Bord ihrer bewachten Schiffe bleiben müssten. Über das weitere Vorgehen würden sie morgen unterrichtet werden.

Als die Nacht hereinbrach dankte Sakarbal dem Anführer und seinen Vertrauten. Mit Gesten unterstrich er seine Worte, dass sie sich über die Nacht auf ihr Schiff zurückziehen würden. Morgen würden sie gerne ins Dorf zurückkommen und weiter mit ihm und seinem Rat sprechen. Aus den Gesten des Anführers schloss Sakarbal, dass er ihn wohl verstanden hatte. Es dauerte noch eine ganze Weile, bis alle auf das Schiff zurückgekehrt waren.

Am nächsten Morgen fanden sie überall vor den Hütten lange Matten ausgebreitet, auf denen Speisen und Getränke gerichtet waren. Den ganzen Tag über wurden sie immer wieder nachgefüllt, so dass alle Gefährten in den Genuss der frischen Nahrung kamen. Zwischen dem Steg und den Schiffen pendelten die Einbäume und Flöße der Eingeborenen und die kleinen Boote von Aidan hin und her. Es war ein emsiges Treiben.

Sakarbal ließ Yutpan, Philosir, Aidan und Pau zu sich rufen und ging mit ihnen zur Hütte des Anführers. Auf dem Weg dorthin sah Yutpan einen freundlich und interessiert schauenden jungen Mann, der ihm schon am Vortag in der Begleitung des Anführers aufgefallen war. Er hatte den Eindruck gewonnen, dass er sehr schnell die Bedeutung des einen oder anderen Wortes der Gefährten verstanden und wohl auch in ihre Sprache übertragen hatte. Der Einheimische trat auf sie zu und legte seine flache Hand mehrmals auf seine Brust und sagte wiederholt Amanary. Yutpan zeigte auf ihn, während er gleichzeitig „du Amanary“, und dann auf sich zeigend, „ich Yutpan“ sagte. Freudig antwortete Amanary: „Du Yutpan, ich Amanary“ und reihte sich in ihre kleine Gruppe ein. Inzwischen waren der Anführer und drei weitere Männer aus der Hütte herausgetreten und erwarteten die Fremden. Amanary gesellte sich zu ihnen.

Nach der Begrüßung setzten sie sich alle auf den Boden und versuchten sich zu verständigen.

Als erstes schlug Yutpan dem Anführer vor, Amanary durch Philosir zum Übersetzer ausbilden zu lassen. Dabei bewegte er mehrere Male die Daumen gegen die vier aneinander liegenden gestreckten Finger seiner rechten und linken Hand, wobei er die Hände gegeneinander zeigend auf Höhe seines Mundes hielt. Der Anführer stimmte hocherfreut zu. Er glaubte wohl, so noch besser Nutzen aus dem Wissen der Götter ziehen zu können. Auch Amanary schien sehr glücklich zu sein.

Dann bat Sakarbal um gastfreundliche Aufnahme, bis sie einen geeigneten Siedlungsplatz in ihrer Nachbarschaft gefunden hätten. Für die Versorgung in dieser Zeit würden sie eine Gegenleistung erbringen, die noch auszuhandeln sei. Selbstverständlich würden sie auch Männer zur Jagd und zum Fischen wie auch Frauen zur Zubereitung der Nahrung und zur Erledigung sonstiger Aufgaben im Dorf bereitstellen.

Das Oberhaupt der Einheimischen gab zu verstehen, dass er sich hierüber mit seinen Männern beraten müsse. Sie zogen sich in die große Hütte zurück. Als sie zurückkehrten sprach er holprig: „Gut, … wenn … uns geben mehr“, dabei zeigte er auf einen hellglänzenden Becher und Teller, die der Schamane in die Höhe hielt.

Jetzt zog sich Sakarbal mit seinen Gefährten ebenfalls zur Beratung auf das Schiff zurück. Sie kamen nach angemessener Zeit mit je vier Bechern und Tellern aus Messing wieder zurück. Die Führungsgruppe der Einheimischen zeigte sich zufrieden.

Sakarbal schenkte dem Oberhaupt noch einen kleinen polierten Hand-Bronzespiegel. Dieser wusste zunächst nichts damit anzufangen. Sakarbal zeigte ihm, wie der Spiegel zu benutzen sei. Der Anführer war sehr überrascht, sein Abbild darin zu sehen. Er rannte zum Fluss, schaute ins Wasser und dann in den Spiegel, wieder und wieder. Er lachte und war offensichtlich sehr erfreut. Er stellte sich neben Sakarbal und sah beide Gesichter im Spiegel. Er versuchte im Spiegelbild den Bart von Sakarbal zu fassen, was ihm natürlich nicht gelang. Dann fasste er den richtigen Bart an, sah es im Spiegel und lachte und freute sich wie ein Kind. Die Fremden konnten nur Götter sein, wenn sie solche Wunderdinge besaßen. Er sprach kurz zu seinen Vertrauten und gab den Ankömmlingen über Amanary zu verstehen, dass man mit der Anzahlung einverstanden sei. Sakarbal dankte. Dann gingen sie zurück auf das Schiff.

Die Sonne stand direkt über ihnen. Es war Mittag und sehr heiß. Sakarbal hatte alle Kommandeure am Morgen zur Mittagszeit auf sein Schiff befohlen, wo sie jetzt gemeinsam die nächsten Aufgaben besprachen.

„Pau, du übernimmst es, die täglichen Landgänge aller Gefährten zu planen. Es sollen nie zu viele Menschen gleichzeitig im Dorf sein und sie sollen immer ohne Waffen an Land gehen", wies Sakarbal an. Dann wandte er sich an die Kommandeure.

„Die Gaulos bleiben Tag und Nacht bewacht. Ihr haltet alle Menschen auf euren Schiffen unterrichtet über das, was wir vorhaben."

Rorey, einer der Kommandanten, fragte: „Was sollen wir denn den Gefährten antworten, wenn sie wissen wollen, ob das hier ihre neue Heimat werden wird?"

Sakarbal empfahl ihnen, folgendermaßen zu antworten: „Wir werden auf jeden Fall einen Mondzyklus hierbleiben und das uns umgebende Gebiet erkunden. Wenn wir einen geeigneten Siedlungsplatz finden, können wir hierbleiben. Falls nicht, müssen wir wohl eine Weiterreise auf dem Meer entlang der Küste nach Norden ins Auge fassen, um einen besseren Ort zu finden. Ich werde mich nach den Erkundungen und Erfahrungen mit unserem Rat besprechen und dann allen Gefährten einen Vorschlag unterbreiten."

An Aidan gerichtet fuhr er fort: „Du übernimmst die Aufgabe, Trupps für die Mithilfe bei Jagd und Fischfang aufzustellen und für einen regelmäßigen Austausch der Männer in diesen Trupps zu sorgen, um möglichst jedem Gelegenheit für Bewegung und Abwechslung zu geben. Das brauchen sie jetzt nach der langen Seereise."

„Yutpan, du überprüfst zusammen mit den anderen Heilern und Schamanen den Gesundheitszustand aller Gefährten. Ihr veranlasst die notwendige *Therapeia* und ordnet Maßnahmen an, um die Moral hochzuhalten."

„Ich kann dir schon jetzt eine gute Nachricht geben. Es ist niemand mehr verstorben. Die frische Nahrung und das Ende der Seefahrt haben Wunder gewirkt. Allen, die auf See erkrankt waren, geht es deutlich besser. Einige sind wieder gesund und die anderen werden wir auch durchbringen", sagte Yutpan.

„Ausgezeichnet!", antwortete Sakarbal.

Wieder an die Kommandeure gerichtet befahl er: „Jeder von euch ist verantwortlich für die Überprüfung und Reparatur seiner Gaulos."

Schließlich unterrichtete er alle, dass seine Frau Sira ihn gebeten hatte, sich um den sinnvollen Einsatz aller Gefährtinnen kümmern zu dürfen. Sie dachte dabei an die Zubereitung der Nahrung und an das Erlernen dessen, was in der sie hier umgebenden Natur nützlich oder gefährlich sein könnte. Auch um das Wohlergehen der Kinder wolle sie sich kümmern.

„Ich gehe davon aus, dass ihr dieses Angebot genauso begrüßt wie ich."

Die Gefährten nickten zustimmend. Dann beendete Sakarbal die Versammlung.

Inzwischen war ein halber Mondzyklus vorübergegangen und der angehende Übersetzer Amanary hatte unglaubliche Fortschritte gemacht. Yutpan berichtete dem Rat der Gefährten, der alle drei Tage zusammenkam: „Er scheint die Bedeutung unserer Gebärden, Gesten und Worte auf der Grundlage des Wortschatzes, den er gelernt hat, geradezu zu erfühlen. Er gibt sein Wissen an Freunde und Interessierte unter den Einheimischen weiter und hilft dadurch die Verständigung im Dorf von Tag zu Tag zu verbessern. Ebenso nennt er alle Dinge, nach denen wir fragen geduldig in der Sprache der Einheimischen. Sie bezeichnen ihre Sprache als Tupi, so wie auch ihr

Volk, das aus einer Vielzahl von Stämmen besteht. Seinen eigenen Stamm bezeichnet Amanary als Omagua. Den Anführer nennen sie in ihrer Sprache Tushaua - Häuptling."

Dann berichteten alle übereinstimmend, dass das Zusammenleben bisher friedlich verlaufen sei, wenn auch erste kleinere Streitigkeiten aufgetreten waren. „Immer dann, wenn ein einheimischer Mann den fremden Frauen gegenüber zu aufdringlich wird beim Betasten der hellen Haut und der Haare, entstehen Streitereien. Genauso umgekehrt, wenn Männer aus dem Kreis der Gefährten zu aufdringlich gegenüber den einheimischen Frauen werden, die ja so gut wie nackt im Dorf herumlaufen", führte Pau als Beispiel an. Aber noch war alles unter Kontrolle.

Die schwülheiße Luft und die Feuchtigkeit machte ihnen zu schaffen. Amanari erklärte ihnen, dass jetzt der Höhepunkt der Regenzeit sei. Die nächsten Mondzyklen würde der Regen abnehmen. Es sei aber immer mit starken Regengüssen zu rechnen, diese würden jedoch in der Trockenzeit nur kurze Zeit anhalten. Dabei erzählte er den Gefährten, dass sein Name ‚Wasser des Regens' bedeute. In den nächsten Tagen machte das Wetter seinem Namen alle Ehre.

Auch die ungewohnte Ernährung hinterließ ihre Spuren. Magenkrämpfe, Durchfall und Fieber traten auf. Die mitgereisten Heiler und auch die Hilfe der Einheimischen mit ihrer Kenntnis über die hier wachsenden Heilpflanzen verschafften Linderung.

Mit großer Freude beobachtete Sakarbal immer wieder, wie Sira die anderen Gefährtinnen dazu ermutigte, sich in die Tagesarbeit der einheimischen Frauen einzubringen, um zu lernen. Sie kannten jetzt schon einige Pflanzen, Kräuter und Früchte, die genießbar waren, und andere, die man unbedingt meiden musste. Und sie lernten, wie scheinbar Ungenießbares durch die Art der Zubereitung in wohlschmeckendes Essen verwandelt werden konnte. Feldbestellung oder Viehzucht gab es bei den Einheimischen nicht.

Die Zeit verging. Der viele Regen weichte den Boden im Dorf stark auf. Die meisten Gefährten, die anfangs gar nicht schnell genug von den Schiffen aufs Land kommen konnten, wollten jetzt lieber wieder auf den Booten bleiben. Hier war es einigermaßen trocken und man fand in den Zeiten, in denen die Sonne unbarmherzig vom Himmel brannte, auch etwas Schatten. Dann wurde schnell Segeltuch über den Decks aufgespannt.

In einer der Ratsversammlungen schilderte Aidan: „Die Einheimischen beobachteten sehr interessiert unser Vorgehen beim Fällen der Bäume, beim Spalten von Holz und beim Ausweiden erlegter Tiere mit unseren Werkzeugen. Sie haben erkannt, dass unsere Werkzeuge aus Métallon den ihrigen, die aus Holz, Stein oder Knochen gefertigt werden, überlegen sind. Sie sind sehr beeindruckt davon, dass man mit unseren Werkzeugen viel schneller und genauer arbeiten kann."

Yutpan ergänzte: „Ich habe den Schamanen des Öfteren sagen hören, dass wir Götter seien. Kein Mensch könne solche Werkzeuge herstellen. Jetzt aber, wo sie die Götter ernährten, wollten sie auch teilhaben an den göttlichen Fähigkeiten und Werkzeugen."

Sakarbal mahnte: „Wir müssen aufpassen, wie sich die Verhältnisse entwickeln."

Die Begehrlichkeiten der Einheimischen nahmen deutlich zu. Der Häuptling wollte nicht nur weitere glänzende Becher und Teller haben, sondern auch von ihren göttlichen Werkzeugen. Er sprach unverhohlen aus, dass sein Volk die Fremden nicht länger ernähren könne, wenn man nicht ihre Werkzeuge bekommen würde.

Zudem verschlechterte sich die Stimmung bei den Gefährten. Die Übergriffe nahmen weiter zu. Es gab Diebstähle von Kleidung, Gefäßen und kleineren Werkzeugen.

Sakarbal dachte über die Lage nach. Auf der einen Seite brauchten sie sich vor dem relativ kleinen Stamm der Omagua eigentlich nicht zu fürchten. Eine kriegerische Auseinandersetzung wäre schnell zu ihrem Vorteil ausgegangen. Auf der anderen Seite aber waren sie doch sehr gastfreundlich aufgenommen worden. Und beiden Seiten war grundsätzlich an guter Nachbarschaft gelegen. Ohne das Wissen der Einheimischen könnten sie vermutlich auch noch nicht allein in dieser Natur überleben. Er war sich selbst nicht klar über den richtigen Weg. Aber Zögern würde auch nicht weiterhelfen. Er musste eine Entscheidung treffen.

Sakarbal berief erneut die Ratsversammlung ein. Nach langer Unterredung bestand Einigkeit darüber, dass diese ebene Flusslandschaft mit den angrenzenden dichten Urwäldern kein geeigneter Siedlungsort für sie sein konnte.

Sie mussten von der Küste weg, um zu erkunden, ob es tiefer im Landesinneren vielleicht doch ein Gebiet gab, das eher ihren Bedürfnissen entsprach. Sie riefen Amanary zu sich.

„Was weißt du über das Land weiter flussaufwärts?", fragte ihn Sakarbal.

„Der Fluss ist für eure Schiffe noch viele Tagesreisen befahrbar. Am Oberlauf gibt es einen Eingeborenenstamm mit gleicher Sprache. Sie sind Tupi wie wir, nennen sich aber Mundrucù und sind zahlreicher und kriegerischer als wir", antwortete Amanari.

„Gibt es dort Berge?", fragte Aidan.

„Was sind Berge?", lautete Amanarys Gegenfrage.

Mit Hilfe von Zeichnungen im Sand ließ sich schließlich klären, dass Amanary wohl von einzelnen Hügeln wusste, aber nicht von Bergen.

Der Rat beschloss, dass eine Erkundungsfahrt durchgeführt werden sollte, damit man sich selbst ein Bild machen konnte. Sakarbal gab Befehl, dass während ihrer Abwesenheit alles so weiterlaufen sollte wie bisher. Aber mit erhöhter Wachsamkeit. Er übertrug Pau die Befehlsgewalt.

„Wir fahren mit meinem Schiff und der Besatzung. Die Frauen, Kinder und Alten bleiben hier und werden auf die anderen Boote verteilt. Dafür nehmen wir Aidan und einige seiner erfahrenen keltiberische Krieger mit."

Sakarbal unterrichtete den Häuptling von ihrem Vorhaben. Dem schien es recht zu sein. Er bestand aber weiter auf seinen Forderungen. Sakarbal machte ihm klar, dass es mögliche weitere Geschenke erst nach ihrer Rückkehr geben würde. Außerdem bat er darum, zwei Tupi mitnehmen zu dürfen, die das Gebiet am Oberlauf gut kannten. Amanary bat den Häuptling, die Fremden begleiten zu dürfen. Dieser stimmte zu. Bis zum Sonnenuntergang war alles vorbereitet und alle Gefährten waren durch die Kommandeure über das Vorhaben unterrichtet.

Am nächsten Morgen brachen sie auf. Sie ruderten tagsüber und ankerten nachts. Die Wachen beobachteten die Ufer und den Fluss zu jeder Zeit. Der Fluss war durch den Regen angeschwollen und das Wasser hatte eine rötlich-braune Farbe angenommen.

Sie waren jetzt zwei Tage unterwegs und die Landschaft blieb unverändert. Weder Berge noch Felsen waren zu erkennen. Immer der gleiche undurchdringlich erscheinende Urwald säumte die Ufer. Am dritten Tag hatten sie den Eindruck als würden sie aus dem Wald heraus beobachtet, aber es waren keine Menschen zu sehen.

„Wir sind jetzt im Grenzgebiet zu den Mundrucù. Wir müssen sehr wachsam sein“, sagte Amanary.

Gegen Mittag öffnete sich der Wald zu beiden Seiten des Flusses und eine überwiegend sandig-steinige Ebene mit Buschwerk und kleineren Bäumen bestimmte nun das Landschaftsbild. Auch kleinere felsige Hügel waren etwas weiter weg zu erkennen. Sie ankerten in der Mitte des Flusses und verbrachten die Nacht auf dem Schiff. Am nächsten Morgen versammelte Sakarbal die Mannschaft auf dem Deck.

„Vier bewaffnete Gruppen zu je 20 Mann werden das Gelände innerhalb der nächsten vier Tage im Hinterland jeder Flussseite erkunden. Am Südufer vor dem ankernden Boot wird tagsüber eine bewaffnete Wache von ebenfalls zwanzig Mann Aufstellung nehmen. Nachts soll sie auf das Schiff zurückkehren. Alle anderen Gefährten bleiben die ganze Zeit über in Alarmbereitschaft an Bord. Neben mir sind Aidan sowie zwei seiner erfahrensten Krieger, Lugh und Moryn, die Leiter der Trupps. Philosir befehligt die Wache am Ufer und auf dem Boot.“

Sakarbal ließ das Schiff jetzt an eine Uferseite steuern. Die Trupps von Aidan und Llugh gingen an Land und entfernten sich nach Nordwest beziehungsweise Nordost. Das Boot wechselte auf die Südseite und entließ die Trupps von Sakarbal und Moryn sowie die Wache unter Führung von Philosir.

Gemeinsam stießen sie nach nur wenigen hundert Schritt auf einen riesigen Stein. Etwa 140 Fuß lang und so hoch wie zwei Männer. Mit roter Farbe waren rätselhafte Zeichen aufgemalt, manche schon verblasst, andere ganz frisch. In der Nähe lagen weitere Steine, ebenfalls mit Zeichen versehen.

Sakarbal sprach zu Philosir: „Hol noch einige Männer vom Schiff. Schau, dass ein Schamane und ein Steinmetz darunter sind. Sie sollen sich die Steine und das nähere Umfeld genauer ansehen. Es ist zu vermuten, dass sie einem rituellen Zweck dienen."

Dann verließen die beiden Trupps den Platz um den großen Stein und marschierten in südwestlicher beziehungsweise südöstlicher Richtung davon.

Anfangs kam Sakarbal mit seinem Trupp zügig voran. Doch gegen Abend wurde der Wald wieder dichter. Sie errichteten ein Nachtlager auf einer Lichtung. Sakarbal teilte die Nachtwachen ein. Es gab keine besonderen Vorkommnisse. Am nächsten Morgen marschierten sie weiter. Abschnittsweise hatten sie den Eindruck, auf einem Pfad zu laufen, der schon länger in Gebrauch war. Der Weg führte bergauf, nicht steil, aber stetig. Linker Hand begleitete sie dichter Urwald. Nach rechts ergaben sich des Öfteren Ausblicke in die Landschaft. Kleinere lichte Ebenen umrahmt von niedrigen Hügelketten, und immer wieder dichter Urwald. Hohe Berge waren nicht zu sehen. Auch fanden sie keine klaren Bäche oder Quellen. Stattdessen mussten sie mehrmals trübe Weiher und sumpfiges Gebiet umgehen. Viele Abschnitte waren morastig. Mehr als einmal wateten sie bis zur Brust durch Tümpel mit modrig trübem Wasser.

Zum Glück passierte nichts. Immer wenn sie Krokodile oder Schlangen sahen, machten sie einen großen Bogen. Auch dann, wenn sie knallbunte kleine Frösche oder große Spinnen sahen, ermahnte sie Amanary: „Vorsicht! Sehr giftig. Haltet euch fern."

„Wirklich kein einladendes Gelände für eine neue Niederlassung", murmelte Sakarbal.

Sie waren schon auf der Suche nach einem weiteren Lagerplatz, da zeigte der Tupi, den ihnen der Häuptling neben Amanary mitgegeben hatte, in Richtung Horizont.

„Dort, vor uns, seht ihr die kleine Rauchfahne?"

Sakarbal hatte Feuerstellen bisher vermieden, um nicht auf sich aufmerksam zu machen. Sie hatten genug getrockneten Vorräte bei sich. Ebenso ausreichend Wasser. Außerdem bedienten sie sich immer wieder an den essbaren Früchten und anderen Pflanzen, die sie bisher kennengelernt hatten.

„Wir biegen nach links ab und umgehen die Feuerstelle möglichst weiträumig", befahl Sakarbal. Mit Beginn der Dämmerung schlugen sie ihr Nachtlager auf einer kleinen Anhöhe auf. Auch in dieser Nacht hatten die Wachen nichts Verdächtiges bemerkt.

Im klaren Morgenlicht erkannten sie in einiger Entfernung eine Felswand.

„Lasst uns noch diese Stelle erkunden, danach kehren wir zurück", sagte Sakarbal.

Sie erreichten die Felswand an einer große Öffnung zu einer Höhle. Vorsichtig gingen sie hinein und erkannten sogleich, dass es sich um eine Grabhöhle handeln musste. Sie sahen die Gebeine von zahlreichen Toten. Opfergaben lagen davor. Ehrfurchtsvoll ließen sie die Toten ruhen und traten wieder aus der Höhle hinaus.

Kaum, dass sie im gleißenden Tageslicht wieder etwas erkennen konnten, flog ein Pfeilhagel auf sie zu.

„Sucht Schutz in der Höhle oder hinter den Bäumen!", schrie Sakarbal.

„Ich erkenne etwa zwölf Angreifer. Sie sind bewaffnet mit Pfeil und Bogen und auch mit Blasrohren. Rennt! Sucht Deckung! Steinschleuderer, bereit machen!"

Sakarbal sah einen von einem Pfeil getroffenen Gefährten auf dem Boden vor der Höhle liegen. Er wollte schon hinausrennen und ihn in die Höhle ziehen, da kam eine zweite Welle von Pfeilen auf sie zu geflogen. Dieses Mal aber wohl ohne Wirkung. Sakarbal sah Pfeile, die in den Bäumen steckten, an der Felswand zerbrachen oder wirkungslos in die Höhle flogen.

Jetzt sprangen die Steinschleuderer hervor und feuerten ihre Geschosse auf die ohne Deckung stehenden Angreifer ab. Wie vom Blitz getroffen fielen sechs Gegner zu Boden. Das Entsetzen bei den anderen war so groß, dass sie wie gelähmt verharrten. Sakarbal und weitere Krieger rannten mit gezückten Schwertern auf die Eingeborenen zu und töteten sie ohne zu zögern. Nachdem die Gefährten sich versichert hatten, dass alle Angreifer tot waren, sammelten sie sich vor der Höhle.

Leider hatten auch sie zwei Tote zu beklagen, bei denen der Pfeil genau ins Herz getroffen hatte. Zwei Verletzte kämpften noch mit dem Tod. Sie krümmten sich wie wahnsinnig am Boden und hatten Schaum vor dem Mund. Kleine Pfeilspitzen steckten ihnen im Hals. Sakarbal ahnte, dass die Spitzen der Pfeile mit einem todbringenden Gift eingerieben worden waren. So machten es auch die Jäger von Amanarys Stamm bei der Jagd. Sakarbal erlöste die beiden Gefährten durch sein Schwert von ihrem Todeskampf.

„Sechs Mann bilden im Halbkreis um die Höhle eine Wache. Alle anderen bereiten die Grablegung unserer Gefallenen vor. Eine Feuerverbrennung ist nicht möglich, da wir sonst womöglich weitere Mundrucù auf uns aufmerksam machen“, wies Sakarbal seine Männer an. Die Toten wurden in eine Hockstellung gebracht und mit biegsamen Ruten aus dem jungen Unterholz des Waldes gebunden. Anschließend wurden sie in die vom Eingang her nicht einsehbare hinterste Ecke der Höhle getragen und an die Felswand gesetzt. Die Männer suchten Steine und schichteten sie zu einer kleinen Mauer um die Toten herum auf. Darüber legten sie Äste, die sie dicht mit mehreren Schichten großer Blätter belegten. Darauf häuften sie eine Erdschicht und deckten diese mit flachen Steine ab. Nach

Fertigstellung dieser Grablegung nahmen die Überlebenden des Angriffs mit einem kurzen Ritus Abschied von ihren gefallenen Gefährten. Für sie hatte sich der Traum eines Neubeginns in Freiheit nicht erfüllt. Sie waren im Kampf gefallen. Sakarbal weihte ihre Grabstätte dem Herr der Pfeile, dem Gott *Reschef*, der in ihrer Mythologie für den Tod, das Chaos und den Krieg stand. Er hoffte inständig, dass auf ihrer Reise nicht noch mehr Gefährten ihr Leben auf diese Weise würden opfern müssen.

„Sammelt die toten Mundrucù ein, grabt eine Grube am Waldrand und legt sie hinein! Dann schüttet die Grube wieder zu und verwischt alle Spuren am Kampfplatz, in der Höhle und bei der Grabstätte!“, ordnete Sakarbal an. So zwang er seine Gefolgsleute, die traurige Stimmung abzuschütteln.

Nachdem alles erledigt war, brachen sie auf, um zum Schiff zurückzukehren. An der Stelle ihres letzten Nachtlagers blickten sie vom Hügel zurück zum Felsen. Der Platz vor der Höhle war jetzt deutlich zu erkennen. Er erschien ihnen unberührt und friedvoll. Aber der Eindruck trog. Sie wussten es besser. 16 Menschen hatten hier vor kurzem ihr Leben verloren.

Mit Vorsicht, aber auch in großer Eile ging es weiter zurück, den Zeichen folgend, die sie gesetzt hatten. Für den Rückweg brauchten sie einen halben Tag weniger als für den Hinweg.

Philosir und die übrigen Wachen begrüßten sie herzlich. Als sie erfuhren, dass vier Männer ihr Leben hatten lassen müssen, waren sie jedoch sehr bestürzt. Umso erleichterter waren sie darüber, dass die übrige Männer des Trupps den Überfall überlebt hatten und unversehrt zurückgekommen waren.

„Wie steht es mit den anderen Erkundungstrupps?“ fragte Sakarbal.

„Die beiden Trupps auf der anderen Flussseite sind schon am zweiten Tag zurückgekehrt. Auch sie hatten ein Todesopfer durch den Biss einer Giftschlange zu beklagen“, antwortete Philosir.

„Und einen guten Siedlungsplatz haben wir auch nicht gefunden“, ergänzte jetzt Aidan, umarmte seinen Freund Sakarbal und fuhr fort: „Ganz im Gegenteil, der Wald war nach einem knappen Tagesmarsch wieder so dicht geworden, dass wir trotz des Einsatzes der Schwerter kaum vorrankamen. Zudem war der Untergrund der reine Morast, so dass die Gefahr bestand, wie in einem Moor zu versinken."

Lugh ergänzte: „Uns ist es nicht besser ergangen. Dies ist keine Region für eine neue Heimat."

„Auf Moryn und seine Mannschaft warten wir noch. Sie sind noch nicht zurückgekehrt", sprach Philosir.

Entmutigt von den Nachrichten und erschöpft von den Anstrengungen des Marsches gingen alle auf das Schiff zurück.

Am Mittag des nächsten Tages sammelten sich die Männer der zurückgekehrten Trupps an dem großen Stein. Zu ihrer Überraschung entdeckte Aidan an freien Stellen zwischen den alten Farbzeichnungen neu eingravierte vertraute Zeichen und Spiralgravuren in verschiedenen Formen und Größen. Zwei Steinmetze hatten sie aus lauter Langeweile mit ihren Meißeln aus geschmiedetem und gehärtetem Eisen sauber in den harten Stein getrieben. Philosir hatte es ihnen erlaubt. Da er aber vermutete, dass der Stein mythischen Zwecken diente und er diesen Ort nicht entweihen wollte, hatte er unter der Darstellung einer großen Spirale auf den Boden einen Meißel und einen Hammer aus gehärtetem Eisen als Weihgabe gelegt, zusammen mit einem kleinen Stein, auf den sie „Flüchtlinge suchen Heimat" geschrieben hatten. Philosir erzählte weiter, dass Amanary dem großen Stein einen Namen gegeben hatte: ‚Itacoatiara'.

„Das ist Tupi und bedeutet ‚Schriftbild auf dem Stein'", sagte er.

„Wo sind eigentlich die Mundrucù?", fragte Sakarbal und fuhr fort: „Außer dem Trupp, der uns überfallen hat, haben sich keine weiteren Einheimischen gezeigt. Merkwürdig. Lasst das Schiff wenden und die Wachen verstärken. Sobald der vierte Trupp zurückgekehrt ist brechen wir auf und kehren zurück zu den Omagua."

Dann gingen alle wieder zurück auf das Boot. Moryn und seine Männer waren bis zum Einbruch der Nacht immer noch nicht zurück und auch nicht am nächsten Morgen. Sakarbal gab Befehl einen weiteren Tag zu warten.

„Alarm!“, riefen die Wachen des morgendlichen Kontrollgangs vom großen Stein zum Schiff hinüber. Sie hatten eine grausige Entdeckung gemacht. Statt der Werkzeuge lagen dort die abgeschlagenen Häupter von zwei Gefährten, die dem noch nicht zurückgekehrten Trupp angehört hatten. Ein Kopf war der von Moryn.

Sakarbal, der mit einigen Männern von der Gaulos zu dem Ort des grausigen Geschehens geeilt war, beruhigte die aufgewühlten und wütenden Männer, die im Begriff waren in den Wald zu rennen, um die anderen Gefährten zu suchen und Rache an den Mundrucù zu nehmen.

Laut rief er ihnen zu: „Wir müssen davon ausgehen, dass alle Männer aus dem Trupp entweder tot oder gefangen sind. Selbst wenn sie noch am Leben sein sollten, haben wir keine Chance sie zu finden. Wir wissen nicht, wo sich die Eingeborenen verborgen halten. Eine Suche im dichten Wald ist eine zu hohe Gefährdung.“

Erst als auch Aidan, Lugh und Philosir sich der Meinung Sakarbals anschlossen, beruhigten sich die Männer.

„Verbrennt die abgeschlagenen Köpfe und zieht euch zurück auf das Schiff! Schnell!“, befahl Sakarbal.

Wenig später ruderten sie flussab. Die Besatzung hatte so gut wie möglich im Inneren des Schiffes Schutz gesucht. Es dauerte nicht lange und aus dem Urwald rechts und links vom Fluss flogen dichte Pfeilschwärme auf ihr Schiff. Abgeschossen von für sie unsichtbar im Wald verborgenen Kriegern. Sie verharrten in ihren einigermaßen geschützten Ecken. Nach mehreren solcher Pfeilsalven hörte der Beschuss auf. Stattdessen ertönte ein mächtiges Kriegsgeheul unterstützt vom dem Geräusch von Stöcken, die an Bäume geschlagen wurden.

Da sie aber mit der Strömung fuhren und die Ruderer sich mächtig ins Zeug legten, kamen sie schnell voran. Bald hatten sie wieder das Schweigen des Urwaldes als ihren Begleiter, das nur durch die

Laute der Tiere unterbrochen wurde. Der Flusslauf wand sich nun in zahlreichen Schleifen, so ging die Fahrt langsamer dahin. Auf den Schiffen wurden die Pfeile eingesammelt, zerbrochen und in den Fluss geworfen. Bei dem Angriff waren nur zwei Ruderer am Arm beziehungsweise am Bein getroffen worden. Sakarbal hoffte, dass die Wunden im Dorf der Omagua geheilt werden könnten. Um die Mittagszeit setzte wieder starker Regen ein und damit auch die erdrückende Schwüle. Am Abend erlebten sie ein schweres Gewitter mit ohrenbetäubendem Donner und Blitzeinschlägen in die größten Bäume rechts und links im Urwald.

Kurz vor Sonnenuntergang des dritten Tages nach dem Aufbruch am Itacoatiara-Stein erreichten sie das Dorf. Sakarbal ließ das Schiff wieder am Steg anlanden.

Schon kam der Häuptling mit seinen Vertrauten von seiner Hütte zum Anlegeplatz gelaufen. Die Mienen sahen nicht sehr freundlich aus. Sakarbal sprach zu ihnen und Amanary übersetzte: „Morgen, morgen zur Mittagszeit werden wir uns zusammensetzen und reden. Heute sind wir zu müde und zu erschöpft von der Reise. Wir müssen uns um unsere Verletzten kümmern. Außerdem bricht schon die Nacht herein."

Widerwillig trotteten die Tupi zurück zur großen Hütte.

Sakarbal ließ noch an alle Kommandeure die Weisung ausgeben, dass sie sofort die Wachen verdoppeln und morgen gleich nach Tagesanbruch mit je zwei der vertrautesten Männer zu einer Versammlung an den Landesteg kommen sollten.

Die verletzten Ruderer wurden inzwischen von Xavi und Aidans Schwester Aliya versorgt, die sich beim Erlenen der Heilkünste unter Verwendung der lokalen Kräuter besonders hervorgetan hatte. Die Pfeile waren entfernt worden, die Wunden gereinigt, die Heilpasten und Pflanzen aufgebracht und die Wunden verbunden. Jetzt konnte man nur noch hoffen.

Inzwischen waren Sira und die Kinder wieder auf ihr Schiff zurückgekehrt. Überglücklich fielen sich Sira und Sakarbal in die Arme.

Bei dem gemeinsamen Essen erzählte Sakarbal von den Erlebnissen. Sira war froh und unendlich erleichtert darüber, dass ihr Mann unbeschadet von der Fahrt zurückgekehrt war, insbesondere als sie von dem tragischen Schicksal der Toten und Vermissten hörte. Sakarbal jedoch haderte mit sich selbst und machte sich große Vorwürfe. Er hatte das Schicksal zu leichtfertig herausgefordert. Mit nur zwei Erkundungstrupps in doppelter Mannstärke wären die Männer wohl noch am Leben. Sira versuchte ihn zu beruhigen.

„Nein, du hast recht gehandelt. Du hast zum Wohle aller Gefährten entschieden, um für uns eine neue Heimat zu finden. Jedem einzelnen war von Anfang an klar, dass es Verluste geben würde. Jeder weiß, dass er sein Leben aufs Spiel setzt für die eine große Hoffnung. Denk doch an die vier Kinder, die seit unserem Aufbruch auf den Schiffen geboren wurden."

„Vier? Ich hatte bisher nur von zwei Geburten gehört."

„Inzwischen sind es vier! Aisha hat es mir erzählt. Eine hochschwangere Frau von den Balearen hat bis zuletzt voller Eifer und Wissbegierde beim Kochen mitgemacht statt sich zu schonen. Beim Herunterheben eines Topfes von der Feuerstelle setzten die Wehen ein. Aisha rief nach dem Heiler Xavi und dem Schamanen Sastre. Bis diese aber bei der Hütte angekommen waren, hatte die gute Frau mit Hilfe der anwesenden Tupi-Frauen bereits entbunden. Zwillinge! Den beiden Jungen und der Mutter geht es gut. Sakarbal, das sind die ersten Menschen unserer Gemeinschaft, die in dem neuen Land weit im Westen geboren wurden. Ist das nicht herrlich! Tod und Leben gehören nun mal zusammen.", sagte Sira und nahm Sakarbal fest in ihre Arme. Erneut erkannte er, wie Sira ihn verstand. Ihre Worte trösteten ihn und gaben ihm neue Zuversicht.

„Danke, liebste Sira", flüsterte er in ihr Ohr und küsste sie.

Dann nahmen sie ihre Kinder auf die Arme, küssten und drückten sie und standen noch eine Weile eng beisammen. Nachdem die Kinder auf dem Nachtlager eingeschlafen waren, besprachen Sira und Sakarbal leise, wie es jetzt weitergehen sollte. Dann schliefen beide eng umschlungen ein.

Nach Sonnenaufgang versammelte sich nach und nach etwa 40 Gefährten von allen Schiffen am Steg. Sie setzten sich im Kreis auf die Wiese, umstellt von einer Wache. Nachdem Sakarbal, Aidan, Lugh und Philosir über die Erlebnisse der Erkundungstrupps berichtet hatten, bat Sakarbal die Priester Yutpan und Sastre, der gefallenen Gefährten zu gedenken. Ihre Worte über Mut und Tapferkeit, ihre Aufnahme durch die Götter und ihre bleibende Verbindung zu ihnen auf ihrer Reise ins Unbekannte gaben allen Trost. Mit einem Räucheropfer und mit Fürbitten an Melkart, Tanit und Eschmun um einen guten Ausgang ihrer Reise beendeten sie die Kulthandlung.

Dann ergriff Sakarbal das Wort: „Wir müssen jetzt eine Entscheidung darüber treffen, ob wir dauerhaft hierbleiben wollen oder unsere Fahrt und die Suche nach einer neuen Heimat fortsetzen. Was denkt ihr darüber?“

Reihum wurden die Meinungen vorgetragen. Niemand brachte auch nur einen einzigen Grund vor, der für ein Hierbleiben warb. Nur Bedenken und Ablehnung bestimmte das Meinungsbild:

„Die Umwelt und das Wetter ist ungünstig.“

„Es gibt keine Steine, um Häuser zu bauen.“

„Wir können weder Ackerbau noch Viehzucht betreiben.“

Moran fasste zusammen: „Für ein Leben wie hier sind wir nicht aus unserer Heimat geflohen. Auch drohen uns kriegerische Auseinandersetzungen mit den einheimischen Stämmen. Ein glückliches Leben in Frieden erscheint mir nicht möglich zu sein.“

„Aber was ist unsere Wahlmöglichkeit?“, fragte sein Bruder Chulain, „Wieder hinaus aufs Meer und mit dem Wind und der Strömung nach Norden an der Küste entlang?“

Zweifelnde Stimmen meldeten sich: „Aber wohin?“

„Nur mit der Hoffnung, einen besseren Ort für eine Niederlassung zu finden?“

„Was, wenn das Land weiter im Norden genauso ist wie hier?“

Aidan erkannte, dass es Zeit war, eine Entscheidung zu treffen, bevor Bangen und Verzagen um sich greifen konnte. Er ergriff das

Wort und beschrieb in glühenden Worten ein weiteres Mal ein Leben in einer neuen Heimat, so wie sie es sich alle vorstellten. Er schaute Sakarbal eindringlich an und der verstand.

„Ja, lasst uns abstimmen. Wer ist dafür, dass wir den Ort hier verlassen und wieder hinaus auf das Meer fahren und dann weiter entlang der Küste nach Norden?“, rief er laut den Gefährten zu.

„Dort finden wir unsere neue Heimat, ganz sicher!“, ergänzte Aidan.

Das Ergebnis war eindeutig. Niemand stimmte dagegen. Damit war die Entscheidung getroffen. Die Reise der Auswanderer würde weitergehen.

Die Versammlung beriet nun über die Aufgaben, die vor der Abreise noch zu erledigen waren. Pau schlug vor: „Mehr als sieben Tage sollten wir hier nicht mehr verbringen. Jeden Tag, den wir früher aufbrechen ist besser für die Moral.“

Sakarbal unterstütze den Vorschlag und sagte: „Helft alle, so viel Nahrung und Frischwasser mitzunehmen wie möglich, und macht die Schiffe auslaufbereit.“

Aidan wandte sich an die Kommandeure: „Klärt die Gefährten auf euren Gaulos über unsere Entscheidung und deren Gründe auf. Tut alles für eine gute und hoffnungsvolle Aufbruchsstimmung.“

„Den Häuptling werde ich gemeinsam mit Aidan, Pau, Yutpan, Philosir und Amanary in Kenntnis setzen, wenn er und seine Leute um die Mittagszeit, wie angekündigt, zu uns kommen“, sagte Sakarbal und beendete die Versammlung.

Dann ging er mit Chulain und Xavi auf sein Schiff, um nach den beiden verletzten Ruderern zu schauen. Aliya saß bei den Verletzten und reichte ihnen Wasser.

Sie stand auf und sagte: „Chulain, deine Männer kommen durch. Ihre Wunden sind versorgt. Die Pfeilspitzen waren nicht vergiftet. Sie sind noch schwach, aber in ein paar Tagen kannst du sie wieder auf dein Schiff holen.“

„Gute Nachricht!", sagte Chulain, ging auf Aliya zu, nahm ihre Hände und sagte: „Ich danke dir für deine Pflege", und schaute ihr dabei lächelnd in die Augen.

Aliya antwortete etwas verlegen: „Das war doch selbstverständlich." In ihr meldete sich ein Kribbeln, sie zog die Hände zurück und wandte sich wieder den Kranken zu.

Es blieb trocken und die Temperatur war erträglich. Genau als die Sonne am höchsten stand, kamen der Häuptling, sein Schamane und sechs weitere Männer, die jeder einen Bogen trugen und einen Köcher mit Pfeilen umhängen hatten, auf den Steg zu.

Sakarbal befahl höchste Alarmbereitschaft auf dem Schiff. Er ging, begleitet von seinen nun ebenfalls bewaffneten Gefährten zusammen mit Amanary dem Häuptling entgegen.

„Wo sind unsere versprochenen Gaben? Wenn ihr bleiben wollt, müsst ihr die Hälfte von all eurem Besitz an uns übergeben!", übersetzte Amanary die aufgeregten Worte des Häuptlings. Die Einheimischen machten dazu drohende Gebärden.

Sakarbal antwortete scharf: „Wir bleiben nicht! Wir segeln zurück auf das große Meer und dann bis an den Sitz der Götter, um ihnen von eurer Schandtat zu berichten."

Vom letzten Satz Sakarbals waren seine Gefährten überrascht, ließen sich aber nichts anmerken und schauten ebenfalls mit grimmigen Minen.

„Ihr habt gesehen, welche Werkzeuge und Waffen und welches Wissen uns die Götter gegeben haben", fuhr Sakarbal fort. Es war zu erkennen, dass die anfänglichen Drohgebärden der Tupi einer gewissen Angst und Unsicherheit wichen.

„Wir verlangen, dass ihr uns von euren Vorräten an Nahrung und frischem Wasser übergebt, was wir brauchen. Falls das nicht reichen sollte, müsst ihr mit allen verfügbaren Männern, Frauen und Kindern für uns Tiere jagen, Fische fangen und Früchte sammeln. Wenn wir zufrieden sind, könnt ihr den Rest behalten, wir werden euch einige unserer Werkzeuge geben und euch am Leben lassen!"

„Und wenn wir uns weigern?", antwortete der Häuptling.

„Dann töten wir dich und die Hälfte deiner Männer Wir werden unsere Götter anrufen, damit sie euren Stamm verfluchen und in Zukunft nur Unglück über ihn bringen."

Sakarbal hob bei seinen letzten Worten den rechten Arm mit seinem Schwert. Die Gefährten neben ihm und die Männer auf dem Schiff am Steg taten es ihm gleich. Dazu stießen sie ein markerschütterndes Gebrüll aus.

Sofort warfen sich die Eingeborenen auf den Boden und nahmen ihre Anbetungshaltung ein. Sakarbal ging auf den Häuptling zu, bedeutete ihm aufzustehen und befahl streng: „Geht jetzt und beginnt mit der Arbeit!"

Als der Tupi-Häuptling und seine Männer sich entfernt hatten, klopften Sakarbals Gefährten ihm auf die Schulter und sagten: „Das saß, gut gemacht!"

„Danke, hoffen wir, dass es wirkt und die nächsten Tage über anhält. Ich werde aber die Wachen am Steg und im Dorf auf einhundert Mann erhöhen. Sie sollen die Bewaffnung deutlich zeigen, sich aber friedlich verhalten. Nur in Notwehr dürfen die Waffen benutzt werden. So nun geht und bereitet alles wie besprochen für die Abreise vor. Philosir und Pau, ihr bleibt bitte noch hier."

Sakarbal nahm die beiden mit auf sein Schiff und bat Sira, etwas zu essen zu richten und auch selbst am Essen teilzunehmen. Während sie gemeinsam aßen fragte er seine Frau: „Wie ist denn die Stimmung bei den Frauen, Kindern und Alten? Wie stehen sie zu der Frage, ob wir hier siedeln sollen oder weiterreisen?"

Sira antwortete: „Niemand glaubt auf Dauer an ein friedliches Zusammenleben mit den Einheimischen. Niemand mag das schwüle feucht-heiße Wetter mit dem vielen Regen. Alle vermissen die Berge. Kein Horizont, nur dichter Urwald wie eine Mauer dicht vor den Augen. Modriges Wasser, Sümpfe, Morast. Überall lauern Gefahren. Nein, hier will niemand siedeln."

Die drei Gefährten schauten sich an. Sie hatten die richtige Entscheidung getroffen.

Pau und Philosir bedankten sich für das Essen und verließen die beiden.

Sira und Sakarbal gingen noch etwas am Steg spazieren.

„Siehst du da, das kleine Boot? Da ist Aliya und verabschiedet sich von einem Krieger", sagte Sira.

„Ist das nicht Chulain?", antwortete ihr Mann. „Bahnt sich da etwas an?"

Kurze Zeit später kam Aliya bei ihnen vorbei.

„Aliya, was gab es denn noch so spät mit Chulain zu besprechen?", fragte Sakarbal lächelnd.

Sie errötete und antwortete: „Nichts Wichtiges." Dann lief sie mit einem leisen „Gute Nacht" zu ihrem Schiff.

„Siehst du Sakarbal, das Leben geht weiter", sagte Sira, lächelte und gab ihrem Mann einen Kuss. Dann gingen sie auch zu ihrem Boot zurück und legten sich zu ihren Kindern.

26. Kapitel
Grabungsexpedition
Gran Vilaya (La Pirquilla) - Peru, Juni 2018

Carmen und Peter schlenderten verliebt über die Jirón Amazonas und betrachteten die Familien, die die Straße herauf und herunter flanierten. Kinder sprangen mit Eistüten oder bunten Luftballons um ihre Eltern herum. Fotografen verdienten sich ein paar Pesos für ein Familienfoto. Touristen waren auf Schnäppchenjagd nach Kleidungsstücken aus der edlen Wolle der Vikunjas.

Sie kehrten im Café Resto Bar ein und nahmen ein köstliches Hamburger Menu zu sich.

Nach dem Essen bestellte Peter Sekt. Er hatte sich einen Plan ausgedacht. Bisher war Carmen nicht wieder auf ihr Beziehungsthema zurück gekommen. Deshalb wollte er sie vor vollendete Tatsachen stellen. Als die Bedienung die Gläser brachte, stand er auf, nahm beide Gläser und bat Carmen aufzustehen.

Dann gab er ihr ein Glas, erhob das seine und sagte laut: „Carmen, stoßen wir auf unsere Verlobung an. Zum Wohl!“

Carmen war völlig überrumpelt und glücklich zugleich. „Zum Wohl! Ich liebe Dich!“

„Ich dich auch!“

Dann küssten sie sich.

Die Leute in der Bar freuten sich mit ihnen und applaudierten. „Viel Glück!“

Schnell setzten sie sich wieder. Das Aufsehen, das sie erregten, war ihnen nun doch ein bisschen peinlich. Mit der einen Hand hielt sich jeder am Sektglas fest, die andere Hand suchte und fand die Hand des Gegenübers. So saßen sie und blickten sich selig lächelnd an, während der Sekt in den Gläsern vor sich hin perlte.

Nach einigen Minuten brach Carmen das Schweigen: „Kann das mit uns etwas werden? Du bist Deutscher und lebst und arbeitest überwiegend in Deutschland. Ich bin Peruanerin, noch dazu eine von den Muchas, ich lebe und arbeite in Peru. Wo wollen wir gemeinsam leben? Können wir in einer Familie beide unserem geliebten Beruf nachgehen? Das sind nur zwei von so vielen Fragen, die mir durch den Kopf jagen. Gib mir bitte Zeit, ich bin noch nicht so weit."

„Ich liebe dich und will mein Leben mit dir und unseren Kindern zusammen verbringen. Bitte sag ja. Ich kann warten, prüfe dich und auch mich, aber sage am Ende bitte ‚ja'!"

Sie gaben sich noch einen Kuss und gingen dann zurück zur Unterkunft.

Beim Frühstück herrschte ausgelassene Stimmung. Carmen und Peter hatten die Kollegen über ihre Verlobung informiert. Alle gratulierten und wünschten alles Gute. Dann bat Isabel die Gruppe in den Besprechungsraum.

Sie begann mit einem Überblick über Gran Vilaya: „Auf diesen präkolumbianischen Ruinenkomplex ist man erst 1985 gestoßen. Die Gesamtanlage umfasst eine Vielzahl von einigen großen und sehr vielen kleineren Siedlungsorten, die durch Wege und Befestigungsanlagen miteinander verbunden waren. Zu den Ansiedlungen gehören Pirquilla, Cacahuasha, Lanche, Mortar, Paxamarca und einige mehr. Aufgrund der Baustruktur wird die Anlage der Chachapoya Kultur zugerechnet. Es finden sich aber auch Spuren der Inka, die ab dem Jahr 1475 n. Chr. das Chachapoya Gebiet weitgehend kontrollierten und sich oft in den Orten der Chachapoya ansiedelten. Die Um- und Neubauten, die von den Inkas stammen, lassen sich aufgrund des völlig anderen Baustils leicht erkennen.

Ein Berggrat, der für die Nebelwälder der Osthänge in den Nordanden des Amazonasgebietes typisch ist, von den Einheimischen ‚Die Augenbrauen des Regenwaldes' genannt, zieht sich viele Kilometer lang durch das Gebiet. In dem schwer zugänglichen Gelände stößt man, verborgen und oft schwer zu erkennen unter dichter und üppiger Vegetation, auf tausende von Steinstrukturen. Seit der Entdeckung hat es keine Anstrengungen gegeben, das Gebiet freizulegen und zu erforschen. Teilweise werden in den kleinen Dörfern dieses Gebietes einige Ruinen von den Bewohnern immer wieder aus der Vegetation ‚geschält'. Die Bauern verdienen sich durch Führungen durch die beeindruckende Landschaft mit den Ruinen einer längst vergangenen Kultur ein Zubrot."

Isabel machte eine Pause und fuhr fort: „Die geplante Grabung sollten wir uns nicht wie eine archäologische Grabung im üblichen Sinn vorstellen. Es geht nur darum, dass wir uns ein Bild von dem enorm großen Siedlungsgebiet machen. Wir werden einige der Steinstrukturen näher betrachten und dokumentieren und hoffentlich das ein oder andere Artefakt finden, um damit neue Erkenntnisse über die Erbauer dieser Siedlungen zu gewinnen."

Bevor sie ihr Team entließ, fügte sie noch hinzu: „Einige organisatorische Dinge. Wir werden uns zwischen 2000 und 3000 Meter Höhe aufhalten, das heißt tagsüber feucht-warme Temperaturen bis 24°C und nachts kalt mit Temperaturen um 5°C und darunter. Durch den Regen der letzten Tage werden die Pfade rutschig und verschlammt sein. Alles, was nicht in einen Rucksack geht, könnt ihr Willi mitgegeben. Er hat ein Basislager in Belen eingerichtet und lässt Teile der Ausrüstung zu dem Haus einer Bauernfamilie im Dorf Congon bringen. Dort werden wir ein paar Nächte verbringen. Die Zelte für die Übernachtungen in den Ruinen sowie Verpflegung und Werkzeuge werden mit zwei Pferden transportiert. Zwei Einheimische führen sie. Einen geländekundigen Führer konnte Willi ebenfalls organisieren.

Noch Fragen? Keine? Dann bis morgen. Und packt eure Rucksäcke entsprechend!"

Die Archäologen gingen auf ihre Zimmer, packten die Ausrüstungen zusammen und verbrachten den Rest des Tages vor dem PC und lasen die im Internet verfügbaren Informationen über Grand Vilaya.

Zum wiederholten Male ging es die Straße von Chachapoyas hinunter zum Utcubamba-Fluss. Im Tal bogen sie auf die Straße nach Norden ab. Kurze Zeit später, bei einem großen Zementwerk, nahmen sie die Straße über Cohechan bis zum Huaylla Tal. Nach etwa 70 Kilometern und fast drei Stunden Fahrzeit machten sie bei einer Pferdezüchterfamilie am Rand des Tales halt.

Sie bekamen einen lokalen Kaffee, gekochte Maiskolben und Käse. Die Familie hatte einen großen und gut gedeckten Stall, in den sie einige Ausrüstungsgegenstände für den Bedarfsfall unterstellen konnten. Während Willi die zwei Pferde übernahm und sie mit der Hilfe des angeheuerten Führers und seiner zwei Helfer belud, gingen Carmen und Peter zum Fluss. Das Wasser war kristallklar, nicht sehr tief und reich an Forellen.

Eine Stunde später marschierte die Gruppe auf der nun nicht mehr geteerten Fahrstraße los. Bald folgten sie einer Abzweigung in den Wald hinein. Vorbei an Eukalyptusbäumen ging es die Serpentinen steil hinauf.

Nach zwei Stunden kamen sie an einem Bergsattel an. Der Wald öffnete sich und gab den Blick auf das durch einen Gletscher entstandene Tal frei. Der Huaylla-Fluss mäanderte in unzähligen Schlingen gut vierhundert Meter unter ihnen durch ein grünes Wiesental. Dunkelgrüne saftige Wiesen in unmittelbarer Nähe zum Wasser, hellgrüne Wiesen etwas weiter weg. Die vereinzelten Wolken warfen ihre Schatten. Zu den Seitenrändern hin stieg das Gelände leicht an, um dann von den blaugrünen Bergflanken begrenzt zu werden.

Die Archäologen wandten sich zur anderen Seite und gingen über die Passhöhe. Dort blickten sie auf eine völlig andere Landschaft. Wirr in alle Richtungen laufende Berggrate, Schluchten und enge Täler soweit das Auge reichte. Hohe Nebelwaldbäume und üppige Vegetation.

Aus dem breiten Weg war inzwischen ein Pfad geworden, der die Archäologen nun durch dichten Urwald führte. Bald tauchte rechts von ihnen eine kleinere Lichtung mit einem baufälligen Schuppen, der von Wanderern als Schutzhütte benutzt werden konnte, auf. Für ihre Gruppe bot er aber nicht ausreichend Platz. Sie bauten die Zelte auf und halfen Willi beim Einrichten einer Feuerstelle. Später saßen alle um das Feuer herum. Es war ein romantischer Abend. Bevor Carmen und Peter in ihr Zelt krochen, - als Verlobte brauchten sie ja jetzt nicht mehr Versteck zu spielen - , gingen sie noch einmal zurück zum Pass. Die Nacht war sternenklar. Der Mond spiegelte sich im Fluss und das Kreuz des Südens stand genau über dem Ende des Tals. Wunderschön. Sie gingen zurück. Carmen fröstelte. Willi hatte recht daran getan, dicke Isomatten und gut wärmende Schlafsäcke sowie einige Decken in die Zelte zu legen.

Am nächsten Morgen war es trocken aber empfindlich kalt. Punkt 8 Uhr marschierten sie weiter.

Zunächst ging es nahezu eben durch den Wald. Hohe Bäume, dicht mit Moos bewachsen, säumten den Pfad. Farne und Schachtelhalme waren ihre Begleiter. Ebenso wie Schmetterlinge, Papageien, Tukane und Kolibris. Dann ging der Pfad über Steine, Wurzeln, rutschigen Lehmboden und verrottetem Astwerk steil bergab. Isabel meinte, dass sie jetzt einem alten Weg folgten, den die Inkas während ihrer Besetzung des Chachapoya Reiches hier angelegt hatten. Kurz nach einer Rechtsbiegung standen sie an einem sanften Hang.

„Was für eine Überraschung!“, rief Jorge erstaunt.

Statt eines Weges führte eine breite Treppe durch den Urwald hinunter. Riesige Bäume überspannten mit ihren Ästen und Blättern die Treppe. Die Wanderer hatten das Gefühl durch einen hohen, grünen, feuchten Tunnel zu laufen.

José meinte lächelnd: „Jetzt bekommt unser Ausflug doch noch ein wenig Indiana-Jones-Feeling.“

Isabel schaute ihn grimmig an und Peter sagte zu ihm: „Pass auf, was du sagst, sonst verschwindest du gleich in einer Grube.“

„Hast du etwas Neues von deinem Verwandten Alfredo gehört?“, fragte Jean-Pierre.

„Nein, nichts“, beeilte sich José zu antworten.

Die Stiege war völlig mit Moos und anderen Gewächsen überwuchert und teilweise glitschig. Sie mussten beim Abstieg höllisch aufpassen. Ansonsten waren die Stufen gut erhalten. Wie viele Menschen, Pferde, Maultiere und Lamas mussten sie schon benutzt haben! Am Ende der Treppe erreichten sie eine kleine Ebene.

Auf der gegenüberliegenden Seite ging es auf einem schmalen Pfad weiter bergab. Willi, der etwas vorausging, stoppte plötzlich und gab den anderen Zeichen, stehen zu bleiben und leise zu sein. Dann zeigte er nach rechts wo in einem Baum ein Vogel saß. Flügel und Schwanz waren schwarz, das übrige Gefieder aber prächtig rot gefärbt. Besonders lustig sah der Federkamm auf seinem Kopf aus. Willi erklärte mit halblauter Stimme: „Das ist ein Andenklippenvogel. Er wird auch roter Felsenhahn genannt."

Carmen ergänzte: „Und es ist Perus Nationalvogel."

Der Vogel war mit seinem auffälligen und lauten Balzen so beschäftigt, dass er sich von den vorbeigehenden Menschen überhaupt nicht aus der Ruhe bringen ließ.

Der Pfad verlief in einem Linksbogen wieder bergauf. Etwa vier Stunden waren seit ihrem Aufbruch vergangen. Die Temperatur war auf neunzehn Grad angestiegen. Es war feucht-warm. Plötzlich zeigte Isabel nach vorn.

Verborgen unter dichter Vegetation waren die Ruinen dreier kreisrunder Steingebäude zu erkennen.

Willi, Jorge und ein einheimischer Führer bahnten sich mit den Macheten einen Pfad zu den Bauten. Sie lagen etwa zehn Meter links vom Weg. Behauene rechteckige Kalksteinquader, eine Lage etwas dickere Steine, dann eine Lage dünnerer Steine immer im Wechsel bis zu einer Höhe von etwa fünf Metern. Die Mauern waren zum überwiegenden Teil mit Moos und Pflanzen bewachsen. Die Steinbauten wären einem Wanderer mit einem ungeübten Blick für archäologische Ruinen gar nicht aufgefallen. Bei schlechterem Licht oder Nebel hätten auch die Archäologen sie sehr wahrscheinlich nicht gesehen. Sie gingen um die Ruinen herum. Bei zweien waren die Mauern auf der Rückseite eingestürzt. Ein Haus sah noch gut erhalten aus. Hinter den Gebäuden war der Boden auf ungefähr 15 mal 10 Metern eingeebnet. Dahinter ging es einige Meter bergauf und weitere Steinkonstruktionen waren durch die Bäume und die dichte Vegetation zu erkennen. „Das sind die Ruinen von La Pirquilla. Hier werden wir unser Nachtlager aufschlagen", erklärte Isabell.

Die Gruppe rodete den eingeebneten Platz von Büschen, Stauden und vermoderten Ästen. Nach schweißtreibender Arbeit konnten sie beginnen ihre Zelte aufzustellen. Anschließend kümmerte sich Willi mit dem Führer und den beiden Helfern um eine Feuerstelle, eine Sitzecke und anderen ‚Komfort' in dieser wilden Natur. Die anderen durchquerten bis zum Einsetzen der Dämmerung die nähere Umgebung soweit es Natur und Gelände zuließen. Umgestürzte Bäume, steile Abhänge und eingefallene Steinmauern zwangen immer wieder zu anstrengenden Umwegen.

Am Abend saßen sie noch ein bisschen am Feuer und fachsimpelten, bevor sie müde und in der Hoffnung auf einen spannenden neuen Tag in ihre Zelte krochen. Um nicht unliebsame Überraschungen durch Bären oder andere Räuber zu erleben, hielten Willi und die drei Einheimischen die ganze Nacht über abwechselnd Wache.

Leises Prasseln eines leichten Regens auf dem Zeltüberdach und das virtuose Orchester unzähliger Tierstimmen weckten Carmen und Peter bei Sonnenaufgang. Carmen öffnete das Zelt. Sie sah nur weißen Nebel durch das Lager ziehen. Das Grün der Vegetation, die Zelte der Kollegen oder die Steinhäuser waren nur schemenhaft zu erahnen. Zum Glück hörte es bald auf zu nieseln. Aber alles war nass. Feucht tropfte es von den Bäumen.

„Heute müssen wir noch besser aufpassen, um nicht auf dem glitschigen Boden auszurutschen", sagte Isabel.

Sie setzten die gestern begonnene Erkundung der Siedlungsstruktur fort. Der Nebel hatte sich bis gegen zehn Uhr nahezu aufgelöst und es wurde ein angenehm milder Tag. Am Abend hatten die

Archäologen einen guten Überblick gewonnen. Erschöpft und verschwitzt kamen sie noch bei Tageslicht zum Lager zurück.

Willi hatte aus Ästen und großen Blättern einer Bananenstaude eine Duschkabine gebastelt. Links vom Plateau kam ein kleines Rinnsal vom Berg herunter gerieselt. Mit gewölbten Baumrindenstücken leitete Willi das Wasser vom Bach bis über den obersten Ast in die Duschkabine. Der Boden war mit flachen Steinen belegt. Einen kleinen Ablauf hatte er auch gegraben. Perfekt! Die Archäologen nahmen die Dusche freudig an und dankten Willi. Das klare Wasser tat gut und belebte sie nach den Anstrengungen des Tages.

Am Abend klagten Peter und Jorge über Kopfschmerzen und Übelkeit. Vermutlich erste Anzeichen der Höhenkrankheit. Willi bereitete einen Tee aus Coca-Blättern und empfahl zusätzlich noch Coca-Blätter zu kauen. Er gab den beiden ein Tütchen davon.

Dann zeigte und erklärte er den Gebrauch.

„Zuerst müsst ihr ein Coca-Blatt auf die Zunge legen und es anweichen. Dann wieder von der Zunge lösen und die beiden Hälften von der mittleren Blattader ablösen. Die Blatthälften in den Mund nehmen, darauf herumkauen und sie mit Zunge und Gaumen zu einem Kügelchen formen und in eine Backentasche schieben und ab und zu darauf kauen. Mit weiteren Blättern dann ebenso verfahren. Das Kügelchen wird mit der Zeit immer dicker. Schaut euch mal bewusst alte Gemälde von Inkas oder Konquistadoren an, da könnt ihr sehen, dass sie oft mit einer ‚dicken Backe' gemalt worden sind."

Die Nacht war hereingebrochen und müde rollten sich alle in ihre Schlafsäcke ein.

In der Nacht hatte es nicht geregnet und auch der Morgen begann trocken. Die Kopfschmerzen von Jorge und Peter hatten sich nicht verstärkt. Sie waren am Abklingen. Nach etwas Morgengymnastik setzten sie sich zusammen und besprachen die bisherigen Erkenntnisse.

Jean-Pierre begann: „Die Siedlung umfasste über 40 Rundhäuser und zwei rechteckige Häuser. Alle Gebäude waren auf vier Terrassen am Berghang verteilt. Die verschiedenen Ebenen waren durch Mauern abgestützt. Um die Siedlung herum lief eine Schutzmauer, gut sechs Meter hoch, die aber nur noch in Bruchstücken erhalten ist. Den Hauptwegen nach, die aber kaum noch auszumachen sind, muss es zwei enge Tordurchlässe gegeben haben. Die rechteckigen Gebäude stehen beide auf der obersten Terrasse. Weiterhin gibt es dort vier große Rundhäuser und zwei kleinere."

José übernahm: „Nur bei diesen gibt es die für die Chachapoya-Kultur bekannten Dekors. Diese Häuser haben auch einen verbreiterten Steinsockel, auf dem Steinplatten einen rundum verlaufenden Umgang bilden."

Als es keine weiteren Wortmeldungen mehr gab, sagte Isabel: „Dann auf, heute wollen wir uns in einigen Hausruinen umsehen."

Sie teilten sich dazu in zwei Gruppen auf. Es blieb glücklicherweise trocken. Neben Kolibris und einem Andenspecht, kreuzten heute auch Wollaffen und verschiedene Arten von Eidechsen ihre Wege durch den dichten Wald. Als sie bei Dämmerung wieder im Lager zurück waren, zeigte ihnen Willi eine Schlange die er am Zeltplatz gefunden und erschlagen hatte. Die Einheimischen meinten sie sei nicht giftig, sie würden sie aber auch nicht essen. Gut, dachten die Archäologen, denn Willi wäre es zuzutrauen gewesen, dass er sie sonst für das heutige Abendessen zubereitet hätte.

Stattdessen gab es mit Kräutern gefüllte Meerschweinchen, die hatte Willi bei der Bauernfamilie erworben. Er hatte sie auf Stöcke gesteckt und über dem Feuer gegrillt. Dazu gab es Gurken- und Tomatensalat und Süßkartoffeln. Nach dem Essen saßen sie am Lagerfeuer und berichteten von den Beobachtungen des Tages. Carmen war mit Peter und Jorge, denen der Coca-Tee und das Kauen der Blätter tatsächlich geholfen hatte, auf der obersten Terrasse unterwegs gewesen.

Jorge begann: „In dem rechteckigen Haus ohne Vorhof fanden wir Mauerreste, die folgende Unterteilung nahe legen: ein kleiner Vorraum, ein großer zentraler Raum dahinter und an den Seiten rechts und links je zwei Räume. Im zentralen Raum steht in der Mitte ein rechteckiger Steinblock, etwa zwei auf einen Meter, mit glatt geschliffener Oberfläche. An den Seitenwänden sind vier Nischen im Mauerwerk zu erkennen. Unter einer fanden wir auf dem Boden, überwuchert von Moos und Orchideen, einen Totenschädel, der wohl geöffnet worden sein muss. Die konisch gebohrten Löcher sind gut zu erkennen. In einem der Nebenräume lagen Skelette eines Fußes und einer Hand. Sie müssen glatt und fachmännisch abgetrennt worden sein. Die Artefakte haben wir vermutlich *in situ* gefunden. Wir haben sie fotografiert und in einer Kiste von Willi gesichert. Damit stehen sie für weitere Untersuchungen zur Verfügung. Es kann nur vermutet werden, dass in diesem Gebäude Operationen durchgeführt wurden. Vielleicht war es die Krankenstation."

„Das andere rechtwinklige Steingebäude mit dem Vorplatz war dagegen wohl für Zeremonien bestimmt. Möglicherweise ein Tempel", fuhr Peter fort. „Im Innenraum entdeckten wir einen rechteckigen Steinblock, ähnlich einem Opferaltar. Die Fläche war ursprünglich wohl rundum geglättet und poliert. Etwas vom äußeren Rand versetzt ist eine Rille eingeschlagen. In einer Ecke ist die Rille, wie ein Abfluss, bis an den Rand getrieben und durch einen zehn Zentimeter langen Ausguss verlängert worden, der an den unteren Teil eines Vogelschnabels erinnert. Unter dieser Stelle ist in den glatten Steinboden eine Schale eingearbeitet, die wie eine doppelte Hand aussieht. Die Schale ist versehen mit einer Abflussrinne, die durch ein Loch in der Hauswand nach außen führt. In der mittleren Nische der Wand hinter dem Steinblock fanden wir einen zerstörten Steinkopf, von dem nur noch eine Gesichtshälfte und der Hals mit einer Halskette erhalten ist."

Dann übernahm wieder Jorge: „Neben dem Eingangsportal sind in der Außenwand ebenfalls zwei größere längliche Nischen eingearbeitet. Über dem Eingang ist ein Symbol eingeritzt. Es zeigt eine liegende Mondsichel, die Enden nach unten zeigend. Darunter eingepasst eine Sonne. Darunter ein Kreis auf einem langen Strich und ein Dreieck darunter."

Peter unterbrach: „Das ist das Symbol für die punische Fruchtbarkeitsgöttin Tanit. Derartige Darstellungen sind von Karthago, den Balearen und vielen anderen Plätzen rund um das Mittelmeer bekannt. Jetzt wird es spannend. Ein weiteres Inciz, das auf Verbindungen zum antiken Europa hinweist."

„Aber erstmal zurück zu unseren Beobachtungen", sagte Carmen, „Die rechteckigen und die größeren runden Gebäude müssen eine stabile Dachkonstruktion gehabt haben. In den oberen Wänden sind gegenüberliegende Aussparungen für vermutlich tragende Balken. In den kleineren Rundhäusern wurden hingegen die Balken in Mauernischen als Stützen eingesetzt und in der Mitte, wo alle Balken zusammenkamen, zusammengebunden und dann mit Fasermatten und großen Blättern geschlossen. Eine Erneuerung der Dachkonstruktionen war wohl alle paar Jahre angesagt."

Jetzt berichtete Jean-Pierre: „In den kleineren Wohnhäusern haben wir die gleiche Struktur wie schon in Kuelap gesehen. Ein einziger Raum, vermutlich nicht mehr unterteilt durch kleine Mauern. Herdstelle, Wasserrinne, ein bis zwei Vorratslöcher im Boden. Es war keine Zeit im Boden nach Gräbern zu suchen. In den Resten der Befestigungsmauer haben wir jedoch an zwei Stellen Gebeine finden können."

José ergänzte: „In zwei Hausruinen fanden wir unter dem Fußboden Grabkammern. Die Toten sind in Tüchern eingenäht. Wir haben sie nicht weiter untersucht, sondern dort ruhen lassen und die Steinplatten wieder unter Ästen und Blättern verborgen."

Isabel bedankte sich für die Berichte und war hocherfreut über die gute Arbeit. Zugleich mahnte sie an: „Vergesst nicht, alles wissenschaftlich zu dokumentieren. Gibt es noch etwas zu sagen?"

„Ja", meldete sich Jean-Pierre zu Wort. „Es ist doch eigentlich unverantwortlich, dass praktisch keine offiziellen Grabungen seit der Entdeckung durch einen amerikanischen Forscher stattgefunden haben. In diesen wenigen Stunden haben wir unglaubliche Artefakte entdeckt. Ich möchte nicht wissen, was hier schon alles von Grabräubern und Touristen mitgenommen worden ist."

Zustimmendes Gemurmel kam von allen Seiten.

„Es liegt an uns das zu ändern. Wir müssen der Öffentlichkeit klar machen, dass Peru aber auch die Weltgemeinschaft hier eine große Verantwortung für das gemeinsame Kulturerbe aller Menschen hat“, sagte Carmen.

Isabel versprach mit ihrer gemeinsamen Abschlussdokumentation bei der Archäologiebehörde von Peru eine entsprechende Eingabe zu machen und sie auch anderen renommierten Forschungsstellen und Förderinitiativen zukommen zu lassen. Damit beendeten sie ihre Arbeit für heute und gingen schlafen.

Am nächsten Morgen bauten sie die Zelte ab und beseitigten alle Spuren ihres Lagers. Die Kisten mit den Artefakten hatte Willi auf die Tragtiere verteilt. Der Himmel war verhangen mit grauen Wolken, die so tief reichten, als wollten sie sich mit den Nebelschwaden des Waldes vereinigen.

Nach drei Stunden erreichten die Gruppe das Dorf Congon, das umgeben war von Bananen- und Kaffeeplantagen, die von der Dorfgemeinschaft bewirtschaftet wurden. Von Pirquilla kommend waren sie jetzt wieder auf eine Höhe von 1800 Metern abgestiegen. Neben den Wohnhäusern, Ställen und Wirtschaftsgebäuden gab es einen kleinen Verkaufsladen mit regionalen Lebensmitteln und Handwerksarbeiten, eine gemütliche Gaststube und eine Scheune, die zu einer Herberge mit Schlafkabinen umgebaut worden war. Insgesamt konnten 24 Gäste untergebracht werden. Waschmöglichkeiten und Toiletten waren vorhanden. Im Auftrag von Isabel hatte Willi sie hier für drei Nächte eingebucht.

Zum Mittagessen gab es Ceviche von frischen Forellen aus dem örtlichen Bach mit Süßkartoffeln, Zwiebeln, Chili und gerösteten Maiskörnern. Mit letzteren ließ sich die Schärfe der Ceviche etwas abmildern. Das goldgelb ausgebackene Bananengebäck und der organischen Kaffee zum Abschluss schmeckten hervorragend.

Gerade als sie sich die Beine etwas vertreten wollten, begann es in Strömen zu regnen. Und dieser Regen hielt einen weiteren Tag an.

Sie nutzten die Zeit, um ihre Dokumentationsaufgaben zu erledigen. Anhand ihrer digitalen Fotoaufnahmen, Notizen und frischen Eindrücke fertigten sie eine einigermaßen maßstabsgerechte Zeichnung der Anlage mit den Terrassen, Häusern und Mauern. Die Stellen, an denen sie die Artefakte gefunden hatten, wurden ebenfalls in der Zeichnung markiert. Die Artefakte wurden fotografiert, vermessen, abgezeichnet und katalogisiert. Ihre Vorgehensweise, ihre Eindrücke und Kommentare wurden in einem Bericht zusammengefasst. Damit hatten sie eine gute Basis für die weitere Arbeit der Aus- und Bewertung geschaffen.

Nebenher wurde die Zeit genutzt, um sich mit den Einheimischen zu unterhalten und dabei ihre Überlieferungen und Mythen kennenzulernen. Einer von den Männern erzählte ihnen, dass er an der Expedition des Amerikaners, der Gran Vilaya entdeckte, teilgenommen hatte und zeigte stolz ein Foto. Leider bestätigte er auch, dass immer wieder der eine oder andere Fund verschwunden war. Dazu zählten Mumien, Steinplatten mit Inschriften oder Zeichnungen, Essgeschirr, Werkzeuge und auch Schmuckstücke. Peter fragte ihn, ob er sich ihnen nicht anschließen wolle. Er lehnte freundlich ab, da er von einer für den übernächsten Tag angemeldeten Gruppe bereits als Führer verpflichtet worden sei.

Am nächsten Morgen war der Regen vorüber. Die Archäologen packten ihre Sachen zusammen und nahmen noch ein kleines Frühstück ein. Die Vorräte waren aufgefüllt und die Pferde standen beladen und abmarschbereit vor der Herberge. Sie bedankten sich bei der Bauernfamilie für die herzliche Gastfreundschaft. José, der ein begnadeter Zeichner war, schenkte der Bäuerin, die in dem kleinen Laden ihre Produkte verkaufte, eine Zeichnung der drei Rundhäuser, die die Gruppe zuerst gesehen hatte, als Wandschmuck für den Laden. Die Beschenkte war sichtlich gerührt.

Jorge sagte leise zu Peter: „Eine nette Geste von José. Apropos: Findest du nicht auch, dass sich José seit dem Vorfall in Cocachimba immer besser in unsere Gruppe eingefügt hat? Viele Dienste hat er freiwillig übernommen und auch einiges zur guten Stimmung beigetragen."

„Aber in den letzten Tagen hat er wieder auffällig viel telefoniert. Und meist stand er dabei nervös um sich blickend in irgendwelchen Ecken herum", entgegnete Peter.

Dann brach der Trupp auf. Der Weg führte stetig und steil bergauf. Eine Holztafel am Ortsausgang nannte als Ziel den Yumal Pass auf 3348 Metern Höhe, das hätte einen Anstieg von etwa 1550 Höhenmetern auf einer Strecke von 19 Kilometern bedeutet. Neun Stunden war als Wanderzeit angegeben. Zum Glück war der Yumal Pass nicht ihr Ziel. Der Pfad war durch den zweitägigen Regenfall völlig aufgeweicht. Wo nicht irgendwie ein Stein oder eine Wurzel oder auch herabhängende Zweige Halt versprachen, bewegten sie sich wie auf Schmierseife. Die Hufe der Pferde und Maultiere sanken in dem Matsch ein. In den Löchern, die sie hinterließen, sammelte sich das Wasser. Überall kamen aus dem Wald Rinnsale den Berg heruntergeflossen. Von oben tropften die Blätter. Es war nass und schwülwarm. Schuhe und Hosen starrten bald vor Dreck. Alle schwitzten in ihrer feuchten Kleidung. Mühsam ging es Schritt für Schritt bergauf. Nach etwa zwei Stunden bog links ein Pfad ab. Auf einer kleinen Holztafel, die an einen Baum genagelt war, stand ‚Cacahuasha - una hora'. Das war ihr Ziel.

27. Kapitel

Neue Heimat am großen Fluss?

Ilha de Marajó, Brasilien - Juli 148 v. Chr.

Die letzten beiden Tage waren erfüllt gewesen von emsigem Treiben zwischen dem Dorf der Omagua und den Schiffen der Gefährten. Die Vorräte waren aufgefüllt worden und die Menschen sehnten den erneuten Aufbruch herbei. Die Kommandeure hatten Sakarbal wissen lassen, dass die geplante Versammlung nicht notwendig sei. Der Ausgang der Erkundungsfahrt ins Landesinnere hatte sich ebenso schnell herumgesprochen wie der Vorschlag ihrer Anführer, den Ort zu verlassen und die Reise fortzusetzen. Niemand wollte bleiben. Jeder war der Meinung, die Omagua so schnell wie möglich zu verlassen und einen besseren Siedlungsort zu finden.

Am Morgen des Aufbruchs stand Amanary mit einer Gruppe von jungen Männern und Frauen am Steg.

„Dürfen wir mit euch kommen?“, hatte Amanary gefragt. „Unser Ältestenrat war zwar nicht froh über unseren Entschluss, hat aber zugestimmt.“

„Gerne! Wir haben euch sehr schätzen gelernt und können euch gut gebrauchen. Philosir verteile unsere neuen Gefährten bitte auf die Schiffe“, hatte Sakarbal geantwortet.

Dann war er mit Philosir und Yutpan zum Häuptling und seinem versammelten Rat gegangen. Sie hatten ihm für die Gastfreundschaft gedankt und sich verabschiedet. Gleichzeitig hatten sie vier Äxte aus Eisen, Teller und Becher aus Keramik und einen Messing-Krug mit wertlosem bunten Schmuck übergeben.

Zum Schiff zurückgekehrt, sahen sie, dass die Ratsmitglieder der Tupi sich schon darüber stritten, wie denn die Geschenke zu verteilen wären. Ihnen war das egal. Sie waren nur froh, diesen Ort verlassen zu können. Nachdem die Auswanderer stromabwärts gerudert waren und sie der Fluss wieder in das offene Meer getrieben hatte, segelten sie bei ruhiger See und geringem Wind gut einen Tag entlang der Küste nach Norden. Diese war dann mehr nach Westen abgeschwenkt. Unterstützt von dem auffrischenden Wind waren die Schiffe dann dem Kurs Nord-West gefolgt.

Am Morgen des fünften Tages nach dem Aufbruch von Amanarys Dorf passierten die Auswanderer die Mündung eines großen Flusses. Kleinere und größere Insel erschienen. Sie hatten den Eindruck, dass sich das Meer in das Land hinein ergoss. Zuerst nahmen Sakarbal und Hallalcar an, dass es sich um eine riesengroße Bucht handelte. Die Sonne hatte auf ihrem Weg vom Höchststand zum Horizont im Westen schon die Hälfte zurückgelegt als sie wieder auf die Küstenlinie trafen. Hallalcar sagte: „Wir müssen durch die Mündung eines außergewöhnlich großen Flusses gesegelt sein. Ich habe unterschiedliche Strömungen und auch verschiedenartige Färbungen des Wassers beobachtet.“

Sakarbal entschied sich gegen eine Weiterfahrt entlang der Küste auf dem Meer. Stattdessen folgten sie nun dem riesigen Fluss landeinwärts in südwestlicher Richtung. Die Breite des Flusses erschien ihnen geradezu endlos. Die Gaulos hielten sich rechts, um der Uferlinie folgen zu können. Links gab es ab und zu Inseln zu sehen. Menschen oder Ansiedlungen konnten die Gefährten nicht erkennen. Es boten sich auch keine Anlandungsmöglichkeiten, da nur Sümpfe und dichte Wälder zu erkennen waren.

Sira stand mit Sakarbal an Deck und schaute suchend zum Ufer.

„Ich habe kein gutes Gefühl. Es ist eigentlich alles so wie beim letzten Fluss, nur alles viel, viel größer!“

„Ja du hast recht, Sira, mir scheint es auch nicht erfolgversprechend, weiter zu segeln. Bis zum Horizont ist keine Änderung der Landschaft absehbar.“

Sakarbal gab das Signal zum Umkehren. Mit dem letzten Tageslicht erreichten sie eine größere Sandbank. Sakarbal gab Befehl zu ankern.

Am nächsten Morgen segelten die Gefährten weiter. In der offenen Mündung, wo keine Inseln mehr zu sehen waren, ließ Sakarbal gegen den Wind Kurs Süd-Ost kreuzen. Nach einigen Stunden sahen sie wie sich hinter einer großen Landspitze ein mächtiger Flussarm öffnete. „Diesen haben wir gestern passiert, erinnerst du dich Sakarbal? Wir dachten es sei eine Bucht“, fragte Hallalcar.

„Ja“, antwortete er und gab Befehl, dem Fluss landeinwärts zu folgen.

Das Land oder möglicherweise auch nur eine sehr große Insel zu ihrer Rechten lag etwas höher und schien eine offene Graslandschaft mit Buschwerk und vereinzelten Bäumen zu sein. Auf der linken Seite in weiter Entfernung war eine Uferlinie mehr zu erahnen als deutlich zu sehen.

Die Sonne hatte ihren Höchststand erreicht, als sie auf ihrer rechten Uferseite eine Ansiedlung entdeckten. Lange Bootsstege mit zahlreichen Einbäumen und Flößen waren zu sehen. Viele zum Trocknen aufgehängte Netze reihten sich aneinander. Ein große Menge von Körben standen am Ufer. Etwa zwei bis drei Mann hoch über dem Wasserspiegel waren fünfundzwanzig bis dreißig Hütten auszumachen, die auf Pfählen gebaut und mit Gras oder Palmblättern gedeckt waren. Sie gruppierten sich um eine deutlich größere Hütte in der Dorfmitte.

Und dann sahen sie auch Menschen, viele Menschen, die alle an das Ufer gelaufen kamen. Sakarbal ließ den Bootsführen Zeichen geben augenblicklich verdeckte Kampfbereitschaft herzustellen. Sein Schiff ließ er an den Steg steuern und anlegen. Alle anderen wies er an, in Ufernähe zu ankern.

Unbewaffnet ging er mit Yutpan, Amanary und zwei weiteren Männern von Bord über den Steg und die Uferböschung hinauf. Dort blieben sie stehen. Die Menschen, die sie sahen, waren spärlich bekleidet. Körperbemalung ersetzte zumeist die Kleidung. Aus der Menge löste sich eine Gruppe von fünf Männern. Einer trug einen prächtigen Federschmuck, wohl der Häuptling. Waffen waren nirgends zu entdecken.

Sakarbal und seine zwei Begleiter spürten, dass sich die Gruppe der Einheimischen in einer aufgeregt-neugierigen, aber friedlichen

Stimmung befand. Der Häuptling hob die Hand, was alle Stimmen zum Schweigen brachte, trat auf sie zu, streckte beide Arme aus, legte seine rechte Hand auf sein Herz und winkte sie mit der linken heran. Sakarbal erwiderte den Gruß und ging einige Schritte auf den Häuptling zu. Er bat Amanary mit ihm vorzutreten und zu übersetzen. Amanary trug die Begrüßungsworte von Sakarbal in seiner eigenen Sprache vor. Aber offenbar kannten sie die Tupi-Sprache nicht, denn der Häuptling und seine Begleiter schauten sich nur verständnislos an. Sofort wechselte Amanary in eine andere Sprache. Das freudige Lachen und die hohe Aufmerksamkeit zeigten, dass er nun verstanden wurde.

„Ich heiße Amanary und bin Tupi. Das ist Sakarbal mit seinen Gefährten. Wir sind in friedvoller Absicht gekommen. Vor vielen Monden sind die Fremden in ihrer alten Heimat weit im Osten, auf der anderen Seite des großen Meeres, aufgebrochen, um Tod oder Versklavung zu entgehen. Wind und Strömung, beeinflusst durch ihre Götter, haben sie hierher geführt. Sie suchen eine neue Heimat in friedlicher Nachbarschaft zu den einheimischen Stämmen."

Nach einer kurzen Pause fuhr Amanary fort: „Viele Tagesreisen weiter südlich ist ein erster Versuch an der wenig gastfreundlichen Einstellung meines eigenen Volkes, der Tupi-Omagua und der kriegerischen Tupi-Mundrucù, gescheitert. Neun meiner Stammesbrüder haben sich mit mir den Fremden angeschlossen. Sie haben gute Absichten, sie sind freundlich und friedlich. Und vor allem haben sie ein fast göttergleiches Wissen. Unvergleichlich sind ihre Fertigkeiten und ihre Werkzeuge. Sie brauchen Hilfe, um sich hier eine neue Heimat aufbauen zu können. Dafür können sie mit ihrem Wissen euer Leben verbessern."

Der Häuptling antwortete: „Seid willkommen! Ich bin Arukabawa und das ist unser Schamane Hekma. Wir sind ein sehr friedfertiger Stamm, der nur im Falle eines Angriffs kämpft, um sich selbst zu verteidigen. Auf der großen Insel hier im Mündungsgebiet des großen Flusses sind wir ohnehin das größte Volk. Es gibt noch ein paar kleinere Stämme in diesem Gebiet, aber Auseinandersetzungen sind äußerst selten. Es ist genügend Platz auf dieser Insel, sodass einer Ansiedlung von euch, wenn sie zum beiderseitigen Nutzen beiträgt, nichts entgegensteht. Wir können euch gut verstehen. Unsere Ahnen sind selbst einst aus der Heimat weiter im Norden vom Volk der Kariben vertrieben worden und haben nach einer langen Fahrt mit ihren Kanus über das offene Meer schließlich hier ihre neue Heimat gefunden."

Dann rief er mit lauter Stimme: „Willkommen!" und öffnete seine Arme in Richtung der Schiffe. Sein Volk, das sich inzwischen dicht gedrängt zwischen dem Dorf und dem Steg versammelt hatte, tat es ihm nach. Und von den Menschen auf den Schiffen, die mit Spannung das Aufeinandertreffen beobachtet hatten, erschallten tausendfach erleichterte Jubelrufe zurück.

„Danke für Euer Vertrauen, wir werden alles tun, um es zu rechtfertigen", übersetzte Amanary die Worte Sakarbals

„Wir treffen uns morgen in der *Maloca,* um alles Weitere zu besprechen", sagte Arukabawa und zeigte auf eine große halboffene Hütte in der Mitte des Dorfes.

In dieser Nacht herrschte auf allen Schiffen eine gelöste Stimmung. So wie Sira und Sakarbal lagen sich viele Paare in den Armen und hofften auf bessere Tage als bei den Tupi.

Am nächsten Morgen machte sich Sakarbal mit Aidan, Pau, Moran, Xavi, Yutpan, Philosir und Amanary auf den Weg zum Gemeinschaftshaus. Unterwegs berichtete Amanary was er über die Einheimischen wusste.

„Die Menschen hier werden von uns als Aruá oder Aruaken bezeichnet. Ihre Sprache ist eine Mundart des Arawakischen. Sie gelten bei uns Tupi und auch bei anderen Völkern als friedfertig, großzügig und ehrlich."

Es waren diese Eigenschaften, die die Zuversicht von Sakarbal weiterwachsen ließ.

Viele der Aruá standen in mehreren Reihen hintereinander. Jeder wollte wohl die Fremden aus der Nähe bestaunen. Die großen, kräftigen Männer, ihre helle Haut, die langen hellen oder gar roten Haare, die wilden Bärte und ihre Kleidung.

Arukabawa empfing die Gruppe der Gefährten und geleitete sie mit seinem Gefolge von sechs Männern unterschiedlichen Alters in das Gemeinschaftshaus. In der Mitte war ein großer Raum, in dem niedrige aus Holz geschnitzte Schemel standen, die Tierformen nachempfunden waren. Links im Raum waren Tongefäße, Körbe, Holztröge und ein großer Behälter neben einer Feuerstelle zu sehen.

„Die Aruá stampfen darin ein Getränk aus Mais ähnlich eurem *Byra,* von dem ihr mir erzählt habt“, raunte ihnen Amanary zu.

Auf der rechten Seite war ein Raum durch Flechtwerk und Matten abgetrennt, aus dem jetzt ein Aruá heraus trat. Er war bunt bemalt und mit vielen Federn, Krallen, Zähnen und Knochen geschmückt. Außerdem trug er kleine Rasseln an Riemen um die Fesseln, Oberarme und die Körpermitte. Es war der Schamane Hekma. Er tanzte geistig entrückt um sie herum, streckte die Arme und beschrieb einen Halbkreis von Ost nach West nach oben und von West nach Ost nach unten. Dies wiederholte er mehrmals. Dabei stieß er immer wieder sonderbare Laute aus. Schließlich warf er einige Zweige auf das Feuer. Wohlriechender Rauch waberte durch die Hütte. Dann bespritzte Hekma alle Anwesenden mit Wassertropfen aus einer Kalebasse. Anschließend stellte er sich hinter seinen Häuptling. Später erfuhren sie, dass die Vorstellung des Schamanen ein Ritual war, in dem die Götter der Sonne, des Mondes und des Donners um Wohlwollen und Beistand angerufen wurden.

Nun bat der Häuptling alle, auf den Hockern Platz zu nehmen. Amanary übersetzte. Zunächst wurden sie erneut willkommen geheißen und nach ihren Namen gefragt. Reihum stellten sie sich vor und Amanary wiederholte die Namen mehrmals und langsam. Sofort begannen alle Einheimischen die Namen nachzusprechen, was große Heiterkeit verursachte. Mit der korrekten Aussprache von „Pau“ hatten sie am wenigsten Mühe.

Als nächstes zeigte ihnen der Häuptling sein Dorf. Bei den einzelnen Hütten wurden sie von den Bewohnern freundlich empfangen und eingeladen die Hütten zu besichtigen. Im Regelfall wohnten in einer Hütte vier bis acht Menschen. Die Verwandten lebten in den benachbarten Hütten. Damit war auch gleich die gemeinschaftliche Ordnung beschrieben: Familie – Sippe – Stamm. Der älteste Mann war jeweils das Oberhaupt der Familie beziehungsweise der Sippe. Der Stammeshäuptling wurde vom Rat der Sippenältesten und dem Schamanen gewählt. Im Inneren der Hütten fand sich in der Regel eine Feuerstelle sowie ein gemeinsamer Wohnraum mit Schemeln oder Bänken und einem länglichem Holzbrett, dass als Tisch diente. Davon abgeteilt waren drei Schlafecken mit Hängematten sowie eine Vorratsecke. Es gab auch unbewohnte Hütten, die als Werkräume oder Lager benutzt wurden. So sahen sie bei ihrem ersten Rundgang bereits zwei Webereien, zwei Töpfereien, eine Flechterei, eine Seilerei sowie Lagerhütten für getrocknetes Fleisch, getrockneten Fisch und viele ihnen noch unbekannte Nahrungsmittel.

Aidan formulierte leise aus, was die anderen Gefährten dachten: „Dieser Stamm hier zeigt eine höher entwickelte Lebensform als die der Tupi."

Amanary gab ihm Recht: „Es sieht alles durchdacht aus. Kein ‚heute ist heute' und ‚morgen ist morgen', so wie es der Tupi-Häuptling vorgelebt hatte."

Nach dem Rundgang im Dorf des Häuptlings wurden die Gruppe auf eine Anhöhe geführt. Erstaunt sahen sie, dass um das Dorf herum weitere Dörfer lagen. Bei denjenigen, die an den Rändern der gerodeten Flächen in Richtung Fluss standen, waren die Hütten ebenfalls auf Pfählen gebaut. Die vom Ufer entfernter gelegenen Dörfer dagegen waren auf aufgeschütteten und befestigten Stein-Lehm-Böden errichtet.

Xavi überschlug: „15 Dörfer, 300 Hütten – etwa 1800 Menschen auf einer Siedlungsfläche von 3000 mal 1500 Fuß."

Später erfuhren sie, dass das gesamte von den Aruá kontrollierte Land etwa die zwanzigfache Größe hatte. Es bestand vor allem aus

Wald- und Sumpfland, offenem Grasland mit Buschwerk und einzelnen Bäumen, Seen und Flussläufen. Die Größe des Gebietes würde in etwa einem Achtel der Fläche der ganzen Insel entsprechen, auf der sie sich befanden. Xavi gab der Insel den Namen ‚*Megalo Nisi Potamou*', den er aus seinem erlernten griechischen Wortschatz entlieh und der für ‚Große Flussinsel' stand.

Die Gruppe ging an dem am weitesten südlich gelegenen Dorf vorbei, bis sie an einen kleineren flachen Wasserlauf kamen, den sie an einer Furt durchwaten konnten. Das Gelände auf der anderen Seite stieg leicht an, um dann auf etwa 60 Fuß höherem Niveau wieder eben zu verlaufen. Der Boden war von gröberem Sand und auch mit Steinen unterschiedlicher Größe durchsetzt. Das Buschwerk ging am Ende der Ebene an der dem Fluss abgewandten Seite in eine lichte Bewaldung über. Sie erkannten, dass die Aruá an einigen Stellen bereits mit Brandrodung begonnen hatten, vermutlich um hier Felder anzulegen.

Auf das vor ihnen liegende Land schauend, beschrieb Arukabawa mit einer weit ausholenden Bewegung seines rechten Armes einen Halbkreis und erklärte: „Seht ihr das Gebiet. Es beginnt hier vorne bei dem kleinen Wasserlauf, wird begrenzt vom Ufer des großen Flusses, führt durch den dichten Wald dort vorne und geht rechts wieder zurück bis zum kleinen Flüsschen. Auf diesem Gebiet gestatten wir euch, eure Siedlung zu bauen."

Xavi schätzte erneut ab: „Eine Fläche von 4000 Fuß Länge und 2000 Fuß Breite."

„Groß genug und gut gelegen. Abgesetzt von den Dörfern der Aruá. Zudem hat der Fluss hier eine größere Bucht geschaffen, die einen idealen Ankerplatz für unsere Schiffe hergeben wird", ergänzte Pau.

„Ich benenne den Hafen jetzt schon in Erinnerung an unseren alten Handelshafen ‚limáni' in Karthago ‚*mikro limani*'", warf Philosir lachend ein.

Nachdem Amanary ihren Dank und ihr Einverständnis übermittelt hatte, wurde die Gruppe mit Einbäumen, die sie die ganze Zeit im Fluss begleitet hatten, von der Bucht des künftigen Hafens zurück zum Steg des Hauptdorfes der Aruá gepaddelt. In der Maloca waren Speisen, Früchte und Wasser gerichtet. Nachdem sich alle gestärkt hatten, wurde das weitere Vorgehen besprochen.

Bis zum Einbruch der Dämmerung war eine Übereinkunft erreicht. Amanary übersetzte den Wortlaut von Sakarbals Zusammenfassung: „Bis zum Ende der Trockenzeit bleiben noch knapp sechs Mondzyklen, um Häuser, Wege und den Schiffsankerplatz zu bauen. Während dieser Zeit werden die Eingeborenen für unsere Ernährung sorgen und uns in die Tier- und Pflanzenwelt, die Jagd und den Fischfang, den Anbau und das Sammeln von Feld- und Baumfrüchten, Heilkräutern und die Nahrungszubereitung, die Vorratshaltung und das Handwerk, das sie betreiben, einführen.

Im Gegenzug werden wir unsere Kenntnisse und Werkzeuge einsetzen, um die Arbeiten wo immer möglich zu erleichtern, zu beschleunigen oder den Ertrag zu steigern. In den nächsten zwei Tagen werden Gruppen zusammen gestellt, die dann im Wechsel alle Arbeitsbereiche durchlaufen sollen. Vor allem ist für jede Gruppe ein Übersetzer bereitzustellen. Amanarys Gefährten aus dem Tupi-Dorf verstehen die Mundart der Aruá und von unseren Sprachen kennen sie ebenfalls schon sehr viele Wörter. Aber zehn Übersetzer reichen nicht, es müssen weitere gefunden werden.

Die Gefährten werden zunächst weiter auf den Schiffen wohnen bleiben, bis sie nach und nach in die neu errichteten Häuser einziehen können. Tagsüber sind ohnehin alle beim Aufbau der Siedlung oder den Unterweisungen beschäftigt.

Ein gemeinsamer Rat von jeweils acht Mitgliedern der Arua und uns, unter der Leitung von Arukabawa und mir, soll jeden halben Mondzyklus zusammentreten, um den Fortschritt zu überwachen und auftretende Streitigkeiten oder andere Schwierigkeiten zu lösen.“

Erschöpft, aber hoch zufrieden mit dem Erreichten gingen sie zurück zu den Schiffen. Auf dem Steg bat Sakarbal um einen Augenblick Aufmerksamkeit: „Ich bitte, dass noch heute alle Gefährten auf den Gaulos über den gemeinsamen Plan in Kenntnis gesetzt werden sowie über die Aufgaben, die auf sie zukommen. Aidan, Pau, Philosir, Yutpan und Xavi übernehmen die Einteilung aller Gefährten für die festgelegten Arbeitsbereiche.

Wir haben ein gastfreundliches Volk getroffen, das sein Wissen und seine Güter mit uns teilen und mit uns in guter Nachbarschaft leben will. Jetzt liegt es an uns, unseren Traum wahr zu machen. Harte Arbeit wird die nächste Zeit bestimmen. Ich erwarte von jedem, dass er sich voll einbringt. Und ich erwarte ebenso, dass jeder sich ehrenhaft und friedlich gegenüber jedem Einzelnen von unseren Gastgebern verhält. Verstöße werde ich mit aller Strenge ahnden.

Die eine Hälfte der Boote bleibt hier, die andere Hälfte wird übermorgen den Fluss weiter stromaufwärts rudern und in der Bucht vor unserer neuen Siedlung ankern. Eine Notbesatzung auf jedem Schiff soll als Wache für die Sicherheit sorgen. Die Waffen bleiben verborgen unter Deck. An Werkzeugen wird tagsüber immer nur das Notwendigste mitgenommen. Nachts bleibt es in der Obhut der Wachen auf den Schiffen."

Mit dem Appell: „Augen und Sinne auf ! Wir brauchen das Wissen der Eingeborenen, um hier überleben zu können!", entließ Sakarbal seine Männer auf die Gaulos.

28. Kapitel

Gefährliche Begegnung

Gran Vilaya (Cacahuasha), Peru - Juni 2018

Die Archäologen folgten dem Wegweiser nach Cacahuasha. Der Weg war übersät mit losen Steinen unterschiedlichster Größe. Sie selbst, aber auch die bepackten Pferde taten sich schwer, voran zu kommen.

Nach einer guten Stunde öffnete sich der Wald und sie standen auf einem Bergrücken. Direkt vor sich erstreckten sich die Reste einer Befestigungsmauer. Sie war auf Höhe des Pfades stark zerstört und auch rechts und links klafften immer wieder Lücken. Einzelne große Baumstämme lagen auf den Mauerresten. Nachdem die Archäologen die Mauer durchschritten hatten sahen sie die Ruinen der steinernen Rundhäuser. Es waren viele. Sie standen auf Terrassen unterschiedlicher Größe, verteilt über den ganzen Abhang vor ihnen hinunter auf beiden Seiten des Pfades, der nach unten in die Dorfmitte zu führen schien.

Aufgrund der dichten Vegetation war es ausgeschlossen, eine Vorstellung von der gesamten Anlage zu bekommen. Bäume, überwuchert mit Moosen und Ranken, Bromelien, Farne, Bodenorchideen und *epiphytische* Orchideen, Puyas, Bergtangare, Blütenstecher und viele andere Pflanzen hatten sich den ganzen Hang zurück erobert, über den sich die Siedlung erstreckt hatte. Wo es etwas lichter war, hatten Zwergsträucher, Büschelgräser, Stauden und Polstergewächse die Herrschaft übernommen.

Die Gruppe ging den Pfad hinunter. In der Mitte der Siedlung angekommen sahen sie, wie sich das Meer von Ruinen ehemaliger Häuser über den ansteigenden Hügel vor ihnen hinauf wie eine Welle weiter ausbreitete. Es mussten weit über tausend Gebäude gewesen sein. Das auf einem breiten Bergrücken gelegene Gelände glich einem Sattel: eine kleine Ebene in der Mitte, davor und dahinter leicht ansteigende Hügel. Der Bergrücken selbst fiel seitlich steil in tiefe Täler ab.

In der Mitte des Häusermeeres erkannten sie ein freies Feld. Es zog sich als rechteckiges Band von einer Bergflanke zur anderen. Die Archäologen rodeten sich in diesem Bereich einen kleinen Lagerplatz, stellten die Zelte auf und richteten das Lager ein. Vor Einbruch der Nacht hatten sie noch ein paar Stunden Zeit, um eine erste Erkundung zu unternehmen.

Sie gingen kreuz und quer durch die rechtwinklig angelegten Gassen der beiden gegenüberliegenden Ortsteile, soweit es die Vegetation überhaupt zuließ. Ohne Macheten war kein Durchkommen. Das Durcheinander von stehenden und umgestürzten Bäumen hatte viele der Rundhäuser stark beschädigt. Die Aufsitzerpflanzen der Bäume, wie Bromelien, Lianen und Orchideen schienen sich hier wie in einem Zentrum versammelt zu haben. Carmen und Isabel wiesen immer wieder auf seltene Pflanzenarten hin, die gut mit den hier herrschenden Extrembedingungen zurechtkamen, der starken Sonneneinstrahlung bei massiven Temperaturschwankungen. Bis zu zehn Meter hohe Riesenbromelien wechselten mit spitzem Büschelgras, unzähligen Moosarten und mächtigen, wie riesige sonnendurchflutete Schirme anmutenden Farnbäumen ab. „So wunderschön die Natur auch ist, wir sind nicht wegen der Pflanzen hier, sondern wegen den Ruinen“, lenkte Isabel den Focus wieder auf ihre Arbeit..

Die Terrassen, auf denen die Häuser standen, führten wie Treppen den Hang hinauf. Die Häuser entsprachen in ihrer Größe, der Struktur und dem Dekor denen, die sie schon in Kuelap oder La Pirquilla gesehen hatten.

Die Oberfläche des zentralen Platzes bestand vollständig aus geglätteten Steinen. Die Fugen waren ausgefüllt. Die Wurzeln der Pflanzen hatten zwar den Boden großflächig aufgesprengt, außerdem war er von einer dichten Moosschicht überwuchert, dennoch gab es einzelne Stellen, an denen fast noch der Urzustand sichtbar war. Der mit Steinen eingefasste Platz wies eine Trittstufe auf.

An den oberen Enden der Berghänge war jeweils eine zehn Meter hohe Schutzmauer mit je einem schmalen Durchgang errichtet worden. An den beiden Längsseiten schlossen sich Mauern bis zu fünf Meter Höhe an. Dahinter fiel der jeweilige Bergrücken steil in eine tiefe Schlucht ab. Auf den Berghängen stand bei den beiden Mauerdurchlässen je ein Turm. Einer war völlig in sich zusammengestürzt. der andere noch gut erhalten. Er war fünfzehn Meter hoch. Eine Steintreppe führte außen auf den Turm hinauf, der durch eine mannshohe Mauerkrone abgeschlossen wurde. Sie stiegen hinauf. Die Fernsicht war fantastisch.

Jorge sagte: „Wenn man davon ausgeht, dass der Wald im Umkreis von einem Kilometer gerodet war, kann man sich vorstellen, dass die Wachen von diesem Turm aus das Gelände so gut einsehen konnten, dass sie problemlos in der Lage waren, die Siedlungsbewohner rechtzeitig vor anrückenden Feinden zu warnen.

Die Größe dieser Siedlung stellte Kuelap noch in den Schatten. Darin waren sich abends alle einig. „Gigantisch was hier, vermutlich über viele Generationen hinweg, an Bauleistung geschaffen wurde“, bemerkte Jean-Pierre.

Am nächsten Morgen teilten sie sich in Gruppen auf, um einige der Ruinen genauer zu untersuchen.

Jean-Pierre und José schauten sich einige Hausruinen im direkten Anschluss an ihren Lagerplatz an.

Carmen und Peter gingen zu dem großen Platz, der ihrer Meinung nach wohl als Versammlungs- und Zeremonienplatz gedient haben könnte. An der Kopfseite angekommen betrachteten sie sich das große zweistöckige Rundhaus.

Es war überaus reichlich mit den typischen Mustern dekoriert. Trotz einiger eingestürzter Mauerteile konnten sie erkennen, dass es im Obergeschoss einmal vier Fensteröffnungen gehabt haben musste und im Erdgeschoss drei. Neben dem Türdurchgang war rechts und links je eine Nische hochkant eingearbeitet. In der linken war noch ein Podest zu erkennen. Vermutlich hatten in den Nischen Statuen aus Stein gestanden. Jetzt waren sie leer und auch unter ihnen auf dem Boden fanden sie keine Artefakte. Sie gingen in das

Haus. Der Boden war stark überwuchert. An der gegenüberliegenden Wand rankte sich eine Kletterpflanze hoch hinauf bis dorthin, wo einmal das Dach gewesen war. Ihre seitlichen Ranken klammerten sich um die Steine, als wollten sie sie zusammenhalten. Rundum waren senkrechte und waagerechte Nischen in der Wand. Alle leer. Auf dem Boden lag eine umgekippte Steinsäule, genau dort, wo sich jetzt der Stamm der Kletterpflanze befand. Vermutlich war die Säule von ihr verdrängt worden.

Carmen schaute sich diese näher an. Am oberen Ende befand sich ein Stein, der offenbar locker war. Er stand etwas hervor. An einem Knauf in der Mitte ließ er sich herausziehen.

„Merkwürdig!", sagte sie.

Peter half ihr die Säule auf aufzurichten. Sie schaute in das Loch, wo der Stein gesessen hatte, konnten aber nichts erkennen. Um mögliche Bewohner, wie Spinnen, Skorpione oder Schlangen, zu verscheuchen, nahm Carmen einen Stock und stocherten in dem Loch herum. Der Hohlraum war wohl unbewohnt. Peter griff hinein. Er war überrascht. Am hinteren Ende war eine Vertiefung eingearbeitet. Er tastete sich tiefer hinein und bekam ein kleines Kästchen zu fühlen. Er zog es heraus und legte es auf die Säule.

Es war offensichtlich aus Kupfer. Sie säuberten es etwas und erkannten, dass auf dem Deckel ein stehendes, sich umarmendes Paar eingraviert war. Darunter standen die Namen Yoplac und Puscan.

Langsam und voller Spannung öffnete Carmen das Kästchen. Auf einem kleinen Stück rotem Stoff mit schwarzem Rautenmuster lag ein Büschel heller Haare und darauf lag ein Teil eines goldenen Schmuckstücks. Der andere Teil schien sauber in der Mitte abgetrennt worden zu sein.

„Ach du lieber Himmel!", entfuhr es Carmen. Sie schauten sich verwundert an. Konnte das sein?

Peter rannte aus dem Haus und rief nach Jorge. Er lief über den zentralen Platz in Richtung eines der beiden großen rechteckigen Steinhäuser an der anderen Kopfseite. Dorthin waren Jorge und Isabel gegangen. „Jorge! Isabel!", rief er immer wieder ihre Namen.

Dann sah er sie auch schon aus dem Gebäude kommen. Er rief und winkte ihnen zu, herüberzukommen.

Wenige Minuten später standen sie zu viert um die Säule und betrachteten das Schmuckstück. Jorge fasste in eine seiner extra gesicherten Hoseninnentaschen und holte das halbe Amulett heraus. Dann hielt er die beiden Hälften aneinander.

„Unglaublich! Schaut die beiden Teile passen exakt zusammen."

Jetzt konnten sie die Triskele in ihrer ganzen Schönheit bewundern. Auf einer goldenen Scheibe waren im Hochrelief in der Mitte eine Kugel und darum herum ein Ring gearbeitet. Sonne und Mond? Vom Ring gingen drei Spiralansätze ab, die sich bis zur Spitze verjüngten. An den Spitzen befanden sich wieder je eine Kugel. Bei der Umrandung war etwa ein Viertel ausgespart und auf jeder Seite wieder je eine Kugel in einem Ring dargestellt. Von diesen liefen je sieben Dreiecksspitzen nach unten, wo sich die beiden letzten Spitzen trafen. Ein sehr schön gearbeitetes Schmuckstück.

„Aber wie kommt ein keltisches Symbol in ein Haus der Chachapoya in den peruanischen Anden? Gibt es eine rationale Erklärung? Oder ist alles nur Fake und jemand treibt ein böses Spiel mit uns?", fragte Jorge. Die anderen zuckten mit den Schultern. Dann gingen sie gemeinsam aus dem Haus.

Plötzlich hörten sie Schüsse und Hilferufe aus Richtung ihres Lagerplatzes. Peter forderte Carmen und Isabel auf in Richtung des erhaltenen Turms zu laufen und sich dort erst einmal zu verstecken. Dann rannten Peter und Jorge Richtung Lagerplatz los. Jean-Pierre und Willi saßen gefesselt am Rand ihres Zeltlagers, bewacht von Letitia und Alfredo, der eine Pistole in der Hand hielt. Die einheimischen Führer waren nicht zu sehen. Peter sah, wie einer der bewaffneten Männer aus Alfredos Trupp zum Wachtturm lief. Er hatte Carmen und Isabel entdeckt. Peter reagierte sofort und rannte jetzt ebenfalls dorthin. Jorge versuchte sich durch die Ruinen an die Gefangenen heranzuschleichen. Wo war eigentlich José geblieben? Jorge hielt kurz inne und späte zum Lager. Da sah er ihn. José ging gerade auf

Alfredo zu und streckte ihm die Hand zur Begrüßung hin. Alfredo schlug ein.

Wutentbrannt knirschte Jorge: „Dieser Verräter, wenn ich den in die Finger bekomme ... !"

Peter rannte verzweifelt zum Wachtturm. Er musste Carmen in Sicherheit bringen. Ihr Glück war doch noch so jung. Er stolperte über einen vermoderten Baum, fiel mit dem linken Knie auf herabgefallene Steine. Eine Woge des Schmerzes brandete durch seinen Körper. „Aufstehen, weiter!", rief eine Stimme in ihm. Er sah, dass die beiden Frauen fast den Bergrücken erreicht hatten. Der Gauner holte auf, aber er war noch ein gutes Stück zurück. Offenbar hatte ihn dieser noch nicht entdeckt. Peter rannte noch schneller. Eben hatte er die Frauen noch vor der Festungsmauer gesehen, dann waren sie wie vom Erdboden verschwunden.

Der Verfolger kam jetzt ebenfalls am Turm an, blieb stehen und hob von der ersten Stufe der Treppe ein Stück Papier auf. Peter sah, wie er nach oben schaute, auf die Treppe sprang und die Stufen hoch rannte. Sollten sich die beiden Frauen dort oben versteckt haben. Dann wären sie gleich entdeckt. Jetzt war Peter fast am Turm angekommen. Er stand hinter einer Hausmauer verborgen und sah, wie der Gauner oben auf dem Turm ankam. Die Frauen schienen zum Glück doch nicht hinaufgestiegen zu sein. Der Mann spähte nach allen Seiten. Dann schien er etwas entdeckt zu haben. Er schoss mit seiner Pistole in Richtung der Außenseite der Mauer.

Peter nutzte die wenigen Sekunden, schnappte sich einen Stein und einen Ast, sprang auf und rannte zur Turmtreppe, stieg einige Stufen hinauf, presste sich an die Mauer, so dass er erst gesehen werden konnte, wenn der Mann direkt vor ihm stand. Er musste alles riskieren. Versagte er, wären sie verloren. Die Sekunden vergingen wie Stunden, sein Puls raste. Er holte aus. Als er den Verbrecher erblickte, schleuderte er den Stein auf dessen Kopf. Der Mann schrie auf, seine Waffe fiel die Treppe hinunter. Schmerzerfüllt tastete er nach der blutenden Wunde auf seiner Stirn. Im selben Moment strauchelte er. Peter hatte ihm den Ast zwischen die Beine geschoben und hebelte ihn jetzt aus. Der Gauner verlor das Gleichgewicht und stürzte von der Treppe. Er schlug mit den Oberschenkeln auf der Mauer auf, sein Oberkörper überholte die Beine und dann stürzte er kopfüber an der Außenwand der Befestigungsmauer in die Tiefe. Dort landete er auf dem felsigen Boden.

Peter sprang die wenigen Stufen hinunter, nahm die Pistole an sich und rannte durch das nächste Loch der Mauer nach draußen. Da lag der Verbrecher mit zerschmetterten Kopf. Peter konnte keinen Puls fühlen. Carmen und Isabel hockten zusammengekauert und sich gegenseitig haltend in einer herausgebrochenen Nische der Außenmauer. Peter half beiden auf und nahm sie in die Arme. „Alles vorbei, ihr seid erst einmal sicher. Der Gauner lebt nicht mehr. Beruhigt euch."

Ja, die unmittelbare Gefahr war vorüber. Aber sie mussten vorsichtig bleiben, da die Lage völlig unübersichtlich war. Er durchsuchte die Kleidung des Toten und fand neben dem Ausweis, der Mann hieß Fernandez, zwei Messer, die er den beiden Frauen gab.

Carmen fragte, noch sichtlich unter Schock stehend: „Oh mein Gott, was machen wir jetzt? Peter, was ist mit den anderen?"

„Ich weiß es nicht. Wir müssen ihnen helfen. Kommt wir schleichen uns am Außenrand der Mauer bis zur Höhe unseres Lagerplatzes zurück. Dort sind so viele Büsche, dass uns hoffentlich niemand bemerkt. Dann sehen wir weiter."

Inzwischen hatte Jorge es geschafft, in einem weiten Bogen bis hinter die Gefangenen zu gelangen. Es trennte ihn nur noch eine Reihe von drei stark zerstörten und überwucherten Rundhäusern, die eng beieinanderstanden, vom Lagerplatz. Er schlich weiter vor. Ein leises Knacken hinter ihm ließ ihn innehalten. Er wollte sich gerade umdrehen, da bekam er einen heftigen Schlag auf den Kopf. Als er wieder zu sich kam, lag er gefesselt auf dem Boden neben Willi und Jean-Pierre.

„Na, da haben wir ja noch einen. Den Rest kriegen wir auch gleich!", meinte Alfredo spöttisch und gab Anweisung an seine Handlager, weiter nach den restlichen Archäologen zu suchen.

José flüsterte Alfredo etwas zu. Daraufhin ging Alfredo zu Jorge und durchsuchte seine Taschen.

„Schau auch in den Innentaschen der Hose nach", sagte José. Alfredo öffnete den Gürtel und den Hosenbund und klopfte die Innenseite der Hosen ab. Er spürte ein flaches Kästchen. Er riss den Reißverschluss auf, holte es heraus und öffnete es. Ein Grinsen breitete sich auf seinem sonst so düsteren Gesicht aus. Er dachte an die Karte, auf der eine Hälfte das Amuletts inmitten einer Siedlung eingezeichnet gewesen war. „Ich, bin auf der richtigen Spur", triumphierte er innerlich. Er steckte die beiden Hälften des Schmuckstückes in seine Hosentasche, schloss das Kästchen und warf es achtlos weg. Wieso eigentlich zwei Hälften, er hatte doch nur eine gehabt? Woher kam die zweite? Darüber musste er den Archäologen noch befragen.

Diego und Carlos hatten inzwischen ihren toten Kameraden hinter der Befestigungsmauer am Turm gefunden. Von den noch vermissten Archäologen fehlte jede Spur. Sie beschlossen, die Suche zunächst zu unterbrechen. Sie wollten ihren toten Kameraden nicht den Wildtieren überlassen. Aus Ästen, Zweigen und dünnen Lianen bauten sie eine provisorische Trage, luden Fernandez darauf und trugen ihn zum Lager zurück. Als Alfredo sie so kommen sah, wurde er wütend.

„Dafür werdet ihr büßen müssen", brüllte er die Gefangenen an.

Peter, Carmen und Isabel waren mittlerweile in großem Abstand am Lager vorbei geschlichen und ein gutes Stück auf dem anderen Berghang in Richtung des Pfades gegangen, auf dem sie gestern zu der Ruinenstätte gekommen waren. Plötzlich stand ihr Führer vor ihnen. Er hatte sie kommen sehen und zog sie jetzt ins Unterholz.

„Hier können sie uns nicht sehen", sagte er.

Dann berichteten sie sich gegenseitig die Ereignisse der letzten Stunden. Währenddessen brach die Dämmerung an. Bald würde die

Nacht sie in tiefes Schwarz tauchen. Wie konnten sie vorgehen, um die Kameraden zu retten? Ihnen fiel keine Lösung ein.

„Pst, da ist jemand, leise!“, flüsterte Peter. Sie hörten leise Schritte und Atemgeräusche, offenbar von Personen, die den Berg herunter kamen. Peter robbte sich vor und erkannte mehrere Männer. Zwei davon waren ihre beiden Pferdeführer. Andere erkannte er als die Dorfbewohner wieder, mit denen sie sich unterhalten hatten. Er stand auf und ging auf sie zu. Zum Glück wurde auch er gleich erkannt. Sie zogen sich jetzt alle in den Schutz der Vegetation zurück.

Die beiden Pferdeführer berichteten, dass sie sich beim Überfall in den Wald hatten retten können. Nachdem Alfredos Leute an ihrem Versteck vorbei gerannt waren, immer den Archäologen nach, waren sie selbst auf dem Pfad Richtung Dorf zurück gelaufen, um Verstärkung zu holen. Nach wenigen Minuten waren sie auf einen Bewohner ihres Dorfes gestoßen, der ihnen berichtete, dass er als Guide von dem Fremden mit Namen Alfredo angeheuert worden war, ohne zu wissen, was dieser wirklich vorhatte. Erst auf dem Weg nach Cacahuasha habe er von dem Plan des Überfalls auf die Archäologen erfahren. Daher war er hinter der Gruppe zurückgeblieben, als diese den Überfall starteten. Alle zusammen hatten sie dann beschlossen, nach Congon zurückzueilen, um Verstärkung zu holen und die Polizei zu alarmieren. Jetzt waren sie schnell wieder hierhergekommen, um den Archäologen beizustehen.

Jeder der Männer hatte ein Gewehr, eine Pistole und eine Machete dabei. Vier Einheimische blieben bei Carmen und Isabel zurück, sie sollten hier warten, bis alles vorüber wäre.
Dann schlichen die übrigen Dorfbewohner mit Peter im Schutz der Dunkelheit Richtung Lagerplatz. Die Verbrecher hatten inzwischen ein Feuer gemacht. Das kam dem Rettungstrupp gelegen. So konnten sie genau ausmachen, wer sich wo aufhielt. Sie näherten sich, soweit es ging. Vorher hatten sie ausgemacht, dass der Schrei eines Wollaffen das Signal zum Angriff sein sollte. Als dieser Schrei nun

die nächtliche Stille zerriss, sprangen sie auf, schossen in die Luft und riefen: „Hände hoch! Ihr seid umstellt!"

Zwei der Verbrecher schossen mit ihren Pistolen wirkungslos ins Dunkel. Zwei Gewehrschüsse trafen den einen in den Arm, den anderen ins Bein. Dann waren Peter und die Dorfbewohner auch schon am Feuer. Sie richteten ihre Waffen auf die Gauner. Peter befreite Willi und seine zwei Kollegen von ihren Fesseln. Dann wurden Diego und Carlos gefesselt.

Gerade als dies auch mit Alfredo geschehen sollte, drehte dieser sich zu der neben ihm stehenden Letitia um, schob sie vor sich und hielt ihr ein Messer an die Kehle, das er bei der Drehung geschickt aus der Seitentasche seiner Hose gezogen hatte.

Das war zu viel für José. Er stand direkt neben Alfredo. Blitzschnell hatte er eine Pistole in der Hand, hielt sie Alfredo an die Schläfe und befahl mit zitternder Stimme: „Messer runter!"

Alfredo lachte nur und meinte: „Dazu hast du doch gar nicht den Mumm!" Er verstärkte den Druck auf das Messer an Letitias Hals. Einige Blutstropfen quollen hervor.

Im selben Moment krachte ein Gewehrschuss. Alfredo sackte wie vom Blitz getroffen zusammen und war tot. Letitia brach über ihm zusammen. José ließ die Waffe fallen und hob beide Arme. Jorge machte einen Schritt auf ihn zu und schmetterte ihm seine Faust mit aller Wucht in die Magengrube.

„Das ist für deinen Verrat!" Dann hob er den zusammengesackten José auf und dankte ihm für sein beherztes Eingreifen, um Letitia zu retten. Anschließend fesselte er José.

Die Anspannung wich nun einer großen Erleichterung. Ruhe kehrte ein. Nachdem Willi erfahren hatten, dass die Frauen oben auf dem Bergrücken in Sicherheit waren, rannte er zu ihnen hinauf. „Alles okay, ihr könnt jetzt mit mir wieder ins Lager gehen."

Die Wunden von Diego und Carlos wurden versorgt. Letitia hatte einen Schock erlitten, erholte sich aber bald. Außer einer leichten Ritzung mit schon verkrustetem Blut an ihrem Hals hatte sie keine weiteren Verletzungen. Sie wurde gefesselt und zusammen mit Diego, Carlos und José in ein zusätzliches Zelt gebracht. Dieses hatte Willi schnell aufgebaut, zwar ohne komfortable Schlafsäcke, aber mit ein paar wärmenden Decken für die kalte Nacht. Sie sollten ihrer gerechten Bestrafung zugeführt werden und nicht erfrieren.

Jorge ging zu Alfredo und durchsuchte die Taschen des Toten. Als er die beiden Teile des Amuletts gefunden hatte, nahm er sie wieder an sich.

Dann wurden die beiden Toten in Decken gerollt und in ein weiteres Zelt verfrachtet, dass Willi ebenfalls gerade aufgebaut hatte.

Nun setzten sich alle um das Feuer. Sie dankten den Einheimischen für ihre Hilfe und lobten Gott in einem gemeinsamen Gebet. Ihnen war bewusst, dass diese Erlebnisse ihnen noch lange nachhängen würden. Dennoch gingen sie irgendwann in ihre Zelte und versuchten zu schlafen. Die Einheimischen übernahmen den Wachdienst für das Lager und die Gefangenen.

Am nächsten Morgen hatte Willi eine kräftigende Hühnersuppe mit Quinoa vorbereitet, Brot und Käse sowie Tee mit und ohne Coca-Blätter und Kaffee. Nach dem Frühstück machte sich der Großteil der Einheimischen auf, um nach Congon zurückzukehren. Sie führten die Gefangenen in ihrer Mitte mit sich. Für den am Bein verletzten Diego hatten sie aus Ästen eine Krücke gebaut. Die beiden Toten hatten sie über ein Pferd gelegt.

Die beiden Guides und einer der Pferdeführer blieben bei der Gruppe der Archäologen.

Die Gruppe war sich einig, trotz der verstörenden Ereignisse weiterzumachen und noch einen Tag vor Ort zu bleiben. Isabel drückte das Anliegen ihres Teams so aus: „Es gibt vermutlich noch so viel Interessantes zu entdecken. Wir brauchen die Erkenntnisse für eine vernünftigen Abschlussbericht. Außerdem wird uns die Konzentration auf unsere Arbeit am besten über die schrecklichen Erlebnisse hinweghelfen."

Das Wetter hatte sich geändert. Die Nacht war sehr kalt gewesen. Es war dicht bewölkt und kühl. Trotzdem waren alle froh, ihre Arbeit wieder aufnehmen zu können. Zunächst wandten sie sich den beiden großen rechteckigen Gebäuden zu. Eines davon war wohl die Krankenstation gewesen. In La Pirquilla hatten sie bereits ein ähnliches Gebäude gesehen. Diese hier war allerdings sehr viel größer in der Fläche und der Höhe. Es muss ein Obergeschoss gegeben haben. Außer einigen Löchern für die Tragebalken des Daches und der Zwischendecke, einer Tür- und drei Fensteröffnungen und mehreren Wandnischen rundum waren keine weiteren Strukturen im Innern zu erkennen. Die Reste von drei Treppenstufen auf dem äußeren Umgang über dem Steinsockel des Hauses, die zur oberen Tür führten, ließen vermuten, dass das obere Stockwerk von außen zugänglich gewesen war. Vielleicht für Besucher? Im Untergeschoss gab es in der Mitte den Vorraum. Dahinter zwei große Räume. Die Reste von Steinmauern links und rechts ließen auf acht Räume schließen.

Im Vorraum entdeckten sie in einer seitlichen Nische eine flache Steinplatte, stark mit Moos überwachsen. Sie kratzten vorsichtig etwas Moos ab und erkannten Einritzungen. Sie hörten sofort auf mit dem Kratzen auf und legten das Artefakt beiseite, um es später mitzunehmen.

In den beiden großen Räumen fanden sie je einen großen rechteckigen Steinblock, zwei auf einen Meter, sowie viele Nischen an den Wänden. In zweien davon fanden sie glatt polierte Steinschalen mit Steinmörsern. Grünliche Pflanzenspuren waren zu erkennen. Sie legten die Schalen zu der Platte mit den Ritzungen, um sie für Laboruntersuchungen mitzunehmen.

Als sie wieder vor dem Haus standen, sahen sie über der Tür eine Gravur im Stein, die nicht sehr groß und auch schon recht verwittert war. Sie hatten sie beim Hereingehen übersehen. Sie zeigte einen Mann, der sich ein Fell über die Schultern gelegt hatte. Der Mann trug auf dem Kopf eine konisch geformte Mütze. Seine Hand umfasste einen Stab, um den sich eine Schlange wand.

Jorge meinte. „Das kann ein Bildnis des phönizischen Heilgottes Eschmun sein. Ich erinnere mich an eine goldene Tafel mit einer ähnlichen Darstellung aus dem Eschmun Tempel in Sidon." Sie fotografierten alles, machten Zeichnungen und schrieben kurze Notizen in ihre Aufzeichnungsmappen.

Die Gruppe ging weiter zum zweiten rechteckigen Gebäude, das vermutlich als Tempel gedient hatte. Es war praktisch eine Kopie der Anlage von La Pirquilla, nur eben auch um einiges größer.

Carmen bat: „Bitte kommt mit zu einem Haus, das mir bei meiner Flucht zum Wachtturm durch ein besonderes Steindekor aufgefallen ist."

Sie gingen gemeinsam dorthin. Über der Tür war in einer einfachen Raute eine Steinarbeit eingeschlossen, die einen Menschen zeigte, der auf einem Seepferd über das Meer ritt.

Peter sagte: „Auch dieses Bild scheint wieder einen phönizischen Gott darzustellen. Nämlich Melkart, Schutzgott der Schifffahrt und der Kolonisation. Ihm wird die Bändigung der wilden Stämme an fernen Küsten, die Gründung der phönizischen Tochterstädte und die Einführung von Ordnung und Gesetz unter den Menschen zugeschrieben. Ich erinnere mich an eine phönizische Münze, auf der Melkart abgebildet wird, wie er auf einem Seepferd über das Meer reitet."

Die Archäologen betraten das Innere des Hauses und entdeckten beim Zurückschauen über der Tür eine weitere Darstellung, die in einfachsten Strukturen ein bauchiges Schiff mit Segel zeigte. „Sieht aus wie eine antike Gaulos", sagte Peter. Weitere Artefakte fanden sie nicht. Sie erledigten ihre Dokumentationsarbeiten und gingen zurück zum Lager.

Carmen besorgte sich bei Willi einen Eimer voll Wasser und ließ die Steinplatte über die Zeit des Abendessens hinweg einweichen. Als die meisten sich schon in ihren Zelten schlafen gelegt hatten, saßen Carmen und Peter in Decken eingehüllt am Lagerfeuer und wuschen die Steinplatte aus der Krankenstation sauber. Im Feuerschein war nicht viel zu erkennen. Beide gingen ins Zelt und betrachteten die Steinplatte im Licht ihrer Taschenlampen.

Sie staunten nicht schlecht. Immer wieder zeigten sie auf eine Stelle und schauen sich fragend an. Dann legten sie die Tafel zur Seite.

„Peter, ich liebe dich. Ich glaube, ich möchte mit dir zusammenleben.“ Sie umarmten und küssten sich. Dann kuschelten sich in ihren Schlafsäcken unter den Decken eng zusammen und löschten das Licht ihrer Taschenlampen.

Am nächsten Morgen legten sie beim dem Frühstück die glatt polierte Steinplatte auf den von Willi einfach zusammengezimmerten Tisch. „Das sieht mir aus wie eine Landkarte“, sagte Jorge.

„In der Mitte verläuft ein Fluss senkrecht über die ganze Steinplatte. Rechts und links vom Fluss erkennt man Berge und Täler. Praktisch auf jedem Bergkamm sind kleine Symbole vermerkt. An manchen Hängen ist nur ein Symbol, an anderen zwei bis maximal drei. Diese Symbole sehen wie Rundhäuser mit einem Spitzdach aus“, beschrieb Jean-Pierre, was er zu erkennen glaubte.

Die Aufregung war groß. Alle redeten durcheinander. Schließlich waren sie sich einig, dass die Ritzung in den Stein eine Landkarte darstellte. Willi spurtete zu seiner Werkzeugkiste und holte eine moderne Landkarte hervor. Er legte sie neben die Steinplatte und richtete sie so aus, dass der Utcubamba-Fluss genauso wie auf dem Stein senkrecht verlief. Die Archäologen konnten es nicht glauben. Die Ritzungen waren sicher nicht maßstabsgerecht, aber sie gaben dennoch ein sehr genaues Abbild der Region wieder. Beim Vergleichen der beiden Karten konnten sie bei den Haussymbolen jetzt auch ohne Probleme die Orte zuordnen. „Hier schaut, Yalape, Macro und Olan auf der rechten Flussseite und Pirquilla, Kuelap und La Congona auf der linken Fluss Seite, um nur einige zu nennen“, sagte Jean-Pierre. Alle waren begeistert.

Das war ein wertvoller Fund. Es war ein Beweis für die netzartige Verbindung der Siedlungsorte des Chachapoya-Reiches und definierte somit auch die Ausdehnung. Hoffentlich konnte ihnen die wissenschaftlichen Datierungsmethoden bei der Frage helfen, wann in etwa diese Karte erstellt worden war.

Isabel wollte die Steinplatte schon weglegen, da rief Carmen: „Einen Moment noch, bitte!", und deutete mit ihrem Zeigefinger auf einen Punkt mit drei Haussymbolen nordwestlich vom Valle Huaylla Belen und westlich vom heutigen Dorf Cruzpata auf einen Bergrücken ziemlich in der Mitte zwischen dem Rio Utcubamba und dem Rio Marañón.

„Hier ist eine große Siedlung vermerkt, die uns noch unbekannt ist", sagte Carmen.

Jetzt war der Entdeckungstrieb in ihnen geweckt.

Doch Isabel holte sie schnell wieder auf den Boden der Tatsachen zurück: „Heute geht es zurück nach Congon und morgen weiter nach Chachapoyas. Es bleibt uns noch eine Woche für die Zusammenstellung des vorläufigen Ergebnisberichtes. Die Fördergelder sind bis Ende Juni freigegeben. Damit endet das Programm."

„Ja aber jetzt, wo wir so kurz vor einer möglichen Sensation stehen? Das kann doch nicht sein!", riefen alle durcheinander.

„Doch, es ist leider so. Bitte akzeptiert die Situation, wie sie ist. Wir müssen jetzt packen und das Lager aufräumen."

Jorge freute sich sehr, als Willi ihm das kleine Kupferkästchen brachte, das Alfredo achtlos weggeworfen hatte. Er hatte es bei den Aufräumarbeiten gefunden. Jorge legte die beiden Teile des Amuletts auf das Stück Stoff und den Haarbüschel und betrachtete es gerührt. Welche Schicksale mussten mit diesem Fund verbunden sein. Er hätte alles dafür gegeben, dieses Geheimnis zu erfahren.

29. Kapitel

Leben in der Flussmündung

Ilha de Marajó, Brasilien, Juli 148 - Juni 146 v. Chr.

Zweimal hatten die Gefährten seit ihrer Ankunft bereits den Vollmond gesehen. Das Verhältnis zu den Einheimischen war friedlich geblieben. Die Verständigung mit Worten und Gesten machte große Fortschritte. Durch das gemeinsame Verrichten von Aufgaben lernten die Einwanderer schnell, wie sie sich in der neuen Umgebung zu verhalten hatten. Aber nicht schnell genug. Besonders eindringlich hatten die Aruá vor den überall lauernden Krokodilen gewarnt und ihrem besonderen Geschick, sich unbemerkt unter Wasser an ihre Opfer anzuschleichen und geduldig auf den richtigen Zeitpunkt für das Schnappen der Beute zu warten.

Ein Fischer war mit seinem zwölfjährigen Jungen zum Fischen an den Fluss gegangen, an eine Stelle, die am Ende ihres Siedlungsgeländes lag. Da hier praktisch niemand fischte, hatte er sich einen guten Fang erhofft. Und so kam es zunächst auch. Wann immer er das Netz auswarf, holte er es mit Fischen wieder ein. Sein Sohn stand nahe bei ihm und half das Netz aus dem Wasser an Land zu ziehen. Bei seinem letzten Wurf verfing sich das Netz am Ast eines abgestorbenen großen Baumstammes, der an der Wasserkante lag. Der Junge lief sofort hin, ging zwei Schritte ins Wasser, um das Netz zu fassen und es vom Ast freizubekommen. Sein Vater rief noch: „Halt, zurück!“, aber es war zu spät. Unmittelbar vor ihm schoss ein Krokodil aus dem Wasser, schraubte sich vor dem Jungen hoch und packte ihn mit seinem riesigen Maul. Dann klatschte es zurück ins Wasser, führte eine Rolle nach der anderen um sich selbst aus und zog den Jungen mit sich unter Wasser. Der Angriff der Bestie lief unfassbar schnell ab. Der Vater sprang mit gezücktem Messer in das aufgewühlte schlammbraune und von Blut durchzogene Wasser, um seinem Jungen zu helfen, aber umsonst. Er sah weder etwas von seinem Kind noch von dem Krokodil. Am Ufer rief er um Hilfe. Einige Gefährten waren in der Nähe beim Roden und waren auch bald zur

Stelle. Sie suchten noch den ganzen Tag und den nächsten das Flussufer bis hinunter zum Dorf der Aruá ab. Aber der Junge blieb verschwunden.

Ein achtjähriges Mädchen, das seine Mutter zusammen mit einer ganzen Gruppe von Frauen und Kindern in den Wald zum Kennenlernen und Sammeln von Früchten und Pflanzen begleitet hatte, wurde von einer Riesenschlange zu Tode gewürgt. Auch hier ging alles blitzschnell. Das Mädchen hatte zusammen mit anderen Kindern die ganze Zeit bei den Körben gestanden, in die die Frauen ihre Früchte hineinlegten. Um sich die Zeit zu vertreiben, hatte eines der Kinder vorgeschlagen, Verstecken zu spielen. Das Mädchen war nur wenige Schritte tiefer in den Wald gelaufen und hatte sich zwischen ein paar Büschen versteckt. Plötzlich wand sich die Würgeschlange von den Beinen aufwärts um Bauch und Brust bis um den Hals und dann wieder zurück zum Erdboden. Das Kind schrie zuerst wie wahnsinnig, verstummte aber schon bald. Obwohl die einheimischen Frauen sofort beherzt zu Hilfe eilten und mit ihren Macheten der Schlange den Kopf abschlugen, kam die Hilfe für das Mädchen zu spät. Die achtzehn Fuß lange Schlange mit ihrem oberschenkeldicken Laib und ihren ungeheuerlichen Kräften hatte das schmächtige Kind erdrückt.

Ein Mann wurde von einer Giftschlange beim Baumfällen gebissen und starb.

Ein weiterer Gefährte war bei der Jagd verunglückt und seinen Verletzungen erlegen. Die einheimischen Jäger hatten den Neuankömmlingen zeigen wollen, wie man eine ihrer Lieblingsspeise, junge Krokodile, fängt. Zunächst hatten die Gefährten nur zugesehen. Zuerst suchten die Aruá eine passende Stelle. Von zwei Seiten eines flacheren Flussabschnittes wurde das Jungtier von Booten aus in einen kleinen Seitenarm gedrängt. Dort standen Männer mit kräftigen Stangen bereit, an denen Seilschlingen befestigt waren. Sie warfen die Schlingen über den Kopf des Tieres zogen das Maul damit fest zusammen und zogen es ans Ufer, wo sie es mit ihren Speeren töteten. Als die Gefährten an der Reihe waren, lief zunächst alles gut. Doch einer ihrer Männer war zu ungeduldig. Er lief am Ufer zu früh zu dem gefangenen Krokodil. Der um sich schlagende Schwanz des Krokodils traf seinen Kopf. Er wurde im Dorf noch zwei Tage gepflegt, verstarb aber dann an seinen Verletzungen.

Auch diesem Verstorbenen gedachten sie, wie bei allen anderen bisher, im Rahmen einer Kulthandlung am Rande ihres Siedlungsgebietes. Diesmal hatten sie den Häuptling dazu eingeladen, der seinen gesamten Rat mitgebracht hatte. Der Tote lag aufgebahrt auf einem Scheiterhaufen. Als Yutpan das Zeichen gab diesen anzuzünden, entstand große Unruhe bei den Aruá. Während die Toten verbrannten, schüttelten sie immer wieder entsetzt ihre Köpfe, verfolgten aber die rituellen Handlungen weiter. Nachdem die Asche in die Urnen gefüllt und den betroffenen Familien übergeben worden war, wandte sich Arukabawa an Sakarbal: „Was begeht ihr für einen ungeheuerlichen Frevel! Ihr verwehrt euren Verstorbenen die Wiedergeburt."

Hekma fuhr aufgeregt und zornig fort: „Für die Wiedergeburt brauchen die Verstorbenen ihren Körper! Ihr vernichtet die Körper und sperrt ihre Asche in einen Krug. Warum? Die Verstorbenen müssen in Gruben in aufgeschüttete Erdhügel gelegt werden."

Yutpan versuchte zu erklären: „Nach unserem Glauben fahren die Toten zu den Göttern in den Himmel auf, um von dort aus die Lebenden zu bewachen und ihnen beizustehen. Dazu brauchen sie keinen Körper. Die Urnen mit der Asche helfen den Hinterbliebenen im Gedenken an ihre Verstorbenen."

Die erschrockenen Gesichter und das anhaltende Kopfschütteln der Aruá zeigten, dass sie diesen Gedanken nicht folgen konnten. Die Totenverbrennung war und blieb für sie eine Untat. Verstört zogen sie ab.

Sakarbal sagte zu Yutpan: „Zu künftigen Trauerzeremonien laden wir die Aruá besser nicht mehr ein."

Nur wenige Tage waren vergangen, da kam Arukabawa mit einem seiner Töpfer zu Sakarbal und zeigte ihm stolz eine Kopie der Urne, die sie bei der Feuerbestattung verwendet hatten. Sie musste Arukabawa sehr gefallen haben. Sakarbal war überrascht, wie gut sie gelungen war, wenn auch noch einiges deutlich verbessert werden konnte. Das Original der Urne stammte aus dem Castro de Viladonga. Sie war verziert mit einem schönen Spiral- und Rechteckmuster, das der Aruá Töpfer sehr gut nachempfunden hatte. Die Menschen hier scheinen sehr wissbegierig, geschickt und lernfähig zu sein, dachte Sakarbal. Er lobte die gute Arbeit und gab beiden noch je einen kleinen schön verzierten Wasserkrug als Geschenk mit. Der Häuptling und sein Töpfer waren sehr zufrieden.

Sakarbal besprach diesen Vorfall mit seinem Rat. „Wie wir vom Häuptling wissen, ist sein Volk schon sehr lange hier ansässig. Dafür ist ihr Entwicklungsstand in unseren Augen jedoch noch urwüchsig und einfach. Sie können töpfern und weben, aber die gefertigten Waren sind sehr einfach gearbeitet."

„Das liegt vermutlich auch an ihrer abgeschiedenen Lage. Seit unserer Ankunft haben wir noch keine Menschen von anderen Stämmen gesehen", meinte Aidan.

„Mit unserem Wissen könnten wir ihnen helfen sich weiterzuentwickeln. Das erscheint mir auch mehr als gerecht, da sie uns ernähren und uns das Überleben in der hiesigen fremden Natur lehren. Wie seht ihr das?", fragte Pau vor.

„Ja, da hast du recht", sagte Sakarbal, „wir werden ihnen helfen."

Weitere Mondphasen waren vergangen. Sakarbal, Aidan und Pau schritten über die große Baustelle ihrer entstehenden Siedlung. Sie hatten zu Beginn der Arbeiten die freie Fläche in der Breite noch um ein Drittel verlängern lassen. Dazu hatten sie die dort stehenden Bäume gefällt. Das Holz brauchten sie ohnehin zum Bau der Häuser. Es hatte daher auch keinen Widerspruch im gemeinsamen Rat gegeben.

Anschließend hatten sie die Büsche, die hohen Gräser und sonstiges Astwerk niedergebrannt und die Fläche, so gut es ging, eingeebnet und darauf geachtet, dass die abgetragene Erde zum Flussufer hin aufgeschüttet und befestigt wurde. Dann hatten sie mit dem Bau der Holzhäuser begonnen. 325 sollten es werden. Bei ihrem Rundgang waren nahezu 100 fertiggestellt. Neben dem Bauholz, das sie durch Holzeinschlag gewannen, waren ihre Schiffe eine weitere Quelle. Sie hatten nach gründlicher Abwägung aller Meinungen im Rat beschlossen, zunächst zwei Gaulos aufzugeben. Dies war keine einfache Entscheidung gewesen. Denn mit jedem Boot weniger nahmen sie sich die Möglichkeit der Weiterfahrt oder auch der Rückkehr. Aber an letztere glaubte eigentlich niemand mehr.

Es war eine Freude zu sehen, wie die Mannschaft zu Werk ging. Nach den vielen Tagen auf den Schiffen mit Müßiggang und Langeweile gab es jetzt endlich wieder harte körperliche Arbeit und jeder konnte seine Kräfte, sein Wissen und seine Fertigkeiten für das gemeinsame Ziel einbringen. Die Schiffsbau- und Handwerksmeister hatten in den ersten Tagen der Planung Großartiges geleistet. Es wurden Bautrupps für jeden größeren Arbeitsschritt gebildet: Zerlegung der Schiffsteile, Baumfällarbeiten, Transport zum Lager- und Vorbereitungsplatz, Zurichten des Holzes je nach Verwendungszweck für Stützträger, Latten für Wände, Tür- und Fensteröffnungen, Dachbalken und schließlich der Hausaufbau selbst. Ein Rädchen griff in das andere.

Alle sieben Tage erschien einmal der Rat der Aruá und schaute sich das wuselige Treiben auf der Baustelle an. Anfangs fragten sie etwas spöttisch, warum erst größere Mengen an Bäumen gefällt, zu Balken oder Brettern zersägt und auf Haufen gelegt wurden. Viel besser sei es doch, eine Hütte nach der anderen aufzubauen. Aber als die ersten zwanzig Häuser standen, also etwa ein Dorf ihrer Größe, und sie erkannten, wie schnell der Aufbau mit Hilfe der vorgefertigten Teile von statten gegangen war, staunten sie sehr und besprachen sich aufgeregt miteinander. Erneut fiel Sakarbal einige Tage später die besondere Fähigkeit der Aruá auf, Beobachtetes zu erfassen und zu übernehmen. Bei der Reparatur einiger stark heruntergekommener Hütten gingen sie jetzt vor wie Sakarbals Männer beim Hausbau. Sie besorgten erst alles, was sie brauchten, und begannen dann mit den Arbeiten.

Die Tage vergingen, die Siedlung der Neuankömmlinge wuchs. Viele Männer arbeiteten am Flussufer, um den kleinen Hafen anzulegen. In der Mitte der natürlichen Bucht bauten sie einen etwa fünf Schiffe langen und zehn Fuß breiten Steg. Beide Enden wurden mit Holzbalken und Steinen, die sie in der Gegend fanden, befestigt.

Andere Gefährten bauten über den kleinen Wasserlauf, der ihr Gebiet von dem der Aruá trennte, eine kleine Brücke.

Eine weitere Gruppe von Männern waren den Jägern und Fischern der Aruá zugeteilt.

Der Arbeitsplan sah vor, dass in regelmäßigen Abständen, wo immer es möglich und sinnvoll war, die Gruppen wechselten und sich somit die Arbeit abwechslungsreicher gestaltete.

An den Abenden trafen sich die Siedler, die schon in ihre Häuser eingezogenen waren, in geselliger Runde zusammen, die anderen saßen auf ihren Schiffen, und alle tauschten sich über die vielen neuen Dinge aus, die sie hier kennengelernt hatten.

Besonders bei den spannenden Berichten der Jäger und Fischer fieberten die Zuhörer mit. Ständig waren Rufe wie: „Oh!“, „Wie schrecklich!“, „Wirklich?“ zu hören, wenn die Rede von unbekannten Tieren war. Von im Wasser schwimmenden flachen Vögeln mit großen Flügeln und einem langen dünnen Schwanz. Von Fischen, die ihre Beutetiere in großen Schwärmen angriffen und bis auf die Knochen abnagten. Und von Tieren, die vom Kopf bis zum Schwanz mit einem knöchernen Panzer geschützt waren. Nur um die Körpermitte herum befanden sich bewegliche Bänder, die einen Gürtel bildeten. Der Kopf war schmal mit spitzen großen Ohren. Ein Gefährte berichtete: „Die Tiere leben in unterirdischen Gängen, die bis zu 21 Fuß lang sind. Die Jäger der Aruá graben sie aus. Das Fleisch der Tiere ist wohlschmeckend, nahrhaft und reicht für viele

Tage." Schließlich erregten auch die Berichte über die vielen wunderschön bunten Vögel mit ihren langen Schwänzen und die Schilderungen der farbenprächtige Schmetterlinge großes Staunen.

Zwei weitere Mondzyklen verstrichen. Es war immer noch Trockenzeit. Weitere 100 Häuser waren fertig und immer mehr Gefährten konnten von den Schiffen in die Häuser umziehen. Jeder nahm an Werkzeugen und Materialien mit, was er für seinen Hausstand und seinen Beruf brauchte. Sie hatten ein Vielfaches an Ausrüstung mitgenommen, um auch für Ersatz, Reparatur, Austausch und Handel genügend zu haben. Dies war auf allen Schiffen verteilt gewesen. Nun trugen sie alles zusammen und lagerten es auf wenigen Schiffen. Dies geschah unter den Augen von Hiram. Seine Frau Aziza, die vier Jahre jünger war als er, unterstützte ihn dabei tatkräftig. Sie hatten noch keine Kinder. Da Aziza schreiben und lesen konnte, hatte ihr Mann ihr übertragen, eine komplette Liste aller Bestände zu führen, sowohl von denen in den Häusern als auch von denen auf den Schiffen. Zugänge, Abgänge, Ausleihen und Rückgaben sollte ebenfalls festgehalten werden. Die Übersicht über die Waffen führte Hiram selbst. Diese lagerten jetzt auch zentral auf Aidans Schiff am Steg unter besonderer Bewachung. Sakarbal hatte untersagt, Waffen jeglicher Art an Land oder in die Häuser mitzunehmen. Äxte und andere Werkzeuge, die man auch als Waffen benutzen konnte, die aber für die Arbeit nötig waren, wurden von Hiram persönlich ausgegeben und er vermerkte die Person, die sie erhalten hatte, in seiner Liste.

Aber nicht nur die Männer waren am Siedlungsaufbau beteiligt. Auch die Frauen und Kinder, die alt genug waren, um zu helfen, waren mit Eifer bei der Sache. Die Kleinkinder wurden von Frauen betreut zusammen mit den Kleinkindern der Aruá. Es war schön, ihnen beim Herumtollen zuzuschauen. Sie wurden so ganz natürlich an die sie hier umgebende Natur mit all ihren Schönheiten und Gefahren herangeführt.

Die Frauen hatten sich ebenfalls in Gruppen zusammengetan. Sira kümmerte sich um die Verteilung der Aufgaben. Aisha und Aliya halfen ihr. Die Zubereitung von Fischfang und Jagdbeute zum Essen und zur Lagerung war eine dieser Aufgaben. Eine andere der Anbau, die Ernte, die Lagerung und Zubereitung von Feldfrüchten wie Bohnen, Kürbis und Mais. Eine dritte Gruppe übernahm das Sammeln von Früchten, Wildpflanzen, Kräutern und Heilpflanzen. Wiederum andere Frauen beschäftigten sich mit der Nutzung von Krallen, Zähnen, Knochen und Federn von Tieren für die Herstellung von Werkzeugen, Gebrauchsgegenständen und Schmuck. Und die letzte Gruppe schließlich gewann aus den Pflanzen Farbstoffe für die Körperbemalung oder für das Verzieren von Gebrauchsgegenständen. Auch hier wurde die Arbeitsbereiche reihum gewechselt.

Der letzte Mondzyklus des Jahres war gekommen. Die Regengüsse häuften sich und wurden heftiger. Da traf es sich gut, dass endlich alle Gefährten in Häusern untergebracht waren.

Sie hatten die Aruá eingeladen, heute ihre neue Siedlung zu besichtigen und mit ihnen gemeinsam den Tag zu feiern. Das Wetter spielte mit, es blieb den ganzen Tag über trocken. Alle Aruá waren gekommen und wimmelten wie Ameisen durch die Gassen. Viele wurden von den Männern und Frauen betreut, mit denen sie inzwischen Freundschaft geschlossen hatten und in die Häuser zum Essen eingeladen. Aber auch um alle anderen kümmerte man sich.

Zufrieden standen die Mitglieder des großen Rates auf der kleinen Anhöhe im Gebiet der Aruá. Sie sahen die Dörfer der Aruá, die sich locker im Gelände verteilten. Auf der Seite der Neuankömmlinge war lediglich ein Dorf entstanden. Dieses aber war groß. Zwischen den eng stehenden Häuserreihen verliefen rechtwinklige Gassen. Ein beeindruckendes Bild.

Dann gingen sie zum Gemeinschaftshaus der Aruá, dass in der Zwischenzeit ebenfalls deutlich erweitert worden war. Alle setzten sich an die gedeckte Tafel, um ihre Erfahrungen und Vorschläge auszutauschen.

Xavi meldete sich als erster zu Wort: „Ich schlage den Bau eines Nosokomeion vor. Zum Glück hat es keine weiteren Todesfälle mehr gegeben, aber Schnittverletzungen durch Äxte und Messer,

Armbrüche, Infektionen mit hohem Fieber und Tierbisse. Diese könnten dann besser versorgt werden. Das Haus mit seinen Einrichtungen würde auch den Aruá zur Nutzung offenstehen."

Der Schamane der Aruá entgegnete: „Das ist nicht nötig. Ich habe bisher immer gut für meine Stammesbrüder sorgen können."

„Es ist nur ein Angebot, Hekma", entgegnete Xavi.

Der Bau des Nosokomeion wurde beschlossen. Nur Hekma stimmte dagegen.

Jetzt meldete sich Aidan zu Wort: „Wir haben schon viele eurer Gerätschaften kennengelernt. Gebrauchsgegenstände, Werkzeuge, Jagd- und Fischfanggeräte und Schmuck. Jetzt würden wir auch noch gerne erfahren, mit welchen Materialien und wie ihr diese herstellt."

„Ein guter Vorschlag", antwortete Arukabawa, „Auch wir möchten noch mehr über eure Materialien, Werkzeuge und Arbeitsweisen wissen. Mit dem Töpfern haben wir bereits begonnen. Können wir auch für das Weben und andere Handwerke gemeinsame Arbeitsgruppen bilden?"

„Gerne", sagte Sakarbal.

Dieser Vorschlag des Häuptlings erhielt einhellige Zustimmung. Da keine weiteren Anträge mehr gestellt wurden, beendeten sie die Versammlung. Alle gingen zurück zu ihren Häusern.

„Nur vier Punkte, heute habe ich aber auch ein Pech!", sagte Himilko ärgerlich und gab die vier Würfelknöchelchen an Hayet weiter.

Sie nahm sie in beide Hände, blies hinein und ließ die Würfel auf den Tisch fallen. „Wieder alle vier *Astragale.* Gewonnen!", rief Hayet begeistert.

„Es ist schon spät. Wir müssen jetzt aufhören", sagte Sira, „Heute hat Hayet gewonnen. Das nächste Mal gewinnst bestimmt wieder du, mein lieber Himilko."

„Morgen gewinne ich gegen Papa beim *Mýlos* Spiel", entgegnete Himilko trotzig.

„Mal sehen", sagte Sakarbal, „und jetzt ab ins Bett!"

„Heute schlafen wir zum ersten Mal seit unserer Abreise aus Karthago wieder in einem Haus“, sagte Sira.

„Ja, Sira. Der Einzug heute war schon ein besonderes Erlebnis. Unser neues Haus ist zwar eher eine bescheidene Hütte und nicht zu vergleichen mit unserem Heim in Karthago, aber es bietet Schutz. Wir sind am Leben. Und wir sind freie Menschen.“

„Das stimmt schon. Aber irgendwie kann ich mich nicht so recht freuen. Oft denke ich an die Zurückgebliebenen in Karthago. Wie wird es um deine Eltern und unsere Freunde bestellt sein? Ob sie noch leben? Was ist wohl aus der Stadt geworden? Meinst du, das römische Heer hat sie zerstört?“, fragte Sira und begann zu weinen.

Sakarbal nahm sie in die Arme und hielt sie ganz fest. Dann führte er sie vor das Haus und sie setzten sich auf eine kleine Bank, die aus einem großen Baumwurzelstumpf gehauen war. Stumm blickten sie in den Nachthimmel. Nach einer Weile seufzte Sira tief auf. Sie gab Sakarbal einen Kuss und sagte: „Komm lass uns schlafen gehen. Es ist spät.“

In den folgenden Mondphasen nahmen die täglichen Sonnenzeiten immer mehr ab. Es regnete manche Tage ohne Unterlass. Das Wasser in den Flüssen begann zu steigen und der Boden aus Geröll, Steinen und Sand verwandelte sich zu Schlamm.

Trotzdem ging der Aufbau des Nosokomeion gut voran. Sie hatten im Osten der Insel kleinere Erhebungen im offenen Grasland gefunden. Mit den dort ausgegrabenen Steinen konnten sie zumindest einen steinernen, etwa einen halben Meter hohen Sockel für ihr Nosokomeion bauen.

Dieses stand auf dem höchsten Punkt am Rande der Siedlung vor den noch nicht gefällten Bäumen. Der Fluss strömte schnell auf der anderen Seite ihres Dorfes in seinem jetzt randvollen Bett dahin. Das rechteckige Haus war wie die anderen aus Holz gebaut und mit einem Satteldach aus Holzbrettern versehen worden. Die Nahtstellen der Bretter und die Verbindungsstellen zu Tragebalken, Stützpfeilern und Seitenwänden waren mit einer klebrigen Paste verschmiert worden. Die Aruá hatten ihnen Bäume gezeigt, aus denen, wenn man sie einritzte, weiße Milch floss. Diese wurde aufgefangen und erhitzt. Ab einer bestimmten Temperatur wurde sie klebrig. Bei zu starker Hitze allerdings verbrannte der Brei. Die Einheimischen formten die klebrige Masse zu Gefäßen. Nach der Erkaltung waren sie wasserdicht. Die Gefährten hofften diese Eigenschaft nutzen zu können, um das Dach des Nosokomeion wasserdicht zu machen. Wie sie später erfahren sollten, gelang es einigermaßen zufriedenstellend.

Im Inneren des Nosokomeion befanden sich ein Raum mit einem großen Holztisch, auf dem man den Erkrankten oder Verletzten versorgen konnte, zwei weitere größere Räume mit je vier Bettstätten und zwei kleinere Räume mit je zwei Bettstätten und ein Lagerraum.

Zum zweiten Vollmond im neuen Jahr war das Haus fertig. Sie luden den Häuptling und den Schamanen zur Besichtigung ein. Als Xavi und Yutpan zu erklären versuchten, wie sie hier ihre Therapeia durchführen würden, machten die beiden große Augen, fragten aber nicht weiter nach.

Auch alle anderen Arbeiten waren gut vorangeschritten.

Die Töpfermeister der Gefährten hatten die zwei Werkstätten der Aruá besucht und dabei beobachtet, wie sie mit einer Hand eine Holzscheibe drehten und mit der anderen Hand einzelne Tonstücke bearbeiteten und später zusammensetzten.

Seit dem frühen Morgen waren alle Töpfer an heutigen Tag in einer Werkstatt versammelt. Verwundert sahen die Aruá dabei zu, wie die Fremden die obere Holzscheibe, auf der der Ton bearbeitet wurde, mit Hilfe von Holzstäben mit einer zweiten größeren Holzscheibe unterhalb fest verbanden und in ein Holzgestell einbauten. Dann setzte sich einer der Töpfermeister der Einwanderer auf ein Brett an dem Arbeitsplatz. Er versetzte die untere Scheibe mit seinem Fuß in Drehung. Jetzt hatte er beide Hände frei, um auf der oberen Scheibe den Ton zu bearbeiten. Dabei höhlte er zuerst den Tonklumpen mit der Hand aus, zog den Ton zwischen den Fingern in die Höhe, so dass wie durch Geisterhand eine gleichmäßige, glatte Wand entstand. Dabei erklärte er: „Mit diesem Werkzeug und der Art der Bearbeitung wird der Herstellungsvorgang nicht nur beschleunigt, sondern es entstehen auch regelmäßigere Formen." Er blickte in erstaunte Gesichter.

Große Unruhe entstand und der Schamane wurde herbeigerufen. Unter seinen Augen formte der Töpfermeister eine Vase und einen Krug. Der Schamane schien erschrocken. Er verfiel in einen wiegenden Tanz, machte mit den Händen Abwehrbewegungen und murmelte vor sich hin, dass hier Geister am Werk seien.

„Nein, nein! Keine Geister! Probiert es doch selbst!", antwortete der Töpfermeister.

Er versuchte zunächst vergeblich einen Töpfer der Aruá dazu zu bewegen, sich an die Töpferscheibe zu setzen. Schließlich wagte sich doch ein junger Mann, der den Töpfermeister sehr genau beobachtet hatte, vor und nahm auf dem Sitzbrett Platz. Er brachte mit dem Fuß die Drehscheibe in Schwung, höhlte einen neuen Tonklumpen aus und zog zwischen den Fingern den Ton hoch. Noch ungleichmäßig, mal dicker, mal dünner. Aber schließlich gelang es ihm, ein Gefäß mit einem einfachem Rand zu formen. Jetzt war kein Halten mehr, alle wollten es probieren. Der Schamane zog kopfschüttelnd ab.

Die kundigen Gefährten vermittelten den Aruá-Töpfern noch viele neue Kenntnisse. So zum Beispiel darüber, welchen Einfluss Temperatur und Dauer des Brennvorgangs auf das Werkstück hatten, welche verschiedenen Möglichkeiten der Oberflächenbearbeitung es für die Keramik gab und wie man die Gefäße mit unterschiedlichen Farben und Mustern verzieren konnte. Somit erweiterten die Aruá ihre bisherigen Darstellungen von Fischen, Vögeln, Fröschen, Schlangen, Augen sowie Linien und Kreuzen binnen kurzer Zeit um Spiralen, Rauten, Rechtecke und andere Muster. Auch die Vielfalt der Keramikformen nahm zu. Mit Hingabe fertigten die Töpfer der Aruá jetzt Schalen, Töpfe jeglicher Größe, Trinkgefäße, Teller, Krüge in den verschiedensten Ausgestaltungsformen. Und

Urnen, die sie aber nicht für die Asche ihrer Verstorbenen, sondern zur Aufbewahrung unterschiedlichster Sachen benutzten. Häuptling Arukabawa und sein Rat zeigten sich sehr erfreut über die Entwicklung.

Eines Tages machte Sakarbal dem Häuptling den Vorschlag, ihn bei einer Erkundungsfahrt mit seinem Schiff auf dem großen Fluss zu begleiten.

„Du kannst zehn deiner Männer mitnehmen“, bot er ihm an.

Arukabawa willigte sofort ein. Sakarbal wies Hallalcar an, seine Gaulos zum Auslaufen fertig machen zu lassen. Sie nahmen Vorräte für die Zeit von zwei Mondphasen mit und, ohne Wissen der Aruá, Waffen für 25 Mann versteckt unter Deck. Nach drei Tagen brachen sie auf.

Der Häuptling stand stolz an der Bordkante und winkte den Menschen seines Stammes zu, die ihm voller Ehrfurcht nachschauten. Es ging eine leichte Brise. Sie setzten Segel und kamen mit der Strömung des Flusses schnell zum offenen Meer. Mit Kurs nach West fuhren sie entlang der Insel, auf der sie jetzt ihre neue Niederlassung gegründet hatten. Als sie vor sich rechts eine weitere Insel auftauchen sahen, warfen sie Anker, um hier die Nacht zu verbringen.

Mit Kurs Nordwest fuhren sie am nächsten Morgen quer durch die Flussmündung an weiteren Inseln vorbei. Sie steuerten in etwa den Kurs, den sie schon von ihrer Ankunft hier vor nunmehr einem halben Mondjahr kannten. Dann bogen sie mit Kurs Südwest in den großen Strom ein und folgten diesem flussaufwärts. Als die Nacht hereinbrach ankerten sie in einer Bucht auf der rechten Uferseite.

Mit dem Morgengrauen setzten sie ihre Reise fort. Sie segelten noch einen Tag. Der Strom war schier endlos breit und durchsetzt mit großen und kleineren Inseln. An ihrer Uferseite sahen sie dichte Wälder mit hohen Bäumen. Kaum festes Land. Die einsetzende Regenzeit begann das Wasser des Flusses immer weiter in die Waldgebiete hineinzudrängen. Viele Baumstämme standen bereits im

Wasser. Erneut warfen sie Anker. Dieses Mal vor einer Insel mitten im Strom.

Beim Abendessen an Bord fragt Aidan Arukabawa: „Was kannst du uns über diesen mächtigen Fluss erzählen?“

Arukabawa begann: „Dieser vom Regengott geschaffene Strom ist sehr, sehr lang. Ich kenne keinen Menschen, dem ein größerer Wasserlauf in Länge und Breite bekannt ist. Er hat seine Quelle in den hohen Bergen, die bis zu den Wolken reichen, weit im Westen. Viele andere kleine und große Flüsse, ebenfalls aus den Bergen kommend, fließen dem großen Strom zu.“

Hekma ergänzte: „Ein Schamane eines benachbarten Volkes hat mir erzählt, dass er von einem anderen Schamane gehört habe, was dieser wiederum von noch einem anderen erfahren habe, dass viele, viele Tagesreisen von hier entfernt am Oberlauf des Flusses die Berge immer, immer höher werden. Sie bilden eine Gebirgskette, die das riesige flache Regenwaldgebiet hier von einem schmalen Küstenland westlich der Berge abtrennt. Dahinter soll wieder ein großes Meer sein. Ich kenne aber niemanden, der es je gesehen hat.“

Die Gefährten hörten sehr interessiert zu.

Arukabawa fuhr fort: „Hier bei uns durchströmt der große Fluss in mehreren Armen die Inselwelt vor dem großen Meer. Auf einem dieser Wasserläufe sind wir gerade. Dieser mit einem anderen so verbunden, dass unser Heimat sozusagen als große Insel abgetrennt wird.“

Unvermittelt unterbrach ihn Sakarbal: „Was ist das für ein Geräusch? Hört ihr das Grollen?“

Tatsächlich kam ein immer lauter werdendes tiefes Brummen vom Meer her auf sie zu. Dann sahen sie im silbrigen Mondlicht wie eine große Welle den Fluss heraufrollte. Sie lief unter der Gaulos hindurch und hob sie dabei kräftig an. Dann nahm das Dröhnen wieder ab und die Welle entschwand weiter flussaufwärts ins Landesinnere.

„Das muss die Flutwelle des Meeres sein“, sagte Aidan, „Das kenne ich von der Küste in meiner alten Heimat. Das Wasser des Meeres zieht sich regelmäßig weit zurück, dann liegen mehrere 100

Fuß des Meeresbodens vor der Küste trocken. Das Wasser braucht ebenso viel Zeit, bis es wieder zurück ist. So geht es im Wechsel von Hoch- und Niedrigwasser tagaus, tagein. Die Höhe des hereinkommenden Wassers hängt von Wind und Strömungen ab. Zudem habe ich beobachtet, dass das Hochwasser bei Vollmond am höchsten ist. Dann läuft auch eine Welle den kleinen Fluss bei unserer Siedlung hinauf."

„Ja so ist es auch hier", entgegnete Arukabawa, „Die höchste Welle tritt am Anfang der Regenzeit auf, wenn der Wasserstand noch nicht so hoch ist, und bei Vollmond. Die Welle kann bis zu drei Mann hoch werden, läuft sehr schnell und weit ins Land hinein. Ich kenne einen Häuptling einer größeren Siedlung, der die Welle auch schon bei sich beobachtet hat, wenn auch viel kleiner. Diese Siedlung liegt etwa zwölf Tagesfahrten mit dem Einbaum von hier stromauf. Da die Welle so einen großen Lärm macht, wird sie auch so genannt: ‚*Pororoca*'."

Arukabawa machte eine kurze Pause und fuhr dann fort: „Der Strom wird von vielen Stämmen, die in den dichten Wäldern an seinen Ufern leben, zum Tauschhandel genutzt. Es gibt neben wohlwollenden und hilfsbereiten Stämmen auch kriegerische Stämme, wie die Carajá oder Murá, die andere Stämme unterwerfen und tributpflichtig machen. Abgeschlagene Köpfe als Siegeszeichen sind bei ihnen beliebt. Es wird auch erzählt, dass getötete Feinde gegessen werden.

Nahe den Bergen gibt es aber nur noch ganz wenige Stämme. Der Fluss wird schmaler und wilder. Die Ufer sind durch steile Berghänge und tiefe Schluchten geprägt. Im Quellgebiet gibt es hohe felsige Gebirge, auf die weißer Regen niedergeht, bewachsene sanftere Bergrücken und dicht bewaldete zumeist in Wolken gehüllte Berge in Richtung der aufgehenden Sonne. So ist es mir zumindest berichtet worden. Die höchsten Berge sind den dortigen Menschen heilig, weil sie glauben, dass dort ihre Götter wohnen."

Aidan und Pau waren begeistert von der Beschreibung dieser Götterberge. Sie drängten den Häuptling mehr zu erzählen, aber über das Berichtete hinaus wusste er nichts. „Es muss ein schönes und nahezu menschenleeres Land sein“, fasste er zusammen. Die nächsten drei Tage vergingen mit ihrer Rückfahrt.

Als die Neuigkeiten über den großen Fluss und über das Bergland in seinem Quellgebiet die Runde gemacht hatten, konnte man in der nächsten Zeit immer wieder kleine Gruppen beobachten, die zusammenstanden und erregt miteinander sprachen. Es waren vor allem die Auswanderer von den Balearen und aus Iberien, die sich einfallsreich das Bergland ausmalten und auch Erinnerungen an die Berge der alten Heimat austauschten.

Sira hatte Besuch von Aisha. Als Sakarbal die Frauen beieinander sitzen sah, gesellte er sich zu ihnen.

„Nah, ihr beiden? Störe ich?“, fragte er vorsichtshalber.

Sira versetzte: „Das nicht. Aber unser Gespräch wird dich sicher langweilen.“

Nun wurde Sakarbal neugierig. „Um was geht es denn gerade?“

„Wir unterhalten uns über die Weberei. Die Frauen hier machen das völlig anders als wir.“

„Das trifft sich gut. Ich wollte dich schon längst fragen, wie ihr so in euren Arbeitsgruppen vorankommt. Erzählt doch mal.“

Sira schaute Aisha an und diese begann: „Du musst wissen, dass die Aruá als Webrahmen zwei gerade, entrindete Äste mit einer Astgabel rechts und links oben benutzen. Die Astgabeln dienen als Halterung für ein entsprechend langes Rundholz, an dem die Kettfäden befestigt werden. Kannst du dir das so ungefähr vorstellen?“

Sakarbal nickte und fragte: „Moment. Mir ist nicht klar, womit die Frauen hier überhaupt weben?“

Aisha erklärte: „Sie benutzen ausschließlich versponnene Pflanzenfasern. Dabei weben sie den Pflanzenfaserfaden mit den Fingern durch die Kettfäden und drücken jeden neu eingewebten Faden mit den Fingern auf den vorherigen fest. Die gewebten Decken, Umhänge und Tücher werden überwiegend aus mit Schlegeln bearbeiteten Rinden des Feigenbaums hergestellt. Diese Pflanzenfasern werden dann versponnen. Hierfür nutzen sie Fallspindeln, die aus einem hölzernen Schaft und einer Schwungmasse aus Knochen bestehen. Den Faservorrat halten sie in einer Hand. Die andere Hand dreht abwechselnd die Spindel und zieht die gewünschte Menge Fasern aus dem Vorrat."

Dann übernahm Sira: "Wir mussten ihnen leider zunächst klarmachen, dass sie mit ihren Pflanzenfasern nicht so schöne Kleider, Decken, und Tücher herstellen können wie die unseren, die aus feiner Wolle hergestellt sind. Und dass wir hier noch nichts entdeckt haben, aus dem man solche Wolle gewinnen könnte."

„Das stimmt. Es gibt keine Schafe. Und auch keine Ziegen", bestätigte Sakarbal. „Aber habt ihr überhaupt etwas erreichen können?"

„Na ja, zunächst waren die Aruá-Frauen sehr enttäuscht. Inzwischen aber zeigen sie sich von den Verbesserungen, die wir ihnen über die Zeit beibringen konnten, höchst erfreut."

„Aber ohne Wolle! Was für Verbesserungen konntet ihr ihnen denn dann überhaupt vermitteln?", wollte Sakarbal wissen.

Sira lächelte ein wenig spöttisch über die mangelnde Vorstellungskraft ihres Mannes, klärte ihn dann aber doch geduldig auf: „Es geht beim Weben nicht nur um die Frage, womit gewoben wird, sondern auch um die Handhabung!"

Nun sprang sie auf und nutze für die folgenden Erläuterungen temperamentvoll beide Hände, um mit entsprechenden Gesten ihren Vortrag anschaulicher zu gestalten.

„Zu einem guten Webrahmen zählen zum Beispiel Vorrichtungen, die die Kettfäden straff halten. Wir haben ihnen das Herstellen von Gewichten aus Ton gezeigt. Weiterhin haben die Aruá-Frauen gelernt, wie man einen einfachen Weberkamm und ein Schiffchen aus Knochen herstellt und beim Weben benutzt. Schließlich noch die Herstellung und den Gebrauch einer knöchernen Handspindel. Die hat die Form eines Stabs, an dem beim Spinnen die Fasern befestigt werden, die noch nicht versponnen sind. Sie bietet gegenüber der von den Frauen bisher benutzen Fallspindel den großen Vorteil, dass beide Hände zum Spinnen frei sind."

Voller Anerkennung blickte Sakarbal zu seiner Frau auf. „Man lernt wirklich nie aus. Ich gestehe, dass ich bisher nie über diese Sache nachgedacht habe."

Nun trumpfte Aisha auf: „Wir haben ihnen auch gezeigt, wie man schöne Muster webt! Sakarbal ist dir bei der letzten Ratsversammlung nicht aufgefallen, dass der Häuptling stolz ein schmales Schultertuch mit Rechtecken und Zickzack-Linien getragen hat? Es ist aus Wolle, die ich der Hauptfrau des Häuptlings auf ihre Bitte hin, gegeben habe."

„Ja, jetzt erinnere ich mich. Er war sehr stolz. Und er hat mehrfach seine Zufriedenheit darüber geäußert, wie vorteilhaft sich unsere Nachbarschaft entwickelt. Bitte sagt allen Frauen meinen Dank! Ich schätze euren Einsatz für unsere gemeinsame Sache sehr", sagte Sakarbal.

Die enge Zusammenarbeit der Menschen über die Zeit, die sie nun schon in der neuen Heimat waren, hatte dazu geführt, dass etliche Männer mit dem Wunsch, sich mit einheimischen Frauen zu verbinden, an den Rat der Gefährten herangetreten waren. Auch die ersten Anfragen von Frauen, die sich mit Männern der Aruá verbinden wollten, erreichten sie. Sakarbal versprach, diese Angelegenheit im nächsten gemeinsamen Rat auf den Tisch zu bringen.

Die Männer hatten sich von den Einheimischen ihre Jagdwaffen und deren Herstellung zeigen lassen. Es gab Speere verschiedenster Länge, die aus der Hand oder mit Hilfe von Schleudern eingesetzt wurden. Außerdem Pfeile, die bis zu fünf Fuß lang waren und mit entsprechend großen Bögen abgeschossen wurden. Besonders beeindruckt zeigten sich die Einwanderer von der Geschicklichkeit der Aruá-Jäger beim Einsatz des Blasrohrs, insbesondere bei der Vogeljagd. Durch ein sieben bis zu fünfzehn Fuß langes dünnes Rohr aus leichtem Holz wurden kleine Pfeile verschossen, indem man kurz und kräftig in das Rohr blies. Die Pfeile waren vorher mit einem Gift eingerieben worden, das die Atmung lähmte und dadurch zum Tod führte. Für die Menschen, die die so erbeuteten Tiere aßen, hatte das Gift offensichtlich keine Auswirkung mehr. Weiterhin wurden in der Jagd Fallen und Reusen benutzt. Für ihre Jagd auf Flüssen, Seen oder in Sümpfen nutzten die Aruá Flöße, Kanus aus Rinde oder sehr leichtem Holz und Boote, die aus einem Baumstamm gefertigt wurden. Jagdbeute waren Fische, Krokodile und Schildkröten, die sie besonders verehrten und ‚mata-mata' nannten. Weitere beliebte Beutetiere waren Enten, Vögel, Affen, Tapire, Nabelschweine, Faultiere, Gürteltiere, Ameisenbären und Hirsche.

Dreimal hatte sich der Vollmond im neuen Jahr gezeigt. Die Regenzeit hatte ihren Höhepunkt erreicht. Kaum jemand verließ das Haus, wenn er nicht gerade für einen Dienst eingeteilt war. Die Flüsse waren bedrohlich angeschwollen. Sie hatten die Schiffe so weit wie möglich in die Bucht gezogen und mit einer Vielzahl von Leinen zusätzlich gesichert.

Kaum ein Haus, in dem nicht Wasser durch das Dach ins Innere drang. Dort, wo es am stärksten durchtropfte, stellten sie Holzkübel auf. Immer wieder legten sie in regenfreien Zeiten neue Blätter und Fasermatten auf die Dächer. Kleidung, Decken, ja eigentlich alles war dauerhaft feucht und klamm. Die wenigen Sonnenperiode am Tag erzeugten nur unangenehme Schwüle, aber trocknen konnte in der feuchten Luft nichts.

Über die Hauptgassen im Dorf hatten sie Holzbretter verlegt, um nicht im Schlamm zu versinken. Bei den Jagdausflügen gewannen sie den Eindruck, dass sich das Wasser der über die Ufer tretenden Wasserläufe vereinigte mit den Fluten, die sich aus dem Himmel herabstürzten, um sich das Land, auf dem sie wohnten, einzuverleiben. Eine Senke im Nordosten des Aruá-Gebietes, die in der regenarmen Zeit völlig trocken gewesen war, hatte sich jetzt mit Regenwasser gefüllt und in einen großen See verwandelt. Weiter nördlich waren die Palmenwälder, die nun tief im Wasser standen, zu Sümpfen geworden. Auch in den Wäldern des westlichen Landes stand ein Großteil der Bäume unter Wasser.

Es sollte in den nächsten Mondphasen noch schlimmer kommen. Der große Fluss trat über die Ufer und floss unter den Häusern der Aruá, die auf Stelzen gebaut waren, hindurch. Die anderen Aruá-Häuser erreichte der Fluss noch nicht. Im Dorf der Gefährten wurden die ersten fünf Häuser weggerissen. Weitere Häuser nahe der Uferlinie standen im Wasser. Der kleine Wall, den sie aufgeschüttet hatten, wurde vollständig weggespült. Glücklicherweise gab es keine Toten. Die Bewohner hatten sich rechtzeitig in Sicherheit bringen können. Sie wurden auf andere Häuser verteilt. Auch der Steg ihres kleinen Hafens wurde stark beschädigt. Die Trümmerteile nahm der Fluss mit sich.

Mit dem Hochwasser kamen auch Schlangen, Krokodile und andere Tiere näher an die Siedlung. Bereits bei den Tupi und jetzt auch bei den Aruá waren sie vor dem König des Regenwaldes, einer Großkatze, gewarnt worden. Die Tupi nannten die Wildkatze in ihrer Sprache ‚Jaguar', was so viel wie ‚der Räuber, der seine Beute mit einem einzigen Sprung erlegt' bedeutete. So hatte es ihnen Amanary erklärt. Sie hatten bisher noch kein derartiges Tier gesichtet. Den Beschreibungen der Einheimischen nach sah er einem Leoparden ähnlich. Das gemusterte kurze Fell sei goldgelb mit einem oft rötlichen Einschlag oder auch schwarz. Die Länge wurde mit bis zu sechs Fuß, die Schulterhöhe mit gut zwei Fuß beschrieben. Die Einheimischen berichteten, der Körperbau sei schwer, massiv und kraftvoll. Kräftige Kieferknochen und lange Eckzähne erlaubten es ihm sogar, Schildkrötenpanzer zu knacken. Er würde normalerweise keine Menschen angreifen, außer er werde gereizt und in die Enge getrieben oder er habe lange keine Beute machen können. Beides konnte gerade jetzt in der Regenzeit eintreten. Obwohl das Tier schwimmen konnte grenzten die enormen Überflutungen das große Jagdrevier auf relativ kleine trockene Inseln ein. Die Einheimischen jagten den Jaguar nicht. Hekma hatte erklärt, das Tier spiele bei den meisten Völkern am großen Fluss eine wichtige Rolle im kultischen Bereich. Bei einigen sei er sogar die Erscheinungsform eines Gottes. Die Gefährten bekamen aber auch in der Regenzeit keinen Jaguar zu sehen. Sie sahen lediglich ab und zu seine Fährte. Einmal musste die Großkatze kurz vorher auf dem gleichen Weg gelaufen sein wie einer ihrer Jagdtrupps. Sie konnten das Tier riechen und hörten es auch fauchen. Der Abdruck der Pfoten im nassen Sand war tief und hatte in etwa die Größe einer kräftigen Männerhand. Es musste ein großes Tier gewesen sein.

Im sechsten Mondzyklus des Jahres verringerte sich die Regenflut drastisch. Die Sonne schien wieder mindestens den halben Tag. Es sollte aber noch zwei weitere Mondzyklen dauern, bis die Flüsse fast wieder auf ihren Normalstand der Trockenzeit gesunken und die Überflutungen in den Wäldern und Sümpfen zurückgegangen waren.

In allen Dörfern herrschte rege Betriebsamkeit. Die Zerstörungen wurden beseitigt beziehungsweise repariert. Die Gefährten rissen alle Häuser der ersten Reihe ab und bauten sie fern vom Fluss an der Waldseite wieder auf. Dazu mussten sie wieder etwas Wald roden. Der Häuptling gab seine Erlaubnis, bestand aber darauf, dass seine Männer an den Arbeiten beteiligt wurden. Sie sollten die Art des Holzeinschlags und der Holzbearbeitung der Einwanderer kennenlernen sowie die Werkzeuge, die diese dafür benutzten. Besondere Aufmerksamkeit schenkte Arukabawa den eisernen Äxten. Sakarbal beriet sich mit seinen Männern und stimmte zu.

„Arukabawa, die Männer, die du zu der Arbeit einteilst, sollen sechs Äxte, zwei Schabeisen und einen Schleifstein bekommen und behalten dürfen."

„Danke, nichts anderes habe ich von meinem Freund erwartet", antwortete der Häuptling und umarmte Sakarbal.

Dieser nutzte die gute Gelegenheit, die Möglichkeit partnerschaftlicher Verbindungen zwischen den Menschen ihrer Völker anzusprechen. Arukabawa ging sofort darauf ein. „Auch meine Sippenführer haben mir von Verbindungwünschen berichtet. Was kann eine gute Nachbarschaft besser festigen als Blutsverwandtschaft!“, sagte der Häuptling.

Beide Anführer beriefen für den nächsten Tag eine gemeinsame Ratssitzung ein.

Sie begann in guter und gelöster Stimmung. Der Häuptling begann gleich mit der Anfrage von Männern und Frauen aus beiden Völkern nach partnerschaftlichen Vereinigungen. Er fragte, ob jemand etwas gegen diese Verbindungen vorzutragen habe. Der Schamane Hekma meldete sich zu Wort.

„Die Aruá können einer Verbindung von Männern und Frauen mit den Fremden nicht zustimmen!“

Arukabawa fragte: „Warum nicht? Was hast du vorzubringen?“

„Wie du selbst gesehen hast, missachten die Fremden unsere Glaubensvorstellungen!“, rief Hekma laut in die Runde und schwenkte dazu eine Schale, aus der jetzt schwarzer Rauch aufstieg, um seine Worte dramatisch zu untermalen.

„Sie verbrennen ihre Toten und nehmen damit allen unseren Frauen und Männern, die sich mit ihnen verbinden, die Möglichkeit der Wiedergeburt. Vor wenigen Tagen noch haben sie ein Kind und die Mutter einer Familie verbrannt, die an einer Krankheit gestorben waren, die wir nicht kennen. Mutter und Kind sind jetzt auf immer und ewig in der Unterwelt und können nie mehr wiedergeboren werden.“ Erneut entstieg aus seiner Schale kräftiger schwarzer Rauch.

Der Häuptling erschrak. „Ja, du hast recht. Das ist ein schwerwiegendes Hindernis.“

Er wusste nicht, was er tun sollte. Er selbst war von dem, was der Schamane vorgebracht hatte, wie jedes andere Mitglied seines Stammes zutiefst überzeugt. Bedeutete dies das Aus für das friedliche Zusammenleben ihrer Völker? Er war traurig und ratlos.

Xavi ergriff das Wort: „Ja, die Mutter und das Kind hatten diese Krankheit vermutlich schon lange in sich. Vor einigen Tagen ist sie zum Ausbruch gekommen. Wir nennen sie die Schwindsucht. Wir konnten nur versuchen ihre Schmerzen zu lindern, retten konnten wir sie nicht. Und ja, wir verbrennen unsere Verstorbenen. Ihr Geist

– wir sagen dazu auch Seele - steigt zu den Göttern auf. Ihren toten Körper brauchen sie dazu nicht. Sie leben auch nicht in der Unterwelt. Sie pendeln zwischen den Göttern im Himmel und den Lebenden, die sie beschützen."

„Was redest du da von Seele, Geist und Himmelfahrt!" ereiferte sich der Schamane. „Das sind Wörter und Bilder, die wir nicht verstehen. Man darf keine Toten verbrennen!"

Sakarbal bat Xavi wieder Platz zu nehmen. Ihm war bewusst, dass sie hier an einen Scheidepunkt gelangt waren. Er schaute Arukabawa an. Dieser sah unglücklich und verunsichert aus. In seiner sorgenvollen Miene spiegelte sich der Widerspruch zwischen unverrückbaren Glaubensvorstellungen ihres Volkes und dem Wunsch, die Gemeinschaft mit den Fremden weiter auszubauen.

„Ich schlage vor, wir unterbrechen bis morgen und setzen dann unsere Versammlung fort", schlug Sakarbal vor.

Arukabawas Züge entspannten sich. Erleichtert stellte er fest, dass nun erst einmal nichts zerbrochen, sondern nur Zeit gewonnen war. Aber eine Lösung musste her. Er sah Sakarbal fragend an. Dann gingen sie auseinander.

Den ganzen Nachmittag lang saß der Rat der Gefährten auf dem neuen Versammlungsplatz vor dem Nosokomeion zusammen und beriet, wie es weitergehen könnte.

Sakarbal fragte: „Welche Möglichkeiten haben wir?"

Pau antwortete als erster: „Keine gemischten Partnerschaften eingehen. Damit ist der Einspruch des Schamanen hinfällig."

Aidan antwortete: „Ja, du hast leicht reden! Du bist ja auch in Aisha verliebt und nicht in eine Aruá-Frau! Aber welchen Schmerz bereiten wir den Liebenden aus beiden Völkern, die sich binden wollen! Langfristig ist dann ein Zusammenwachsen der Völker wohl auch nicht denkbar."

„Wäre es denn bei gemischte Partnerschaften möglich, im Todesfall entweder die Erdbestattung für den Aruá-Partner oder die

Feuerbestattung für den Partner von uns durchzuführen?", fragte Philosir.

Sakarbal wiegte nachdenklich den Kopf: „Denkbar wäre es, aber wird das langfristig dem Wunsch der beiden Partner entsprechen? Wie wird mit den Kindern und Kindeskindern verfahren? Die Aussichten für ein wirkliches Zusammenwachsen erachte ich auf diesem Weg als sehr gering. Und wird der Schamane so einem Vorschlag überhaupt zustimmen?"

Dann erhob sich Aidan: „Ja, Sakarbal hat recht. Die Feuerbestattung wird immer ein Hindernis für unser Zusammenleben bleiben. Sollen Fragen des Todes unseren Start in ein neues Leben belasten?" Jetzt sprach er wieder, der ‚Lichtbringer'.

„Die Seele kann sowohl beim Tod eines Menschen, der nach seinem Tod in ein Grab aus Erde gelegt wird oder als Mumie in einem Sarkophag in einer Felshöhle abgelegt wird, als auch bei einem, der auf dem Scheiterhaufen verbrannt wird, zum Himmel aufsteigen, oder? Zudem kennen wir in unserer Gemeinschaft beide Bestattungsformen. Erd- oder Höhlenbestattungen auf den Balearen, Feuerbestattungen in den Castros und beides in Karthago. Ich schlage vor, auf die Feuerbestattung als Regelfall zu verzichten. Was meint ihr?"

„Ich kann mich diesem Vorschlag anschließen", antwortete Sakarbal und erhob sich.

Die anderen schauten sich an, immer mehr nickten zustimmend. Dann stand einer nach dem anderen auf und sagte: „Ja, so machen wir es."

„Nun müssen wir nur noch alle anderen Gefährten überzeugen, aber das dürfte nicht schwierig sein", sagte Sakarbal und löste die Versammlung auf.

Sakarbal verkündete ihren Beschluss am nächsten Morgen in der gemeinsamen Ratsversammlung. Er suchte dabei Blickkontakt zum Häuptling und lächelte ihn zuversichtlich an. Arukabawa fiel ein Stein vom Herzen. Und Hekma staunte. Sein Einspruch war ausgeräumt. Der tiefe Glaube, der bei beiden Völkern verwurzelt war, konnte von jedem uneingeschränkt weitergelebt werden.

Somit vereinbarte der gemeinsame Rat ein großes Vereinigungsfest zum nächsten Vollmond. Bevor die Gefährten zurückgingen, ergriff der Häuptling nochmals das Wort: „Vergesst nicht für die nächste Regenzeit vorzubeugen. Seit einem Mond nimmt der Regen ab und wird dies über die Trockenzeit des Jahres auch weiter tun. Aber nach sechs Mondzyklen wird der Regen langsam wieder zunehmen und sich über das Halbjahr der Regenzeit bis zu dem Ausmaß steigern wie ihr es kennengelernt habt."

Sakarbal versicherte, dass sie das tun würden.

Und so geschah es auch. Der neue Steg wurde mit Baumstämmen viel tiefer im Boden verankert. Bäume und Steine verstärkten die Sicherung der Bucht an den Enden. Die Wege im Dorf wurden mit Holzstegen überbaut. Man deckte die Dächer der Häuser noch besser mit Holzlatten und Brettern und dichtete sie mit der klebrigen weißen Paste an den Verbindungen ab. Darauf wurden dann Pflanzenfasermatten und große Blätter gelegt. Einige verlegten Holzböden in den Häusern, andere bauten einen Sockel aus Steinen, wiederum andere brachten Vorrichtungen an den Dachlatten und oberen Enden der Wände an, um ihre Kleidung und vor allem die Vorräte dort zu verwahren. Der Damm zum Fluss wurde erhöht und im Dorf zog man Kanäle zum gezielten Ableiten des Wassers.

Die Jahreszeit war ideal zum Jagen und Sammeln. Männer und Frauen schwärmten jeden Tag aus. Neben dem Auffüllen der Vorräte war die anstehende Ehebundfeier ein Anlass, sich besonders anzustrengen. Denn es sollte für das Fest an nichts fehlen.

Dann war es endlich soweit. Das Wetter spielte mit. Die Sonne schien und die Wärme war angenehm. Auch am Mittag war es noch nicht zu heiß. Auf dem großen freien Platz rund um das Gemeinschaftshaus der Aruá waren am äußersten Ende in einem großen Halbkreis Matten ausgelegt, auf denen alle Speisen, die die Natur zu bieten hatte, ausgebreitet lagen. Früchte aller Art, Obstsäfte, Mais-Bier, Wasser, verschiedenartig zubereitetes Fleisch, Fische, Vögel, rohes und gekochtes Gemüse, Kräuter, Maniok, Süßkartoffeln, Mais und vieles mehr.

Unter den verbindungswilligen Paaren waren auch Pau und Aisha, die ihr gegenseitiges Versprechen einlösen wollten, und weitere nicht gemischte Paare. Direkt vor dem Gemeinschaftshaus standen links die Männer, die den Ehebund eingehen wollten, aufgereiht. Die Aruá in prächtiger Körperbemalung und mit farbigem Federschmuck. Die Männer der Gefährten in den schönsten Stoffen, die sie besaßen. Rechts gegenüber standen die Frauen. Die Aruá ebenfalls mit schönster Körperbemalung. Ihre langen Haare waren mit Blumen und Blüten durchflochten. Die Frauen der Einwanderer hatten ebenfalls ihre schönsten Stoffe angelegt und einen Blütenkranz auf ihre Haare gesteckt. Pau und Aisha waren einfacher gekleidet als die Frauen und Männer aus Karthago. Dafür schien ihre tiefe Zuneigung und ihr Glück alles andere zu überstrahlen.

Immer noch strömten die Menschen aus allen Dörfern vor die große Hütte und suchten sich einen Platz möglichst nahe der Kulthandlung. Die Letzten mussten aber schon zwischen den Häusern des Dorfes stehen.

Als der Schamane aus dem Gemeinschaftshaus trat, verfielen alle Aruá in einen melodischen Singsang, in dessen Takt sie ihre Körper hin und her wiegten. Der Schamane selbst schien sich in geistige Entrücktheit versetzt zu haben, murmelte einzelne Silben im Takt des Gesangs, ging dann an den Reihen der Paare vorbei, besprengte diese mit Wasser und blieb am Ende in der Mitte vor den beiden Reihen stehen.

Jetzt trat Sastre aus dem Gemeinschaftshaus und schritt ebenfalls durch die Reihen der Paare. Auf einem Podest, das er vor sich trug, standen zwei kleine bronzene Statuen. Sie zeigten den Gott Baal und die Göttin *Anat*, erinnernd an den uralten ‚*Hieros Gamos*‘ Mythos. Er stellte sich neben den Schamanen der Aruá.

Als nächste kamen der Häuptling und seine Frau aus dem Haus. Ihr Kopfschmuck reichte bis zu den Knien. Die Farbenpracht der Federn war unbeschreiblich.

Schließlich schritten Sakarbal, bekleidet mit einem kurzen dunkelvioletten Obergewand und Sira, gehüllt in eine zartrosa Toga, aus den Reihen der Gefährten heraus und stellten sich neben Arukabawa und seine Frau. Als beide Paare die Menge mit erhobenen Armen grüßten, erhob sich ein ohrenbetäubender Jubel. Erst als sie sich neben Hekma und Sastre stellten, verstummten die Rufe.

Die Paare wurden aufgefordert sich zu finden und nach vorne zu kommen.

Arukabawa überreichte jeder Frau ein Tuch für Kleinkinder, wie es hier die Mütter benutzten. Sie trugen darin ihr Neugeborenes und hatten es praktisch überall dabei.

Hekma reichte eine Schale mit Honig, in die zunächst die Frau einen Finger steckte, den sie dann ihrem Auserwähltem zum Abschlecken des Honigs hinhielt. Danach geschah es umgekehrt.

Sakarbal übergab ein kleines Töpfchen mit Deckel, in dem sich Salz befand. Den Geschmack und den Nutzen von Salz für die Aufbereitung und Lagerung von Speisen hatten die Aruá gerade erst von den Gefährten kennengelernt.

Sastre ging durch die Reihen, löste die Blumenkränze der Frauen und übergab sie den jeweiligen Männern. „Jetzt dürft ihr euch küssen“, sagte er. Wieder erhob sich tausendfacher Jubel.

Arukabawa bat um Ruhe und lud dann alle zum gemeinsamen Verbindungsmal ein.

Die Familien von Sakarbal, Aidan, und Moran saßen zusammen bei Pau und Aisha. Zwischendurch gesellten sich auch Yutpan, Xavi, Sastre und Philosir hinzu, die aber auch bei allen anderen Paaren vorbeischauten.

„Ist das nicht wundervoll? Wir wollten uns gleich beim Erreichen der neuen Welt in der Ehe verbinden. Und das haben wir gerade gemacht. Gibt es ein schöneres Ziel für Verlobte, wenn sie sich zu einer gemeinsamen Reise aufmachen?“ ,sagte Pau.

„Ich bin so glücklich. Ich liebe dich, Pau“, sagte Aisha und küsste ihn. Dann fuhr sie fort: „Euch allen danke ich, dass ihr uns so unterstützt habt und wir eine so verlässliche Großfamilie sind. Möge es so bleiben, was immer die Zukunft bringt. Auf unser aller Wohl!“

Die Freunde stießen mit dem neu verbundenen Paar an und ließen es hochleben. Es war schon lange dunkel, als alles wieder abgeräumt war und die letzten Gäste nach Hause gingen. Die jungen Ehefrauen hatten jetzt ein neues Zuhause. Sie begleiteten ihre Männer in deren eigenes Haus oder das ihrer Familien.

Zusammengekuschelt auf ihrer Schlafstätte unterhielten sich Sakarbal und Sira noch lange über das schöne Fest.

„Siehst du, Sakarbal, das Leben geht weiter. Jetzt vermischen sich zwei Volksgruppen. Was wird die Zukunft den neuen Paare bringen?“, sagte Sira. Dann schliefen sie müde ein.

Mit jeder neuen Mondphase war die Trockenzeit mehr und mehr zu spüren. Überall trockneten die Tümpel und Seen aus. Massen von Mückenschwärmen zogen über das Land und quälten die Menschen. Im Nosokomeion gab es reichlich zu tun. Mückenstiche, die sich entzündet hatten, Fieber und Durchfall standen auf der Tagesordnung. Aber auch Geburten. Im Regelfall gebaren die Frauen ihre Kinder zu Hause. Bei schwierigen Schwangerschaften und in Notfällen bestanden die Heiler aber darauf, dass die Mütter ins Nosokomeion kamen. Die Gefährten beobachteten, dass bei den Aruá die Männer rituell stärker in den Schwangerschaftsablauf eingebunden waren, als sie das von sich kannten. Bei Geburts- und Reinigungsriten kam den Männern der Aruá eine wichtige Wächterrolle für ihre Kinder zu. Sie sollten sie durch ihre Anwesenheit vor magischen Schädigungen schützen. Überhaupt war der Glaube sehr von Magie bestimmt. Und Magie begann schon bei der Geburt. Sie setzte sich in Initiationsriten mit körperlichen Marterungen der Jugendlichen zur Abwehr des Bösen beim Übergang zum Erwachsenen fort und endete im Totenkult, der Verehrung der Ahnen und der Wiedergeburt.

Götter, so wie die Gefährten sie kannten, gab es nicht. Sonne, Mond und Donner waren die Gottheiten der Einheimischen. Bei religiösen Riten nahm man alkoholische Getränke und Naturpflanzen zu sich, die Sinnestäuschungen und Wahnvorstellungen hervorriefen. Der Schamane verstand sich in seinem entrückten Zustand als Mittler zwischen Lebenden, Toten und der Natur. In den Mythen der Aruá waren es Naturwesen wie der Jaguar, die in verschiedenen Ausformungen Menschen Heil oder Verderben brachten. Es war daher auch nicht verwunderlich, dass nach dem Ehebundfest der Häuptling Sakarbal und Sastre zu sich und seinem Schamanen rufen ließ.

Er fragte: „Welche Bewandtnis hat es mit den Statuen, die Sastre beim großen Verbindungsfest vor sich hergetragen hat?“

Sastre erläuterte ihren Götterglauben: „Die beiden Statuen stellen Baal und Anat dar. Baal ist der oberste unserer Götter und Anat verkörpert den Willen der Götter. Mögen sie den neuen Paaren Fruchtbarkeit und Glück bringen. Wir verehren darüber hinaus Gottheiten für ganz bestimmte Aufgaben. Unsere Götter haben gute und schlechte Eigenschaften. Manchmal sind sie sogar missgünstig, rachsüchtig und streitlustig.“ Doch diese Erklärungen trafen auf völliges Unverständnis.

Hekma entgegnete: „Unser Leben ist bestimmt durch die uns umgebende Natur, die Regelmäßigkeit von Tag und Nacht, Sonne und Regen, Leben und Tod.“

Sakarbal und Sastre beließen es dabei. Unter den gegebenen Umständen verzichtete Sakarbal auch darauf, um die Erlaubnis zu bitten, ein Haus für ihre Götter bauen zu dürfen. Dazu hatten ihn die Gefährten schon seit einer Weile gedrängt, aber ihm schien, dass die Zeit für das Vortragen einer solchen Bitte wohl noch nicht reif war.

Die Zeit verging. Im Hauptdorf der Aruá tat sich etwas. Etwa ein Viertel aller Hütten, die schon älter und auch heruntergekommen waren, wurde abgerissen. Die nicht mehr verwendbaren Teile blieben einfach liegen. Dafür wurden am anderen Ende des Dorfes vier neue Hütten aufgebaut. Das Liegen- und Vermodernlassen war bei den Aruá der Regelfall. So gab es auch weder Abwasserkanäle noch Gruben für den Unrat.

Dies galt aber bis jetzt auch für das Dorf der Einwanderer. Ihnen war bewusst, dass mit der Zeit die Knochen, Essensreste, Verkohlungsrückstände, Fäkalien und sonstigen Abfälle eine vermodernde und stinkende Erdschicht bilden und sich durch die ganze Siedlung ziehen würde. Hierfür mussten sie bald eine Gegenmaßnahme finden, wenn sie nicht Teile der Siedlung aufgeben und nebenan wieder neu aufbauen wollten.

Der zehnte Mondzyklus des Jahres hatte begonnen und die Mitte der Trockenzeit war überschritten. Da es in diesem Jahr deutlich weniger zu tun gab, hatte Sakarbal angeordnet, Körper und Geist durch regelmäßige Bewegung und Aufgabenstellungen gesund zu halten. Dies galt für alle, insbesondere für die, die keinem Dienst zugeteilt waren. Der Umgang mit Steinschleuder, Speer, Pfeil und Bogen sowie Blasrohr wurde ausprobiert und gelernt. Wettläufe, Ringkämpfe und Bootsrennen waren besonders beliebte Übungen. Die allermeisten waren froh über diese Abwechslung. Der Eifer war groß und auch einige der Aruás machten mit. Es herrschte eine gute Stimmung.

Eines Morgens, es war noch sehr früh und zwischen einigen dunklen Wolken zeichnete eine zarte gelb-rote Färbung den Himmel, drangen plötzlich laute angsterfüllte Schreie vom Gebiet der Aruá zum Dorf der Gefährten herüber. So wie Sakarbal kamen viele Männer aus ihren Häusern gelaufen und sahen hässliche dunkle Rauchfahnen aufsteigen und Pfeile fliegen.

Sakarbal schrie: „Alle Krieger sofort zum kleinen Hafen! Dort erhaltet ihr Waffen. Dann auf zu den Aruá! Wir müssen ihnen helfen!"

Während Sakarbal Kommandos gab, war Hiram, gefolgt von Pau, Aidan, Moran, Chulain und einigen anderen, schon fast am Steg angelangt. Nun rannte auch Sakarbal los. Im Laufen kommandierte er weiter: „Auch die Steinschleuderer, Bogenschützen, Axtkämpfer zu den Waffen!" Philosir hatte zu ihm aufgeschlossen. Als sie ankamen, war Hiram schon dabei, die Waffen vom Boot auf den Steg zu werfen. Jeder der ankam griff, was er gerade zu fassen bekam. Binnen kurzer Zeit rannten die ersten bewaffneten Krieger mit Sakarbal hinüber zu den Aruá.

Diese wurden von etwa 100 Männern von der Flussseite her angegriffen.

„Passt auf! Das sind Mundrucù!", schrie Amanary, der inzwischen auch herbei geeilt war. Die am ganzen Körper rot-schwarz bemalten Krieger waren mit Steinäxten, Messern, Speeren sowie Pfeil und Bogen ausgerüstet. Tote und Verletzte lagen am Boden. Männer kämpften. Frauen und Kinder wurden aus den Häusern gezerrt und erschlagen.

Als die ersten Kämpfer der Gefährten die Häuser erreichten, befahl Sakarbal: „Bildet einen Keil und kämpft euch mitten durch das Dorf." Er gab Aidan, der mit einer zweiten Welle von Kriegern gerade das Dorf erreichte, Zeichen, nach links und rechts auszuschwärmen und in einer Zangenbewegung die Gegner zu bekämpfen. Dann war Sakarbal mitten im Kampfgetümmel verschwunden.

Mit furchterregendem Gebrüll streckten die Gefährten einen Angreifer nach dem anderen mit ihren Schwertern nieder. Diese waren so überrascht von dem Erscheinen der fremden Krieger, dass sie erstarrten. Was waren das für Wesen? Hellhäutige, rothaarige Riesen mit langen Bärten, die sie umzingelten, mit Blitzen in der Hand? Ehe sie ihre Bewegungsunfähigkeit überwinden konnten, waren die meisten der Mundrucù getötet. Sakarbals Kämpfer waren über und über mit Blut bespritzt.

Weitere Angreifer, die sie bisher mit ihrer Attacke nicht erreicht hatten, liefen in großer Angst zurück zu ihren Einbäumen. Sakarbal gab Zeichen an die nachrückenden Steinschleuderer, direkt am Flussufer weiter zu laufen, während sie den Flüchtenden hinterher hetzten.

„Keiner darf entkommen!", brüllte Sakarbal. Jeder nahm den Befehl auf und rief ihn weiter durch die Reihen. Es gab keine

Gegenwehr mehr. Die Bogenschützen und Speerwerfer der Mundrucú ließen ihre Waffen fallen. Alles rannte zum Fluss. Nur wenige schafften es, die Einbäume zu erreichen. Alle anderen wurden von den Pfeilen der Aruá oder von den Schwertern und Äxten der Gefährten niedergestreckt. Aber auch von den wenigen Angreifern, denen die Flucht in die Einbäume gelungen war, überlebte niemand. Sie hatten gegen den Steingeschosshagel der Steinschleuderer keine Chance. Die Einbäume trieben mit ihren Toten den Fluss hinunter, gefolgt von Männern der Aruá, die versuchten noch des ein oder anderen Einbaums als Kriegsbeute habhaft zu werden.

Im Dorf erhob sich ein großes Freudengeschrei. Die gerade durchlebte Angst und der Schrecken des Kampfes um Leben oder Tod, den jeder in sich zu verarbeiten suchte, fand damit eine Weg nach außen. Dann trat Stille ein. Nur das Wehklagen der Frauen und Männer, die Angehörige verloren hatten, war zu hören. Während ein Teil der Aruá ihre verwundeten Kämpfer zur Maloca brachten, suchte eine andere Gruppe nach den Getöteten und brachte sie auf die Wiese hinter der großen Gemeinschaftshütte.

Eine dritte Gruppe ging über das Schlachtfeld, tötete die Angreifer, die noch lebten und nahm alle Waffen an sich. Alle abgeschlagenen Köpfe wurden auf Stöcke gespießt, die am Flussufer, mit dem Gesicht zum gegenüberliegenden Ufer zeigend, nebeneinander in den Boden gerammt wurden. Ein schauriger Zaun. Dann wurden die toten Körper der Angreifer zusammengetragen und stromab unterhalb des Dorfes dem Fluss übergeben. Noch weiter stromab glitten die ersten Krokodile ins Wasser. Weitere gefräßige Mäuler würden hinzukommen.

Die Gefährten hatten keinen einzigen Toten oder Schwerverletzten zu beklagen. Vier Männer waren mit Messern verletzt worden, ein Mann wurde von einer Axt am Unterarm getroffen und einem weiteren Mann steckte ein Pfeil in der Schulter. Sakarbal gab Anweisung, die Männer zum Nosokomeion bringen zu lassen. Er ließ Xavi ausrichten, dass er zur Maloca kommen solle, sobald er im Nosokomeion nicht mehr gebraucht würde. Er sollte schauen, wie er dem

Schamanen bei der Versorgung der verletzen Aruá helfen konnte. Anschließend versammelte Sakarbal alle Männer um sich, die in den Kampf geeilt waren, und dankte ihnen für den mutigen und selbstlosen Einsatz. Er bat alle zum Bootssteg zu gehen, um dort die Waffen an Hiram zurückzugeben. Anschließend sollten sie sich dann zu ihren Familien in ihre Häuser begeben.

Sakarbal ließ Amanary zu sich rufen und ging mit ihm zum Gemeinschaftshaus. Dort sah er mit Freude und Erleichterung, dass Arukabawa noch am Leben war. Eine blutverkrustete Schnittwunde zierte den linken Oberarm. Er wurde gerade von seiner Frau versorgt. Sie reinigte die Wunde, legte eine Heilkräuterpaste darüber, deckte die Stelle mit Blättern ab und band diese mit Pflanzenfasern um den Arm fest.

Gemeinsam gingen beide Anführer hinter das Haus. 20 Männer, sechs Frauen und vier Kinder der Aruá waren als Opfer zu beklagen. Arukabawa hatte bereits angeordnet, eine große Grube auszuheben, in der Gräber etwas vertieft nebeneinander angeordnet werden sollten. Die Toten würden noch vor dem heutigen Sonnenuntergang beigesetzt werden. Beide gingen um das Gemeinschaftshaus herum auf den seitlichen Vorplatz, um nach den Verletzten zu sehen. Hekma war unter ihnen. Er war von einer Steinaxt am Kopf getroffen worden. Die Schädeldecke war gebrochen. Er war ohnmächtig, aber sein Herz schlug noch und er atmete. In diesem Moment kam Xavi hinzu. Er schaute sich die gebrochene Schädeldecke eingehend an.

„Es besteht wenig Hoffnung auf Heilung, aber ich kann es versuchen“, sagte er zu Sakarbal. Dann ging Xavi zu allen anderen Verletzten, die von den beiden Helfern des Schamanen betreut wurden. Er schaute sich jeden Verwundeten genau an und ließ sich von den Helfern erklären, was sie festgestellt hatten und was sie als Therapeia vorschlugen. Bei den meisten Fällen nickte er zustimmend, in drei Fällen jedoch bat er den Häuptling die Verletzten zusammen mit dem Schamanen zum Nosokomeion bringen zu lassen, um sie dort zu versorgen. Arukabawa stimmte zu und Xavi begann mit den Transportvorbereitungen.

Der Häuptling wandte sich zu Sakarbal: „Mein Freund, ich weiß nicht, wie ich euch danken soll! Ihr habt uns gerettet Aber nun entschuldige mich bitte. Ich werde jetzt sofort meinen Ältestenrat zusammenrufen. Es muss ein Schamane benannt werden, der den Begräbnisritus für die gefallenen Stammesmitglieder durchführt. Und es muss beraten werden, wie das Dorf besser gegen Überfälle geschützt werden kann. Denn ohne eure Hilfe, wäre der Angriff wohl nur mit einer Vielzahl von weiteren Opfern abzuwehren gewesen.“

Auf dem Weg zurück in ihr Dorf ging Sakarbal zuerst zu Hiram am Bootssteg. Fast alle Waffen waren gesäubert und wieder auf dem Schiff sicher verstaut.

„Alle ausgegebenen Waffen sind zurück. Ich bitte um Entschuldigung, dass ich keinen Nachweis herstellt habe, wer welche Waffe erhalten hatte.“

„Ja was für eine Strafe wäre denn da angemessen?“, fragte Sakarbal ernst.

Hiram senkte den Kopf. „Du wirst schon die richtige Strafe finden.“

Da musste Sakarbal prustend loslachen. Er schlug Hiram auf die Schulter. „Gut gemacht, mein alter Freund! Für das Führen des Verzeichnisses war in Anbetracht des Notfalls wirklich keine Zeit. Danke! Und jetzt geh zu deiner Frau und ruhe dich aus.“

Dann schaute Sakarbal bei Philosir, Pau, Aidan und Moran vorbei. Allen ging es gut. Er bedankte sich auch hier und sagte: „Auf meine Getreuesten ist immer Verlass. Ihr habt es einfach verdient, dass unser Traum in Erfüllung geht.“

Aidan entgegnete: „Jetzt sind wir noch nicht einmal ein Jahr in unserer neuen Heimat und haben schon dafür kämpfen müssen. Wollten wir Kriegen nicht entgehen?“

„Wir wollten der Vernichtung durch Rom entgehen. Für die Verteidigung einer neue Heimat und die Unterstützung neu gewonnener Freunde kann man auch schon mal kämpfen“, hielt ihm Sakarbal entgegen.

„Ja, da hast du recht. Und ein Krieg war es ohnehin nicht, nicht einmal ein richtiger Kampf. Wir sind mit unseren Waffen und dem Wissen, auch was das Kriegshandwerk angeht, den Einheimischen so überlegen. Nur die Gefahren der Natur können uns hier schlagen. Aber da sind wir auf gutem Weg, diese zu verstehen.“

Trotz dieser willkommenen Wende zum Schluss ihres Gesprächs musste Sakarbal in den nächsten Tagen noch viel über die Anfangsworte von Aidan nachdenken.

Viele der Gefährten waren zur Bestattung der Toten auf dem Gebiet jenseits des letzten Dorfes der Aruá gekommen und standen nun in mehreren Reihen mit den Trauerenden um den Grabhügel. Die Kulthandlung war begleitet von dem lauten Wehklagen der Angehörigen. Als die Leichen der vier Kinder der Mutter Erde übergeben wurden, kamen auch den hartgesottensten Männern die Tränen. Aisha hatte mit den Frauen kleine Kränze aus Blumen geflochten, die sie den Toten mit ins Grab gaben. Arukabawa versprach den Angehörigen den Beistand aller.
“Wir lassen euch nicht allein in eurer Not. Alle sind gleich. Niemand besitzt mehr als der andere. Stirbt einer aus unserer Gemeinschaft, wird er mit seinen wenigen Habseligkeiten begraben, um sie bei seiner Wiedergeburt bei sich zu haben. Um die Hinterbliebenen kümmert sich danach der ganze Stamm. Das ist ein uralter Brauch.“

Der vorübergehend als Schamane bestimmte Aruá beschwor die Überlebenden ihre gefallenen Brüder und Schwestern als Ahnen zu ehren und den Verstorbenen wünschte er ein besseres Los nach ihrer Wiedergeburt. Dann entzündete er eine Reihe von aufgestellten Räucherschalen und murmelte Beschwörungsformeln, die die guten Geister herbeirufen und die bösen Geister von ihrem Volk fernhalten sollten. Als die Gräber zugeschüttet waren, gingen alle in Stille zurück. Die Nacht brach herein und jeder hoffte auf einen neuen Tag, der wieder Frieden, Hoffnung und vielleicht sogar Freude bringen würde.

Am nächsten Morgen begleitete Sakarbal seine Frau Sira zum Nosokomeion. Sira und die zwei Schwestern von Aidan, Enya und Juna, hatten ihre Hilfe bei der Pflege der Verletzten und Kranken angeboten. Xavi hatte dankend angenommen. Er konnte in diesen Tagen jede helfende Hand gebrauchen.

Sakarbal ging zunächst zu den verletzten Gefährten. Die Schnittwunden waren versorgt. Es waren keine Komplikationen aufgetreten und die vier Männer sollten nach dem Verbandswechsel im Laufe des Vormittags nach Hause entlassen werden. Der gebrochene Arm eines Kriegers war noch am Abend zuvor gerichtet worden. Er hatte starke Schmerzen, die Xavi mit einigen Pflanzenextrakten lindern konnte. Die Frau des Verletzten saß bei ihm, wischte ihm den Schweiß ab, gab im Wasser und redete ihm gut zu. In ein oder zwei Tagen würde er nach Hause gehen können. Dem mit einem Pfeil verletzten Krieger konnte die Pfeilspitze entfernt werden. Sie hatte zum Glück keine Widerhaken und war auch nicht mit Gift versehen. Dieser Mann sollte nur sicherheitshalber noch einige Zeit zur Beobachtung bleiben.

Dann ging Sakarbal zu den Verletzten der Aruá. Ein Mann war durch einen Messerstich in den Bauch stark verletzt worden. Er hatte sehr viel Blut verloren. Es schienen aber keine inneren Organe verletzt worden zu sein. Die Blutung konnte gestillt werden. Die Wunde war versorgt worden. Er würde die nächste Zeit im Nosokomeion bleiben, um sich unter Aufsicht zu erholen.

Der zweite Mann hatte eine schwere Verletzung am Fuß, der von einem Speer durchbohrt worden war. Die Wunde hatte sich entzündet. Der Fuß begann schon schwarz zu werden. Xavi und die anderen Heiler hatten entschieden, den Fuß zu amputieren. Die Vorbereitungen waren gerade im Gange.

Der dritte Mann schließlich hatte einen gebrochenen Arm, der ebenfalls schon gerichtet und versorgt war.

Xavi kam herein und sagte: „Ein unkomplizierter Bruch. Der Mann kann voraussichtlich morgen entlassen werden."

Dann nahm er Sakarbal am Arm und sie gingen in einen anderen Raum. Hier lag der Schamane. Er war immer noch ohne Bewusstsein, aber am Leben.

Xavi erklärte Sakarbal: „Die Verletzung ist ähnlich wie die von einem Steinschleudergeschoss. Solche Verletzungen habe ich früher schon viele gesehen. Ich könnte ein kleines, stark zertrümmertes Stück des Schädelknochens entfernen. Damit würde auch eine Entlastung geschaffen für die Schwellung unter der verletzten Schädeldecke. Dann müssten wir abwarten, bis sich die Schwellung zurückgebildet hat und wir die offene Stelle mit einem passenden Knochenstück nach außen schließen können, von dem wir hoffen, dass es mit dem Schädelknochen wieder zusammenwächst. Die Therapeia birgt eine hohe Gefährdung. Handeln wir aber nicht umgehend, wird er ziemlich sicher sterben."

„Ich gehe zu Arukabawa und hole seine Zustimmung ein", sagte Sakarbal und machte sich eilig auf den Weg. Dem Häuptling würde gar nichts anderes übrig bleiben, als nach diesem Strohhalm zu greifen. Das war Sakarbals feste Überzeugung. Doch wider Erwarten verweigerte Arukabawa seine Zustimmung.

„Ihr seid zwar stark und habt großes Wissen aber in den natürlichen Kreislauf von Leben und Tod eingreifen zu wollen, das ist uns Menschen nicht gestattet", sagte er.

„Wenn wir nichts tun, wird er sterben. Aber es besteht eine kleine Chance ihn zu retten. Lasst uns gewähren!", bat Sakarbal.

„Wenn es uns bestimmt ist zu sterben, dann sterben wir. Und wenn die Zeit noch nicht reif ist, bleiben wir am Leben. Das ist der Lauf der Natur", sagte Arukabawa.

Sakarbal erkannte, dass es keinen Zweck hatte, hier zu widersprechen. „Ganz im Gegenteil!", ging es ihm durch den Kopf. „Stirbt Hekma nach der Therapeia von Xavi, kann der Häuptling uns dafür verantwortlich machen. Und das könnte das Ende unserer Zusammenarbeit bedeuten."

Sakarbal ging zurück zu Xavi und berichtete ihm von der Entscheidung des Häuptlings: „Lass den Schamanen in seine Hütte bringen und überlass die Pflege seinen beiden Vertrauten."

Nachdem Xavi die entsprechenden Anweisungen gegeben hatte, sagte er: „Wenn du mir bei einer meiner Cheirurgia zusehen willst, dann komm mit in den Therapeia-Raum."

Sakarbal folgte ihm mit etwas gemischten Gefühlen. Der Aruá, dem der Fuß amputiert werden sollte, war bereits auf den Tisch gelegt worden. Sakarbal sah, dass ihm ein Schwamm vor den Mund gebunden war.

Er schaute fragend zu Xavi, der ihm erklärte: „Dies ist ein sogenannter schlafspendender Schwamm. Er ist mit einem Saft aus Alraune, Bilsenkraut, Tollkirsche, Schierlingsblätterextrakt, Efeu und zerstoßenem Mohnsamen getränkt. Das meiste stammt noch aus den Beständen in meinen Truhen, die ich aus der alten Heimat mitgenommen hatte. Der Schwamm wurde zunächst an der Sonne getrocknet und dann vor der Verwendung mit warmem Wasser angefeuchtet. Der Mann muss durch diesen Schwamm atmen, bis er ganz benommen oder sogar bewusstlos ist. Dadurch wird er ruhiggestellt und spürt so gut wie keine Schmerzen. Während der Cheirurgia kontrolliere ich regelmäßig, ob ich von dem Saft mehr auf den Schwamm träufeln muss."

Zusätzlich war der Mann am Tisch festgebunden und vier Helfer hielten ihn an den Gliedmaßen fest. Als Xavi aus seinen Werkzeugen aus Métallon eine sauber gereinigte und hell blitzende Säge in die Hand nahm und zwischen Knöchel und Wade ansetzte, verließ Sakarbal den Raum.

Er musste vor dem Nosokomeion tief durchatmen. Dann ging er zu seinem Haus. Inzwischen hatten sich am Himmel bedrohliche Wolkenberge aufgebaut, deren zunächst strahlend weiße Färbung sich immer mehr verdunkelte, bis der ganze Himmel in tiefstes Schwarz getaucht war. Zudem war die Luft schwül-heiß und stickig geworden. Sakarbal hatte kaum seinen Fuß über die Türschwelle gesetzt, da schoss ein Blitz in den Wald hinter seiner Häuserreihe und mit einem kräftigen Donner begannen die Wolken ihre Wassermassen zu entladen. Es goss in Strömen. Kein Zweifel, die Regenzeit kündigte sich an. Aber schon nach kurzer Zeit strahlte zumindest heute wieder die Sonne.

In den folgenden Mondphasen zeigte sich das Wetter noch von seiner freundlichen Seite, wenn auch die Gewitter am Abend zahlreicher wurden. Jeder nutzte die Zeit, um letzte Reparaturen und noch einige Verbesserungen in und am Haus durchzuführen und sein Hab und Gut besser gegen Nässe von oben und unten zu schützen.

Eines Abends beim Essen erzählte Sira, dass im Nosokomeion schon fünf Kinder geboren worden waren. Dazu fünfzehn in den Häusern. Alle wohlauf. Leider sei eine Mutter zu Hause gestorben. Der Heiler konnte nichts mehr für sie tun. Er war zu spät gerufen worden.

„Aber jetzt haben wir 20 neue Gefährten unter uns, für die es keine alte Heimat mehr gibt, weil das Fleckchen Erde hier ihre Heimat ist. Ist das nicht großartig!“, sagte sie freudestrahlend. Sakarbal bewunderte ihre grenzenlose Zuversicht und antwortete schmunzelnd: „Na ja, dann wird es ja höchste Zeit, dass wir auch für ein hier geborenes Kind in unserer Familie sorgen“, nahm sie in den Arm und küsste sie zärtlich.

Ein Bote des Häuptlings klopfte an die Haustür von Sakarbal. Er öffnete.

„Unser Häuptling bittet euch mit eurem Rat am Mittag zu einer dringenden Ratsversammlung zu kommen“, richtete der Mann aus.

„Teile ihm mit, dass wir kommen werden“, antwortete Sakarbal.

Anschließend rief er seine Männer zusammen und fragte sie: „Habt ihre eine Idee, was es zu besprechen gibt?“

„Nein, wir haben von keinerlei Schwierigkeiten gehört und haben selbst auch nichts vorzubringen“, antwortete Aidan für alle.

Bevor sie sich auf den Weg machten, sagte Sakarbal: „Ich habe einen kleinen Verdacht, worum es gehen könnte. Vielleicht sind es unsere Waffen. Sie können sie im Kampf gegen die Mundrucù nicht übersehen haben. Bestimmt haben die Aruá erkannt, wie mächtig sie einen Stamm hier machen würden, der solche Waffen hat. Sollten sie die Forderung an uns herantragen, dass wir ihnen von diesen Waffen abgeben sollen, gibt es nur eine Antwort, und die ist: Nein! Sind wir uns da einig?“

„Ja, das sind wir!“, antworteten sie übereinstimmend.

Der Rat der Aruá saß schon zusammen als Sakarbal mit seinen Männern im Gemeinschaftshaus eintrafen. Sie nahmen auf den für sie bestimmten Hockern Platz.

Der Häuptling begrüßte sie. „Leider habe ich eine traurige Nachricht. Unser Schamane Hekma ist heute Nacht an seiner schweren Kopfverletzung gestorben. Unser Ältestenrat hat sich dafür entschieden, seinen langjährigen ersten Helfer, Aila, als Nachfolger zu bestimmen. Die Grablegung des Verstorbenen und die Einführung des neuen Schamanen ist für den morgigen Tag mit Einbruch der Nacht vorgesehen.“

Die Gefährten drückten ihre tiefe Anteilnahme am Tod von Hekma aus und beglückwünschten Aila zu seiner neuen Aufgabe.

Dann kam Arukabawa auf den letzten Überfall durch die Mundrucù zu sprechen. „Als Dank für eure Hilfe werdet ihr jetzt zu Ehrenführern unseres Stammes ernannt.“

Jeder der Gefährten bekam von Aila ein federgeschmücktes Stirnband überreicht.

„Als Zeichen für eure Kraft, euren Mut und eure Weisheit“, sagte der Häuptling und übergab Sakarbal eine geschnitztes Standbild aus Holz. Es war die Abbildung eines Mannes, mit wirren Haaren und großem Bart und einem erhobenen schwertführenden Arm. Vor seinen Beinen lag ein erschlagener schwarz-rot bemalter nackter Krieger.

Sakarbal ergriff das Wort: „Wir bedanken uns für diese Ehre und versichern erneut, dass die Aruá immer mit unserer Hilfe rechnen können. Wir sind als Fremde wie gute Freunde aufgenommen worden und haben gemeinsam eine friedliche und vertrauensvolle Nachbarschaft zum beiderseitigen Nutzen entwickelt.“

„Ja, und die wollen wir weiter ausbauen“, sagte Arukabawa, „Ich habe schon gelernt, dass ihr diese Waffe“, dabei deutete er auf das geschnitzte Standbild, „ein ‚Schwert‘ nennt. Ein Hieb reicht, um Kopf oder Gliedmaßen eines Feindes abzutrennen oder ihm einen tödlichen Stoß in den Leib zu geben. Auch die Äxte, mit denen ihr die Bäume gefällt habt, setzt ihr im Kampf als mächtige Waffen ein. Wie kann man eine solche Waffe herstellen?“

Sakarbal versuchte zu erklären: „Die Schwertklingen und die Köpfe der Äxte werden aus Eisen oder Bronze geschmiedet. Eisen wird wiederum aus Erzgestein gewonnen, das man in den Bergen findet. Ebenso Kupfer und Zinn aus dem Bronze hergestellt wird. Die Schneiden werden dann geschärft. Leider gibt es hier bei euch diese besonderen Erzgesteine nicht. Wir haben zumindest noch keine gefunden. Daher können wir hier auch keine Waffen herstellen.“

„Könnt ihr uns dann bitte mit diesen Schwertern und Äxten ausrüsten? Ihr habt sicher viele davon“, bat Arukabawa.

Sakarbal antwortete: „Mein lieber Freund, ihr habt sicher bemerkt, dass wir nie Waffen getragen haben, seitdem wir hier sind. Waffen bringen nur Unfrieden, Tod oder Knechtschaft. Wir haben das in unserer alten Heimat leidvoll erleben müssen. Hier wollen wir in Frieden leben.“

Arukabawa entgegnete: „Aber gegen die Angreifer habt ihr sie benutzt, und zwar erfolgreich. Wir können weiterleben in Freundschaft.“

„Ja, zur Verteidigung und nur dann werden wir die Waffen einsetzen“, sagte Sakarbal.

„Und wenn wir erneut angegriffen werden, wie sollen wir uns dann schützen?“, fragte Arukabawa.

„Wir werden euch schützen“, entgegnete Sakarbal.

Jetzt sprach Arukabawa erregt auf Sakarbal ein: „Habt ihr kein Vertrauen zu uns? Denkt ihr, wir setzen die Waffen gegen euch ein?“

„Nein, wir vertrauen euch. Und wenn es notwendig sein sollte, geben wir euch bei einem Angriff auch von unseren Waffen. Aber wir wollen in Friedenszeiten keine Waffen im Dorf haben. Wir haben erfahren, wie Menschen damit auch im Frieden Unrecht begehen. Sie töten Menschen, um sich ihres Besitzes zu bemächtigen. Sie töten im Jähzorn, weil sie sich beleidigt oder benachteiligt sehen. Sie töten aufgrund von verschmähter Liebe oder Ehebruch. Nein, wir werden keine Waffen herausgeben. Nicht an die Aruá und nicht an unsere eigenen Leute. Geh durch unser ganzes Dorf, du wirst sehen, dass keiner eine Waffe hat."

Dem Häuptling gefiel diese Haltung nicht. Das war ihm anzusehen. Aber er bedrängte Sakarbal nicht weiter, sicher auch, um nicht einen noch größeren Gesichtsverlust gegenüber seinem Gefolge hinnehmen zu müssen.

Stattdessen fragte er, ob die Gefährten Vorstellungen hätten, wie sie und die Aruá sich gemeinsam besser gegen Überfälle schützen könnten. Sakarbal war froh über diesen neuen Besprechungspunkt und beschrieb die Verteidigungsanlagen der alten Heimat.

Aidan schlug vor: „Lasst uns einen Zaun mit vier Toren um die Siedlung bauen. Die Tore sollen ständig bewacht werden."

Moran sagte: „Wir könnten einen Schutzwall mit schräg nach außenstehenden zugespitzten Baumstämmen um das Dorf ziehen, ebenfalls mit vier Durchgängen."

Philosir warf ein: „Aus der vorhandenen lehmigen Erde, angereichert mit Abfällen oder Pflanzenfasern, ließen sich rechteckige kleinere Steine herstellen. Damit könnte man auch eine Mauer um die Siedlung bauen." Dabei zeichnete er einige Ziegel und ihren versetzten Aufbau zu einer Mauer in den Sandboden."

„Diese Umgrenzungen hätten zudem den Vorteil, dass keine Wildtiere mehr in die Dörfer kommen könnten.", ergänzte Sakarbal.

Die Aruá hörten ihnen erstaunt zu. „Aha, alle Häuser in ein großes Haus stecken, nur ohne Dach", bemerkte einer der Sippenältesten.

Ein anderer sprach: „Aber wir brauchen doch die freie Sicht, den unbegrenzten Zugang in den Wald, in das offene Gras- und Buschland und zum Fluss. Wir sind doch Teil der Natur. Seht, ihr habt geschlossene Häuser unsere Hütten sind offen." Alle Aruá nickten.

„Jetzt in der Regenzeit können wir sowieso kein Bauvorhaben beginnen. Lasst uns erst einmal alle in Ruhe überlegen, was das Beste ist. Mit Beginn der Trockenzeit beraten wir dann neu“, sagte Arukabawa.

Hiermit waren alle einverstanden und die Versammlung löste sich auf.

Kurz bevor die Sonne am späten Nachmittag verschwand, machte sich Sakarbal mit Sira auf zur Grablegung des Schamanen. Um das Gräberfeld der beim Überfall Gestorbenen waren kleinere Feuerstellen angelegt worden. Ebenso um das ausgehobene Grab für Hekma.

Einige Aruá-Männer hoben die Trage hoch, auf der Hekmas Leichnam lag, und setzten sich in Bewegung. Hinter ihnen gingen der Häuptling und die Sippenältesten. Am Grab warteten die beiden Helfer des Schamanen. Sie trugen einen aus dem Oberkiefer eines Krokodils gearbeiteten Kopfschmuck. Ihre Körper waren mit Asche eingerieben und an Armen und Beinen hingen faustgroße Rasseln aus Knochen. Singsang und Ausrufe wechselten sich ab. Regelmäßig tranken sie aus einer tiefen Schale. Amanary meinte, dass es ein Getränk sei, das sie in geistige Entrücktheit versetze. Als der Tote in das Grab gelegt wurde, hielten die Schamanen Pflanzenzweige in eine Feuerstelle. Ein kräftiger weißer Rauch entwickelte sich, den die Schamanen über das Grab wedelten. Weitere Teilnehmer der rituellen Handlung wedelten ebenfalls mit Zweigen in Richtung Himmel. Amanary erklärte, dass der aufsteigende Rauch den Weg zwischen den Lebenden im Dorf und ihren Ahnen beschreibe würde. Damit sei sichergestellt, dass in diesem Fall der verstorbene Schamane mit dem neuen Schamanen in Kontakt treten könne. Etliche Beigaben wurden in Krügen zu dem Toten in das Grab gelegt. Dann wurde das Grab mit Erde bedeckt und der Kopfschmuck des Toten auf das Grab gelegt. Es war inzwischen dunkel geworden, die Feuer erloschen langsam und alle machten sich auf den Heimweg. Nur Aila, der neue Schamane, hielt die ganze Nacht über die Grabwache und achtete darauf, dass die Räucherschalen nicht verlöschten.

Rechtzeitig vor der Regenzeit hatten die Gefährten ein größeres rechteckiges Haus errichtet. Hier sollten Siras Bruder Gisco und einer der Priester aus Karthago die Kinder in zwei Altersstufen unterrichten. Damit wären sie in der Zeit, in der sie praktisch nicht im Freien unterwegs sein konnten, sinnvoll beschäftigt und zugleich würde das Wissen aus ihrer alten Heimat an die Jungen weitergeben und bewahrt werden. Weitere Gelehrte und gebildete Frauen sollten Gisco und den Priester bei der Betreuung der Kinder unterstützen.

Gisco hatte neben seinem Priesteramt auch ein Lehramt an einer angesehenen Scholeio in Karthago innegehabt. Er unterrichtete dort *Astronomia.* Auf Bitten von Yutpan und Sakarbal hatte Gisco es übernommen, das *Sýstēma* des auf Mond- und Sonnenzyklus basierenden Kalenders der alten Heimat zu übernehmen und damit auch die Zählung der Jahre weiterzuführen. Allerdings hatten sie festgelegt, dass die Zeitzählung mit dem Tag ihres Aufbruchs in Gadir beginnen sollte. Das war der 15. Tag im vierten Mondzyklus des Jahres 666 a.u.c. gewesen. Heute trug er ein: Siebter Tag im ersten Mondzyklus des Jahres zwei. Die Abende verbrachte Gisco oft auf der Anhöhe zwischen den beiden Siedlungen. Er beobachtete den Himmel und notierte, was ihm auffiel. Er hatte von einigen Seefahrern schon gehört, dass es im äußeren Meer und weiter im Süden einen anderen Sternenhimmel gab. Er selbst hatte es ja bei ihrer Seereise auch schon sehen können und jetzt wollte er mehr darüber in Erfahrung bringen. Aber die Regenzeit hinderte ihn daran, seiner Lieblingsbeschäftigung nachzugehen, da der Nachthimmel jetzt zumeist bewölkt war.

Wer nicht jagte, töpferte, webte, kochte oder zu anderen Diensten eingeteilt war, wusste eigentlich nicht so recht etwas mit sich anzufangen. Den ganzen Tag in der Hängematte zu liegen, wie es die Männer der Aruá taten, kam ihnen nicht in den Sinn. So versuchte ein jeder sich den Jagdzügen anzuschließen. Die starken Überflutungen brachten für die Jagd den Vorteil mit sich, dass an Land gebundene Tiere wie Sumpfhirsche oder Tapire leichter aufzustöbern waren. Diejenigen Tiere, die höhere, auch in der Regenzeit trockene Gebiete nicht mehr erreichen konnten, saßen auf Inseln fest und konnten daher leicht erbeutet werden. Aber die Männer waren nicht die einzigen Jäger, auch die Krokodile wussten, dass die Tiere nicht weglaufen konnten. Zu ihrem Vorteil konnten sie im Wasser und an Land jagen. Ein Gefährte hatte nicht rechtzeitig erkannt, dass er den Weg eines über achtzehn Fuß langen Krokodils kreuzte. Er wurde mit einem einzigen Hieb von dessen mächtigem und kraftvollen Schwanz erschlagen. Einem anderen wurde ein Bein abgebissen. Er starb durch die heftige Entzündung der Wunde. Giftige Bisse durch eine Schlange und eine Spinne kosteten zwei Frauen das Leben. Das Jahr begann ganz und gar nicht gut.

Das Hochwasser stieg beständig an. Oberhalb ihres Anlegers war der Fluss über sein linkes Ufer getreten. Das Wasser fand in einer Waldsenke ein neues Bett, floss darin durch den Wald auf die Siedlung zu und ergoss sich dann durch ihr Dorf bis zum kleinen, jetzt stark angeschwollenen, Wasserlauf bei der Brücke, um dann wieder in sein angestammtes Bett zurückzufließen. Teile der Stege über die matschigen Wege waren zerstört und weggespült.

Eine Mutter mit ihrem dreijährigen Kind auf dem Arm wurde auf einem Steg von einer Woge aus Schlamm und Wasser überrollt. Sie versuchte noch, sich an Bretterteilen und Hauskanten festzuhalten. Vergebens. Mutter und Kind ertranken.

Zwei Lagerhäuser wurden weggespült und trotz aller vorbeugenden Maßnahmen drang wieder Wasser in die Häuser. Nässe und innere Kälte bemächtigte sich aller trotz schwül-warmer Temperaturen. Viele Kinder erkrankten, hatten Durchfall und Fieber.

Auch in den Dörfern der Aruá gab es größere Schäden. Mehrere Hütten wurden, obwohl sie auf Pfählen gebaut waren, in der Nacht vom Wasser fortgerissen. Zwei alte Frauen und zwei Kinder wurden vermisst. Den neuen Bestattungshügel, in dem die Opfer des

Mundrucú-Überfalls und auch der Schamane Hekma der Erde übergeben worden waren, trug das reißende Wasser einfach ab. Erde, Grabbeigaben, Gebeine - alles hatte sich der Fluss geholt. Wie sollten die Ahnen jetzt wieder zu ihnen finden? Würde der aufgestiegene Rauch ihnen weiter den Weg zeigen? Der Schamane war überzeugt davon. Er würde aber auf jeden Fall seine regelmäßigen Gedenkriten eben an diesem Ort weiterführen. Selbst die Ältesten unter den Aruá konnten sich kaum an eine so heftige Regenzeit erinnern. Der Verlust der Grabstätten ging auch Arukabawa nicht aus dem Kopf. Sollten sie in Zukunft die Ahnen doch wie die Fremden verbrennen und ihre Asche in Urnen bewahren? Er beschloss seine Grübeleien, indem er sich vornahm, die Frage zu einem geeigneten Zeitpunkt mit den Sippenältesten und dem Schamanen zu beraten.

Der dritte Vollmond des Jahres war vorüber und der Rat der Bruderschaft saß zusammen. Die Stimmung war am Boden. Der Gedanke an die toten und erkrankten Gefährten lastete auf den Ratsmitgliedern. Der ewige Regen machte sie mürbe. Sie fühlten sich von der Feuchtigkeit umklammert und in ihrem Lebenswillen gelähmt.

„Ist es das, wofür wir aufgebrochen sind?", fasste Pau die Stimmungslage zusammen.

Sakarbal meldete sich zu Wort: „Wir sind Tod und Sklaverei entgangen und haben unbekanntes Land entdeckt und einen Platz zur Ansiedlung mit guten Nachbarn gefunden. Ja, so weit, so gut. Wir haben ein neues Zuhause."

Dann sprach Philosir: „Aber dem gegenüber stehen tödliche Gefahren durch wilde Tiere, Giftpflanzen und Überschwemmungen oder Überfälle kriegerischer Stämme."

Moran fuhr fort: „Wir leben in einem dichten, immer feuchtwarmen Urwald. Unser Sichtfeld ist auf eine Waldlichtung begrenzt. Rundherum nur hohe Bäume. Kein Horizont, kein Meer, keine Berge. Alle vermissen die Weite, sei es die Aussicht oder sei es der Erfahrungsaustausch und Handel mit anderen Völkern."

Yutpan ergänzte: „Uns fehlen die gemeinschaftlichen Feste, die Kulthandlungen, die Zerstreuung."

Sakarbal verstand die Botschaft wohl. Dennoch entgegnete er: „Ihr habt gewusst, was ihr alles aufgebt und hinter euch lasst. Wenn ihr geblieben wärt, hättet ihr dann das alles noch, was euch jetzt fehlt? Oder wärt ihr jetzt tot oder versklavt? Dann hättet ihr gar nichts mehr."

Er machte eine Pause und fuhr dann fort: „Ich habe nicht versprochen, dass wir das alte Leben an einem neuen Platz finden. Aber ein Leben in Freiheit, das wollten wir finden. Euch waren auch die Gefahren einer solchen Reise bewusst. Und doch haben wir sie bisher alle gemeistert. Danken wir Melkart, dass er uns geführt und beschützt hat."

„Ja, danken wir Melkart, dem Beschützergott der Seefahrer und Kolonisten", riefen alle.

„Aber", fuhr Sakarbal fort, „Ich bin auch nicht zufrieden mit dem, wie es ist. Ich kann nicht erkennen, wie wir uns weiterentwickeln können. Die Möglichkeiten, die uns unser Umfeld hier geben kann, sind zu begrenzt, als dass wir zumindest annähernd wieder eine Lebensweise erreichen könnten, wie wir sie gekannt haben. Landwirtschaft, Erzabbau und -verarbeitung und vieles mehr. Auch ich möchte vor meinem Haus sitzen und in die Weite schauen können. Und ich möchte auch nicht bei jedem Schritt Gefahr laufen, von einer Giftschlange oder Spinne tödlich gebissen oder von einem Krokodil geschnappt zu werden."

Kopfnicken und zustimmende Rufe begleiteten seine Ausführungen.

„Wenn wir das ändern wollen, müssen wir wohl erneut aufbrechen und eine für uns besser geeignetes Siedlungsgebiet finden", schloss Sakarbal und setzte sich.

Eine heftige Aussprache begann. Vorteile und Nachteile wurden abgewogen. Aidan und Philosir rieten zum erneuten Aufbruch. Andere meinten, die Gefahren seien zu groß. Bisher hätten sie Glück gehabt, aber allzu sehr das Schicksal herauszufordern führe wohl zu keinem guten Ende. Sie könnten sich hier schon noch viel besser einrichten. Zudem gäbe es keine kalten Winter, das Nahrungsangebot sei reich und wohlschmeckend und die Nachbarschaft gut.

Pau meldete sich zu Wort: „Wo sollen wir denn überhaupt hin? Wieder aufs Meer und uns dem Spiel der Winde und der Strömungen überlassen?“

Sakarbal erhob sich und erzählte jetzt, was sie vom Häuptling und dem Schamanen auf der Fahrt ein kleines Stück den großen Fluss hinauf erfahren hatten.

„Dort, wo der große Fluss entspringt, sehr viele Tagesreisen von hier entfernt im Westen, soll es hohe Berge geben mit steilen und sanften Hängen und tiefen Schluchten. Die Natur sei lebensfreundlich. Menschen gebe es nur wenige. Und … . “

Pau unterbrach: „Sakarbal, du brauchst nicht weiter zu berichten. Alle Gefährten haben von diesem Bergland gehört. Die Schilderungen haben sich damals nach euer Rückkehr wie ein Lauffeuer unter uns verbreitet. Es wurde viel und einfallsreich darüber gesprochen. So wie ich selbst, träumen ganz bestimmt die meisten der Gefährten auch heute noch von einem Leben dort.“

Alle hatten gespannt zugehört. Nun erhob sich ein nicht enden wollendes Gerede. Vermutungen und Wunschbilder wurden ausgetauscht, die von einem Giftpfeilhagel auf ihre Schiffe bis hin zu einer großen Bergsiedlung mit Mauern, Häusern, Tempeln und Grabhöhlen für die Ahnen reichten.

Sakarbal bat um Ruhe. Sie vereinbarten die nächsten zwei Mondphasen zu nutzen, um alle über die Vor- und Nachteile einer Schiffsfahrt auf dem großen Strom von der Mündung bis ins Quellgebiet in den Bergen aufzuklären und festzustellen, ob es für so einen Vorschlag Zustimmung geben würde. Dann sollten sie wieder zusammenkommen und eine Entscheidung treffen.

Am Abend saß Sakarbal mit Sira im Haus. Beide mussten laut reden, um das Geprassel des Regens draußen zu übertönen.

Sira betrachtete Sakarbal aufmerksam und schien in ihm zu lesen. „Du musst wieder eine Entscheidung treffen?“, fragte sie ihren Mann und fuhr fort: „Wäge ab und lass dich von deiner inneren Stimme leiten.“

Sakarbal berichtete ihr von der Versammlung und den dort vorgebrachten Meinungen. „Was denkst du, können wir hier bei den Aruá glücklich werden?“

„Wir können überall glücklich werden, wenn wir zusammenstehen“, antwortete Sira. „Aber ich denke auch, es ist nicht der beste Platz. Ich treffe im Nosokomeion, beim Töpfern und Weben viele Frauen und die meisten denken, dass wir hier nicht bleiben sollten, auch wenn ein neuer Aufbruch wieder ein Wagnis ist. Wohin wird der Weg führen? Mein geliebter Mann, sag mir, wie du denkst.“

„Wir sind eine starke Gemeinschaft. Wir haben eine Utopía. Wir wollen ein Leben in Freiheit unter günstigen Lebensbedingungen. Das ist meine Meinung. Wir sollten zu den Götterbergen aufbrechen.“

Sira nahm ihn in den Arm, herzte ihn und sagte: „Dann lass es uns tun, und zwar bald!“ Sakarbal hatte eigentlich auch nichts anderes von Sira erwartet. Er nahm sie auf seine Arme, trug sie zu ihrer Schlafstatt und sie liebten sich glücklich.

Sakarbal hatte ihre Versammlung auf sein Schiff einberufen, vielleicht kündigte das ja schon an, dass er vorschlagen würde, erneut das Wagnis einer langen Reise für das Erreichen ihres Traumes in Kauf zu nehmen. Das Ergebnis der Befragung aller Gefährten war eindeutig. Nur ein kleiner Teil der Gefährten hatten sich entschieden hier dauerhaft zu siedeln. Darunter waren auch die gemischten Paare, die sich hier die Treue geschworen hatten.

Sakarbal schaute in die Runde und sagte: „Damit ist der Beschluss klar.“

Aidan ergänzte: „Vorwärts, wir haben unsere Reise noch nicht beendet! Es geht immer noch weiter nach Westen, den großen Fluss hinauf, bis wir die Götterberge erreichen.“

Alle stimmten ein: „Vorwärts! Zu den Götterbergen!“

Jetzt galt es, die Abreise vorzubereiten und für die hierbleibenden Gefährten so gut wie möglich vorzusorgen. Längstens zwei bis drei Mondzyklen Vorbereitungszeit wollten sie sich nehmen. Sakarbal übernahm es, Arukabawa über ihr Vorhaben in Kenntnis zu setzen. Aus Vorsorge für eine weiterhin gute Nachbarschaft zwischen den Aruá und ihren ehemaligen Gefährten entschieden sie, den Aruá einige Werkzeuge wie Äxte, Schabeisen und Hacken zu übergeben. Der Häuptling sollte ein sehr schön gearbeitetes Schwert und der Schamane eine besondere Axt für seine kultischen Riten erhalten. Die Gefährten, die hierbleiben wollten, sollten sich an Werkzeugen, Materialien und sonstigen Dingen nehmen, was sie brauchten. Den Kriegern würden ohne Wissen des Häuptlings, ihre Waffen und Rüstungen übergeben werden. Sie sollten sie aber an einem sicheren Platz verbergen und nur im Verteidigungsfall benutzen.

Hallalcar und Hiram würden sich mit den Schiffsführern und Lademeistern um die ausgewogene Verteilung aller weiterreisenden Gefährten und der Ladung auf die elf verbliebenen Gaulos kümmern. Die Schiffe selbst waren regelmäßig gewartet worden und brauchten daher nur eine letzte Überprüfung. Pau und Philosir übernahmen die Aufgabe, die Versorgung mit Frischwasser und Essensvorräten sicherzustellen. Xavi und Sira sollten so viel wie möglich an Heilkräutern und andren nützlichen Dingen, die sie hier kennengelernt hatten, mitnehmen.

Nachdem Sakarbal die Versammlung beendet hatte, ging er gleich zum Häuptling. Arukabawa war sehr überrascht. Er hatte gedacht, dass die Gefährten sich bei den Aruá wohl gefühlt hätten.

„Gibt es Schwierigkeiten mit meinem Stamm?“, wollte er wissen.

„Nein, es ist alles in bester Ordnung, aber wir brauchen auf Dauer trockenere Wetterbedingungen und Berge. Wir sind das von unserer alten Heimat so gewohnt und würden es auf Dauer so stark vermissen, dass wir nicht glücklich leben könnten. An deinem Volk liegt es nicht. Ganz im Gegenteil. Es fällt uns sehr schwer, die

Gastfreundschaft aufzugeben, die wir bei euch erfahren haben. Es haben sogar 250 meiner Leute den Wunsch geäußert, hier bei deinem Stamm bleiben zu können. Ist das möglich?"

Darüber war der Häuptling sichtlich erfreut und antwortete: „Unsere neuen Brüder und Schwestern sind mir und meinem Volk herzlich willkommen!"

„Das habe ich gehofft", entgegnete Sakarbal. „Dafür überlassen wir euch auch Werkzeuge und Materialien sowie zwei Gastgeschenke. Können wir uns Vorräte für etwa zwei Mondzyklen mitnehmen?"

„Nur zu, nehmt was ihr braucht."

„Danke! Lass uns eine letzte gemeinsame Ratssitzung zum nächsten Vollmond abhalten."

„Ja so machen wir es."

Dann umarmten sie sich lange, bis sie schließlich auseinandergingen.

In den nächsten Tagen sprach sich ihr Vorhaben bei den Aruá herum und viele kamen, um die gewonnenen Freunde zum Dableiben zu bewegen oder traurig mit dem Abschiednehmen zu beginnen. Überall war ein emsiges Treiben zu beobachten. Wie auf Ameisenwegen zogen die Menschen von den Häusern zu den Schiffen und zurück. Die Arbeiten gingen gut voran.

Als der Rat wie verabredet zusammengekommen war, überraschte der Häuptling mit der Nachricht, dass 42 Aruá sich der Reise anschließen wollten.

„Hier stelle ich euch Uanuri vor", sagte der Häuptling und zeigte auf einen mittelgroßen, kräftig und muskulös gebauten jungen Mann, der ihnen schon beim Überfall als furchtloser Kämpfer aufgefallen war. „Sprecht ihn in allen Dingen an, die die mitreisenden Aruá betreffen."

Das hatten die Gefährten nicht erwartet, freuten sich aber sehr.

„Sie sind uns mehr als willkommen", sagte Sakarbal und klopfte Uanuri auf die Schulter. Später erfuhr Sakarbal von Sira und

Amanary, dass ihnen unter den mitreisenden Aruá viele gut bekannt seien. Diese hätten sich bei den gemeinsamen Arbeitsgruppen immer sehr aktiv, erfahre und wissbegierig gezeigt. Bei den Frauen zum Beispiel durch gute Kenntnis der Natur und bei den Männern durch Geschick bei der Jagd. Einige hatten auch Grundkenntnisse von Sprachen anderer Völker in den Wäldern entlang des großen Flusses.

Dann schenkte ihnen der Häuptling noch drei Einbäume.

Jetzt übergaben die Gefährten die Werkzeuge, die sie auf einer großen Matte ausgebreitet hatten. Einige Sippenältesten traten hinzu und nahmen einige Werkzeuge auf. Aidan, Pau, Philosir und Moran nahmen jeweils ein Werkzeug und führten mit Gebärden vor, bei welchen Arbeiten man sie verwendet und wie sie zu benutzen seien: Fällen, schaben, sägen, hacken. Die Freude bei den Aruá war groß und sie zeigten sich sehr zufrieden.

Dann trat Sakarbal vor Arukabawa und übergab ihm ein Schwert samt lederner Schwerthülle, befestigt an einem Ledergürtel. Er zeigte ihm, wie man den Gürtel anlegt, führte dann Arukabawas rechte Hand zum Schwertgriff und zog das Schwert mit ihm zusammen aus der Hülle und hielt es hoch. Dann trat er einige Schritte hinter Arukabawa zurück. Ein Raunen ging durch die Reihen der Aruá. Der Häuptling blieb noch eine Weile in der Pose stehen. Seine Freude über das Geschenk war ihm deutlich anzusehen. Sein Ansehen als Häuptling war enorm gestiegen. Er war jetzt im Besitz einer überlegenen Waffe. Sakarbal hoffte inständig, dass er das Schwert niemals im Kampf einsetzen müsste.

Dann ging Yutpan auf Aila zu und übergab ihm eine prächtige Kult-Axt. Aidan hatte ihm erklärt, dass der Axtkopf im Castro de Saproso aus Messing hergestellt worden war, was einen schönen, an Gold erinnernden Glanz ergeben hatte. Die kunstvoll bearbeitete Axtschulter stellte einen Stier dar. Einen Stier hatten sie hier aber noch nicht gesehen. Daher sagte Yutpan, dass es ein besonderer Hirsch sei, ein göttlicher Hirsch, den sie Cernunnos, den Herrn der Tiere, der Natur und der Fruchtbarkeit nennen würden. In das

Axtauge hatten sie einen Stil aus dem Hartholz von einem der hiesigen Bäume eingesetzt, den Amanary Tatajuba nannte.

„Diese Axt ist weder für den Kampf noch für das Baumfällen geeignet. Sie ist nur für den Einsatz bei kultischen Handlungen gedacht. Sie hat magische Kräfte“, sagte Xavi zu Aila. Der Schamane bedankte sich vielmals. Auch er hatte in diesem Moment in der Achtung seines Stammes einen mächtigen Sprung gemacht.

Zum Abschluss teilte Sakarbal mit, dass sie beim nächsten Vollmond aufbrechen würden.

„Ich bestehe darauf, dass wir noch ein großes Fest zum Abschied ausrichten!“, sagte Arukabawa.

„Danke, mein Freund. Da sagen wir gerne zu“, antwortete Sakarbal und dachte bei sich, dass eine Feier gut für die Moral sei, wohl auch ahnend, dass die bevorstehende Reise ihnen allen wieder viele Entbehrungen abverlangen würde.

30. Kapitel

Neue Entdeckung im Nebelwald I

Chacha Picchu / Tomba Secreta, Peru - Juli 2018

Als die Archäologen in ihre Unterkunft in Congona zurückgekehrt waren, wartete schon der Polizeichef von Chachapoyas mit drei Kollegen. Einen der Polizisten erkannten sie von ihrem Verhör in der Gocta-Lodge wieder. Dieser eröffnet auch das Gespräch mit der Neuigkeit, dass der Polizeichef von Cocachimba wegen Bestechlichkeit verhaftet worden war.

Dann wurden sie zu den Vorgängen und Todesfällen bei den Ruinen von Cacahuasha befragt. Nachdem alle einzeln ihre Aussagen gemacht und die Protokolle unterschrieben hatten, informierte sie die Polizei über die Aussagen der Verhafteten: „Letitia, José, Carlos und Diego haben den Überfall gestanden und alle Schuld auf Alfredo geschoben. José hat beteuert, dass Alfredo ihn mit einem Vergehen in der Vergangenheit erpresst und ihn so gezwungen habe mitzumachen. Menschen zu gefährden sei nie ihre Absicht gewesen. Die Geiselnahme von Letitia und der Rettungsversuch von José würden das doch auch belegen. Wir haben sie offiziell verhaftet. Sie werden vor Gericht gestellt mit den Anklagepunkten: Bewaffneter Überfall mit Geiselnahme, Körperverletzung, illegale Goldsuche und Zerstörung von nationalem Kulturgut."

Dann wandte sich der Polizeichef den Archäologen zu: „Gegen Sie dagegen liegt nichts vor. Der Todessturz von einem der Männer an der Mauer ist als eine unglückliche Folge einer angemessenen Maßnahme der Selbstverteidigung zu werten. Sie sind frei. Rechnen Sie aber damit, dass Sie vor Gericht noch als Zeugen aussagen müssen. Der Einheimische, der Alfredo mit dem Gewehr erschossen hat, muss mitkommen, aber er wird wohl bald wieder auf freien Fuß gesetzt werden, da seine Tat in Notwehr zum Schutz einer dritten Person erfolgte. Dies muss aber ein Richter entscheiden. Alle Verhafteten wurden bereits gestern nach Chachapoyas gebracht."

Die Archäologen packten ihre Sachen zusammen, soweit sie sie nicht mehr für die noch ausstehende Übernachtung brauchten. Dann halfen sie Willi aufzuräumen, den Einheimischen alle Dinge zurückzugeben, die sie ausgeliehen hatten, und die eigene Ausrüstung in den Kleinbus zu laden. Isabel kümmerte sich bei der Bauernfamilie um die abrechnungstechnischen Dinge. Während die anderen duschten und sich für das Abendessen vorbereiteten, gingen Peter und Carmen nochmals durch das Dorf. Sie nahmen eine Zeichnung mit, die Carmen nach der Karte auf der Steinplatte erstellt hatte.

Vielleicht wusste ja jemand etwas über den auf der Karte eingetragenen Ort, der ihnen noch unbekannt war. Sie hatten Glück. Ein sehr alter Einheimischer erinnerte sich daran, dass er mal als junger Mann vom Rio Utcubamba nach Westen, etwas nördlich vom Valle Huaylla durch den Nebelwald bis zum Tal des Celcho Huayco und dann über Ocallí zum Marañón gelaufen sei. Dabei sei er an einem Felsengrab der Chachapoya vorbeigekommen, das die wenigen Einheimischen dort als ‚Tumba Secreta' bezeichneten. Ruinen von Häusern oder Mauern habe er aber nicht gesehen. Carmen schrieb sich die Namen auf.

Ein anderer noch etwas jüngerer Mann erzählte, dass er vor wenigen Jahren von einer amerikanischen Abenteurergruppe als Führer durch das Gebiet nordwestlich des Valle Huaylla angeheuert gewesen sei, zusammen mit einem weiteren Führer aus dem Dorf Cruzpata. Hier habe man in einem nahezu undurchdringlichen Nebelwaldgebiet sehr viele Steinstrukturen wie Ruinen von Mauern und Häusern gesehen. Die Abenteurer hätten den Ort einmal abends am Lagerfeuer in Analogie zu der berühmten Inka Festung Machu Picchu als ‚Chacha Picchu' bezeichnet.

Weiter konnten sie nichts in Erfahrung bringen. Sie kehrten in ihre Unterkunft zurück, verarbeiteten beim Abendessen mit den Kollegen ihre Erlebnisse und gingen dann früh zu Bett.

Am nächsten Morgen fuhren sie zurück nach Chachapoyas.

Am späteren Nachmittag saßen sie alle in dem für sie reservierten Besprechungsraum der Universität. Jeder arbeitete an seinen Aufzeichnungen, aber sie waren nicht so konzentriert bei der Sache wie sonst. Fortwährend versuchten ihre Gedanken in eine möglicherweise noch nicht entdeckte Chachapoya Siedlung abzuschweifen.

Nach einer Weile unterbrach Carmen die fast schon bedrückende Stille. „Gibt es nicht doch eine Möglichkeit weiterzumachen?", fragte sie in die Runde und schaute Isabel an. „Auch ohne Bezahlung für uns, wenn es nicht anders geht."

Jorge ergänzte: „Ja, eine gute Idee."

Sofort wurde es unruhig. Alle begannen zu reden. Isabel mahnte zur Ruhe und schwieg.

Dann begann sie zu lächeln und sagte: „Ich habe ja genauso wie ihr den Wunsch, noch eine Erkundungsexpedition anzuhängen. Daher habe ich bereits telefonisch bei meiner vorgesetzten Behörde das Projekt vorgestellt und um eine Verlängerung gebeten. Ebenso habe ich den Hauptsponsor kontaktiert und um Unterstützung gebeten. Beide ließen mich wissen, dass wir uns gedulden sollten, bis die Angelegenheit geprüft sei. In wenigen Tagen würden wir eine telefonische Antwort erhalten."

Ein kleiner Jubelsturm brach aus. Alle bedankten sich. Dann ging es in Ruhe voll motiviert und auch konzentriert an die Fortsetzung der Arbeit.

Am letzten Tag im Juni war es dann so weit. Sie hatten ihre Arbeit fertiggestellt und Isabel hatte den vorläufigen Abschlussbericht vorgetragen. Es gab nichts mehr zu korrigieren.

Das Handy von Isabel klingelte. Das Gespräch ging etwa zehn Minuten, dann beendete sie es mit einem von Herzen kommenden: „Danke!"

Sie schaute ihr Team strahlend an und verkündete: „Unser Antrag ist genehmigt. Wir dürfen eine Erkundungsexpedition ausführen. Sie ist auf zwei Wochen begrenzt. Die finanziellen Mittel stehen zur Verfügung. Im Falle eines Erfolges sind die regionalen Behörden zu informieren, um eine Registrierung und Sicherung des Geländes vorzunehmen. Ebenso muss eine Dokumentation des Befundes durch unsere Gruppe erfolgen. In keinem Fall darf vor, während oder nach der Expedition irgendetwas von den Ergebnissen an die Öffentlichkeit dringen."

Als Isabel geendet hatte, sprangen alle auf und schrien: „Hurra!", gingen auf Isabel zu und umarmten sie.

Nach einigen Minuten verschaffte sie sich Luft und rief: „Auf geht's! Wir haben nur zwei Tage Zeit für die Planung und Vorbereitung. Dann fahren wir los. Ich lasse jetzt Willi kommen. In zwei Stunden treffen wir uns wieder hier."

Die Archäologen saßen in einem Kleinbus und fuhren die Straße auf der anderen Seite des Utcubamba-Tals auf der Höhe von Chachapoyas in Richtung Westen. Sie waren früh um sechs Uhr mit zwei Bussen gestartet. Neben ihnen fuhren noch Träger für ihre Ausrüstung mit, die Willi in Chachapoyas kurzfristig angeheuert hatte. Der Plan war, vom Fluss Celcho Huayaco im District Ocalli quer durch den Nebelwald zum kleinen Ort Cruzpata, dem Ausgangspunkt für die Führungen zu den Sarkophagen von Karajía, zu laufen. Luftlinie etwa 24 Kilometer. Zu Fuß schätzten sie die dreifache Entfernung. Sie hatten fünf Tage einkalkuliert, plus einen Tag für An- und Rückfahrt. Damit blieben ihnen noch acht Tage für Erkundungen vor Ort und Dokumentation.

Sie hatten gerade den Celcho Huayco überquert und schraubten sich über acht Kehren hoch auf eine Passhöhe, von der sie einen Blick auf das hellbraune Band des Marañón links von der Straße tief unter ihnen werfen konnten. Wenige Minuten später erreichten sie Ocalli. Am Ortseingang wartete ihr Führer. Von ihm hieß es, er könne wie kein anderer das Gelände lesen und daher immer die beste Wegstrecke finden.

Nachdem er bei ihnen eingestiegen war, fuhren sie weiter den Berg hinauf. Die Straße war nur eine holprige und von Radspuren tief durchzogene Erdpiste, die zum Glück trocken war. Sie überquerten den Celcho Huayco und fuhren durch Selcho Cuzco. Dann erreichten sie Tactamal. Hier stiegen sie aus. In einem kleinen Café am Dorfplatz gab es Tee mit Minze und Coca-Blätter. Dazu aßen sie es ein leckeres Brötchen mit Rührei, warm und frisch zubereitet.

„Köstlich", sagte Jorge. Die Archäologen schnappten sich ihre Rucksäcke, die Träger den Rest der Ausrüstung, und marschierten los. Die Fahrer hupten und machten sich auf den Rückweg.

Es ging steil bergauf durch den Wald. Von einem Weg konnte man nicht sprechen. Es war nur noch ein Tritt, der wahrscheinlich mehr von Tieren als von Menschen benutzt wurde. Immer öfter mussten sie sich das Weiterkommen durch die Vegetation mit der Machete erzwingen. Drückende Schwüle lastete auf ihnen. Sie kamen nur langsam voran.

„Seht ihr? Da vorne öffnet sich der Wald!", rief Willi. Als sie an der Stelle angekommen waren, auf die Willi gezeigt hatte, standen sie auf einer größeren Lichtung.

„Hier schlagen wir unser Nachtlager auf", sagte der Führer zu Willi.

Am nächsten Morgen verließen sie den Platz wieder. Bis auf das zusammengetretene Gras und die verkohlten Holzstücke blieben keine Spuren ihrer Anwesenheit zurück.

Die Gruppe setzte ihren Marsch quer über die Lichtung fort. Dann ging es wieder durch dichten Wald bergauf. Nach drei Stunden standen die Archäologen unmittelbar vor einem steilen und tiefen Abgrund. Sie schlugen sich durch das Unterholz am Waldrand immer entlang der Abbruchkante nordwärts. Der Talboden der Schlucht stieg parallel zu ihre Marschrichtung an. Nach einer guten Stunde konnte die Gruppe über einen kurzen steilen Abstieg den Graben queren und auf der gegenüberliegenden Hangseite wieder nach oben steigen. Vor ihnen lagen eine Ebene. Auf der gegenüberliegenden Seite erkannten sie einen etwa 20 Meter hohen bewachsenen Erdwall.

Peter zeigte mit seinem Arm auf den oberen Rand und rief aufgeregt: „Seht ihr die Steinstrukturen? Es könnten Reste einer Mauer und eines Turmes sein.“

Jetzt sahen es alle. Jeder versuchte so schnell wie möglich den Wall zu erklimmen. Oben angekommen, erkannten sie, dass die Ebene hinter dem Damm weiterverlief. Die Fläche schätzten sie auf etwa 1000 Meter Länge und 500 Meter Breite. Sie war mit Bäumen und üppiger Vegetation bewachsen. „Seht dort und hier drüben und da auch“, rief Jean-Pierre. Rund um die Ebene herum waren Mauerreste und im Innern überall Ruinen von Häusern zu erkennen.

Die Gruppe ging auf der linken Seite über eine kleine Lichtung nach Süden und stieß auf zwei parallel auf sie zukommende kleinere Bergrücken. Die Mauer folgte dem Grat des äußeren Kamms. Die dichte Vegetation machte es den Archäologen unmöglich dem Mauerverlauf zu folgen. Sie wandten sich dem Grat der anderen Anhöhe zu. Aber auch hier war kein Durchkommen. Isabel rief alle zusammen und sagte: „Wir kehren um und errichten unser Lager auf der Lichtung in der Mitte der Siedlung.“

„Okay“, entgegnete Peter, „Siedlung trifft zu. Ich denke, wir haben eine bisher unbekannte Ruinenstätte gefunden. Und nach den vielen Steinstrukturen, die wir bisher erkannt haben, muss es sich um eine große Siedlungsstätte handeln.“

Da die Gruppe jetzt schon viel Routine hatte war das Lager schnell aufgebaut. Während Willi, der Führer und die Träger Holz schlugen berieten die Archäologen die Vorgehensweise für den morgigen Tag. Isabel fasste zusammen: „Wir bilden drei Gruppen und durchkämmen den vorderen Teil der Siedlung von dem Punkt, wo wir hereingekommen sind bis zu unserem Lager. Ich bitte die Natur, soweit es geht, zu schonen. Die Macheten nur dann einsetzen, wenn es unbedingt notwendig ist, um einen groben Überblick über die Struktur der Anlage zu bekommen. Wir treffen uns gegen 15 Uhr wieder im Lager, damit jede Gruppe noch ihre Ergebnisse vortragen kann.

Dann rief Willi auch schon zum Abendessen. Sie verbrachten noch einige Zeit gemeinsam am Lagerfeuer in Vorfreude und angespannter Nervosität. Carmen sagte, was alle dachten: „Welche Überraschungen wird uns der morgige Tag bringen?“

31. Kapitel

Auf dem großen Fluss

Amazonas Tiefland, Brasilien – Juli 146 v. Chr.

Der Abschied von den Frauen, Männern und Kindern, die mit ihnen in der alten Heimat aufgebrochen waren und mit denen sie ihr bisheriges Schicksal geteilt hatten, war den Gefährten sehr schwergefallen.

Nachdem Sira den Zurückbleibenden am Ufer noch lange zugewinkt hatte, fragte sie Sakarbal: „Wie wird es ihnen in Zukunft bei den Aruá ergehen?“

„Das werden wir wohl nie erfahren“, antwortete ihr Mann und fragte sich dabei selbst: „Und was hält das Schicksal für uns, die wir weiterziehen, bereit?“

Zunächst folgte Hallalcar demselben Kurs, den er schon mit dem Häuptling durch die große Flussmündung gefahren war. Hallalcar hatte während der damaligen Fahrt eine Karte angefertigt, an der er sich jetzt orientierte.

Von einem kräftigen Rückenwind unterstützt, segelten sie den Strom, der sie zu den Bergen leiten sollte, nach Westen. Die Regenzeit war gerade erst zu Ende gegangenen, daher führte der Fluss noch viel Wasser. Die Breite des Stroms erschien ihnen immer noch endlos. Sie schätzten diese auf mindestens 15 römische Meilen, obwohl der Mündungsbereich schon weit hinter ihnen lag. Die Auswanderer segelten mit ihren elf Gaulos, auf denen noch knapp 2400 Menschen untergebracht waren, Tag und Nacht paarweise nebeneinander immer in der Flussmitte, um möglichen Gefahren in Ufernähe zu entgehen. Nur das Schiff von Sakarbal fuhr als erstes voraus. Rückenwind und Gezeitenflut machten ihnen das Vorankommen leicht. Die Messung der wiederkehrenden Periode ergab 135 römische Meilen.

Zehn Tage später blies der Wind aus Osten besonders kräftig. Er brachte feinen gelblich-braunen Sand mit, der sich überall absetzte: Auf dem Schiff, dem Wasser und dem Blätterdach des Regenwaldes.

Pau und Aisha standen an Deck und beobachteten, die Augen durch eine Hand vor dem Sand schützend, das Geschehen. Hin und wieder mussten sie sich den Sand von den Kleidern klopfen.

Aisha sagte: „Man könnte meinen, das sei Sand aus den Wüsten von Mauretanien."

Auf dem Führungsschiff hielt Hallalcar sein Kartenblatt senkrecht, damit der Sand abfiel. Dann zeichnete er gewissenhaft weiter. Sakarbal trat neben ihn und verglich die Zeichnung mit der Realität, so wie er sie sah. Er nickte anerkennend.

Jetzt erst merkte Hallalcar, dass Sakarbal neben ihm stand. Er steckte das Blatt ein und sagte: Gibt es etwas zu besprechen?"

„Nein, es ist nichts. Ich gehe nur etwas auf dem Schiff herum. Ist es nicht schön zu sehen, wie sich die Gefährten an der Natur erfreuen können?"

Dann beobachteten beide zufrieden, wie die Menschen an den vielen Vogelschwärmen, die immer wieder über sie hinwegzogen und ihre Flugkünste vorführten, und an den Fischen, die sie im Wasser begleiteten und einzeln oder im Schwarm um das Schiff schwammen, ihr Vergnügen hatten.

Die Rufe schwollen besonders laut an, wenn große Schildkröten auftauchten.

„Es gibt so viele verschiedene Arten!", sagte Amanary.

Er zeigte auf ein Exemplar und rief so laut, dass es möglichst viele, die um ihn herumstanden, hören konnten: „Das ist eine *Arrau*. Sie können bis zu drei Fuß lang und 115 Mina schwer werden. Die Menschen am großen Fluss jagen sie wegen ihres Fleisches, ihres Öls und wegen der Eier. Aus den Panzern kann man Schmuckstücke fertigen."

Nach einer Weile erschollen neue Rufe, denn nun erschien ein besonders merkwürdig aussehendes Wesen. Das Tier war massig und hatte eine dicke faltige Haut. Der zylindrische Körper ging ohne Hals in den Kopf über. Am vorderen Körper waren rechts und links zwei Flossen ausgebildet. Am Körperende hatte es eine große Rundschwanzflosse. Zwar kannten sie alle aus Mythen und Legenden, die ihnen ihre Eltern oder Lehrer erzählt hatten, die Beschreibungen von sonderbaren Wesen wie Sirenen, Meerjungfrauen und Wassergeistern in den Gewässern, aber von solch einem Tier hatten sie noch nichts gehört. Amanary sagte zu ihnen: „Wir nennen es *Manatee.*"

Nachdem das Tier wieder abgetaucht war, ließen sich Delphine sehen und begleiteten sie. Diese Tiere kannten viele der Gefährten schon aus dem inneren Meer, wobei die Delphine hier deutlich kleiner waren. Sie waren am Rücken dunkelgrau. Die Unterseite schimmerte in einem rosa angelaufenen Hellgrau. Im Übrigen waren sie aber genauso verspielt. Die Kinder klatschten vergnügt, wenn sie aus dem Wasser auftauchten, zu kuriosen Sprüngen ansetzten und ihren Sprung mit einem Klatscher zurück ins Wasser beendeten. „Sie heißen bei uns *Tucuxi*", lehrte sie Amanary.

Der Strom verlief immer stärker in Schleifen und passierte kleinere und größere Inseln. Größere und kleinere Wasserläufe trugen ihr Wasser in den großen Fluss, mal klar, mal dunkelbraun bis schwarz. Schleifen, Abzweigungen und Sandbänke machten die Navigation zunehmend schwieriger. Arukabawa hatte ihnen eindringlich nahegelegt, immer nach Westen zu segeln, bei Verzweigungen im Zweifel dem größeren oder dem eher hellbraun gefärbten Fluss zu folgen. Sakarbal entschied, nur noch tagsüber zu segeln und nachts zu ankern. An Land gingen sie nicht. Verpflegung hatten sie ausreichend geladen. Auch die Regenfässer wurden durch die Regengüsse immer wieder gut gefüllt.

Der Wind hatte merklich nachgelassen. Sakarbal ließ die Ruderbänke besetzen. Drei Gruppen von Ruderern wechselten sich über den Tagesverlauf hin ab. Die Segel ließ er gesetzt, um jede kleine Brise als Unterstützung für die Ruderer zu nutzen.

Nach weiteren neun Tagen kamen die Archäologen in eine Region, in der der mächtige Fluss den Wald an beiden Ufern weit zurückdrängte. Neben seinem Hauptbett verzweigte er sich in viele kleine Seitenarme, die sich abgegrenzt von Sandbänken in kleine Seen, Lagunen und stickige Sümpfe ergossen.

Als sie an einem trüben, fast stehenden Seitenarm vorbeikamen, zeigten viele an Deck mit ihren Armen in die Richtung und riefen: „Schaut, große rosa Delphine!"

Alle kamen an Deck, um die Tiere zu sehen. Sie tauchten häufig auf um Luft zu holen und waren gleich wieder im trüben Wasser verschwunden. Sie waren größer als die Tucuxi, einige bis zu sechs Fuß. Sie hatten eine mit Borsten behaarte Schnauze und ihre Farbe reichte von silbergrau bis rosa. Zum Missfallen der Kinder tollten diese Delphine nicht herum und sie machten auch keine Luftsprünge.

Amanary erklärte ihnen: „Das sind sehr selten vorkommende Tiere. Sie heißen Botos. Sie werden nicht gejagt, da sie von den Menschen am Fluss als mythische Wesen betrachtet werden."

Das laute Grollen, mit dem sich in den ersten Tagen die regelmäßig wiederkehrende Gezeitenwelle als ihr treuer Begleiter angekündigt hatte, war praktisch verstummt und die Flutwelle selbst auch nur noch leicht zu spüren.

Dafür gesellten sich neue Begleiter zu ihnen: Mücken und Insekten hüllten die Gefährten immer wieder in schwarzen Wolken. Wahre Plagegeister! Jeder versuchte, den Angriffen zu entgehen, sei es durch um sich schlagen, durch Einhüllen in Decken oder durch Verbergen unter Deck.

Dieses Mal war es Pau, der sich um Aisha kümmerte. Während er selbst nahezu unbehelligt von den Mücken blieb, zog Aisha die Stechmücken regelrecht an. Ihr Körper war übersät mit juckenden und geschwollenen Einstichen. Andere, vor allem Kinder und Kranke, hatte es noch schlimmer erwischt. Sie bekamen Fieber und Durchfall. Sowie sie die Lagunen und Sümpfe passiert hatten und der große Fluss sich wieder ungehindert seinen Weg durch den riesigen Wald bahnen konnte, ging auch diese Plage vorüber.

In den nächsten fünf Tagen sahen sie viele Siedlungen auf beiden Uferseiten, einige davon größer als die Dorfgemeinschaft der Aruá. Die nackten, bemalten und zum Teil mit bunten Federn geschmückten Menschen rannten zumeist an die Uferböschung und betrachteten ehrfürchtig still oder auch wild gestikulierend ihren Schiffsverband. Was mochten sie über diese eigentümliche Boote und die vielen sonderbaren Menschen, die auf ihnen herumliefen. denken? Einige Mutige sprangen in ihre Einbäume und kamen näher an die Schiffe heran, behielten aber immer einen gewissen Sicherheitsabstand bei. Bedrohungen oder Angriffe gab es nicht, weder von den Einbäumen noch vom Ufer aus. Dennoch hatte Sakarbal höchste Alarmbereitschaft befohlen. Sie ankerten nicht mehr. Zur Sicherheit hatte er auch befohlen, Pflanzenfasermatten zum Schutz gegen mögliche Pfeile großflächig über das Deck zu spannen. Zugleich boten sie etwas Schatten.

Trommelgeräusche begleiteten sie jetzt Tag und Nacht. Während sie nachts weder Einbäume, Kanus oder Flöße auf dem Fluss ausmachen konnten, nahm tagsüber die Zahl der Boote auf dem Fluss stark zu. Fischer mit Speeren, Netzen und Reusen legten von den Stegen ab und verschwanden in einem der Nebenläufe oder kehrten von dort zurück. Flöße und Einbäume hoch beladen mit Früchten, Wurzeln und vielem mehr, die von Dorf zu Dorf stromab und stromauf pendelten oder den Fluss zwischen den Dörfern querten. Am Ufer konnten sie das ihnen vertraute Spiel von Warentausch und Handel beobachten.

Dann wurde es wieder einsamer. Am Ufer waren keine Siedlungen mehr zu erkennen und nur noch vereinzelt begegneten ihnen Boote. Auch die Trommeln waren verstummt.

Chulain stand verträumt am Vordersteven seines Schiffes und beobachtete die rechte Uferseite. Er war nicht recht bei der Sache. Seine Gedanken waren bei Aliya. Er hatte sich in diese schöne, aufgeweckte, und mutige Frau verliebt. Aber sie war auch stolz und selbstbewusst. Er glaubte, ihr Verhalten ihm gegenüber so deuten zu können, dass sie auch etwas für ihn empfand. Sicher war er sich da aber nicht, denn sie wirkte immer sehr zurückhaltend. „Soll ich ihr meine Liebe direkt gestehen?“ fragte er sich.

Als ihn etwas blendete, wurde er aus seinen Gedanken gerissen. Rechts vor ihm trieb ein Floß. Es schien direkt auf das Schiff vor ihm zuzusteuern. Es waren mehrere Menschen an Bord. Sie standen und winkten. Ja, was war den mit denen los? Erkannten sie nicht die Gefahr, in die sie sich begaben?

„Weg von hier!“, brüllte er. „Legt das Steuerruder um, sonst gibt es einen Zusammenstoß!“

Er konnte keine Reaktion erkennen. Das Floß trieb in die hinteren Ruderstangen der vor ihm fahrenden Gaulos. Die Menschen wurden in den Fluss geworfen und kämpften um ihr Leben.

Zusammen mit anderen, die das Unglück ebenfalls beobachtet hatten, schnappte Chulain sich Seile und Stangen, die an Deck zu finden waren und hielt sie ins Wasser. Die Strömung trieb die Verunglückten gefährlich dicht an ihre rechte Schiffsseite. Damit entgingen sie zwar den Schlägen der Ruderblätter, liefen aber Gefahr unter das Boot gedrückt zu werden. Es gelang ihnen drei Männer und zwei Frauen zu retten. Ein vierter Mann hatte es nicht geschafft. Er war mit seinem Kopf direkt gegen den Bug des Schiffes getrieben worden und sofort untergegangen.

Am nächsten Morgen, es war der 25. Tag der Flussreise, standen Hallalcar und Sakarbal am Vordersteven und schauten auf den Fluss.

„Sakarbal schau, auf dieser Flussseite ist das Wasser hellbraun gefärbt.“

„Ja, und hier auf der rechten Seite ist es schwarz“, antwortete er.

Die Schwarzfärbung nahm immer mehr zu je weiter sie stromauf fuhren. Nach weiteren fünf Tagen passierten sie dann gegen Mittag die Mündung eines großen Nebenflusses, der ihnen fast so groß erschien wie der Strom, auf dem sie fuhren. Hallalcar schätzte die Breite auf etwa vier römische Meilen. Das Wasser des Nebenflusses war sehr dunkel. Daher nannten sie ihn den schwarzen Fluss.

Sakarbal gab Anweisung, weiter dem Fluss mit der hellbraunen Färbung zu folgen. Diese Farbe habe ihren Ursprung, so hatte ihnen Häuptling Arukabawa gesagt, in den Steinen der Götterberge, und das war ihr Reiseziel. Aber von Bergen war hier weit und breit nichts zu sehen. Hallalcar schätzte anhand seiner Beobachtungen und Messungen, dass sie seit der Abreise von den Aruá nicht mehr als vielleicht 70 Fuß an Höhe gewonnen hatten.

In den folgenden Tagen häuften sich die Krankheitsfälle. Die Anzeichen waren immer gleich. Hohes wiederkehrendes Fieber, dann Schüttelfrost, Magenbeschwerden und Krämpfe. Die Erkrankten erzählten den Heilern, dass sie etwa ein bis zwei Mondphasen vor ihrer Erkrankung von Mücken gestochen worden waren. Es gab die ersten Todesfälle unter Kleinkindern, die rasch in einen schlafähnlichen Zustand verfielen und dann starben.

Den Heilern aus Karthago waren die Phänomene bekannt. Bei Menschen, die von abgestandenem Sumpfwasser tranken, konnten die Körpersäfte in ein Ungleichgewicht gebracht werden. Einige erholten sich durch die Gabe eines Suds von in heißem Wasser aufgekochtem einjährigem Beifuß. Aber keiner der Erkrankten hatte Sumpfwasser getrunken und Beifuß-Sud hatten sie auch keinen. Sie wussten sich keinen Rat.

Uanuri, der Führer der mitreisenden Aruá, berichtete Xavi: „Diese Krankheit ist auch bei uns im Dorf hin und wieder aufgetreten. Dies war immer dann der Fall, wenn sich das Wasser aus Überschwemmungsgebieten nur sehr langsam zurückgezogen hat und viele große Mückenschwärme beobachtet worden sind. Die Betroffenen haben auch damals davon berichtet, vorher von Mücken gestochen worden zu sein. Vielleicht übertragen die Mücken ja die lebensbedrohenden Verunreinigungen. Hekma hat mir einmal erzählt, dass weiter oben in den Bergen diese Krankheit nicht mehr auftreten soll.“

„Vielen Dank, Uanuri, für diese wertvollen Hinweise“, bedankte sich Xavi, „Wir werden den Verlauf weiter beobachten.“ Sie pflegten die Kranken mit den Mitteln, die sie hatten. Nach einer Mondphase gab es keine Neuerkrankungen mehr. Auch die Zahl der Toten ging zurück. Nach weiteren sieben Tagen starb niemand mehr an der Krankheit. Viele begannen sich zu erholen.

Als Lehre aus dieser Erfahrung ordneten die Heiler an, sich in Zukunft vor Insektenstichen besser zu schützen. Sie schlugen vor, Arme und Beine durch Kleidung zu verdecken und die Eingänge und Luken der Kammern unter Deck mit fein gewebten Tüchern abzuhängen.

Als Sakarbal vor sich eine lange Sandbank, die in der Mitte eine kleine Anhöhe hatte, sah, ließ er die Schiffe an ihrer Längsseite ankern. Er befahl Alarmbereitschaft für die Schiffswachen und ließ die Flussinsel auf allen Seiten mit Kriegern sichern.

Dann begannen sie mit angeschwemmtem Treibholz und Holz aus ihrem Vorrat einen Scheiterhaufen zu bauen. Alle Toten wurden auf die Sandbank gebracht und auf dem Scheiterhaufen aufgebahrt. Über 50 Gefährten waren an der Krankheit gestorben. Die Priester begannen in Anwesenheit der Angehörigen mit dem Totenkult. Der Scheiterhaufen wurde von allen vier Seiten her angezündet. Bald loderten die Flammen in die Höhe. Alle anderen Gefährten verfolgten die Trauerfeier von den Schiffen aus. Bis auf das laute Geprasseln des Feuers herrschte große Stille und Ergriffenheit.

Über die Nacht behielten sie die Wachen auf den Schiffen in Bereitschaft, da sie davon ausgehen mussten, dass das große Feuer Einheimische anlocken würde. Eine andere Möglichkeit hatten sie nicht gehabt. Für den Bau von Grabstätten fehlten hier die Steine, und Erdgräber kamen ebenfalls nicht in Frage, da sie vom Fluss weggeschwemmt oder von Tieren aufgegraben würden. Die Nacht verlief ohne Zwischenfall.

Als der Morgen graute, gingen einige Männer zurück auf die Sandbank. An einigen wenigen Stellen des abgebrannten Scheiterhaufens waren noch Glutnester zu erkennen. Sie löschten sie. Danach sammelten die Männer die Asche der Verbrannten in besonders schön gearbeiteten Amphoren ein. Sie wollten ihre

Verstorbenen nicht hier in der unendlichen Wald- und Flussebene zurücklassen, sondern sie in einem ihrer neuen Tempel auf den Götterbergen zur ewigen Ruhe betten.

Plötzlich schwirrten Pfeile aus dem Wald von beiden Uferseiten auf die ersten vier Gaulos nieder. Dann tauchten viele Angreifer mit lautem Geschrei am Ufer auf. Sie schoben Einbäume und Rindenkanus ins Wasser und paddelten auf das Führungsschiff zu. Die Alarmrufe und Befehle der Kommandanten donnerten über alle Boote hinweg. Die ersten Einbäume von der Uferseite, die nicht durch die Sandbank von den Schiffen getrennt war, erreichten das Schiff Sakarbals. Die Angreifer begannen Seile mit spitzen Haken aus Holz und Knochen über die Bordwand zu werfen. Die ersten Seile hakten sich fest und sofort kletterten furchterregend bemalte Krieger geschickt und schnell die Seile hoch. Die Krieger der Auswanderer erwarteten sie schon, geschützt hinter ihren Schilden und erschlugen mit ihren Schwertern jeden, der auf das Deck zu springen versuchte. Die Seile wurden gekappt. Dabei stürzten diejenigen, die gerade hochkletterten, in den Fluss. Sie versuchten zurück in die Einbäume zu kommen. Doch bevor ihnen dies gelang, wurden sie von den Geschossen der Steinschleuderer tödlich getroffen, verletzt oder in den Fluss zurückgeworfen.

Auf der anderen Flussseite waren die Einbäume jetzt an der Sandbank vorbei und steuerten ebenfalls auf die Schiffe zu. Auch auf sie ging ein Hagel von Steingeschossen nieder. Angreifer, die sich auf die Insel retten wollten, wurden von den bewaffneten Männern niedergestreckt, die im Begriff gewesen waren, die Amphoren zum Führungsschiff zu bringen. Im Strom schwammen viele Leichen. Einbäume mit erschlagenen Angreifern darin trieben flussab an den Gaulos vorbei. Wer noch zu leben schien wurde mit weiteren Steinen beschossen.

Von beiden Uferseiten aber kamen die Angriffe in unverminderter Zahl: Pfeilsalve folgte auf Pfeilsave. Viele Gefährten wurden verletzt oder tödlich getroffen. Die gespannten Matten boten keinen ausreichenden Schutz.

Die Kommandeure Chulain und Feandom hatten von ihren beiden hintersten Schiffen das Geschehen beobachtet, sofort Anker lichten lassen und die ganze Besatzung unter Deck geschickt. Die beiden Kommandeure ließen ihre beiden Gaulos jetzt links und rechts von der Sandbank so nahe am Ufer entlang wie möglich steuern, als sie sahen, wie gerade eine zweite Welle von Einbäumen startete. Die Ruderstangen wurden eingezogen. Geräusche von berstendem Holz und brechenden Knochen, die sich mit Angst- und Todesschreien der Angreifer mischten, übertönten jetzt die Vogelstimmen. Die beiden Gaulos bauten sich wie eine Wand vor dem Ufer und den aus dem Wald kommenden Angreifern auf.

Von Deck aus töteten die Steinschleuderer viele der am Ufer stehenden Angreifer. Diejenigen, die noch am Leben waren begannen in den Wald zu fliehen. Krieger mit Schilden, gezogenen Schwertern oder erhobenen Äxten sprangen mit wildem Geschrei von den Gaulos ans Ufer und verfolgten die Flüchtenden. Dieser Waffengewalt hatten die Angreifer nichts entgegenzusetzen. Chulain und Feandom kämpften in vorderster Reihe. Sie schrien ihren Männer zu: „Schnell, verfolgt sie! Lasst keinen entkommen!"

Chulain stürmte auf seiner Uferseite in das Dickicht, aber schon nach wenigen Schritten öffnete sich eine Lichtung. Er erkannte Hütten, Feuerstellen, Frauen und Kinder. „Umkreist die Siedlung weitläufig und zieht dann den Kreis immer enger bis in die Dorfmitte!", kommandierte er. Wer noch Widerstand leistete, wurde getötet. Alle anderen wurden gefangen genommen, entwaffnet und mit gebundenen Händen an Bord des Schiffes gebracht. Neben den Waffen, wie Pfeile, Bögen, Speere und Blasrohre wurden auch Nahrungsmittel und anderes Nützliches mitgenommen. Auffallend waren die vielen Schildkrötenpanzer, aber auch die zahlreichen lebenden Schildkröten, die in einem im Erdreich eingehauenen Wasserbecken schwammen, sowie die Unmengen an Schildkröteneiern.

Auf der anderen Uferseite hatte sich praktisch das gleiche Geschehen abgespielt.

Die ausgescherten Schiffe wurden wieder in die Flussmitte vor der hinteren Spitze der Sandbank an ihre Position im Verband gerudert.

Sakarbal ließ an alle Schiffe den Befehl übermitteln, die toten und verletzten Gefährten auf die Flussinsel zu bringen. Die Heiler sollten sich sofort um die Verletzten kümmern. Danach sollten auch die Gefangenen dorthin gebracht werden.

Er ließ die Sandbank rundum mit zwei Reihen Kriegern schützen. Auf den Schiffen galt weiter höchste Alarmbereitschaft. Steinschleuderer und Bogenschützen sollten die Ufer ständig im Blick haben. Frauen und Kinder unter Deck bleiben.

Bis zum Nachmittag war auf der Sandbank ein neuer Scheiterhaufen errichtet worden.

Philosir berichtete Sakarbal: „18 unserer Krieger sind im Kampf getötet wurden. Ebenso vier Frauen, die von den ersten Pfeilen überrascht worden waren und es nicht geschafft haben, sich rechtzeitig unter Deck in Sicherheit zu bringen. Zehn unserer Männer sind verletzt, aber sie werden voraussichtlich überleben."

Sakarbal rief Amanary und Uanuri zu sich, um die zehn gefangenen Angreifer befragen zu lassen. Die Verständigung war schwierig aber sie erfuhren, dass der Stamm zu den Caraja gehörte. Amanary unterhielt sich mit einem jüngeren Krieger und übersetzte: „Die Angreifer haben über Trommeln von Stämmen weiter stromab gehört, dass viele große Boote voll mit bärtigen Männern und großen weißen Frauen mit langen hellen Haaren den Fluss heraufkämen. Sie haben gehofft einige Köpfe der fremdartigen Menschen erbeuten zu können. Im Urwald, weiter weg vom großen Fluss an kleineren Flussläufen und Seen, gibt es noch viele weitere Dörfer seines Volkes. Neben der Jagd betreiben sie auch etwas Feldwirtschaft."

Sakarbal hatte genug gehört. Außer dem jungen Mann, der mit Amanary gesprochen hatte und den er in seine Obhut gab, wurden alle anderen Männer augenblicklich getötet und in den Fluss geworfen. Die völlig verängstigten Frauen und Kinder, insgesamt 90 Menschen, ließ Sakarbal auf die Schiffe verteilen. Er ließ ihnen über Amanary erklären, dass sie am Leben bleiben würden, wenn sie den Frauen auf den Schiffen bei der Arbeit helfen und sich in ihre Gemeinschaft einbringen würden.

Inzwischen waren alle Angehörigen der gefallenen Gefährten auf der Sandbank eingetroffen und Yutpan und die anderen Priester begannen mit dem Ritus der Feuerbestattung.

Am nächsten Morgen wurde eine weitere Amphore mit der Asche toter Gefährten auf das Führungsschiff gebracht. Die Schiffskommandeure berichteten, dass die Stimmung auf einem Tiefpunkt angekommen sei. Wieder Kämpfe, wieder Tote und noch immer keine Berge in Sicht. Nur Wasser, Sumpf und Wald. Es gebe die ersten vereinzelten Stimmen, die sich dafür aussprächen, vielleicht doch besser in die alte Heimat zurückzukehren.

Sakarbal antwortete: „Ich kann den Unmut verstehen, aber Pau, Aidan und ich sind uns einig, dass es nur einen sinnvollen Weg gibt. Und das ist der nach Westen, weiter zu den Bergen."

Dann ließ Sakarbal alle Männer zu sich rufen, die an diesem Tag gegen die Angreifer gekämpft hatten, und bedankte sich bei allen persönlich. Bei Chulain und Feandom verweilte er länger.

„Ihr habt heute mit eurem beherzten Eingreifen und eurem persönlichen Mut im Kampf entscheidend dazu beigetragen, dass wir nicht noch mehr Tote und Verletzte zu beklagen haben. Große Krieger Chulain und Feandom, ihr habt eurem Gott Neto heute ausgezeichnet gedient", sagte Sakarbal, machte eine kurze Pause hob sein Schwert und rief: „Hoch Chulain und Feandom! Möge Neto immer mit euch sein!"

„Hoch Chulain und Feandom! Möge Neto immer mit euch sein!", fielen alle anderen ein.

Niemand bemerkte, wie in diesem Moment Aliya vor Glück und Stolz errötetet. Der Mann, in den sie sich während der Reise verliebt hatte, war vor allen geehrt worden!

Sakarbal löste die Versammlung auf. Chulain und Feandom traten auf ihn zu und bedankten sich bei ihm.

Dann sagte Chulain zu Sakarbal: „Erst jetzt komme ich dazu, von einem Vorfall vor einigen Tagen zu berichten.“ Und dann erzählte er ihm von den sechs Einheimischen, die mit ihrem Floß direkt zwischen ihre Schiffe gefahren waren. „Ich habe sie Amanary übergeben, damit er sie in seine Gruppe einbindet. Er hat mir inzwischen berichtet, dass sie zu einem Volk gehören, das sie Ges nennen. Auch ihre Kenntnisse über verschiedenen Sprachen der Flussstämme könnten nützlich sein.“

„Sie wollten sich wohl ohnehin uns anschließen. Oder warum sind sie sonst zu unseren Schiffen gefahren? Egal. Jedenfalls gut gemacht, Chulain!“, sagte Sakarbal.

Kaum waren Chulain und Feandom gegangen, kam Amanary auf Sakarbal zu. „Der junge Mann, mit dem ich eben über den Stamm der Angreifer gesprochen habe, heißt Ocaua. Ich würde ihn gerne bei mir behalten. Vielleicht hilft uns seine Sprache noch irgendwann weiter.“

„Einverstanden“, antwortete Sakarbal. „Ich wollte dich sowieso bitten, dich auch um die Frauen und Kinder zu kümmern, die wir heute von hier mitnehmen. Geht das?“

„Gerne“, antwortete Amanary.

„Und noch etwas. Ab sofort bist du der verantwortliche Ansprechpartner für alle Fragen zwischen uns Auswanderern und allen Einheimischen, die wir bisher aufgenommen haben und vielleicht noch aufnehmen werden. Ich werde den Rat entsprechend unterrichten.“

„Eine große Ehre für mich. Ich danke dir für das Vertrauen.“

„Sieh zu, dass du sie in Absprache mit den Schiffskommandeuren sowie den verantwortlichen Meistern und Heilern sinnvoll unterbringst und einsetzt. Vor allem müssen es absolut treue und verlässliche Gefährten werden!“ Damit entließ er Amanary.

Alle kehrten auf ihre Schiffe zurück. Der Rest des Tages und die Nacht verstrichen ruhig.

Am nächsten Morgen ließ Sakarbal die Anker lichten. Er stand am Hintersteven seines Schiffes und rief, so laut er konnte, über alle Schiffe hinweg: „Vorwärts mit Vertrauen! Wir machen unseren Traum wahr. Die Götter werden uns den Weg zu den Bergen weisen."

Dabei hob er eine kleine Statue von Melkart in die Höhe

„Vorwärts!" eilte der Ruf weiter von einem Schiff zum anderen.

Der Fluss führte jetzt in der Trockenzeit deutlich weniger Wasser. Die sandig-lehmige Uferböschung war auf nahezu sechs Fuß angewachsen. Die Wassertiefe in der Flussmitte schien aber immer noch gewaltig zu sein. Ein 330 Fuß langes Tau, an dessen Ende sie einen Eisenklumpen befestigt hatten, erreichte keinen Grund. Hallalcar hatte anhand der Messung der wiederkehrenden Periode ermittelt, dass die zurückgelegte Wegstrecke nur noch 60 römische Meilen betrug.

Nach fünf Tagen ergoss sich ein weiterer großer Wasserlauf von Norden kommend in ihren Fluss. Beide hatten in etwa dieselbe hellbraune Farbe.

„Hallalcar, sollten wir den Bergen näherkommen?", meinte Sakarbal.

„Ich weiß es nicht", erwiderte Hallalcar, „Ich denke, wir befinden uns noch immer in der großen Flussebene. Die Strömung ist unverändert gering. Hinter den hohen Bäume des Waldes erkenne ich keine Berge, nur Himmel und Wolken."

Sakarbal entschied auf dem größeren Fluss zu bleiben.

Zwei Tage später tauchten auf beiden Uferseiten kleinere Siedlungen auf.

Amanary meldete Sakarbal: „Der junge Caraja Ocaua hat mich gewarnt. Wir sollen in diesem Gebiet sehr vorsichtig sein. Hier lebe das kriegerische Volk der Murá, dass die überwiegende Zeit des Jahres in seinen Booten auf dem Wasser verbringe. Nur während der Trockenzeit würden sie vorübergehende Behausungen aus Ästen,

Zweigen und Blättern auf den trockengefallenen Ufern nutzen. Seinen Aussagen nach kennen diese Flussnomaden die verschlungenen Wasserwege und beherrschen die Kunst des Überlebens auf diesen Flüssen und Seen. Das Volk sei ohne Kult, ohne Ordnungen und Werte. Betreibe keine Landwirtschaft. Lebe nicht in festen Dörfern und kennen keinen persönlichen Besitz. Sie ernähren sich offenbar durch das Sammeln von Früchten, durch Fischfang, Jagd und vor allem durch Raub."

„Danke, Amanary, für diesen wichtigen Hinweis!"

Sakarbal befahl sofort höchste Alarmbereitschaft. Bis auf Weiteres würden sie wieder Tag und Nacht durchfahren.

Kaum hatten sie die nächste Flussschleife passiert, wimmelte es plötzlich von Booten. Sie kamen urplötzlich aus allen Richtungen über kleinere Wasserläufe, die das Dickicht des Waldes verbarg. Sakarbal schätzte, dass es um die fünfzig Rindenkanus und Einbäume waren, mit jeweils vier Mann Besatzung. Zwei Männer ruderten, zwei knieten und schossen mit ihren Bögen Pfeile auf die Schiffe ab.

Diesmal waren die Gefährten auf den Angriff vorbereitet. Ohne zu zögern nahmen die Steinschleuderer die Angreifer ins Visier. Sakarbal sah, wie einer nach dem anderen getroffen wurde. Mit erhöhter Schlagzahl trieben die Ruderer die Schiffe nach vorne. Wie eine große Welle walzte der Schiffsverband die Kanus und Einbäume, die den Gaulos und den Ruderstangen zu nahegekommen waren, nieder. Boote zerbrachen oder kenterten. Die meisten Angreifer trieben tot oder verletzt im Wasser. Einige versuchten sich an Land zu retten. Ihre Chancen waren wegen der gefräßigen Krokodile gering. Sakarbal hielt das Tempo noch eine Weile hoch, bevor er Befehl gab, die Rudermannschaften auszuwechseln und wieder langsamer zu rudern. Die Wachen blieben aber in Alarmbereitschaft. Es ließ sich kein Boot mehr blicken. Ab und zu drang Trommelschlag gedämpft durch den Wald zu den Schiffen herüber und begleitete sie noch zwei Tage. Dann verstummten auch die Trommeln.

Allem Anschein nach hatten sie das Gebiet der kriegerischen Flussmenschen hinter sich gelassen. Sakarbal ordnete an, wieder nachts zu ankern und die hohe Alarmbereitschaft der Wachen auf das Normalmaß zurückzuführen. Er hatte Philosir gebeten, sich auf den Gaulos über das Ausmaß des Schadens zu erkundigen, den der Angriff verursacht hatte.

Philosir berichtete: „Leider hat der erneute Zwischenfall wieder Opfer gekostet. Zum Glück nicht bei den Frauen und Kindern. Zwölf Männer sind von Pfeilen getroffen worden. Die Wunden waren zunächst nicht tödlich. Die Heiler waren sich am Abend eigentlich sicher, dass keiner der Männer an den Wunden sterben würde. In der Nacht aber schrien und krümmten sich die Verletzten vor Schmerzen. Schaum trat aus ihren Mündern. Dann zuckten und röchelten sie nur noch und starben. Es war ein grausamer Tod. Die Heiler konnten nichts tun."

Yutpan und Xavi waren der Meinung, dass die Pfeilspitzen mit einem Gift versehen worden waren. Sakarbal war sehr betroffen.

Philosir fuhr fort: „Mit größter Vorsicht wurden alle Pfeile, die man auf den Schiffen fand, eingesammelt und in den Fluss geworfen. Nur Xavi behielt zwei Pfeilspitzen für sich. Er will einige Untersuchungen durchführen."

Am nächsten Morgen wurden die toten Gefährten auf der nächstliegenden Sandbank verbrannt. Nach der Kulthandlung wurde ihre Asche wieder in eine Amphore gefüllt und diese zu den anderen auf Sakarbals Schiff gebracht. Sakarbal hatte die Niedergeschlagenheit der Gefährten, die auf der Sandbank an der Feuerbestattung teilgenommen hatten, mit Händen greifen können.

Jetzt stand er vor den Amphoren. Sira sah, wie traurig und verzweifelt er war. Sakarbal fiel auf die Knie und rief die Götter an: „Warum habt ihr uns verlassen? Was haben wir getan, dass ihr uns so straft?"

Sira zog ihren Mann hoch und nahm ihn in den Arm. „Sakarbal, wir wissen nicht, was die Götter vorhaben. Sie werden es wissen und wir werden es am Ende unserer Reise erkennen. Wir können nur auf ihre Hilfe vertrauen und bisher haben sie uns ja auch immer weitergeführt."

„Ja, aber schau, die Zuversicht unserer Gefährten sinkt und sinkt. Wir haben nur schlechte Nachrichten. Wir brauchen dringend ein paar gute Zeichen."

„Die kann ich dir geben. Über meine Kontakte auf allen Schiffen habe ich erfahren, dass seit dem Start unserer Flussreise sechs Jungen und vier Mädchen geboren wurden. Ist das nicht schön? Das Leben geht weiter und genau deshalb darfst du und dürfen die anderen Anführer jetzt nicht verzagen. Ihr müsst die Moral der Mannschaft hochhalten. Ihr müsst das Licht im Dunkel sein. Fordere alle deine Getreuesten und die Schiffskommandanten auf, mit den jeweiligen Besatzungen zu reden, ihnen erneut die Ausweglosigkeit in der alten Heimat vor Augen zu führen, und vor allem unseren Traum in ihren Gedanken neu zu wecken. Dann steigt die Zuversicht wieder, du wirst sehen."

„Ja, Sira, so soll es sein!"

Die nächsten Tage verliefen ohne Zwischenfälle. Menschen oder Siedlungen waren nicht zu sehen. Die Gefährten verbrachten wieder viel Zeit auf den Decks, genossen das gute Wetter und beobachteten die Tiere und Pflanzen der sie umgebenden Natur.

Sie schauten wieder einmal dem geselligen Treiben von Ottern zu, die hier allerdings deutlich größer waren als diejenigen, die sie aus ihrer alten Heimat kannten. Die Kinder liebten die Tiere. Die verspielten Riesenotter erschienen immer in einer Gruppe von sechs bis zu zwölf Tieren. Bei der Jagd trieben sich die Tiere der Gruppe die Fische gegenseitig zu. Vom Schiff aus war diese Welt immer noch begeisternd, aber mittlerweile wussten sie, dass die Lebensbedingungen an Land für sie unerträglich waren.

Die aufmunternden Gespräche schienen Wirkung zu zeigen. Lachen und Zuversicht kehrten langsam zurück.

Am späten Nachmittag entlud sich ein kräftiges Gewitter. Erst stiegen wie aus dem Nichts riesige weiße Wolkentürme in den blauen Himmel auf, die sich zu einem überdimensionalem Schmiedeblock zusammenballten und einen weitgespannten Fächer nach oben bildeten. Dann wurde weiß durch schwarz abgelöst. Der verdüsterte Himmel schien alles in dunkle Nacht zu tauchen. Die Stimmen der Tiere verstummten. Grelle Blitze fuhren vom Himmel und schlugen in die größten Baumriesen rechts und links im Urwald ein. Die Wolken schienen aufzubrechen und Wassermassen stürzten vom Himmel und vereinigten sich mit den Flüssen und Seen. Unzählbar viele dicke Regentropfen schlugen auf der Flussoberfläche auf, bildeten Krater, aus denen Fontänen hochschossen. Alles kam in Wallung. Der braun-rote Sand vom Land wurde in die Flüsse gespült. Schon bald war alles vorbei. Die Tiere lärmten stärker als zuvor. Der abziehende Regen und die Sonne zauberten einzelne Regenbögen an den blauen Himmel, der bald von der untergehenden Sonne mit einem einzigartigen Farbenspiel überzogen wurde. Einzig der viele Sand und Lehm im Fluss zeugte noch von dem Unwetter.

Der Regen hatte die Fässer wieder randvoll mit Wasser gefüllt. An Frischwasser bestand kein Mangel. Die Essensvorräte dagegen waren beträchtlich geschrumpft, wie Hiram Sakarbal berichtete.

„Wir müssen die Vorräte unbedingt auffüllen - oder bald unser Ziel erreichen“, sagte Hiram und schaute Sakarbal fragend an.

„Ja, das werden wir“, antwortete dieser.

„Die Vorräte auffüllen oder unser Ziel erreichen, was meinst du?“

„Beides. In der Reihenfolge!“

Zwei Mondphasen nach dem Zwischenfall mit den Murá fuhren sie erneut durch das Mündungsgebiet eines weiteren größeren Nebenflusses, der von rechts aus nördlicher Richtung kam. Sein Wasser hatte ebenfalls eine hellbraune Färbung. Sakarbal blieb ihrer gesetzten Regel treu und entschied, auf dem großen Fluss weiter Kurs West zu bleiben. Nach einem halben Tag tauchte eine größere Sandbank vor ihnen auf, die an einigen Stellen mit Gras und Buschwerk bewachsen war. Die Gaulos fuhren den rechten Seitenarm an der Insel entlang. Dieser verengte sich auf knapp 2000 Fuß. Boot fuhr jetzt hinter Boot. Es war nicht mehr lange Zeit bis Sonnenuntergang und Sakarbal gab Befehl zum Ankern.

Die Gefährten sollten, bis auf die Wachen, die Nacht unter Deck verbringen. Es blieb ruhig. Kein Überfall. Keine Trommelgeräusche oder sonst irgendetwas, das sie hätte beunruhigen können.

Am nächsten Morgen gingen dreißig Männer, verteilt auf drei Gruppen, zum Jagen in den Wald am rechten Ufer. Sie waren mit Pfeil und Bogen, Blasrohren, Schwertern und Steinschleudern ausgerüstet. Andere Gefährten stellten um die Sandbank herum mit Reusen, Netzten und Speeren den Fischen nach. Mehrere Gruppen von Frauen in Begleitschutz bewaffneter Männer zogen mit Körben in den Wald, um Früchte, Kräuter und Heilpflanzen zu sammeln. Als im Laufe des Nachmittags alle unversehrt wieder zurück waren und sie die reiche Ausbeute sahen, verbesserte sich die Stimmung merklich.

Sakarbal, Aidan und Pau beschlossen diesen glücklichen Moment, nach all den verhängnisvollen Erlebnissen der letzten Zeit, zu nutzen und gestatteten jedem Kommandeur ein kleines Fest zu veranstalten.

Zunächst mussten aber erst die frischen Nahrungsvorräte versorgt werden. Sie würden für mindestens zwei weitere Mondphasen reichen. Die Vorbereitungen für die Feiern waren schnell erledigt. Als die Abenddämmerung begann saßen die Menschen auf den Gaulos zusammen und unterhielten sich angeregt. Der Duft gebratenen Fisches und anderer Speisen breitete sich über den Booten aus. Die Sorgen schienen zumindest für den Augenblick vergessen. Die Dämmerung war der Nacht gewichen. Langsam verebbten die Stimmen auf den Schiffen mehr und mehr. Bis auf die Wachen gingen alle Gefährten schlafen.

Nicht so auf dem letzten Schiff. Es war die Gaulos von Kommandant Bothan, dessen Besatzungsmitglieder überwiegend aus den Castros an der Westküste Iberiens stammten. Die vierzig Frauen an Bord schienen kein Ende finden zu wollen. Bothans junge Frau

Annot versuchte ihn zu überreden, noch etwas länger mit allen Frauen des Schiffes an Deck zusammensitzen zu dürfen.

„Wir hatten solange keine Freude mehr, bitte lass uns noch eine Weile zusammensitzen. Der Abend ist so schön und wir sind so glücklich wie lange nicht mehr."

„Aber es ist schon spät. Schau, die Männer und Kinder sind schon in ihren Schlafstätten und von den anderen Gaulos hört man keine Stimmen mehr. Es ist zu gefährlich", hatte Bothan geantwortet.

„Aber du hast doch zehn bewaffnete Männer als Wachen aufgestellt und außerdem haben wir über die letzten Tage und auch heute nichts Verdächtiges beobachtet." Annot umarmte ihren Mann, schlang ihre langen blonden Haare um seinen Kopf und küsste ihn. „Bitte lass uns, ich bin auch gleich bei Dir."

„Also gut, aber höchstens noch eine Óra. Und leise!", gab sich Bothan geschlagen. Er küsste seine Frau auf die Stirn und ging zu seiner Schlafstätte. Mit dem Gefühl, falsch entschieden zu haben, schlief er ein.

An Deck saßen die Frauen eng aneinander gerückt zusammen und unterhielten sich leise. Sie vergaßen die Zeit. Es war Neumond. Der Himmel leicht bewölkt. Die Nacht hatte alles in tiefes Dunkel eingehüllt.

Es geschah blitzschnell und geräuschlos. Gezielte Pfeile töteten die Wachen. Die Körper sackten in sich zusammen und fielen auf das Deck oder in den Fluss. Manch eine der Wachen auf den anderen Schiffen dachte, ein Fisch sei gesprungen oder ein Vogel sei auf dem Wasser gelandet.

Schwarz bemalte Körper kamen unbemerkt über die Bordwand geklettert, bedrohten die Frauen mit Messern und Speeren und knebelten sie in Windeseile. Die kurzen Schreie zweier Frauen verhallten ungehört. Alle wurden an Händen und Beinen gefesselt, über Bord gehoben und über weitere Angreifer, die auf Leitern standen, hinweg in Einbäume verfrachtet, die auf dem Wasser an der Schiffswand warteten.

Nahezu lautlos glitten die Boote stromab und verschwanden in der Dunkelheit. Stille. Alles war vorüber.

Bothan hatte schlecht geträumt. Ihm war als hätte er einen Schrei gehört. Er war wach geworden. Erstaunt hatte er festgestellt, dass seine Frau noch nicht bei ihm lag. Er war aufgesprungen und an Deck gerannt, um nach ihr zu sehen. Da war nichts. Dann sah er einen Kopf, aus dem ein Pfeil ragte. Der Kopf gehörte zu einem toten Mann, der am Boden vor der Bordwand lag. Sein Blick fiel auf eine weitere getötete Wache und noch eine. Bothan fing an zu schreien, lief wie ein Wahnsinniger über das Deck und wieder zurück und unter Deck. Er konnte seine Frau nicht finden.

Inzwischen waren fast alle anderen Männer auf den Beinen. Einige Kinder waren aufgewacht und weinten nach ihren Müttern. Alarmrufe schrillten durch die Nacht. Alle zehn Wachen waren tot. Es musste ein Überfall stattgefunden haben. Bothan ließ die Nachricht von Schiff zu Schiff verbreiten und versuchte seine Besatzung zu beruhigen, wobei ihm Heiler und Priester halfen.

Dafür entstand jetzt auf den anderen Gaulos große Unruhe. Die Auswanderer hatten sich bisher auf ihren Booten gegen Angriffe immer erfolgreich zur Wehr gesetzt. Zumindest hier waren sie sicher gewesen. Bei vielen kam lähmende Angst auf.

Bis Sakarbal, Aidan und Pau und die anderen Schiffskommandanten eintrafen, waren alle Krieger auf dem letzten Schiff gerüstet, um die Suche nach den Vermissten zu starten. Sakarbal wollte den Männern nicht die letzte Hoffnung nehmen, dass die Frauen noch am Leben sein könnten. Er selbst hoffte es ja auch. Aber jetzt in der Nacht auf dem Fluss oder sogar im Urwald nach Spuren zu suchen war völlig sinnlos.

Gerade als er dabei war, die Gefährten davon zu überzeugen, mit der Suche auf das erste Morgenlicht zu warten, hörten sie leises Weinen und Jammern. Sakarbal bat um Ruhe und ging in die Richtung, aus der das Jammern kam. Ein kleines Mädchen hatte sich in einer winzig kleinen Ecke hinter einem Regenfass versteckt. Es war völlig verängstigt. Sakarbal nahm es hoch und versuchte es zu beruhigen.

Schließlich begann das Mädchen stockend zu erzählen. Dabei musste es immer wieder schluchzen.

„Ich konnte nicht einschlafen. Da wollte ich zu meiner Mutter. Die war noch oben bei den anderen Frauen. Auf dem Deck fiel mir ein Mann vor die Füße. In seiner Brust steckte ein Pfeil. Überall war Blut. Da habe ich mich versteckt, so wie wir es bei einem Angriff immer tun sollen. Ich habe gesehen, dass viele fremde Menschen, auf das Schiff kamen. Sie waren fast nackt und schwarz angemalt. Sie haben meine Mutter und alle anderen Frauen gefesselt und mitgenommen. Ich hatte solche Angst. Ich konnte nicht helfen, ich konnte auch nicht schreien. Warum tun die fremden Frauen so was?"

„Frauen! Hast du Frauen gesagt?", fragte Sakarbal.

„Ja, es waren Frauen! Sie hatten Brüste. Und lange Haare. Die hatten sie zu Bändern geflochten und um den Kopf gewickelt."

Die Männer schauten sich ratlos an. Sie konnten es nicht glauben. Das Mädchen war vielleicht noch verwirrt. Aber es bestätigte immer wieder, dass die Entführer Frauen gewesen waren.

Das erste Morgengrauen kündigte den neuen Tag an. Die Schiffskommandanten bekamen den Befehl, auf ihren Gaulos Alarmbereitschaft und Moral hoch zu halten, die jeweiligen Besatzungen über das Geschehene zu unterrichten und den baldigen Start der Suche nach den Frauen anzukündigen.

Mit einem Fest hatten sie ihre wiedergewonnene Zuversicht feiern wollen. Und nun hatte dieses Fest in einem solchen Unglück geendet.

Noch bevor es richtig hell war, lagen die drei Einbäume von den Aruá und die fünf kleinen Booten von den Castros an der Sandbank bereit. Dort standen Bothan und seine Krieger im Kreis und hörten auf die Worte von Aidan, der erläuterte, wie die Suchtrupps vorgehen sollten.

„Vier Boote fahren stromab, vier stromauf, je zwei an jeder Uferseite. Die Männer, die nicht rudern oder paddeln halten die Steinschleudern sowie Pfeil und Bogen im Anschlag. So wie die Ufer des großen Flusses sind auch die Ufer der abzweigenden Wasserläufe genaustens auf mögliche Spuren hin zu erkunden. Menschliche Fußspuren, Schleifspuren von gefesselten Menschen oder von ins Unterholz gezogenen Einbäumen, umgetretenes Gras oder abgebrochene Zweige. Werden Spuren gefunden, ist diesen vorsichtig zu folgen, in der Hoffnung, die vermissten Frauen aufzuspüren. Gelingt dies, sind zwei Mann zurückzuschicken, um Verstärkung zu holen. Die anderen Männer bleiben im Versteck und beobachten weiter die Lage. Keinesfalls darf ein Befreiungsversuch stattfinden, bevor nicht die Verstärkung eingetroffen ist. Alle Boote müssen vor der Dunkelheit wieder an der Sandbank zurück sein."

Aidan und Philosir schlossen sich den Suchtrupps an.

Sakarbal und Pau blieben zurück. Sie hatten andere wichtige Aufgaben zu erledigen. Erneut mussten sie einen Scheiterhaufen errichten, um ihre Toten zu ehren. Neben den Toten der letzten Nacht wurden noch drei Männer und eine Frau verbrannt, die in den drei letzten Tagen gestorben waren. Sie gehörten zu der Gruppe der Kranken, die von den Mücken gestochen worden waren. Die Krankheit war erneut aufgeflammt. Nach hohem Fieber und starken Schmerzen im Bauchbereich waren sie gestorben.

Xavi berichtete Sakarbal bei der Trauerfeier: „Bei vier Kindern, die auch zu den Erkrankten und vermeintlich wieder Genesenen gehört hatten, beobachten wir massive Geschwulste an Kopf und Bauch. Die Kinder klagen über starke Schmerzen. Wir hoffen sie vor dem Tod retten zu können."

„Wieder nur schlechte Nachrichten", antwortete Sakarbal niedergeschlagen.

Nachdem die Verwandten von den Toten Abschied genommen hatten, wurde die Asche erneut in eine Amphore gefüllt, um sie bis zum Reiseziel mitnehmen zu können.

Viele fragten sich, ob sie dieses Ziel wohl je erreichen würden.

Es war schon Mittag vorüber und sie hatten immer noch nichts von den Suchtrupps gehört. Die Verstärkungskräfte warteten gespannt und ungeduldig am Ufer der Sandbank. Bisher gab es keinerlei Lebenszeichen. Weder Trommeln noch Rauchsäulen. Nichts.

Am Nachmittag baten einige der einheimischen Gefährten der Omagua, Aruá, Ges und Caraja unter Führung von Amanary um eine Unterredung mit Sakarbal und Yutpan.

Amanary begann: „Es gibt in unseren Völkern Erzählungen, die von einem geheimnisvollen kriegerischen Frauenvolk handeln."

Uanuri fuhr fort: „Dieses Volk lebt nicht an den Ufern des großen Flusses, sondern weiter im Landesinneren. Die einzelnen Gruppen dieses kriegerischen Volkes führen ausgedehnte Raubzüge durch, bei denen sie sich die Netzwerke der Wasserläufe zu Nutze machen. Ihre Gemeinschaft besteht aus vielen Dörfern, in denen nur Frauen leben und die aufmerksam bewacht werden."

Ocaua ergänzte: „Die Frauen, so wird erzählt, würden sich von Zeit zu Zeit Männer aus den umliegenden Dörfern holen. Wenn die Männer nicht freiwillig mitkämen, würden sie im Kampf dazu gezwungen. Sie müssten zum Zweck der Fortpflanzung mit in das Lager der Frauen kommen. Wenn die Männer ihren Zweck erfüllt hätten, würden sie unbeschadet wieder in ihre Dörfer zurückgeschickt. Die Frauen töten angeblich die männlichen Nachkommen oder sie schicken sie zu den Vätern. Mädchen dagegen werden, wenn man den Überlieferungen Glauben schenken darf, im Dorf aufgezogen und zu Kriegerinnen ausgebildet."

Zum Abschluss wiederholten sie nochmals, dass das alles Erzählungen seien. Sie würden keinen einzigen Angehörigen ihrer Stämme kennen, der dieses Frauenvolk je gesehen habe.

„Warum hat sich diese Frauenvolk gebildet?", fragte Yutpan.

„Die Legenden sagen, dass in alten Zeiten ein Volk gelebt hat, in dem die Männer ihre Frauen nicht geachtet und sehr schlecht behandelt haben, obwohl die Frauen alle Arbeiten erledigten und die

Männer nur ihrem Vergnügen nachgingen. Die Frauen hätten sich bei den Geistern des Waldes und des Wasser sehr darüber beklagt. Diese hätten sie erhört. Unterstützt von den Geistern hätten sie alle ihre Männer und Söhne umgebracht und dann eine Gemeinschaft gebildet, in der nur die Abstammung der mütterlichen Linie von Bedeutung sei. Angeblich verehren sie die Göttin des Wassers als Ahnfrau. Diese schütze sie, solange sie ein Frauenvolk bleiben und sich mit Männern nur zur Fortpflanzung einlassen", trug Amanary vor.

Was sollten Sakarbal und Yutpan davon halten? Wenn die Erzählungen der Wahrheit entsprachen, dann waren die eigenen Frauen vermutlich entführt worden und es bestand Hoffnung, dass sie in dem Frauenvolk weiterleben konnten. Für ihre Gemeinschaft waren sie aber verloren, genauso, als wenn sie umgebracht worden wären. Es blieb nur die Hoffnung, eine Spur zu finden und die Frauen zu befreien.

Als die Nacht hereinbrach und alle Boote zurückgekehrt waren, kam es ihnen vor, als hätten die Götter sie endgültig verlassen. Niedergeschlagen berichteten die Trupps von ihrer erfolglosen Suche. Insgesamt fünfzehn größere und ebenso viele kleinere Wasserläufe hatten sie abgesucht. Nichts, aber auch gar nichts hatten sie entdecken können, was wie ein Fluchtweg aussah. Andererseits lauerten überall Gefahren wie Krokodile, giftige Schlangen und Spinnen. Es wurde noch lange beraten, ob es sinnvoll sei, am nächsten Tag weiter zu suchen. Natürlich gab es viele Stimmen dafür, insbesondere von Bothan und den anderen Männern deren Frauen geraubt waren. Aber letztendlich sah jeder ein, dass es keinen Sinn hatte. Die Gefahr weiterer Verluste war höher einzuschätzen. Und vor allem: sie mussten weiter!

Sie mussten die Berge finden, wenn sie den Gefährten wieder echte Hoffnung und Zuversicht geben wollten. Sakarbal rief den großen Rat zusammen. Die Entscheidung war schnell getroffen. Lediglich Bothan stimmte dagegen, am nächsten Tag weiterzufahren. Sakarbal ordnete an, dass sich Heiler und Priester des überfallenen Schiffes in dieser Nacht ganz besonders um die Männer, Kinder,

Geschwister und Eltern der entführten Frauen kümmern sollten. Rat und Trost im kleinen Kreis sowie gemeinsame Gebete konnten ihnen vielleicht helfen. Sira, Aisha, Aliya und ihre Schwestern Enya und Juna hatten Sakarbal gebeten, für einige Tage auf Bothans Schiff mitfahren zu dürfen. Frauen würden dort jetzt mehr als alles andere benötigt. Sakarbal gestattete es ihnen. Sie nahmen auch noch Frauen der Omagua und Aruá mit.

Bevor sich alle zu ihren Schiffen aufmachten, nahm Sakarbal Bothan zur Seite und sprach: „Bothan, du musst jetzt stark sein. Deine Mannschaft braucht dich. Du musst ihnen über ihren Schicksalsschlag hinweghelfen."

„Wie soll ich das denn machen? Ich muss ja selbst erst einmal über den Verlust von Annot hinwegkommen. Ich mache mir solche Vorwürfe. Ich habe die falsche Entscheidung getroffen. Hätte ich die Frauen unter Deck geschickt, wären sie jetzt noch unter uns."

„Nein, dich trifft keine Schuld, ich hätte auf eine Bitte von Sira genauso reagiert. Und es bleibt dir die Hoffnung, dass Annot und die anderen Frauen noch leben."

„Aber gerade das ist es, was mich so verzweifeln lässt. Hätte ich sie tot gefunden, wäre der Schmerz groß, aber ich könnte den Tod verarbeiten und irgendwann damit abschließen. So aber wird an mir immer die Ungewissheit nagen, dass sie womöglich noch lebt und auf ihre Rettung durch mich wartet. Bitte hilf mir, lass mich und einige der anderen Männer mit einem Schiff hier zurück. Wir müssen unsere Frauen suchen."

„Das kann ich nicht zulassen und dass weißt du auch. Ich muss für das Wohl aller Gefährten entscheiden. Ihr müsst mit uns kommen. Das ist ein Befehl!

Aber, wenn wir unser Ziel erreicht haben, kannst du frei entscheiden. Dann kannst du mit Freiwilligen und deinem Schiff hierher zurückzukehren, um die Frauen zu suchen. Das verspreche ich dir. So, und jetzt geh auf dein Schiff und folge deiner Pflicht als Kommandant."

32. Kapitel
Flussaufwärts zu den Götterbergen
Amazonas Hochland, Peru - August 146 v. Chr.

Fünf Tage ohne besonderes Vorkommnis waren seit dem Überfall durch das Frauenvolk vergangen. Die Fahrt durch die zahlreichen Flussschleifen vorbei an vielen Sandbänken, ging nur langsam voran. Der Strom war immer noch über eine römische Meile breit. Die Gefährten passierten die Einmündung eines größeren braunen Nebenflusses aus Südwest.

Am nächsten Vormittag sahen sie am rechten Ufer eine Siedlung. Sie bestand aus einer einzigen im Halbkreis gebauten sehr großen Hütte, die zum Fluss hin offen war. Männer lagen in den zahlreichen Hängematten. Als sie die Gaulos erblickten sprangen sie auf, rannten zum Ufer und betrachteten wohl verwundert den Vorbeizug der sonderbaren Boote. Frauen und Kinder, die auf dem Platz vor der Hütte mit der Zubereitung von Nahrung beschäftigt waren, hielten mit ihrer Arbeit inne und beobachteten das Geschehen versteckt hinter den Rücken der Männer. Kleine Rindenkanus waren nahe dem Ufer unterwegs und die Fischer darin, versuchten mit Speeren Fische zu erlegen.

„Schaut! Dort!", rief Philosir und zeigte zu zwei Einbäumen.

„Seht ihr den riesigen rotschuppigen Fisch zwischen den Einbäumen, die gerade am Ufer festmachen? Der ist bestimmt sechs Fuß lang." Sie beobachteten, wie vier Männer den Fischern zu Hilfe kamen. Sie schafften es den Fisch aus dem Wasser zu holen. Dann legten ihn alle Männer auf ihre Schultern und trugen ihn zur Hütte. Ein beeindruckender Anblick.

Amanary erklärte: „In unserer Sprache heißt der Fisch *Arapaima* und ist sehr wohlschmeckend. Er kann das Gewicht von zwei Männern erreichen."

In den folgenden Tagen wurde der Fluss allmählich schmaler, die Strömung, gegen die die Ruderer ankämpfen mussten, wurde spürbarer und das Land wurde hügeliger. In manchen Flusskehren konnten sie hinter dem Dickicht, das das Ufer säumte, in einiger Entfernung höher gelegene Wälder erkennen.

Sakarbal schaute Sira lächelnd an, und sie fragte: „Sollten wir etwa endlich am Fuß der Berge angekommen sein?“

Am zwölften Tag änderte sich die Landschaft grundlegend. Statt der lehmigen Uferböschung säumte jetzt ein Band von Felsbrocken das Ufer und die Bäume wuchsen dicht an dicht einen steilen Abhang hinauf. Sakarbal gab Befehl, dass die Schiffe wieder einzeln hintereinander und mit ausreichendem Abstand fahren sollten. Sie mussten mit tückischen Stromschnellen rechnen. Es dauerte nicht lang und sie fuhren in eine Schlucht ein.

Hallalcar rief Sakarbal zu: „Ich schätze die Breite auf gut 400 Fuß. Die Tiefe ist noch immer beträchtlich. Unsere Leine erreicht nicht den Grund.“

Die beiden Männer, die neben dem Vordersteven vor ihnen standen und den Fluss voraus genau im Blick hatten, riefen: „Alles in Ordnung. Es sind keine Felsen zu erkennen.“

Die Strömung wurde stärker. Alle Plätze der Ruderbänke waren besetzt. Das Segel gehisst, um den leichten Rückenwind zu nutzen, der durch den Gebirgseinschnitt blies. Sakarbal konnte sich nur allzu gut vorstellen, mit welcher Kraft der Fluss in der Regenzeit bei hohem Wasserstand durch die Engstelle rauschen würde. Nach etwa drei römischen Meilen lag die Schlucht hinter ihnen, der Fluss verbreiterte sich wieder und das Land wurde erneut flach.

„Wir haben das Durchbruchstal eines ersten kleineren Gebirgszugs auf einer geschätzten Höhe von 500 Fuß passiert“, sagte Hallalcar zu Sakarbal. Sakarbal ließ die Rudermannschaften tauschen und die Segel einholen.

Nach einigen weiteren Flusswindungen rief Sira: „Wir erreichen die Berge! Seht!“

Vor ihnen bauten sich grüne Hügelketten auf. Am Horizont waren kahle Gebirgszüge und hohe Felsengipfel zu erahnen.

Ein ohrenbetäubender Jubel brach aus. Alle Gefährten standen an Deck und genossen den Anblick der Berge, die sie so lange vermisst hatten.

Am Mittag des nächsten Tages ruderten sie in eine weitere Felsenschlucht ein. Sie war einfacher zu passieren. Zwei Windungen hinter dem Durchbruch ergoss sich ein dunkelfarbiger mächtiger Gewässerlauf in ihren Fluss, der jetzt nach Süden abbog und damit längs zur Bergkette verlief.

Nach weiteren zwei Tagen durchfuhren die Gefährten eine Niederung, in die zahlreiche kleinere Wasserläufe aus engen und steilen Nebentälern rechts und links von ihnen flossen und ihren Weg in den großen Fluss suchten.

„Diese kleinen Gewässer werden wohl stets einen anderen Weg durch die Ebene neben", sagte Philosir, „Je nach der Wassermenge, die sie mit sich führen." Die Navigatoren mussten höllisch aufpassen, um nicht auf eine der Sandbänke oder einem der zahlreichen Felsbrocken aufzulaufen.

Sie ruderten jetzt in einem Tal, das immer enger wurde.

„Unser Fluss ist nur noch 220 Fuß breit. Bald können wir nicht mehr gefahrlos weiterudern", sagte Hallalcar zu Sakarbal, der wusste, dass er bald eine Entscheidung treffen musste.

Die Sonne spiegelte sich auf der ruhigen Wasseroberfläche so kräftig, dass Sakarbal von dem gleißenden Licht geblendet wurde. Der Fluss schien geradeaus weiterzuführen. Doch unvermittelt bog er hinter einem Felsvorsprung scharf rechts ab. Direkt geradeaus vor ihnen mündete ein Nebenfluss ein, in den das Führungsschiff nun hineinfuhr. Die anderen Gaulos folgten nach.

Es war zu spät für ein Wendemanöver. Sakarbal stand mit Sira und weiteren Getreuen am Vordersteven und blickten auf ein breites Flusstal. Rechts und links der breiten Uferstreifen stiegen die Berghänge in die Höhe. Darüber wechselten sich bewaldete Bergrücken und nackter Fels ab.

Sira nahm Sakarbal in den Arm, strahlte ihn an und sagte: „Nun haben uns die Götter doch noch in unsere neue Heimat gebracht!“

Die Entscheidung war gefallen. Sakarbal hob sein Schwert in die Höhe und rief: „Weiter! Dieser Fluss bringt uns zu dem Ort, den die Götter für uns bestimmt haben!“

Der Ruf erreichte in Windeseile das letzte Schiff. „In die neue Heimat!“, schallte es hundertfach zurück.

Vorsichtig fuhren sie weiter. Die Flussbreite war nur noch 150 Fuß. Die Tiefenmessung ergab 130 Fuß. Ihre Schiffe lagen jedoch weniger als 20 Fuß im Wasser. Die Strömung hatte wieder deutlich zugenommen. Das Flusstal stieg merklich bergan. Die Ruderer mussten alle Kraft aufwenden, um die Schiffe voranzubringen. Sie wurden jede zweite Óra abgelöst.

Hallalcar sagte: „Meine Berechnungen ergeben eine Höhe von 1800 Fuß.“

Menschen oder Siedlungen waren weder im Flusstal noch auf den Bergen zu entdecken.

Vier Tage später fuhren sie durch eine halbkreisförmige Flussschleife nach links und gleich im Anschluss durch einen kleinen Rechtsbogen. Sakarbal schaute nach vorne und erkannte, dass es etwa 1500 Fuß geradeaus weiterging, bevor der Fluss dann in einem weiteren Bogen nach Osten schwenkte. Hallalcar rief zu Sakarbal: „Die Breite beträgt nur noch 50 Fuß, die Tiefe 40 Fuß.“ Das Führungsschiff hatte fast das Ende des geraden Flussabschnittes erreicht, als Sakarbal den Befehl gab, zu ankern.

Am linken Ufer hinter der letzten Gaulos lag der Berggrat, den sie gerade umfahren hatten. An beiden Ufern schlossen sich bewachsene ebene Landflächen an. Links erhob sich ein steiler Bergrücken mit kleineren Vorsprüngen, überwuchert mit Bäumen und Sträuchern. Rechts ragte ebenfalls ein Berg auf, aber nicht ganz so steil. Man konnte weiter oben einige Ebenen erahnen, von denen es weiter in die Höhe ging.

Sakarbal ließ den Rat am rechten Flussufer zusammenrufen. Nachdem alle eingetroffen waren, setzten sie sich in den Sand und bildeten einen Kreis um die Statuen von Melkart, Tanit und Baal, die Yutpan dort hatte aufstellen lassen.

Sakarbal erhob sich und sprach zu den Gefährten: „Melkart hat uns in die neue Heimat geführt. Hier sollen wir uns fruchtbar vermehren zum Wohlgefallen von Tanit. Baal wird uns schützen."

In ihren Herzen waren sie alle seiner Meinung, Noch hatten sie zwar überhaupt keine Vorstellung davon, wo genau und wie sie hier ihr Gemeinwesen aufbauen und entwickeln sollten. Ihnen war aber bewusst, dass sie mit ihren Schiffen die Reise auf dem Fluss weder fortsetzen konnten noch wollten.

So antworteten alle im Chor: „Wir danken euch Göttern, dass ihr uns hierher geführt habt. Wir hoffen auf euren weiteren Beistand."

Aidan sprach: „Unsere Entscheidung ist gefallen. Die Reise ist zu Ende! Hier werden wir unsere Siedlungen bauen."

Pau ergänzte: „Die ersten Eindrücke sind hoffnungsvoll. Wir haben noch keine anderen Menschen gesehen. Die Temperaturen sind wesentlich angenehmer als im dichten Regenwald des großen Flusses. Krokodile und Schlangen haben wir auch keine mehr gesehen. Es gibt Steine zum Bau von Häusern. Vielleicht gibt es auch Erze. Die Erde scheint fruchtbar zu sein."

„Lasst uns gleich morgen erste Erkundungstrupps losschicken", schlug Sakarbal vor.

Alle stimmten zu.

Sakarbal mahnte: „Denkt an die Angriffe, die wir schon erlebt haben. Haltet die Wachsamkeit hoch!"

Dann befahl er: „Die Nächte über bleiben alle Gefährten auf den Gaulos. Mindestens zehn Männer halten Tag und Nacht Wache. Landgänge von Besatzungsmitgliedern werden nur bei ausreichendem Schutz von Kriegern erlaubt."

Dann beendete er die Ratssitzung mit den Worten: „Berichtet allen von unserem Beschluss. Wir sehen uns morgen früh hier wieder."

Die Nacht brach herein und Sakarbal hörte immer wieder Beifall und Zustimmungsrufe von den Schiffen. Ihrer Entscheidung schien auf allgemeine Zustimmung zu stoßen.

Am nächsten Morgen traf sich der Rat am Ufer. Es war der 26. Tag des vierten Mondzyklus im dritten Jahr seit ihrem Aufbruch in Gadir.

Sie beschlossen vier Gruppen unter der Führung von Sakarbal, Aidan, Moran und Chulain in verschiedene Richtungen loszuschicken, um die Umgebung im Hinblick auf geeignete Standorte für ihre Siedlungen zu erkunden.

„Gibt es Nutzflächen für Ackerbau und Viehhaltung? Gibt es Jagd- und Wildtiere? Gibt es Hinweise auf mögliche Erzstätten? Gibt es Spuren, die auf Ansiedlungen einheimischer Menschen hinweisen? Dies sind einige der Fragen, die wir beantworten sollten. Also haltet die Augen auf!“, sagte Pau.

Bis zum Einbruch der Dunkelheit sollten alle wieder zurück sein.

Die Anführer stellten ihre Erkundungstrupps mit je dreißig bewaffneten Männern zusammen und zogen danach sofort los.

Pau war die Aufgabe übertragen worden, bei den Schiffen zu bleiben. Er wäre viel lieber mitgegangen, aber ihm war die Verantwortung für die Gefährten hier bewusst. Sie hatten zu viel Schreckliches erlebt. Im Notfall musste eine vertraute und geachtete Person aus dem engeren Führungskreis da sein, die die Umstände einschätzen und Befehle geben konnte.

Der Tag am Schiffsankerplatz verging ohne besondere Vorkommnisse. Es wurden Fische gefangen und Früchte gesammelt. Die Frauen bereiteten daraus ein schmackhaftes Essen für die rückkehrenden Männer der Erkundungstrupps vor. Es war ein warmer, angenehmer Tag und die Kinder nutzten die Möglichkeit, im flachen klaren Wasser am Ufer und an den kleineren Sandbänken zu baden und herumzutollen. Angst vor Krokodilen oder den großen flachen Fischen mit den gefährlichen langen dünnen Schwänzen, wie sie es von den Gewässern beim Dorf der Aruá her kannten, brauchten sie hier nicht zu haben. Zudem spielte sich alles unter den wachsamen Augen der vielen Wachen ab, die Pau auf den Schiffen und an den Ufern hatte aufstellen lassen. Pau ließ den Uferstreifen von allem Bewuchs befreien und einebnen, so dass sie jetzt einen ausreichend großen Versammlungsplatz zur Verfügung hatten.

Die Dämmerung begann und nur eine Gruppe war bisher zurückgekehrt. Dann aber drangen aus verschiedenen Richtungen freudige Rufe zu ihnen. Kurz nach Sonnenuntergang waren sämtliche Trupps vollzählig zurück. Alle machten sich hungrig über das vorbereitete Essen her und gingen dann erschöpft und müde zu ihren Schiffen. Ein Trupp hatte zwei einheimische Männer bei sich. Unbewaffnet und auch nicht gefesselt. Sie wurden unter der Bewachung zweier Krieger auf das Schiff von Amanary gebracht.

Früh am folgenden Morgen saß der Rat der Gefährten, ergänzt um einige ausgewählte Frauen und Männer sowie Amanary, zusammen am Ufer. Alle waren gespannt und neugierig auf die Berichte. Die Männer der Erkundungstrupps saßen in einem zweiten Kreis außen herum. Auch die Gefährten auf den Schiffen, die dem Ratsplatz am nächsten lagen, drängten sich, dicht an dicht, am Schiffsgeländer. Alle wollten etwas von den Neuigkeiten aufschnappen.

Chulain begann: „Wir sind im Tal zunächst entlang stromab nach Nordwesten zurückgegangen. Der Wasserstand kann offenbar manchmal über neun Fuß höher sein als derzeit. Das haben wir an dem Treibholz erkannt, das sich in der entsprechenden Höhe in den Bäumen und Sträuchern verfangen hatte. Der Fluss ist fischreich. Die Erde in der Talsohle scheint fruchtbar zu sein. Wir haben viele Sträucher und Bäume mit Früchten gesehen. Auffällig ist die Vielzahl hübscher gelber Blüten an Büschen oder kleinen Bäumen, die sich teilweise zu Kapseln entwickelt haben. Manche davon sind schon aufgesprungen. Daraus quellen stark behaarte Samenkörner wie kleine weiße Büschel hervor.“

Ein Gefährte unterbrach Chulain: „Ich kenne diese Pflanze! Ich habe mit ihr in Karthago gehandelt. Dort war es ein begehrtes Produkt aus dem fernen Osten. Man kann daraus strapazierfähige und angenehm zu tragende Kleidung herstellen. Der Name dieser Pflanze ist ‚*gossypium* oder *lana arborea*'."

Chulain antwortete: „Danke für den Hinweis. Unsere Frauen werden sich freuen, endlich wieder Wolle für ihre Webarbeiten zu bekommen. Ich schlage vor, wir nennen unser Flusstal hier ab sofort die Baumwollebene."

„Guter Vorschlag. Angenommen!", sagte Sakarbal, „Bitte fahre mit deinem Bericht fort."

„Nach der dritten Flussschleife mündete ein kleinerer Wasserlauf von rechts ein. Wir verließen das Baumwolltal und folgten dem Bergeinschnitt des Bachs bergauf. Der wurde schnell enger und kleinere Rinnsale kamen rechts und links von den Bergen herunter, die meisten davon ausgetrocknet. Das wird nach kräftigen Regenfällen sicher anders sein. Der Einschnitt war jetzt nur noch so breit wie der Bach. Mann für Mann hintereinander wateten wir durch das nicht tiefe, aber kalte Wasser. Ich entschied den Berghang rechts von uns hinauf zu klettern. Wenig später erreichte meine Gruppe eine Hochebene. An drei Seiten fielen die Hänge hinab in die Täler, an der Südseite stieg der Berg weiter an. Zwischen Buschreihen waren zweifelsfrei Felder angelegt, aber Menschen oder Hütten waren nicht zu sehen. Es ging weiter über die Ebene bis zur südwestlichsten Ecke. Dort sahen wir unter uns den Fluss und die Schiffe. Ich ließ die Männer rasten. Steile hohe Berge, enge Täler mit schnell fließenden Flüssen und freie Flächen auf unterschiedlichen Höhen. Es sah alles sehr vielversprechend aus. Da die Sonne bereits ihren höchsten Punkt überschritten hatte, machten wir uns auf den Rückweg. Den Hang südwestlich zum Fluss hin absteigend, kreuzten wir mehrmals einen schmalen ausgetretenen Pfad. Seltsam dachte ich. Mit Einbruch der Dunkelheit erreichten wir unseren Ankerplatz.

Moran ergriff das Wort für den zweiten Trupp: „Wir sind von hier aus dem Baumwolltal flussauf gefolgt. Bald querten wir den Fluss durch eine Furt ans andere Ufer. Rechts vor uns mündete ein ausgetrockneter Bach. Das Bachbett ging steil hinauf bis kurz unter einen Felsvorsprung. Dort ist sicher ein kleiner Wasserfall, wenn es stark geregnet hat. Wir kletterten schräg den Hang hinauf in Richtung unseres Ankerplatzes zurück. Genau auf der Höhe der Schiffe ging das Grün der vom Wasser geschaffenen Halbinsel in einen Baumgürtel über, der sich bis gut 300 Fuß über den Fluss erhob. Im oberen Teil waren breite und tiefe Felsvorsprünge zu erkennen, die bergauf unregelmäßig aber immer weiter nach hinten versetzt waren. Dann hörte der Wald schlagartig auf und eine steile Felswand baute sich 600 Fuß hoch auf. Ich entschied unterhalb der Felswand nach links bis zur steil zum Fluss abfallenden Kante zu klettern. Unter uns lag die große halbkreisförmige Schleife des Flusses, die wir alle vor unserer Anlandung durchfahren hatten Auf der anderen Seite der Felskante kletterten wir schräg in einigen Kehren den Berg hinauf. Oben ging es ein Stück auf dem Grat entlang. Dann stiegen wir dem natürlichen Geländeverlauf folgend in einem großen Rechtsbogen wieder nach unten ab. Unsere Gruppe querte drei ausgetrocknete Bachläufe oberhalb der Felskanten der Wasserfälle, so auch den einen, den wir schon von unten gesehen hatten.

Neben Fischen, Vögel und Eidechsen in den unterschiedlichsten Größen beobachteten meine Männer eine Gruppe Wildtiere. Sie ähnelten den uns bekannten Hirschen, waren aber um einiges kleiner.

Durch das Unterholz hangelnd ging es einen Bergeinschnitt hinab. In einiger Entfernung sahen ich einen Bären mit schwarzem Fell und weißen Ringen um die Augen. Er blickte zu uns herüber, stellte sich drohend auf und brüllte kurz. Dann trottete er in entgegengesetzter Richtung davon. Der anfangs schmale Einschnitt wurde nach unten immer breiter. Das Wasser, das in Regenzeiten hier herunterschießen muss, hat zahlreiche kleine Läufe in den steinigen Grund gegraben.

Ich gab der Gruppe etwas Zeit, um sich die Geröllfelder und herausgelösten Gesteinsbrocken näher anzuschauen. Sie fanden einen handgroßen dreikantigen Stein, blau-schwarz schimmernd, der in Längsrichtung durchsetzt ist mit rot gefärbten Adern."

Ein Mann aus Morans Trupp trat vor, legte den Stein auf den Boden und sagte: „Wenn wir Glück haben, ist das Eisenerz."

Sakarbal nahm den Stein an sich und übergab ihn Hiram. „Lass ihn durch unsere Erz-, Schmelz- und Schmiedemeister untersuchen. Moran, sehr gut! Bitte fahre mit dem Bericht fort."

„Es gibt nichts mehr zu berichten. Kurze Zeit später waren wir unten am Fluss angekommen. Die Schiffe lagen eine knappe römische Meile rechts von uns."

Sakarbal rief dem gerade weggehenden Hiram zu: „Sag den Männern bitte auch, dass sie sich die Stelle, wo der Stein gefunden wurde, ebenfalls gründlich anschauen sollen. Sie scheint ja nicht weit weg von hier zu sein."

Jetzt war es an der dritten Gruppe, ihre Erkundungsergebnisse zu berichten.

Aidan ergriff das Wort: „Unsere Gruppe ist den Berghang dort im Süden hinaufgestiegen und erreichte bald eine Hochebene, die der, über die Chulain berichtet hat genau gegenüber liegt, nur getrennt durch den Fluss. Wir marschierten über die Fläche und machten an einer Felsnase Rast.

Fünf große Vögel, die Geiern ähnelten, aber eine Flügelspannweite von gut 10 Fuß hatten, schraubten sich in dem Sonnenlicht, das in die Schlucht vor uns fiel, wie in einer Spirale von tief unten über unsere Köpfe hinweg immer weiter nach oben. Dabei schlugen sie nicht mit den Flügeln, sondern schienen gleitend von der Luft aufwärts getragen zu werden. Wir beobachteten aber auch ganz winzige Vögel, die mit unglaublich schnellem Flügelschlag in der Luft zu stehen schienen und mit ihren langen dünnen Schnäbeln Nektar aus den Blüten saugten.

Weiter im Süden leuchtete ein schmales silberbraunes Band in einem Tal. Dies konnte nur der Oberlauf des Flusses sein, der uns hierher gebracht hatte. Wir vermuteten, dass die Quelle nicht mehr so weit entfernt sein konnte. Vielleicht zwei Tagesmärsche.

Über einem Tal im Westen erkannten wir eine im Licht der Mittagssonne hell glänzende Felswand. Eine Stelle darin blinkte wie ein Stern zu uns herüber.

Wir wollten schon weitergehen, da fiel mir weit oben an der Abschlusskante des gegenüberliegenden Berghanges eine besondere Felsformation auf. Links und rechts jeweils ein gegenüber dem Berggrat erhöhtes Gelände und in der Mitte eine weitere, nochmals höher gelegene Ebene. Ein bemerkenswerter Platz, vermutlich gut geeignet für eine Siedlung, dachte ich.

Dann gingen die Männer in nordöstlicher Richtung weiter und stießen, wie die erste Gruppe es auch berichtet hat, auf mehrere kleine Felder, durch die Trampelpfade verliefen.

Hinter einem kleinen Bergrücken, der etwas in die Hochebene hineinreichte, stießen wir auf ein kleines Dorf. Es waren etwa sechs niedrige kleine Hütten. Rechteckig, überdacht und aus unbehauenen Steinen und gesammelten Hölzern zusammengefügt. Ich befahl, die Schwerter zu ziehen. Im selben Moment kam ein kleinwüchsiger mit einem bis auf die Knie reichenden wollenen Umhang bekleideter Mann mit dunkelbrauner Hautfarbe und schwarzen Haaren von einem Feld hinter den Hütten schreiend auf uns zu gelaufen. Kurz vor uns warf er sich bäuchlings auf den Boden. Er hob die ausgestreckten Arme immer wieder an, murmelte dabei für uns unverständliche Worte, schaute aber nicht zu uns auf.

Vermutlich sah er uns als Riesen oder Götter an. Ich hob ihn auf und bat ihn, seine Stammesangehörigen aus den Häusern herauszurufen. Er sah mich angsterfüllt und staunend an, befolgte meine Aufforderung aber nicht. Auch die Worte der Omagua und Aruá Gefährten in unsrem Trupp schien er nicht zu verstehen. Mit unseren Händen zeigten wir auf unsere Münder und seinen Mund und sprachen dabei. Zumindest begann er jetzt einige Worte zu stammeln. Verstehen konnten wir sie nicht.

Ich nahm ihn am Arm und schubste ihn in die ersten Hütte. Er kam zitternd mit drei Einheimischen heraus. Meine Männer zerrten jetzt die Menschen aus den anderen Hütten hervor. Es waren insgesamt acht Männer, sieben Frauen und vier Kinder. Sie hatten alle große Angst. Ich befahl die Schwerter wieder wegzustecken. Mit unseren Händen zeigten wir auf unsere Herzen und streckten dann die Arme zu ihnen aus. Sie blieben in ihren erstarrten Haltungen. Dann umarmten wir uns gegenseitig und taten das gleiche mit ihnen. Sie schauten sich an und schienen sich etwas zu entspannen.

Wie sollte es weitergehen? Es war schon später Nachmittag und ich musste an den Rückmarsch denken. Wir versuchten ihnen mit Gesten klar zu machen, dass zwei ihrer Männer mit uns kommen sollten. Es würde ihnen nichts geschehen. Sie würden heil wiederkommen. Wir ergriffen zwei handfest wirkende Männer. Das Wehklagen aller Einheimischen war groß, aber sie unternahmen nichts. Über die gleiche Wegstrecke, die unsere Gruppe aufgestiegen war, ging es jetzt hinab zurück zum Ankerplatz, den wir kurz nach Einbruch der Nacht erreichten."

Die beiden Einheimischen waren inzwischen zum Versammlungsplatz gebracht worden. Aymara hatte sich ihrer angenommen. Sie saßen mit einigen anderen der Tupí, Aruá, Omagua, Caraja und Ges zusammen und versuchten sich mit Gesten, Gebärden und Worten zu verständigen. Immer wieder zeichneten sie einen Menschen, mehrere Menschen, Hütte, viele Hütten, Berge und Flüsse in den Sand. Es schien zu gelingen. Der Rat der Gefährten würden es später erfahren.

Jetzt war der vierte und letzte Trupp an der Reihe.

Sakarbal berichtete: „Flussaufwärts marschierend erreichten wir hinter dem Aufstieg zur Hochebene, von der die erste Gruppe berichtet hat, einen schmalen Pfad am rechten Ufer. Der Pfad schlängelte sich immer gleichgerichtet zum Fluss bergauf. Bald wendete er sich nach rechts und führte uns eine Bergflanke längs querend weiter hinauf. Dann wurde es sehr steil. Mal stiegen wir in engen Serpentinen auf oder kletterten über Geröll weiter nach oben. Nach mühsamen Aufstieg erreichte unser Trupp einen Bergkamm. Von diesem ging es einen sanften Hang hinab auf eine kleine Ebene.

Zwischen den Baumgruppen und dem Buschwerk gab es weideähnliche Grasflächen und kleinere Felder, die offensichtlich von Menschen angelegt worden waren. Wenig später sahen wir auf einer kreisförmigen Grasfläche, die zur Hälfte von Bäumen umgeben war, sechs Hütten, so wie sie auch der dritte Trupp beschrieben hat. Meine Männer fanden die Hütten verlassen. Sie waren einfach eingerichtet. Eine Schlafstätte, eine Kochstelle, Holzschalen, in denen Körner und kleine Knollen lagen, eine Sitzecke mit flachen Holzschemeln und einem etwas höheren Holzblock als Tisch. In einer Hütte waren Werkzeuge aus Holz und Stein gelagert: Holzpflug, Dreschflegel, Trog und ein einfacher Webrahmen.

Auf dem Land um die Hütten standen mehrere uns unbekannte Tiere in kleinen Gruppen oder einzeln herum, die uns neugierig betrachteten. Manche waren weiß mit dichtem Wollkleid, etwas an Schafe erinnernd, aber um einiges größer und mit lieblichen kleinen Gesichtern. Andere trugen ein Fell mit langen Zotteln. Wieder andere, etwa so groß wie ein Reh, hatten hellbraunes kurzes Fell und waren sehr schön anzuschauen. Als unsere Gruppe auf die Tiere zuging, liefen sie davon. Eines, bei dem ein Jungtier stand, blieb stehen und blickte starr zu den Männern.

Als ein Gefährte weiter auf das Tier zuging, richtete es den Kopf auf und machte ein eigenartiges Geräusch. Der Mann ließ sich nicht beeindrucken und machte noch einen Schritt auf das Tier zu. Dann geschah etwas Verblüffendes. Das Tier spuckte ihm eine ordentliche Menge Speichel ins Gesicht, dann trottete es mit seinem Jungtier stolz davon. Während wir schallend lachten, stolperte unser Gefährte zurück und wischte sich das klebrige Zeug aus dem Gesicht. Ich musste ihn davon abhalten, das Tier mit seinem Speer zu töten.

Als sich wieder alle beruhigt hatten, stiegen wir auf der anderen Seite der Ebene einen leichten Hang hinauf. Am Ende der Weiden- und Feldflächen begann ein kleiner Wald, den wir durchstreiften.

Dieser öffnete sich bald wieder und gab den Blick auf eine Freifläche vor uns frei. Auf der gegenüberliegenden Seite erhob sich ein kleiner Tafelberg von etwa 100 bis 300 Fuß Höhe, der mit üppiger Vegetation überwachsen war. Wir gingen zunächst ans linke Ende der Erhebung und staunten nicht schlecht, als direkt vor unseren Füßen der Berg einige 1000 Fuß senkrecht abfiel. Dann folgten wir der Kante bis zum rechten Ende der Erhebung. Hier blickten wir wieder auf den Wald, aus dem wir gekommen waren. Wir stiegen weiter hinauf bis auf den höchsten Punkt einer kleinen Ebene in der Mitte der Anhöhe.

Jeder von uns war beeindruckt von dem Ausblick. Ein schier unendlicher Horizont. Eine zerklüftete Bergwelt mit hohen Gebirgszügen, tiefen Schluchten, Flusstälern und Hochebenen. Alle schwiegen ergriffen. Wir atmeten Freiheit und hätten ewig hier sitzen können."

Aidan unterbrach: „Dieser Tafelberg muss die Felsformation sein, von der ich in meinem Bericht gesprochen habe."

Sakarbal fuhr fort: „Hallalcar schätzte, dass wir uns auf einer Höhe von etwa 9500 Fuß befanden und damit 4100 Fuß über unsrem Schiffslandeplatz.

Dreiviertel des Tages waren vergangen und wir begannen den Abstieg zurück. Im Dunkeln kamen unsere Gruppe, wie ihr bereits wisst, als letzte zurück. Erschöpft, aber sehr zufrieden und glücklich."

Bei allen Zuhörern hatte sich Zuversicht verbreitet. Jeder begann darauf los zu reden. Die ersten Vorschläge, wo ihre erste Siedlung aufgebaut werden und wie sie aussehen sollte, machten die Runde. Die Begeisterung schien wieder grenzenlos zu sein.

Sakarbal bat um Ruhe und sagte laut: „Ich habe großes Verständnis für den Eifer, aber erst gibt es noch Umstände, die zu prüfen sind und es muss eine gemeinsame Entscheidung getroffen werden.

Zunächst bedanke ich mich bei den Erkundungstrupps für ihre Anstrengungen und die klaren Schilderungen ihrer Beobachtungen."

Dann bat er Amanary mit den beiden Einheimischen in die Mitte ihres Kreises zu kommen.

„Amanary, hast du noch etwas von ihnen erfahren können?"

Er antwortete: „Ja. Es war sehr schwierig, denn die Sprache ist uns allen völlig fremd. Einige Silben kann ich mittlerweile verstehen und ich bin zuversichtlich, dass wir uns in ein bis zwei Mondzyklen mit den Menschen hier über wesentliche Bereiche austauschen können." Dann kam er auf das zu sprechen, was er erfahren hatte.

„Die Einheimischen bezeichnen sich wohl als das Volk der Berge. Ob sie dafür einen Namen haben, wissen wir nicht. Wir verstanden so etwas wie ‚urqu phuya' was wohl so viel bedeutet wie ‚Berg Wolke'."

„Nennen wir sie doch in der Sprache unserer nordischen Ahnen einfach ‚touta runi – Stamm der Berge' warf Aidan ein.

Aymara fuhr fort: „Ihre Stämme sind schon sehr lange hier ansässig, haben sich aber mit Menschen aus anderen Gruppen am Rande ihres Verbreitungsgebietes vermischt. Das Volk hat keinen obersten Häuptling. Es lebt in Sippen und losen Stammesgemeinschaften zusammen. Die Stämme sind friedlich und benutzen Waffen nur, um sich zu verteidigen. Sie leben in Dörfern von 5 bis 15 Hütten zusammen, mit 20 bis 60 Menschen pro Dorf.

Den Männern sind etwa 200 Dörfer bekannt, die zumeist auf Hochflächen liegen. Sicher vor den Überschwemmungen der Flüsse während der Regenzeit in den tieferen Lagen und nicht zu hoch wegen der kälteren Temperaturen und des Schneefalls dort im Winter. Ihr Siedlungsgebiet ist im Norden und Westen begrenzt vom großen Strom, im Süden vom Quellgebiet des Flusses, an dem wir hier sitzen, und im Osten von den absteigenden Gebirgshängen in den feucht-heißen Regenwald des großen Stroms.

Sie jagen wildlebende Tiere, fangen Fische, sammeln Früchte, Kräuter und Pflanzen und bauen Feldfrüchte an. Daneben halten sie Tiere zum Transport von Lasten. Die Felle dieser Tiere werden zu

Wolle versponnen und zur Herstellung von Kleidung und Decken verwendet. Das war alles, was bis jetzt zu erfahren war", endete Amanary.

„Viel mehr als wir erwartet haben und vor allem äußerst aufschlussreich", meinte Sakarbal.

„Ich denke, eine Bevölkerung von 8000 weit verstreuten lebenden und vor allem kämpferisch unerfahrenen Menschen brauchen wir auch im Fall einer kriegerischen Auseinandersetzung nicht zu fürchten. Unser Ziel aber bleibt das friedliche Zusammenleben zum gemeinsamen Nutzen, so wie wir es auch bei den Aruá erfahren und praktiziert haben. Nutzt die verbleibende Zeit des Tages und auch des heutigen Abends, um sie über unsere Pläne aufzuklären und sie von dem Ziel einer freundschaftlichen Nachbarschaft zu überzeugen. Bewirtet sie gut, führt sie auf einem Schiff herum, damit sie Frauen und Kinder kennenlernen. Morgen früh schickt ihr sie wieder zurück in ihr Dorf, gebt ihnen Geschenke mit und den Auftrag, in ihrer Sippe, in den Nachbardörfern und im ganzen Volk von unserer Ankunft und unserer Botschaft zu berichten."

Sakarbal hob die Versammlung auf und behielt nur die Mitglieder des Rates bei sich.

„Jetzt müssen wir entscheiden", sagte er zu ihnen. Yutpan, Philosir und alle anderen schauten sich gegenseitig prüfend an. Dann wandten sie sich in stillem Einverständnis wieder Sakarbal zu.

Aidan sprach es schließlich aus: „Das ist der Platz, den wir erhofft hatten. Hier können wir in Freiheit und im Einklang mit der Natur leben und uns ein neues Gemeinwesen nach unseren Vorstellungen aufbauen."

Alle stimmten ihm zu. Sakarbal fragte nochmals in die Runde, ob es irgendeinen Einwand gegen den Vorschlag gebe, sich hier anzusiedeln. Es gab keinen. Welchen auch? Weiter ging es nicht. Zurück in die alte Heimat war ebenfalls keine Wahlmöglichkeit. Sie waren alle überzeugt, dass es eine gute Entscheidung war, hier zu siedeln.

Hier konnten sie es schaffen. Aber wie sollten sie es angehen? Diese Frage stand jetzt unausgesprochen im Raum.

33. Kapitel
Siedlungsbeginn
Macro, Peru. September - November 146 v. Chr.

Der gemeinsame Rat hatte beschlossen, an den höchstgelegenen Uferbänken, gut 12 Fuß über dem Fluss, Lagerplätze einzurichten. So waren in den letzten Tagen fast alle Gefährten damit beschäftigt gewesen, diese herzurichten und zu sichern, vor allem gegen Hochwasser.

Sakarbal hatte befohlen, dass die Nächte bis auf Weiteres auf den bewachten Schiffen zu verbringen seien. Tagsüber sollten sich alle an Land aufhalten und Schritt für Schritt in Gruppen, gesichert durch bewaffnete Geleittrupps, die nähere Umgebung kennenlernen. Die Lagerplätze sollten Tag und Nacht bewacht werden.

Wer nicht gerade als Wache eingeteilt war oder andere Dienste zu erfüllen hatte, erkundete in Trupps die weitere Umgebung. Die Gefährten zogen wie Ameisen im Flusstal und auf den in der Nähe liegenden Hügeln umher. Steine wurden gesammelt, Bäume gefällt, Feuerholz gehackt. Hütten, Tische und Bänke gezimmert. Fische gefangen, Früchte, Pflanzen und Kräuter gesammelt. Jagdtrupps sorgten für frisches Fleisch. Es wurde an vielen Lagerfeuern gekocht und gegrillt. Kleider wurden geflickt. Jeder war beschäftigt. Das Wetter war gut. Nächtliche Kühle wechselte sich mit angenehmer Wärme tagsüber ab. Gelegentlich gab es etwas Nieselregen oder auch mal einen kräftigen Regenguss, der aber selten länger andauerte.

Mit jedem Tag, der verging, kamen mehr und mehr Einheimische des Bergvolkes zu ihrem Landungsplatz. Sie waren friedfertig und zurückhaltend. Sie beobachteten sehr genau, was die Gefährten taten.

Amanary war es gelungen, zu vier jungen Männern Kontakt aufzubauen. Sie kamen fast jeden Tag und bestaunten die Schiffe. Amanary ging mit drei Männern seines Stammes auf sie zu, bat sie gemeinsam auf das Schiff, mit dem er gereist war, führte sie herum und versuchte mit Gesten, Gebärden, Händen und Füßen zu erklären, wozu der Mast, das Segel, die Ruderbänke und alles, worauf die Einheimischen zeigten, nützlich war. Am nächsten und übernächsten Tag benutzten die Besucher schon die Worte der fremden Sprache, die sie aufschnappten. Die Einheimischen nannten, sobald sie die Bedeutung verstanden hatten, den Begriff in ihrer Sprache, wenn es denn dafür einen gab, oder halfen sich mit Umschreibungen. Somit hatte Amanary wieder einen schnellen Weg gefunden, Sprache zu erlernen und zu lehren.

Hirten mit großen Tierherden zogen durch das Flusstal. Mit Ausnahme des Erkundungstrupps, bei dem ein Gefährte von einem solchen Tier angespuckt worden war, hatte noch niemand derartige Tiere gesehen. Amanary gab das, was er über diese Tiere erfahren hatte an die Gefährten weiter: „Die Menschen hier nennen die Tiere je nach Art Lama, Alpaka, Vicuna oder Guanaco. Sie setzen sie als Lastenträger ein. Aber auch ihre Wolle ist begehrt und das Fleisch, vor allem das vom Alpaka, wird genutzt. Nahezu jedes Dorf hat eine größere Herde."

Nach sieben Tagen hatte Sakarbal wieder eine Ratsversammlung einberufen.

Er hatte nur ein Anliegen auf die Tagesordnung setzten lassen: Auflösung des bisherigen Führungskreises und Neuwahl einer neuen Führungsmannschaft und damit eines neuen Rates, so wie sie es bereits bei ihrer Abreise aus der alten Heimat festgelegt hatten.

Sakarbal hatte die letzten Tage genutzt, um Gespräche mit einigen seiner angesehensten und fähigsten Gefährten zu führen. Aus diesen Gesprächen hatte sich eine Vorstellung ergeben, die er jetzt zur Abstimmung stellte.

Er begann: „Die Suche nach einer neuen Heimat liegt hinter uns. Vor uns liegt die Aufgabe, eine Netz von Siedlungen aufzubauen und ein Gemeinwesen zu schaffen. Hierzu brauchen wir eine neue Führungsmannschaft aus erfahrenen und geachteten Gefährten, die unsere Neugründungen sachlich und überlegt aufbauen und unsere Utopía mit neuen Ideen wirksam und dauerhaft umsetzen können.

Ich schlage als euer bisheriger Anführer folgende Vorgehensweise vor.

An der Spitze, dem Lenkungsrat, sollen drei Männer stehen, die für die Gesamtheit des neuen Siedlungsverbundes allgemein gültige Regeln für das Zusammenleben festlegen und deren Einhaltung überwachen sollen. Beispielsweise Regeln für Rechtsprechung, Tempelkult, medizinische Versorgung, Landwirtschaft, Gewerbe und Handel, Zusammenleben mit Nachbarstämmen oder Befehlsgewalt im Verteidigungsfall.

Ihnen zur Seite stehen sollen fünf Gefährten als Berater für Fragen des Kultes, der Heilung, der Sicherheit, der Gerichtsbarkeit und des gemeinschaftlichen Zusammenlebens.

Hinzu kommen die gewählten Anführer für jede neu gegründete Siedlungsgemeinschaft. Diese zusammen sollen den gemeinsamen Senat bestimmen, der zu jedem dritten Vollmond oder aufgrund eines besonderen Anlasses zusammenkommt. Bei fünf Siedlungsgemeinschaften sind das 13 Senatsmitglieder.

Die Mehrheit der Stimmen entscheidet über die eingebrachten Abstimmungsanträge. Die drei Mitglieder des Lenkungsrates werden vom Senat mit Zweidrittelmehrheit auf fünf Jahre gewählt.

Die Führungsgruppe in den Siedlungsgemeinschaften soll aus dem Vertreter der Krieger, der Priester, der Heiler, der Handwerke, der Bauern, Jäger und Fischer, der sonstigen Bürger und der Frauen bestehen. Diese acht wählen ihren Anführer und seinen Stellvertreter.

Grundsätzlich soll unser Gemeinwesen auf das Wohl aller ausgerichtet sein. Jeder bringt sich entsprechend seinem Können für Aufgaben der Gemeinschaft ein und kann sein Leben gemäß seinem wirtschaftlichen Stand persönlich gestalten. Die wohlhabenderen Bürger sorgen dabei für die weniger begünstigten Mitbürger, sodass niemand in Not und Armut leben muss."

Sakarbal unterbrach die Versammlung, damit jeder über seinen Vorschlag nachdenken konnte.

Als sie wieder zusammengekommen waren und keine Fragen oder Gegenvorschläge aufkamen, ließ Sakarbal abstimmen. Sein Entwurf wurde einstimmig angenommen.

Als Kandidaten für die drei Anführer im Senat schlug die Versammlung Aidan, Pau und Sakarbal vor. Ihre Wahl erfolgte einstimmig. Auch die Berater wurden gewählt. Dies waren für den Bereich Kult Yutpan, für Heilung Xavi, für Sicherheit Chulain, für Gerichtsbarkeit Moran und für gemeinschaftliches Zusammenleben Sira. Die Wahl von Sira wurde mit großem Beifall bedacht. Sie hatte sich durch die Übernahme vielfältiger Aufgaben und ihren unermüdlichen Einsatz auf der langen Reise hohe Achtung erworben.

Sakarbal löste die Versammlung auf und berief eine weitere für den nächsten Tag ein. Besprechungspunkt sollte die Art und Weise des Siedlungsaufbaus sein. Dann eilte er zu seinem Schiff zurück und überbrachte Sira die Nachricht von ihrer Wahl und alle anderen Neuigkeiten.

„Das ist zu viel Verantwortung für mich. Ich weiß gar nicht, was ich in diesem Amt machen soll", sagte sie.

Ganz meine Sira, dachte sich Sakarbal und antwortete: „Mach einfach nur weiter das, was du auch während der ganzen Reise gemacht hast. Hilf, wo die Not am größten ist, kümmere dich um die Ängste, Nöte und Angelegenheiten, die die Menschen bewegen. Sorge für Lösungen und bringe deine Erfahrungen und Vorschläge in den Senat ein."

Dann küsste er sie auf die Stirn und nahm sie in den Arm.

Am Abend ließ er Aidan und Pau zu sich rufen, um ihnen seine Gedanken zum Gegenstand der morgigen Ratssitzung zu erläutern. Sie berieten lange. All ihre Erfahrung aus der alten Heimat floss in ihre Überlegungen ein.

Heraus kam ein Plan, den Pau zusammenfasste: „Wir werden ein von uns kontrolliertes Siedlungsgebiet schaffen, das von der Quelle des Flusses, auf dem wir gerade ankern, bis zu seiner Mündung in den großen Strom im Norden und von eben dem Strom im Westen bis zum Beginn der Götterberge im Osten reichen soll.

Aufgrund der Erfahrungen mit der durch die Mücken hervorgerufenen Krankheit, den feucht-heißen Bedingungen und der langanhaltende Regenzeit in den tiefer gelegenen dichten Regenwäldern sollten die Siedlungen auf über 7000 Fuß Höhe liegen. Idealerweise auf einem natürlich geschützten Berggrat mit weiter Fernsicht. Für Ackerbau geeignetes Gelände und Wasserquellen sollten in unmittelbarer Nähe sein. Ebenso lokaler Naturstein für den Bau von steinernen Häusern, Kanälen, Wegen und Wehranlagen.

Wir streben ein friedliches Nebeneinander mit den Einheimischen an. Sollte das nicht erfolgreich sein, schrecken wir auch nicht vor der Unterwerfung der Stämme zurück. Denn Weiterziehen werden wir nicht mehr!

Weiterhin ist bei der Auswahl von Siedlungsorten auch auf die Verfügbarkeit von Erzvorkommen zu achten sowie auf das Vorhandensein von unzugänglichen Felswänden für unsere Grablegungen."

„Ja, so sollten wir es angehen", sagten Aidan und Sakarbal nahezu gleichzeitig.

Als Pau ihren Entwurf am nächsten Tag der Versammlung vorstellte, stieß er auf große Zustimmung. Die Beratung brachte noch eine ganze Reihe von guten Ergänzungen.

Philosir brachte vor: „Ich habe über Amanary von den Einheimischen erfahren, dass es auch hier in den Bergen eine Regenzeit gibt. Sie erstreckt sich über die letzten und ersten drei Monde des Jahres. Die Regenmengen seien aber deutlich geringer als im Tiefland des großen Flusses. Uns bleiben somit noch drei Monde Zeit, um erste Häuser zu bauen, sodass die ersten Gefährten noch trocken von den Schiffen in ihre neuen Häuser umziehen können."

„Lasst uns sofort anfangen", ertönte ein Zwischenruf.

„Halt!", rief Pau, „Hören wir erst noch, was die anderen zu sagen haben."

Moran meldete sich zu Wort: „Der Aufbau der Siedlungen ist ein Vorhaben, das auch noch für viele Jahre nach uns Bestand haben soll. Es geht nicht darum, schnell ein paar Hütten aufzustellen so wie auf der großen Insel in der Mündung des großen Flusses. Wir müssen vorausdenkend planen in Bezug auf Siedlungsgröße, Wege, Plätze, Versorgungseinrichtungen und vieles mehr. Trotzdem müssen wir aber auch umgehend beginnen. Also daher mein Rat: Lasst uns einfach und klein anfangen. Mit ersten Häusern, Verbindungswegen, Kanälen für die Wasserversorgung und einfachen Befestigungswällen. In den folgenden Jahren können wir je nach Bedarf die Siedlungen und Befestigungsanlagen vergrößern und die Nachkommen können dann weiter und weiter ausbauen. Wir benötigen zentral gelegene, gut gesicherte Festungssiedlungen, in die sich neben den ständigen Bewohnern in Krisenzeiten auch die Bewohner der kleineren Orte zu ihrem Schutz zurückziehen können."

„Hervorragend", sagte Aidan. „Lasst uns mit dem Notwendigsten beginnen, aber nach einem einheitlichen Entwurf für jeden Ort, der uns in die Zukunft trägt."

„Lagerhäuser müssen berücksichtigt werden", rief Hiram.

„Eine Tempelanlage", kam von Yutpan.

„Nicht zu vergessen das Nosokomeion", meldete sich Xavi.

So gingen die Zwischenrufe noch eine Weile weiter. Dann stoppte Sakarbal die Aussprache und sagte: „Wir werden den Grundentwurf einer Siedlung in den nächsten Tagen weiter erarbeiten, und zwar so, dass dieser dann jeweils nur nach den natürlichen Gegebenheiten des gewählten Standortes und der voraussichtlichen Anzahl der Siedler angepasst werden muss."

Nach einer kurzen Pause fuhr er fort: „Was haben denn die Erkundungen ergeben, die zwischenzeitlich durchgeführt worden sind?"

Nachdem die verschiedenen Trupps ihre Erkenntnisse zusammengetragen hatten und der Rat über Vor- und Nachteile einiger Gebiete beraten hatte, zeichnete sich ein Bild ab, das Philosir jetzt zusammenfasste: „Wir werden mit vier Siedlungen beginnen. Eine direkt auf dem Grat westlich des Flusses, den wir jetzt Utcubamba nennen. Die Siedlung soll den Namen Kuelap tragen.

Die Namen sind aus den schwer verständlichen Silben, die das einheimische Bergvolk für die verschiedenen Ortsbezeichnungen verwendet, abgeleitet und von Amanary so vorgeschlagen worden.

Zunächst sollen in Kuelap 100 Häuser für 800 Gefährten gebaut werden.“

Es entzündete sich eine Aussprache darüber, welche Gefährten dort wohnen sollten.

Am Ende entschieden sie sich einstimmig gegen eine Aufteilung in Siedlungen für Karthager, Balearen, Castro-Kelten oder Keltiberer.

Aidan hatte vorgebracht: “Wir wollten einen Neuanfang. Alle Siedlungen sollen durchmischt werden, auch mit den neuen Gefährten der Omagua, Aruá, Ges, Caraja und vor allem denen des einheimischen Bergvolkes. Natürlich wird auf bestehende Familienbande und Freundschaften Rücksicht genommen werden. Jede Siedlung wird aber alle Fähigkeiten und Fertigkeiten zur Verfügung haben, die wir mitgebracht haben.“

Philosir ergriff wieder das Wort: „Eine weitere Siedlung wird auf einem Berggrat im Nordwesten, etwa in der Mitte zwischen den Flüssen Utcubamba und dem großen Fluss, jetzt Marañón genannt, entstehen.“ Dort, so hatten sie erfahren, waren einige Dörfer der Einheimischen. Amanary meinte, dass sie das Gelände dort Cacahuasha nannten. Sie übernahmen diese Bezeichnung für die zweite Siedlung, die zunächst genauso groß wie Kuelap gebaut werden sollte.

Philosir fuhr fort: „Auf der Ostseite im Norden, nahe einem großen zweistufigen Wasserfall, von den Einheimischen Gocta genannt, soll die Siedlung Yalape mit 25 Häusern für 200 Gefährten entstehen.

Im Südosten Olan in der gleichen Größe wie Yalape.“

„Was machen wir mit den Schiffen?“, warf Hallalcar ein.

Sakarbal antwortete: „Sowie die Besatzungen die Gaulos verlassen und in ihre Häuser einziehen, werden wir eine nach der anderen abbauen und das Material für den Bau von kleinen Booten zur Nutzung auf den flacheren Flüssen in der Umgebung verwenden und den Rest den Siedlungen zur Verfügung stellen."

Sakarbal ließ unerwähnt, dass er ein Schiff Bothan und seinen Männern überlassen wollte, damit sie nach ihren entführten Frauen suchen konnten. Er schaute aber bei seiner Antwort Bothan fest in die Augen und nickte ihm leicht zu. Bothan erwiderte unauffällig dieses Nicken. Er hatte verstanden.

Hiram meldete sich zu Wort: „Dann lasst uns doch auch hier an dieser Stelle eine Siedlung bauen. Einen Wachtposten am Fluss. Der zentrale Lagerplatz während des Siedlungsbaus und auf Dauer eine Heimat für Fischer und Bauern im fruchtbaren Utcubamba-Tal."

„Ein ganz ausgezeichneter Vorschlag", sagte Aidan.

„Also bauen wir fünf Siedlungen!", stellte Pau fest.

„Es ist spät geworden. Für heute müssen wir unsere Versammlung schließen. Morgen früh setzen wir sie fort. Zunächst stelle ich aber die Pläne und Vorhaben, über die wir gesprochen haben, samt der dazu eingegangenen Vorschläge zur Abstimmung", sagte Sakarbal.

Jeder der neuen Ratsmitglieder hob seinen Arm. Zufrieden gingen alle zurück auf ihre Gaulos und unterrichteten die Gefährten, die schon ungeduldig auf Neuigkeiten warteten.

Sakarbal und Sira hörten den ganzen Abend über immer wieder begeistertes Klatschen und Hurra-Rufe. „Siehst du, die Götter haben uns doch ans Ziel geführt", sagte Sira zu Sakarbal. „Ja, ich habe oft gezweifelt, aber du hast mich immer wieder aufgerichtet. Dafür danke ich dir."

„Bevor wir aber mit dem Bau der Siedlungen beginnen, müssen wir auch den Göttern danken und sie um ihren weiteren Beistand bitten", sagte Sira.

„Das werden wir tun!", antwortete ihr Mann.

Dann legten sie sich Seite an Seite auf ihr Bettlager, legten ihre Hände aufeinander und lauschten den Nachtgeräuschen ihrer neuen Heimat, bis der Schlaf sie übermannte.

Am nächsten Morgen wurde die Ratsversammlung fortgesetzt.

Hallalcar meldete sich als erster zu Wort und hielt eine Zeichnung hoch, die er noch am Abend zuvor angefertigt hatte.

„Das ist unser Siedlungsgebiet", sagte er und deutete auf den Verlauf von Utcubamba und Marañón, auf die Bergketten und die geplanten Siedlungen. Dabei hatte er die Siedlungen mit ihrem augenblicklichen Standort, dem Lagerplatz, verbunden.

„Seht, von dem Ort hier sind die geplanten Siedlungen wie in einer Triskele miteinander verbunden." Ein „Oh" und „Ah" ging durch die Reihen.

Yutpan rief: "Das ist ein gutes Omen!"

Aidan klopfte Hallalcar auf die Schulter und schaute ihn dabei freudig an.

Als sich alle wieder beruhigt hatten, erklärte Amanary: „Die Einheimischen bezeichnen das Gebiet hier um unseren Landungsplatz herum als Macro."

„Gut, nennen wir unsere hier geplante Siedlung Macro!", rief Aidan.

Sakarbal ergriff das Wort: „Jetzt müssen wir uns genauer darüber verständigen, wie wir den Aufbau der Siedlungen angehen wollen. Bitte eure Vorschläge."

Ein Beitrag folgte dem anderen. Die Besprechung zog sich bis zum Mittag hin und Sakarbal musste immer wieder eingreifen, um sie auf ein Ergebnis hin zu führen. Nach dem Mittagessen, es gab Fisch, den ihnen einige Frauen frisch zubereitet hatten, fasste Moran das Ergebnis des Meinungsaustauschs zusammen: „Macro wird direkt am Hang, auf der den Schiffen gegenüberliegenden Seite, als erstes erbaut. Hier sammeln wir Erfahrungen, die uns an den anderen Orte helfen werden. Für den Bau der Siedlungen braucht es viele

Gruppen, die sich auf bestimmte Tätigkeiten konzentrieren und deren Arbeit Hand in Hand reibungslos abläuft.

Zunächst müssen die Böden gerodet und eingeebnet werden.

Zeitgleich sind Felstrümmer aus den Brüchen zu schlagen, die zu rechteckigen Steinen bearbeitet werden müssen. Diese sind zu den Baustellen zu bringen, wo damit Häuser, Wege, Kanäle, Plätze und Mauern gebaut werden.

Zimmerleute verarbeiten zeitgleich das Holz der gerodeten Bäume zu Balken, Brettern und Latten. Daraus bauen sie Tragpfeiler für Dächer, Türen und steckbare Rahmen für Fenster als vorgefertigte Teile in verschiedenen Größen. Diese können dann beim Aufbau der Steinhäuser passend eingesetzt werden."

Und so ging die Festlegung der einzelnen Phasen der Bauplanung Schritt für Schritt voran. Größe und Aufteilung der Wohnhäuser wurde festgelegt, ebenso wie für die Sondergebäude, zum Beispiel Lagerhaus, Nosokomeion und Tempel.

Die Zeit verging schnell.

Als es schon dämmerte, sprach Sakarbal noch eine wichtige Aufgabe an: „Neben der Bautätigkeit müssen wir aber auch die Versorgung von uns allen sicherstellen, und zwar nicht nur kurzfristig, sondern dauerhaft für unsere eigene Zukunft und die aller Nachfahren.

Felder sind anzulegen und zu bestellen. Die Nutztierhaltung muss aufgebaut werden. Ein Plan für Bevorratung ist zu erarbeiten. Fische müssen gefangen, Tiere gejagt, Früchte und Pflanzen gesammelt werden. Schließlich ist eine Versorgung mit Frischwasser sicherzustellen. Alle Frauen und größere Kinder sind entsprechend ihren Fähigkeiten bei den Arbeiten einzusetzen. Sie übernehmen die Zubereitung der Speisen und damit die Versorgung aller auf den Baustellen."

Sakarbal machte eine Pause und fuhr dann fort: „Der letzte Punkt heute betrifft die Sicherheit. Die Schiffe, der zentrale Lagerplatz hier und die Baustellen werden immer bewacht. Alle Männer nehmen ihre Waffen zum Arbeitseinsatz mit und lagern sie vor Ort griffbereit.

Frauen und Bauern, die auf weiter entfernten Feldern oder in den Wäldern arbeiten, werden von Wachtrupps begleitet."

Die Nacht war angebrochen.

„Es ist spät geworden. Für heute machen wir Schluss. Geht zu euren Gaulos zurück und ruht euch aus. Den morgigen Tag werden wir nutzen, um die Arbeitsgruppen zusammenzustellen und die jeweiligen verantwortlichen Anführer zu bestimmen. Gute Nacht!", sagte Sakarbal und beendete damit die Versammlung.

Am übernächsten Tag begann der Aufbau von Macro und die Arbeiten zur Versorgung aller Gefährten.

Zunächst wurden alle Bäume der gesamten Aue auf der nördlichen Flussseite und anschließend die Bäume am darüber aufsteigenden Berghang auf einer Fläche von 1000 mal 1000 Fuß gefällt. Baumstämme und größere Äste brachte man zu einem Lagerplatz, um daraus Balken oder Bretter zu machen. Kleinere Äste, Zweige und Buschwerk kamen auf den Vorratsplatz für das Feuerholz.

Danach rodeten sie das Gebiet mit Feuer.

Am Berghang zeichneten sich fünf natürliche Geländestufen mit einer Tiefe von 60 bis 100 Fuß ab. Diese wurden eigeebnet und mit Hilfe von Felsabschlägen, Steinen, Baumstämmen und einem Gemisch aus Lehm, gemagert mit Sand und Pflanzenfasern sowie gebranntem Kalk, ausgebaut und verfestigt.

Inzwischen waren schon viele Steine aus der Bergwand auf der gegenüberliegenden Seite, wo der Fluss sich von Norden kommend den Weg um die Felsnase nach Osten bahnte, gebrochen und auf ein grobes Durchschnittsmaß von zwei auf ein auf ein Fuß behauen.

Eine Kolonne von Menschen trug die Steine vom Steinbruch zu den Baustellen. Die Maurer begannen ihre Arbeit. An den vorgesehenen Stellen nahmen Zimmerleute die vorgefertigten Rahmenhölzer, steckten sie zusammen und passten sie mit den Maurern in die Fensteröffnungen ein. Dies konnte man dann mit Brettern, gewebten Tücher oder geflochtenen Matten schließen. Ebenso wurden die Türen aus zusammengesetzten Brettern und Latten eingepasst. Die

Türen waren mit Zapfen aus Holz versehen, die in der Schwelle und im Sturz in dafür vorgesehene Öffnungen eingelassen wurden. Tragebalken und Spitzdächer wurden auf die Hausmauern aufgesetzt. Am Ende waren es 28 Rundhäuser, 25 für Wohnzwecke und drei für die Lagerung von Vorräten und Werkezeugen. Außerdem gab es ein rechteckiges Haus für Versammlungen und Kulthandlungen, das gegebenenfalls auch als Nosokomeion genutzt werden konnte. Zwei kleine Wachttürme begrenzten die Enden der halbkreisförmigen Mauer um die untere Geländestufe.

Drei Mondzyklen waren seit Baubeginn vergangen. Jetzt konnten 200 Gefährten einziehen. Der Großteil waren Bauern und Fischer mit ihren Familien. Dazu kamen je ein Priester und Heiler, zwei Zimmerleute und Krieger. Als Anführer hatten alle Dorfbewohner den Schiffskommandanten Balhanno gewählt. Sein Stellvertreter wurde Ainsley, der als der Oberste der Bauern und Fischer bestimmt worden war. Den vierköpfigen Siedlungsrat ergänzte ein Zimmermann und ein Krieger. Die Bewohner waren der Meinung, dass ein vierköpfiger Rat für den Anfang ausreichend war.

Hiram wurde von Sakarbal gebeten solange mit seiner Frau Aziza, die schwanger war, in Macro wohnen zu bleiben, bis die Waren aus den Schiffen ausgeräumt, der zentrale Lagerplatz aufgelöst und damit alles den Verantwortlichen in den Siedlungen übergeben worden sei. Dann könnten sie, wie es ihr Wunsch war, Sakarbal gerne nach Kuelap folgen.

Am nächsten Morgen saß Sakarbal mit seiner Familie in der klaren Luft an Deck seines Schiffes beim Frühstück.

„Jetzt ist der Augenblick gekommen, wo wir deinen Vorschlag, die Götter zu ehren, umsetzen sollten“, sagte er zu Sira. „Die Reise ins Unbekannte liegt hinter uns und die erste Siedlung in unserer neuen Heimat ist fertiggestellt.“

„Ja, das ist ein guter Zeitpunkt“, antwortete seine Frau.

„Übermorgen haben wir zunehmenden Halbmond. Wir fangen nachmittags mit der Zeremonie an. Bis dahin haben wir noch anderthalb Tage, um das Fest vorzubereiten. Ich mache mich gleich auf zu Yutpan, Xavi, Aidan und Pau, damit sie das Notwendige veranlassen", sagte Sakarbal.

„Und ich räume den Tisch ab und rufe meine Freundinnen zusammen, mit dem gleichen Ziel."

Eine Óra nach dem Höchststand der Sonne am festgesetzten Tag begann die Kulthandlung. An der zum Fluss gelegenen Seite des Versammlungsplatzes hatten sie die Statuen der Götter ihrer ursprünglichen Herkunftsländer auf Steinblöcken nebeneinander aufgestellt. So kam es, dass Tanit neben Cernunnos, Danu neben El und Manannan neben Melkart stand. Die Omagua hatten einen mit Schlangen bemalten Stein dazugelegt, die Aruá einen Keramikkrug, der einen Affen und einen Jaguar zeigte, und das einheimische Bergvolk eine Holzschnitzarbeit, die einen Kondor, wie sie den großen Vogel nannten, über einem Lama darstellte. Eine Zusammenstellung ihrer vielfältigen Glaubensvorstellungen. Ein Spiegelbild ihrer neuen Gemeinschaft.

Im Anschluss an die Statuen waren rund um den Versammlungsplatz Räucheraltäre aufgebaut. Weiter entfernt auf der Ostseite war ein Scheiterhaufen für die Brandopfer errichtet worden.

Alle Auswanderer waren auf den Beinen. Auf und um den Platz standen die Menschen dichtgedrängt. Auf den ersten vier Schiffen, von denen aus man den Versammlungsplatz einsehen konnten, standen weitere Gefährten in mehreren Reihen an der uferseitigen Bordwand. Größere Jungen und Männer waren die Schiffsmaste hochgeklettert und saßen auf den Rahen. Auch auf den fünf Geländestufen von Macro standen neben den neuen Bewohnern noch viele andere Menschen, dicht an dicht, in mehreren Reihen hintereinander. Von Macro aus hatten sie einen besonders guten Blick auf das Geschehen.

Sakarbal blies in ein großes Muschelhorn und eröffnete damit ihr Fest. Unter der Führung von Yutpan zogen in einer Zweierreihe alle Priester und Schamanen in die freie Mitte des Platzes vor den

Statuen. Yutpan stimmte einen Gesang an, in den alle einfielen. Dann sprach er die in den Riten festgelegte Dankesformel an die Götter aus und sagte: „Mit eurer Hilfe haben wir den Weg über das große unbekannte Meer bis hin zu einem neuen großen Land gefunden. Wir haben andere Völker kennen gelernt. Wir haben Gastfreundschaft erfahren, aber auch kriegerische Angriffe erlebt. Dann habt ihr uns über den großen Fluss bis zu den Bergen geleitet. Hier haben wir jetzt unsere neue Heimat gefunden."

Er gab den Männern am Holzstoß mit den Opfergaben ein Zeichen. Diese entzündeten das Feuer und bereits nach wenigen Augenblicken brannte der Haufen lichterloh. Dunkler Rauch stieg in den Himmel. Yutpan verbeugte sich mehrmals, wobei er die Dankesworte wiederholte. Alle Teilnehmer der Kulthandlung taten es ihm nach.

Dann brachte Sakarbal, unterstützt von mehreren Männern, die Amphoren mit der Asche vieler auf der Reise Gestorbener in die Platzmitte und stellte sie vor den Götterbildern auf.

Er rief laut über alle hinweg: „Zum Gedenken an unsere toten Gefährten, die nach dem Willen der Götter ihr Leben gegeben haben, damit wir, die wir heute glücklich sind, unser Ziel erreichen konnten. Gedenkt bitte auch der Frauen, die uns geraubt wurden."

Er gab den Männern an den Räucheraltären das Zeichen, sie zu entzünden. Helle Rauchfahnen stiegen zum Himmel hoch.

Yutpan und die anderen Priester und Schamanen begannen ihre Tänze. Zunächst ruhig, versunken, dann immer schneller, mit zunehmend besessenen Bewegungen. Dabei stießen sie ihre Beschwörungsformeln aus. Auf ein Muschelhornsignal von Yutpan hin endete abrupt der rituelle Tanz. Gleichzeitig wurden ein *Taruka*, ein Alpaka und ein von den Einheimischen *Vizcacha* genanntes hasenähnliches Tier in die Mitte des Platzes gebracht. Nacheinander schnitt Yutpan den Tieren die Kehle durch und fing das Blut in drei Schalen auf, die zu den Götterstatuen gestellt wurden. Die toten Tiere wurden auf den Holzstoß geworfen.

Dann rief Yutpan: „Das ist unser Opfer für euch, unsere Götter, damit ihr uns auch in Zukunft gewogen bleibt!“ Er machte eine kurze Pause und forderte alle auf einzustimmen.

Aus allen Kehlen erklang: „Das ist unser Opfer für Euch!“

Yutpan fuhr fort: „Götter helft uns! Wir erflehen Fruchtbarkeit für unseren Ackerbau, für unser Vieh und für unsere Nachkommen.“

Der Chor stimmte ein: „Götter, helft uns!“

Yutpan fuhr fort: „Wir erflehen eure Hilfe beim Aufbau der Siedlungen und unserer Gemeinschaft.“

„Götter, helft uns!“

„Wir erflehen euren Schutz vor allen Gefahren.“

„Götter, helft uns!“

Nach einiger Zeit der Stille zogen sich die Priester und Schamanen wieder aus dem Inneren des Platzes zurück.

Sakarbal, Pau und Aidan traten vor in die Mitte.

Sakarbal ergriff das Wort: „Wir haben gemeinsam viel erreicht und das war nur durch euren persönlichen Einsatz und eure treue Gemeinschaft möglich. Ich bin stolz, dass ich euch gemeinsam mit meinen Freunden Aidan und Pau führen durfte und meinen Teil dazu beitragen konnte.

Jetzt, da wir unsere neue Heimat erreicht haben, warten neue, andere Aufgaben. Aidan, Pau und ich werden auch diese wieder gemeinsam angehen, mit euch zusammen, zum Nutzen aller! Aber die Führung werde ich an Aidan abgeben. Er wird in Zukunft die letzte Entscheidung treffen.“

Dann ging er auf Aidan zu, umarmte ihn und hob seinen Arm hoch. Jubel brandete auf. Dann reichten sich alle drei Männer die Hände und streckten ihre Arme in die Höhe.

Aus der Menge ertönten nun „Sakarbal“-Rufe.

Dann folgten „Aidan, Aidan, Aidan“-Rufe. Schließlich erschallte auch der Ruf „Pau“ über den Platz.

Die Wachen klopften mit den Schwertern an ihre Schilde. Es war ein ohrenbetäubender Lärm, der nicht enden wollte. Alle drei Männer baten um Ruhe. Erst allmählich beruhigte sich die Menge.

„Vielen Dank für euer Vertrauen. So, und jetzt ist das Fest eröffnet. Esst, trinkt und freut euch gemeinsam. Morgen räumen wir gemeinsam auf, ruhen uns den Rest des Tages aus und dann geht es weiter mit dem Aufbau unserer Siedlungen!“, rief Aidan allen zu.

Die Gefährten eilten zu den Tafeln, die überall an den Flussufern, auf den Schiffen oder in Macro aufgebaut worden waren. Sira und Sakarbal lauschten noch bis spät in den Abend dem Stimmengewirr. Das Fest war noch schöner geworden, als sie es sich vorgestellt hatten. Beide waren überzeugt, dass man noch lange davon erzählen würde.

„Ich bin so froh, dass du nun ein bisschen mehr Zeit für die Kinder und für mich haben wirst!“, flüsterte Sira ihrem Mann ins Ohr.

„Und ich erst!“, erwiderte Sakarbal und schloss sie fest in seine Arme.

34. Kapitel
Die Bergfestung
Kuelap, November 146 - Juni 145 v. Chr.

Aus allen Himmelsrichtungen kamen immer mehr Menschen des Bergvolkes nach Macro. Sie besuchten ihre Stammesangehörigen, die in zwei neu errichtete Steinhäuser in die Siedlung am Fluss eingezogen waren. Vorher hatten sie in vier Hütten aus Holz, Lehm und Flechtwerk aus Pflanzenblättern weiter flussab im Utcubamba-Tal gelebt. Sie waren Fischer und Bauern. Stolz führten sie ihren Angehörigen ihre neue Unterkunft vor und ihr Zusammenleben mit den Fremden.

Ainsley, der in seiner alten Heimat den Beinamen ‚meine eigene Weide' erhalten hatte, da er es mit viel Wissen und Fleiß vom Pächter eines Feldes zum Großgrundbesitzer gebracht hatte, war ein ehrgeiziger Mann. Er wollte auch in der neuen Heimat beweisen, dass er aus der Arbeit für die Gemeinschaft eigenen Vorteil erwirtschaften konnte. Er hatte daher die neuen Mitbewohner sofort mit den Fischern und Bauern, die mit ihm schon in der alten Heimat zusammengearbeitet hatten, zusammengebracht. Sie sollten so schnell wie möglich von ihnen lernen, um dann Feld- und Fischwirtschaft so auszubauen, dass der Ertrag nicht nur den Bedarf der Bürger von Macro decken, sondern darüber hinaus noch zum Handel mit anderen Siedlungen eingesetzt werden konnte.

Die vielen Besucher ließen sich willig einspannen. Sie halfen überall mit, wo eine Hand dringend gebraucht wurde.

Dabei beobachteten sie die Fremden aber genau. Das unterschiedliche Aussehen, die Art des Bauens, die handwerklichen Fähigkeiten und schließlich die Werkzeuge beeindruckten sie sehr. Mit den Eisenäxten fällten und bearbeiteten die Fremden einen Baum etwa zwanzigmal schneller als sie selbst mit ihren Steinäxten. Auch die Pflüge mit Messer und Wendeblatt aus Eisen waren ihren Pflügen aus Holz weit überlegen. In ihren Augen waren das Götter oder Riesen, die da zu ihnen gekommen waren. Andererseits wunderten sie sich aber auch, dass die Fremden ihre Grundnahrungsmittel wie *Chuno* oder *Kinwa* nicht kannten und dass sie keine Coca-Blätter kauten. Merkwürdig auch, dass sie die gebrochenen Steine selbst schleppten, anstatt sie von den Lamas vom Steinbruch zur Baustelle bringen zu lassen.

Seit zwei Tagen ruhten die Arbeiten und auch jetzt regnete es ohne Pause. Der Fluss war bedrohlich angeschwollen. Die Schiffe waren mit vielen zusätzlichen Tauen gesichert worden. Eine der von Ainsley gerodeten Flächen für die Erweiterung der Felder war überschwemmt worden. Ein herber Rückschlag für ihn. Für den zentralen Lagerplatz bestand aber keine Gefahr. Das Gelände war stark aufgeweicht und der steile Anstieg hoch hinauf zum Siedlungsort Kuelap zu rutschig und gefährlich. Lediglich am Aufbau der Häuser in Kuelap selbst wurde weitergearbeitet.

Amanary saß mit dem neuen Lenkungsrat auf einem ihrer Schiffe zusammen. Aidan hatte eine bereits leergeräumte Gaulos unter Deck ein wenig umbauen lassen, so dass sie über einen großen trockenen Versammlungsraum verfügten.

Sie hatten Besuch von Valqui, dem Stammesoberhaupt einiger Dörfer des einheimischen Bergvolkes im Umkreis von Kuelap. Amanary übersetzte die Rede von Valqui: „Ich bin gerade von einem Treffen der Stammesoberhäupter unseres Bergvolkes zurück. Die Nachricht von eurer Ankunft hat sich wie ein Lauffeuer in alle Dörfer verbreitet. Auch euer Vorhaben, hier zu siedeln, hat sich herum gesprochen. Der Rat hat fünf einflussreiche Stammesführer und mich beauftragt, mit euch über eure Absichten zu sprechen. Die fünf Männer sind bereits auf dem Weg zu meinem Dorf. Ich bitte euch morgen dort meine Gäste zu sein."

„Gerne nehmen wir deine Einladung an", sagte Aidan. Nach einem gemeinsamen Gastmahl verabschiedete sich Valqui und begab sich mit seinen zwei Begleitern auf den beschwerlichen Rückweg zu seinem Dorf. Zum Glück hatte es aufgehört zu regnen.

Am nächsten Morgen schien die Sonne und keine Wolke war mehr zu sehen. Sofort wurden die Arbeiten wieder aufgenommen. Aidan, Pau, Sakarbal, Sastre und Amanary machten sich, begleitet von vier bewaffneten Kriegern, die von Philosir angeführt wurden, auf den Weg zum Dorf von Valqui. Jeder von ihnen war bepackt mit Werkzeugen und Materialien, die auf der Baustelle in Kuelap benötigt wurden. Als diese in Sichtweite kam, blieben sie überrascht stehen. Welche Fortschritte waren während der letzten drei Mondzyklen seit ihrem Fest erreicht worden!

Die Hochebene auf dem Bergrücken war gerodet, ebenso das erhöhte Gebiet, auf dem die Siedlung gebaut werden sollte. Dieses war im südlichen Teil eingeebnet. Zwölf Häuser standen bereits und ebenso viele waren im Bau.

Ein großer Trupp von Männern arbeitete an der natürlichen, knapp 70 Fuß hohen Böschung, die für die äußere Befestigungsmauer genutzt werden sollte. Der Hang war in einem rechten Winkel von der Häuserebene hinunter bis zur ebenen Freifläche begradigt worden. Die Arbeiter hatten an der Südseite damit begonnen, etwa zehn Fuß vor der Neigung behauene Steine nebeneinander zu setzen. Darauf dann eine zweite Reihe, immer um einen halben Stein versetzt. Die Steingröße entsprach überwiegend ihrem Norm Maß, aber es wurden auch kleinere und erheblich größere Steine verbaut.

Sie hatten zwei römische Meilen weiter südlich auf etwa gleicher Höhe eine Felswand gefunden, aus der sie die Steine brechen konnten. Damit wurden die Transporte vom Flusstal herauf deutlich verringert.

Nachdem die Mauer auf dreißig Fuß Höhe angewachsen war, hatten sie den Raum zwischen der Böschung und der Mauer mit Bruchsteinen, Geröll und Sand aus dem Steinbruch und von der Baustelle verfüllt.

Die Gruppe um Aidan ging bei allen Arbeitern vorbei, begrüßte jeden einzelnen und bedankte sich bei ihnen.

Dann suchten sie sich einen Platz bei den in großer Zahl im Freien aufgestellten Tischen und Bänken. Sie sahen auch mehrere gedeckte Holzhütten mit Sitzmöglichkeiten sowie Feuerstellen, auf den Speisen zubereitet wurden. Während sie tranken und aßen sprachen sie mit den Frauen, die sich um die Versorgung der Arbeiter kümmerten. Ihnen fiel auf, dass ihre eigenen Gefährtinnen von vielen einheimische Frauen unterstützt wurden.

Dann brachen sie zum Dorf von Valqui auf. Es lag grob in der Richtung des neuen Steinbruchs.

Unterwegs kamen ihnen zahlreichen Frauen entgegen. Sie brachten den Arbeitern von einer Quelle nahe des Dorfes der Einheimischen frisches Wasser. Eine anstrengende Arbeit, zwei- bis dreimal täglich unterwegs zu sein und das Tag für Tag, auch wenn sich die Frauen immer wieder abwechselten.

Kurz vor dem Dorf kam ihnen Valqui schon entgegen. Eine junge Frau begleitete ihn. Er begrüßte sie. Amanary übersetzte: „Seid willkommen! Das ist meine Tochter Tayna, sie wird sich um euren Wachtrupp kümmern. Ihr anderen folgt mir bitte."

Während die Männer dem Stammesführer in die Dorfmitte folgten, ging Tayna selbstbewusst und ohne Zögern auf Philosir zu, der etwas vor den Kriegern stand, fasste ihn am Arm und bedeute ihm mitzukommen. Philosir wies die Wachen an, ihnen zu folgen. Sie gingen zu einer Hütte am Rand des Dorfes. Philosir glühte innerlich, seitdem er die Hand der schönen jungen Frau auf seinem Arm gespürt hatte.

Auf der Wiese in der Dorfmitte hatten inzwischen die Gefährten in einem Halbkreis gegenüber den Stammesoberhäuptern Platz genommen. Zwischen den beiden Gruppen waren Matten ausgebreitet, auf denen Speisen und Getränke standen. Nachdem sie sich begrüßt und vorgestellt hatten, forderte Valqui die Männer auf, über ihre Herkunft, ihre lange Reise und ihre Pläne zu berichten.

Während Aidan erzählte, beobachteten Pau und Sakarbal nur ungläubiges Staunen auf den Gesichtern der Stammesführer. Dies änderte sich, als Aidan auf ihre Siedlungsabsichten zu sprechen kam. Mit gespannter Anteilnahme folgten sie seinen Worten.

„Ich betone ausdrücklich, dass alle unsere Maßnahmen auf das Ziel eines friedlichen Zusammenlebens gerichtet sind. Wir wollen euch gute Nachbarn sein. Wir streben ein gedeihliches Miteinander an, das für alle gleichermaßen zum Vorteil sein wird. Wir möchten uns für die große Hilfsbereitschaft, die Ratschläge und die zupackende Tatkraft bedanken, die ihr uns bisher schon habt zukommen lassen!"

Jetzt ergriff Valqui das Wort: „Danke für eure offenen Worte und das Lob für unsere Männer und Frauen. Auch wir möchten uns dafür bedanken, wie gut ihr sie behandelt. Es ist sehr großzügig, dass ihr ihnen eure erstaunlichen Fähigkeiten und Werkzeuge zeigt."

Er machte eine Pause, dann fuhr er fort: „Unser Bergvolk besteht aus einer Vielzahl von kleineren Stämme, eher Familienverbänden, die von einem Stammesführer, meist dem Sippenältesten angeführt werden."

Er machte wieder eine Pause, zeigte auf die Männer neben sich und fuhr fort: „Wir bewohnen die Täler und Hochebenen der Bergwelt mit ihren Nebelwäldern schon seit langer Zeit. Wir leben grundsätzlich unabhängig voneinander und friedlich miteinander. In Zeiten schlechter Ernten oder in Krisenzeiten schließen wir uns zusammen, zum Zwecke des Überlebens. Kriegerische Auseinandersetzungen mit Völkern aus angrenzenden Gebieten, wie dem Regenwald im Tiefland des großen Flusses oder aus Gebieten westlich der großen Berge, sind sehr selten. In so einem Fall eilen alle Stämme dem angegriffenen Stamm zu Hilfe. Wir haben also ähnliche Vorstellung wie ihr. Vorstellungen davon, wie einzelne Menschen frei und selbstbestimmt in kleineren Gruppenverbänden unter dem Dach einer größeren Gemeinschaft zusammen leben können, im Einklang mit der Natur, die uns alles abverlangt, uns aber die Möglichkeit auf ein gutes Leben bietet."

„Ja, so verstehen wir uns auch", antwortete Aidan spontan.

Valqui bat um eine Pause, da er sich mit den anderen Häuptlingen besprechen wollte.

Aidan stimmte zu und ging währenddessen mit den Gefährten durch das Dorf. Sie kamen an dem Platz vorbei, wo die Männer ihres Wachtrupps zusammensaßen und sich beim Essen angeregt unterhielten.

Als sie gerade aufspringen wollten sagte Aidan: „Bleibt sitzen und erholt euch. Morgen wartet wieder schwere Arbeit auf euch. Aber wo ist Philosir? Ich kann ihn nirgends sehen."

„Der ist weiter dort hinten auf der kleinen Anhöhe. Er scheint in ernste Gespräche mit der Tochter des Stammesführers vertieft zu sein." Der Mann, der diese Auskunft gegeben hatte, zwinkerte seinen Kameraden zu, die sich ein Lächeln nicht verkneifen konnten.

Da musste Sakarbal auch lächeln und sagte: „Ich bin mal gespannt, was Philosir so alles erfahren hat und uns später berichten wird."

Sie gingen zurück zum Versammlungsplatz und setzten das Gespräch mit den Stammesführern fort.

Valqui begann: „Wir sind von euren guten Absichten überzeugt, daher möchten wir euch einen Vorschlag machen. Wir kennen die hiesige Natur und wissen um die Möglichkeiten, wie man hier leben kann. Wir müssen uns aber alles mühsam mit einfachsten Mitteln erarbeiten. Ihr dagegen habt Kenntnisse, Fertigkeiten und Werkzeuge, die uns bisher unbekannt waren. Auch eure Waffen sind den unseren weit überlegen. Mit euch gemeinsam wären wir ein machtvolles Volk, das sich vor niemandem in dieser Bergregion fürchten müsste.

Wir schlagen euch deshalb vor, ein gemeinsames Volk zu bilden. Wir würden dabei auch gerne mit euch in euren Siedlungen zusammenleben. Vielleicht will das nicht jeder Einzelne, aber doch die meisten. Es muss in jedem Fall alles auf Freiwilligkeit beruhen! Jeder Stamm kann selbst entscheiden, wie er leben möchte. Wie steht ihr zu diesem Vorschlag?"

Aidan antwortete: „Wir sind überrascht! Wir hatten gehofft, in guter Nachbarschaft zusammenleben zu können, aber dass ihr bereit seid, euch mit uns zu verbinden, überwältigt uns."

Er machte eine Pause, schaute in die Gesichter seiner Gefährten. Als er ihr aufmunterndes Kopfnicken sah, fuhr er fort: „Wir sind einverstanden. Durch das Zusammenleben lernen wir schnell voneinander, werden bald eine Sprache sprechen und ein mächtiges friedfertiges Volk werden."

„Ja, ein Volk, das sich in unserer *runa simi*-Sprache ‚Chachapoya', Volk der Wolkenmenschen, nennen wird", antwortete Valqui.

Dann fielen alle in seinen Ruf ein: „Chachapoya! Chachapoya! Chachapoya!"

Das Ergebnis des Zusammentreffens verbreitete sich in Windeseile, sowohl bei den Gefährten als auch bei den Stämmen der Einheimischen.

Aidan hatte in einer eigens einberufenen Ratsversammlung berichtet.

Xavi sprach dabei aus, was viele dachten: „Ein Volk! Das ist auch eine gute Idee für uns. Denn welche Bedeutung haben unsere alten Namen - Balearen, Castro-Kelten, Keltiberer, Karthager – noch? Keine!

Wir wollten einen Neuanfang. Also über Bord damit. Auf uns, auf die Chachapoya!"

Alle jubelten und klatschten.

„Aber wir werden nicht unsere alten Götter und Riten verleugnen", sprach Yutpan laut und mahnend in die Runde.

„Keinesfalls!", mahnte auch Sastre.

Moran ergänzte: „Unser oberster Grundsatz ist Freiheit und Selbstbestimmtheit. Jeder kann seine für ihn wichtigen Überlieferungen weiterleben, wie er es möchte."

„Aber eine einheitliche Sprache wäre von Vorteil", rief jetzt Pau in die Runde.

Amanary meldete sich zu Wort: „Ich schlage vor, dass wir die runa simi-Sprache, das *Qichwa,* als Basis nehmen und um unsere Begriffe ergänzen, notfalls als Fremdworte."

„Ein guter Vorschlag, Amanary!", sagte Sakarbal.

Alle stimmten zu, wobei jedem klar war, dass dies viele, viele Jahre beanspruchen würde.

„Vorrangig“, betonte Aidan, „ist und bleibt aber zunächst der Siedlungsbau.“

Ebenfalls angenommen wurde der Vorschlag, den Lenkungsausschuss und damit auch den Senat um eine Person zu erweitern. Denn dem sollte nun auch ein Sprecher des einheimischen Bergvolkes, derzeit Valqui, angehören.

Nach Schluss der Versammlung ging Sakarbal zu Philosir und fragte ihn: „Du hast mir noch gar nicht berichtet, was du von Valquis Tochter über ihr Bergvolk erfahren hast? Wie hieß sie noch gleich?“

„Tayna heißt sie“, antwortete Philosir. Er fuhr stotternd fort: „Äh, nichts, wir haben nur über das Wetter und die schöne Natur gesprochen.“ und blickte dabei vor sich auf den Boden.

So kannte Sakarbal seinen jungen Krieger gar nicht. Er musste lächeln. „Hast du dich etwa verliebt?“

„Ich, verliebt? Nein, wo denkst du hin.“

„Ist ja schon gut“, damit ließ Sakarbal ihn verdutzt stehen.

Und w i e verliebt er war, musste sich Philosir eingestehen. Seit er die junge Frau zum ersten Mal gesehen hatte, konnte er an nichts Anderes mehr denken. Er war zerfahren bei der Arbeit und konnte kaum mehr richtig schlafen. Wie sollte es nur weitergehen?

Der erste Vollmond im neuen Jahr war vorüber. Laut der Aufzeichnung von Xavi war es der 958. Tag seit dem Aufbruch in Gadir.

In der letzten Ratssitzung hatte der Senat einen Erlass verabschiedet, der festlegte, dass mit der Gründung der ersten Niederlassungen in Macro und Kuelap die Zeitrechnung in der neuen Heimat begann. Der erste Tag im neuen Jahr war als das Datum der Stadtgründungen festgelegt worden. Also waren sie nun im zweiten Mondzyklus des Jahres eins a.u.c.

Xavi hatte die ganze Nacht wieder die Sterne am klaren Himmel beobachtet. Sein Hals und sein Rücken schmerzten stark. Er musste sich etwas einfallen lassen, damit die Beobachtungen schmerzfreier erfolgen konnten. Die Bestimmung des Kreuz des Südens war schon lange keine Schwierigkeit mehr für ihn und er wusste, dass man es als Anzeiger für den südlichsten Punkt des Himmelsgewölbes nutzen konnte. Valqui hatte ihm gesagt, dass das Sternbild in ihrer Sprache *Chakana Warani* hieß.

Jetzt legte er sich in seinem Haus zur Ruhe. Es war das erste größere rechteckige Haus, das auf der obersten Ebene von Kuelap fertig geworden war. Er würde über die nächste Zeit dieses Haus im Innern zu einem Nosokomeion ausbauen lassen. An der Außenwand hatte er auf zwei Steinen rechts und links der großen Eingangstür die Erkennungszeichen des Heilgottes *Schadrapa*, eine Schlange und einen Skorpion, als Halbreliefs darstellen lassen.

Der Lenkungsrat saß zusammen und beriet über den Fortschritt der Arbeiten. Sie hatten Xavi zu sich gebeten, um sich auch über den allgemeinen Gesundheitszustand ein Bild zu machen.

Sakarbal berichtete: „Ungeachtet des Höhepunktes der Regenzeit gehen die Arbeiten zügig voran. Zwar kommt es durch die Regengüsse immer mal wieder zu Unterbrechungen, aber im Vergleich zu unseren Erfahrungen im Tiefland am großen Fluss ist das hier alles wesentlich besser zu ertragen."

Aidan fuhr fort: „Der Regen weicht zwar den Boden auf und hin und wieder rutschen Hänge ab, aber das Wasser fließt, sowie es fällt, gleich wieder über kleine Bäche und Wasserfälle hinab in die Täler. Zwar werden dort einzelne Felder überschwemmt, aber diese erhalten damit neue Nährstoffe. Hier oben aber steht das Wasser nicht viele Tage lang in den Häusern. Hab und Gut bleiben trocken."

„Und Tiere wie Krokodile oder Schlangen werden auch nicht in die Siedlung gespült. Giftschlangen gibt es in der Bergwelt zwar auch, wie mir die Einheimischen berichtet haben, aber nur vereinzelt. Da wir den Bereich unserer Siedlungen großräumig gerodet haben, gibt es hier ohnehin keine giftigen Tiere mehr", ergänzte Pau.

„Was kannst du uns über den Krankenstand berichten?", fragte Sakarbal Xavi.

„Ich habe zwei Neuigkeiten für euch.", antwortete Xavi, „Eine gute und eine schlechte Nachricht! Welche wollt ihr zuerst hören?"

„Die gute Nachricht!", antworteten alle drei.

„Wir haben, seit wir das Bergland erreicht haben, keine Neuerkrankungen mehr, die auf verunreinigte Mückenstiche oder andere Einflüsse zurückzuführen sind, wie wir das in den Sumpfgebieten des Tieflandes schmerzlich erleben mussten. Es sieht so aus, als würden diese Erkrankungen hier nicht mehr auftreten."

„Hoffen wir es, Xavi", sagte Aidan.

„Und was ist die schlechte Nachricht?", fragte Pau.

„Wir haben leider zwei Todesfälle und eine größere Zahl von Erkrankten, die ich mir noch nicht erklären kann", antwortete Xavi und fuhr fort: „Die Erkennungszeichen dieser Krankheit sind Kopfschmerzen, Müdigkeit, Schwindel, allgemeine Schwäche, Übelkeit, Appetitlosigkeit und Schlaflosigkeit.

„Aber daran stirbt man doch nicht", warf Sakarbal ein.

„Da hättest du normalerweise recht. Aber hier scheint es darum zu gehen, genau zu unterscheiden, ob es sich um ‚normale' Erschöpfung im Rahmen eines langen Marsches oder einer schweren Arbeit handelt oder ob die Erschöpfung über den normalen Grad hinausgeht", antwortete Xavi. „Bisher habe ich beobachtet, dass die Krankheit unabhängig von Geschlecht, Alter oder körperlichem Zustand auftreten kann. Die Erkrankung kann etwas mit der Höhe zu tun haben. In Macro wurde mir noch von keiner Erkrankung berichtet, aber je höher die Menschen gehen, umso mehr Fälle treten auf. Erkrankte Gefährten, die nicht weiter nach oben gestiegen sind, sondern wieder nach Macro heruntergekommen sind, haben sich nach kurzer Zeit erholt. Bei Erkrankten, die trotz der Anzeichen bis nach Kuelap aufgestiegen sind, hat die Erholung wesentlich länger gedauert. Bei zwei Gefährten ist sie noch schlimmer geworden. Zuerst konnten sie nicht mehr arbeiten. Dem ausgeprägten Leistungsverlust folgten bei einem akute Atemnot, Reizhusten und

Rasselgeräusche beim Atmen. Kurze Zeit danach verstarb er. Bei dem anderen traten Lähmungen, Bewegungsstörungen und Wahnbilder auf. Er fiel in eine tiefe Bewusstlosigkeit und starb ebenfalls."

„Das ist ja schrecklich. Was können wir dagegen tun?", fragte Aidan.

„Ist euch aufgefallen, dass viele Menschen des Bergvolkes auf Pflanzenblättern herumkauen und oft mit einer dicken Backe herumlaufen?", fragte Xavi.

„Ja, jetzt, wo du es sagst… Ich habe mich schon darüber gewundert", antwortete Pau.

Xavi fuhr fort: „Ich habe mit Valqui über die Krankheit gesprochen. Er hat mir bestätigt, dass sie auch bei seinem Volk auftritt. Der eine bekommt sie, andere - zum Glück die allermeisten - bekommen sie nicht. Ihre Schamanen haben eine Pflanze gefunden, den Coca-Strauch. Die Blätter dieses Strauches helfen gegen die Krankheit und sie wirken zudem leistungsfördernd. Valqui hat mir eines der Felder mit dem Coca-Strauch gezeigt und mir einen Sack mit Coca-Blättern mitgegeben. Jetzt probiere ich die Wirksamkeit an einer größeren Anzahl von unseren Gefährten aus. Zudem habe ich die Meister auf den Baustellen angewiesen, Arbeiter, die Anzeichen zeigen, die über normale Kopfschmerzen und Erschöpfung hinausgehen, von der Arbeit zu entbinden und sie nach Macro herunterzuschicken. Dort wird sie ein Heiler weiter beobachten."

„Wir müssen diese Krankheit in den Griff bekommen. Halte uns weiter auf dem Laufenden!", forderte Aidan Xavi auf.

Inzwischen hatten die Menschen des Bergvolkes ihnen Lamas als Transporttiere für Baumaterial, Nahrung und Wasser zur Verfügung gestellt. An die 1000 Tiere waren im Einsatz.

Nach weiteren drei Mondzyklen war die Zahl der fertigen Rundhäuser in Kuelap auf 80 angestiegen. Sie standen alle auf der südlichen Seite. Auch die Errichtung der Mauer war vorangeschritten. Angefangen von der natürlichen Begrenzung durch die tiefe Schlucht auf der Ostseite der Siedlung, dann entlang der Südseite bis zur Mitte der Westseite stand sie bereits. Die Baumeister hatten bei Richtungswechseln versucht Ecken zu vermeiden und die Mauer immer in einem Bogen weiterlaufen zu lassen. Als Sakarbal einmal gefragt hatte, warum sie das täten, hatten sie geantwortet: „Aus Gründen der Stabilität. Außerdem sieht es schöner aus. Oder etwa nicht?"

Eines der geplanten Zugangstore wurde nach dem ersten Viertel der Westmauer eingebaut. An der Außenseite der Mauer zur ebenen Freifläche hin war der Zutritt in das Festungsinnere sieben Fuß breit. Die Mauer rechts und links etwa 30 Fuß hoch. Die Länge des Durchgangs vom Eingang bis zum Ausgang auf der Häuserebene erstreckte sich über 66 Fuß und verjüngte sich dabei auf zwei Fuß Breite am Ausgang. Rechts und links des Durchgangs waren Mauersteine gesetzt. Die ursprüngliche Böschung war im Durchgang zu einer ansteigenden Rampe abgetragen worden, in die an mehreren Stellen Steinstufen eingebaut worden waren.

Auf der obersten Ebene befanden sich neben dem Haus von Xavi noch ein weiteres großes rechteckiges Haus und drei weitere größere Rundhäuser im Aufbau.

Eines davon sollte das Haus für Sakarbal und seine Familie werden. Er ging mit einem Baumeister durch den steinernen Rundbau und erklärte ihm, wo er im Erdgeschoss Steinmauern setzen sollte und welche Bretterwände im Obergeschoss zu errichten waren. Denn Sakarbal wollte für sich und seine Familie viele Räume zur Verfügung haben: einen Gemeinschaftsraum, einen Arbeitsraum, einen Schlafraum für Sira und ihn, einen für die beiden Kinder, einen für die drei Geschwister von Sira und einen für ihre Eltern, einen Lagerraum und eine Küche mit Feuerstelle. Dann ging er mit dem Baumeister nach draußen. Die Sockelsteine des Hauses waren breiter gesetzt als die darauf sitzende Hausmauer. Auf dem vorspringenden Sockel waren Steinplatten gelegt, die eine Umlauf um das Haus ermöglichten. Sakarbal zeigte dem Baumeister wie die Treppe verlaufen sollte, die vom unteren Umlauf zu der Tür im Obergeschoss führen sollte. Als sie alles besprochen hatten, ging er zum höchsten Punkt der Siedlung in der Nähe des Hauses von Xavi.

Er hatte sich dort mit Aidan, Pau, Hallalcar und Xavi verabredet. Oben angekommen sah er Xavi und Hallalcar aufgeregt miteinander reden. Hallalcar hatte einen Steinmetz und einige Arbeiter mitgebracht, die gerade eine kleinere Fläche sorgfältig ebneten. Nur kurze Zeit später erschienen auch Pau und Aidan, die vom nördlichen Ende der Siedlung her den Aufstieg in Angriff genommen hatten.

Hallalcar und Xavi hatten vorgeschlagen, einen besonderen Stein zu setzen. Dieser sollte es allen ermöglichen, auf einfache Weise die Himmelsrichtungen ablesen zu können. Anhand der Himmelsbeobachtungen, die die beiden während ihrer Reise und hier gemacht hatten, fiel es ihnen nicht mehr schwer, sich zurechtzufinden. Ganz anders sah das aber bei vielen Gefährten aus. Das hier fehlende Sternbild des *urs major* und die damit fehlende Möglichkeit diesen als Weiser zum nördlichsten Himmelspunkt zu nutzen, machte es ihnen schwer, sich in Bezug auf die Himmelsrichtungen zurechtzufinden. Ebenso führte es immer noch zu großem Befremden, dass die Sonne hier am Mittag nicht im Süden stand, sondern vom Aufgang im Osten bis zum Untergang im Westen genau über sie hinweg lief.

Hallalcar und Xavi hatten ihr Streitgespräch beendet. Sie gaben sich die Hand und beide sagten: „*Heureka*!“

Sakarbal rief ihnen zu: „Habt ihr euch jetzt endlich geeinigt?“

Xavi schaute zu Hallalcar: „Waren wir uns uneinig?“

„Nein, bei unserem Gespräch lässt die Lehre nur eine Antwort zu“, antwortete Hallalcar, dann gab er dem Steinmetz einige Anweisungen.

Die Arbeiter begannen nun unter der Anweisung des Steinmetz in einer bestimmten Ausrichtung neun behauene Steine in einem Quadrat mit der Seitenlänge von drei Fuß zu setzen. Darauf setzten sie wieder neun kleinere Steine als ein zweites mittelgeschachteltes kleineres Quadrat.

Xavi fragte in die Runde: „Sollen wir die Himmelsrichtungen nach unserer alten Sprache benennen oder in Qichwa?“

„Das soll unsere Sprache werden“, antwortete Aidan.

Hallalcar ging nun mit dem Steinmetz zu dem Stein, der nach Westen zeigte, und ließ das Wort *Kunti* und auf den Stein gegenüber *Anti* einmeißeln. Der nördliche Stein bekam die Inschrift *Chincha*, der südliche *Urin*.

Dann machte Xavi mit einem Stock einen Strich in den Erdboden in Verlängerung des nördlichen Steins. „In dieser Richtung liegt Macro." Einen weiteren Strich zog er etwa in der Mitte zwischen Nord und Ost. „Dort etwa liegt unsere alte Heimat."

Dann zeigte er auf einen sechs Fuß langen Stab, der in der Erde steckte. „Wie ihr seht, stehe ich hier auf einer Steinplatte. Blickt man von hier in Verlängerung des Stabes bis zum Horizont, sieht man die Stelle, an der die Sonne zur Tagundnachtgleiche im dritten Mondzyklus des Jahres aufgeht und somit den Herbstbeginn markiert. In unserer alten Heimat war dies der Beginn des Frühjahrs. Noch so eine für viele schwer zu verstehende Umgewöhnung. Zur nächsten Tagundnachtgleiche am Ende des neunten Mondzyklus werde ich einen zweiten Stab aufstellen, für die Anzeige des Frühjahrsbeginns."

„Mir dreht sich der Kopf", sagte Pau.

Mit den Worten: „Ausgezeichnete Arbeit, ich danke euch beiden", wandte sich Aidan an Xavi und Hallalcar und klopfte ihnen anerkennend auf die Schultern.

Dann verabschiedeten sich die Männer und gingen zurück zu den Baustellen.

„Einen Moment noch Aidan", sagte Xavi, „wenn du noch etwas Zeit hast, dann begleite mich bitte in mein Haus."

„Gerne, was gibt es noch?", antwortete er.

Im Hause angekommen, setzten sie sich an einen Tisch und Xavi begann: „Du weißt, wie wichtig für uns die Beobachtung des Sonnenlaufs, des Mondes und der Sterne am Himmel ist. Daraus können wir vieles ablesen und Nutzen ziehen. Aber die allabendliche Himmelsbeobachtung verkrampft meine Hals- und Nackenmuskeln. Ich habe mir daher etwas überlegt. Ich würde gerne ein besonderes Haus bauen. Eine Beobachtungsstätte für die Sterne." Dann zog er eine

Zeichnung hervor. Das Gebäude sah wie ein großes Fass aus, das sich von oben nach unten verjüngt. Vom Boden führte an der Mauer eine Treppe hinauf. Oben war eine kleine Mauer mit einem Umlauf, innen sechs Fuß breit. In den vier Himmelsrichtungen waren Steinbänke an der Mauer eingezeichnet. Im Inneren war Wasser.

„Wozu brauchst du das Wasser?", fragte Aidan verwundert.

„Genau das ist der Punkt. So kann ich im Sitzen nach unten schauen und den Sternenhimmel im Spiegelbild der Wasseroberfläche betrachten. So brauche ich dann nur in bestimmten Fällen, wenn ich etwas ganz genau erkennen muss, nach oben schauen."

„Einfallsreich", antwortete Aidan.

„Sakarbal hatte mich auch schon angesprochen. Er ist auf der Suche nach etwas ganz anderem. Er möchte eine besondere Gedenkstätte für die Amphoren mit der Asche unserer auf der Reise verstorbenen Gefährten. Jetzt, wo ich deinen Entwurf sehe, denke ich, wir könnten im unteren Teil des Gebäudes einen begehbaren Raum für den Ahnenkult einrichten. Über den Raum kommt ein Boden aus Balken, gedeckt mit Brettern, darüber wasserundurchlässiges Gestein-Erd-Gemisch, eine weitere Abdeckung und dann das Wasser."

Xavi unterbrach: „Es muss nur wenig Wasser hinein, praktisch wie eine flache Schale. Wichtig ist, dass ich am Ende eine glatte ruhende Wasseroberfläche für die Beobachtung habe."

Aidan versetzte: „Das wird wohl in erster Linie vom Wind abhängen. Wenn der bläst, wirst du nicht beobachten können. Daher denke ich, dass wir so viel Wasser einfüllen, wie der Boden darunter tragen kann. Dann haben wir eine Zisterne für den Notfall. Was meinst du?"

„Gute Idee, ein einziges Gebäude für drei so wichtige Anliegen zu schaffen", antwortete Xavi.

„Mein Einverständnis habt ihr. Beginnt und probiert es aus." Damit verabschiedete sich Aidan von Xavi.

Sakarbal war inzwischen zurück auf dem Verpflegungsplatz. Er sah Bothan auf sich zukommen, der ihn bat, sich mit ihm etwas abseits hinzusetzen, wo sie ungestörter waren.

„Sakarbal, du ahnst sicher schon worum es geht", begann er.

„Ich kann es mir denken. Das Schicksal deiner Frau Annot lässt dir keine Ruhe."

„Ja, so ist es! Viel zu viel Zeit ist schon vergangen seit der Entführung, aber die reißenden Flüsse in der Regenzeit ließen die Suche mit einem unserer Schiffe nicht zu. Aber jetzt ist die Regenzeit vorüber und wir wollen aufbrechen. Bitte gib mir und den anderen Männern, denen die Frauen geraubt wurden, die Erlaubnis, eine Suchfahrt durchzuführen. Weitere 30 Freiwillige, meist Angehörige oder Freunde, darunter auch ein Omagua und einer vom hiesigen Bergvolk werden uns begleiten."

Sakarbal war klar, dass er mit keiner Begründung Bothan von der Suche abbringen konnte.

Er antwortete ihm: „Nimm die Gaulos, die auf unserer Reise unter deinem Kommando stand. Nehmt ausreichend Waffen mit und was immer ihr benötigt, vor allem natürlich ausreichend Nahrungsvorräte und Wasser.

Was glaubst du, wie lange ihr fort sein werdet?"

„Bis zur Stelle, wo der Überfall stattgefunden hat, brauchen wir drei Mondphasen, einen weiteren Mondzyklus für die Rückfahrt und etwa die doppelte Zeit für die Suche", antwortete Bothan. „Ich würde gerne die drei Einbäume und zwei von den kleineren Booten Aidans mitnehmen, um auf den kleineren Nebenflüssen weiter im Urwald abseits des großen Flusses suchen zu können."

„Auch das sei dir gestattet. Ich werde Hiram entsprechend anweisen. Wann startet ihr?"

„Zum nächsten Vollmond."

„Das sind nur noch drei Tage. Dann wünsche ich euch viel Erfolg bei der Suche. Kommt unversehrt und hoffentlich gemeinsam mit euren Frauen zurück."

Er ging auf Bothan zu, umarmte ihn und drückte ihn lange. Dann gingen sie auseinander.

„Ob ich ihn je wiedersehen werde?", dachte Sakarbal.

Kaum war Bothan gegangen, kam Philosir auf Sakarbal zu und sprach ihn an: „Ich brauche deine Hilfe. Ich bin verliebt in Tayna. Wir wollen uns verbinden. Tayna hat darüber schon mit ihrem Vater gesprochen. Er hat sich Bedenkzeit ausgebeten. Was soll ich tun? Was, wenn er nein sagt?"

„Du bist doch sonst kein Zauderer. Nimm dein Schicksal in die Hand und gehe zu Valqui und bitte ihn um die Hand seiner Tochter. Er wird schon nicht nein sagen. Du bist doch ein anziehender Mann! Außerdem möchte er, dass seine Leute mit den unseren zu einem gemeinsamen Volk zusammenwachsen. Kann es ein besseres Zeichen hierfür geben als eine partnerschaftliche Verbindung zwischen zwei Menschen aus den beiden Gruppen?"

„Danke Sakarbal. Du hast mir wirklich Mut gemacht. Ich gehe gleich zu Valqui. Bis nachher."

Dann rannte er auch schon los.

Als er im Dorf bei der Hütte von Valqui ankam, sah er ihn zusammen mit Tayna vor dem Eingang stehen. Er begrüßte beide höflich.

„Tayna, wir lassen dich einen Moment allein hier draußen. Philosir, komm bitte mit mir ins Haus", sagte Valqui.

Drinnen fuhr er fort: „Hier, trink einen Schluck Wasser, du bist wohl gerannt."

„Ja, das bin ich."

„Was gibt es denn so Eiliges?", fragte Valqui und lächelte.

„Ich möchte Tayna zur Frau nehmen. Wir sind ineinander verliebt. Ich werde sie immer lieben und ich werde für sie sorgen und sie beschützen", sprudelte es aus ihm heraus.

„Ja das glaube ich dir gerne. Ich habe schon von Sakarbal gehört, dass du ein furchtloser junger Mann bist, ein erfahrener Krieger aber auch ein aufgeweckter Bursche und vor allem ein treuer Gefährte.

Aber was viel mehr wiegt, ist, dass meine liebe Tayna sich auch mit dir verbinden möchte. Sie hat es mir schon vor Tagen eröffnet und seither wartete sie mit Ungeduld auf dein Kommen. Ich liebe meine Tochter so sehr, dass ich ihr keinen Wunsch abschlagen könnte. Ich gebe sie dir zur Frau. Aber sorge gut für sie und enttäusche sie nie."

Dann rief er Tayna herein. Freudestrahlend ging sie auf ihren Vater zu. Er nahm ihre Hand und legte sie in die Hand von Philosir. „Werdet ein glückliches Paar!"

Tränen rannen über Taynas braune Wangen. Sie umarmte ihren Vater und drückte ihn. „Danke!"

Dann nahm sie Philosir in ihre Arme und küsste ihn. Er erwiderte ihren Kuss und hielt sie ganz fest. Valqui ging leise aus dem Haus.

Kurze Zeit später rief er beide zu sich. „In zwei Tagen ist Vollmond. Wie wäre es, wenn wir die Feier eurer Verbindung auf den folgenden Vollmond legen würden?"

„Ein guter Vorschlag. Bis dahin müsste auch mein, äh, unser Haus fertig sein. Neben Tayna und mir kann deine ganze Familie, du und deine Frau und die beiden Geschwister, darin wohnen. Mit meinen Eltern sind wir dann insgesamt acht im neuen steinernen Rundhaus", antwortete Philosir.

Während er das sagte, lächelte Tayna ihn verliebt an und drückte fest seine Hand.

„Das ist ein großzügiges Angebot von dir, mein lieber Sohn, dass wir mit Freude annehmen. Die Verbindung unserer Familien wird ein gutes Zeichen für alle Menschen hier sein, dass wir wirklich auf dem Weg sind, ein Volk zu werden!"

Viele Gefährten waren gekommen, um Bothan und seine Männer zu verabschieden und ihnen für die Suche nach den entführten Frauen viel Glück zu wünschen. Erst als das Schiff flussab hinter dem Felsvorsprung in der großen Schleife verschwunden war, hörten die Rufe auf und die Menschen gingen zurück an ihre Arbeit.

Die Trockenzeit begann. Der Utcubamba hatte sich wieder in sein normales Flussbett zurückgezogen. Aidan, Pau und Sakarbal saßen auf dem Versammlungsplatz am Ufer zusammen. Sie sprachen noch ein wenig über die Erfolgsaussichten der Suchaktion von Bothan und wandten sich dann den Planungen des Ehebundfestes von Philosir zu.

„Die Verbindung wird ein gutes Omen für unser Zusammenleben mit den Einheimischen sein", sagte Pau.

„Ja, da bin ich mir sicher", antwortete Aidan, „Und es wird wieder ein Mehrfachverbindungsfest werden. Denn neben Philosir und Tayna wollen sich noch weitere Paare verbinden, darunter auch Chulain und Aliya sowie Amanary mit einer der beiden Frauen vom Volk der Ges, die wir von dem gekenterten Floss gerettet haben."

Die Zeit verging. Der Lenkungsrat war sehr zufrieden mit dem Baufortschritt in Kuelap. Aidan, Pau, Sakarbal und Valqui gingen am Morgen des für die Ehebundfeier festgelegten Tages durch ihre neue Siedlung.

An der Westseite war die Mauer ein großes Stück weiter in Richtung Norden gewachsen. Ein zweiter Tordurchgang war gerade im Entstehen.

In der Mitte des südlichen Endes war ein Platz eingeebnet und vorbereitet, auf dem das besondere nach oben verjüngte Gebäude nach dem Vorschlag von Xavi erbaut werden sollte. Auf der unteren Ebene gleich im Anschluss standen etwa sechzig Rundhäuser. Im Anschluss verlief das Gelände leicht bergauf. Dort waren weitere vierzig Rundhäuser fertig. Zwischendurch fanden sich Rundhäuser für Lagerzwecke, zwölf an der Zahl. Es würde nicht mehr lange dauern, dann könnten die letzten der 800 Gefährten in ihre neuen Häuser in Kuelap einziehen.

Auf der oberen Ebene standen zwei große Rundhäuser für die Familien von Sakarbal und Philosir. Daneben erhoben sich zwei große rechtwinklige Bauten. Das waren das bereits fertiggestellte Nosokomeion sowie der Tempel, von dem aber erst die Außenmauern standen.

Der nördliche Teil war noch unbebaut. Hier sollten weitere Häuser errichtet, die Mauer weitergeführt und am nördlichsten Punkt ein Wachtturm gebaut werden.

Die vier Männer hatten jetzt den höchsten Punkt des Bergkammes bei dem Richtungsstein erreicht.

„Ihr könnt stolz auf das sein, was ihr hier gebaut habt", sagte Valqui.

„W i r können stolz sein!", verbesserte Aidan, „Viele Menschen eurer Stämme haben ihren Anteil daran und werden hier wohnen."

„Ich muss mich jetzt verabschieden. Ich will meiner Tochter noch bei den letzten Vorbereitungen für das Fest helfen", sagte Valqui.

Aidan, Pau und Sakarbal ließen ihre Blicke voller Freude über ihre Festungssiedlung schweifen. Die Sonne schien angenehm warm, nur wenige Wolken zogen über den blauen Himmel. Es schöner Wintervormittag im Bergnebelwald im sechsten Mondzyklus des Jahres eins a.u.c.

Der Nebel, der noch vor kurzer Zeit die Vegetation an der steilen Ostflanke des Bergzuges dicht verschleiert hatte, war mit der Wärme immer höher gestiegen und hatte sich dabei aufgelöst. Im Nordosten hingen an einem scharfkantigen Berggrat ein paar dunklere Wolken. Leichter Regen fiel daraus hervor wie ein breitgefächerter transparenter Wasserfall. Die Regentropfen würden den Talboden am Fuße der steil abfallenden Bergflanke wohl nicht erreichen. Ein herrlicher Regenbogen überspannte das Tal des Utcubamba-Flusses. Der Blick ging ungehindert in weite Fernen, in welche Richtung sie auch schauten. Die Gebirgslandschaft war zerklüftet und durchzogen von engen Flusstälern, die das Wasser der abgeregneten Wolken zu den größeren Flüssen brachten, die selbst wieder dem einen großen Strom zuflossen, auf dem sie und ihre Gefährten vom großen Meer her in diese Bergwelt gekommen waren.

Auf den umliegenden gerodeten Hochflächen sahen sie die ersten von ihnen angelegte Felder, die dunkelbraun, grün, gelb und rot in der Sonne leuchteten. Von hier oben konnten sie viele der Bergrücken, die sie sich für ihre ersten Siedlungen ausgesucht hatten, erkennen. Seit ihrem Aufbruch in der alten Heimat war viel Zeit vergangen und die Mühen waren unermesslich groß gewesen.

Aber sie hatten eine neue Heimat gefunden und begannen ihren Traum von einem Leben in persönlicher Freiheit und in einer dem Gemeinwohl verpflichteten Gemeinschaft sowie im Einklang mit einer wunderbaren Natur und in friedlichem Miteinander mit den Einheimischen zu verwirklichen.

Der Klang von Flöten, Sistren, Rasseln, Gaitas und Muschelhörnern drang zu ihnen herauf. Sakarbal riss sie aus ihren Gedanken: „Jetzt lasst uns aber schnell zum Tempel hinuntergehen, sonst kommen wir noch zu spät zum Ehebundkult."

Auf dem Platz vor dem Tempel bildeten musizierende Frauen und Männer eine Gasse, durch die der Zug der festlich geschmückten Paare schritt. Kinder gingen vorweg und warfen bunte Blüten auf den Weg. Alle Bewohner von Kuelap und dem Bergdorf von Valqui sowie Menschen, die sich von Macro oder von den Schiffen her aufgemacht hatten, standen dichtgedrängt zwischen den Häusern, um etwas von dem farbenprächtigen und klangvollen Geschehen zu erhaschen.

Nach dem Bündnisritus ergriff Aidan das Wort: „Ich wünsche allen neuen Paaren und allen neuen Einwohnern von Kuelap eine glückliche Zukunft!"

Beifall brandete auf.

Er fuhr fort: „Zwei Niederlassungen, Macro und Kuelap, sind fertig. Bei drei weiteren Siedlungen, Cacahuasha, Yalape und Olan, hat der Aufbau begonnen. Wenn alles so gut weiter geht, werden alle Gefährten bis zum Beginn der nächsten Regenzeit in ihren neuen Häusern wohnen können. Ich danke allen von euch für euren tatkräftigen Einsatz und auch unseren neuen Freunden hier für ihre willkommene Hilfe."

Erneut brandete lauter Jubel. Vereinzelt waren „Chachapoya!"-Rufe zu hören.

„Lasst uns aber immer daran denken, dass wir alles den Göttern verdanken. Sie zu ehren und ihre Gunst auch für die Zukunft zu erbitten, muss uns eine ständige Verpflichtung sein."

Dann gab er das Zeichen, dass die vorbereiteten Räucheraltäre angezündet wurden. Yutpan legte Opfergaben auf einen Altar, sprach die Worte des Dankes und der Bitte um zukünftigen Beistand und begann einen rituellen Gesang, in den alle Umstehenden einfielen.

Als die Opfergaben verbrannt waren, beschloss Aidan die Kulthandlungen mit den Worten: „Und jetzt geht feiern. Ihr habt allen Grund dazu."

Hochrufe auf Aidan erschollen. Dann zogen die Menschen zu den langen Reihen von Tafeln und Bänken, die auf der Freifläche vor der Mauer von Kuelap aufgebaut worden waren.

Die Stimmung war ausgelassen. Viele tanzten. Jeder genoss es, einmal von der harten Arbeit auszuruhen, gut zu essen und zu trinken, und sich mit den neuen Nachbarn und alten Freunden zu vergnügen.

Die Familien von Aidan, Moran und Sakarbal saßen zusammen an einer der Tafeln. Sie waren schon immer befreundet gewesen. Aber jetzt waren sie durch die Verbindung von Morans Bruder Chulain mit Aliya, der Schwester von Sira, noch stärker als Familie miteinander verwoben. Mit dem letzten Licht der Dämmerung kamen Pau und Aisha vorbei und setzten sich zu ihnen. Pau bat um einen kurzen Moment der Ruhe und sprach: „Wir möchten euch mitteilen, dass Aisha schwanger ist."

Während die Frauen auf Aisha einredeten und ihr alles Gute wünschten, sprangen die Männer auf, klopften Pau auf die Schulter, ergriffen ihre Becher und drückten Pau einen in die Hand.

Sakarbal rief: „Auf Pau! Treffsicher war er ja schon immer." Alle prusteten und tranken ihren Becher *Aqha* mit einem Zug aus.

Als die Männer sich wieder beruhigt hatten, ergriff Sira das Wort und schaute dabei ihrem Mann Sakarbal in die Augen: „Auch ich bin schwanger."

„Was, davon weiß ich ja gar nichts", sagte er verdutzt.

„Männer halt", meinte Aisha.

„Solltest du aber, oder warst du nicht dabei?", ulkte jetzt Pau.

Sakarbal sprang auf und versuchte sich Pau zu schnappen: „Warte, dir werde ich es geben!"

„Jetzt ist aber Schluss", rief Aidan und trennte die beiden.

Dann lachten alle und freuten sich über die beiden großartigen Neuigkeiten.

„Sag mal, Aidan, wann willst du dir eigentlich eine Frau suchen?", fragte Sira.

Alle schwiegen und schauten den peinlich berührt dreinblickenden Aidan an.

„Du hast jetzt so viele Aufgaben, da kannst du eine Unterstützung, wie ich sie in Sira habe, wirklich gut gebrauchen. Und Kinder willst du doch auch haben. Du bist jetzt 31 Jahre alt, genau wie ich. Und wir bekommen unser drittes Kind. Ich denke, es wird jetzt wirklich Zeit", sagte Sakarbal.

„Gut, gut. Genug für heute. Ihr habt ja recht. Ich werde in mich gehen und über die Angelegenheit nachdenken. Und jetzt lasst uns weiter feiern", antwortete Aidan.

Als sie kurz vor Mitternacht in ihr Haus zurückgekehrt waren, kuschelte sich Sakarbal ganz dicht an Sira. „Mein Stern, ich habe dich ja so lieb. Das war heute die schönste Nachricht seit unserem Aufbruch in Karthago."

„Ja, ich weiß. Und ich freue mich so, dass wir noch ein Kind bekommen. Hier in der neuen Heimat. Ich habe Dir doch immer gesagt, das Leben geht weiter."

„Ja, das hast du", sagte Sakarbal, und küsste seine Frau.

35. Kapitel
Das Castro in den Wolken
Cacahuasha, März - Dezember 145 v. Chr.

Gut 1000 Gefährten hatten in Macro und Kuelap ein neues Zuhause gefunden. Aber 1200 Auswanderer waren noch immer auf den Schiffen untergebracht. Auch sie wollten so bald wie möglich in Häuser und Siedlungen umziehen. Hinzu kamen noch hunderte von Einheimischen, die ebenfalls in den Neuansiedlungen wohnen wollten und die Zahl der neuen Anfragen nahm ständig zu. Aidan hatte überschlagen, dass sie kurzfristig 200 und über die nächsten zwei bis drei Jahre weitere 800 Wohnhäuser brauchten, um den Bedarf zu decken.

Das südlichste Siedlungsgebiet Olan lag auf einem Gebirgskamm über dem Tal des Utcubamba-Flusses auf 8900 Fuß Höhe. Bis zu einem Gebirgssee in süd-östlicher Richtung brauchten sie einen vollen Tagesmarsch.

Der nördlichste Siedlungspunkt wurde von den Einheimischen als Yalape bezeichnet. Diese Region lag auf etwa 8200 Fuß Höhe östlich vom Utcubamba-Tal. Von dort konnten sie über einen Bergkamm in einem Tagesmarsch zu dem zweistufigen Wasserfall Gocta gelangen.

Besonders viele Dörfer der Einheimischen lagen westlich des Utcubamba in einem größeren Gebiet rund um ein sehr fruchtbares Hochtal, durch das der kleine Fluss Huaylla wie eine Schlange mäanderte. Sie nannten es daher auch das Tal der Schlange – *Qhichwa Amaru*. Auf 9200 Fuß südlich des Tales lag eine Hochebene, die nach allen Seiten abfiel. Von diesem Ort aus hatte man den weitesten Blick. Man sah tief unten das silbrig-braune Band des Marañón im Südwesten und den grauen Utcubamba im Osten.

Für diesen Ort hatte sich Aidan entschieden, auch aufgrund der mehrmaligen Empfehlung des Stammesführers Valqui. Das Gebiet wurde von ihm mit ‚Cacahuasha‘ bezeichnet.

Die Hochebene lag wie ein Sattel auf einem langen Gebirgskamm. Dieser verlief in Süd-Nord-Richtung und bildete hier eine Senke. Rechts und links fielen Steilhänge über 1500 Fuß ab. Gleich nach der Rodung des Geländes war Aidan mit seinem Freund Moran und den Baumeistern dort gewesen, um die Anlage der Siedlung festzulegen.

Aidan wollte die natürliche Form des Geländes nutzen.

„Seht dort, in der Mitte der Senke zwischen den beiden Hügelanstiegen, soll einmal das Herz der Siedlung liegen. Ich stelle mir einen rechteckigen 1500 auf 1000 Fuß großen Versammlungsplatz vor, der an seiner westlichen Seite vom Tempel und am östlichen Ende vom Nosokomeion begrenzt wird. Auf beiden Seiten sollen sich dann größere Wohnhäuser anschließen“, beschrieb Aidan seinen Plan.

Moran ergänzte: „Auf beiden Anstiegen legen wir je vier mit Mauern gestützte Geländestufen an, auf denen dann die Wohn- und Lagerhäuser gebaut werden. An den jeweiligen oberen Übergängen der Hügelanstiege zu dem wieder flachen Verlauf des Bergkammes errichten wir hohe Schutzmauern, die bis an die Steilhänge reichen. Entlang der Kante der beiden abfallenden Steilhänge werden auch Mauern stehen, aber deutlich niedrigere.“

Aidan übernahm wieder: „In der Mitte der beiden hohen Mauern bauen wir Durchgänge. Beide sind mit einem Weg mitten durch die Siedlung hindurch verbunden. Von diesem Hauptweg zweigen dann links und rechts kleinere Wege auf die Geländestufen ab, die durch Treppen miteinander verbunden sind.“

Erneut ergänzte Moran: „An den Mauerdurchgängen errichten wir zwei Wachttürme. Der Wald auf dem Bergkamm wird im Norden wie im Süden außerhalb der Mauern auf einer Länge von einer römischen Meile gerodet, um gute Sicht auf sich eventuell annähernde Besucher zu haben.“

„Könnt ihr das umsetzen?“, fragte Aidan die Baumeister.

„Ja, wir werden umgehend beginnen“, war ihre Antwort.

Zwei Tage nach dem Ehebundfest waren Aidan und Moran wieder auf dem Weg von ihren Schiffen zu ihrem neuen Siedlungsort. Es war ein beschwerlicher Weg. Mehr als ein halber Tagesmarsch mit einem Aufstieg von über 3000 Fuß. Aber sie waren nicht allein unterwegs. Der Pfad war inzwischen einigermaßen ausgebaut und in der Trockenzeit gut zu begehen. Lange Reihen von Lamas trugen Baumaterialen hinauf. Frauen und Männer der Einheimischen stießen unterwegs aus allen Richtungen hinzu und trugen Körbe auf dem Rücken zur Versorgung der Arbeiter.

Auf der Baustelle angekommen sahen sie viele Menschen arbeiten. Jeder mit einer eigenen Aufgabe betraut und damit gleichzeitig Teil eines vernetzten Geflechts zum Erreichen eines übergeordneten Ziels. Stein auf Stein wurden Hausmauern hochgezogen, Balken für die Dachkonstruktion oder Böden für das Obergeschoss eingesetzt. Einige arbeiteten auch am großen Platz im Zentrum und begrenzten ihn mit einer Trittstufe aus Steinen.

Aidan und Moran erreichten die südliche Anhöhe, auf der ein großer Lager- und Versorgungsplatz eingerichtet worden war. Viele Frauen waren damit beschäftigt, Nahrung zuzubereiten, die sie dann zu den Arbeitern brachten. Sie holten ihnen auch Wasser aus zwei Quellen in der Nähe. Die beiden Männer setzten sich an einen der aufgestellten Tische. Eine Frau stellte zwei Becher mit Wasser vor sie und sagte: „Hier trinkt, ihr seht angestrengt aus“, dabei schaute sie Aidan freundlich an. „Ich bin Freya, wollt ihr etwas essen?“ „Nein, nur kurz verschnaufen und etwas trinken. Danke für deine Hilfsbereitschaft“, antwortete Aidan.

Während sie die Becher leerten, sahen beide auf der gegenüberliegenden Bergseite Arbeiter, die Lamas von ihren Steinlasten befreiten. Diese kamen von der nördlichen Seite des Bergkammes, wo nicht weit entfernt ein weiterer Kalksteinbruch erschlossen worden war.

Die beiden Männer gingen hinunter auf die östliche Seite des großen Platzes. Dort war, im Anschluss an den Tempel, mit dem Bau ihrer beiden großen Rundhäuser begonnen worden. Die Sockel und

Umläufe waren fertiggestellt, die Mauern für das Erdgeschoss wurden gerade hochgezogen. Sie besprachen mit dem Baumeister die Aufteilung der Innenräume, die geplanten kleineren Vorhöfe und die Verzierungen an den Außenwänden. Aidan übergab dem Baumeister eine Steinplatte mit der Darstellung einer Triskele im Halbrelief und sagte zu ihm: „Die lass bitte neben der Haustür anbringen. Sie stammt vom Haus meiner Familie in der alten Heimat."

Dann ließen sie sich die geplanten Anschlüsse an die Wasserversorgung in der Siedlung erklären. Im Endausbau sollte das Wasser aus den Quellen in steinernen Rinnen zum Dorf laufen und dort, das Gefälle nutzend, über die Geländestufen an den Häusern vorbei zu Zisternen gelenkt werden, die im Boden versenkt werden sollten. An jedem Haus zweigten von den größeren Rinnen kleinere Rinnen ab, die das Wasser durch eine kleine Maueröffnung in die Häuser leiteten. Mit einem Schieber konnte die Wasserzufuhr an den abzweigenden Rinnen und den Zisternen reguliert werden. Das Abwasser wurde über andere Kanäle durch Abflusslöcher am Boden der Schutzmauer zu den steilen Felswänden geleitet, wo es hinunterfloss.

Nachdem Aidan und Moran mit dem Baumeister alles Nötige geklärt hatten, gingen sie auf der Baustelle umher, begrüßten jeden Arbeiter und bedankten sich.

Oft hörten sie Antworten wie: „Ich brauche keinen extra Dank. Ich tue das ja auch für mich und meine Familie", oder: „Es macht mir viel mehr Freude, am Aufbau aller Häuser mitzuarbeiten, als nur mein eigenes Haus zu errichten. Jeder bringt sich für jeden ein. Das ist eine gute Grundlage für unser Zusammenleben."

Aidan war angetan von diesen Äußerungen, zeigten sie doch, dass die Ansprachen von Sakarbal und ihm über ihre Utopía trotz aller Mühsal auf fruchtbaren Boden gefallen waren.

In den nächsten Tagen packten Aidan und Moran überall mit an. Sie schleppten Baumaterialien und halfen, wo immer eine hilfreiche

Hand gebraucht wurde. Die Arbeiter zollten ihnen dafür noch mehr Anerkennung.

Ende des zehnten Mondzyklus des Jahres eins ihrer neuen Zeitrechnung, gerade rechtzeitig vor der beginnenden Regenzeit, war Cacahuasha für die ersten 1000 Bewohner fertiggestellt. Aidan war stolz auf sein ‚Wolken-Castro'. Er hatte diesen Namen aus Erinnerung an sein altes Zuhause ‚Castro de Baroña' gewählt. 800 Gefährten und 200 Einheimische zogen in 125 Häuser ein. Es gab zusätzlich 15 Lagerhäuser.

Wege und Treppen waren so weit fertig, wie man sie für die stehenden Häuser brauchte. Auf den angelegten Geländestufen war noch ausreichend Platz für viele weitere Häuser.

Die Außenmauer des Tempels stand. Neben der Öffnung für das Eingangsportals waren in die Steinwand zwei größere längliche Nischen eingearbeitet worden. Ein Steinmetz arbeitete gerade an einem Steinrelief über der Portalöffnung. Man konnte bereits erkennen, dass es eine Darstellung der Fruchtbarkeitsgöttin Tanit werden sollte.

Für das Nosokomeion hatte man bisher nur den Steinsockel gesetzt.

Die Schutzmauer war rundum in einer Höhe von 15 Fuß fertig, die beiden Durchgänge angelegt. Mit dem Bau der beiden Wachttürme hatte man noch nicht begonnen.

Aidan hatte auch in Cacahuasha ein Fest zum Einzug feiern lassen. Dazu hatte er die Anführer der anderen fertigen oder im Bau befindlichen Siedlungen eingeladen. Balhanno von Macro, Sakarbal von Kuelap, Pau von Olan und Chulain von Yalape. Er hatte allen freigestellt, wen und wie viele sie als Begleiter mitbringen wollten. Dies galt genauso für Valqui.

Nach dem Fest blieb Sakarbal mit seiner mittlerweile für jeden sichtbar schwangeren Frau Sira als Gast im Hause von Aidan. Dieser zeigte den beiden zunächst sein Haus.

„Ihr seht, es ist ein großes, zweistöckiges Rundhaus, das von mir und meinen Schwestern Enya und Juna bewohnt wird. Meine dritte Schwester Aliya wohnt jetzt bei ihrem Mann Chulain in Yalape."

„Und bald werden hoffentlich eine Frau und viele Kinder hinzukommen", stichelte Sira.

„Nicht nur deswegen, Sira, ist das Haus derzeit eigentlich zu groß", entgegnete Aidan und fuhr, an Sakarbal gerichtet, fort: „Gemäß unserem Wunschbild von Freiheit und Gleichheit dürfte es eigentlich keine unterschiedlich großen Häuser geben!"

„Unsere Utopía steht auch für ein selbstbestimmtes, den eigenen wirtschaftlichen Möglichkeiten entsprechendes Leben, das aber der Gemeinschaft verpflichtet bleiben muss!", entgegnete Sakarbal und erläuterte seinen Gedanken weiter: „Warum sollte ein geachteter Anführer, Heiler, Priester, Händler, Krieger oder Bauer sich nicht in edleres Tuch kleiden oder ein größeres Haus bewohnen können, wenn er sich das ehrenhaft erwirtschaftet hat? Wichtig ist, dass er seine Stellung nicht missbraucht, um sich zu Lasten der Gemeinschaft zu bereichern. Wichtig ist weiter, dass er dafür eintritt, dass jeder die gleichen Chancen hat. Und wichtig ist, dass er von seinem Wohlstand anderen abgibt, die nicht so erfolgreich sind."

„Ja, da hast du recht, Sakarbal. In unserer Gemeinschaft darf es keinem schlecht gehen, jeder soll genug zum Leben haben. Wenn wir das erreichen, bleibt dennoch Freiraum für persönliche Besonderheiten", sagte Aidan.

Sie gingen weiter um das Haus herum. Das Obergeschoss hatte vier Fenster, die man jeweils mit einer feinen Lederhaut, einem gewebten Tuch, einer Pflanzenfasermatte oder einem Brett abdecken konnte. Im Untergeschoss gab es drei Fenster.

Ein Steinmetz hatte begonnen, die Außenwand mit schönen Dekors zu versehen. Eine umlaufende Zick-Zack-Linie am Steinsockel hatte er bereits fertig gestellt und nun war er dabei, über dem Umlauf ein Band mit Rauten zu gestalten. In den vier Himmelsrichtungen war im Zentrum jeder Raute ein Stein gesetzt.

Aidan erklärte: „In unserer Gedankenwelt bedeutet dieses Zeichen ein Auge und damit die Verbundenheit mit den Ahnen. Lebende und Tote behalten sich im Blick.“

In einer Ecke des Vorhofs fiel Sira ein Graben auf, der mit Steinplatten abgedeckt war und an einem Ende in ein kleines mit einem Zaun abgegrenztes Weidestück mündete. „Wozu habt ihr diese Einrichtung?, fragte sie. Aidan ging hin hob zwei Platten auf und antwortete: „Schau, hier halten wir Quwi.“

„Sind die niedlich! Was macht ihr damit?“

„Von den hier mit uns lebenden Einheimischen haben wir gelernt, dass das Fleisch der Tiere wohlschmeckend und nahrhaft ist. Sie werden überwiegend mit Küchenabfällen gefüttert.“

Sie gingen weiter und kamen zum Hauseingang. Rechts und links waren in Augenhöhe zwei Nischen hochkant eingearbeitet, in denen zwei Steinköpfe standen. Neben den einfachen runden Augen, einer Nase und einem Mund mit etwas dickeren Lippen war ein offener Ring um den Hals zu erkennen, ein Torques, so wie auch Aidan einen trug. „Diese Steinköpfe habe ich von meinem alten zu Hause mitgebracht“, sagte Aidan.

Im Inneren traten sie in einen Vorraum, von dem Durchgänge in vier weitere Räume führten. Rechts konnte man über eine Treppe und durch eine Luke in das Obergeschoss gelangen. Im Vorraum stand schmucklos ein langer Holztisch mit acht Hockern. Rundum befanden sich Nischen der unterschiedlichsten Form an der Wand, aber alle waren leer.

Aidan führte sie zu einer freistehenden Steinsäule an der Wand gegenüber dem Eingang und sagte: „Jetzt zeige ich euch etwas Besonderes, das mir ein befreundeter Steinmetz angefertigt hat.“

Am oberen Ende war ein flacher Stein in der Vorderseite eingearbeitet. Er fasste an ein hervorstehendes Steinstück in der Mitte des flachen Steins, zog diesen heraus und griff in die Öffnung. Am hinteren Ende war eine Vertiefung. Aidan fasste hinein und holte ein kleines umwickeltes Tuch heraus. Er wickelte es auf und eine wunderschön gearbeitete goldene Triskele kam zum Vorschein. „Das hat mir vor unserer Abreise meine Mutter mitgegeben. Sie erzählte mir, dass sie es von ihrer Mutter erhalten habe, und diese wiederum von ihrer Mutter. Ich solle das Schmuckstück gut aufbewahren und meiner zukünftigen Frau schenken, die es dann wieder an ihre Tochter oder ihren Sohn weitergeben solle. Es würde der Familie immer Glück bringen."

Aidan nahm das Amulett mit zum Tisch und sagte: „Bitte, setzt euch und bedient euch an dem Wasser und den Früchten."

„ … deiner zukünftigen Frau schenken … ", griff Sira die Worte Aidans auf und fuhr fort: „Womit wir wieder bei deinem wunden Punkt sind. Dein Haus ist sehr schön, aber viel zu groß für euch drei und auch viel zu nüchtern. Hier muss eine liebende Hand ein heimeliges zu Hause schaffen. Kinder müssen Leben hereintragen. Wie steht es, hast du über eine Verbindung nachgedacht?"

„Langsam, erst mal eine Frau und dann Ehebund und dann Kinder", antwortete Aidan und fuhr fort: „Ja, ich habe nachgedacht und ich will mir eine Frau suchen."

„Na, das ist doch immerhin mal ein Anfang", sagte Sakarbal.

„Hast du schon jemanden im Auge?", wollte Sira neugierig wissen.

„Ja, sie heißt Freya. Sie lebt hier in Cacahuasha mit ihren Eltern und drei Geschwistern zusammen und stammt aus einem Castro wie ich.

„Freya, Freya, … Ich glaube, ich kenne sie flüchtig. Sie war immer bei den ersten, wenn es um die Versorgung verletzter oder kranker Gefährten ging. Groß gewachsen, kräftig und mutig, rötlich-blondes Haar, zupackend, aufgeweckt und sehr freundlich?"

„Ja, das ist Freya. Wir haben uns auf dem Versorgungsplatz kennengelernt. Immer wenn ich dort war, kam sie in meine Nähe. Ich denke, sie empfindet vielleicht etwas für mich."

„Dann lade Freya doch gleich für heute Abend zum Abendessen ein. Du kannst ja als Vorwand sagen, dass wir zu Besuch bei dir sind und ich sie gerne näher kennenlernen möchte, da wir bisher nie dazu Gelegenheit hatten, trotz unserer gemeinsamen Arbeit bei der Pflege von Kranken und Verletzten. Ich bereite mit deinen Schwestern in der Zwischenzeit ein schönes Mahl vor und dann schauen wir mal", schlug Sira vor.

Jetzt wurde Aidan etwas verlegen. „Das geht mir alles etwas zu schnell. Soll ich wirklich?"

„Ja, nun mach schon. Zieh los und lade sie ein."

Sakarbal stand auf, zog Aidan hoch und schubste ihn zur Tür hinaus.

„Manchmal muss man das Glück auch zwingen", rief er ihm aufmunternd hinterher.

Für den Abend hatte Sira mit Hilfe von Aidans Schwestern die kahlen Wände des Raumes mit bunten Tüchern verziert und Pflanzengestecke in runden Holzkübeln auf dem Boden verteilt. Den Tisch hatten sie mit schöne Bechern, Tellern und Schalen eingedeckt und Blütenblätter dazwischen gestreut. Kleine Öllampen aus Ton standen auf dem Tisch und in den Mauernischen.

Sira war zunächst erstaunt, in einem Männerhaushalt eine so ordentlich eingerichtete Küche zu finden. Neben den Zu- und Ablaufrinnen für das Wasser gab es eine Feuerstelle mit einer gemauerten Öffnung in der Hauswand, der als Rauchabzug diente. Außerdem einen Arbeitstisch, darüber Wandnischen zur Aufbewahrung von Töpfen, Tellern und Krügen aus Ton und Messing. Aidans Küche war ferner ausgestattet mit Küchengeräten, wie etwa Reibsteine und Reibschalen, Sieben und Löffeln. Es waren Speisezutaten, Gewürze, Öle vorhanden und mit Holzbrettern abgedeckte Vorratsbehälter im Boden. Über dem Herdfeuer konnte gegrillt, gekocht und gebacken werden. Das war in Siras Küche nicht anders. Aber sie hatte in ihrem Haus eine zusätzliche, speziell getöpferte Herdkugel mit einer Öffnung oben. Durch diese klatschte sie den Teig für das dünne Fladenbrot an der Innenseite fest und holte das gebackene Brot rechtzeitig vor dem Herunterfallen wieder heraus. Es gab also keinen Grund neidisch zu sein. Und als Sira dann gemeinsam mit Aidans Schwestern das Essen vorbereitete, wurde ihr klar, dass natürlich diese beiden Frauen für eine so gut ausgestattete Küche gesorgt hatten. Bisher hatten sie Aidan die fehlende Frau ersetzt.

Es gab gebratenes Alpaka-Fleisch mit Kinwa-Bällchen und Gemüse und Salat aus den Blättern der Kinwa-Pflanze. Kinwa war inzwischen eines ihrer Hauptnahrungsmittel geworden. Die einheimischen Frauen hatten ihnen die Zubereitungsmöglichkeiten beigebracht. Zum Nachtisch gab es kleine Klöße aus Kochbanane.

Aidan kam mit Beginn der Dämmerung. In seiner Begleitung war Freya. Sie begrüßten sie und baten sie Platz zu nehmen. Enya zündete die Öllampen an. Juna trug die Speisen von der Küche auf den Tisch. Das Essen mundete allen vorzüglich. Nachdem der Tisch abgeräumt war, plauderte Sira mit Freya über ihre gemeinsamen Erlebnisse.

Beiläufig fragte sie Freya nach ihren Verbindungsabsichten und erfuhr, dass sie ungebunden sei, aber gerne lieber heute als morgen einen Mann hätte.

„Dann geht hier in der neuen Heimat doch vieles einfacher. Aber der Mann muss zu mir passen“, sagte sie.

Dabei schaute sie unbewusst in die Richtung von Aidan. Sira hatte es bemerkt. „Die Zeichen stehen gut“, dachte sie.

Der Abend war schon fortgeschritten und Freya wollte nach Hause zurück. Sie bedankte sich für den schönen Abend und gab ihrer Hoffnung Ausdruck, dass sie hoffentlich bald wieder einmal zusammenkommen würden.

Dann drückte sie Sira ganz fest und sagte: „Ich wünsche dir alles Gute für die anstehende Geburt. Wenn ich von Hilfe sein kann, rufe mich.“

„Ich bringe dich nach Hause“, sagte Aidan. „Ich nehme zur Sicherheit eine Wolldecke mit, es ist doch recht empfindlich kalt in den Nächten hier oben.“

Dann verließen sie das Haus. Sira konnte durch die offene Tür sehen, dass Aidan seinen Arm um Freyas Hüfte gelegt hatte. Zusammen mit Aidans Schwestern räumte sie noch die Küche auf. Dann legte sie sich zu Sakarbal auf ihr Nachtlager in einem der freien

Räume. Erst spät in der Nacht hörte sie Holztüren klappern. Aidan musste zurückgekehrt sein. Siras Neugier war groß.

Gleich am nächsten Morgen forderte sie Aidan auf: „Na, erzähl schon, wie war es denn gestern Abend?“

„Schön! Wir haben am großen Platz noch lange die Sterne betrachtet, bevor ich sie nach Hause gebracht habe. Zum Abschied hat sie mich geküsst und gefragt, ob wir uns wiedersehen. Ich habe ihr versprochen, sie bald wieder zu besuchen.“

Sira fiel ein Stein fiel vom Herzen.

„Ein Anfang ist gemacht. Bleib dran!“, sagten sie und Sakarbal wie aus einem Mund.

Am nächsten Tag hatte sich Aidan mit Xavi und Valqui auf einem neu angelegten großen Feld mit Coca-Sträuchern auf etwa 5400 Fuß Höhe in der Nähe von Cacahuasha verabredet.

Xavi berichtete: „Meine Versuche haben bestätigt, dass das Kauen der Blätter oder auch ihre Zubereitung als Aufgussgetränk der ‚Höhenkrankheit‘, so nenne ich sie jetzt, vorbeugt. Zusammen mit der Einsicht der Menschen, die Anzeichen zu beachten, ernst zu nehmen und sich entsprechend zu verhalten, bekommen wir damit die Krankheit in den Griff. Es sind jedenfalls keine Todesfälle mehr aufgetreten.“

Ein Bauer zeigte ihnen die Pflanzen und sagte. „Der Coca-Strauch wächst in dieser Region zwar wild. Da wir aber für unser Volk viel davon brauchen, haben wir Felder angelegt. Seht hier …“, er nahm einen Klumpen Erde in die Hand und zeigte ihn allen, „… der Coca-Strauch wächst besonders gut auf einem humusreichen lockeren Lehmboden. Außerdem benötigt er eine hohe Luftfeuchtigkeit und viel Niederschlag. Frost verträgt er nicht.“ Dann machte er ihnen vor, wie sie die Coca-Blätter korrekt kauen, im Mund geschickt zu einer Kugel zusammenformen und schließlich in der Backentasche ablegen sollten.

Aidan bedankte sich und sagte: „Ich werde Bauern aus allen unseren Siedlungen zu dir schicken, damit du sie alles über die Pflanze, ihren Anbau und den Gebrauch der Blätter lehrst.“ Dann verabschiedeten sie sich von ihm.

Der Beginn der Regenzeit brachte dieses Mal stärkeren Regen, als sie es im Vorjahr erlebt hatten. Aber jetzt waren sie alle in ihren dichten Häusern und es war auszuhalten. Hiram und Sakarbal saßen im Haus von Balhanno in Macro zusammen. Sie unterhielten sich über ihre Schiffe.

Hiram berichtete: „Wir haben nur noch eine leergeräumte Gaulos vor Anker liegen und die drei kleinen Boote aus den Castros.“

„Und das Schiff von Bothan mit zwei kleinen Booten und drei Einbäumen“, warf Sakarbal ein.

„Ja, wenn er denn zurückkommt“, meinte Balhanno.

Hiram fuhr fort: „Alle anderen Gaulos wurden abgebaut und alle brauchbaren Teile auf den Baustellen verarbeitet oder lagern teilweise noch dort. Der Lagerplatz hier ist völlig geräumt und der Versammlungsplatz verkleinert. Alles was wir aus der alten Heimat in den Booten mitgenommen hatten, wie Segel, Taue, Nägel, Waffen, Werkzeuge, Materialien, Statuen und vieles, vieles mehr, ist entsprechend der Bevölkerungszahl auf die Siedlungen verteilt worden und unterliegt dort der Verantwortung des jeweiligen Anführers.“

„Was sollen wir also mit dem Schiff und den Booten machen?“, fragte Balhanno. Darüber hatte Sakarbal schon nachgedacht. Nun schlug er vor: „Baut das letzte Schiff auch noch ab und behaltet das Holz, die Eisennägel und alle anderen Materialien solange in Macro bis es von den Siedlungen angefordert wird.

Das Segeltuch gebt nach Kuelap. „Sie haben dort noch Schwierigkeiten mit der Wasserversorgung. Gisco hatte eine gute Idee. Er hat Segeltuch im Nebelwald aufspannen lassen. Der Nebel schlägt sich darauf als Wasser nieder. Das abtropfende Wasser lässt er auffangen.

Dann lasst bitte noch einen Holzschuppen am höheren Ufer für die kleinen Boote bauen, sodass sie vor dem Hochwasser geschützt sind.

Wenn das erledigt ist, kannst du, Hiram, nach Kuelap umziehen. Ist das noch immer dein Wunsch?" fragte Sakarbal.

„Ja, allerdings! Jetzt noch mehr als früher. Ich glaube, du weißt ja noch gar nicht, dass Aziza vor sechs Mondzyklen Zwillinge geboren hat, ein Mädchen und einen Jungen."

„Nein, das wusste ich nicht. Unsere Glückwünsche! Da wird sich Sira aber freuen. Unter diesen Bedingungen entscheide du, wann du umziehen willst. Ich denke, Balhanno schafft das hier auch allein."

„Dann am liebsten sofort", antwortete Hiram.

„Ja, so machen wir das", sagte Balhanno.

Gerade wollte Sakarbal sich von den beiden Gefährten verabschieden, da hörten sie draußen laute Stimmen: „Bothan ist zurück!"

Alle drei stürzten aus dem Haus. Viele Bewohner von Macro standen um einen Boten herum. Im Senat hatten sie entschieden, einen Botendienst zwischen den Siedlungen einzurichten. Immer, wenn der jeweilige Siedlungsrat beschloss, dass etwas sehr Wichtiges mitzuteilen sei, sollten Boten zu den anderen Siedlungen gesandt werden. Sakarbal, Hiram und Balhanno kämpften sich durch die Menschentraube und erfuhren dabei, dass der Bote aus Olan gekommen war.

„Ich soll Balhanno eine Botschaft von Pau überbringen", hörten sie den Boten sagen.

„Ich bin Balhanno! Sprich!"

„Bothan ist ohne sein Schiff und nur mit einem Teil seiner Männer nach langem Marsch durch die Wälder und über die Berge völlig erschöpft vor fünf Tagen in Olan angekommen. Ihre vermissten Frauen haben sie nicht gefunden."

„Ich muss sofort aufbrechen", sagte Sakarbal. Eilig verabschiedete er sich von Balhanno und Hiram. Nachdem er zu Hause in Kuelap Sira über alle Neuigkeiten in Kenntnis gesetzt hatte, brach er mit fünf Kriegern und zwei einheimischen Führern nach Olan auf.

Sira verabschiedete ihn mit den Worten: „Beeil dich, es wird nicht mehr lange gehen, bis unser Kind in die Welt will."

„Ich verspreche dir, ich komme so schnell wie möglich zurück."

Auf ihrem Marsch nutzten sie das Tageslicht voll aus. Die über große Strecken sehr aufgeweichten Wege machten ihnen das Vorankommen schwer. Erst am vierten Tag kamen sie in Olan an. Dort erfuhr Sakarbal durch die Torwache, dass Bothan im Haus von Pau untergekommen war. Sofort ließ er sich dorthin bringen.

Bothan lag auf einer Bettstätte. Er sah ausgemergelt aus. Als er Sakarbal sah, richtete er sich auf.

„Bleib liegen, mein Freund", sagte Sakarbal.

„Nein, es geht schon", entgegnete Bothan.

Sakarbal half ihm hoch. Dann setzten sie sich an einen Tisch.

„Bitte berichte, was sich zugetragen hat", forderte Sakarbal ihn auf.

Müde und langsam, aber verständlich begann Bothan zu erzählen: „Es begann gut. Aufgrund des hohen Wasserstandes und der starken Strömung waren wir schon nach 18 Tagen an der Stelle, wo unsere Frauen entführt worden waren. Wir alle erkannten die Umgebung sofort wieder. Wie erwartet waren keine Siedlungen, Menschen oder Boote zu sehen. Wir gingen vor Anker und berieten, wie wir vorgehen wollten.

Zunächst fuhren wir ein Stück den Nebenfluss nach Norden hinauf, den wir auf unserer Reise nicht genommen hatten. Er hatte so viele Verästelungen, dass wir fast verzweifelten. In dieser verfluchten Welt, die zur Hälfte aus Wasser und zur Hälfte aus Land zu bestehen scheint, konnten wir es selbst in zehn Jahren nicht schaffen, alle Wasserwege zu untersuchen. Wir teilten uns auf. Einig Männer blieben auf der Gaulos, um sie stromab bis zu der Stelle zu steuern, an der damals die Entführung stattfand. Dort sollten sie auf uns warten.

Mit den drei Einbäumen und den zwei kleineren Booten fuhren wir anderen am rechten und linken Ufer den Fluss hinunter und in eine Vielzahl von Seitenarmen hinein, ohne irgendwelche Spuren zu entdecken. Keine Boote, keine Menschen, keine Anzeichen, die auf Siedlungen hinweisen würden. Einmal glaubten wir eine Rauchsäule gesehen zu haben. Mit den drei Einbäumen legten wir am entsprechenden Ufer an und marschierten ins Landesinnere. Wir gingen drei Tage, dann kehrten wir wieder zurück. Die Männer waren völlig erschöpft. Außer sumpfigem Gelände, Unmengen von Mücken, feuchter Hitze, Schlangen und anderen Gefahren sahen wir nichts. Die Männer in den anderen Booten hatten auch nichts entdecken können.

Zurück auf dem Schiff erholten wir uns einige Tage. Dann fuhren wir weiter stromab und versuchten unserer Glück erneut. Wir gingen mit dem Schiff an einer Sandbank in der Flussmitte vor Anker und ließen eine Wache von zwölf Mann zurück. Von dort aus suchten wir einen Mondzyklus lang Wasserlauf für Wasserlauf ab. Ohne Erfolg."

Erschöpft hielt Bothan inne. Das lange Reden strengte ihn sichtlich an. Sakarbal beugte sich vor und legte seine Hand auf Bothans Arm.

„Überanstrenge dich nicht. Willst du eine Pause machen?", fragte er ihn.

Doch Bothan schüttelte den Kopf.

„Nein, nein, es geht schon. Also ... Als wir eines Abends ratlos auf dem Schiff saßen, wurden wir angegriffen. Der erste Kontakt mit Menschen nach drei Mondzyklen. Es waren keine kämpfenden Frauen. Die etwa vierzig Männer waren nicht wirklich eine Gefahr für uns. Die meisten wurden im Kampf getötet, einige wenige entkamen und vier konnten wir gefangen nehmen. Wir fragten sie nach dem mysteriösen kriegerischen Frauenvolk. Die Verständigung war sehr schwierig. Ja, sie hätten von diesem Volk gehört, aber mit eigenen Augen hätten sie diese Frauen noch nie zu Gesicht bekommen. Das Frauenvolk würde wohl auch sehr tief im Inneren des Waldes leben und nur ganz selten zum großen Fluss kommen. Unter der Androhung, dass wir sie umbringen würden, wenn sie uns nicht mehr sagen könnten, jammerten sie kläglich vor Todesangst und beteuerten, dass sie nicht mehr wüssten. Ein völlig verängstigter Angreifer meinte gehört zu haben, dass ein Stamm des Frauenvolks weiter südöstlich vom großen Fluss leben würden. Wir beratschlagten und beschlossen die Männer zu töten und den vierten mitzunehmen. Er sollte uns zu dem von ihm genannten Gebiet führen."

Bothan war auf seinem Stuhl schon ganz zusammengesackt.

„Er ist erschöpft. Wir müssen eine Pause machen!", sagte Pau.

Er half Bothan auf und legte ihn wieder auf seine Schlafstätte.

Die hochschwangere Aisha kam herein und begrüßte Sakarbal. „Bald ist es soweit", sagte sie und streichelte über ihren Bauch.

„Bei Sira kann es auch jeden Moment losgehen. Ich soll dich ganz lieb grüßen", sagte Sakarbal. Dann setzte Aisha sich zu Bothan. Sie wischte ihm den Schweiß ab, legte kühlende Verbände auf seine Stirn und gab ihm Wasser zu trinken.

Den Rest des Tages nutze Sakarbal, um sich von Pau die Siedlung Olan zeigen zu lassen. Hier wohnten jetzt 200 Gefährten und 40 Einheimische.

Am nächsten Morgen hatte sich Bothan soweit erholt, dass er mit Pau und Sakarbal ein stärkendes Frühstück einnehmen konnte. Dann setzte er seinen Bericht fort:

„Wir fuhren den großen Fluss wieder ein weites Stück stromauf, bis wir an die Stelle kamen, wo ein Nebenfluss einmündet, fast im rechten Winkel von Süden kommend. Von hier hatten wir damals zum ersten Mal die Berge gesehen und einige Tagesreisen später waren wir dann durch die Schlucht gefahren, in der sich der Fluss durch das Gebirge kämpfte. Jetzt aber gab uns der Gefangene zu verstehen, dass wir den Nebenfluss neben sollten. Mit dem letzten Funken Hoffnung trafen wir die Entscheidung, ihm zu glauben und seinem Rat zu folgen.

Zunächst war die Strömung schwach und der Fluss, den der Gefangene übrigens Huallaga nannte, mäanderte stark. Schließlich kamen wir an eine große Flussschleife, die nahezu einen Kreis beschrieb. Bei der Einfahrt in den Kreisbogen meinten wir, gegenüber Hütten und Rauchfahnen zu erkennen. Wir fragten den Gefangenen, ob das ein Lager der Frauen sein könnte. Er zuckte nur mit den Schultern. Er wisse es nicht, aber es sei möglich. Dabei schaute er immerzu in die Richtung des Dorfes. Sein Gesichtsausdruck verstörte mich. Ich weiß noch, dass ich mich wunderte, warum er in dieser Lage zu lächeln schien. Rückblickend denke ich, dass er wohl ein spöttisches, überlegenes Grinsen zu unterdrücken versuchte.

Als wir dann auf der gegenüberliegenden Seite aus dem Kreisbogen herausfuhren, flogen von überall her Pfeile auf uns zu. Ich schrie der Mannschaft zu, alle Ruderplätze zu besetzen und mit höchstmöglicher Schlagzahl weiter zu rudern. Alle anderen sollten bestmöglichen Schutz suchen. Der Gefangene war über Bord gesprungen und schwamm auf das Ufer zu. Einer der Steinschleuderer hatte dies beobachtet. Er kam aus seiner Deckung und zielte auf den Kopf des Flüchtenden. Tödlich getroffen ging dieser unter. Im selben Moment bohrten sich vier Pfeile in den jungen Steinschleuderer. Er fiel tot auf das Deck.

Die Todesangst verlieh den Ruderern ungeahnte Kräfte. Sie hielten das mörderische Tempo hoch. Bald wurden wir nicht mehr von Einbäumen verfolgt. Wir waren dem Angriff entkommen. Ich ließ die Ruder einholen. Der leichte Nordwind reichte, um gegen die Strömung weiter voranzukommen, wenn auch nur sehr langsam. Der Angriff hatte uns empfindlich getroffen. 20 Männer waren tot oder lagen im Sterben. Es bestand keine Chance sie zu retten, da sie von vergifteten Pfeilen getroffen worden waren. Wir konnten sie nur noch von ihren schrecklichen Qualen erlösen.

Die toten Männer legten wir am Bug in zwei Reihen übereinander ab. Am übernächsten Tag sahen wir einen Gebirgszug vor uns liegen, hinter dem noch größere Berge aufragten. Ich ließ die Ruderplätze wieder besetzen. Die Strömung nahm zu. Bald fuhr die Gaulos in eine enges Flusstal ein. Die Ruderblätter kamen dem Ufer schon bald sehr nah.

Dann passierte das Unglück. Mitten in der engen Schlucht machte der Fluss eine Kehre um eine große Felsnase. Das Schiff wurde an den Felsen gedrückt. Die Ruderblätter barsten. Die Gaulos war nicht mehr zu kontrollieren. Sie trudelte und wurde von der Strömung wieder stromab getrieben. Plötzlich ging ein Ruck durch das Boot. Es war auf einen Felsbrocken getrieben worden. Wasser drang durch ein Leck ein. Das Schiff lief Gefahr zu kippen. Ich gab Befehl, dass jeder sich über Bord ans Ufer retten sollte.

Selbst sprang ich so weit wie möglich vom Boot weg in den Fluss. Ruder und Holzteile schwammen im Wasser. Von überall her kamen Hilferufe und Angstschreie. Köpfe tauchten auf und gingen wieder unter. Aus der Schlucht herausgetrieben, spürte ich Steine unter den Füßen. Glücklicherweise trieb mich der Fluss in einer Schleife auf der Uferseite mit der geringeren Strömung voran. Zweige ragten ins Wasser, von denen ich einen ergriff und dann den nächsten und somit dem Ufer immer näher kam. Ein fester Abstoß vom Boden brachte mich an den Uferrand. Mit letzter Kraft robbte ich die kleine Uferböschung hinauf. Dann wurde es um mich herum dunkel.

Irgendwann kehrte das Bewusstsein zurück. Ich sprang auf und schaute nach anderen Überlebenden, konnte aber niemanden entdecken."

Bothan konnte nicht mehr weiterreden. Er begann zu schluchzen.

„Wie schrecklich! Kein Wunder, dass es dich so mitnimmt, wenn du davon erzählst. Willst du nicht lieber eine Pause?", fragte Pau.

„Nein, es geht schon", antwortete Bothan, trank einen Schluck Wasser und fuhr fort:

„Auf eine kleine Anhöhe hinaufgeklettert, sah ich stromab die Reste von unserem zerschlagenen Schiff kieloben treiben. Auf meinem Weg am Ufer entlang dorthin fand ich drei angespülte tote Gefährten. Die Verzweiflung wurde immer größer. Es musste doch Überlebende geben, Verletzte, die meine Hilfe brauchten. Ich eilte wieder zurück und weiter stromauf bis tief in die Schlucht hinein. Hier fand ich aber zuerst auch nur sechs Tote, die sich in den Ästen der Bäume verfangen hatten, mit dem Gesicht im Wasser liegend.

Dann entdeckte ich zwei Körper, die es wie mich auf den Uferstreifen geworfen hatte. Sie lebten! Ich schüttelte sie leicht und sprach sie an. Allmählich kamen sie wieder zu sich.

Jetzt suchten wir zu dritt, riefen unentwegt die Namen der noch vermissten Gefährten, erhielten aber keine Antworten. An der anderen Uferseite waren auch keine Leichen zu sehen. Das Gelände dort war zu schroff. Der Fels reichte bis ins Wasser. Es gab keinen Uferstreifen. Hier würden wir wohl keine Überlebenden entdecken. Die Nacht brach an und wir bauten uns aus angeschwemmtem Holz, Ästen und großen Blättern einen kleinen Unterstand. Kaum hatten wir uns hingelegt, übermannte uns auch schon der Schlaf.

Am nächsten Morgen wurde die Suche fortgesetzt. Nach zwei Stunden Marsch stromab, kamen uns vier Männer entgegen. Sie mussten uns bereits erkannt haben, denn sie winkten uns und riefen meinen Namen. Wir liefen aufeinander zu und umarmten uns. Es waren zwei meiner keltischen Krieger, der Omagua und der Mann vom Bergvolk. Alle vier waren kurz vor dem Kentern des Schiffes in den Fluss gesprungen und hatten sich an Balken, Brettern und Stangen geklammert. Mit dem Kopf über Wasser hatten sie sich einfach treiben lassen, bis sie schließlich in ruhigerem Wasser ans Ufer schwimmen konnten. Auch sie hatten erfolglos nach weiteren Vermissten gesucht. Wir berieten, ob wir noch weitersuchen sollten, aber es erschien uns aussichtslos. Ich musste jetzt davon ausgehen, dass alle anderen das Unglück nicht überlebt hatten.

Wir gingen zur Schlucht zurück, übergaben die Leichen der toten Männer, die wir auf dem Weg sahen, dem Fluss. Dann bewegten wir uns entlang des reißenden Wassers, teils kriechend über die kreuz und quer liegenden Ufersteine, teils am Berghang auf- und absteigend durch das Unterholz. Bei Anbruch der Dämmerung lag die Schlucht hinter uns. Schnell wurde ein Nachtlager aufgebaut. Jeder von uns übernahm einen Teil der Nachtwache.

Die Sonne stand schon hoch, als wir am nächsten Morgen erwachten. Die beiden einheimischen Männer waren bereits auf. Sie hatten Früchte und essbare Knollen gefunden. Mehrere kleinere Fische, auf Spießen aufgesteckt, brieten über dem Feuer. Während des Essens überlegten wir, wie es weitergehen sollte. Die Bestandsaufnahme ergab, dass jeder noch ein Messer hatte. Einer der Krieger hatte sein Schwert retten können, ein anderer seine Steinschleuder, ein weiterer einen Speer. Für einen weiteren Angriff wohl zu wenig, um ihn abwehren zu können. Wir mussten weiter. Die einzige Möglichkeit zu überleben war, das Siedlungsgebiet der Gefährten in Olan zu erreichen. Aber in welcher Richtung lag es? Vor dem Unglück waren wir Richtung Süden unterwegs. Jetzt verlief der Fluss mehr Südwest.

Der Einheimische vom Bergvolk zeichnete etwas in den Sand und erklärte, indem er auf verschiedene Stellen zeigte: „Die geschlängelte Linie hier im Westen ist der Marañón. Hier im Norden mündet der Utcubamba in den Marañón. Und hier im Süden ist sein Quellgebiet. Dort liege Olan.

Dann zeichnete er den Huallaga ein, so wie wir ihn heraufgefahren waren, von der Mündung in den Marañón bis zu der Stelle, an der wir uns gerade befanden. Er verlängerte den Fluss noch in Richtung Südwest, bis über Olan hinaus. Zwischen den Flusstälern des Huallaga und dem Utcubamba ergänzte er hohe Bergkämme. Dann schlug er vor, am Fluss weiter stromauf bis zu einer Stelle zu laufen, auf die er deutete, dann sollten wir an der Ostseite eines Bergkammes nach Norden bis auf die Höhe von Olan marschieren. Dort sei ein Pass, auf dem wir die Gebirgskette überqueren könnten. Dies habe er einmal von einem Stammesführer gehört, der über den Süden ihres Verbreitungsgebietes erzählt hatte. Von dort müssten sie sich dann strikt nach Westen halten und einen See passieren. Dann würden sie Olan erreichen.

Mein Orientierungssinn sagte mir, dass dieser Vorschlag durchaus sinnvoll war. Andere Vorschläge gab es sowieso nicht, also entschieden wir, es so zu machen.

Vierzehn Tage marschierten wir am Fluss entlang. Lebten vom Jagen und Sammeln. An einen Gebirgskamm, der nach Norden verlief, folgten wir einem Pfad, der unterhalb des Kammes an der Bergflanke entlanglief. Nach zwei weiteren Tagen erreichten wir den Pass, der uns über das Gebirge führte. Jetzt kam der anstrengendste Teil.

Strikt nach Westen gehend kämpften wir uns durch dichten Nebelwald, immer bergauf und bergab. Nach zehn Tagen anstrengenden Marschierens erreichten wir eine Hochebene. Südlich von uns, etwa zwei Tagesmärsche entfernt, sahen wir einen einsamen Bergkamm mit einer Erhebung, ähnlich der Lage von Kuelap. Dies wäre vermutlich auch ein guter Siedlungsplatz, dachte ich mir. Aber diese Stelle lag nicht auf unserem Weg. Wir machten noch einen Tag Rast, um unsere Kräfte zu stärken. Dann ging es weiter durch den dichten Wald nach Westen. Nach zwei Tagen öffnete sich der Nebelwald. Vor uns fiel eine Felswand steil hinab in einen See. Am andere Seeufer sahen wir Hütten und aufsteigende Rauchsäulen. Das musste einer der Stämme des Bergvolkes sein. Wir stürmten auf unseren einheimischen Gefährten ein, klopften ihm auf die Schulter und bedankten uns für seine Führung. Er hatte uns gerettet!

Wie beflügelt liefen wir entlang der Felskante nach rechts den Berg hinab und kamen noch vor der Dämmerung im Dorf an. Unser Gefährte vom Bergvolk erklärte dem Stammesführer unsere Notlage. Wir wurden freundlich aufgenommen und verpflegt. Am nächsten Tag erhielten wir einen Führer, der sich mit uns in nördlicher Richtung aufmachte. Wir brauchten noch einen Tag bis Olan."

Damit endete Bothans Bericht.

Sakarbal schüttelte den Kopf.

„Was habt ihr alles durchmachen müssen!", sagte er niedergeschlagen.

„Hast du denn schon über deine Zukunft nachgedacht und über die deiner Männer? Wollt ihr in eure Siedlungen zurückkehren, wenn ihr wieder zu Kräften gekommen seid?"

„Nein. Wir sind hier so gut aufgenommen worden. Wir werden in dieser Siedlung bleiben."

„Der Siedlungsrat ist damit einverstanden", sagte Pau.

„Danke. Und jetzt geht bitte und lasst mich schlafen", bat Bothan.

Sakarbal und Pau gingen hinaus und redeten noch eine Weile über das, was Bothan und seine Männer erlebt hatten. Von 50 Männern waren nur sieben lebend zurückgekehrt. Und von den 40 entführten Frauen hatten sie auch keine Spur gefunden.

„Ob die Frauen noch leben?“, fragte Sakarbal.

„Ich weiß es nicht. Aber falls ja - wie wird es ihnen wohl gehen?“, antwortete Pau.

„Auf diese Frage werden wir wohl nie eine Antwort bekommen. Der arme Bothan!“, sagte Sakarbal. „Kümmere dich gut um ihn, er wird lange Zeit brauchen, um darüber hinwegzukommen.“

Sakarbal blieb die Nacht noch in Olan.

Am nächsten Morgen ging er zu dem Haus von Pau, um sich zu verabschieden. An der Tür, die nur angelehnt war, hörte er die Schreie eines neugeborenen Kindes. Er trat ein.

„Sakarbal, hörst Du das? Mein Sohn Alaro verlangt nach seiner Mutter. Er hat Hunger. Ich bin ja so glücklich!“

„Herzlichen Glückwunsch und alles Gute für das erste in Olan geborene Kind!“, sagte Sakarbal und umarmte Pau.

Dann ging er zu Aisha und Alaro. „Auch euch beiden alles Gute!“, sagte er und küsste Aisha auf die Stirn, „Ihr versteht, dass ich euch trotzdem gleich verlassen muss. Unser Kind kann auch jeden Moment geboren werden und ich möchte gerne dabei sein.“

„Ja, natürlich. Mach dich schnell auf und grüße Sira lieb von uns. Möge sie eine ebenso leichte Geburt haben wie ich!“, sagte Aisha.

Pau begleitete Sakarbal hinaus bis zur Unterkunft seiner Begleiter, die schon auf ihn warteten.

Dann ging es zurück nach Kuelap. Keinen Tag zu früh. Denn noch in der Nacht gebar Sira ihr drittes Kind, einen Sohn mit Namen Hanno.

36. Kapitel
Grabstätten für die Ewigkeit
Nord-Ost Anden, Peru - um 110 v. Chr.

35 Jahre waren vergangen. Xavi war jetzt 79 Jahre alt. Er fühlte sich müde, sehr müde.

Es war Mitternacht und er saß auf einer Bank auf dem Umgang seiner Sternen-Beobachtungsstätte, die jetzt 33 Jahre in Betrieb war. Er erinnerte sich noch gut an die Einweihungsfeier.

Zuerst hatte Sakarbal die eingeladenen Gäste in den Gedenkraum mit den Asche-Urnen der Gefährten geführt, die auf der langen Reise ihr Leben hatten lassen müssen. Es war eine schlichte kleine Halle, in dem die Angehörigen zusammenkommen konnten, um ihrer Verstorbenen zu gedenken. Neben der Eingangstür war aus einem Stein der Außenwand ein Halbrelief herausgearbeitet worden, das ein unpersönliches menschliches Gesicht zeigte. Anschließend hatte Xavi die Gäste über die Treppe hinauf auf den Umgang zu seinem Himmelsspiegel geführt.

Seither hatte er unzählige Male hier gesessen und den Sternenhimmel beobachtet. Heute war der große Sternenhaufen, der wie eine Straße aussah, eigentümlich verschleiert. Eine dunkle Vorahnung überkam ihn.

Zum Nachfolger für seine Aufgabe als *Astronomos* hatte er einen Mann bestimmt, der ihm durch seine gute Beobachtungsgabe, seine mathematischen Fähigkeiten und seiner Neugier im Unterricht aufgefallen war. Heute war der ehemalige Schüler mit 46 Jahren ein weiser Mann geworden. In den langen Jahren als Helfer hatte Xavi ihm sein ganzes Wissen übergeben können.

Der Mann war Lehrer für die heranwachsenden Kinder in Kuelap. Die Vermittlung des Wissens, das sie aus der alten Heimat mitgebracht hatten, war immer noch ein Hauptanliegen des Senats. Xavi hatte mit den gebildeten Frauen und Männern unter den Gefährten eine Schulsystem über alle Siedlungen hinweg aufgebaut. Alle Kinder, auch die des einheimischen Bergvolkes, gingen zur

Schule. Sie wurden in den klassischen Bereichen unterrichtet, erhielten aber auch Unterricht über die Pflanzen und Tiere der neuen Heimat. Und sie lernten die Sprache des Qichwa.

Xavi fröstelte. Vorsichtig stieg er die Treppe hinab und ging zum Nosokomeion. Dort wohnte er in einem geräumigen Zimmer.

Auch in seiner Aufgabe als *Giatrós* hatte er eine ganze Reihe von heranwachsenden Frauen und Männern ausgebildet. Jede Siedlung, zumindest die mit über einhundert Wohnhäusern, hatte ein Nosokomeion und verfügte über Heiler und einen Giatrós.

Die Schamanen unterstützten die Heiler mit ihrer Kenntnis über Naturheilverfahren. Die Schamanen hatten ihre eigentliche Aufgabe aber, zusammen mit den Priestern, im Bereich des Tempels.

Er selbst war viel zwischen den Siedlungen herumgereist, um sein Wissen auch praktisch vor Ort weiterzugeben.

Das größte Nosokomeion stand in Cacahuasha. Er hatte es selbst mit geplant und eingerichtet. Es war ein großes, rechteckiges, zweistöckiges Gebäude. Vom Umgang auf dem Steinsockel führte eine Treppe hinauf zu einer Tür des Obergeschosses. Von dort gelangten Besucher zu vier Krankenzimmern. Über der Eingangstür im Erdgeschosses befand sich eine Steingravur mit dem Bildnis des Heilgottes Eschmun. Hinter dem Eingang schloss sich ein Vorraum an. In der Mitte dahinter lagen zwei große Therapeia-Räume und rechts und links je vier kleinere Krankenzimmer. In jedem der Therapeia-Räume stand in der Mitte ein sechs mal drei Fuß großer rechteckiger Steinblock. Die Oberfläche war sorgfältig glattpoliert. Hierauf wurden die Cheirurgia durchgeführt. An den Wänden waren viele Nischen, in denen Steinschalen mit Heilkräutern und Keramikfläschchen mit verschiedenen Flüssigkeiten standen. Xavi konnte mit Stolz auf sein Lebenswerk zurückblicken. Er hatte viel dazu beigetragen, das Gemeinwesen auf eine gute Grundlage zu stellen, zumindest was die Heilkunst, die Lehre und die Astronomia anging. Zufrieden legte er sich schlafen.

Sakarbal und Sira saßen beim Frühstück mit ihren nun erwachsenen Kindern, Himilko war 45, Hayet 42 und Hanno 36, und den fünf Enkeln.

Sakarbal hatte alle für heute eingeladen, um wichtige Sachverhalte zu besprechen, wie er es genannt hatte.

Er begann: „Eure Mutter und ich sind alt geworden. Wir wollen uns zur Ruhe setzen und die letzten Jahre zusammen genießen.

Du, Himilko, als ältester Sohn wirst ab sofort meine Rolle als Familienoberhaupt einnehmen. Du bist in Kuelap bekannt und geachtet und ich werde meinen Einfluss noch geltend machen, dass du an meiner Stelle in den Lenkungsrat berufen wirst."

Er machte eine Pause und fuhr dann zu Hayet gewandt fort: „Du bist ganz nach Deiner Mutter geraten, hast ein großes Herz wie sie und bist ebenso zupackend. Wir beide würden es gerne sehen, wenn du ihr Amt im Senat als Beraterin für das Volkswohl übernimmst. Für dich spricht auch, dass dich die Einheimischen sehr mögen und achten."

Er blickte abwechselnd Himilko und Hayet an und fragte: „Seid ihr beide damit einverstanden?"

Hayet warf Himilko einen fragenden Blick zu. Als dieser zustimmend nickte, antwortete sie für beide: „Ja, wenn ihr uns das zutraut, dann stehen wir bereit."

Und Himilko ergänzte: „Aber wir müssen gewählt werden. In die Ämter hineindrängen werden wir uns nicht. Und wir wollen die Ämter auch nicht nur wegen eures Ansehens erhalten.

„Das ehrt euch!", meinte Sakarbal und man sah ihm an, wie glücklich ihn diese Antworten gemacht hatten.

Nun wandte sich Sakarbal an den Jüngsten: „Dich, Hanno, lockt das Abenteuer, wie ich aus vielen Gesprächen mit dir weiß. Du möchtest mit deinen Freunden eine neue Siedlung weit im Südosten gründen. Bei deinen Besuchen in Olan hat dir Bothan immer wieder von einem besonderen Ort dort erzählt. Ich kann das gut verstehen, weil es mir in der Jugend genauso ging. Zudem möchte der Senat unser Gebiet vergrößern, solange wir nicht mit einem anderen Volk in

Streit geraten. Geh deinen Weg! Wenn es deiner Mutter und mir auch schwer fallen wird, ohne dich zu sein …“

Als die Kinder wieder weg waren, machten Sakarbal und Sira einen Spaziergang durch Kuelap. „Unsere Siedlung wächst und wächst. Inzwischen stehen schon 210 Wohnhäuser und der Tempel wird erweitert“, sagte Sira.

„Ja, und endlich können wir uns richtig sicher fühlen, denn die Mauer ist rundum geschlossen. Der Wachtturm am Nordende ist errichtet und ein zusätzlicher enger Mauerdurchbruch im Osten gegenüber dem Hauptdurchgang im Westen geschaffen“, ergänzte Sakarbal.

Als sie beim Nosokomeion vorbeikamen, sahen sie eine große Gruppe Menschen jammernd und klagend zusammenstehen.

Sie gingen zu ihnen und Sakarbal fragte: „Warum seid ihr so verzagt, was gibt es?“

„Heiler Xavi ist tot, er ist heute Nacht friedlich eingeschlafen“, sagte sein Helfer.

Sakarbal und Sira schwiegen betroffen. Sie nahmen sich in die Arme und trösteten sich gegenseitig.

Dann sagte Sira: „Es ist so weit, die erste *Genea* beginnt abzutreten. Eine neue übernimmt. Wie ich schon immer gesagt habe, das Leben …“

Sakarbal unterbrach: “Ja, ich weiß, das Leben geht weiter. Und so wird es auch bei uns sein.“

Der Senat hatte eine große Trauerfeier zu Ehren von Xavi angesetzt, zu der viele seiner Freunde aus allen Siedlungen zusammenströmten. Kuelap schien aus allen Nähten zu platzen. Die Bewohner taten ihr Möglichstes, um alle Gäste unterzubringen.

Gleich am Tag nach Xavis Tod hatte der Totenritus begonnen. Yutpan, der selbst nur fünf Jahre jünger war als Xavi, hatte als höchster Priester von Kuelap die Oberaufsicht. Im Nosokomeion waren dem Leichnam Xavis die inneren Organe entnommen und die

Körperhöhlen mit wohlriechenden Substanzen gefüllt worden. Dann war seine Haut mit einer besonderen Kräutersalbe eingerieben und getrocknet worden, damit sie haltbarer blieb. Später hatte man den Körper in der Haltung eines Fötus zusammengebunden und in ein helles Tuch eingewickelt. Auf das Tuch war mit einfachen Linien ein Gesicht gemalt. Dann war das Tuch zugenäht worden.

Am Tag der Trauerfeier wurde das Mumienbündel auf eine Trage gesetzt und mit Schnüren befestigt. Nun stritten sich unzählige Freiwillige um die Ehre, Träger zu sein. Yutpan wählte sechs Männer aus und hatte dann Mühe, den Ärger der leer Ausgegangenen zu besänftigen. Endlich konnten die Träger starten. Sie trugen den Toten auf der Bahre durch die Siedlung und stellten ihn im Tempel ab. Die Räucheraltäre drinnen und draußen wurden entzündet. Yutpan begann mit den Beschwörungsformeln, die von der Trauergemeinde durch einen monotonen Singsang begleitet wurden. Als der Totenkult beendet war, würdigte Sakarbal in einer Ansprache die Verdienste Xavis. Dann durften sich die trauernden Gäste von ihm verabschieden.

In einer nicht enden wollenden Schlange bewegten sich die Menschen in den Tempel. Schritt für Schritt gingen sie langsam um die aufgebahrte Mumie Xavis herum, legten eine kleine Opfergabe auf oder neben der Trage ab und verließen dann wieder den Tempel.

Am nächsten Tag wurde die Mumie von wenigen ausgewählten Männern des Tempels sowie von Yutpan, Sakarbal und Philosir zur Begräbnisstätte gebracht. Nur Männern des Tempels, den jeweiligen Familienangehörigen und allerengsten Freunden war es gestattet, den Toten zu begleiten. Das Wissen um den letzten Ruheort sollte möglichst geheim bleiben. Der Senat hatte nach den ersten Sterbefällen eine Begräbnisordnung erlassen. Die Mumien ganz normaler Bürger sollten in Erdgräbern im Haus der jeweiligen Familie beigesetzt werden. Besonders verdienstvolle Bürger durften in Nekropolen aus Grabhäusern, in denen mehrere Tote zusammen bestattet wurden, beigesetzt werden. Für die Mitglieder des Lenkungsrats oder des Senats, aber auch für Oberhäupter von großen

Familienclans waren Einzelbestattungen in Sarkophagen vorgesehen. Auch Bürger mit ganz besonders herausragenden Verdiensten wurden im Tode mit dieser Ehre ausgezeichnet. Xavi stand aufgrund seiner Tätigkeit als oberster Heiler und Astronom und seines Ansehens die Bestattung in einem Sarkophag zu. Seine sterblichen Überreste wurden in zwei Tagesmärschen zur Begräbnisstätte Karajia gebracht.

Die Felswand lag nördlich von Kuelap. Bei starker Sonneneinstrahlung konnte man die weiße Kalksteinwand von Kuelap aus hell leuchten sehen. Im Tal verlief ein kleiner Bach, in den sich vom vorstehenden Rand am oberen Ende der Felswand ein kleiner Wasserfall ergoss. An der rauen Felswand standen überall Steine, Steinplatten oder gar kleine Simse hervor. Sie waren von den Arbeitern genutzt worden, um vom Pfad am Rand in die Felswand einsteigen zu können. Sie hatten weiter oben und ziemlich in der Mitte der Wand eine große Nische geschlagen. Mit der Mumie Xavis hatten sie auch einen sieben Fuß hohen Sarkophag in der Form eines Menschen nach Karajia mitgebracht. Er war in den Tagen zuvor aus Lehm und Stroh geformt, getrocknet und weiß gekalkt worden. Die Darstellungen hatte einen großen Kopf und ein dominierendes Kinn. Das Gesicht eines älteren Mannes mit Bart, wie Xavi ihn getragen hatte, war in rötlichem Ocker und schwarzer Holzkohle aufgetragen worden. Ebenso eine Gürtellinie und darunter ein *Phallós*.

Zuerst brachten zwei Männern den Sarkophag zur Nische und stellten ihn auf. Dann wurde die Mumie zur Nische getragen und von hinten durch eine Öffnung in den Sarkophag eingesetzt. Die Öffnung wurde verschlossen.

Ehrfurchtsvoll standen die Gefährten zusammen und schauten auf den Sarkophag. Die Mumie selbst, das aufgemalte Gesicht auf dem Tuch und auf dem Sarkophag blickten nach Osten. Die aufgehende Sonne als Zeichen des ewigen Lebens. Nachdem Yutpan den Bestattungsritus abgehalten hatte, zogen alle zurück nach Kuelap und überließen Xavi der ewigen Ruhe. Allerdings hofften sie auf die Wiederkehr seines Geistes, wenn sein Rat gebraucht würde.

Auch in Cacahuasha war die Entwicklung vorangeschritten. Viele einheimische Stämme hatten um Aufnahme gebeten und der Siedlungsrat genehmigte es ihnen. Die Zahl der Wohnhäuser hatte sich auf über 250 vergrößert. Besonders stolz war der Rat auf den großen Versammlungsplatz. Der ganze Platz war etwa zwei Fuß erhöht über der eigentlichen Geländeebene angelegt worden. Er war durchgängig mit geglätteten flachen Steinen belegt. Die Fugen dazwischen hatte man mit einem ausgehärtetem Schlammgemisch ausgefüllt, das dennoch flexibel geblieben war, um die Temperaturschwankungen auszuhalten, ohne wieder aufzubrechen. Der Platz war umgeben von einer Steinreihe, einen Fuß hoch und breit, sodass eine Trittstufe entstanden war.

Auch der Tempel war jetzt fertig. Er hatte die gleichen Maße wie das Nosokomeion, war aber eingeschossig. Es gab nur einen einzigen großen Innenraum. An den Wänden waren Räucheraltäre gebaut, über denen schmale Schlitze in die Wand geschlagen worden waren, sodass der Rauch nach außen abziehen konnte. In der Mitte des Raumes stand ein großer Steinblock, der als Opferstätte benutzt wurde. Auch im Dach darüber befanden sich weitere Lüftungsschlitze. Der Stein des Opfertisches war rundum geglättet und die Oberseite, auf der geopfert wurde, poliert. Nahe am Rand verlief eine Rille um die Oberfläche, die an einer Ecke bis an den Rand führte und in einen Vogelschnabel, der aus dem ursprünglichen Stein herausgearbeitet worden war, überging. Unter dieser Stelle war im steinernen Fußboden, der ebenso wie der große Platz geglättet war, eine Schale wie eine Doppelhand ausgearbeitet worden. Von dort führte eine Rille zu einem kleinen Loch in der Hauswand nach draußen. In der Wand, die der Eingangstür genau gegenüber lag, war eine Nische eingearbeitet, vom Boden sechs Fuß hoch. In ihr hatte Aidan die Steinstatue eines keltischen Kriegers aufstellen lassen. Die Statue sollte an die Kriegerfürsten seiner Ahnen und zugleich an ihren Schutzgott Neto erinnern.

Juna kam gerade aus dem Haus ihres Bruders Aidan. Er war jetzt 64 Jahre und man sah ihm sein Alter an. In letzter Zeit wurde er häufig krank. Dieses Mal hatte er hohes Fieber und sie sorgte sich sehr um ihn.

Aidan hatte sich vor 35 Jahren mit Freya verbunden. Sie war ihm eine gute Frau. Sie verstanden sich blind und sie kümmerte sich auch jetzt aufopferungsvoll um ihn.

Trotzdem hatte Juna das Bedürfnis gehabt, nach ihm zu sehen. Aidan hatte sich sehr über ihren Besuch gefreut.

Der Himmel war schwarz. Sie lief so schnell sie konnte. Gerade als das Gewitter losbrach, erreichte sie ihr Haus. Ihr Mann Rorey hatte schon voller Sorge auf sie gewartet. Erleichtert schloss er sie in die Arme. Rorey war bei der großen Fahrt Kommandant eines der Schiffe der Keltiberer gewesen. Er war zwar etwas rau und ungehobelt, aber im Kern doch ein herzensguter Mann. Juna wusste, was sie an ihm hatte. Ein Junge und ein Mädchen vervollständigte ihre Familie.

Da sie zu Aidans Familienclan gehörten, hatten sie sich ebenfalls ein großes Haus bauen können. Die Außenseiten waren mit vielen schönen Friesen geschmückt. Über der Eingangstür war in einer einfachen großen Steinraute auf Wunsch ihres Mannes eine besondere Steinmetzarbeit eingeschlossen. Sie zeigte Melkart wie er auf einem Seepferd über die Meereswellen reitet. Jedes Mal, wenn sie gemeinsam durch die Tür gingen, sagte er: „Er hat uns beschützt, als wir über das große Meer gefahren sind." Auf der Innenseite sah man über der Eingangstür eine weitere Steinmetzarbeit, die eine Gaulos mit einem großen Segel und zwei hohen Steven zeigte. „Erinnerst du dich noch an unsere lange Fahrt über das äußere Meer und den großen Fluss?", fragte ihn Juna oft und wurde traurig, „Wie wird es den geraubten Frauen ergangen sein?"

Beide gingen jetzt in ein kleines Zimmer, in dem im Boden ein Loch durch eine Steinplatte abgedeckt war. Darauf stand ein Krug mit frischen Blumen. Hier hatten sie die Mumien der Eltern von Rorey begraben, die schon wenige Jahre nach ihrer Verbindung gestorben waren. Sie verweilten einen Moment und gingen dann in den Wohnraum, wo die Kinder schon den Tisch für das Abendbrot gedeckt hatten.

Aidan ging es schlechter. Er atmete in kurzen ungleichmäßigen Zügen und hatte Fieber. Freya saß bei ihm und hielt seine Hand.

„Ich glaube, es geht zu Ende, ruf bitte unsere beiden Kinder, ich möchte mich von ihnen verabschieden."

Als Freya mit den Kindern zurück war, begann Aidan: „Du, mein großer Junge, hast jetzt das Alter erreicht, in dem ich meine alte Heimat verließ. Jetzt wirst du die Verantwortung für unseren Familienclan übernehmen. Ich bin mir sicher, dass du diese Aufgabe verantwortungsvoll und vorbildlich ausfüllen wirst."

Seine Stimme stockte. Er machte eine Pause. Freya führte ihm den Becher mit Wasser an die Lippen. Er trank einen winzigen Schluck.

Dann sprach er weiter: „Freya, übergib bitte das Familienschmuckstück."

„Mein Sohn, diese Amulett soll deine Frau an eines deiner Kinder weitergeben und dieses soll dann genauso verfahren. Es wird euch und euren Nachfahren hoffentlich immer Glück bringen, so wie es auch mir und den Ahnen von Aidan Glück gebracht hat", sagte Freya.

„Jetzt gib mir meine Aufzeichnungen", bat Aidan.

Seine Stimme war kaum noch zu hören: „Dir, meine liebe Tochter, übergebe ich meine Aufzeichnungen über die große Reise, damit die Erinnerung an die erste Genea unseres Chachapoya-Volkes für alle Nachfahren bewahrt wird. So, und jetzt geht und lasst mich mit Mutter allein."

Die Kinder drückten ihren Vater mit Tränen in den Augen und verließen den Raum.

„Freya, komm, leg dich zu mir."

Als sie neben ihm auf seinem Arm lag wurde er ruhiger und schlief ein.

Es war einige Zeit vergangen als Freya aus dem Zimmer kam. Sie nahm ihre Kinder in den Arm und sagte: „Euer Vater ist gestorben. Sein Seele ist auf dem Weg zu den Göttern und sein Geist wird immer mit uns sein."

Aidans Mumie fand ihren Platz für die Ewigkeit direkt neben dem Sarkophag von Xavi. Als besondere Würdigung seines Mutes und seiner Tapferkeit als großer Krieger wurde ihm ein Schädel an dem Sarkophag befestigt. „Damit", so sagte es seine Schwester Juna, „erinnern wir an die uralte Kopfjagdsitte in Aidans alter Heimat."

Die Siedlung in Olan hatte ursprünglich aus 25 Wohnhäusern bestanden. Nun war sie doppelt so groß.

Pau hatte schon früh die Führung an Bothan abgegeben. Diese Verantwortung hatte Bothan geholfen, am Ende doch über den Verlust von Annot hinwegzukommen. Eine neue Frau hatte er sich aber nicht genommen.

Hallalcar hatte im fortgeschrittenen Alter von 45 Jahren noch eine Frau gefunden, eine Einheimische aus einem der Stämme rund um Olan und fünfzehn Jahre jünger. Ihren ersten Mann hatte sie bei einem Überfall von Kriegern eines Stammes aus dem tiefer gelegenen Regenwald am Huallaga Fluss verloren. Die alleinstehende Frau war froh gewesen, von dem Fremden in sein Haus aufgenommen zu werden. Es entwickelte sich eine tiefe Liebe. Sie las ihm jeden Wunsch von den Lippen ab, kümmerte sich um die täglichen Belange und gab somit Hallalcar viel Zeit, um seine Aufzeichnungen, Karten und Niederschriften, die er während der großen Reise angefertigt hatte, zu ordnen. Gespannt verfolgte sie die Geschichten, die ihr Hallalcar allabendlich vor dem Einschlafen erzählte. Beide hatten noch zwei Söhne bekommen.

Jetzt war Hallalcar 79 und er war sich bewusst, dass seine Leben zu Ende ging. Er kannte die Krankheit genau, die er wohl schon lange in sich trug. Er hatte sie beim Tod seiner ersten Frau aus Byzantion direkt miterlebt. Er war stark abgemagert, litt unter Atemnot und an diesem Morgen hatte er Blut gespuckt. Er versammelte die Familie um seine Lagerstätte.

„Es ist so weit, ich werde euch bald verlassen. Seid nicht traurig. Ich hatte ein langes und erfülltes Leben. Eure Mutter kann euch viele Geschichten davon erzählen."

Er unterbrach sich. Ein starker Hustenanfall quälte ihn.

Als er vorüber war, schaute er seinen ältesten Sohn an und sagte: „Du hast ein gutes Verständnis für Navigation und bist aufnahmebereit für die Natur um dich herum. Du beobachtest und zeichnest was du siehst. Immer, wenn ich dich unterrichtet habe oder wir gemeinsame Ausflüge gemacht haben, habe ich mich darüber gefreut. Dir übergebe ich meine Aufzeichnungen unserer großen Reise mit der Bitte, sie gut aufzubewahren und an unsere Nachfahren weiterzugeben."

Noch bevor die Nacht hereinbrach, erlag Hallalcar seiner Krankheit.

Bothan hatte die Felswand über dem See, an dem sie bei ihrer Rückkehr nach dem Schiffsunglück vorbeigekommen waren, als Grabstätte ausgewählt.

Die Mumie von Hallalcar wurde zum See und in einem Boot bis zum Fuß der gegenüberliegenden Felswand gebracht. Nach längerem Aufstieg durch den Wald erreichten die Männer den Sims, über den sie in die Felswand einstiegen.

Vorsichtig bewegten sie sich bis zu den Nischen, in die Häuschen aus Steinen, Holz und Lehm unterschiedlicher Größe mit Tür- und Fensteröffnungen gebaut waren. Sie waren mit roten und schwarzen Zeichen bemalt. Die Mumie wurde in eines der Häuser gesetzt, so dass das auf dem Tuch aufgezeichnete Gesicht aus einem Fenster schaute. Von hier konnte die Mumie von Hallalcar das ganze Tal mit dem See überblicken, so als stünde er an Deck eines Schiffes und blickte über das Meer.

Die Männer legten noch einige Grabbeigaben neben der Mumie in dem Haus ab. Darunter war ein aus Bronze gearbeiteter Rahmen mit Messkerben, den Hallalcar zur Messung der Höhe zwischen dem

Horizont und der Sonne, dem Mond oder einem Fixstern benutzt hatte.

Pau und Aisha hatten noch zwei weitere Kinder bekommen. Beides Mädchen, die in der Werkstatt ihres älteren Bruders Alaro arbeiteten. Sie stellten die Steinschleudern in der Art und Weise her, wie sie es ihre Mutter Aisha über Jahre gelehrt hatte. Der Bedarf an Steinschleudern war aber längst nicht so groß wie in der alten Heimat, was aber niemand bedauerte, denn dafür lebten sie in Frieden.

Im Hause der Familie Pau lebte von Anfang an auch Alunio. Seine Leidenschaft für das Steinschleudern hatte er nicht verloren. Mit Hilfe von Pau hatte er eine Schule eröffnet, um jeden auszubilden, der dies wollte. Der Einsatz der Steinschleudern bei der Jagd und beim Hüten der Viehherden stand jetzt im Mittelpunkt – nicht mehr so sehr das Kriegshandwerk.

Eines Tages besuchte ihn Pau auf seiner Übungswiese. Bei ihm stand eine Gruppe von jungen Männern, die Hälfte kam von einheimischen Stämmen. Alunio hatte aus Holz verschiedene Tiere geschnitzt. Vögel, Bären, Affen, Vicunas, Tarukas und Schlangen, die er überall auf der Wiese in verschiedenen Abständen aufgestellt hatte. Er rief den Namen eines Tieres und alle Schüler mussten ihre Steinschleudern auf dieses abfeuern. Wer zuerst traf, hatte gewonnen.

Pau hatte sich auf einen kleinen Hügel gesetzt und schaute dem Treiben zu. Viele Bilder aus seiner Jugend als Hirte kamen ihm in den Sinn, wobei des Öfteren ein Lächeln über sein Gesicht huschte. Er wurde müde, legte sich auf die Wiese und hörte noch wie Alunio fragte, was es zu beachten gelte, wenn man sich einem getroffenen Wildtier nähere, bevor er einschlief.

Als der Unterricht vorüber war, ging Alunio zu dem noch immer schlafenden Pau.

Er rief ihm zu: „Na, du alter Mann! Schlafen sollst du in der Nacht. Sieh, dir laufen ja schon die Weidetiere davon.“

Pau zeigte keine Reaktion. Alunio bückte sich und wollte ihn wachrütteln. Er erschrak. Pau war bleich und kalt. Er atmete nicht mehr und sein Herz hatte aufgehört zu schlagen.

Vor drei Mondzyklen hatten sie Hallalcar verabschiedet, vor drei Tagen war Sastre ihr hoch geachteter Schamane gestorben und heute Pau.

„Die Genea der Gründer stirbt aus", dachte Alunio.

Sastre und Pau wurden ebenfalls in den Grabhäusern oberhalb des Sees beigesetzt. Pau war vor dem Einnähen in das Tuch eine Steinschleuder um den Kopf gebunden worden, so wie es in der alten Heimat der Brauch gewesen war. Weitere Steinschleudern wurden als Grabbeilage in die Nische gelegt. Sastre bekam zwei Räucherschalen aus Bronze und eine kleine goldene Sistre, die er an hohen Festtagen immer benutzt hatte, mit auf seine Reise.

In den folgende Jahren starben noch viele aus der Gemeinschaft der Auswanderer.

Sakarbal und Sira sowie Valqui wurden ebenfalls in Sarkophagen in Karajia bestattet.

Aufgrund der hohen Wertschätzung und der besonderen Leistungen Siras für den Aufbau der neuen Siedlungsgemeinschaft hatte der Senat entschieden, auch ihr ein Ehrengrab zu geben. Diese Entscheidung sollte darüber hinaus die hohe Achtung, die die Männer ihren Frauen in ihrem Gemeinwesen entgegenbrachten, bezeugen.

Der Sarkophag von Sira stand ganz links in der Reihe. Die Bemalung des Gesichts zeigte feinere Züge, es gab keinen Gürtel und anstelle des Phallós war ein Rechteck mit einem Punkt in der Mitte aufgemalt, als Zeichen für die Weiblichkeit. Neben ihr stand der Sarkophag ihres Mannes, der wie bei dem von Aidan ebenfalls mit einem Totenschädel geschmückt worden war.

Der Sarkophag von Valqui war nicht so hoch wie die anderen und trug keine Bartbemalung.

Eine weitere Begräbnisstätte war in Revash angelegt worden. Sie lag von Macro aus genauso weit entfernt wie Karajia, etwa einen Tagesmarsch, aber genau entgegengesetzt im Süden. Von einem kleinen Dorf eines einheimischen Bergstammes ging es durch den Wald bis hinauf an den oberen Rand einer Felswand aus Kalksteinklippen. Die Arbeiter hatten lange mit Knoten versehene Taue an den Bäumen festgebunden und die Felswand hinuntergeworfen. Die Männer kletterten an ihnen hinab, wobei sie sich an den Knoten mit Händen und Füßen gut festhalten konnten. Als sie etwa die Mitte erreicht hatten, banden sie ein um ihren Schritt und ihre Hüfte gewickeltes Seil fest an das Tau, stützten die Füße an Felsritzen und -vorsprüngen ab und begannen mit Hammer und Meißel Nischen aus dem Fels zu schlagen. Eine kräftezehrende und gefährliche Arbeit. Nachdem eine große Nische entstanden war, kletterten andere Arbeiter über die Taue in die Nischen hinein und begannen dort kleine Häuschen, ein- und zweigeschossig, mit Längs- oder Giebelseite nach vorne, zu bauen. Als Rückwand der Häuser diente die natürliche Felswand. Dann verputzten sie die Häuser mit Lehm und bemalten sie mit roter Farbe.

Die Mumien von Philosir und Balhanno waren die ersten, die in dieser Grabstätte beigesetzt wurden. Auch sie konnten durch die Fenster der Häuschen über das Tal in die Bergwelt in Richtung Macro und Kuelap schauen.

37. Kapitel

Die Siedlung im Nebelwald

Chacha Picchu, Peru – um 20 n. Chr.

Der Astronomos der Chachapoya trug in seine Zeittafel den 15. Tag im sechsten Mondzyklus des Jahres 165 a.u.c. ein.

Die bestehenden Siedlungen waren weiter ausgebaut worden und neue hinzugekommen. Schon Moran hatte im Nordwesten, tief im hohen Bergnebelwald verborgen, eine neue Niederlassung gegründet. Unter der Führung seines Sohnes und dann seines Enkels war diese mit dem zunehmenden Bevölkerungswachstum stetig gewachsen. Nahezu alle Menschen des einheimischen Bergvolkes wohnten jetzt in den Siedlungen der Einwanderer. Nur noch ganz wenige lebten in Hütten, meist Bauern, Fischer oder Jäger, die aber der einen oder anderen größeren Siedlung zugeordnet waren. Es gab immer mehr gemischte Paare. Das Qichwa war auf gutem Weg die beherrschende Sprache zu werden. Das friedliche Zusammenleben der einstmals so unterschiedlichen Lebensformen gedieh zur Zufriedenheit aller.

Das Wissen um die Natur in dieser Region und wie man sie nutzen konnte, um zu überleben, hatten sich die Einwanderer von den Einheimischen abgeschaut und inzwischen verinnerlicht.

Mit ihrem aus der Heimat mitgebrachten technischen Wissen hatten sie das Zusammenleben auf eine höhere Entwicklungsstufe des Zusammenlebens gebracht.

Die Verbesserung des Ertrags im Feldanbau durch den Einsatz von Geräten aus Eisen, wie Hacken, Spaten, Pflügen und Äxten, schuf die Voraussetzung dafür, dass das Volk der Chachapoya mittlerweile um das Doppelte auf über 20.000 Menschen angewachsen war.

Der Entwicklungssprung war aber nicht nur in der Landwirtschaft zu sehen, sondern erstreckte sich auf das Handwerk und alle Bereiche des Zusammenlebens. Verbindliche Regeln, Gerichtsbarkeit, geplante Zusammenarbeit, Heilkunst, Erziehung und

Ausbildung – all das war in dieser Form den einheimischen Menschen unbekannt gewesen. Aber auch sie hatten schnell dazugelernt und die Praktiken angenommen.

Die Genea der in der neuen Heimat geborenen Urenkel der Einwanderer waren zufrieden mit dem Erreichten.

Die Utopía, die, den Erzählungen ihrer Eltern und Großeltern nach, Aidan, Pau und Sakarbal immer wieder vorgetragen hatten, war Wirklichkeit geworden. Ihre Überlieferungen und Werte lebten hier weiter. Sie hatten zwar keinen prächtigen Besitz, so wie ihn einige der Auswanderer noch von Karthago her gekannt hatten. Aber sie vermissten ihn auch nicht. Hier lebten sie im Einklang mit der Natur und hatten alles was sie brauchten. Sie waren jetzt Chachapoya.

Lediglich die Suche nach Erzvorkommen hatte sich nicht als besonders erfolgreich erwiesen. Sie hatten einige kleinere Vorkommen an Silber, Kupfer, Zinn, Zink und Eisen in ihrem Gebiet entdeckt. Für die Herstellung von Waffen reichten diese Vorkommen nicht aus. Sie besaßen noch die alten mitgebrachten Kriegsgeräte, hatten aber entschieden keine neuen anzufertigen. In zwei Siedlungen, nahe den Vorkommen, hatten sie Schmelzöfen gebaut und das Wissen und die Fertigkeiten gesammelt, um aus dem abgebauten Berggestein Eisen, Bronze oder Messing zu gewinnen. Daraus stellten sie ihre Werkzeuge und Kultgegenstände her.

Ein Urenkel des Bauern Ainsley aus der Genea der Auswanderer stand inmitten seiner vielen Landarbeiter und überwachte das Schneiden und Ausklopfen der Kinwa Pflanzen auf einem seiner größten Felder. Kinwa war inzwischen neben Kartoffeln das wichtigste Grundnahrungsmittel der Chachapoya geworden. Die mineralstoffreichen Blätter wurden als Gemüse oder Salat verzehrt. Die kleinen Nüsschen der Pflanzen waren Bestandteil vieler Speisen.

Der Bauer hatte den Anführer von Macro auf dessen Bitte hin mitgenommen und erklärte ihm gerade: „Die Kinwa Pflanze benötigt nicht viel, um erfolgreich zu gedeihen. Sie zehrt auch das letzte bisschen Wasser aus einem kargen Boden, kommt mit kalter, rauer Witterung zurecht und bietet in der Regel einen guten Ertrag Sie kann bis in höchste Lagen angebaut werden, weit höher als zum Beispiel Mais. Die krautige Pflanze erreicht eine Wuchshöhe von zwei bis fünf Fuß und besitzt einen vielfach verzweigten Stängel. Kennzeichnend sind die dicken, rhombischen Blätter mit ihrem gezahnten Rand. Die Blüten sind grün und recht unscheinbar, die Frucht ist rund und sehr klein und ähnelt einer Nuss."

Er unterbrach sich und rief den Arbeitern zu: „Achtet darauf, dass die Pflanzen ganz trocken sind. Ansonsten lasst ihr sie stehen."

Dann fuhr er an den Anführer gerichtet fort: „Der Aufwand bei der Ernte ist jedoch hoch. Oft weisen die Kinwa-Körner bei der Ernte ungleiche Reifegrade auf, sie müssen daher sorgsam von Hand sortiert werden." Er griff eine Handvoll der ausgeklopften Körner vom Boden auf und ließ sie durch die Finger rinnen. „Siehst du, diese hier und die, die müssen aussortiert werden. Erst danach kann das Kinwa-Korn in der Küche verwendet werden. Vorher sollte man es aber noch gut waschen."

„Meine Frau verwendet viel Mais in der Küche. Sie kocht und brät Maiskolben. Sie röstet Maiskörner oder verwendet Maismehl für die Zubereitung von Speisen. Natürlich stellt sie auch die Aqha her. Ich kenne keine köstlichere als ihre. Können wir auch mal ein Maisfeld besuchen?"

„Natürlich, aber nicht heute. Dazu müssen wir auf eine deutlich tiefer gelegene Anbaufläche gehen."

Die Kartoffel war wie Kinwa den Gefährten aus ihrer alten Heimat nicht bekannt gewesen. Es gab viele verschiedene Kartoffelsorten, die sich in Farbe, Form, Geschmack und Haltbarkeit unterschieden. Besonders beliebt war die Chuno, weil sie lange gelagert werden konnte und somit ideal zur Vorsorge für schlechte Erntejahre war.

Im Tal von Huaylla Belen war gerade die Kartoffelernte vorüber. Die Bauern brachten die Chuno in einem langen Zug von Lamas, von denen jedes mit zwei bis vier Säcken Kartoffeln beladen war, zu einigen kleineren Häusern auf einer Ebene, die noch höher lag als Cacahuasha. Dort wurden sie schon erwartet.

„Ladet die Kartoffeln ab und legt sie da vorne auf der Lichtung aus!“, rief ein Bauer. Dann überließen sie die Knollen dem nächtlichen Frost, der auf dieser Höhenlage regelmäßig auftrat. In der starken Sonneneinstrahlung tagsüber trampelten die Kinder der Bauern auf den Kartoffeln herum.

„So, jetzt könnt ihr zeigen, wie viel Kraft und Ausdauer ihr habt!“, sagte der Anführer der Bauern. Den Kartoffeln wurde somit das Wasser entzogen. Anfangs hüpften und lachten die Kinder, doch mit der Zeit wurden ihre Bewegungen langsamer. Sie wurden müde. Aber ihre Arbeit war noch nicht beendet.

„ Jetzt schält die Kartoffeln. Danach legt ihr sie auf den Brettern zum Trocknen aus.“, wies sie der Bauer an. Dann waren die Kinder erlöst und durften den langen Abstieg nach Cacahuasha antreten.

Nach dem Trocknen waren die Kartoffeln nur noch schwarze, schrumpelige, kleine und leichte Knollen, die über Jahrzehnte hinweg gelagert werden konnten.

Landeten die Knollen später einmal in einer Küche, wurden sie zunächst in Wasser eingeweicht und gewaschen. Sie nahmen dabei erheblich an Volumen zu und wurden weiß. Nach der Zubereitung war die Chuno eine nahrhafte Beilage zu vielen Gerichten.

Die Natur bot den Chachapoya aufgrund der sehr unterschiedlichen Wachstumsbedingungen in ihrem Siedlungsgebiet ein reichhaltiges und vielfältiges Nahrungsangebot.

Zum Würzen benutzen sie unter anderem die teuflisch scharfen Schoten einer Pflanze, die sie Aji nannten. Daneben verwendeten sie aber auch Pfeffer, Ingwer und Kurkuma.

Bei den Früchten dominierten Banane, Papaya, Avocado und Mango sowie die Früchte der Pfirsichpalme. Auch der Paranussbaum wurde angebaut.

Als Fleischspeise waren die Quwi am beliebtesten, die man als Haustiere hielt. Dann Fleisch vom Alpaka und dem Taruka. Gelegentlich erlegten die Jäger auch Bären, Affen und Vögel.

Fische aus Flüssen und Seen ergänzten den Speiseplan.

Eine wichtige Nutzpflanze war ein bis zu 50 Fuß hoher Strauch, aus dessen Wolle Garn gesponnen und dann Kleiderstoff gewebt wurde. Der Strauch wurde in großem Ausmaß auf angelegten Pflanzungen im Tal am Utcubamba-Fluss angebaut. Ainsleys Urenkel stand vor seinem Haus in Macro und beobachtete die vielen Menschen bei der Baumwollernte. Er sah sie durch die Reihen der Büsche ziehen, wo sie die Samenfasern aus den Früchten zogen und die Wolle in ihre Körbe legten. Er hörte die Aufseher rufen: „Beeilt euch! Bis heute Abend muss das Feld abgeerntet sein."

„Recht so", dachte der Urenkel. „Wenn ich in diesem Jahr der erste bin, der Baumwolle anbieten kann, kann ich mehr erwirtschaften."

Die Senatssitzung war in vollem Gang. Der amtierende Lenkungsrat hatte auf eine gemeinsame Bitte der Urenkel von Aidan, Pau und Sakarbal hin, einen Antrag eingebracht, in dem er vorschlug in der Nebel-Siedlung eine besondere Gedenkstätte zur Erinnerung an die Genea der Auswanderer und Gründer zu errichten.

Kinnok, ein Urenkel Aidans, erläuterte den Vorschlag: „Dort könnten neben ein paar Gegenständen aus der alten Heimat die Aufzeichnungen von Aidan und Sakarbal über die große Reise aufbewahrt werden. Als Vermächtnis sicher verwahrt für unzählige kommende Nachfahren. Zum alljährlichen Fest des Jahrestages der ersten Siedlungsgründung könnte der oberste Priester immer ein Stück daraus vorlesen. So würde unsere Herkunft nie vergessen werden."

Es gab eine längere Aussprache im Senat. Am Ende fand der Vorschlag eine Mehrheit. Kinnok wurde aufgetragen, zusammen mit dem obersten Priester, die Gedenkstätte zu planen, die zur Aufbewahrung vorgesehenen Stücke zusammenzutragen und die Gedenkstätte einzurichten.

Ein Jahr später stiegen Kinnok, der oberste Priester und der dreiköpfige Lenkungsrat zur Nebel-Siedlung hinauf. Sie wollten sich das Ergebnis der eingerichteten Gedenkstätte und deren Wirkung auf Besucher ansehen. Die Siedlung lag westlich von Cacahuasha in der Mitte einer Linie zwischen Karajia und dem Schlangental. Sie hatten sich am Morgen in Cacahuasha getroffen und waren von dort aus gestartet. Gegen Mittag erreichten sie erschöpft die Siedlung im Nebel.

Nachdem sie sich gestärkt und ausgeruht hatten gingen sie über eine steile Steintreppe auf eine Ebene hinauf. Sie sahen vor sich einen mit flachen Steinen ausgelegten Platz, der von Randsteinen eingefasst war. Rechts vom Platz stand der Tempel.

Vom Platz aus liefen sie durch einen überdachten Säulengang zum Eingangstor des Tempels. Seitlich befanden sich in der Mauer zwei Nischen mit lebensgroßen Statuen. Ein Mann, nackt mit erigiertem Penis. Um den Hals trug er den Torques und in der Hand hielt er ein Schwert mit der Spitze auf den Boden gerichtet. Auf der anderen Seite eine Frau, ebenfalls nackt und mit kräftigen Brüsten in Hockstellung ein Kind gebärend. Über dem Eingang war eine Steintafel angebracht, auf der das Zeichen für die Göttin Tanit eingeritzt war.

Durch das Portal traten die Männer in eine große Halle. An der gegenüberliegenden Wand, sahen sie eine Steinsäule mit einer lebensgroßen Statue. Sie zeigte den Gott Melkart mit Spitzhut, Bart und knielangem Lendenschurz. Eine Hand wies in die Ferne, genau nach Westen. Die andere Hand hielt ein Schiff, wie ein Seepferd gestaltet.

Sie bewegten sich um die Statue herum. In der Wand dahinter, blickten sie auf vier Nischen mit kleineren Statuen der Gottheiten El, Anat, Cernunnos und Danu.

Auf dem Boden zwischen den Nischen und der Melkart Staue stand ein rechteckiger Steintrog. Sie betrachteten die Zeichen, die ein besonders begabter Steinmetz auf dem Deckel eingeritzt hatte. Auf der linken Seite sah man oben die Sonne, den großen Bären und den Nordstern. Darunter einen Skorpion, einen Löwen, einen Hirsch und ein Kamel. In der Mitte war eine Gaulos. Rechts oben war der Mond und das Kreuz des Südens. Darunter Schlange, Jaguar, Kondor und Lama. Jeder konnte die Bedeutung dieser Komposition sofort verstehen.

Der Priester öffnete die Truhe. Darin lagen die von Aidan auf sehr flachen Steinplatten in keltiberischer Schrift eingeritzten Reisenotizen und die in punischer Schrift beschriebene Papyri mit der ausführlichen Niederschrift der Auswanderung und der Neuansiedlung.

Die Gruppe begaben sich zurück in die Mitte des Raumes und verweilte dort einen Moment. Alle waren ergriffen von der Wirkung, die von dem Raum und seiner Gestaltung ausging.

„Ausgezeichnete Arbeit. Danke. Hier spürt man den Geist der Ahnen und kann sich neue Kraft holen", sagte der Anführer des Lenkungsrates.

38. Kapitel

Die Blüte des Chachapoya Reiches

Nord-Ost Anden, Peru – um 800 n. Chr.

Roslin, Palbau und Hamilcar waren unterwegs zum Haus der Familie des obersten Heilers in Cacahuasha. Sie kamen gerade aus der Senatssitzung und unterhielten sich angeregt.

„Es erstaunt mich zutiefst, wie vorausschauend unsere Ahnen waren. Wir sind jetzt im achten Mondzyklus des Jahres 946 a.u.c. und noch immer gelten im Grundsatz die damals festgelegten Regeln des Zusammenlebens“, sagte Roslin, „Und das, obwohl unser Volk stark gewachsen ist.“

Anpassungen hatten sie vornehmen müssen. Die Zahl der Siedlungen hatte sich im Zug des Bevölkerungszuwachs erhöht und damit auch die Zahl der Mitglieder des Senats. Sie hatten dies dadurch gelöst, dass sie ihren Herrschaftsbereich in acht Gebiete unterteilt hatten und die Anführer der Orte jeweils einen aus ihrem Kreis als Vertreter des Gebietes in den Senat schickten. Damit war die Zahl der Mitglieder des Senats auf 16 begrenzt.

In der heutigen Versammlung waren die jährlichen Zustandsberichte vorgetragen worden, über die dann beraten worden war.

Hamilcar sprach zu seinen beiden Kollegen vom Lenkungsrat: „Ist es euch bei den Berichten genauso ergangen wie mir? Unser gemeinsames Volk der Chachapoya ist aus ganz verschiedenen Volksgruppen entstanden und hat sich seither vollkommen durchmischt. Die gemeinsame, mühevolle und langfristige Aufbauarbeit unserer Siedlungsorte ist die Basis unseres Gemeinschaftsgefühls gewesen.“

Roslin, den sie alle nur den kleinen Rotschopf nannten, ergänzte: „Die Erfahrung, es geschafft zu haben, und das Gedeihen unserer Gesellschaft haben den Zusammenhalt weiter stabilisiert. Unsere verschiedenen Sitten und Gebräuche sind zu einer gemeinsamen Lebensart zusammengewachsen. Die Berichte haben gezeigt, wie verankert inzwischen unsere Grundwerte einer gemeinschaftlichen Ordnung in den Gedanken und dem Tun der Menschen sind.“

„Heute haben wir Chachapoya eine *Koino* geschaffen. Wir leben abgegrenzt und somit frei von Auseinandersetzungen mit anderen Völkern. Unser Gemeinwesen zählt 250.000 Menschen, die in 125 Siedlungsorten mit im Durchschnitt 250 Wohnhäusern leben. Manche Orte haben nur 25 andere bis 1000 Häuser. Unser Volk kontrolliert ein Gebiet, dass sich von Nord nach Süd über 700.000 und in Ost-West Richtung über 400.000 *Chaki* erstreckt. Wir können sehr zufrieden mit dem Erreichten sein", fasste Palbau zusammen.

Im Norden galt Kuelap noch immer als das Grundmuster ihres Siedlungsbaus. Die Festungssiedlung hatte jetzt über 400 Wohnhäuser. Die interne Mauer, von der man durch einen engen Treppendurchgang von der unteren Ebene auf die obere kam, war fertig gestellt. Die umlaufende große Schutzmauer auf Süd-, West- und Nordseite war sowohl in der Tiefe beträchtlich ausgebaut worden als auch in der Höhe. An manchen Stellen ragte sie 66 Fuß hoch in den Himmel. Ihre Gesamtlänge betrug 3400 Fuß. Auf der Ostseite, am Rand der tiefen Schlucht, war die Mauer niedriger. Wachttürme, die die Mauer noch überragten, hatte man am Süd- und Nordende errichtet.

Um Cacahuasha herum gab es neue Wohnstätten wie La Pirquilla und Lanche.

Die größte Ansiedlung war der Nebel-Palst mit 1400 Wohnhäusern und genoss eine besondere Bedeutung. Der Tempel hatte sich zu einem Pilgerort entwickelt. Die Zeugnisse vom Gründungsmythos und die spirituelle Ausstrahlung zog die Menschen magisch an.

La Pitaya und Yalape waren weitere wichtige Standorte im Norden.

Ganz im Süden ragten Olan, La Congona und die gerade im Aufbau befindlichen Orte Gran Saposoa und La Fortaleza heraus.

Macro, Boveda, das Schlangental und die Hochebene von La Meseta waren Schwerpunkte des landwirtschaftlichen Anbaus. Meseta zum Beispiel lieferte den Hauptteil des Bedarfs an Blättern der Coca-Pflanze.

Neben den Siedlungen hatte sich auch die Zahl der Begräbnisstätten an den Felshängen tiefer Schluchten erhöht. Neben Karajia, Revash und der Lagune bei Olan gab es jetzt noch bedeutende Anlagen zum Beispiel in Sholon, Pueblo des Mortes und Wanglic. Inzwischen war es verbreitete Sitte geworden, auch die Felswände der Nischen mit Darstellungen von Menschen, Kondoren, Lamas oder mit Kreisen, Kreuzen und Rechtecken zu bemalen.

Bei den Berichten aus den Gebieten hatte Palbau gedacht, dass er so langsam den Überblick verlor. Er war sich sicher, dass es anderen Senatsmitgliedern ebenso ging. Deshalb hatte er sehr interessiert zugehört, als Roslin in einer Pause erwähnt hatte, dass der jetzige *Giatrós* und Astronomos in Cacahuasha an einer Karte ihres Siedlungsgebietes arbeite. Zusammen mit Roslin und Hamilcar hatten sie beschlossen, sich diese Karte unbedingt anzuschauen.

Das war der Grund, warum sie jetzt vor dem Haus des Heilers standen. Roslin klopfte an.

Der Heiler öffnete ihnen die Tür, begrüßte sie und fragte: „Was führt euch zu mir?“

Roslin stellte seine beiden Begleiter vor und antwortete: „Yurak, du hattest mir erzählt, dass du an einer Karte von unserem Siedlungsgebiet arbeitest. Kannst du sie uns zeigen?“

„Gerne, kommt herein, sie ist aber noch nicht fertig. Setzt euch bitte an den Tisch. Ich lasse euch Wasser, etwas Brot und Obst bringen.“

Er ging zu einer Truhe an der hinteren Wand des Raumes und holte eine flache Steinplatte heraus, die er sorgsam zum Tisch trug und vor seinen Gästen hinlegte.

„Ich habe mich von den Karten des Navigators Hallalcar, die ich im Tempel der Nebel-Siedlung anschauen durfte, anregen lassen. Ich wollte in aller Einfachheit einen Überblick über unser Siedlungsgebiet haben. Hier ist das bisherige Ergebnis.“

Die Gäste waren sehr beeindruckt. Jeder deutete auf einen anderen Punkt. “Da ist Kuelap und dort Olan.“

„Hier die Mündung des Utcubamba."

„Und dort der Gocta Wasserfall."

Yurak erklärte: „Ich habe mit meinem *Obsidian*-Messer feine Linien für die drei Flüsse Marañón, Utcubamba und Huallaga eingeritzt. Dann die großen Gebirgskämme und Berge. Unsere Siedlungen habe ich mit kleinen Hauszeichen markiert. Ein Haus für kleine, zwei für mittlere und drei für große Siedlungen. Ein paar muss ich noch hinzufügen und dann noch alle Felsengräber."

„Nein, bitte, die nicht. Die können für die Allgemeinheit ruhig in Vergessenheit geraten. Damit bleiben die Orte verborgen und besser geschützt", sagte Hamilcar und seine beiden Begleiter stimmten zu.

Roslin fragte: „Wie lange brauchst du noch, bis die Karte fertiggestellt ist?"

„Ich denke, zwei Mondphasen."

„Gut, bis dahin sende ich dir eine feine Lederhaut. Darauf wirst du deine Karte übertragen. Wenn du damit fertig bist, dann bringe sie mir."

„Dann werde ich Frauen und Männer daransetzen, deine Vorlage auf andere Lederhäute zu übertragen. Jedes Senatsmitglied und alle Führer der Siedlungen sollen eine Landkarte erhalten."

An Palpau und Hamilcar gewandt fragte er: „Seid ihr damit einverstanden?"

Beide stimmten zu.

Noch vor Ende des Jahres war das Projekt abgeschlossen. Die Original-Steinplatte klemmte der Heiler in eine passende Nische in einer Wand im Vorraum des Nosokomeion.

Weitere Jahre waren ins Land gegangen und Roslin, der mittlerweile 62 Jahre alt war, hatte Palpau und Hamilcar zu sich nach Hause gebeten, um mit ihnen zusammen seine letzte Senatssitzung vorzubereiten. Danach wollte er von dem Amt zurücktreten.

Er begann: „Wie ihr wisst, haben uns über die letzten Jahre Berichte unserer Beobachter an den Randgebieten unseres

Siedlungsraumes mit besorgniserregenden Inhalten erreicht. Erzählungen durchreisender Fremder bestätigen diese Berichte."

„Ja, um uns herum scheint die Welt in Bewegung zu geraten", bestätigte Hamilcar, „Ehemals kleinere Stämme haben sich zu größeren Gruppen zusammengeschlossen. Manche Völker sind durch kriegerische Übernahmen entstanden. Neue Reiche sind im Entstehen."

Palpau sagte: „Davon habe ich auch gehört. Aber uns betrifft das doch nicht. Viele der genannten Völker, wie zum Beispiel die *Nazca*, leben sehr weit weg von uns im Süden und wissen vielleicht gar nichts über uns. Ebenso scheint es mir mit den *Chimú* zu sein, die weiter im Westen siedeln, vom Bergland bis an das große Meer."

Hamilcar ergänzte: „Im Osten, also dort, wo die Nebelwälder unserer Bergregion in den Regenwald der Tiefebene des großen Flusses übergehen, droht wohl auch keine Gefahr. Von durchreisenden Händlern haben wir erfahren, dass dort war inzwischen sehr viel mehr Menschen in größeren Siedlungen leben, als zu der Zeit, als unsere Gründungsväter den großen Fluss hinaufgefahren sind. Sie haben aber nicht die Absicht, die hohe Bergwelt zu besiedeln."

Wieder übernahm Palpau: „Die Händler haben aber auch ein Moche-Reich weiter im Nordwesten erwähnt, das hervorragende handwerkliche Fähigkeiten in der Goldschmiedekunst, im Vergolden von Kupfer, in der Herstellung von Ton- und Webwaren besitzen soll. Dieses Volk lebt angeblich am Meer im Westen, in dem wüstenartigen Vorland der ansteigenden Berge und in den fruchtbaren Tälern. Lange habe dort kein Mangel bestanden, sodass die Bevölkerung sehr stark gewachsen sei, so wurde mir berichtet. Damit habe sich aber auch der Druck erhöht, neue Siedlungsräume zu erschließen. Gleichzeitig soll es zu Naturkatastrophen gekommen sein, die die Versorgungsgrundlagen an Land und im Meer zerstört haben. Offenbar sind Hungersnöte und Unruhen die Folge gewesen."

„Ja, und jetzt scheint das das Volk der *Wari* immer mächtiger zu werden", ergänzte Roslin, „Dieses Volk wird als sehr kriegerisch bezeichnet. Unsere Beobachter haben vor zwei Mondphasen einen größeren Truppenverband in der Region um Cajamarca gesichtet. Dieser Ort liegt nur vier Tagesmärsche westlich vom Marañón. Von dort bis nach Olan sind es dann nur noch drei."

„Gefährlich nah!", meinte Hamilcar.

„Deswegen werden wir dem Senat vorschlagen, den Süden unseres Herrschaftsbereiches besser abzusichern. Die Sicherungsanlagen der dort bestehenden Siedlungen sollten ausgebaut werden. Außerdem brauchen wir noch eine neue große Festungsanlage für Krieger, die die Sicherheit durch regelmäßige Kontrollmärsche gewährleisten", sagte Roslin.

39. Kapitel

Die Geschichte von Puscan und Hitnai

Cacahuasha / Qusqu, Peru - 16. Jahrhundert n. Chr.

Den Chachapoya ging es auch in den nächsten drei Jahrhunderten gut und die Bevölkerung war weiter gewachsen.

Innerhalb der Grenzen ihres bisherigen Gebietes waren die bestehenden Siedlungen verdichtet und ausgebaut worden und über 20 neue Siedlungen waren hinzugekommen.

Die bedeutendste Neugründung weit im Süden war Gran Pajaten gewesen. In einer ursprünglich kleinen landwirtschaftlichen Siedlung waren zusätzlich 25 Häuser, gesichert durch eine Mauer, gebaut worden. Dorthin waren 200 Krieger und einige Boten verlegt worden, die das südliche Gebiet ihres Herrschaftsbereiches überwachten und sicherten. Truppenbewegungen der Wari wurden somit früh erkannt und an die Siedlungen im Hinterland gemeldet.

Es blieb bei kleineren Kämpfen gegen einzelne Erkundungstrupps der Wari, die die Chachapoya meist erfolgreich und ohne größere Verluste überstanden.

„Alarm!“, schrillten die Rufe vom nördlichen Wachtturm über Kuelap. Der Führer des Lenkungsrates rannte mit dem örtlichen Kommandanten zum Wachtturm. Vor der Sternen-Beobachtungsstätte kam ein junger Bauer vom Tor her auf sie zu gerannt. Völlig außer Atem berichtete er: “Vom Norden zieht ein großes Heer heran. Es sind die Wari. Dort, wo sie an unseren Feldern vorbei kommen, plündern sie die Vorräte und stecken die Hütten in Brand. Viele Bauern verstecken sich irgendwo in den Wäldern oder versuchen sich nach Kuelap zu retten.“

Sie ließen den Bauern stehen und liefen weiter Richtung Turm. Einer der Beobachter war den Turm herabgestiegen und kam ihnen entgegen.

Er rief: „Wir haben ein Heer auf einem Höhenzug im Norden ausmachen können. Sie werden bis Kuelap nicht mehr lange brauchen. Es sind viele Krieger. Einzelne Rauchfahnen sind auch zu sehen."

„Dann dürfen wir keine Zeit verlieren!", sagte der Führer des Lenkungsrats, dem jetzt im Verteidigungsfall das Amt des obersten Befehlshabers über alle Chachapoya zukam. „Geh wieder zurück auf den Wachtturm und halte uns über eure Beobachtungen unterrichtet."

Dem Kommandanten befahl er: „Du sorgst dafür, dass die Tore bis zum letzten Moment für die Bauern offen bleiben, die bei uns Schutz suchen. Sende Boten zu den Anführern von Macro und Cacahuasha. Sie sollen sofort ihre Siedlungen für den Verteidigungsfall rüsten und Hilfstruppen für unsere Unterstützung aufstellen, aber noch nicht ausrücken lassen. Bei Bedarf werden wir einen weiteren Boten schicken. Anschließend verfährst du gemäß den Richtlinien, die wir für den Verteidigungsfall aufgestellt und geübt haben. Und jetzt los, wir sehen uns auf der Mauer wieder." Dann rannten beide los.

Der oberste Befehlshaber musste sich auf seinem Weg durch die vielen Menschen, die aufgeschreckt aus ihren Häusern drängten, hindurch kämpfen.

„Keine Angst! Behaltet Ruhe!", rief er immer wieder, „Wir sind gut vorbereitet. Wir haben alles unter Kontrolle. Frauen und Kinder zurück in die Häuser. Die Männer alle zu den ihnen zugewiesenen Posten!"

Immer mehr Männer liefen mit ihren Waffen zu den Mauern und Tordurchlässen. Befehle wurden gerufen. Mit der Zeit trat eine merkwürdige Stille ein. Während er durch die Gassen weiter eilte, hörte er nur noch hier und da das Schluchzen einer Frau oder eines Kindes hinter einer Haustür. Schließlich stand er neben dem Kommandanten auf der Mauer über dem Hauptmauerdurchlass. Alle kampfbereiten Männer hatten hinter Bäumen und Büschen verborgen Aufstellung genommen.

Nur wenig Zeit war vergangen, da sahen sie die Feinde aus dem Wald kommen und am Beginn der freien Fläche gegenüber der Mauer Aufstellung nehmen.

Auf ein Zeichen ihres Anführers hin rannten sie unter dem Schutz von Bogenschützen, die in die Festung zielten, los. Als die Angreifer die Hälfte der freien Fläche überwunden hatten, sprangen die Verteidiger hinter dem sie schützenden Pflanzenbewuchs hervor und feuerten mehrere Wellen von Steinschleudergeschossen und Pfeilen auf die völlig ungeschützt anrennenden Angreifer. Viele toten und verletzten Wari färbten mit ihrem Blut das Gras der kleinen Hochebene rot. Der Wari-Anführer gab seinen Kämpfern das Zeichen zum Rückzug in den Wald, wo sie sich sammelten.

Jetzt versuchten es die Chachapoya mit einer List. Sie öffneten die Tore der beiden Zugänge, aus denen je zwölf Männer auf die Freifläche stürmten und den am Boden liegenden Wari Waffen oder persönlichen Kriegsschmuck abnahmen und die Verwundeten töteten. Die Wari, die das Geschehen oben vom Waldrand aus beobachteten, waren entsetzt.

Wutentbrannt rannten sie erneut über die Ebene, um sich an den wenigen Chachapoya Kriegern zu rächen. Diese ergriffen die Flucht, verschwanden in den Durchgängen. Die Tore wurden nicht geschlossen. Blind vor Wut setzten die Wari ihren Gegnern nach.

Zu spät merkten sie, dass die Durchgänge schnell enger wurden. Nur jeweils einer passte durch die Enge an den inneren Toren. So warteten auf jeden einzelnen Angreifer bereits viele Verteidiger. Ein aussichtsloser Kampf. An den äußeren Toren drängten immer mehr Angreifer nach. Bald waren knapp hundert Wari in den beiden Durchgängen. Auf ein Zeichen hin erschienen jetzt Verteidiger mit Steinen und heißem Öl am Rand der oberen Mauern und ließen alles auf die eingepferchten Angreifer herab regnen.

Die Wari ergriffen erneut die Flucht und wurden dabei von den Steingeschossen und Pfeilen der Männer auf den Mauern und Türmen erbarmungslos niedergestreckt. Viele Chachapoya hatten sich in der Zwischenzeit durch den Ausgang auf der Ostseite geschlichen und nahmen nun die Verfolgung der nur noch wenigen flüchtenden Angreifer auf. Am Abend war alles vorüber. Keiner der sechshundert Wari hatte überlebt. Alle Verletzten waren getötet worden.

Vielen wurde der Kopf abgeschlagen. Unter dem Jubel der Bevölkerung von Kuelap wurden die Köpfe auf Stöcke gesteckt und auf der Mauer zur Schau gestellt.

Der siegreiche Ausgang dieser Schlacht hatte ihnen bestätigt, dass sie eine gute Bergfestung gebaut hatten.

Am nächsten Morgen wurden die Leichen der Wari verbrannt.

Die eigenen Verluste waren schmerzlich, aber im Vergleich zu den Verlusten des Gegners gering. Es gab vierzig Tote und zwanzig Verletzte.

Letztere wurden in das Nosokomeion gebracht. Einige hatten nur Streifschüsse abbekommen oder der Pfeil war nur leicht eingedrungen. Sie wurden versorgt und konnten schon in den nächsten Tagen wieder nach Hause. Bei anderen sah es schlechter aus. Arme oder Beine mussten abgenommen werden. Bei einem wurde eine Schädeleröffnung notwendig. Die Therapeia rettete ihn aber nicht. Ein weiterer hatte eine Infektion bekommen und starb ebenfalls. Alle anderen überlebten.

Die Toten wurden mumifiziert und entweder in den Häusern ihrer Angehörigen oder in Lücken, die man durch das Herausnehmen von Steinen schuf, in den Haus- und Schutzmauern beigesetzt. Die Lücken wurden danach wieder mit flachen Blendsteinen verschlossen.

Manche Familien, die in den Gruben ihrer Fußböden schon viele Angehörige über die Zeit hinweg beigesetzt hatten, halfen sich damit, dass sie tiefer gruben und die Mumien, getrennt durch ein Brett, übereinander setzten, oder sie nahmen die ältesten Mumien heraus und legten die Gebeine dieser Ahnen in Mauerlücken.

Nach einem Mondzyklus sah man keine Spuren mehr von der Schlacht. Selbst die Vorratshaufen an Steinen bei den Wachttürmen und entlang der Mauer waren wieder aufgefüllt worden, ebenso wie die Holzkisten mit Ersatzschleudern.

Lediglich die Felder und Hütten der Bauern auf einigen Hochflächen der Umgebung, die unglücklicherweise auf dem Durchzugsweg der Wari-Truppen gelegen hatten, waren verwüstet. Den Ausfall einer Ernte auf diesen Feldern konnten die Chachapoya verkraften.

Aufgrund dieses Angriffs ordnete der Senat an, die Wachsamkeit zu erhöhen. Insbesondere in den südlichen Siedlungen. Zudem ließen sie Überwachungstrupps regelmäßig durch das gesamte Siedlungsgebiet ziehen.

Sie erwarteten eine Racheaktion der Wari, aber es geschah nichts.

Viele Jahrzehnte später erfuhren sie, dass im Kerngebiet der Wari Naturkatastrophen aufgetreten waren, die über mehrere Jahre hinweg die Bevölkerung ebenso dezimiert hatten wie die Kriege gegen neue Feinde.

Zwei Jahrhunderte später erreichten neue Nachrichten das abgeschottete Reich der Chachapoya. Ein neues Volk breite sich aus der Gegend des großen Sees sehr weit im Süden nach Norden aus. Es sei auf der Suche nach fruchtbaren Gegenden. Es hieß, sie hätten das Tal von Qusqu ins Auge gefasst.

Ihre Herrschaft sei göttlich begründet, ihr Volk stamme direkt vom Sonnengott *Inti* ab. Sie selbst würden sich ‚Inkas' nennen. Im Vergleich mit ihnen seien alle anderen Völker unwissend und gänzlich unbedeutend.

„Was haben diese beunruhigenden Nachrichten für die Zukunft unseres eigenen Volkes zu bedeuten?“, fragte sich der Lenkungsrat der Chachapoya.

Bei der Sicherung des südlichen Gebietes spielte auch die Region um den Bergsee, an dessen Felswand sich schon seit Jahrhunderten eine Grabstätte der Menschen von Olan befand, eine wichtige Rolle. Der See war Teil des Chilchos-Gebietes, in dem sich ursprünglich der Stamm der Ayllus angesiedelt hatte. Diese hatten sich ebenfalls aus freien Stücken den Chachapoya angeschlossen. Über die Jahre waren dort weitere kleinere Siedlungen entstanden, ebenso wie neue Grabstätten an den beiden Seen Quintecocha und El Plomo in der Nähe.

Aus diesem Gebiet drangen Jahre später schlechte Nachrichten zu den anderen Chachapoya-Siedlungen. Unter den Bewohnern war eine Krankheit ausgebrochen, die über einhundert Menschen getroffen hatte, vor allem Menschen aus Olan. Der Heiler vor Ort hatte sofort Unterstützung durch die besten Heiler aus anderen Siedlungen der Chachapoya erhalten, aber sie konnten nicht viel dagegen ausrichten. Die Erkennungszeichen der Erkrankung waren ihnen bekannt. Sie war immer mal wieder ausgebrochen. Offenbar hatten bereits die Einwanderer dieses Übel aus ihrer alten Heimat mitgebracht. Infizierte Menschen konnten diese Krankheit ein Leben lang in sich tragen, bevor sie zum Ausbruch kam. Manche wurden aber auch ganz verschont.

Die Heiler konnten nur auf ein Wunder warten und versuchten das Leid zu lindern. Diesmal war die Auswirkung besonders schlimm. Zwei Drittel der Erkrankten war verstorben. Darunter Männer, Frauen und Kinder jeden Alters. Als die Toten für die Vorbereitung der Mumifizierung auf dem Boden vor dem Nosokomeion in Olan nebeneinandergelegt wurden, fiel dem obersten Heiler etwas auf.

Ihm wurde auf einmal klar, wie man schon allein an Äußerlichkeiten das Wirken der Natur durch die Vererbung erkennen konnte. Vor ihm lagen Menschen, klein, braune Haut, dunkle Augen, schwarze Haare. Dann lagen dort viel größere, bis zu fünfeinhalb Fuß große und im ganzen Körperbau kräftigere Menschen. Männer wie Frauen, mit weißer Haut, blauen Augen, roten oder hellen Haaren. Und dann wieder Menschen, die eine Mischung aus beiden zu sein schienen. Eher klein, mit hellbrauner oder heller Körperfarbe, rotblondem Haarschopf und blauen oder kastanienbraunen Augen.

Unter den Toten war auch der Anführer der Siedlungsgemeinschaft von Olan. Seine Mumie wurde mit einigen weiteren in den

Grabstätten am See bestattet, wo auch Hallalcar, Pau und Bothan beigesetzt worden waren. Auf einem Gefäß für seine Grabbeigaben war ein Kondor gemalt, als Erinnerung an seine tiefe Verehrung dieser Tiere. Sie galten als Boten der höchsten Götter und standen für Unsterblichkeit und Kraft.

Weitere zwei Jahrhunderte vergingen. Die Zahl der Chachapoya war auf 500.000 Menschen gestiegen. Sie lebten so, wie sie schon viele hundert Jahre zuvor gelebt hatten. Die Siedlungen waren zwar größer und besser befestigt, aber der grundsätzliche Aufbau und die Bauart war immer noch dieselbe. Die Äcker wurden wie immer bestellt, die Art der Jagd und des Fischfangs war unverändert. Seit den Tagen von Aidan, Pau und Sakarbal hatte es sonderbarerweise keine Weiterentwicklung gegeben.

Ganz im Gegenteil. Wissen und Fertigkeiten waren verlorengegangen, wie zum Beispiel das Schmieden von Schwertern. Eisen wurde zwar noch gewonnen, aber nur zur Herstellung von Messern, Hacken, Sicheln, Sensen, Pflügen und anderen Werkzeugen. Auch die Textilien und Keramiken waren weniger vielfältig und schlichter im Dekor geworden. Die Abgeschiedenheit, der praktisch immer gleiche Tagesablauf, fehlender Veränderungsdruck aufgrund von Notlagen und die Zufriedenheit mit den Lebensumständen hatte die Menschen verändert.

Sie waren bequemer geworden! Von der Energie und dem Veränderungswillen ihrer Urahnen hatten sie sich weit entfernt. Kaum jemand kannte noch die Namen oder das Schicksal von Aidan, Pau und Sakarbal. Nur ganz wenige erzählten von alten Mythen und Legenden. Im Zeremonialkult waren die Götter der alten Heimat durch die Götter des Himmels und der Natur wie Sonne, Mond, Regen, der Erde Pacha Mama, Kondor, Jaguar und Schlange ersetzt worden. Denn diese prägten das tägliche Leben der Menschen. So wie gute oder schlechte Ernten das Wohlergehen der Menschen bestimmten, fruchtbare Wachstumsbedingungen einerseits oder

Katastrophen wie Überschwemmungen, Erdbeben, Vulkanausbrüche andererseits.

Die Inka hatten auf ihrem Zug von Süden nach Norden viele Völker unterworfen, so auch die Wari. Ihr Reich grenzte jetzt im Süden unmittelbar an das der Chachapoya. Da die Inkas von der Größe des Volks der Chachapoya, der Stärke und dem Mut der Krieger und den starken Befestigungsanlagen gehört hatten, begannen sie die Chachapoya als Verbündete zu umwerben. Die Kundschafter der Chachapoya hatten aber auch Hinweise darauf, dass die Inkas die Ausweitung ihres Reiches weiter nach Norden notfalls auch mit Eroberungszügen fortsetzen würden.

Die Inka sprachen Quechua, eine Weiterentwicklung des Qichwa der alten Bergvölker in allen Gebieten der hohen Berge. Daher nannten die Inka das Bergvolk in den nördlichen Nebelwäldern ebenfalls Wolkenmenschen – Chachapoya.

Das Volk der Inka wurde von einem gottähnlichen König geführt, der mit seiner Elite in Qusqu siedelte. Alle strategisch wichtigen Orte in ihrem immer größer werdenden Reich wurden mit befestigten und gesicherten Wegen verbunden, über die die Armeen schnell von einer Region in eine andere verlegt werden konnten. Ihr Heer war riesig. Ebenso ihre Mittel. Es hieß, sie seien im Besitz von unermesslichen Gold- und Silberminen. Die Inkas überzogen ihr Herrschaftsgebiet mit einem wirkungsvollen Ordnungssystem. Sie führten neue Methoden der Ackerwirtschaft und der Bevorratung ein.

Und dann war da noch ihr unglaublicher Hochmut den anderen Völkern gegenüber. Sie fühlten sich allen weit überlegen. Gerade das machte sie, neben den hohen Tributforderungen, bei ihren Nachbarn so verhasst.

Der Führer der Chachapoya, Gisco, hatte eine außerordentliche Senatssitzung, gemeinsam mit seinen beiden Amtsbrüdern des Lenkungsrates, Aklam und Yoptac, einberufen.

„Seit 1616 Jahren leben wir Chachapoya friedfertig in der Nebelwaldregion der hohen Berge. Aber jetzt droht uns eine große Gefahr", eröffnete Gisco die Sitzung, „Gesandte der Inkas haben uns einen Vorschlag unterbreitet. Sie bieten uns einen dauerhaften Frieden an, wenn wir ihre Oberherrschaft anerkennen und Tributleistungen zahlen."

Große Unruhe entstand und es wurde heftig gestritten. Es schälten sich zwei Lager heraus.

Die einen schlugen vor: „In jedem Fall verhandeln! Statt ‚Eingliederung in den Herrschaftsbereich der Inkas' könnte man ja vielleicht erreichen, dass wir eine unabhängige selbstbestimmte Provinz werden. Und wir sollten darauf dringen, dass die Abgaben auf ein Ausmaß begrenzt werden, das wir gut aufbringen könnten."

Die anderen führten an: „Selbst, wenn die Ziele in den Verhandlungen erreicht werden, ist es nur eine Frage der Zeit, bis die Inkas den Druck immer weiter verstärken und wir unsere Eigenständigkeit durch die allmähliche Eingliederung in ihre Herrschaftsordnung immer mehr verlieren. Daher keine weiteren Verhandlungen!"

Schließlich wurde der Vorschlag der Inka zur Abstimmung gestellt. Die Mehrheit lehnte ihn ab.

Gisco beendete die Sitzung mit den Worten: „Wir waren ein freies und selbstbestimmtes Volk und wir werden es auch bleiben. Wir wollen nichts mit den Inka zu tun haben."

Zum großen Leidwesen des Senats und insbesondere der Chachapoya, die in den südlichen Gebieten lebten, hatten sie in den nächsten Jahrzehnten jedoch sehr viel mit ihnen zu tun.

Die Truppen der Inkas unternahmen immer wieder kriegerische Vorstöße. In verlustreichen Kämpfen gelang es den Chachapoya anfangs, die Angriffe abzuwehren. Aber nach und nach schafften es die Inkas, Brückenköpfe auf Chachapoya-Gebiet zu errichten. Es dauerte nicht mehr lange, bis sie von dort aus die südlichsten Gebiete vollständig erobert hatten.

Die Festung Gran Pajaten wurde besetzt. Die Inka bauten die Siedlung zu ihrem bisher nördlichsten Stützpunkt aus und banden sie als ein weiteres Teilstück in ihre Reichsordnung ein. Von Chachapoya, die aus der Stadt fliehen konnte, erfuhren die Menschen weiter im Norden, dass die Inkas alles umkrempeln würden. Neue Bauformen, neue Ornamente, neue Götter und neue Riten.

Aber die Inkas begnügten sich nicht mit dem Land. Mit ihrer Taktik der ständigen Nadelstiche drangen sie weiter nach Norden vor. Bald hatten sie auch das Quellgebiet des Utcubamba unter ihre Kontrolle.

Wie überall im Chachapoya Gebiet waren auch die Bewohner in Cacahuasha in Kenntnis des Vormarsches der Inka und sehr besorgt. In einem der größeren Rundhäuser, in dem einmal Aidan mit seiner Familie gewohnt hatte, saßen Yoplac und Puscan zusammen und grübelten darüber, wie sie den Orakelspruch deuten sollten, den sie gestern im Tempel von einem Schamanen erhalten hatten.

Yoplac war der Sohn des derzeitigen Anführers von Cacahuasha. Puscan, eine schöne Frau mit zartweißer Haut, leichten Sommersprossen und hellen Haaren, war seine Verlobte.

Die Mutter von Puscan war rein äußerlich ein gutes Beispiel für die Vermischung der Volksgruppen bei den Chachapoya. Ihr verstorbener Vater dagegen war groß gewesen und hatte ebenfalls helle Haut und helle Haare gehabt. Über viele Menschenalter hinweg hatten die Ahnen väterlicherseits seiner Familie versucht, sich immer mit einer Frau aus der gleichen Volksgruppe zu verbinden.

Yoplac war einer der wenigen Menschen, denen die alten Überlieferungen etwas bedeuteten und der sich für die Legenden aus alter Zeit interessierte. Er hatte schon öfters die Gedenkstätte im Tempel der Nebel-Siedlung besucht und kannte die Utopía der Führer der ersten Genea. Er war stolz darauf, ein direkter Nachfahre von Aidan zu sein.

Yoplac und Puscan waren sehr ineinander verliebt. Sie waren sich einig, dass sie sich bald verbinden wollten.

Aber was, wenn Yoplac zum Kampf gegen die Inka aufgerufen wurde oder seine Geliebte auf Beutezügen der Inkas geraubt und verschleppt würde, was immer wieder vorkam, wie sie von geflohenen Menschen aus dem Süden gehört hatten. Sie hatten wissen wollen, wie ihre Zukunft aussah und daher den Schamanen um ein Orakel gebeten.

Im Tempel hatte der Schamane den Orakelritus durchgeführt. Zunächst hatte er aus einem riesigen Rankengewächs, der *Ayahuasca* Pflanze, einen Aufguss bereitet und getrunken. Dann hatte der Schamane begonnen zu tanzen, Beschwörungsformeln zu murmeln, *Mapacho*-Blätter zu verbrennen und deren Rauch über Yoplac und Puscan hinweg zu blasen. Währenddessen war er zusehends in geistige Entrücktheit verfallen. Schließlich hatte er Tierknochen auf den Boden geworfen, laut aufgeschrien, sich auf den Boden geworfen und kurze Zeit wie erstarrt gelegen, um sich dann wieder zu erheben. Mit glasigen Augen hatte er stumm das Muster der auf dem Boden liegenden Knochen betrachtet.

Dann hatte er zu sprechen begonnen: „Ich sehe eine gefangene Frau, … eine Frau, in Gold gekleidet , … eine Frau, genommen von einem fremden Dämonen, … eine Frau, in einem Land weit im Osten hinter dem großen Meer, … dann nur noch Nebel.“

Erneut war der Schamane verstummt und erst nach geraumer Zeit wieder aus seiner Entrücktheit in die reale Welt zurückgekehrt.

Yoplac und Puscan hatten sich bei ihm bedankt, die Opfergabe übergeben und waren dann etwas benommen zum Haus von Yoplac zurückgekehrt.

Einige Schritte vor seinem Haus hatten sie schon das wachsame Bellen seines treuen Hundes gehört. Als sie eingetreten waren, war er freudig an ihnen hoch gesprungen. Dieser Hund war ein *Viringo*. Yoplac liebte es, wenn der Hund in kalten Nächten zu ihm auf seine Bettstätte kam. An seinem felllosen Körper konnte er sich vorzüglich wärmen. Als sein Urgroßvater noch lebte, war eines Tages ein Rudel dieser Tiere in ihrer Region erschienen. Sie hatten keine Scheu vor den Menschen und waren auch nicht aggressiv. Einigen Familien war es gelungen, eine enge Bindung zu den Tiere aufzubauen. So auch seiner Familie. Heute gab es so viele Viringos in Cacahuasha, dass man sich die Siedlung ohne diese Hunde gar nicht mehr vorstellen konnte.

Nachdem sich der Hund wieder beruhigt hatte, saßen Yoplac und Puscan zusammen und konnten sich keinen Reim auf das machen, was ihnen der Schamane prophezeit hatte. Er hatte nur über eine Frau gesprochen. Gefangen, in Gold, geraubt von einem Dämon, fern der Heimat. Sie kamen zu keinem Ergebnis.

Aber Yoplac war in seinem Innersten davon überzeugt, dass das Orakel keine gute Botschaft für sie gesprochen hatte.

„Warte einen Moment, ich gehe etwas holen“, sagte er zu Puscan.

Mit einem kleinen Kästchen kam Yoplac zurück. Er hatte schon seit Tagen eine dunkle Vorahnung gehabt und dieses Kästchen bei einem Kunsthandwerker anfertigen lassen.

„Oh, wie schön es ist!“, rief Puscan. Das Kästchen war aus Kupfer gearbeitet. Auf dem Deckel war das Bildnis von einer Frau und einem Mann eingeritzt. Die beiden standen eng zusammen und umarmten sich. Darunter standen die Namen Puscan und Yoplac. Puscan standen die Tränen in den Augen als sie den Deckel öffnete. Der Boden war belegt mit einem Stoff. Rot mit schwarzen Rautenmustern. Darauf lag die Hälfte eines goldenen Schmuckstückes.

Yoplac öffnete seine Hand. „Hier ist die andere Hälfte. Sie ist für dich.“

Dann nahm er beide Teile, fügte sie zusammen und Puscan konnte die schöne Darstellung bewundern.

„Die Triskele steht für: Du, ich, in alle Ewigkeit“, sagte Yoplac und nahm Puscan in den Arm, küsste und umarmte sie lange.

Dann bat er Puscan, sich einen kleinen Büschel ihrer hellen Haare abzuschneiden. Das Büschel legte er in das Kästchen auf den Stoff und darauf seine Hälfte des Amuletts.

„Dies ist mein Schatz, den verwahre ich auf immer bei mir in unserem Haus. Die andere Hälfte ist dein Schatz. Trage ihn bitte immer bei Dir, damit wir, was immer auch passieren wird, für immer miteinander verbunden bleiben."

Der Vormarsch der Inkas ließ sich nicht aufhalten. Ihre Truppen waren in der Anzahl, der Ausbildung und der Vorgehensweise allen anderen Völkern überlegen, auch dem der Chachapoya. Da halfen auch Mut und Tapferkeit der Chachapoya-Männer und -Frauen nichts. Gerade die Frauen kämpften mit in vorderster Front. Sie wollten nicht von den Inkas versklavt werden. Mit aller Macht versuchten sie ihre Freiheit zu verteidigen.

Die Mumien der Krieger und Kriegerinnen, die sich im Kampf durch besondere Tapferkeit ausgezeichnet hatten, wurden auch weiterhin in Totenstätten an unzugänglichen Felswänden bestattet. Für diejenigen, die die Mumien jetzt dort ablegen mussten, war die Arbeit noch lebensgefährlicher geworden. Der Senat hatte angesichts der Bedrohung des ganzen Reiches durch die Inkas beschlossen, alle Zugänge zu zerstören, um die Gräber vor Beschädigung und Plünderung durch die Gegner zu schützen. In den Fels geschlagene Pfade oder Kletterhilfen wurden beseitigt und vorstehende Trittsteine abgeschlagen.

Unter dem zehnten Inka-Herrscher Thupa Yupanqui, der ein Heer von über 300.000 Mann befehligte, wurden immer mehr Völker und Stämme im Norden unterworfen. Das Reich der Chimú an der nördlichen Küste, im Westen der großen Berge, war bereits erobert. Jetzt sollte das Chachapoya-Reich folgen.

Es kam zu einer entscheidenden Schlacht. Die Chachapoya wurden von Chuqui Sofa angeführt. Mehrere zehntausend Chachapoya verloren ihr Leben. Im Jahr 1621 a.u.c., nach der Zeitrechnung der Chachapoya, nahmen die Inka die Festung Kuelap ein und verkündeten die Unterwerfung und die Kontrolle des gesamten Gebietes der Chachapoya.

Ein großer Teil der Bevölkerung wurde nach Qusqu verschleppt. Dort wurden viele der Männer aufgrund ihrer Stärke und ihres Mutes zu Leibwachen hochrangiger Inkafürsten. Viele der geraubten

Frauen erweckten aufgrund ihres fremdartigen Aussehens, ihrer weißen Haut und der hellen Haare die Aufmerksamkeit der Inka-Adligen. Einige wurden als Dienerinnen in die Sonnentempel gebracht. Andere wurden Sklavinnen in den Adelsfamilien. Einige wurden von Inka-Fürsten zur Frau genommen.

Zusammen mit Puscan wurden auch andere Frauen aus Cacahuasha nach Qusqu verschleppt. Darunter war auch ihre Freundin Hitnai.

Während des Marsches und auch in Qusqu bemühten sich die beiden Frauen erfolgreich immer zusammenzubleiben. Zunächst wurden sie Sklavinnen in einer Familie des Inka-Adels.

„Die Inkas haben die Chachapoya besiegt, ja. Aber nicht alle unsere Gebiete und Siedlungen sind wirklich unter ihrer Kontrolle“, verkündete der oberste Heerführer der Chachapoya im Senat und fuhr fort: „Darüber hinaus gibt es unzugängliche Gebiete weiter im Norden um den Unterlauf des Utcubamba herum bis zum Marañón, die von den Inkas noch gar nicht entdeckt worden sind. Hier werden wir uns sammeln und eine Widerstandsfront gegen die neuen Herrscher aufbauen.“

Somit begannen die Chachapoya einen Krieg im Untergrund aus dem Verborgenen heraus gegen den verhassten Feind. Immer wieder gelang es ihnen, besetzte Orte im Norden zu befreien, um sie dann aber bald wieder zu verlieren.

Dann erfuhren sie, dass in Qusqu der erst siebzehnjährige Wayana Qhapaq als elfter König der Inkas den Thron bestiegen hatte. Es hieß, er werde die Eroberung des Nordens noch stärker vorantreiben.

Auf einem seiner Feldzüge in den Norden stand eine erneute blutige Schlacht bevor. Wayna Qhapaq rief dem Chachapoya-Heer zu, dass jeder, der sich nicht sofort ergebe, getötet würde. Keiner der vielen tausend Chachapoya-Krieger ergab sich, trotz der gewaltigen Übermacht an Kriegern, die ihnen gegenüberstand.

Im letzten Moment konnte das Weinen und Wehklagen einer geachteten Priesterin über so viel unnützes Blutvergießen den Inka-König umstimmen. „Warum vergießt ihr Blut im Bruderkampf? Deine Lieblingsfrau entstammt doch auch aus diesem Volk. Konzentriert eure Kräfte gegen die Fremden, die beginnen in unser Land einzudringen“, hatte die Priesterin zu Wayna Qhapaq gesagt.

Wayna Qhapaq zeigte Reue und verschonte das Leben der Chachapoya. Darüber hinaus sandte er vier Botschafter in jede Himmelsrichtung aus, die verkünden sollten, dass mit diesem Tag allen vergeben sei und eine neue Zeit des friedlichen Miteinanders im Inka-Reich beginnen werde.

Die gemäßigten Gruppen innerhalb der Chachapoya gewannen nun wieder die Oberhand und die Hoffnung auf ein friedvolles Leben wuchs. Es zeigte sich aber bald, dass diese Hoffnung ein Trugbild war. Es sollte noch viel schlimmer kommen.

Inzwischen war Hitnai zur ersten Dienerin und Vertrauten von Quispe Sisa, der Halbschwester von Ataw Wallpa aufgestiegen. Ataw Wallpa selbst war der Sohn einer schon bei früheren Beutezügen geraubten Chachapoya-Frau, die sein Vater Wayna Qhapaq zu seiner Lieblingsfrau erwählt hatte. Durch geschicktes Vorgehen von Hitnai gelang es ihr, einen Inka Adligen auf die schöne Puscan aufmerksam zu machen. So kam es, dass dieser sich mit Puscan verband und sie damit Inka-Prinzessin wurde.

Wenn sie abends allein in ihrem prächtigen Zimmer saß und das Amulett betrachtete, dachte sie oft an die Prophezeiung. Jetzt verstand sie zumindest den Anfang. Frau gefangen, … Frau in Gold. Was hatte das Schicksal noch mit ihr vor? Und vor allem, was war mit Yoplac geschehen? Lebte er noch?

Einige Jahre später verbreitete sich in Windeseile die Nachricht vom Tod des Inka-Herrschers Wayna Qhapaq. Dieser hatte seine Erbfolge nicht klar geregelt. Es kam zu Erbstreitigkeiten zwischen seinen Söhnen Waskar und Ataw Wallpa, die in einen Bürgerkrieg führten und das Inka-Reich schwächten. Zigtausende von Chachapoya-Männern wurden gezwungen, als Krieger in den Inka-Heeren zu dienen. Sowohl in der Armee von Waskar als auch im Heer von Ataw Wallpa.

Dem Chachapoya-Krieger Kiskis war es gelungen, bis zum General in der Armee von Ataw Wallpa aufzusteigen. Er gewann zahlreiche Schlachten, wobei tausende und abertausende Chachapoya auf beiden Seiten ihr Leben verloren. Schließlich behielt Ataw Wallpa gegenüber Waskar die Oberhand.

Im Jahr 1678 a.u.c. hörten die Chachapoya, dass Fremde mit großen Schiffen an der Küste erschienen seien und in die Bergwelt ziehen würden. Sie kämen von einem Land weit im Osten und seien getrieben von der Gier nach dem Gold der Inkas. Reitend auf großen gepanzerten vierbeinigen Tieren mit blitzenden Waffen würden sie den Tod bringen.

Schon bald kam es bei Cajamarca zu einem Aufeinandertreffen der Fremden unter der Führung von Francisco Pizarro mit Ataw Wallpa und seinem Heer. Ataw Wallpa wurde gefangengenommen und später hingerichtet. Sein Heer wurde von den Fremden regelrecht abgeschlachtet.

In der Folge kam es immer wieder zu Aufständen der Inkas gegen die neuen Herren.

Während ein Teil der Chachapoya aus Achtung gegenüber dem alten König Wayna Qhapaq an der Seite der Inkas kämpften, schlossen sich andere, unter ihnen Kiskis, der sein Mitwirken in der Armee von Ataw Wallpa jetzt als Fehler betrachtete, den Fremden an, um gegen die verhassten Inkas zu kämpfen. Dabei hofften sie, dass nach einem Sieg die Fremden ihnen ihre Freiheit und ihre Gebiete zurückgeben würden aus Dank für ihren Beistand. So brach die Chachapoya-Gemeinschaft endgültig auseinander.

Die Fremden eroberten die Inka Hauptstadt Qusqu und setzen Manku Qhapaq II. als Vasallenherrscher ein.

Er wollte aber kein Abhängiger der Fremden sein und verfolgte daher von Beginn seiner Regentschaft an das Ziel, aus Qusqu zu fliehen und irgendwo versteckt mit dem Aufbau eines neuen Inkareiches zu beginnen.

„Aber wie soll ich das angehen?“, fragte er sich.

Eines Tages erinnerte er sich an den Feldzug seines Vaters Wayna Qhapaq gegen die Chachapoya. Er hatte ein Zusammenleben in Frieden angekündigt. Dafür achteten die Chachapoya seinen Vater. Manku kannte die ehemaligen Chachapoya-Frauen Hitnai und Puscan. Sie hatten einflussreiche Stellungen in Qusqu erworben.

Er ließ sie rufen und erklärte ihnen seinen Plan: „Ich will Gold im nördlichsten Teil unseres Landes an einem unbekannten Ort bei den Chachapoya verstecken. Mit diesem Gold will ich dann neue Truppen anwerben, ein neues Inka-Reich aufbauen und schließlich die Fremden vertreiben. Helft ihr mir dabei?“

Den Frauen war es bei den Inkas gut ergangen und sie achteten Mankus Vater sehr.

„Ja, wir werden dir helfen“, sagte Hitnai, „Die Übergabe des Goldes wird in Chilchos erfolgen und die Chachapoya werden es dann von dort nach Cacahuasha bringen, um es im Nordosten an einem verborgenen Ort zu verstecken. Das Gebiet bezeichnen wir als Paytiti.“

„Ich schicke umgehend Boten nach Chilchos und Cacahuasha“, ergänzte Puscan.

Dann fertigte sie zwei übereinstimmende Zeichnungen an. Eine übergab sie Manku, die andere behielt sie bei sich.

Einige Zeit später gelang Manku mit einer größeren Zahl Getreuer die Flucht.

In seinem Gefolge war auch ein Mönch mit Namen Domenicos. Er hatte sich schnell die Quechua-Sprache angeeignet und ihm gefiel das Land gut. Für ihn war es das Paradies. Er wollte auf Dauer hierbleiben, um Missionsarbeit im Sinne der Heiligen Schrift zu leisten, also nicht mit dem Schwert, so wie es die meisten anderen seiner Brüder hier taten.

Er war mit dem einheimischen Chronisten Guaman zusammengetroffen, der sich ebenfalls stark für die Geschichte der alten Völker interessierte. Auch Guaman stand dem Gebaren der Fremden kritisch gegenüber, wollte aber in ihren Diensten bleiben, um sie von einer besseren Vorgehensweise überzeugen zu können. Domenicos fand es jedoch entsetzlich, was die Konquistadoren den einheimischen Menschen antaten. Damit wollte er nichts zu tun haben. Er hatte Vertrauen zu Manku gefasst und sich ihm offenbart. Er hatte ihn gebeten, mit in den Norden reisen zu dürfen. Das war ganz im Sinne von Manku, denn jetzt hatte er einen Verbündeten, der wusste, wohin genau die Chachapoya das Gold bringen würden.

In Chilchos warteten schon die Chachapoya, übernahmen das Gold und zogen weiter. Der Mönch Domenicos zog mit ihnen.

Manku gelangen in der Folgezeit einige kleinere Siege, sodass er einen größeren Angriff auf Qusqu wagte. Einer der Führer der Inka-Truppen war Kiskis. Sie konnten den Angriff Mankus abwehren.

In der Folgezeit kam es zu einem offenen Streit zwischen den Konquistadoren Pizarro und Almagro um die Vorherrschaft in Peru, während Manku seine Aufstände weiterführte. Letztendlich war ihm aber kein Erfolg beschieden. Er wurde von Anhängern Almagros getötet.

Von seinem Gold hatte er nie mehr etwas gehört.

Puscan hatte währenddessen noch immer nichts über ihren Geliebten Yoplac in Erfahrung bringen können. Sie musste davon ausgehen, dass er bei den Kämpfen getötet worden war.

Ihr Inka-Mann behandelte sie gut, aber sie liebte ihn nicht.

Beide waren bisher weitgehend unbehelligt in Qusqu geblieben, aber seit die Fremden untereinander stritten, wurden die Verhältnisse undurchsichtiger und unsicherer.

So kam es, dass ihr Mann ermordet wurde und sie von dem Konquistador Gonzalo Pizarro, einem Halbruder von Francisco Pizarro, mit Gewalt genommen wurde. Das war inzwischen üblich am Inka-Hof. Alles, was die Fremden wollten, nahmen sie sich. Am liebsten Gold und Frauen. Mit Gonzalo hatte sie einen Sohn und eine Tochter mit dem Namen Inés. Die beiden Kinder wurden nach der gescheiterten Rebellion ihres Vaters, die ihn sein Leben gekostet hatte, nach Spanien geschickt.

Bevor Inés abreiste, übergab ihr Puscan ein kleines Schmuckkästchen. Darin war die Karte, die sie für Manku gefertigt hatte, eine Quipu und die Hälfte des Amuletts von Yoplac. Unter Tränen erzählte sie ihrer Tochter ihre Lebensgeschichte. Ihre Tochter nahm sie in den Arm und tröstete sie.

Dann bat Puscan ihre Tochter: „Bitte sorge dafür, dass das Schmuckstück in deiner neuen Familie von Nachfahre zu Nachfahre weitergeben wird. Vielleicht bringt es irgendwann einmal jemanden das Glück, das ich mir erhofft hatte."

In Spanien angekommen ehelichte Inés ihren Cousin Francisco, Sohn des Konquistadoren Francisco Pizarro aus seiner Ehe mit Cuxirimay Oclo, der Witwe von Ataw Wallpa, die von ihrem Großvater Gonzalo für Francisco geraubt worden war.

Inés' junger Ehemann verstarb jedoch schon bald. Sie ging eine neue Verbindung mit dem Konquistador Francisco de Hinojosa, Urahn von Alfredo de Hinojosa, ein.

Aus lauter Kummer starb Puscan wenige Jahre nach der Abreise ihrer Tochter Inés. Am Ende hatte sich ihr die ganze Prophezeiung des Schamanen offenbart.

Der Mönch Domenicos war heil in Cacahuasha angekommen. Schon auf dem Marsch von Chilchos dorthin hatte er sich mit einem jungen Krieger namens Cadha angefreundet. Cadha hatte in groben Zügen von der Genea, Domenicos nannte dieses Wort Generación, der Auswanderer und Gründer erzählt. Seine Familie ging auf den Gründervater Pau zurück. Als Domenicos von der Überfahrt übers große Meer hörte, kam er aus dem Staunen nicht mehr heraus. Das galt auch für Cadha, der von Domenicos so viele neue Dinge aus Ländern wie Spanien oder England hörte. Die Verständigung auf Quechua bereitete keine Schwierigkeiten. Cadha nahm Domenicos in seinem Haus auf und sie wurden enge Freunde.

Cadha, sein Name bedeutete ‚vom steilen Ort', war immer begeistert dabei, wenn Domenicos den Chachapoya etwas über den neuen Gott Jesus und seine Botschaften erzählte oder darüber, wie die Menschen in der ‚alten Welt' lebten. Umgekehrt musste Cadha in aller Ausführlichkeit von den Legenden um Aidan, Pau und Sakarbal erzählen, von ihrer großen Reise und vom Aufbau der ersten Siedlungen.

Oft gingen sie zusammen zur Nebel-Siedlung in den Tempel und schauten sich die Statuen und Besonderheiten aus der alten Zeit an. Auch die Schriften in der Truhe betrachtete Domenicos immer wieder. Aber er konnte weder die keltiberische noch die punische Schrift lesen. Eines Tages hatte er eine Idee. Er schrieb auf feinen Lederhäuten die ganze Geschichte, wie er sie von Cadha erfahren hatte, auf. Die fertigen in Quechua beschriebenen Lederrollen legte er gemeinsam mit Cadha in die Truhe zu den anderen Schriften.

Cadha und Domenicos waren zusammen alt geworden. Eines Abends, als sie bei einem Maisbier zusammensaßen fragte Cadha. „Was machen wir eigentlich mit dem Gold von Manku?"

„Was denkst du?", antwortete Domenicos, „War Gold wichtig für eure Gründungsväter?"

„Nein", antwortete Cadha.

„Ist es von Wert für das Leben aus Sicht von Jesus?"

„Nein."

„Also, was machen wir damit, Cadha?"

„Nichts, wir belassen es, wo es ist."

„Das ist gut, so machen wir es!"

Nach ein paar Augenblicken des Schweigens sagte Cadha: „Aber einmal müssen wir noch hingehen, um der Familie, der wir dort den Auftrag gegeben hatten, den Schatz zu hüten, zu sagen, dass sie nicht mehr darüber wachen müssen. Sie können sich eine andere nutzbringendere Arbeit suchen."

Zwei Tage später zogen sie los. Es war ein mühevoller Marsch über mehrere Tage und es kostete sie all ihre Kräfte. Schließlich erreichten sie das einsame kleine Rundhaus. Sie klopften an die Holztür. Ein junger Mann, den sie nicht kannten, öffnete die Tür.

„Ihr seid erstaunt, dass ihr die Familie nicht antrefft, die hier gewohnt hat?", fragte der Mann, als er ihre verdutzten Gesichter sah.

„Ja, das sind wir", antwortete Cadha.

Sie gingen ins Haus, setzten sich und tranken von dem Wasser, das ihnen der Mann anbot. Dann begann er zu erzählen. "Der Mann, die Frau und das Kind wurden überfallen und dabei getötet. Es waren wohl keine Angreifer, die wegen des Goldes hier waren. Das ist unberührt. Ich denke, es waren Jäger von einem Stamm weiter östlich im Regenwald, die neue Jagdgründe gesucht haben. Seitdem ich jetzt hier bin, ist jedenfalls niemand mehr vorbeigekommen."

Was ist mit den Leichen von Morvan, Gerid und dem Kind passiert?", fragte Cadha.

„Zum Glück gehe ich hier oft jagen. Mein Dorf ist nicht weit entfernt. So kam ich wohl nur ein oder zwei Tage nach dem Vorfall hier vorbei und sah die Familie tot im Haus liegen. Obwohl die Türe nicht geschlossen war, hatten noch keine Tiere an ihnen genagt. Ich lief zurück zum Dorf, holte Männer und Tragen und dann brachten wir die Toten ins Dorf. Dort wurden sie mumifiziert. Wir haben einen sehr guten Handwerker für Schmucksachen im Dorf. Ich gab ihm ein paar Drähte und Klümpchen von dem Goldschatz, woraus er drei goldene Halsketten fertigte. Wir legten sie den Mumien vor dem Einnähen in das Totentuch um den Hals. Ich dachte mir, dass das eine würdevolle Grabbeigabe für die Bewacher des Goldschatzes sei."

Hier machte der Mann eine Pause, trank einen Schluck Wasser und fuhr dann fort: „Zusammen mit sechs Arbeitern brachte ich die Mumien zu einem großen Wasserfall etwa einen halben Tagesmarsch von hier entfernt. Der Wasserfall heißt Gocta und gilt den in der Umgebung lebenden Menschen schon seit jeher als heilig und es ranken sich viele Legenden um ihn. In der Felswand hinter der oberen Fallstufe schlugen wir eine Nische heraus, bauten mit Lehm und Stroh Grabhäuschen und setzten diese mit den Mumien hinein. Den Weg von dort zu meinem Dorf habe ich mit einem kleinem Wegzeichen markiert. Eine rote Raute mit einem weißen Kreis in der Mitte."

„Gut gemacht!", sagte Cadha, „Geht in euer Dorf zurück und kümmert euch um das Jagen. Das Gold hat schon drei Menschen das Leben gekostet. Wir wollen es nicht mehr bewachen lassen. Soll es auf ewig vergessen werden."

Sie gingen gemeinsam zum Dorf des Mannes, wo sie sich bei gutem Essen stärkten und über Nacht blieben.

Dann marschierten die beiden Alten zurück nach Cacahuasha.

40. Kapitel

Neue Entdeckung im Nebelwald II

Chacha Picchu / Tomba Secreta, Peru – Juli 2018

Als die Archäologen am Morgen ihre Köpfe aus dem Zelt streckten, zog dichter Nebel durch ihr Lager und es nieselte. Nicht schön, dachte sich Peter, es hätte aber auch schlimmer kommen können. Frisch gestärkt vom Frühstück machte sich das Team guten Mutes an die Arbeit.

Pünktlich wie vereinbart kamen sie gegen 15 Uhr durchnässt und erschöpft ins Lager zurück. Sie erfrischten sich an einem kleinen Bach, zogen trockene Sachen an und setzten sich auf die von Willi und seinen Helfern zurecht gehauenen Holzklötze unter der aufgestellten Plane.

Jean-Pierre trug die Ergebnisse des Tages zusammengefasst vor: „Die Außenmauer ist im Norden und Westen noch gut erhalten. Im Osten jedoch durch umgestürzte Bäume und den Druck der Vegetation schon stark zerstört. Die Mauer muss etwa fünfzehn Meter hoch gewesen sein. Es gibt zwei enge Tordurchlässe. Einer in der Mitte der Nordmauer, der andere etwa fünfzig Meter vor unserem Lager in der Ostmauer. Die Ruinen lassen zwei Wachttürme erkennen. In diesem Teile der Anlage standen wohl um die 600 Rundhäuser. Die für die Chachapoya typischen Verzierungen fehlen. Auch scheint es kein rechteckiges Haus zu geben.

„Gut gemacht!", lobte Isabel. „Morgen werden wir die beiden Bergrücken südlich von unserem Lager erkunden."

Am frühen Morgen klagten Jorge und Peter erneut über Kopfschmerzen und sehr unruhigen Schlaf. Vermutlich wieder die Höhenkrankheit. Laut GPS waren sie hier auf 3250 Meter Höhe. Willi bereitete ihnen zum Frühstück einen Tee mit Coca-Blättern und gab ihnen auch welche mit zum Kauen. Sie sollten besser im Lager bleiben, aber das wollte keiner von beiden. Sie versprachen aber, sich nicht zu überanstrengen und zurückzukommen, falls es ihnen noch schlechter gehen sollte. Der Himmel blieb den ganzen Tag über bedeckt, aber immerhin regnete es nicht mehr. Auch die Kleider waren am Feuer gut getrocknet. In zwei Gruppen zogen sie los.

Die beiden Bergrücken hatten die Form von dreieckigen Pfeilspitzen, wobei die Spitzen zum Lagerplatz zeigten. Runde Steinhäuser standen auf Terrassen entlang der Längsseite der Hügel.

„Ich schätze, dass auf jedem der beiden Bergrücken etwa 400 Häuser standen“, sagte Peter. Auf den beiden obersten Terrassen sind jeweils Ruinen großer Rundhäuser mit den typischen Dekors zu erkennen.

„Schaut dort, in der Mitte des östlichen Hügels sind Strukturen einer weiteren Mauer. Offenbar bis zu zehn Metern hoch und kreisrund. Innerhalb der Mauern scheint ein Plateau zu sein mit weiteren Ruinen“, sagte Carmen. „Runde Mauern sind oft Kennzeichen eines heiligen Bezirks. Vielleicht steht auf dem Plateau der Tempel oder andere wichtige Gebäude. Das müssen wir morgen weiter untersuchen“, ergänzte Carmen.

„Ja, jetzt erkunden wir aber erst einmal einige Häuser auf den Terrassen etwas näher“, antwortete Isabel und trat durch den Eingang in die Ruine eine Rundhauses.

Jorge und Jean-Pierre bildeten die zweite Gruppe. Sie stießen an der zerfallenen Südspitze der Mauer auf einen schmalen felsigen und ostwärts führenden Pfad. Sie folgten ihm leicht absteigend. Nach einigen hundert Metern standen sie jäh vor einer Abbruchkante.

„Ein Déjà-vu! Beinahe wäre ich hinuntergestürzt“, sagte Jean-Pierre.

„Ist ja nochmal gut gegangen. Aber pass bitte auf!“, mahnte Jorge.

Links von ihnen war eine kleine Felsplatte zu erkennen. Vor ihnen lag dichter Nebelwald, der sich vom Marañón bis zum Utcubamba ausbreitete. Von Nord nach Süd durchzogen Berggrate und Schluchten den Wald. Sie bildeten dabei ein Muster, das an die Finger einer Hand erinnerte.

Nun wandten Jean-Pierre und Jorge den Blick nach Osten und sie sahen eine mächtige Felswand in Form eines Hufeisens. Die Länge der oberen Abbruchkante schätzten sie auf einen Kilometer. Oben standen die mächtigen Bäume des Nebelwaldes bis direkt an die Kante, die fast senkrecht 800 Meter nach unten fiel. Die oberen 100 Meter bestanden aus nacktem Felsgestein. Man konnte Höhlen und Vorsprünge erkennen. Darunter war der Abhang mit Bäumen, Bromelien und Büschen dicht bewachsen und ging weiter unten in das vor ihnen liegende Meer aus Nebelwald über.

Mit dem Fernglas untersuchte Jean-Pierre das Felsenband unter der Abbruchkante.

„Ich sehe an drei Stellen kleine Häuschen, rot und weiß bemalt, mit Mäuerchen und Treppchen verbunden. An den Felswänden sind rote Wandmalereien: Lamas, Schlangen und vermutlich eine Mischung aus Kondor und Jaguar."

„Wohl weitere Felsengräber", stellte Jorge fest.

Die Gräber schienen unerreichbar, zumindest von oben oder unten. Von ihrem Beobachtungsplatz ging es einen Hang hinunter, auf der anderen Seite wieder hinauf. Dann führte ein sehr schmaler Grat an das Felsband heran.

„Dies könnte vielleicht ein Zugang gewesen sein", meinte Jean-Pierre.

Die Zeit war weit vorangeschritten. Sie mussten zurückkehren.

Nach dem Abendessen besprachen alle noch ihre Beobachtungen. Das Lagerfeuer knisterte behaglich.

„Wie gut, dass ihr so darauf insistiert habt, mit der Expedition weiterzumachen", meinte Isabel. „Wir haben hier etwas Großes entdeckt. Vielleicht die bisher größte Ansiedlung der Chachpoyakultur mit einer Grabstätte in unmittelbarer Nähe. Wir sollten uns noch einen vorläufigen Namen ausdenken, was meint ihr?"

Sofort sprudelten die Vorschläge. Schließlich entschieden sie sich für Chacha Picchu und Tumba Secreta. Namen, die schon von den einheimischen Männern im Dorf Congon genannt worden waren.

Das Programm für den nächsten Tag war auf die Erkundung der Steinstrukturen auf der, durch die innere Mauer abgegrenzten, obersten Ebene der Siedlung gerichtet. Auch Willi, der Führer und die Träger sollten sie begleiten. Am kommenden Tag bräuchten sie jede Hand, um sich durch das Dickicht zu den Ruinen der Häuser durchzukämpfen. Was würde sie erwarten?

Schon nach zwei Stunden mussten die Archäologen erneut schmerzhaft erfahren, wie schwer das Vorankommen war. Nicht archäologisches Feingefühl mit Handbesen und Dreiecksspachtel war gefordert, sondern kräftezehrendes Roden von Buschwerk mit Macheten, Äxten und Hacken, eher eine Aufgabe für Landschaftsgärtner. Es war zudem wieder ein sehr warmer Tag geworden. Sie tranken viel und machten immer wieder Pausen. Aber sie hielten durch.

Über eine schmale Steintreppe erreichten sie schließlich die oberste Ebene.

Die Reste der großen Rundbauten, auf die sie hier unter der üppig wuchernden Vegetation stießen, waren ihnen der beste Ansporn um weiterzumachen. Der Reichtum an Dekoren und Steinmetzarbeiten war beeindruckend. Neben den Torsos von steinernen Statuen gab die Natur auch aus Holz geschnitzte menschliche Standbilder frei, völlig mit Moos überzogen und morsch. Sobald man diese anfasste, lösten sie sich in Holzbrösel auf.

Dann stießen die Archäologen auf einen großen Platz. Rechts konnte man ein großes rechteckiges Gebäude erkennen.

Sie kämpften sich durch die Vegetation zu dem Gebäude, das vermutlich ein Tempel gewesen war. An der schmaleren Stirnseite stand eine Säule, eine andere lag zerbrochen am Boden. Drumherum waren zerbrochene flache Dachsteine verstreut.

„Das muss wohl eine Art *Portikus* gewesen sein“, vermutete Peter.

Rechts und links neben dem Tordurchgang waren zwei Nischen, in denen überwucherte Steinfiguren standen. Ein Mann, nackt und mit erigiertem Penis, eine Halskette tragend und ein Schwert in der Hand haltend, dessen Spitze auf den Boden gerichtet war. Eine Frau mit kräftigen Brüsten in Hockstellung, ein Kind gebärend. Über dem Eingang eine Steintafel mit dem eingeritzten Symbol für die Göttin Tanit.

Die Gruppe trat in die Ruine ein. Der hallenförmige Innenraum war völlig mit Pflanzen bewachsen. Das Dach fehlte und die Seitenwände waren an vielen Stellen eingebrochen. Es gab an jeder Seite drei Fensteröffnungen. Dazwischen von Wand zu Wand vier leere Nischen.

„Seht, da vorne, an der gegenüberliegenden Wand der Halle!", rief Jean-Pierre. Jetzt sahen alle die etwa einen Meter hohe Steinsäule. Auf ihr stand eine fast lebensgroße Statue aus Stein. Sowohl die Säule als auch die Statue schienen gut erhalten zu sein. Durch hüfthohes Buschwerk dringend erreichte Jorge als erster die Stelle. Überrascht rief er: „Eine Statue von Melkart mit spitzer Kopfbedeckung, Bart und knielangem Lendenschurz." Das Standbild zeigte mit einer Hand in die Ferne, genau nach Westen, und in der anderen Hand hielt sie ein Schiff, an Bug und Heck wie ein Seepferd gestaltet.

Hinter der Statue an der Wand entdeckten die Archäologen vier Nischen mit thronenden Götterdarstellungen. Es waren links El, der phönizische Schöpfergott, und Anat zu sehen, seine Frau, die für Vorsorge und Vorsehung stand, sowie auf der rechten Seite Cernunnos, der keltische Gotte der Natur und Danu, die große Mutter Erde.

„Phönizische und keltische Götter in einem Tempel in Peru! Wie kann das sein?", sagte Jorge. Jeder in der Gruppe war regungslos vor Verwunderung und ergriffen von der Spiritualität und der Kraft, die hier auf jeden einwirkte.

In der Mitte der vier Gottheiten stand unten auf dem Boden ein Steintrog mit einem steinernen Deckel darauf. Nachdem Jean-Pierre und Peter den Deckel einigermaßen von Moos und Flechten befreit hatten, kamen eine Vielzahl von Gravuren zum Vorschein. Oben links war die Sonne abgebildet sowie das Sternzeichen des Großen Bären mit dem Polarstern. Darunter entdeckten sie Tierzeichnungen wie Skorpion, Löwe, Hirsch und Kamel. In der Mitte befand sich ein Schiff. Oben auf der rechten Seite waren der Mond und das Kreuz des Südens zu erkennen, darunter Schlange, Jaguar, Kondor und Lama.

„Eine sonderbare Zusammenstellung! Das ergibt doch keinen Sinn", stellte Jean-Pierre fest.

Nachdem die Archäologen alles fotografisch und per Zeichnung festgehalten hatten, schoben sie den Deckel etwas zur Seite.

In der Truhe lagen sehr flache Steinplatten, zum Teil zerbrochen, mit eingeritzten keltiberischen Schriftzeichen, in punisch beschriebene Papyri und Rollen aus Lederhäuten. Carmen nahm die oberste davon heraus und rollte sie auf. Die Rolle war vollständig beschrieben. „Das ist Quechua!", rief sie begeistert.

Der Text begann mit ‚winay kawsay runa llaqta chachapuya'. Carmen übersetzte: „Geschichte vom Stamm der Menschen Chachapoya." Der restliche Text war so klein geschrieben, dass er auch für Carmen unlesbar blieb. Sie legte die Rolle zurück. Sie baten Willi den Inhalt der Truhe in einer von seinen Kisten sorgsam zu sichern und mitzunehmen.

Hatte die Gruppe etwas gefunden, was das Rätsel um das Volk der Chachapoya aufklären konnte?

Es sah ganz so aus. Sie waren dermaßen euphorisiert, dass es ihnen schwer fiel, ausgerechnet jetzt den Rückweg zum Lager anzutreten. Doch inzwischen ging es auf fünf Uhr zu. Die Dämmerung begann. Sie mussten zurück.

In der lebhaften Diskussion während und nach dem Abendessen kamen die Archäologen zu dem Ergebnis, dass sie genügend Fakten zusammengetragen hatten, um einen fundierten Expeditionsbericht an die Archäologiebehörde schreiben zu können. Isabel appellierte nochmals an alle Beteiligten, nichts über ihren Fund oder den Ort in der Öffentlichkeit verlauten zu lassen. Insbesondere wandte sie sich an die Einheimischen: „Bitte, bietet von jetzt an Fremden keine Führungen in dieses Gebiet an. Lasst keinen Raub zu! Unterbindet den Verkauf von alten Steinen und anderen Fundstücken. Schützt diese Anlage. Ich werde mich persönlich dafür einsetzen, dass ihr schnellstmöglich gut bezahlte Arbeitsverträge als Wächter von Chacha Picchu und Tumba Secreta erhaltet." Dann ordnete Isabel an, am nächsten Vormittag das Lager abzubauen und den Marsch nach Cruzpata zu beginnen.

Bis zum Mittag war das Lager abgebaut und die Spuren ihrer Anwesenheit vollständig beseitigt. Die Narben an der Natur würden schon bald wieder geheilt und neu überwuchert sein.

Die Gruppe marschierte Richtung Osten und überquerte drei Bergkämme mit zwei Tälern dazwischen. Die Höhenunterschiede waren mit 300 und 500 Metern moderat. Nach fünf Stunden kamen sie in ein breiteres lichteres Tal und verbrachten dort eine weiter Nacht.

Am nächsten Morgen ging es früh weiter. Die Luftfeuchtigkeit war hoch und die Temperatur stieg schnell an. Nachdem sie das Tal hinter sich hatten, ging es wieder durch einen dichten Wald hinauf. Den Weg mussten sie sich selbst bahnen. Sowohl ihr Führer als auch ihr mobiles Navigationsgerät versicherten ihnen in die richtige Richtung zu laufen. Der Wald öffnete sich und gab den Blick auf das Örtchen Cruzpata frei. Sie waren jetzt gut sechs Stunden unterwegs und schätzten den noch vor ihnen liegenden Weg auf die Hälfte der bisherigen Zeit.

Nach einer kleinen Rast folgte die Gruppe einem jetzt sehr passablen Pfad, der sich elegant an den Verlauf des Geländes anpasste und in Kehren und Schleifen meist über freies Feld bergab führte. Sie passierten den Sattel eines felsigen Grates und folgten dann einem breiteren und befestigten Weg durch die Felder hinein nach Cruzpata. Am Himmel waren inzwischen bedrohlich dunkle Wolken aufgezogen. Gerade als Willi mit Peter und Jorge den neu angelegten kleinen Platz erreichten, eröffnete ein Blitzschlag, gefolgt von einem krachenden Donner, einen wahren Wolkenbruch.

Willi lief so schnell er konnte zu dem Haus der Familie, die das Ticketbüro und den kleinen Souvenirladen an der östlichen Ecke des Platzes betrieb. Er hatte dort ein Gruppenlager in einem Bauernhof im Ort für die Übernachtung reserviert. Als die anderen eintrafen, kam Willi mit einem kleinen sommersprossigen Jungen mit rotblonden Haaren, offensichtlich ein Gringuito, aus dem Haus gelaufen. Die beiden rannten an der Gruppe vorbei, den Weg hinunter zu dem großen Hof gleich rechts, und bedeuteten den anderen, ihnen zu folgen. Diese rannten hinterher und traten in eine große Scheune ein. Die rechte Längsseite war mit breiten Strohsäcken ausgelegt. Gegenüber stand ein langer Tisch mit Hockern. Zwei Waschbecken und zwei abgetrennte Toiletten waren ebenfalls im hinteren Ende der Scheune vorhanden. Die müden Wanderer bezogen ihr Massenquartier mit Schlafsäcken und Decken, erfrischten sich etwas und wechselten die nasse gegen trockene Kleidung.

Während draußen ein kräftiges Unwetter tobte, deckte die Großfamilie des Bauern den Tisch mit leckeren lokalen Spezialitäten. Der kleine Gringuito-Junge wich Carmen nicht mehr von der Seite. Sie unterhielten sich angeregt. Später gab es Obst, Tee und die so beliebte Chicha. Trotz des Alkoholgehalts von bis zu sechs Prozent sprach die Gruppe dem Getränk gut zu. Es war eine echte Erquickung nach der Anstrengung des langen Marsches an diesem Tage. Zwei Stunden später schliefen alle leicht besäuselt ein. Die Erschöpfung der letzten Tage forderte ihr Recht. Selbst das Prasseln des heftigen Regens bis weit nach Mitternacht konnte den Schlaf nicht stören.

Als sie nach dem Frühstück auf den Weg traten, waren die Nachwirkungen des heftigen Regens der letzten Nacht noch deutlich zu erkennen. Der ganze Weg war aufgeweicht. An einigen Stellen konnten sie sehen, wie der Schlamm den Hang hinuntergerutscht war. Bäche ergossen sich über Wege und Wiesen.

Ihre Fahrzeuge waren noch nicht da. Willi hatte über das Telefon erfahren, dass ein Hang kurz vor Luya abgerutscht sei und die Straße blockiere. Ein Räumfahrzeug sei unterwegs. Aber es werde wohl bis Mittag dauern, bis die Wagen ankämen. So gingen sie in die Scheune zurück, setzten sich an den Tisch und ordneten die Gedanken, Notizen und Eindrücke der letzten Tage. Gegen vierzehn Uhr trafen die Kleinbusse ein.

Von den sonst weißen Wagen war nichts helles mehr zu sehen. Brauntöne aller Nuancen bestimmten in feiner Lasur oder dicken Matschspritzern das Design.

Sie verabschiedeten sich von der freundlichen Bauernfamilie und fuhren los. 45 Kilometer lagen vor ihnen, für deren Bewältigung zwei Stunden eingeplant waren.

An der Stelle, wo in der Nacht der Bergrutsch die Straße verschüttet hatte, war die Durchfahrt nur einspurig möglich. Zwischenzeitlich wurde die Straße auch immer wieder komplett gesperrt. Sie brauchten drei Grünphasen, die wie in Peru üblich nicht durch Ampeln, sondern von Bauarbeitern mit grünen Go-Schildern angezeigt wurden, um den Engpass zu überwinden. Eine Planierraupe hatte eine Trasse quer über den abgerutschten Hang geschoben. Noch gut fünf Meter über dem eigentlichen Straßenniveau fuhren sie über den Buckel aus Gestein, Erde und Schlamm. Als sie von der Straße auf der Talseite gegenüber zur Baustelle schauten, konnten sie erst das ganze Ausmaß des abgerutschten Hangs erkennen. Nur gut, dass sie erst jetzt die doch reichlich abenteuerlich angelegte Behelfs-Trasse zu sehen bekamen. Vorher wäre vielleicht der eine oder andere ausgestiegen. Danach kamen sie ohne eine weitere Störung nach Chachapoyas. Die Fahrtdauer hatte sich allerdings verdoppelt. Erst um 18 Uhr erreichten sie ihr Quartier.

Nach dem Abendessen wollten alle nur schnell auf ihre Zimmer. Jeder freute sich schon darauf mal wieder eine Nacht in einem ordentlichen Bett zu verbringen.

Als Carmen ihr Zimmer erreicht hatte, schaute sie im Flur nach rechts und links. Sie konnte niemanden entdecken. Schnell schloss sie auf und zog Peter in ihr Zimmer.

„Peter, ich liebe dich! Und ich will mein Leben mit dir verbringen. Egal ob in Deutschland, Peru oder einem anderen Land der Welt. Das können wir ja später entscheiden, je nachdem wie die beruflichen Aufgaben dann aussehen werden. Auf jeden Fall zusammenleben, keine Fernbeziehung, von einzelnen Reisen mal abgesehen. Aber ich bleibe auf jeden Fall in Peru, bis ich meine Doktorarbeit bei Isabel erfolgreich abgeschlossen habe, also noch gut ein Jahr. Kannst du damit leben?"

Peter fiel kein Stein, sondern ein ganzes Gebirge vom Herzen.

„Natürlich kann ich das! Ich bin ja so glücklich!"

Er nahm Carmen in den Arm und küsste sie.

Carmen löste sich von ihm, stupste ihn zu ihrem Bett und zog ihm das Hemd über den Kopf. Sie liebten sich zum ersten Mal. Glückselig und erschöpft schliefen sie zusammen ein.

Die restlichen Tage saßen die Archäologen in ihrem Besprechungsraum und trugen die Dokumentation ihrer Expedition nach Chacha Picchu und Tumba Secreta in einem vorläufigen Abschlussbericht zusammen.

Das Team war zu dem Ergebnis gekommen, dass eine Verbindung des geheimnisvollen Andenvolks zu Auswanderern aus dem antiken Europa nicht mehr einfach abgetan werden konnte. Castro-Kelten, Ibero-Kelten, Balearen und Karthager konnten mitverantwortlich sein für die vielen beobachteten Phänomene, für die es keine andere plausible Erklärungen gab.

Die Archäologen rechneten damit, dass die Auswertung der gefundenen Schriften, die sie geborgen hatten, belastbare Beweise bringen würden. Und sie hofften, dass bald DNA-Analysen durchgeführt würden, die endgültig Klarheit schaffen könnten.

Isabel hatte den Behörden von ihrer spektakulären Entdeckung am Telefon berichtet und auch von den Artefakten, die sie gefunden hatten. Bei der Gelegenheit hatte sie natürlich auch gleich für ein neues Ausgrabungsprojekt geworben.

Man hatte ihr eine wohlwollende Prüfung in Aussicht gestellt, aber zuerst wollten die Behörden ihren Bericht lesen und bewerten. Isabel bekam aber zumindest den Auftrag, eine Schätzung der Projektkosten, der Zeitdauer der Grabung, die Art der benötigten Qualifikationen, der Materialanforderungen und der notwendigen personellen Ausstattung abzugeben.

Isabel verwies in ihrer Gruppe auf einen ganz wichtigen Aspekt: „Wir müssen uns auch eines politisches Problem bewusst sein. Die Geschichte Perus war viele Jahrhunderte immer nur durch das Auftreten der Spanier definiert worden. Erst als man die Spuren des Inka-Reiches wiederentdeckte, entstand ein Nationalbewusstsein, das auf eine eigene Hochkultur vor den Spaniern zurückgeführt werden konnte. Weitere Entdeckungen wie die Kulturen Paracas, Nasca, Moche, Chimu, Wari, Chachapoya und vieler anderer bestärkten diesen Nationalstolz weiter. Und jetzt sollten wieder Menschen aus der alten Welt Anstöße für Kultursprünge gegeben haben?“ Peter ergänzte: „Es müssen sicher viele Denkbarrieren Schritt für Schritt überwunden werden. Nur ein äußerst korrektes wissenschaftliches und transparentes Vorgehen kann helfen, die Fakten richtig zu deuten und neuen Einsichten den Weg zu bereiten.“

Isabels letzte Information betraf die positive Nachricht, dass sich die Archäologiebehörde mit der zuständigen Provinzregierung über eine schnelle Sicherung des Fundgebietes einigen werde. Hierbei würde auch die entgeltliche Beteiligung der einheimischen Bevölkerung, auf deren Notwendigkeit sie besonders hingewiesen hatte, wohlwollend geprüft.

Dann kam die Zeit, Abschied zu nehmen. Willi hatte ein Buffet in der Mensa der Universität organisiert. Es war ein wunderschöner Abend. Der Stolz auf ihren Erfolg mündete in ausgelassener Stimmung und übermütiger Feierlaune. Die gute Zusammenarbeit im Team, aber auch die gemeinsam durchgestandenen traumatischen

Erlebnisse hatten sie als Gruppe zusammengeschweißt. Isabel war bewusst, dass jeder, sie selbst eingeschlossen, bei einem möglichen neuen großen Grabungsprojekt ‚Chacha Picchu' unbedingt dabei sein wollte. Isabel versicherte, dass sie alle wieder in ihr Kernteam holen wollte, wenn man sie mit der Leitung des Projekts beauftragen würde.

Sie versprach weiter, dass jeder eine Kopie der gefundenen Schriften erhalten werde, sobald diese übersetzt vorlägen. Sie bedankte sich nochmals für die ausgezeichnete Mitarbeit. Mit einem letzten Pisco Sure begannen die individuellen Verabschiedungen.

Carmen schmiegte sich an Peter und flüsterte: „Siehst du, nun werden wir wohl doch gar nicht so lang getrennt sein!"

41. Kapitel

Der Untergang

Nord-Ost Anden, Peru – um 1600 n. Chr.

Der letzte Rumpfstaat der Inka wurde in Vilcabamba zerschlagen. Tupac Amaru, ihr letzter von den Spaniern eingesetzte Inka-König, wurde gefangengenommen und hingerichtet.

Die Chachapoya schrieben das Jahr 1693 a.u.c. Die Konquistadoren verkündeten auch das Ende des Reichs der Chachapoya. Die Hoffnungen eines Teils ihres Volkes hatten sich nicht erfüllt. Ihre Freiheit und ihre Gebiete wurden ihnen nicht zurückgegeben. Die Bevölkerung der Chachapoya war durch die Kämpfe gegen die Inkas und die Fremden auf ein Drittel geschrumpft.

Ein mit den Fremden eingeschleppter Feind erwies sich als noch grausamer. Innerhalb weniger Jahre dezimierten die eingeschleppten Krankheiten wie Pocken und Masern die Chachapoya auf etwa 90.000 Menschen. Weitere 50 Jahre später war das Volk der Chachapoya nahezu ausgestorben.

Die Überlebenden hatten sich in kleine, abgeschiedene und nahezu unzugängliche Wolkendörfer zurückgezogen. Vergessen und unbeachtet vom weiteren Gang der Geschichte. Ihre imposanten Festungs- und Siedlungsanlagen wurden nach und nach von der Natur zurückerobert, so als hätte es sie nie gegeben.

Erst in jüngster Zeit beginnt sich der Nebel der Geschichte in den Nordanden Perus zu heben und Stück um Stück die verborgenen Geheimnisse des Regenwaldes preiszugeben.

42. Kapitel

Das Vermächtnis

Cádiz, Spanien – Oktober 2019

Carmen und Peter saßen am Strand von Cádiz. Es war der 15. Oktober 2019. Der Sonnenuntergang würde noch etwa eine Stunde auf sich warten lassen.

Carmen hatte den Laptop aufgeklappt und beide lasen zum wiederholten Mal die Übersetzung der Schriften, die sie im letzten Jahr in einer Ruine der Chachapoya Kultur im Nebelwald der Anden Nordperus gefunden hatten. Es war eigentlich nur eine Geschichte, aber aufgezeichnet zum ewigen Gedenken in drei Sprachen. Carmen und Peter nannten die Geschichte ‚Das Vermächtnis von Aidan, Pau und Sakarbal'.

Peter sah vom Laptop auf und sagte: „Die Chachapoya-Kultur ist für mich ein Konglomerat von unterschiedlichen Einflüssen. Im Kern aber eine Kultur, die in der ‚alten Welt, zu Ende war und in der ‚neuen Welt' ihre Fortsetzung fand.

Diese Kultur konnte nahezu 1700 Jahre überleben und den von ihr geprägten Generationen ein Leben in Freiheit und Zufriedenheit ermöglichen, bevor sie vom Inka-Reich unterdrückt wurde, um dann durch Menschen, ausgerechnet wiederum aus Südwesteuropa, und ihren eingeschleppten Krankheiten endgültig ausgelöscht zu werden."

Carmen griff seine Überlegungen auf: „Über fünfhundert Jahre geriet die Kultur unter der Vegetation des Nebelwaldes in Vergessenheit. Dann tauchten erste Spuren auf, die bis heute zu einem wachsenden kulturellen Interesse geführt haben. Und wir haben dazu beigetragen, das Vermächtnis dieser Kultur wieder ans Licht zu bringen. Macht dich das auch so stolz wie mich?"

„Ja, sicher!" antwortete Peter.

„Vielleicht bleibt später einmal die Chachapoya Kultur als das Ergebnis einer Verbindung der sogenannten alten und der neuen Welt im Gedächtnis der Menschheit. Das wünsche ich mir zumindest," ergänzte Carmen.

„Ja, und noch ein Gedanke bewegt mich," sagte Peter, „Uns, die wir das Thema Globalisierung permanent strapazieren und es so gerne als charakteristisches Merkmal für das 21. Jahrhundert heranziehen, zeigt die Geschichte, dass Notlagen, Neugier, der Wille nach Selbstbestimmtheit und Freiheit sowie die Aussicht auf neue Chancen und neues Glück schon immer die Triebfedern für die Mobilität des Menschen waren. Dabei kennt die Mobilität keine Grenzen. Nur die Größe der Herausforderung, die Mühsal, die Geschwindigkeit und der Umfang der Mobilität variieren."

Carmen schloss den Laptop, legte ihn beiseite und kuschelte sich eng an Peter. Dann genossen sie den farbenprächtigen Sonnenuntergang. Anschließend gingen sie zurück in ihr Hotel.

Bei einer guten Flasche Rotwein besprachen sie ihre Hochzeit, die sie im Mai des nächsten Jahres in Freiburg feiern wollten.

Ihr zweiwöchiger Aufenthalt hier in Spanien war ihre vorgezogene Hochzeitsreise. Carmen hatte sich gewünscht die alte Heimat der Auswanderer kennenzulernen. Und nach der Hochzeit blieb ihnen keine Zeit.

Isabel war es tatsächlich gelungen, ein neues Projekt zu bekommen. Mit insgesamt 60 Personen sollte von Juni bis August mit der Ausgrabungsphase I in Chacha Picchu begonnen werden.

Carmen und Peter schauten jetzt von dem Einladungsschreiben Isabels auf, fassten sich an den Händen und blickten sich in die Augen.

„Morgen bringe ich unsere Zusage zur Post," sagte Peter.

„Dann muss unser Kind eben noch ein bisschen warten," sagte Carmen lächelnd.

Ende

Glossar (in alphabetischer Reihenfolge):

Niemand weiß heute mehr wie die Regionen, Orte oder Flüsse von den einheimischen Bewohnern bezeichnet wurden, als die Auswanderer im Roman dort ankamen. Auch nicht, wie Pflanzen, Tiere, Werkzeuge usw. in den indigenen Sprachen hießen. Ich habe daher entweder Umschreibungen der Begriffe angewandt oder Worte aus dem *Quechua* benutzt oder auf die heute bekannten Namen zurückgegriffen. Gerade durch letzteres wird es dem Leser auch erleichtert, sich geographisch mit der Reiseroute der Auswanderer und den genannten Region und Orten zu Recht zu finden. Auch für das Kelt-Iberische oder Punische unserer Akteure haben wir heute keine Wörterbücher, die wir mal so eben heranziehen können. Hier habe ich mir damit geholfen, ab und zu Mal einen griechischen oder lateinischen Ausdruck zu benutzen, den zumindest die Karthager damals gekannt haben werden.

Die hier gelisteten Begriffe sind im Romantext bei ihrem ersten Erscheinen *kursiv* gedruckt.

Archeíon:	Alt-Griechisch: Amtsgebäude. Hier gebraucht für Archiv.
a.u.c.:	Lateinisch für ab urbe condita: „Von Gründung der Stadt an“. Wurde in der Antike für Jahreszählungen verwendet. Karthago wurde 814 v. Chr. gegründet. Ab hier begann für die Karthager ihre Zeitrechnung a.u.c.
Äußere Meer:	Atlantik.
Anat:	Eine nordwestsemitische Göttin. Sie verkörpert den Himmelswillen.
Antaios:	Riese aus der griechischen Mythologie.
Anti:	Quechua: Ost, Osten.
Aqha:	Quechua: Maisbier (Chicha).
Arapaima:	Tupi: Roter Fisch. Einer der größten Süßwasserfische.

Arrau: Südamerikanische Flussschildkröte. Es ist die größte der Seitenhalsschildkröten und die größte Süßwasserschildkröte in Lateinamerika.

Artefakt: Bezeichnet in der Archäologie und der Anthropologie einen von Menschen geschaffenen Gegenstand.

Astragale: Antikes Würfelspiel aus Sprunggelenksknochen von Ziegen und Schafen.

Astronomos/Astronomia: Griechisch: Astronom/Astronomie.

Ayahuasca: Halluzinierender Pflanzensud aus der Liane „Banisteriopsis caapi". Oft wird auch nur die Liane so bezeichnet.

Baal: Bezeichnung für verschiedene Gottheiten im westsemitischen Raum, meist der oberste Gott der örtlichen Götterwelt.

Baños: Spanisch: Bäder.

Byra: Griechisch: Bier.

Byrsa: Byrsa war eine mauergeschützte Festung über dem Hafen der antiken Stadt Karthago. Der Hügel, auf der diese Zitadelle stand, hieß auch Byrsa. Aus dem Phönizischen hergeleitet bedeutet der Name Byrsa ‚Zitadelle'.

Byzantinerin: Frau aus Byzanz, das heutige Istanbul. Griechisch: Byzantion

Campesino: Spanisch: Bauer.

Cabeza Cortada: Spanisch: Abgeschlagener Kopf

Castro: Von lateinisch castrum oder portugiesisch citanias. Ausdruck für einen befestigten Wohnplatz.

Cernunnos: Keltischer Gott der Natur, der Fruchtbarkeit und der Unterwelt.

Ceterum censeo Cartaginem esse delendam: Lateinisch: „Im Übrigen bin ich der Meinung, dass Karthago zerstört werden muss“

Chakana Warani: Quechua: Kreuz des Südens.

Chaki: Quechua: Fuß

Chimú: Alte Kultur Perus 1250-1470 n. Chr.

Cheirurgia: Griechisch: Handarbeit/Handwerk, (Chirurgie).

Chincha: Quechua: Nord, Norden.

Chuno: Quechua: Eine besonders haltbare Kartoffelart.

Cuarto de Rescate: “Lösegeldzimmer” in Cajamarca, Peru, in dem der Inka König Atahualpa gefangen gehalten wurde.

Danu: Keltische Muttergöttin.

De Son Morell Nou: Grabstätte von Cala Morell auf Menorca.

Dunkles Meer: Griechisch: Pontus Melas. Das Schwarze Meer.

Ebusim: Von den Phöniziern im 7. Jahrhundert v. Chr. gegründete Stadt, das heutige Ibiza-Stadt.

El: Semitisch: Gattungsbegriff für Gott. Bei den Phöniziern der Schöpfungsgott.

Foliant: Großformatiges, dickes Buch.

Foners Balears: Bezeichnung für die in der Antike gefürchteten Steinschleuderer von den Balearen. Abgeleitet aus dem altgriechischen ballein = werfen.

Fuß: Längenmaß. Etwa 30,5 cm.

Epiphyten: Aufsitzerpflanzen.

Eschmun: Phönizisch-Karthagischer Heilgott.

Gadir: Alte Bezeichnung (phönizisch gdr) für das heutige Cadiz.

Gaita: Galizischer Dudelsack.

Gaia: In der griechischen Mythologie die

personifizierte Erde und eine der obersten Gottheiten.

Genea: Alt-Griechisch: Generation

Generación: Spanisch: Generation

Giatrós: Griechisch: Arzt.

Gossypium: Griechisch: Baumwolle. Lateinisch: lana arborea.

Gringuitos: Peruanische Menschen, die aufgrund ihres besonderen Aussehens (helle Haut, blonde Haare) als Gringuitos bezeichnet werden.

Gytta: Das heutige Agadir, Marokko.

Herakles: Für seine Stärke berühmter Halbgott der griechischen Mythologie.

Hesperiden: Nymphen der griechischen Mythologie mit möglichem Wohnort auf den Kanarischen Inseln.

Heureka: Alt-Griechisch: Ich habe (es) gefunden.

Hieros Gamos: Aus dem Griechischen: Im Altertum Mythische Heilige Hochzeit zweier Götter oder zwischen einer Gottheit und einem Sterblichen.

Hispania Ulterior: Römische Bezeichnung seit 197 v. Chr. für den südlichen und westlichen Teil Spaniens.

Inneres Meer: Mittelmeer.

In Situ: In der Archäologie verwendeter Ausdruck für den Fund von Artefakten in originaler Lage.

Inti: Quechua: ‚Vater Sonne'. Der Sonnengott in der Mythologie der Inka. Der herrschende Inka-König wurde als Inkarnation von Inti betrachtet.

Itacoatiara: Tupi: Schriftbild auf Stein. Petroglyphen beim Pedro do Inga am heute ausgetrockneten Oberlauf des Rio Paraiba, Brasilien.

Kálamos: Griechisch: Schreibrohr oder Rohrfeder. In der

	Antike meist aus der Schilf- oder Kalmuspflanze gefertigt, aber auch schon aus Bronze.
Kinwa:	Quechua: Quinoa Pflanze.
Klepsýdra:	Alt-Griechisch: „Wasserdieb" = Wasseruhr. Sie besteht aus zwei Behältern. Aus dem mit Wasser gefüllten Auslaufbehälter strömt das Wasser in einen Einlaufbehälter. Der Wasserstand im Einlaufbehälter zeigt die verstrichene Zeit an.
Koino:	Griechisch: Gemeinwesen, Bund.
Kriti:	Griechisch: Kreta.
Kunti:	Quechua: West, Westen.
Kypros:	Griechisch: Cypern.
Kyrene:	Von den Griechen in Libyen gegründete Stadt.
Levante:	Ostküste des Mittelmeeres und ihr Hinterland. Heute Südtürkei, Syrien, Libanon und Israel mit den Autonomiegebieten.
Lixus:	Das heutige Larache, Marokko.
Lugh:	Keltischer Gott aller Künste, des Handwerks, der Dichtkunst, der Kriegskunst, Spender des Heils und Magier. Der Leuchtende.
Lusitanien:	Siedlungsgebiet des antikes Volkes der Lusitaner im Westen der Iberischen Halbinsel. Gebiet zwischen den Flüssen Tejo und Douro.
Llyr:	Keltischer Meeresgott.
Maloca:	Name des Gemeinschaftshauses bei vielen indigenen Völkern des Amazonasgebietes.
Manannan:	Keltische Gottheit. Herr des Meeres.
Manatee:	Rundschwanzseekuh.

Manjar Blanco: Beliebte Süßigkeit in Südamerika als Brotaufstrich, Füllung oder Soße.

Mapacho: Rundblatt-Tabak. Der Pflanzengeist des Tabaks galt den Schamanen als einer der mächtigsten Schutzgeister.

Maza: Fester Brei aus gekneteter Gerste.

Megalo Nisi Potamou: Griechisch: Große Insel. Hier verwendet für die heutige Marajo Insel im Mündungsbereich des Amazonas.

Melkart: Phönizischer Gott städtischer Gesellschaften (Tyros, Karthago). Gott der Seefahrer und Kolonisten.

Métallon: Griechisch: Metall. Hier im Sinn von gehärtetem Eisen (Stahl) benutzt.

Migdol Karikon: Das heutige Essaouira, Marokko.

Mikro Limani: Griechisch: Kleiner Hafen. Hier verwendet für die heutige Bucht Monsaras nördlich von Belem, Brasilien.

Mina: Antike Gewichtseinheit = 436,6 g.

Minor: Latein: Die kleinere. Gemeint ist hier Menorca.

Moche: Kultur Perus 100–800 n.Chr.

Molk: Kultische Bezeichnung für ein Brandopfer in Karthago.

Mondzyklus: Dauer von 28 Tagen mit den vier Mondphasen zu je sieben Tagen zwischen Neumond, zunehmendem Halbmond, Vollmond, abnehmendem Halbmond und Neumond

Mucha: Quechua für spanisch Gringuito (Peruanische Menschen, die aufgrund ihrer hellen Haut und blonden Haare so genannt werden).

Mýlos: Griechisch: Mühle (Brettspiel).

Nazca: Kultur Perus 200 v.Chr. - 800 n.Chr.

Nekropole: Begräbnisstätte des Altertums.

Neto: Keltiberischer Kriegsgott.

Nosokomeion: Altgriechisch: Krankenhaus. Der Begriff setzt sich aus nósos (Krankheit) und komein (pflegen) zusammen.

Nura: Phönizisch: Feuer. Gemeint ist hier Menorca.

Obsidian: Ein natürlich vorkommendes vulkanisches Gesteinsglas. Wegen seines scharfkantigen Bruches als Material für Werkezuge geschätzt.

Ophir: Sagenhaftes Goldland, genannt im Tanach und Alten Testament. Ägyptische Quellen sprechen vom Goldland Punt.

Óra: Griechisch: Stunde. In der Antike schon um das dritte vorchristliche Jahrhundert bekannt. In der Astronomie wurde der 360°-Winkel mit 24 Stunden angegeben. Eine Stunde entspricht also einem Winkel von 15°. Es stellt eine Verbindung zwischen der Winkeländerung eines Himmelskörpers unter der Erddrehung und der dabei verstrichenen Zeit her.

Palla: Ein langes, bis über die Füße herabgehendes, viereckig zugeschnittenes Gewand, welches von Frauen über Kopf und Schulter geschlungen über zum Beispiel der Stola getragen wurde.

Papyri: Plural von Papyrus. Ein aus der Papyrus-Pflanze hergestelltes Beschreibungsmaterial in Blattform.

Patäke: Zwerggestalt einer Gottheit, der magische Kräfte zur Abwehr von Gefahren und eine Schutzfunktion zugeschrieben wird.

Petroglyphen: Ein in Stein gearbeitetes Felsbild aus prähistorischer Zeit. Nicht gemalt, sondern in den Untergrund eingetieft.

Phallós: Griechisch: Männliches Glied.

Pororoca: Amazonaswelle („großer Lärm“). Bis zu

5 Meter hoch und 65km/h schnell. Läuft bis 800 Km ins Landesinnere und kann die Ufer bis 100 Meter überfluten.

Portikus: Säuleneingang mit horizontalem Gebälk, oft als Vorhalle gebaut.

Porthynys: Das heutige Mousehole in Cornwall.

Poseidon: Griechischer Gott des Meeres.

Puls: Brot aus Getreidebrei (meist Weizen), gewürzt mit Kräutern wie Anis, Fenchel Koriander oder Kümmel.

Purpur: Farbstoff, gewonnen aus Murex Muscheln. 1g kostet heute noch 2.000 €

Qart-Hadast: Phönizische Bezeichnung für ‚Neue Stadt'. Ursprünglich war damit Tyros gemeint. Später dann Karthago, gegründet von den Phöniziern 814 v. Chr.

Qichwa: Vorläufer des Quechua. Gesprochen von den vorinkanischen Bergvölkern in einer Höhenzone von 2300 bis 3500 Metern.

Quechua: Ist eine Gruppe eng miteinander verwandter indigener Sprachvarietäten im Andenraum Südamerikas, die in der Kultur der Inka, aber auch in älteren Kulturen gesprochen wurde. Das Wort Quechua selbst bezeichnet ein Tal einer bestimmten Höhenlage inklusive ihrer Bewohner.

Quichwa Amaru: Quechua: Tal der Schlange.

Quipu: Quechua: Knoten.

Quri: Quechua: Gold.

Qusqu: Quechua: Cusco.

Quwi:	Quechua: Meerschweinchen. Spanisch: Cuy.
Reschef:	Phönizischer Gott. Herr der Pfeile. Steht für Krieg, Chaos, Tod, Seuchen. Die im Roman beschriebene Grab Höhle könnte die heutige Furna do Estrago in Paraiba, Brasilien sein.
Römische Meile:	Mille Passus (Tausend Doppel schritte. 1 Schritt etwa 72 cm.) Entspricht 1,482 Km.
Runa Simi:	Quechua: Von runa „Mensch“ und simi „Mund, Wort, Sprache“, also ‚Menschensprache‘. So nannten die Menschen, die selbst Quechua sprachen, ihre Sprache.
Sagres:	Stadt in Portugal, nahe dem Cabo de São Vicente, dem südwestlichsten Punkt des europäischen Festlands.
Sala:	Das heutige Rabat, Marokko.
Sala de Recordatorio:	Spanisch: Erinnerungsraum
Säulen des Melkart:	So wurde die Meerenge bei Gibraltar von den Phöniziern genannt. Die Griechen nannten sie die Säulen des Herakles, der hier die Erde gespalten haben soll.
Schadrapa:	Ein phönizisch-punischer Heilgott. Er wird als jugendliche Gestalt mit einer Schlange oder einem Skorpion dargestellt.
Schekel:	Punische Goldmünze aus 7,5 g Gold.
Scholeio:	Griechisch: Schule.
Sidon:	Phönizische Stadt, heute im Libanon.
Sistren:	Rahmenrasseln (Sistrum), die in der Antike in der Kultmusik verwendet

wurden.

Steven: Die Steven stellen die vordere und hintere, nach oben gezogene Verlängerung des Kiels eines Schiffes dar.

Stola: Langes Überkleid.

Sufeten: Die beiden obersten Magistrate in phönizischen Städten, hier Karthagos.

Suq: Kommerzielles Marktviertel in einer arabischen Stadt.

Symplegaden: Sind gemäß der Argonautensage zwei mythologische Felseninseln, die an der Einmündung des Bosporus in das Schwarze Meer liegen.

Sýstēma: Griechisch: „aus mehreren Einzelteilen zusammengesetztes Ganzes"; System.

Tanit: Punische Göttin der Fruchtbarkeit, Schutzgöttin von Karthago.

Taruka: Kleine Hirschart in den Nordanden.

Therapeia: Griechisch: Therapie, Behandlung.

Tingis: Das heutige Tanger, Marokko.

Tofet: Der heiligste Ort des punischen Karthago. Eine Begräbnis- und Kultstätte.

Torques: Wendelring. Ein offener Halsreif, dessen Aussehen einem gedrehten Strick ähnelt und dessen Endstücke besonders und individuell geformt sind. Seit der Bronzezeit in Westeuropa, dem Mittleren und Nahen Osten verbreitet.

Trepanation: Schädeleröffnung.

Triskele: Symbol in Form von drei radialsymmetrisch angeordneten Kreisbögen, offenen Spiralen oder anderen Dreifach-Formen. Eines der wichtigsten Symbole der keltischen Mythologie und Kultur.

Tucuxi: Tupi: Sotalia Delfin.

Tuk-Tuk: Geräusch und Name der Moped-Rikscha. Dreirädriges Motorrad mit Dach und Laderaum, das im Nahverkehr eingesetzt wird.

Urin: Quechua: Süden.

Urs Major: Lateinisch: Großer Bär.

Utica: Antike Stadt im heutigen Tunesien.

Utopía: Alt-Griechisch für ou-tópos. Utopie = Wunschbild eines künftigen und besseren Zustandes oder gesellschaftlichen Lebens. Hier: Vision.

Verdadera relación de la conquista del Perú: Spanisch: „Wahrer Bericht von der Eroberung Perus", Francisco de Xerez, 1534

Viringo: Peruanischer Nackthund. Ein schlanker, eleganter Hund mit windhundartigem Aussehen. Hat kein Fell.

Vizcacha: Nagetierart aus der Familie der Chinchillas.

Wari: Kultur Perus 600-1100 n. Chr.

Historische Personen (in alphabetischer Reihenfolge):

Aemilianus, Scipio	185-129 v. Chr., Römischer Konsul und Befehlshaber in Afrika.
Almagro, Diego de	1479-1538 n. Chr., Spanischer Konquistador. Kontrahent der Pizarro Brüder.
Amaru, Tupaq	1545-1572 n. Chr. (auch Amaru, Tupac), Letzter Inka-König, war von den Spaniern eingesetzt worden.
Aristoteles	384-322 v. Chr., Griechischer Gelehrter.
Ataw, Wallpa	1500-1543 n. Chr. (auch Atahualpa), Letzter Herrscher des Inka-Reiches.
Guaman, Poma del	1534-1615 n. Chr. (auch Ayala, Poma del), Indigener Chronist.
Carvajal, Gaspar de	1500-1584 n. Chr., Spanisch-Dominikanischer Missionar.
Diaz, Rui	1519-1602 n. Chr., Spanischer Konquistador.
Diodor	1. Hälfte des 1. Jh. v. Chr., Griechischer Geschichtsschreiber.
Hannibal, Barkas	247-183 v. Chr., Heerführer Karthagos im 2. Punischen Krieg.
Hastrubal	2. Jh. v. Chr., Heerführer Karthagos im 3. Punischen Krieg.
Hinojosa, Francisco de	Spanischer Konquistador.
Kiskis	Auch Quisquis. General des Inka-Heeres unter Atahualpa.
Manilius, Manius	2. Jh v. Chr., Römischer Heerführer gegen Karthago und Statthalter der Provinz Hispania Uterior.
Massinissa	238-149 v. Chr., König von Numidien.
Methuastart	Phönizier. Angeblich unter König Hiram von Sidon auf einer Seereise

	bereits an die Küste Südamerikas verschlagen.
Ocllo, Cuxirimay	?-1533 n. Chr., Frau von Atahualpa.
Orellana, de Francisco	1511-1546 n. Chr., Spanischer Konquistador. Amazonas Expedition.
Pizarro, Francisco	1475-1541 n. Chr., Spanischer Konquistador, der Spanien erobert hat.
Pizarro, Francisca Yupanqui	1534-1598 n. Chr., Uneheliche, aber erbberechtigte Tochter von Francisco Pizarro und Ines Huaylas Yupanqui.
Pizarro, Francisco	1539-1557 n. Chr., Mann von Inés Pizarro und Sohn von Francisco Pizarro und Cuxirimay Ocllo.
Pizarro, Gonzalo	1502-1548 n. Chr., Spanischer Konquistador. Vater von Inés Pizarro.
Pizarro, Hernando	1504-1578 n. Chr., Spanischer Konquistador.
Pizarro, Inés	Ihre Mutter ist eine Inka-Prinzessin.
Pizarro, Juan	1511-1538 n. Chr., Spanischer Konquistador.
Pizarro, Pedro	1515-1587 n. Chr., Spanischer Konquistador.
Qhapaq, Wayna	1476-1527 n. Chr. (auch Capac, Huayana). Elfter Inka-König.
Qhapaq II, Manku	1500-1544 n. Chr., (auch Capac II, Manco) Erster Inka-Herrscher nach der Eroberung des Inkareichs durch die Spanier.
Sofa, Chuqui	15. Jh. n. Chr., Chachapoya Kriegsherr. Verliert Schlacht gegen den zehnten Inka-König (300.000 Mann Heer).
Vega, Garcilaso de la	1503-1536 n. Chr., Spanischer Chronist, der sich bei seinen

	Berichten über die Chachapoya auf den Jesuitenpriester Blas Valera beruft.
Vela, Nunez	1490-1546 n. Chr., Spanischer Konquistador. Erster Vizekönig des Vizekönigreiches Peru.
Vespucci, Amerigo	1454-1512 n. Chr., Italienischer Seefahrer und Entdecker.
Waskar	1500-1533 (auch Huascar). Zwölfter Inka-König.
Xerez, Francisco	1495-1547 n. Chr., Spanischer Chronist.
Yupanqui, Ines Huaylas	1518-1559 n. Chr. (auch Quispe, Sisa). Mutter von Pizarro, Francisca Yupanqui
Yupanqui, Thupa	?-1493 n. Chr. (auch Yupanqui, Tupac Inka). Zehnter Inka-König. Blütezeit des Inkareiches. Größte Ausdehnung. Unterwirft 1475 die Chachapoya.
Yupanqui, Titu Kusi	1529-1571 n. Chr., erst indigener Chronist, dann Chronist der Spanier. Von diesen als 17. Inka-König eingesetzt.

Frei erfundene Personen (in alphabetischer Reihenfolge; **Fett**-gedruckt die Hauptprotagonisten des Romans):

Alfredo de Hinojosa	Anführer der Goldsucher. Spanier.
Aidan	Anführer der Castro-Kelten. Heiratet Freya.
Aila	Schamane des Aruá-Volkes.
Ainsley	Castro-Kelte. Bauer.
Aisha	Balearin. Schleuderflechterin. Heiratet Pau.
Aitor	Scout der Goldsucher. Chachapoya.
Aklam	Chachapoya.
Alaro	Sohn von Pau und Aisha.
Aliya	Schwester von Aidan. Heiratet Chulain.
Alunio	Baleare. Pflegekind von Pau und Aisha.
Amanary	Tupi-Volk. Schließt sich Auswanderern als Übersetzer an.
Annot	Castro-Keltin. Frau von Bothan.
Aqueda	Balearin. Schwester von Aisha.
Arukabawa	Häuptling der Aruá.
Aziza	Karthagerin. Frau von Hiram.
Balhanno	Karthager. Schiffskommandeur.
Bothan	Castro-Kelte. Schiffskommandeur. Mann von Annot.
Cadha	Chachapoya-Krieger.
Carlos	Söldner der Goldsucher
Carmen Quistan	Chachapoya. Archäologin. Verliebt sich in Peter.
Cisco	Chachapoya.
Coll	Baleare. Mann von Aqueda.
Domenicos	Spanischer Mönch.
Diego	Chef der Söldner bei den Goldsuchern.

Enya	Castro-Keltin. Schwester von Aidan.
Feandom	Castro-Kelte. Schiffskommandeur.
Fernandez	Söldner der Goldsucher.
Freya	Castro-Keltin. Heiratet Aidan.
Gelon	Karthager. Schiffskommandeur.
Gerid	Chachapoya. Hüterin des Goldes. Frau von Morvan.
Gisco	Karthager. Priester und Astronom. Bruder von Sira
Gisco	Chachapoya. Siedlungsführer.
Hallalcar	Karthager. Navigator.
Hamilcar	Chachapoya.
Hanno	Chachapoya. Sohn von Sakarbal und Sira.
Hayet	Karthagerin. Tochter von Sakarbal und Sira.
Hekma	Schamane der Aruá.
Himilko	Karthager. Sohn von Sakarbal und Sira.
Hiram	Karthager. Lagermeister. Mann von Aziza.
Hitnai	Chachapoya-Frau. Wird von den Inka geraubt.
Isabel Mujen	Archäologin. Projektleitern.
Kinnok	Chachapoya. Urenkel von Aidan
Letitia	Übersetzerin der Goldsucher.
Jean-Pierre Mendoza	Archäologe.
Jorge Brent	Archäologe.
José Pizarro	Archäologe. „Maulwurf" der Goldsucher.
Juba	Karthagerin. Schwester von Sira
Juna	Castro-Keltin. Schwester von Aidan.
Lugh	Castro-Kelte. Krieger.
Maria Gomez	Archäologin.

Moran	Anführer der Ibero-Kelten. Enger Freund von Aidan.
Morvan	Chachapoya. Hüter des Goldes. Mann von Gerid.
Moryn	Ibero-Kelte. Krieger.
Ocaua	Caraja-Volk. Unterstützt Amanary beim Übersetzen.
Pacho	Baleare. Schiffskommandeur.
Peter Brunner	Archäologe. Verliebt sich in Carmen.
Palbau	Chachapoya.
Pau	Baleare. Steinschleudermeister. Heiratet Aisha
Philosir	Karthager. Krieger. Heiratet Tayna.
Puscan	Chachapoya. Wird Inkaprinzessin. Geliebte von Yoplac.
Raja	Karthagerin. Schwester von Sira
Rorey	Castro-Kelte. Schiffskommandeur.
Roslin	Chachapoya.
Sakarbal	Anführer der Karthager.
Sastre	Schamane der Balearen.
Sira	Karthagerin. Frau von Sakarbal.
Tayna	Bergvolk. Wird Frau von Philosir.
Theophanes	Karthager. Schiffskommandeur.
Uanuri	Aruá-Volk.
Ueni	Amazonas-Volk. Unterstützt Amanary beim Übersetzen.
Valqui	Häuptling des Bergvolkes. Vater von Tayna.
Willi Waldbauer	Reiseführer. Scout der Archäologen.
Xavi	Baleare. Heiler u. Wissenschaftler.
Yoplac	Chachapoya. Geliebter von Puscan.
Yoptac	Chachapoya.
Yurak	Chachapoya.

Yutpan	Karthager. Priester.

Danksagungen:

Ich danke meinem langjährigen Arbeitskollegen Peter Brannath, der neben seinen bisher fünf Kriminalromanen um Kommissar Seebacher auch einen historischen Roman geschrieben hat: ‚Aquädukt – Ein Traum aus Stein‘, der bei Shaker Media erschienen ist. Er hat mich immer wieder dazu ermuntert, meine Vorstellungswelt zum Thema ‚Chachapoya – woher kamen sie?‘ in einen Roman zu fassen.

Weiter danke ich Peter Brannath, Simone Rufer und Andreas Wiskandt für ihr Interesse an dem Stoff, ihr Korrekturlesen und ihre sehr hilfreichen Anregungen.

Mein ganz besonderer Dank gilt Heidi Winkel-Hook für ihr beharrliches Korrekturlesen. Mit viel Freude und fasziniert von der Geschichte hat sie mich unermüdlich dazu angespornt, meinen anfangs eher dokumentarischen Bericht in eine lesbare Erzählform zu bringen. Ihre Anregungen und Ideen haben mir sehr geholfen.

Ebenso danke ich meiner Frau für ihre Ideen zum Layout des Buches und ihr Verständnis dafür, während meiner Schreibtätigkeit auf viele Stunden gemeinsamer Aktivitäten verzichten zu müssen. Ihre Geduld beim Betrachten der vielen Steinruinen vor Ort in Peru war fantastisch. Den nötigen Ausgleich dazu haben ihr sicher die kleinen Wanderungen geboten, die uns durch die mystische Natur des Nebelwaldes geführt haben. und die unvergesslichen Ausblicke über Berge und Täler dieser Andenregion.

Schließlich gilt mein Dank dem mir persönlich unbekannten Professor i. R. für Kulturwissenschaften Herrn Hans Giffhorn. Mit seinem Buch ‚Wurde Amerika in der Antike entdeckt? – Karthager, Kelten und das Rätsel der Chachapoya‘, erschienen im C. H. Beck Verlag, hat er mir bei meiner Recherche-Arbeit einen wichtigen Impuls für den Erzählstoff meines Romans gegeben. Die von ihm erarbeiteten und aufgestellten Thesen bilden die Verknüpfungspunkte der Geschichte.

Dabei geht es mir in meinem Roman nicht darum, ob seine Thesen stimmen oder nicht. Es ist eben nur ein Roman, frei nach dem Prinzip. So hätte es sein können – aber auch ganz anders!

Peter Brannath

Shaker Media
ISBN 978-3-95631-707-1
550 Seiten
12 Abbildungen
Deutsch
Paperback
23 x 16 cm
17,90 EUR

Aquädukt

Ein Traum aus Stein

Die Geschichte vom Bau des Aquädukts von Ucetia (Uzès) nach Nemausus (Nîmes) und seinem berühmtesten Teilstück, dem Pont du Gard.

Das Leben zweier junger Männer, von denen einer, Marcus, in Rom und der andere, Basilides, in Nemausus aufwächst. Marcus wird architectus in Rom und erhält vom Stadtrat in Nemausus den Auftrag zum Bau einer Wasserleitung. Schon am ersten Abend in Nemausus lernt Marcus Basilides kennen. Sie werden Freunde und nehmen den Bau des Aquädukts gemeinsam in Angriff. Doch das Projekt hat nicht nur Befürworter: Bauern aus der Gegend von Ucetia, denen durch das Abgreifen der Quelle für den Aquädukt die Lebensgrundlage entzogen wird, versuchen alles um den Bau zu verhindern.

Als sich die beiden Freunde in dieselbe Frau verlieben, bekommt die bis dahin rückhaltlose Freundschaft einen Riss und die Weissagung eines unheimlichen Sehers wird zur Realität…

Birgit Wessels

Shaker Media
ISBN 978-3-95631-531-2
364 Seiten
Deutsch
Paperback
20,5 x 12,5 cm
14,90 EUR

Die Unbeugsamen

Unter Bolognas Säulengängen

Bologna, 14. Jh. Die Stadt erlebt eine Zeit des Niedergangs. Auch die einst wohlhabende Familie des alten Wollwebers Filippo kämpft ums Überleben. Medizinstudent Jacob aus Bayern denkt hauptsächlich ans Vergnügen, seine Schwester Maria führt ihm den Haushalt. Mit der Rückkehr der Pepoli, einer einst einflussreichen Familie, beginnt ein Machtkampf um die Vorherrschaft in der Stadt. Auch die Weber und die Studenten werden in den Sog der Wirren und Intrigen gezogen. Unbeugsam kämpfen sie jedoch für die Verwirklichung ihrer persönlichen Träume, auch wenn sie sich dabei in Lebensgefahr begeben.